불사조 1

선과 악

불사조 1 - 선과 악

발행일	2021년 8월 30일

지은이	도로시		
펴낸이	손형국		
펴낸곳	(주)북랩		
편집인	선일영	편집	정두철, 배진용, 김현아, 박준, 장하영
디자인	이현수, 한수희, 김윤주, 허지혜	제작	박기성, 황동현, 구성우, 권태련
마케팅	김회란, 박진관		
출판등록	2004. 12. 1(제2012-000051호)		
주소	서울특별시 금천구 가산디지털 1로 168, 우림라이온스밸리 B동 B113~114호, C동 B101호		
홈페이지	www.book.co.kr		
전화번호	(02)2026-5777	팩스	(02)2026-5747

ISBN	979-11-6539-954-2 04810 (종이책)	979-11-6539-955-9 05810 (전자책)
	979-11-6539-956-6 04810 (세트)	

(주)북랩 성공출판의 파트너

북랩 홈페이지와 패밀리 사이트에서 다양한 출판 솔루션을 만나 보세요!

홈페이지 book.co.kr • **블로그** blog.naver.com/essaybook • **출판문의** book@book.co.kr

작가 연락처 문의 ▸ ask.book.co.kr

작가 연락처는 개인정보이므로 북랩에서 알려드릴 수 없습니다.

도로시 판타지소설

불사조
- 선과 악

1

북랩 book Lab

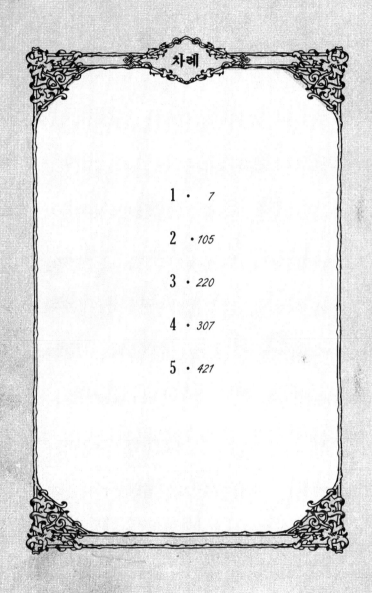

차례

1 · 7

2 · 105

3 · 220

4 · 307

5 · 421

광활한 저녁 하늘에 아름다운 별빛들이 가득했다. 우주의 신비로움과 인간의 상상력을 자극하는 무한한 공간 속에 우리 인간은 한없이 작게 보인다. 아름다운 불똥을 발산하며 하나의 신비로운 빛이 지구로 떨어지고 있었다. 여긴 경기도 포천이다. 시골이고 죽은 듯이 조용하며 아름다운 동네이다. 보통 서울 사람들은 잘 모르는, 이른 아침에 안개나 저녁에 불어오는 풀냄새 나는 바람의 선선한 여름 향기가 가득한 곳이다. 난 친척 요한이랑 여름밤 길을 걷고 있었다. 한여름 밤의 풍성한 바람이 불어오고 있었다.

"민우야, 이 게임 꼭 해봐. 정말 재밌어."

"꼭 해봐야지. 그래픽이 그렇게 좋다며?"

우리가 하려는 게임은 콜 오브 듀티이다. 간혹 우린 듀티의 부름이라고 말장난을 한다.

난 고3이고 요한이도 고3이다. 우린 진득한 오랜 친구이자 친척이다. 어린 시절부터 놀이, 생각, 좋아하는 취미, 좋아하는 음식을 함께 공유해왔다. 배다른 자식이지만 왠지 우린 한 어머니 배에서 같이 태어난 형제 같았다. 어두컴컴한 길을 걸어 요한이네 집에 도착했다. 서울 사람들은 모르는 게 시골집은 진짜 크고 좋다. 2층 계단까지 있다. 반면에 서울 집들은 정말 작고 길기만 하다. 거실이 예쁘다. 동그란 창하며 아늑한 공간하며 요한이는 그 아늑한 거실에 무려 게임용 컴퓨터를 두었다. 하지만 컴퓨터 사양이 좋지 않아 좀 걱정된다. 한 3년 전에 요한이가 겨우 전교 1등을 해서 맞춘 컴퓨터이다. 이후로 요한이 성적이 꾸준히 떨어져 중간 지점에 다다랐다. 부모님들은 더 이상 요한이나 나에게 게임과 관련된 그 어떤 것도 지원해주지 않으셨다. 우린 그러다 로또를 산 적이 있다. 2만 원어치를 샀는데 당첨되면 뭘 살지 이미 다 정해놓았다. 큰 컴퓨터 케이스에 그래픽카드를 두 개 장착하고 시피유도 무려 16코어로 장착할 생각이었다. 그렇지만 로또는 안 되었고 우린 다시는 로또를 사지 않았다. 로또 용지는 산에 올라가 불태워 버렸다.

그 당시는 그게 그냥 재미있었다. 우린 산에 올라가 여러 가지 쓸데없는 짓들을 했다. 우린 결론적으로 좋은 컴퓨터를 맞추지 못했다. 최근 우리의 관심사는 둘 다 전교 10등 안에 들어서 gtx3080을 구입하는 것이다. 우린 이 꿈을 실현시키기 위해 둘이 공부를 열심히 한 적이 있었지만 왠지 잘 안 되었다. 일단 둘 다 성적이 조금 오르긴 했지만 그래픽카드를 사기에는 턱없이 부족했다. 어쩌면 용산에 가서 중고로 구할 수 있을지 모르겠다. 그러면 더 저렴해질 테니. 그렇지만 사기나 안 당할지 모르겠다. 우린 전에 서울에 올라가 용산에 가본 적이 있지만 그다지 좋은 물건을 찾지 못했고 돈이 부족했다. 그냥 근처에서 햄버거를 먹고 좀 놀다가 내려왔을 뿐이다. 어쩌면 실현되기 어려운 꿈 같았다. 요즘 비트코인 때문에 그래픽카드 가격이 어마어마하게 상승했기 때문이다. 우린 대충 자리를 잡고 콜 오브 듀티를 켰다.

"와."

"그래픽 좋지?"

내가 감탄하자 요한이가 보란 듯이 확인시켜주었다. 프레임은 상당히 떨어졌다. 총의 쇳덩이가 정말 무겁게 느껴지고 보급형 헤드셋에서 울리는 총성이 정말 리얼했다.

무엇보다 화려하고 정교한 그래픽이 나를 놀랍게 만들었다. 배경 묘사가 정말 정교했고 인물들의 묘사가 실제 같았다. 나와 요한이는 감탄했다. 그렇지만 프레임이 오르락내리락해서 게임 옵션을 낮추어야만 했다. 그러니 게임 속 캐릭터가 진흙 인형 같았다. 난 게임 삼매경에 빠졌고 요한이는 옆에서 훈수를 뒀다. 그렇게 편안한 금요일 저녁이 지나가는가 싶었다. 밖에서는 선선한 여름 바람이 불어 시원했다. 창문을 열어두었다. 요한이가 보다 못해 나와보라 했고 콜 오브 듀티 싱글을 밀고 나갔다. 난 옆에서 구경이나 했다. 녀석이 중간쯤 하면 다시 끼어들어서 할 셈이다. 둘이서 멀티라도 해보고 싶지만 여기 시골 인터넷 여건이 좋지 않다. 예전에 요한이랑 같이 할 생각으로 구해온 엑스박스도 멀티를 도저히 할 수 없어 중고로 팔았다. 엑스박스를 중고로 파느라고 서울에 다녀온 비용이 더 나간 것 같았다. 그렇지만 그때 서울 구경해서 참 좋았다. 우린 이 열악한 게임 환경에 고전게임 원숭이 섬의 비밀이라든가 내가 좋아하는 사일런트 힐이라는 고전 공포 게임을 하기도 한다. 사일런트 힐은 내가 아버지 따라 서울에 갔을 때 용산에서 사왔다. 원래는 플레이스테이션 게임인데 PC로도 할 수 있게 에뮬 게임엔진이 들어간 게임 시디이다. 여기 상황이 이렇다. 우린 게임을 3시간 정도 해가며 거의 마무리까지 가는 단계에 접어들었다. 아직 우린 젊은지라 생체

리듬이 빠르다.

"라면 먹자."

요한이가 배가 고픈지 라면 타령을 했다. 나도 먹고 싶었다. 배가 고파 다리가 조금 떨릴 정도였다.

"라면에 참치 넣어 먹자. 슈퍼에서 참치캔 사 오자. 같이 가자!"

그리고 난 요한이와 함께 집을 나섰다. 풀과 꽃이 어우러진 아름다운 풍경에 여름밤 하늘의 빛을 받아 그 윤곽선이 조화롭게 보이는 길을 따라 슈퍼에 가기 시작했다. 멀리서 누군가 오고 있었다. 어두워서 잘 안 보였지만 다가갈수록 윤곽이 또렷해졌다.

"석호니."

석호다. 석호가 손을 흔들었다. 뚱뚱한 친구이다. 그렇지만 힘이 참 다부진 친구이기도 하다. 우린 라면에 넣을 참치 사러 간다고 근황을 전했다. 콜 오브 듀티 이야기는 안 했다. 석호가 같이 하자고 할까 봐.

"야, 아까 요한이 집 뒷산에 별똥별 떨어졌다. 정말 크더라."

민우가 묘한 표정을 지으며 답했다.

"별똥별이 떨어지면서 소멸했을걸? 너 설마 떨어진 곳에 뭐가 있을 거라고 생각하는 건 아니겠지?"

석호는 입술을 모으며 고민하는 듯하다.

"그래도 가볼래. 너희들은 라면이나 먹어라."

석호는 산 쪽으로 걸어가기 시작했다. 호기심이 참 많은 친구이다. 어느 날 내가 개구리에 양념 고추장을 바르면 정말 맛있다는 말을 그냥 뱉었는데 온 동네 개울가를 다 뒤져 개구리를 요리해 먹은 녀석이다.

"나중에 같이 가볼까?"

요한이가 호기심이 발동했나 보다.

"콜옵 하고 가자."

내가 우선 콜옵을 하고 가자고 하자 요한이는 그제서야 콜옵이 더 흥미 있을 거라는 표정을 지었다. 우린 참치를 사고 집으로 가 라면을 끓여 먹었다. 참치 맛이 기가 막혔다. 우린 다시 게임 삼매경 에 빠졌다. 민우 주머니에서 전화가 울려 받아보려 했지만 전화는 곧바로 끊어졌다. 석호 전화이다.

"이 녀석 뭐 발견한 거라도 있나?"

가벼운 생각이지만 혹시나 석호가 뭐 발견한 거라도 있나 싶은 생각에 뒷산에 관심이 갔다. 라면도 먹고 게임도 거의 다 클리어해 서 새로운 놀 거리가 필요했다. 우린 아직 어리지만 수능에 대한 중 압감 때문에 주말에는 반드시 하고 싶은 대로 놀자 같은 사상이 있 었다.

"가볼까, 석호한테."

민우가 말을 꺼냈다. 요한이는 게임을 저장하고 일어섰다. 민우도 머리를 긁적이며 플래시를 찾아 들었다. 요한이가 말을 꺼냈다.

"별똥별이 지상에 떨어질 리 있냐."

"아마 지구에 오다가 소멸됐겠지."

민우는 눈을 동그랗게 뜨고 혹시나 몰라 같은 표정을 지었다.

"갔다가 다시 오는 길에 아이스크림 먹자."

일종의 주말 특집 놀이 코스 같은 거다. 석호 따라갔다가 진짜 산 에 뭔가 떨어졌나 보고 내려와 아이스크림 먹고 집으로 가서 콜옵 을 하는 거다. 매우 어려움 난이도로 밤을 새우며 할 생각에 신이 났다. 뒷산은 올라가기 편하다. 길도 예뻐 가끔 주말이면 요한이랑 같이 오르곤 한다. 나는 이 길이 좋다. 꽃도 아름답고 마치 클래식 음악처럼 감미롭다. 가벼운 비라도 내리면 여름에 선선한 바람과 매미 소리가 뒤섞여 합창을 하는 것 같다. 그럼 나 자신도 아름다운 존재가 되는 것 같았다. 마치 소녀처럼. 소녀 같은 마음이 들면 난 누구에게도 들키지 않기 위해 인상을 쓴다. 마치 진지한 고민이 있는 것처럼.

이런 생각을 하는 나 자신이 부끄러웠다. 여름에 향기를 맡으며 감미로운 피아노 소리를 들을 때면 난 감수성이 예민해지곤 한다. 전에는 부모님들 몰래 소주를 마셔봤는데 우리가 잘 못 마셨는지 취하거나 하지는 않았다. 그냥 쓰다. 소주를 풀밭에 다 버리고 내려왔다. 올라가다 보니 산이 점점 어두워졌다.

"어째 평소와 다르게 좀 무섭네."

민우가 잔뜩 어두워진 표정으로 말했다. 산이 오늘따라 아주 어둡다. 어떨 때는 산이 꼭 살아 있는 존재 같았다. 어떨 때는 우릴 즐겁게 받아주고 어떨 때는 어둡고 무섭다. 오늘 산이 기분이 별로인 듯하다. 거의 다 올라갈 때쯤 석호를 불렀다.

"석호야!"

"석호야!"

부르고 난 뒤 메아리가 돌고 정적이 흘렀다. 석호는 답이 없었다. 불현듯 허리에서 목까지 긁고 올라오는 기묘한 촉감에 몸을 떨었다. 팔과 다리에 순식간에 닭살이 돋았다.

"저게 뭐지?"

요한이가 바닥에 플래시를 대고 뭔가를 살펴보았다. 나와 요한이는 동시에 몸이 마비가 되고 소름이 돋았다. 우린 뱀을 발견했는데 비현실적으로 아름다운 뱀이었다. 너무 아름답기 때문에 소름이 돋았다. 기묘하다. 절대적으로 여성성을 가지고 있는 듯한 기묘한 아름다움에 우린 닭살이 돋았다. 이렇게 아름답게 생긴 뱀이 있었던가? 우리가 모르는 종류인가? 뱀의 무늬가 피처럼 빨간색이라 목덜미에 간지러움이 피어오르듯 닭살이 돋았다.

그 기이한 뱀의 모습에 요한이와 민우는 얼어붙었다. 그렇지만 묘하게 아름다웠다. 핏빛 색도 비늘의 여러 가지 색과 어울려 기묘한 아름다움이 느껴지기도 했다. 마치 기형처럼 아름다웠다. 분명 암컷 뱀일 것이다. 왠지 모르지만 우린 그렇게 생각했다. 어릴 적 하얀색의 뱀을 보고 기겁한 적은 있었다. 요한이의 얼굴은 굳어버렸고 잡아먹기 딱 좋게 얼어 있었다. 민우는 고개를 까닥거리며 뱀을 살피다 옆으로 쭉 돌아가자고 했다. 뱀은 아래쪽에 바퀴가 달린 듯 빠르게 길 쪽으로 달려갔다. 둘 다 긴장했는지 조용하고 어두운 산이 무섭게 느껴졌다. 설마 석호가 저 뱀에 물리거나 다치거나 하면 어쩌나 하는 생각이 들었다. 뚱뚱하지만 멋진 친구이다. 지난번에 축구하다 공이 풀숲을 헤치고 산 아래쪽으로 떨어졌는데 석호는 덤덤하게 공을 찾으러 숲을 누비고 다녔고 결국 공을 찾아왔다. 멋진 녀석이다. 석호는 보이지 않았다.

"저게 뭐지?"

요한이가 플래시로 뭔가 어둡고 쇠 같은 질감의 물건을 비추었다. 동그란 형태에 중간에 선이 그어져 있는 물체였다. 민우는 눈을 동그랗게 떴다. 물체의 재질이 놀랍도록 선명하고 깨끗해서 마치 이 세상 물건이 아닌 것 같은 느낌이 들었다. 재질이 정말 뭐라 할 수 없을 정도로 깨끗했다. 그것을 잘 들여다보면 그 내부가 살짝 비칠 것만 같았다.

난 가까이 다가가서 그 구체에 홀린 듯 그 재질의 표면을 뚫어져라 쳐다봤다.

"민우야, 가까이 가지 마!"

요한이가 날 제지했다. 그렇지만 난 물러설 수가 없었다. 그 구체가 날 끌어당겼다. 저항할 수 없었다. 그 표면을 뚫어져라 바라보니 그 내부가 보이는 것 같았다. 이 구체는 투명일까? 마치 관찰자가 바라보면 볼수록 점점 투명해지는 것 같았다. 그리고 날 빨아들였다. 순간 요한이가 날 뒤에서 잡아당겼다.

"민우야, 떨어져!"

놀랍게도 나의 힘과 관계없이 요한이는 날 잡아당기지 못했다. 난 그대로 그 구체에 가까이 다가갔다. 더욱더 가까이 간 순간 섬광이 터져나왔다. 반짝이는 작은 파편도 터져나왔다. 작은 파편의 빛이 번쩍였다. 구체 중심으로 날아오는 예쁜 반짝이 파편들은 꼭 크리스마스를 생각나게 만들었다. 난 그 광채를 온몸으로 받아들였다. 온몸이 타들어가는 것 같은 느낌이 들었고 뼈마디가 매우 뻐근했다. 그리고 살면서 가장 포근하고 따뜻한 느낌을 받았다. 편안하고 불편했다. 그리고 난 천천히, 조용히 바닥에 누웠다. 누워서 하늘을 바라봤다. 별빛이 정말 아름다웠다. 검은 하늘에 별을 마구 뿌려댄 것 같았다. 난 황홀경을 느꼈다. 그리고 누군가 수면 가스를 뿌리듯 영롱한 느낌 속에 잠이 들었다. 요한이는 밤하늘에 괴성을 지르며 날아가는 헬기를 바라보았다. 헬기가 우리 쪽으로 방향을 트는 것 같다는 생각이 들었다. 요한이가 다가가 누워 있는 민우를 바라보았다. 요한이의 눈동자는 커져갔다.

"야, 괜찮아?"

난 눈을 떴다. 눈을 뜨는 순간 전해지는 골반과 어깨, 무릎의 고통에 자지러졌다. 일어날 수 없을 정도였다. 특히 사타구니 쪽과 연결된 골반이 너무 아팠다. 성기에도 상당한 고통이 느껴졌다. 요한이가 날 잡아주었다. 난 겨우 일어날 수 있었다. 걸을 때마다 골반과 무릎이 너무 아팠다. 몸이 전체적으로 뭔가 부적절하게 뒤틀린 느낌이 들었다. 머릿속에 오만 가지 생각이 다 들었다. 저 구체가 혹시나 외계에서 온 것이고 내가 방사능의 영향을 받은 것이라면 내 목숨이 위태로울 거란 생각이 들었다. 갑자기 가슴속을 파고드는 불안감과 걱정이 엄습해왔다. 갑자기 부모님 생각이 났다. 부모님은 지금 서울에 계신다. 요한이는 내 어깨를 잡아 나를 좀 더 원활히 걷게 만들었다. 산이 더 이상 무섭게 느껴지지 않았다. 소름 돋게 조용했다. 그 많던 매미는 어디로 갔을까. 우린 말없이 천천히 내려가기 시작했다.

"어떻게 된 거지, 몸이 너무 아파."

내가 말을 꺼냈지만 요한이는 대꾸가 없었다. 분위기가 묘했다. 걷다 보니 조금씩 몸이 편해지는 느낌이 들었다. 신기하게도 고통이 사라지면서 몸이 개운해지기 시작한 것 같다.

"이제 혼자 걸을게."

그렇게 말하고는 난 몸의 균형을 잡고 천천히 걷기 시작했다. 갑자기 허기가 졌다. 없을 줄 알지만 난 요한이에게 혹시 먹을 것이 있냐고 물어봤다.

"라면 먹은 지 얼마나 됐다고 벌써 배고프냐?"

요한이가 날 쳐다보지 않고 말했다. 요한이의 분위기가 바뀌어 있다. 이유는 알 수 없었다.

기력이 돌아오고 허기는 졌지만 그래도 모든 게 다 정상으로 돌아온 것 같았다. 요한이 집에 가서 콜 오브 듀티의 매우 어려움 난이도를 도전할 생각이다. 근데 가서 또 뭘 먹지? 이런저런 생각을 하며 우린 천천히 걸어가고 있었다. 멀리서 사이렌 소리가 들렸다. 어디서 사고가 난 걸까? 산에서 봤던 그 구체 때문일 수도 있다. 요한이가 날 힐끔힐끔 쳐다보는 것 같다.

"병원에 가야 할 것 같아, 너."

요한이가 날 보며 말했다.

"지금? 이제 괜찮은 것 같아. 병원은 내일 가자."

이렇게 말하곤 콜 오브 듀티에 대한 이야기를 드문드문 나누었다. 이제 다시 요한이와 정상적인 대화가 이어지는 듯하다. 갑자기 자동차 엔진 소리와 함께 커다란 빛이 나타났다. 자동차가 앞에서 오는 것 같았다. 자동차 전조등의 빛을 받아 풀잎이 시퍼렇게 살아났다. 자동차는 빠르게 앞에서 오다 서서히 속도를 줄이기 시작했다. 요한이와 나는 서로를 바라보다 다시 자동차를 바라봤다. 자동차가 우리 앞까지 서서히 다가오다 멈추었다.

아는 사람인가? 하는 생각이 들었다. 이 동네는 서로를 너무나 잘 안다. 그렇지만 자동차는 처음 보는 차였다. 멈춰서던 자동차는 다시 속도를 내어 우리 옆을 지나갔다. 우리 동네에서 처음 보는 자동차였다. 요한이와 난 말없이 지나가는 차를 흘겨보며 다시 걷던 길을 걸었다.

"아, 근데 석호는 어떻게 된 걸까? 산을 내려간 건가?" 내가 물었다.

"석호네 집에 들러볼까?"

요한이가 말했다. 석호 집은 우리 집이랑 요한이 집에서 가깝다. 그러고는 서로 말이 없었다. 그렇게 말없이 걷다 석호 집 앞에 도착했다. 녹색 지붕이 있는 집이다. 강아지를 3마리나 키워 우리가 다가오는 순간부터 짖어대기 시작했다. 석호 집에 가보자는 합의는 없었지만 일단 도착한 김에 우린 말없이 석호 집 앞에 서 있었다. 요한이가 초인종을 눌렀다. 석호는 없더라도 부모님들은 계실 거다.

"여보세요? 요한이인데요. 석호 있나요?"

석호 어머니가 응답을 해주었다.

"석호 없다. 너희들이랑 같이 있지 않았니?"

요한이는 잠시 생각하는 듯하다가 답했다.

"아뇨, 같이 있지는 않았고요. 석호가 산에서 내려왔나 궁금해서 여쭤보았습니다."

"그래? 안 내려온 것 같다. 석호 보면 집에 오라고 전해주렴."

요한이는 알았다고 말을 전하고 우린 다시 걷기 시작했다. 요한이가 날 빤히 쳐다보는 듯하다. 왜인지는 모르겠다. 물어보기도 귀찮았다. 아까 구체를 보고 뒤로 넘어진 일 때문에 심신이 지쳐가는 것 같았다. 집에 도착한 우린 소파에 털썩 앉았다.

"그럼 우리 콜 오브 듀티 매우 어려움 같이 해보자. 너 죽으면 내가, 내가 죽으면 다시 네가 하는 방식으로."

"좋아. 일단 좀 쉬자. 시원한 거 마시고 싶지 않아?"

요한이가 목이 마른 듯하다. 그때 요한이가 집에 들어오고 나서 처음으로 나를 바라봤다. 요한이 눈동자가 휘둥그레졌다. 뭔가 잘못된 일이 벌어진 듯하다. 요한이가 눈을 크게 뜨고 나를 보며 갸우뚱했다. 우린 그렇게 서로를 바라보며 있었다.

"너 얼굴이 변한 것 같아!"

요한이가 눈을 가늘게 뜨며 말했다.

"내 얼굴이?"

나는 가슴이 철렁했다. 혹시 아까 구체가 정말 하늘에서 떨어진 작은 혜성 같은 것이고 방사능 같은 게 있거나 외계의 미스터리한 것이 나에게 영향을 미쳐 내 몸이 망가지거나 잘못된 거면 어쩌나 하는 생각이 들었다. 참 유별난 망상이었다. 난 바로 병원에 가야 하나 하는 생각이 들었다. 일단 내 얼굴에 어떤 문제가 있다는 건지 화장실에 가서 거울을 봐야겠다는 생각이 들었다. 순간 하늘이 번쩍 하며 번개가 쳤다.

가슴이 뛰었다. 마음이 더 불안해졌다. 빗소리가 내 마음을 드럼처럼 요란하게 어지럽히듯 조금씩 풀밭을 두들기며 내리기 시작했다. 가슴에 미꾸라지가 펄떡이듯 요동쳤다. 인터넷에서 봤던, 방사능에 노출된 끔찍한 몰골을 한 환자들의 이미지들이 스쳐 지나갔다. 난 불안한 마음으로 천천히 화장실에 갔다. 다리가 떨려 빨리 걸어갈 수도 없었다. 화장실 문을 열고 거울을 보았다. 낯선 사람이 서 있었다. 흉측해진 몰골과는 다른 기묘한 모습이 거울에 있었다. 가슴이 철렁하진 않았다. 거대한 드럼을 두들기듯 살벌한 번개가 한 번 쳤다. 자연의 거대한 빛이 한 번 발광했다. 얼굴이 뭔가 달라져 있었다. 거울의 왜곡인지, 얼굴이 상당히 작아졌다. 난 눈을 크게 떠 얼굴을 살펴봤다. 어깨도 좁아진 느낌이 들었다. 급작스럽게 어깨가 뻐근했다. 난 어깨를 돌리며 뻐근함을 풀어주었다. 그래도 통증은 가시지 않았다. 다시 한번 얼굴을 가만히 바라보았다. 시간이 좀 흐르고 난 뒤에야 내 얼굴이 어떻게 변한 건지 인지할 수 있었다. 얼굴이 여성처럼 변해 있었다. 고양이처럼 눈 끝이 위로 올라가 있었고 눈동자가 약간 가운데로 몰려 있었다. 사시가 된 것 같은 느낌이 든다. 콧망울은 작아졌고 입술은 작고 도톰해졌다. 귀 끝은 커지고 턱이 구슬처럼 부드럽고 둥글게 바뀌었다. 목선은 길어졌고 어깨가 부드럽게 변해 있었다. 무엇보다 혹시 다른 부위도 변했나 싶어 몸을 살펴봤을 때 골반이 약간 넓어진 것을 느낄 수 있었다. 골반을 인지하니 갑자기 골반에 통증이 느껴졌다. 근육통 같은 통증에 머리가 멍했다. 가슴이 요동쳤다. 몸을 동그랗게 말고 있었다. 밖에서 자동차 오는 소리가 들렸다. 지나치는 건지, 또 우리 쪽으로 오는 건지 알 수 없었다. 내일 병원에 가야 한다는 강한 집념이 생겼다. 아니다. 지금 당장 가야 할지도 모르겠다. 잠시 몸을 추스리고 마음을 가라앉히고 싶었다. 자동차가 정지하는 소리가 들린다. 우리 집 앞에 선 것일까? 이웃집에 선 것일까? 알 수 없었다. 요한이가 말하는 소리가 들렸다. 우리 집에 누군가 찾아온 것 같다. 자동차 주인일까? 거실로 가서 확인하고 싶었지만 몸을 움직일 수가 없었다. 문득 거시기가 없어진 게 아닌가 하는 의문이 들었다. 있었다. 다행이었다. 난 기묘한 웃음을 지었다. 거시기는 무사하구나. 거실은 조용해졌다. 요한이가 화장실 문을 두들겼다.

"민우야, 괜찮아?"

난 대꾸를 하지 못했다. 기운이 다 빠져나간 듯하다. 요한이가 문을 열고 들어왔다. 난 고개를 무릎 사이에 박았다. 요한이가 말없이 서 있는 듯하다.

"병원에 가자."

요한이가 말을 꺼냈다.

"오늘은 쉬고 내일 가자. 지금 몸이 너무 안 좋아."

내가 답했다.

"안 되겠다. 엄마한테 전화하고 올게."

난 힘없이 답했다.

"알았어."

누군가 날 부축해서 데려갈 거란 상상을 했다. 구급차가 오고 부모님들이 오고 병원에 갈 거란 생각이 든다. 갑자기 급격한 허기가 왔다.

"요한아, 먹을 거 있어?"

"응, 그래. 라면 먹을까?"

집에 라면이 많았다. 요한이가 라면을 끓여준다고 했다. 난 거실로 돌아와 소파에 앉았다. 참치를 넣은 라면이 먹고 싶었다. 아까까지만 해도 온몸이 망가질 듯한 고통에 구토를 했는데 지금은 배가 고팠다. 인간은 그냥 그런 동물인가 보다. 전에 느꼈던 충격이 서서히 사라지고 난 컴퓨터를 켜고 콜 오브 듀티를 켰다. 매우 어려움으로 시작했다.

"라면 먹어!" 요한이가 라면을 차려주었다.

난 허겁지겁 먹었다. 맛있는지 맛없는지조차 모르게 다 먹어치웠다. 문득 궁금해진 나는 요한이에게 말을 걸었다.

"아까 누가 집에 왔었어?"

요한이는 여전히 이상한 표정으로 날 쳐다봤다.

"응. 그냥 사람을 찾고 있다는 아저씨가 왔었어. 같이 온 여자가 예쁘더라. 그나저나 너 얼굴이 어떻게 그렇게 변했는지 모르겠지만 병원에 빨리 가봐야 할 것 같다. 그건 그렇고 아까 그 구체는 뭐였을까?"

난 눈을 가늘게 뜨고 대답했다.

"혹시 외계에서 온 물체인가? 방사능이라도 방출된 건 아닌지, 그리고 몸도 뭔가 이상해. 뼈마디가 쑤시고 어깨도 좁아진 것 같아."

요한이는 아까와는 다르게 표정을 누그러뜨리고 날 편안하게 바라봤다.

"와, 너 되게 예쁘다. 갑자기 여자가 된 것 같아."

난 몹시 당황스러웠다.

"너 평생 그 모습으로 살아야 한다면 어떻게 할 거야?"

난 인상을 찌푸렸다.

"일단 병원에 가보고 나서 보자."

난 거실에 있는 창에 비친 얼굴 윤곽을 바라봤다. 정말 작아졌다. 보통 연예인들 보면 얼굴이 주먹만 하다던데 내 얼굴이 그렇게 작아진 것 같았다. 눈동자도 커졌다. 문득 석호가 걱정이 되었다. 석호도 그 구체를 봤을까? 영향을 받았을까? 석호는 어디로 간 걸까?

"석호는 어디로 간 거지? 아까 분명 산에 올라간다고 했잖아. 산에 아직도 있는 걸까?"

요한이가 트림을 하며 답했다.

"혹시 산에서 내려와 PC방을 간 걸까? 석호는 PC방에 자주 가니까."

"PC방 가려면 버스 타고 갔을 텐데 지금은 너무 늦은 시간인데."

"그럼 어디 갔을까? 오늘 PC방에서 밤새우고 올 수도 있지."

예전에 나와 요한이는 PC방에서 밤을 새운 적이 있다. 스타크래

프트 리마스터판이 나왔던 날이었다. 밤을 새고 집에 들어갔을 때 부모님에게 상당히 혼났다. 요한이는 작은외삼촌에게 뺨을 맞았다고 한다. 그럼 석호는 산에 올라가 그 구체를 보고 다시 내려와 PC방에 갔단 말인가?

"전화해보면 알잖아."

요한이가 말했다. 난 석호에게 전화해보았다. 끊임없이 신호가 갈 뿐 받지 않았다.

"어떻게 된 거지?"

석호도 그 구체에 어떤 영향을 받아 변화가 일어난 게 아닐까? 석호가 혼자 병원에 간 걸까? 시내에 버스 타고 직접 병원에 간 건가? 머리가 복잡해졌다.

"근데 아까 사람을 찾는다는 아저씨, 어떤 사람을 찾고 있었어?"

"아, 그냥 사람을 찾고 있대. 정확히는 모르겠어. 그냥 주변을 어슬렁거리는 사람 없냐고 물어보더라고."

"그래? 누군가 실종됐나?"

"혹시 너도 몸이 안 좋아지는 거 아니야? 어서 병원에 가야겠다."

요한이가 핸드폰을 들었다. 작은외삼촌에게 전화할 모양인가 보다. 아까 상상했던 것과는 다르게 직접 걸어서 병원에 갈 것 같다. 어쩌면 외삼촌에게 혼날 것 같다는 생각이 들었다. 외삼촌은 좋은 분이지만 간혹 크게 화를 내시곤 한다.

"이상하네. 전화가 안 돼."

"그래, 내 걸로 해볼게."

전화를 직접 하는 게 왠지 부담스러웠다. 뭐라고 설명하지? 이상한 구체에 다가가다 넘어졌다고 할까? 그런다고 갑자기 여자 같은 외형으로 변한단 말인가? 전화 걸다 보면 자연스러운 이야기가 떠오를 것만 같다. 그렇지만 신호만 갈 뿐 응답이 없었다.

"나도 전화가 안 되는데."

요한이는 잠시 뭔가 생각하다 말했다.

"집 밖에 나가서 해보자. 신호가 안 잡히는 것일 수도 있으니까."

우린 집을 나섰다. 비가 부슬부슬 내리고 있었다. 그냥 맞아도 되는 수준의 비이다.

요한이와 나는 계속 핸드폰을 여기저기 올려보며 전화를 걸어보았지만 신호가 잡히지 않았다.

"이상하다. 아까 친 번개가 뭐라도 건드렸나?"

"야, 저 차 또 온다."

아까 그 자동차가 또 집 앞으로 접근해 온다. 자세히 보니 검은색의 BMW이다. 상당히 고급스러워 보이는 차이다. 어떤 아저씨가 타고 있었는데 앉아 있지만 덩치가 상당하다. 운동을 많이 한 체격이다. 뒷좌석에는 여자로 보이는 사람이 앉아 있는데 자세히 보이지 않았다. 자동차에서 남자가 내렸다.

"또 보네요, 학생. 혹시 이 근처에 이상한 일 없었습니까?"

요한이와 난 뭔가 당황스러웠다. 아까는 사람 찾으러 왔다가 이번에는 이상한 일이 없냐고 묻는 게 좀 이상해 보였다. 우리가 산 위에서 이상한 구체를 봤다는 말을 할지 어쩔지 감이 안 잡혔다. 그 남자가 나를 빤히 쳐다봤다. 묘한 미소를 지으며 말했다.

"아주 예쁜 소녀구나. 혹시 오늘 이 근처에 이상한 일 없었니?"

"아… 없었습니다. 저희들은 하루 종일 게임만 했어요."

남자는 미묘한 표정을 지으며 높낮이가 없는 톤으로 이야기했다.

또 가슴속에서 미꾸라지가 펄떡였다.

"아까 마주치지 않았니? 너희 둘 어딘가 다녀온 것 같던데."

요한이와 나는 머뭇거렸다. 뭐라고 말해야 할지 잘 모르겠다. 난 우리가 어딜 다녀온 개인적인 이야기를 왜 해줘야 하는지 모르겠다. 하지만 그렇게 반박할 용기는 나지 않았다.

남자는 잘생겼지만 뭔가 차가워 보였다. 특히나 눈빛이 사람을 사로잡아 뭔가 겁먹게 만드는 것 같았다. 탄 걸린다는 말이 있다. 어렸을 때 산에서 멧돼지를 마주친 적이 있었는데 몸이 긴장되어 움직일 수 없었다. 어르신들이 그걸 탄 걸린 거라고 알려주셨다. 확실히 요한이와 나는 탄 걸린 것 같았다. 빨리 아저씨가 무슨 말을 해서 이 상황에 변화가 찾아왔으면 한다. 그때 요한이가 정적을 깨는 말을 꺼냈다.

"혹시 전화기 좀 빌릴 수 있을까요? 병원에 가야 하는데 전화가 안 돼서요."

아저씨의 눈꼬리 한쪽이 살짝 올라갔다.

"병원이라고? 왜, 무슨 일 있었니?"

우리가 무슨 말을 하든 다 의심 가는 이야기가 될 뿐이라는 걸 느꼈다. 아저씨의 얼굴에서 미소가 조금 사라졌다.

"너희들 혹시 오늘 뭔가 이상한 거 보지 못했니?"

"잘 모르겠어요. 곧 부모님들이 오실 거예요."

요한이는 방어적으로 말한 것 같았다. 그렇지만 오늘 부모님은 안 오신다. 아까 오후에 헤어질 때 요한이 집에서 라면 끓이고 주신 돈으로 햇반을 사서 밥과 함께 먹고 자라고 했다. 오늘은 요한이와 나 단둘이 밤새도록 게임을 하고 늦게 잘 생각이었다. 그런데 우리들만의 평화로운 금요일 밤이 이렇게 될 줄 누가 알았겠는가. 단란한 코미디 시트콤인 줄 알았는데 알고 보니 지금 이 순간의 장르는 공포물이다.

"얘들아, 솔직히 말하렴. 오늘 어디 갔다 왔니?"

우리가 그걸 왜 말해줘야 하는지 모르겠다. 아저씨가 인상을 썼다.

"집에 너희들만 있는가 보구나?"

지금부터는 좀 무서웠다. 요한이와 나 둘뿐이었다. 석호도 같이 있었으면 좋겠지만 석호란 녀석은 진작에 이 아저씨에게 잡혀 무슨 일을 당했는지도 모르겠다.

"부모님은 언제 오시니?"

"곧 오실 거예요. 저희들은 들어가보겠습니다."

요한이와 나는 어설프게 머뭇거리는 동작을 하다가 집으로 들어가려 했다. 순간 아저씨가 냉담한 목소리로 말을 했다.

"하늘에서 떨어진 유성 같은 거 본 적 없니?"

확실하다. 아까 우리가 발견한 구체 때문에 이 동네에 온 것이다. 그리고 왠지 그 기묘한 물체를 발견한 우린 위험에 빠진 것 같다. 달려서 도망가고 싶었지만 요한이와 신호를 주고받을 수 없었다. 요한이는 달리기 2등 정도로 달렸지만 난 달리기가 느렸다. 뛰어도 왠지이 아저씨가 더 빠르게 달려 우리 둘을 잡을 것 같았다. 정장 속에 가려진 팔뚝 크기가 어마무시하다. 우리 둘을 거뜬히 제압하고 어디론가 끌고 갈 것 같았다.

"운석은 본 적이 없어요. 그리고 옆에 친구가 많이 아파요. 이만 들어가볼게요."

요한이가 정중하게 이야기했다. 요한이가 말은 더 잘한다. 난 이런 상황에서 목소리가 떨리게 말을 하는 경향이 있다.

"그래? 친구가 왜 아픈지 물어봐도 될까?"

참 끈질긴 사람 같았다. 무슨 말을 하든 물러날 생각이 없어 보였다. 난 아저씨를 무시한 채 집 문으로 걸어갔다. 요한이도 뒤따라올 것이다. 또 다른 자동차 엔진 소리가 들렸다. 요한이의 부모님이 오시는 것 같았다. 난 이제서야 안도를 했다. 난 집에 들어가는 발걸음을 멈추고 차가 오는 쪽으로 다가섰다. 차의 전조등이 정면을 밝혀 순간 앞이 안 보였다. 빛이 걷히고 차가 보였다. 난 날카로운 한기를 느꼈다. 같은 차였다. 검은색 BMW.

"너희들 우리와 함께 사람 찾는 것 좀 도와주지 않겠니?"

요한이와 나는 긴장했다. 거절할 수 있는 건가? 아저씨의 표정이 편안해졌다. 상당히 인상 좋은 사람처럼 보였다.

"너희들이 이 동네 지리를 잘 알 것 같구나."

요한이와 나는 서로를 바라보았다. 라면 먹은 게 속에서 부담스럽게 꼬이는 것 같았다.

아저씨는 우리가 대답할 때까지 자리에서 안 떠나겠다는 식으로 우리 둘을 빤히 쳐다보고 있었다. 내가 대답했다.

"좋아요. 하지만 30분만 안내해드릴게요. 이따가 부모님들이 오실 거거든요."

이렇게라도 말을 안 하면 왠지 쥐도 새도 모르게 암살 같은 걸 당할지도 모른다는 생각이 들었다. 요한이도 동의했는지 모르겠다. 우린 둘 다 지쳐 있었다. 아저씨는 미묘한 표정을 지으며 말했다.

"그래. 그럼 저 산 쪽으로 올라가는 길 좀 알려주겠니?"

난 왠지 마음이 편해졌다. 올라가는 길목만 따라갔다가 집으로 다시 올 생각에 별일 없을 거라는 생각이 들었다. 요한이는 머릿속으로 뭘 생각하는지 알 수 없지만 부디 안심하고 있었으면 좋겠다는 바람이 있었다. 우린 앞장서서 아저씨를 안내했다. 두 번째로 온 자동차에서 덩치가 호리호리한 남자 두 명이 내렸다. 그리고 우리와 아저씨 뒤를 따라왔다. 덩치 큰 아저씨 둘이 합류할지 몰랐다. 안도하는 마음에서 다시 불안감이 감돌았다. 산 위로 올라가는 길목을 굳이 알려줄 이유가 있을까? 그냥 걸어 올라가면 되는 길을. 정신을 조금 차리니 이상했다. 또다시 겁이 덜컥 나기 시작했다. 아저씨 일행들과 조용히 걸었다. 주변은 놀랍도록 쥐 죽은 듯이 조용했다. 산 위로 올라가는 길목에 다다르면서 비가 다시 내리기 시작했다. 굵은 빗줄기였다. 1분 뒤에 온몸이 흠뻑 젖을 것 같았다. 우린 말없이 산 위로 올라가는 길목에 접어들었다. 요한이와 난 정면을 바라보고 있었고 우리가 보지 못하는 뒤쪽에 아저씨 일행들이 있다. 우리가 돌아서서 바라볼 때 그들이 무슨 행동을 할지 알 수 없어 두려웠다. 멀리서 부스럭거리는 소리가 들렸다. 나뭇가지를 헤치고 누군가 다가오는 것 같았다. 긴장감이 극에 달했다. 아저씨 일당들이 준비한 함정 같은 것일까? 서서히 앞에 보이는 나뭇가지들이 꺾이며 다가오고 있었다. 뛰어서 도망가야 한다. 난 천천히 고개를 돌려 요한이를 바라봤다. 입모양으로 뛰라고 말하고 싶었다. 그러나 겁이 나서 하지 못했다. 난 달릴 준비를 했다. 내가 뛰면 요한이도 반사적으로 같이 뛰어주길 바랐다.

"민우야!"

난 뛰는 동작을 하려다 주춤했다. 풀숲에서 나온 것은 석호였다. 얼굴이 새하얗게 질려 있었고 눈은 충혈돼 있었다.

"민우야 도망가!"

도망가라는 말이 출발 신호라도 되듯 뒤쪽으로 몸을 틀어 달렸다. 요한이도 달렸다. 비바람이 달리는 몸 중심으로 양옆을 쓸고 지나갔다. 내가 뛸 수 있는 한의 최선을 다해 달렸다.

아저씨 일행들을 지나쳤다. 무사히 지나갔다. 아니, 아저씨 일행들은 움직이지 않았다. 우린 무사히 그들을 지나쳐서 집까지 달렸다. 도착지가 집이 아니라 이 동네를 벗어나야 하는 게 아닌가 하는 생각이 들었다. 어찌할 바를 알 수 없었다. 집으로 갈까? 동네 밖으로 달릴까?

"요한아, 우리 어디로 가지?"

요한이에게 소리쳤다.

"버스정류장까지 가자!"

난 알았다고 대답했다. 그렇지만 이 시간에 버스는 끊겼을 텐데 요한이도 정신이 없는 듯했다. 우린 기를 쓰고 달렸다. 역시 요한이 달리기가 더 빨랐다. 난 요한이만 집중적으로 쫓아 달려가면 될 것 같았다. 요한이 등 뒤만 쫓았다. 비바람이 불어 눈앞을 뿌옇게 만들었다. 이제 거의 우리 집까지 다다랐다. 우리 집을 지나쳐 조금만 달리면 버스정류장이다. 어쩌면 사람이 있을지도 모른다. 전화가 되는 사람, 여러 명의 사람들이 있을지도 모른다. 그럼 우리 둘은 안전하다. 조금씩 마음이 편해졌다. 달리는 속도도 늦춰졌다. 또다시 골반의 통증이 살아났지만 우린 달려야 했다. 곧 버스정류장이 보인다.

"멈춰!"

소리가 들렸다. 여자 목소리였다. 아차, 아까 아저씨와 같이 있던 여성을 잊고 있었다. 요한이 말대로 예쁜 여성이었다. 그렇지만 냉

철하게 우릴 노려보는 눈은 지옥의 불덩이처럼 뜨겁고 섬뜩했다. 여자가 손바닥을 우릴 향해 펼쳤다. 앞에서 달리던 요한이의 속도가 줄어들었다. 순간 균형이 깨지는 듯한 느낌이 들었다. 요한이는 그대로 쓰러졌다. 난 달리기를 멈췄다. 달리던 속도 때문에 앞으로 두어 번 넘어질 뻔했다. 그 여자가 보였다. 손바닥이 나를 향했다. 머릿속에 지독한 편안함과 푸근한 향기가 흘러들어오는 듯하다. 순식간에 온몸이 무너지고 난 잠이 들었다. 석호는 무사할까? 그들은 누구일까? 혹시 외계인들일까? 나의 멍텅구리 같은 상상력이 분출했다. 그리고 잠에서 깨었다. 온몸이 축축해졌다. 땀에 젖어 비를 맞고 잠든 것 같은 기분이 들었다. 그 아저씨 일당들은 모두 사라지고 요한이 집 앞에 그냥 그대로 누워 있었던 것 같다. 그럼 모든 게 잘된 게 아닌가 하는 생각이 들었다. 빨리 부모님에게 전화를 걸고 병원에 가야 한다는 생각이 들었다.

눈을 크게 떴다. 병원이었다. 나는 크게 안도했다. 새하얀 벽과 커튼, 무엇인지 알 수 없는 LCD 화면들이 보였고 옆에는 정교하게 만들어진 책상 서랍 같은 게 있었다. 우리 동네 병원이 아닌가 보다. 좀 더 큰 병원에 온 것 같았다. 부모님들이 내 얼굴을 보고 많이 놀라셨을 거란 생각이 든다. 여성처럼 변한 이유가 뭘까? 그 구체에 신비한 힘이 있어 사람 외형을 바꾸는 걸까? 그렇다면 왜 난 여성의 형상으로 바뀌었을까? 혹시 순식간에 유전자 조작을 하고 호르몬을 변형시키는 걸까? 누워서 천장을 바라보았다. 커피잔같이 동그란, 파이프같이 생긴 것이 8개가 둘러져 있고 커피잔처럼 생긴 것은 빨간색으로 불이 들어와 있다. 뭔가 독특한 의료 기구 같았다. 다시 눈을 감았다. 한숨 더 푹 잘 수 있을지 모르겠다. 그렇지만 놀랍게도 몸이 개운했다. 머리가 믿을 수 없을 만큼 맑았다. 지금 침대에서 일어나도 될 것 같다. 혹시나 하고 옆을 보았지만 요한이는 없었다. 아마도 밖에 부모님들이 와 계신 듯하다. 기이한 소리가 들렸다. 뭔가 컴퓨터 프로그램이 동작하듯 묘한 소리가 들렸다. 그리고 발소리가 들렸다. 나에게 다가오는 듯하다. 난 왠지 모르게 가슴이 뛰었다. 엄마 아빠에게 무슨 말을 할지, 구체에 대한 이야기를 해야 할까? 그 아저씨 일당들에 대해서도 말해야 하는 게 아닐까? 아마도 경찰이 나에게 이것저것 물어보겠지? 생각과는 다르게 문이 여닫이 문이 아니라 자동문이었다. 옆으로 문이 들어갔다. 웬 안경 쓴 여자가 들어왔다. 의사는 아닌 듯하다. 그냥 교복을 입고 있었다. 누구지? 내가 모르는 친척인가? 말없이 날 바라보았다. 나도 동그랗게 눈을 뜨고 그녀를 바라보았다. 입원실을 잘못 찾아온 듯하다.

"누구세요?"

내가 물었다.

"지금 일어났나 보구나? 혹시 배고파?"

나와 아는 사람인가? 혹시 내가 기억 상실증까지 겪고 있는 건가?

"배 안 고파? 이름이 뭐야?"

난 어리둥절해 있었다.

"이… 이민우."

"아, 민우? 난 이소영이라고 해."

"응…."

"근데 우리 부모님은 어디 계셔?"

"너희 부모님? 난 모르겠는데."

모른다면 이 소녀는 누구지? 여긴 병원이 맞나?

"요한이는 어디 있어?"

"요한이? 너랑 같이 있던 남자애? 다른 곳에 있어. 사람들과 대화 중이야."

사람들과 대화 중이라니, 요한이 부모님이 오신 건가? 난 자리에서 일어났다. 몸은 개운해서 좋았다. 걷는 데도 별다른 지장은 없는 듯하다. 옆 선반의 예쁜 물병에 물이 담겨 있었고 예쁜 컵이 보였다. 난 물을 따라 마셨다. 정말 시원하고 좋았다. 소녀는 날 골똘히 바라보았다.

"근데 넌 여자니? 남자니?"

질문의 의미를 잘 파악하지 못하고 멍하니 소녀를 쳐다보았다.

약간 정적이 흐른 후 난 답했다.

"당연히 남자지."

"그래? 거울 좀 봐. 너 여자처럼 생겼어."

거울이 있나 방을 둘러보았다. 거울은 없었다. 소녀가 발로 바닥을 가볍게 쳤다. 그러자 부드러운 기계 마찰음과 함께 바닥에서 거울이 올라왔다. 순간 난 깜짝 놀랐지만 침착하게 거울을 바라보았다. 맙소사, 난 여자같이 생겼다. 부드럽고 곱다. 길고 아름다운 목선, 작고 예쁜 이마를 가졌다. 머리는 파마한 것처럼 위로 풍성하게 올라가 있었다. 한동안 넋 놓고 바라보았다. 그리고 혼돈이 찾아왔다. 아무래도 예전처럼 나의 얼굴로 돌아가지 못하면 어쩌나 하는 생각이 들었다. 어깨가 좁아졌고 골반이 약간 커졌다. 그나마 다행이다. 골반이 진짜 여성처럼 커지면 남자로서 받아들일 수 없는 느낌 때문에 상당한 스트레스를 겪을 거라고 예상한다. 소녀가 나에게 다가왔다.

"밖에 사람들이 기다리고 있어."

난 고개를 끄덕였다. 이제 부모님을 만나야 할 것 같다. 그동안의 상황도 설명해드려야 할 것 같고. 난 그 자동문으로 다가갔다. 문이 열리고 너무나도 낯선 풍경이 보였다. 여긴 병원이 아닌 것 같았다. 풀이 상당히 많았다. 바닥이 온통 잔디로 되어있었다. 의사로 보이는 몇몇이 잔디 위를 걸어다니고 있었다. 오른쪽에 커다란 곡선형 창문이 있었다. 너무 커서 약간 비현실적으로 보였다. 유리창도 통유리였다. 상당히 따뜻한 빛이 들어오고 있었다. 전체적으로 하얀 톤이지만 병원 같지는 않았고 뭔가 연구시설 같은 느낌이 들었다.

벽면의 LCD 창 같은 곳에서 글자들이 흘러나왔다. 영어로 돼 있기도 하고 한글로도 돼 있었는데 잘 읽히지 않았다. 그리고 LCD 벽 뒤쪽으로는 이상한 문자가 들어간 간판 같은 게 있었다. 내 생각에는 여자 화장실, 남자 화장실을 가리키는 것같이 생겼다. 앞에는 평상복을 입은 덩치 큰 남자가 서 있었고 뒤에 두 명의 남자가 서 있었다. 어제 요한이와 나를 괴롭혔던 그 덩치 큰 아저씨였다.

"몸은 좀 어떠니?"

아저씨가 물었다. 말소리에 뭔가 중압감과 위엄이 있었다. 난 대답하기 망설여졌다. 마음이 불안해지고 있었다.

"여긴 어디예요?" 난 물었다.

아저씨가 날 노려봤다. 난 겁이 났지만 어떻게든 집에 가고 싶었다.

"집으로 돌아가고 싶어요."

그러자 아저씨는 아무 말도 하지 않았다.

"어제 너희 둘이 뭔가 봤을 거라 생각하는데, 혹시 어제 뭐 본 거 없니?"

"요한이는 어디 있죠?"

난 요한이가 안 좋은 일을 당한 게 아닌가 걱정이 되었다. 요한이가 없으면 난 혼자가 된다. 여기가 어디인지도 모르고 어떻게 될지도 알 수가 없었다. 두려움에 사로잡혀 눈물이 맺히는 듯하다. 혹시나 죽임을 당하는 게 아닌가 하는 생각부터 난 발가벗겨진 것처럼 무방비하다고 생각했다. 내가 영화를 너무 많이 본 걸지도 모르겠다. 아저씨는 무덤덤하고 차가운 표정으로 날 바라봤다.

"뭔가 이야기해주면 친구를 만나게 해주지. 맘 편하게 이야기해 보렴."

"어제 이상한 구형의 물체를 봤어요."

"구형의 물체? 어떻게 생겼니?"

"그냥 동그랗고 아주 깨끗한 재질을 갖고 있었어요. 빛이 좀 났던 것 같기도…"

"너 혹시 그걸 만졌니?"

난 순간 화들짝 놀랐다.

"아니요, 만지진 않았어요. 건드리지도 않았고 우린 그저 그걸 관찰한 게 다예요. 그리고 바로 산을 내려왔어요."

"그리고 또 뭔가 본 게 없니?"

뭔가 또 본 게 없냐는 말에 갑자기 석호가 생각났다. 석호는 어떻게 된 걸까? 석호도 뭔가 안 좋은 일을 당한 걸까? 마지막으로 봤을 때 도망치라고 했는데 요한이와 나보다도 먼저 이 아저씨 일당들에게 쫓긴 게 아닐까?

"뭔가 또 본 건 없어요."

난 눈을 아래로 내리깔았다. 이 정도만 이야기하면 되는 걸까? 더 할 이야기는 없다. 아저씨는 날 가만히 쳐다보았다. 그의 눈길을 피할 수가 없었다. 기묘한 날카로움이 날 들쑤시는 것 같았다. 방금 전까지만 해도 개운하게 일어났지만 지금은 눕고 싶었다. 내가 누울 곳은 이제 없다는 생각이 문득 들었다. 날 쳐다보는 저 아저씨의 눈빛이 그렇게 말해주는 듯했다. 방금 전에 일어난 침대에서 여기까지 걸어나오는 게 내 마지막이 아닌가 하는 생각에 가슴이 두근거렸다. 아까 침실에 있던 소녀는 누구였을까?

"좋아. 지금은 일단 쉬렴. 엉뚱한 생각이나 행동은 하지 말거라. 친구도 곧 만나게 될 거다."

난 대꾸를 못 했다. 그저 멍하니 땅을 바라봤다. 아저씨와 그 일당들은 자리를 떠났다.

난 멍하니 서 있었다. 무엇을 해야 할지 몰랐고 불안감과 두려움에 다리가 갑자기 떨렸다. 앉아 있으면 어떨까 싶어 주변을 둘러보았지만 의자 같은 건 안 보였다. 목이 메었다. 눈물이 날 것 같았지만 흐르진 않았다. 이런 몰골로 그 소녀를 보고 싶지 않았다. 부모님이 보고 싶었다. 아무래도 안정을 취해야 할 것 같았다. 침실에 돌아가 앉아 있을 생각이었다. 누워 있고 싶었지만 왠지 날 무방비 상태로 노출하는 것 같아 그냥 앉아 있기로 했다.

다시 자동문을 열고 방으로 들어갔다. 눈에 물잔이 보였다. 조금 마음이 편안해졌다. 물 한 잔이 이렇게 기분 좋게 해줄 수가. 물을 마시고 침대에 앉았다. 소녀는 없었다. 아까 아저씨 무리들과 있을 때 나간 것 같았다. 요한이는 어떻게 됐을까. 앉아 있으니 조금 안도감이 들었다. 날 해치려면 진작 아까 다 이야기하고 난 뒤에 날 죽이지 않았을까 하는 생각이 든다. 곰곰이 생각해보니 난 납치를 당한 게 아닌가 하는 생각이 들었다. 이건 납치 아닌가? 여긴 어디지? 요한이 부모님과 내 부모님이 우릴 찾고 있겠지?

그동안 봐왔던 수많은 실종 사건처럼 내가 이런 일을 당하다니, 설마 나는 아닐 거라고 생각했는데 정말 사람 앞날은 알 수가 없구나 하는 생각이 들었다. 약간의 긴장이 사라지자 배가 고파왔다. 먹을 건 줄까? 아니면 죽을 때까지 굶길까? 갑자기 문이 열리고 그 소녀가 들어왔다. 손에 식판이 들려 있었다. 난 아무 말도 못 하고 있었다.

"배고프지? 이거 먹고 있어."

"응…."

난 조용히 답했다. 소녀가 침대 밑에 발을 갖다 대자 침대 옆 벽에서 넓은 판자가 나왔다. 그 위에 식판을 올려놓고 나갔다. 삶은 계란도 있고 구운 식빵에 잼, 그리고 우유가 있었다. 무엇보다 난 배가 고팠다. 천천히 먹기 시작했다. 밥은 주는구나. 어쩌면 날 해치지 않을 거란 생각이 들기도 한다. 그랬다가 또 역시나 날 살려두지는 않을 거란 생각이 든다. 모든 게 그 구체와 연관된 것 같았다. 빵이 아주 맛있었다. 버터를 발라 구운 것 같았다. 안쪽은 부드럽고 바깥쪽은 바삭했다. 잼도 정말 달콤했다. 요한이도 뭔가 먹고 있길 바랐다. 살아서 돌아가면 콜 오브 듀티 매우 어려움을 꼭 클리어하고 말겠다. 살아 돌아온 기념으로 인터넷도 좋은 걸로 바꿔서 멀티 게임도 할 테다. 난 그런 생각을 하며 먹었다. 혹시 이곳에서 탈출하게 된다면? 그건 거의 불가능하다고 생각했다. 주변 환경이 그렇게 느껴졌다. 왠지 이곳은 최신식 시설 같다는 생각이 들었다. 분명

CCTV 같은 것도 많이 설치되어 있을 것 같았다. 난 여러 가지 가정들을 생각해봤다. 이 시설은 우리 사회의 악당들, 테러리스트나 범죄자들이 만든 장소가 아닌가 생각해보았다. 그렇지만 우리 같은 민간인들 눈에는 안 보이는 것이다. 아니면 어제 발견한 구체가 정말로 우주에서 떨어진 물체이고, 예를 들어 나사나 한국 과학 연구소와 관련이 있어 목격자를 다 잡아들여 입을 막게 한다든가 제거하는 게 아닌가 하는 생각이 든다. 그러면서도 신경 쓰이는 부분은 교복을 입은 저 소녀는 누구일까 하는 생각이 든다. 악당들의 기지라면 악당들의 자녀 중에 하나가 아닐까? 근데 뭐하러 자녀한테 인질에게 밥을 가져다주는 일을 시킬까. 빵과 우유를 다 먹었다. 배가 차니 몸이 편안해졌다. 잠을 자고 싶다는 생각이 들었다. 피곤함이 몰려왔다. 심리적인 긴장 때문에 몸이 쉬길 원하는 것 같다. 그러면서 거울을 한번 봤다. 머릿속에 여태까지 살아오면서 한번도 싹트지 않던 생각이 피어난다.

"내가 이토록 아름다웠던 적이 있었는가?"

크고 동그란 눈동자와 하트 같은 모양의 오므린 입술에 매혹되었다. 새하얀 병원복이 예쁜 드레스 같았다. 이런 생각을 하는 나 자신에게 충격을 받았다. 부끄러웠다. 혼란과 두근거림이 덮쳐오고 난 자는 쪽을 선택했다. 자고 나면 혹시나 모든 일이 긍정적인 쪽으로 변할지 모른다. 인간은 항상 그런 꿈을 꾸는 동물이라고 생각한다. 그렇게 난 잠이 들었다.

갑자기 여러 사람이 다가오는 소리가 들렸다. 난 또 겁이 덜컥 났다. 혹시 여기서 끝인가?

난 몸이 얼어서 그냥 누워 있었다. 일어나기가 무서웠다. 문이 열렸다.

"민우야, 괜찮아?"

"어? 요한아. 어디 있었어?"

그토록 요한이가 보고 싶었던 적이 없다. 요한이는 무사해 보였다.

어제 입은 옷 그대로였다. 옷이 많이 더러웠다. 괜히 마음이 안 좋아졌다. 요한이가 들어와 침대에 서성이다 앉았다. 뒤에 따라온 사람은 그 이소영이라는 소녀와 호리호리하게 생긴 남자였다. 우리 또래로 보였다.

"몸은 괜찮아?"

"응, 괜찮아. 너는?"

"난 아무 이상 없어."

우린 말이 없었다. 난 무슨 말을 해야 할지 잘 모르겠다. 요한이도 마찬가지일 거라고 생각했다. 우리가 감당할 수 있는 일은 아니었다.

"밥 먹었어?"

"응, 먹었어."

우리 둘은 저 남자아이와 소영이라는 소녀가 있어 자세한 이야기를 꺼낼 수가 없었다.

남자아이가 날 빤히 쳐다보았다. 나와 눈이 마주치자 다른 쪽을 바라봤다.

요한이와 난 물끄러미 서로를 바라보았다.

"여기서 언제 나갈 수 있대?"

난 희망사항을 이야기해보았다.

"나도 몰라. 우리에 대해서 조사를 한대. 너도 곧 박사님과 상담을 나눌 거야."

박사님? 악당의 대장일지, 아니면 나사 같은 곳의 박사일지 짐작도 안 된다.

"박사님? 누구인데? 음… 뭐 하는 사람인데?"

"나도 몰라. 다 그냥 박사님이라고 부르던데. 여기서 일하는 분인가 봐."

"여기라면… 여긴 어디야? 집하고 멀어?"

"여기가 어디인지는 나도 몰라. 알려줄 수 없대."

"알려줄 수 없다고?"

난 멍하니 요한이를 바라봤다. 고개를 한쪽으로 갸우뚱한 채.

"너 괜찮아?"

난 얼굴을 아래로 내리깔았다. 혹시나 여기서 평생 나갈 수 없으면 어쩌지….

"민우라고 했나? 박사님이 너와 이야기를 나누고 싶대."

소영이와 함께 들어온 남자애가 말했다.

"응…."

그 남자 녀석은 날 자꾸 힐끔힐끔 쳐다봤다. 상당히 신경 쓰이게 했다. 소영이는 말없이 우릴 바라봤다.

"박사님과 무슨 이야기 했어?"

내가 물었다.

"그냥 어제 봤던 거, 그 구체. 난 솔직히 할 말이 거의 없었어. 그냥 그 구체를 본 것뿐이잖아."

난 또 겁이 났다. 난 그 구체에 빨려들어갈 뻔했다. 나에게 혹시 어떤 문제가 생기는 게 아닐까? 요한이는 무사히 돌아가고 나만 여기 혼자 남으면 어쩌지? 무엇보다 나의 외형이 변한 것을 이야기하면 어떤 반응이 나올까. 순간 가장 무서운 생각이 들었다. 혹시 생체 실험 같은 걸 당하면 어쩌지….

"저기, 우리를 따라올래?"

남자애가 말했다. 아마 나만 따라가야 할 것 같다. 난 침대에서 일어나 그 둘을 바라봤다.

"따라와."

소영이가 말하곤 뒤로 돌아서 갔다. 요한이 얼굴을 잠시 본 후 뒤를 따라갔다. 아까 봤던 큰 아치형 창을 지나갔다. 산하고 나무밖에 안 보였다. 왠지 여긴 시골의 외진 곳 같다는 생각이 들었다. 아니, 일부러 이 장소가 어디인지 모르게 하려고 아무도 모르는 장소에 지어진 건물이란 생각도 들었다. 그리고 아까 화장실 남녀 표지판이라고 생각했던 곳에 들어갔다. 무슨 문자인지 전혀 이해하지 못했다. 안쪽에 엘리베이터가 있었다. 상당히 세련되고 견고해 보였다. 벽만 봐도 콘크리트가 아닌 알루미늄 같은 재질의 벽면 같았다. 엘리베이터의 맞닿는 면이 거의 보이지 않았다. 그럼에도 둘로 나누어져 열렸다. 엘리베이터를 타고 어딘가로 갔다. 올라가는 건지 내려가는 건지 알 수 없었다. 아무런 진동도 느낄 수 없었다. 혹시 나만 살해당하면 어쩌나 겁이 났다. 내가 이런 겁쟁이라니 믿을 수 없었다. 몸이 떨렸다. 그렇지만 앞쪽에 서 있는 남자애와 소영이에게 들키고 싶지 않았다.

두 주먹을 꼭 쥐었다. 그래도 몸이 떨렸다. 지금 그 덩치 아저씨를 마주친다면 기절할 것 같다는 생각이 든다.

"괜찮아?"

소영이가 물어봤다. 난 순간 움찔했고 내가 무척이나 긴장하고 있다는 걸 들킨 것 같다.

"응, 괜찮아."

"그래."

갑자기 서로 편하게 말을 주고받은 듯한 기분이 든다. 갑자기 마음이 편안해졌다. 머릿속의 혈액이 잘 돌듯이 윙윙거리는 느낌과 함께 머리가 멍해지면서 맑아졌다. 신기한 느낌이다. 그렇게 편안하게 소영이와 남자애를 따라갔다. 커다란 농장 같은 장소가 나왔다. 기다란 구역으로 나뉘어 있고 여러 가지 작물을 심어놓은 듯하다. 빨간 토마토도 보였다. 농장의 구조물들이 다 하얀색으로 칠해진 것 같고 일하는 사람들도 보였다. 난 이들이 악당이 아닐지도 모른다는 생각에 조금은 안도했다. 그리고 곰곰이 생각해보니 박사라면 공부를 잘해서 얻는 칭호이고 악당과는 거리가 멀다는 생각이 들었다. 어쩌면 집에 빨리 돌아갈지도 모르겠다. 부모님에게 뭐라고 말해야 할지 모르겠다. 우린 농장을 지나 커다란 돔 형태의 유리가 덮인 장소로 갔다. 이 면적이면 여의도만큼 크겠다는 생각을 했다. 이 건물이 어디에 있든 눈에 띌 거라는 생각이 들었다. 난 왠지 이 장소가 안전한 장소이고 부모님들이 이 근처에 있을 수도 있다는 생각이 들었다. 박사와 면담 후에 일사천리로 빠져나갈 수 있을 것 같다는 희망을 품었다. 돔에 들어가 앞을 보자 문이 여러 개 있었다. 표지판도 번호도 없었다.

"저리로 들어가면 돼."

소영이가 알려주었다. 난 머뭇거리다 발걸음을 옮겨 문을 열고 들어갔다.

들어가서 주변을 둘러보았다. 밖에서 보던 것과 달리 안쪽 공간이 넓었다. 가운데에 탁자가 있고 검은색 양복을 입은 남자가 앉아 있었다. 너무 멀어서 잘 안 보였지만 젊은 사람 같았다. 천천히 가까이 다가갔다. 그와 가까워질수록 왠지 그는 점점 나이 들어 보였다. 내가 바로 앞까지 다가갔을 때 그는 서양인이었고 양복이 아니라 신부 복장을 하고 있었다. 마음이 평온해졌다. 그는 종교인인 것 같았다. 그리고 나이가 많아 보였다.

"여기 앉으렴."

책상 앞에 작은 의자가 있었다.

"요한이 말로는 게임을 무척 좋아한다고 하던데 콜 오브 듀티는 재밌게 했나?"

깜짝 놀랐다. 요한이가 다 털어놓았나 보다!

"아, 네. 재밌게 했습니다."

난 갑자기 눈물이 핑 돌았다. 이 사람에게 모든 걸 다 털어놓고 이 상황을 빨리 벗어나고 싶었다. 부모님이 보고 싶었다. 내 고양이 리타도 보고 싶었다. 눈물이 흐를까 봐 눈에 힘을 주었다.

"자넨 감수성이 풍부한 친구군."

신부가 미소 지었다.

"아 네… 궁금하신 게 무엇인가요?"

다 털어놓고 집에 갈 준비가 되었다.

"난 자네와 친척인 요한이가 구체를 발견했다는 것을 알고 있네."

난 침을 삼켰다.

"혹시 그 구체를 만졌나?"

난 눈을 크게 떴다. 만지지 않았다.

"만지지 않았습니다. 그냥 바라보기만 했습니다."

우린 결백하다!

"그렇군. 다행이라고 생각하네. 만지지 않아서. 요한 군과 자네 혹시 어제 구체에 대해서 누군가에게 이야기했나?"

가슴이 너무 뛰어서 괴로웠다.

"아… 아무에게도 이야기하지 않았습니다."

신부는 미묘한 표정을 지으며 자기 손을 살펴보았다. 그러곤 갑자기 손을 들어 손가락을 펴고 내 머리를 가리키는 듯했다.

"자네 겁이 많구먼."

또 한 번 머리에 피가 시원하게 돌듯이 윙윙거렸다. 이후로 뼈 소리가 들리고 머리가 청량하게 뚫리듯이 맑아졌다. 감동의 눈물이 흐를 지경이었다. 상당한 열망이 피어나기도 했다. 살아서 대학도 가고 부모님에게 잘해드리고 싶고, 성공적인 삶을 살아가고 싶다는 강력한 열망이 터져나왔다. 난 눈을 동그랗게 뜨고 입을 벌리고 떨었다.

"구체에 빨려들어갈 듯한 이상한 힘을 느꼈습니다. 만지진 않았습니다. 그리고 집에 돌아와 보니 얼굴이 변해 있었어요. 여자처럼…"

신부가 자상한 표정으로 날 바라봐주었다.

"우린 자네와 요한 군을 해치지 않을 거야. 안심하게. 여자처럼이라… 난 자네가 아주 예쁜 남자라고 생각했네. 여자가 되었다라… 혹시 다른 특이사항은 없나?"

머리에 그 강력한 쾌감이 서서히 가라앉았다.

"없는 것 같습니다."

신부는 얼굴이 편안해졌다.

"우린 마음만 먹으면 자네들의 기억을 지우고 안전하게 집으로 돌려보내줄 수도 있네. 그렇지만 시간이 필요해. 그리고 제발 겁먹지 말게. 죽이진 않을 테니."

시간이 필요하다는 말만 귀에 들어왔다. 다른 단어는 인지하지 못했다.

"언제 집에 갈 수 있습니까?"

"좀 더 지켜보고 싶네."

신부는 고개를 약간 숙이고 뭔가 골똘히 생각하는 듯했다.

"대화는 이 정도면 됐네."

난 긴장을 다소 풀었다. 갑자기 몸에서 모든 기운이 빠져나가는 듯하다.

"이만 돌아가 쉬게. 수고했네."

난 고개를 숙여 예의를 갖추고 방을 나왔다. 소영이와 그 남자애가 앉아 있었다. 아까는 의자가 없었는데 또 바닥에서 솟아난 것 같았다. 갑자기 거대한 궁금증이 폭발하는 듯하다. 신부님이 한국말을 매우 잘한다는 것을 이제서야 인지했다. 내가 너무 긴장한 모양이다.

"가자, 뭐 하고 싶니?"

소영이가 물었다.

"글쎄, 뭘 해야 될지 모르겠어. 어디에 있어야 하는지도. 근데 여긴 뭐 하는 곳이야?"

"음… 아직 신경 쓸 필요 없어. 여기에 있는 동안 넌 편하게 지내면 돼."

편할 리가 있나 싶다. 그래도 마음은 편안해졌다.

"가자, 아까 있던 방으로."

"응."

그리고 소영이와 남자애를 따라갔다. 시간이 빨리 지나갔나, 조금씩 배가 고파왔다. 머릿속에 한 가지 생각이 스쳐 지나갔다. 이 사람들은 혹시 초능력자인가? 그런 생각이 문득 들었다. 어제 요한이와 달리다 우릴 멈춘 여성도 방금 대면했던 신부님도 뭔가 기이한 능력을 갖고 있다고 생각했다. 이들은 손을 사용하는 뭔가 기묘한 능력을 부린다는 생각이 들었다. 너무 벅차다. 생각을 하지 말자. 요한이 말로는 가끔 내가 너무 생각이 많다고 한다. 또 같은 말을 자주 한다고 하기도 했다. 내가 생각이 지나치게 많은 걸까. 난 조용히 소영이를 따라갔다. 같이 온 남자애는 말이 없었다. 그러곤 남자애가 나를 힐끔 쳐다봤다. 그게 좀 신경 쓰였다. 기존에는 없었던, 쳐다보면 신경 쓰이는 기능이 생겨난 것 같은 느낌이 들었다. 신부님에게 이야기하면 좋을 것 같다. 신부님에 대한 무한한 신뢰가 생겼다. 우릴 해칠 것 같진 않았다.

또 하나 걱정이 싹튼다. 요한이 말로는 내가 너무 사람을 잘 믿고 잘해준다고 한다. 아까 신부님이 나보고 감수성이 풍부하다고 하지 않았나? 그건 어떻게 아셨지? 요한이가 상당히 많은 이야기를 한 것이라 추측한다. 우린 아까 그 농장을 지났다. 잘 익은 옥수수가 보였다. 소영이가 뒤를 돌아보며 가볍게 한마디 꺼냈다.

"민우야, 너 정말 예쁘다. 너 혹시 모델이니?"

기운이 없는 나는 무표정하게 답했다.

"아니, 난 그냥 평범한 사람이야."

"평범한 사람인데 여긴 어떻게 왔어?"

"여기? 아… 말하면 안 될 것 같아."

"괜찮아, 이야기해도. 여기 있는 동안은 자유롭게 이야기해도 돼."

"너 혹시 초능력자니?"

소영이가 눈을 찌푸렸다. 같이 있던 남자애는 뒤를 힐끔 돌아 또 내 얼굴을 쳐다봤다. 쳐다보면 발동하는 나의 이상한 감지 능력이 또 느껴졌다.

"초능력자는 아니고, 미안. 나도 말하기 좀 그렇네. 그건 그렇고, 여긴 학교야."

"학교?"

예상했던 것 이상으로 놀랐다. 결국 여긴 그냥 학교인가? 신부님은 박사 겸 선생님이신가? 가만, 무슨 대학교인가? 서울의 대학교는 크던데 우리나라에 이렇게 큰 대학이 있다고? 혹시 여기가 서울대인가? 서울대는 버스가 다닐 정도로 크다고 들었다. 아니다. 서울대일 리는 없을 것 같다. 하여간 건물들이 정말 최신식이라는 생각이 든다. 농장 지역을 지나갈 때 아까 보지 못한 표지판을 봤다. '1982-2021' 연도 표기 같았다. 1982년에 만들어진 곳일까? 앞쪽에서 남자와 여자 무리가 이쪽으로 몰려왔다. 소영이가 '안녕' 하고 인사했다. 남녀 무리의 사람들이 내 얼굴을 한 번씩 쳐다보는 게 느껴진다. 쳐다보면 느끼는 나의 센서가 또 발동한 것 같다. 학생들이 지나가고 우린 엘리베이터를 타고 병실에 도착했다.

요한이가 누워 있었다. 잠이 든 모양이다. 아마도 잘 생각은 없었지만 어쩔 수 없이 잠이 든 거라고 추측한다. 요한이가 누워 있는 자리에 나처럼 환자복이 놓여 있었다. 우린 이 복장으로 지내야 하는가 보다. 난 요한이 옆에 앉았다. 요한이가 깨어날 때까지 기다릴 셈이다. 뭔가 오묘한 느낌이 또 하나 생성된다. 누군가를 기다린다는 마음 말이다. 마음에 대한 새로운 기능이 추가된 것 같았다. 혹시 나도 초능력을 얻게 될까? 머리가 너무 복잡해서 생각하지 않기로 했다. 소영이는 언제 또 의자가 생겼는지 앉아 있었고 남자애는 또 나를 힐끔힐끔 쳐다봤다.

"배고프지?"

소영이가 물었다.

"응. 요한이 일어나면 같이 먹을게. 근데 먹을 것은 주는 건가 보다?"

소영이가 웃었다.

"그럼 당연히 주지, 굶기니?"

나도 피식 웃었다. 마음이 더 편해졌다. 복잡한 생각을 좀 줄이면 될 것 같다.

"근데 지금 먹으러 가야 돼. 식사 시간이 정해져 있거든."

여긴 시계가 없어서 모르겠지만 아마도 점심시간인 것 같았다.

"요한이는 저녁 먹을 때 먹고 우린 지금 먹으러 가자."

난 요한이가 왠지 걱정되었다.

"요한이는 괜찮을 거야. 가자."

난 말없이 소영이와 남자애 뒤를 따라갔다. 또 엘리베이터를 타고 다른 장소로 갔다. 언뜻 보면 고급스럽고 세련된 옷 가게 같은데 언뜻 보면 연구실 같기도 한 장소를 지나갔다. 운동복 같은 복장도 있고 뭔가 독특한 형태의 복장도 있었다. 그리고 식당에 와서 식사를 했다. 서양 음식이 나왔고 스테이크로 보이는 것과 구운 감자 3개,

옥수수 샐러드가 나왔다. 난 배가 고팠기 때문에 급하게 먹었다. 소영이와 남자애는 천천히 먹기 시작했다.

"얘는 태호야. 김태호."

소영이가 남자애 이름을 알려주었다.

태호는 나를 힐끔 봤다.

"응, 그렇구나."

난 답하고 음식을 입에 넣었다. 갑자기 볼륨을 최저로 놓은 듯한 소음이 들렸다. 그리고 누군가 속삭이는 소리로 변했다. 난 먹는 걸 멈추고 머릿속에 들리는 이상한 소음에 집중했다. 속삭이는 소리가 정말 강했다. 그리곤 사라졌다. 문득 고개를 드니 태호라는 남자애가 나를 빤히 쳐다봤다.

"왜?"

내가 물었다. 태호가 눈을 다른 데로 돌리더니 날 다시 봤다.

"아, 아니야. 아무것도."

그리고 태호가 고개를 내리깔았다.

태호는 왠지 착한 아이 같았다. 갑자기 요한이의 음성이 들리는 듯하다. 조금만 좋은 점이 있으면 내가 다 좋게 본다는 이야기를 하곤 했다. 난 감자를 맛봤다. 정말 맛있었다. 시내의 햄버거 집에서 먹는 감자튀김보다 더 부드럽고 고소했다. 아마도 여기서 직접 재배한 감자로 만드는 게 아닌가 생각된다. 갑자기 엄마가 보고 싶었다. 내가 먹고 싶다면 뭐든지 만들어주실 것 같았지만 햄버거는 그냥 밖에서 사 먹으라고 돈을 주셨다. 부모님들이 날 찾고 있겠지.

"저, 소영아. 여긴 뭐 하는 학교인지 알려줄 수 있어?"

소영이가 안경을 만진 뒤 답을 해주었다.

"아까 이야기했다시피 여긴 학교야."

"그럼 여긴 대학교야?"

"응, 대학도 있고, 고등학교, 중학교, 초등학교까지 다 있어."

"그렇구나. 그럼 여긴 어디야? 지역이?"

"미안. 그건 알려줄 수 없어."

순간 난 할리우드 영화에 나오는 초능력자들이 지내는 학교 같은 걸 생각했다. 정말 그럴까? 여긴 초능력자들의 학교일까? 그런 장소가 한국에 있는 게 신기했다. 먹을거리도 직접 키워서 여기서 지내는 걸까?

"아 맞다. 석호 알아? 석호는 무사해?"

소영이가 눈을 동그랗게 떴다.

"석호는 누구야? 난 잘 모르겠어."

난 먹는 걸 멈췄다. 석호는 어디 있는 거지? 난 주변을 둘러봤다. 앳되어 보이는 학생들도 앉아 있었고 20대 중반 돼 보이는 대학생 같은 무리도 보였다. 나이 든 사람도 보였고 연구실 복장을 입은 사람도 보였다. 혹시 나도 초능력이 생겨났나 싶어 석호를 떠올리며 집중해보았다. 그렇지만 아무 일도 벌어지지 않았다.

"민우야, 석호가 누구야?"

"응, 어제 같이 있었던 친구인데 요한이와 난 여기 왔지만 석호는 안 보여서. 목격자 중 하나거든."

"목격자? 무엇을 목격했는데?"

"아… 넌 모르는구나. 아마도 이야기 안 하는 게 좋겠어. 이상하다. 석호도 같이 있었는데."

석호가 죽임을 당했다거나 하는 생각은 하지 않았다. 복잡한 생각을 하는 걸 중단했다. 어느새 밥을 다 먹었다. 어쩌면 요한이가 석호에 대해 알 수도 있겠다는 생각이 들었다. 요한이에게 빨리 가보고 싶었다.

"요한이한테 갈 거야? 아님 우리랑 이곳을 둘러볼래?"

소영이가 음식을 씹으며 물었다. 여길 둘러볼까? 사실 호기심이 생겼다. 여길 둘러보면 어떨까?

"응, 여길 둘러보고 싶어."

소영이가 고개를 끄덕였다.

"그럼 좀 기다려. 우리 다 먹을 때까지."

"응."

난 조용히 앉아 있었다. 또 머릿속에서 누군가 볼륨을 조금씩 올리고 있었다. 이상한 속삭임이 들렸다. 속닥속닥. 혹시 누군가가 내 생각을 읽고 있는 게 아닌가 하는 생각이 들었다. 영화 속에서만 벌어지는 사건들이 실제로 벌어진다고 생각하니 신기하기도 하고 무서웠다. 내가 이렇게 겁이 많은 사람인지도 몰랐다.

"우리 다 먹었어. 이제 가자."

"그래."

우린 식판을 들고 자리에서 일어났다. 식판 처리하는 곳에 갔는데 음식물 찌꺼기 하나 없이 깨끗했다. 식판 놓는 곳 위에 올려두니 안쪽에서 진공 바람이 식판을 빨아들이듯 가져갔다. 난 그것을 멍하니 바라봤다. 그리고 소영이를 뒤따라갔다. 우린 식당을 나와 짧은 통로를 지나 넓은 광장으로 나왔다. 파란 나무들만 빼고 다 하얀색인 광장이었다. 가슴이 탁 트이고 시원한 곳이었다. 소영이를 따라 산책로를 걸었다. 파란 나무 말고 빨간 꽃도 보이고 노란색 꽃도 보였다. 둥그런 산책로 길 중간에 꽃으로 감싸진 동그란 원형의 공간이 나왔는데 젊은 남녀가 섞여 앉아 있었다. 소영이가 그리로 날 데려갔다. 많은 사람들이 있었다.

"여기 잠깐 앉자."

소영이가 앉으라고 권유했다.

우린 다 같이 앉았다. 가운데에는 예쁜 꽃들이 많이 심어져 있었다. 한번 둘러보니 머리가 노란 젊은 백인들도 있었고 흑인도 있었다. 혹시 여긴 한국이 아닐지도 모른다는 생각이 들었다.

"소영아, 여긴 혹시 한국이 아니니?"

"그건 말해줄 수 없어. 다른 거 궁금한 거 없어?"

난 다른 궁금증을 생각해보았다.

"여기가 학교라면 끝나고 집에 가니?"

"음… 1년 다니고 이듬해 4개월만 집에 가."

"웅… 그럼 여기서 뭘 배워?"

"일반 사람들하고 배우는 건 똑같아. 다만… 아, 아니다. 여기까지 이야기할게."

소영이는 입을 다물고 꽃을 바라보는 듯했다. 같이 있는 태호는 다른 아이와 이야기하는 것 같았다.

"여기 외국인들은 어디서 온 거야?"

"그냥 이 나라, 저 나라에서 왔어. 너같이 갑자기 여기 들어온 사람은 없어."

나같이 들어온 사람이 없다니, 그리고 보니 우연히 운석을 발견하고 여기 끌려온 사람은 없을 듯싶다.

"혹시 운석에 대해서 알아?"

"무슨 운석? 무슨 이야기인데?"

"아, 아니야. 아무것도."

운석 이야기는 안 하는 게 좋겠다. 우린 그렇게 앉아 있었다. 구름이 정말 하얗고 깨끗했다. 무엇보다 공기가 정말 맑았다. 우리나라는 황사가 심한데 여기 하늘을 보니 어쩌면 내가 외국까지 끌려들어온 게 아닌가 하는 생각이 든다. 그렇지만 소영이가 답해주지 않아 알 수가 없다. 가족들과 집에서 한참 멀어진 기분이 들어 가슴이 텅 비어가는 느낌이다. 앞에 있는 어떤 백인 남자아이가 일어서서는 나를 빤히 쳐다봤다. 20대 초반으로 추정됐다. 왠지 난 이제 나를 쳐다보는 시선을 느낄 수 있는 센서 같은 게 새로 장착된 기분이 계속 들었다. 소영이도 그 백인 아이를 쳐다보았다. 할리우드 영화에 나오는 심술궂은 아이처럼 생겼다. 그래서 그런지 왠지 겁이 났다. 그리고 나에게 다가오기 시작했다. 난 괜스레 겁이 났다. 예전에는 누가 내 앞에 와도 잘 모를 때가 많았는데 지금은 얼굴이 따가울 정도로 신경 쓰였다. 그 백인 아이는 성큼성큼 다가왔다. 주먹에서 칼날이 나오는 미국 만화 캐릭터가 그려진 티셔츠를 입고 있었다. 눈앞까지 다가와 영어로 말을 했다. 의외로 부드러운 말투였다. 금색 머리카락은 위로 단정하게 세웠다. 언뜻 들어보니 영어 같았다. 우유같이 하얀 피부를 갖고 있었다. 입술은 통통하고 붉었다. 나에게 이야기하는 게 맞나 싶을 정도로 혼란스러웠다. 소영이가 영어로 뭐라 이야기했다. 그 백인 아이와 소영이가 대화를 나누었다.

"민우야, 이 외국 사람이 너를 여자로 본 것 같아."

난 멍하니 백인을 쳐다봤다. 무의식중에 '노'라고 말했다.

"얘가 너에게 관심 있나 봐."

그렇게 말하며 소영이는 웃음을 띠었다.

"아… 아니라고 전해줘. 난 그냥 남자라고."

소영이가 영어로 말해주었다. 그러자 백인 아이는 웃으면서 뒤돌아갔다. 정말 이상한 경험이었다. 얼굴이 붉어지는 듯하다. 얼굴이 빨개진 게 느껴진다. 가슴도 조금 두근거렸고 마음이 붕 뜨는 듯한 느낌이 든다. 난 그 감정이 뭔지 알고 있다. 태어나서 단 한번도 가지지 못한 열망 같았다. 그건 기분 좋음이다. 누군가 나에 대해서 관심이 있고 좋아함을 나타내는 부분에 대해서 난 기분 좋은 느낌이 들었다. 이 낯선 마음은 여성으로서 느끼는 감정이 아닌가 추정이 된다. 난 기분이 좋았다. 이런 감정에 대해 기분 좋음을 느끼는 내가 몹시 부끄럽고 이상했다.

"너 얼굴이 붉어졌어. 볼이 빨개. 너 피부가 정말 하얗다."

소영이가 날 보며 웃었다.

"으응, 그래."

난 고개를 숙이고 답했다. 난 다른 쪽을 바라봤다. 얼굴이 붉어진 걸 보이는 게 부끄러웠다. 멀리서 세 사람이 걸어가는 게 보인다. 그 덩치 큰 아저씨 같았다. 멀리서 봐도 팔뚝이 정말 크다. 인상 쓰고 있는 걸로 보이고 왠지 지쳐 보였다. 그리곤 시야에서 사라졌다. 그러곤 우린 방으로 돌아왔다.

"민우야, 요한이랑 있어. 나 수업 있어서 가봐야 해."

"응, 알았어. 고마워."

요한이가 일어나 병원복을 갈아입고 있었다. 샤워를 했는지 머리에 물기가 남아 있었다.

"어디 갔다 왔어?"

"소영이랑 산책하고 왔어."

"그래? 박사님도 무슨 이야기했어?"

"그 운석에 대해서 이야기했어. 별다른 이야기는 없었어. 아, 맞다. 석호는 어떻게 됐는지 알아?"

"아 석호! 글쎄, 모르겠어. 우리랑 같이 온 거 아닌가?"

"아닌 것 같아. 박사도 석호에 대해 단 한마디도 묻지 않았어. 그래서 생각이 안 났던 것 같아."

"지금 석호가 어디 있는지 물어봐야 하는 게 아닐까?"

요한이 말에 동의했다. 우린 방을 나가 박사님이나 소영이를 찾아갈 셈이다. 문을 열고 나왔다. 문을 열고 나오는 건 쉬웠다. 그리고 아까 갔던 엘리베이터 쪽으로 다가갔다.

"엘리베이터는 어떻게 작동시키는 거지?"

요한이가 엘리베이터를 살펴봤다. 오른쪽 벽에 네모난 테두리가 있는 면이 있는데 거기에 손가락도 대보고 손바닥도 대보았다. 아무런 반응이 없었다. 나도 손을 뻗어 벽면을 만져보았다. 뭔가 돌출되거나 들어가거나 하는 부분이 없어 우린 한동안 엘리베이터 앞을 서성이기만 했다.

"도대체 어떻게 타는 건지 모르겠네. 다른 곳으로 가볼까?"

"그래."

요한이가 다른 곳으로 가보자고 했다. 나보다는 역시 요한이가 용기 있다고 생각한다.

우린 커다란 아치형 통유리를 지나 다른 장소로 가는 길이 없나 살펴봤다. 한 벽면에 열려 있는 두 개의 문이 보여서 들어가보았다. 여기가 남자 화장실과 여자 화장실 같았다. 내가 있었던 곳은 여자 화장실이었다. 우린 그곳에서 나와서 다른 쪽을 살펴봤다. 아래로 내려가는 계단이 있을 것이 분명했다. 독특한 문양의 간판과 화장실 중간에 가보았다. 문이 하나 있었지만 열 수 있는 손잡이 같은 것이 없었다. 아까처럼 벽에 손을 대보기도 하고 혹시 버튼 같은 게 있나 찾아보았지만 아무것도 발견할 수 없었다. 여기서 나갈 수 있는 방법이 없어 보였다.

"여기 있는 사람들 초능력자들 같지 않아?" 내가 물었다.

"초능력자인지 모르겠지만 뭔가 이상한 능력이 있는 것 같아. 박사랑 면담할 때 내 머리를 맑게 해주었어."

"응, 나도, 나도. 머리가 정말 시원하고 맑아졌었어."

난 요한이를 바라보며 말했다.

"그 운석을 만지면 초능력이 생기는 그런 게 아닐까? 난 만지지 않아서 초능력은 안 생긴 것 같아."

요한이가 날 보며 심각한 표정을 지었다.

"대신에 넌 얼굴이 변했잖아. 체형도 변한 것 같아."

난 손으로 몸을 여기저기 만져보았다. 약간 다리 쪽이 통통하게 살이 찐 것 같았고 허벅지부터 종아리까지 삼각형처럼 쭉 살이 적어져 있었다. 벽면에 비친 모습을 보니 상당히 날씬해져 있었다. 어깨도 약간 좁아 보였다.

"민우야, 너 괜찮아?"

난 갑자기 머리가 멍해졌다. 이런 내 몸에 대해서 마음에 든다고 말하기 부끄러웠다.

"그냥 잘 모르겠어. 여기서 빨리 나가고 싶어."

"그래, 나도 집에 가고 싶다."

"콜 오브 듀티 매우 어려움 깨야 하는데…."

요한이가 웃었다.

"꼭 깨자고."

결국 우린 방으로 다시 돌아와야 했다. 우린 침대에 앉았다.

"배고프다." 요한이가 말했다.

2~3시간 후에 저녁을 먹을 것 같았다.

"조금 참아. 곧 저녁 먹을 것 같아."

"저녁 먹을 때 소영이한테 석호에 대해서 물어보자."

"내가 이미 물어봤어. 모른대."

요한이는 뭔가 고민에 빠진 듯하다. 우린 그렇게 잠시 말이 없었다. 난 혹시 나에게 초능력이 생기지 않았나 이것저것 시험해보았다. 침대 옆에 있는 물병을 손 안 대고 움직여본다든가, 머릿속에 석호 생각을 하면 석호가 어디 있는지 보일까 해서 집중해본다든가 그런 실험을 해보았지만 아무 일도 일어나지 않았다. 밖에서 누군가 오는 소리가 들렸다. 소영이인가 보다. 문이 열리고 남자 3명이 들어왔다. 그 아저씨 일당이었다.

"이민우, 이요한, 너희들 왜 밖에 나왔었어?"

아저씨의 말투가 마음을 조여오는 것 같았다. 우린 머뭇거렸다. 요한이가 답을 했다.

"석호는 어디 있죠? 우리랑 같이 오지 않았나요?"

아저씨는 고개를 약간 숙이고 뭔가 생각하는 듯했다.

"석호는 지금 찾고 있다."

난 약간 놀랐다. 석호는 도망간 걸까? 거기서 어떻게 도망간 걸까?

"석호가 있을 만한 곳을 알고 있니?"

요한이와 나는 번갈아 서로를 쳐다봤다. 말해줘야 할까, 말아야 할까. 요한이와 내가 토론할 시간이 허락되지 않았다.

"PC방이요."

요한이가 답해주었다. 간단명료한 답이었다. 아저씨가 화를 내는 게 아닌가 걱정이 되었다. 난 그냥 고개를 숙이고 있었다.

"PC방?" 아저씨는 뭔가 골똘히 생각하는 듯했다.

뒤의 두 명의 남자들은 정면만 바라보고 있었다. 아직 군대는 가 보지 않았지만 꼭 군인들 같았다. 서 있는 자세도 말투도 군인 같다 는 생각이 들었다.

"일단 너희 둘은 화장실 가는 거 빼고 여기서 나오지 말아라!"

아저씨가 우리 둘을 무섭게 노려봤다. 우리 둘은 조용히 '네'라고 대답했다. 아저씨 일당들은 모두 어디론가 성큼성큼 사라졌다. 박사 님과 달리 저 아저씨 집단들은 상당히 난폭한 사람들 같았다. 다른 무리의 사람들이 아닐까 추정된다. 아저씨가 나간 후 우린 서로 바 라보며 안도를 했다. 아저씨가 석호를 못 찾았다면 석호는 안전할 것이다. 어디서 굶는 건 아닌지 모르겠다. 아마도 집 근처에서 도망 쳐 서울로 올라간 게 아닌가 추정된다. 석호는 항상 서울에 가고 싶 어 했으니까…

"롯데월드에 가지 않았을까…"

난 약간 미소를 지었다. 석호는 항상 롯데월드에 가고 싶어 했다. 난 잠시 생각에 빠졌다. 우리보다 석호가 먼저 산에 올라갔고 운석 을 봤을 것이다.

그리고 그 운석을 만지지 않았을까? 난 왠지 석호가 초능력자가 됐을 거란 생각이 들었다. 어떤 초능력을 얻었을까?

"석호가 운석을 만지고 초능력자가 되지 않았을까?" 내가 말했다.

"글쎄… 석호는 어떻게 도망간 거지?"

난 석호가 화려한 초능력을 사용해 빠져나가는 상상을 했다. 그러던 중 또 누군가 문을 열고 들어왔다. 상당히 호리호리한 서양 남자가 들어왔다. 젊고 상당히 잘생긴 사람이었다. 소영이도 옆에 있었다. 꼭 할리우드 뱀파이어 영화의 남자 배우처럼 생겼다. 그 남자는 나를 빤히 쳐다보다 고개를 돌렸다.

"요한아, 민우야. 이분이 너희들을 보고 싶대."

우린 둘 다 눈을 동그랗게 떴다. 우릴 왜 보고 싶어 하는지가 궁금하기도 하면서 이국적인 사람을 보고 있자니 호기심도 생겨났다. 그가 영어로 인사를 하는 것 같았다. '헬로' 하고 유쾌하게 말했다. 우린 가만 있다가 그냥 '하이'라고 했다. 그러자 그가 웃었다.

그는 우리 둘 앞에 다가왔다. 그는 영어로 말했다. 너무 모르는 단어만 나와서 정말이지 무슨 말인지 하나도 알아들을 수가 없었다.

"잠깐 한 명씩 머리에 손을 대도 되냐고 물어봐."

소영이가 알려주었다. 소영이는 영어를 잘하나 보다. 우린 또 가만히 있다가 좋다고 했다. 요한이가 '오케이'라고 말해줬다. 그러자 그 백인 남자는 진지한 표정으로 요한이의 머리에 손을 얹었다. 요한이가 긴장한 게 느껴진다. 백인 남자는 눈을 감았다. 그리고 가만히 있었다. 난 침대에서 손을 엉덩이 뒤로 얹고 편안히 앉아서 지켜봤다. 그 백인 남자를 가만히 올려다봤다. 눈을 감았지만 눈동자가 움직이는 게 보였다. 눈동자가 빠르게 움직였다. 그렇게 한 20분 정도 가만히 있었다. 난 슬슬 지루했다. 그러자 갑자기 그 남자가 나를 휙 바라봤다. 난 순간 흠칫 놀랐다. 그리고 나에게 천천히 다가와 머리에 손을 얹었다. 아무런 느낌이 들지 않았다. 그리고 한참 앉아 있었다. 그가 소영이에게 뭐라고 말을 했다. 외국 영화의 영어와 다르게 말 그대로 쏼라쏼라 하는 소리라 도무지 알 수 없었다. 추정도 불가능했다.

"이 오빠 말로는 석호가 너희들에게 마지막에 도망치라고 했다며?"

요한이와 나는 놀랄 수밖에 없었다. 아마도 우리 머릿속을 들여다본 것 같았다.

"응, 마지막으로 마주쳤을 때 도망가라고 했던 것 같아. 그 뒤로는 못 봤어."

요한이가 말해주었다.

그리고 소영이가 영어로 남자에게 알려주는 듯했다. 남자는 나도 알아, 같은 답을 한 듯하다.

남자는 나를 가리켜 뭐라고 했다. 그러자 소영이가 웃으며 뭐라고 말해주었다. 알게 모르게 궁금했다. 그 백인 남자가 쳐다보는 시선도 신경 쓰였다. 백인 남자는 나를 보며 묘한 눈빛을 자아냈다. 난 고개를 돌렸다. 이 상황을 두고 소영이가 또 뭐라 외국인에게 말하자 외국인이 함박웃음을 지었다.

무슨 말을 하는 걸까?

"우리 저녁 먹으러 가자."

저녁 이야기를 하자 난 갑자기 배가 고파졌다. 요한이도 배가 고플 테니 잘 됐다.

"그래, 가자." 우린 일어나서 또 소영이를 따라갔다.

엘리베이터에 탈 때 소영이가 엘리베이터를 어떻게 작동하나 유심히 보았다. 그냥 손을 엘리베이터 옆 네모로 각진 곳에 대니까 문이 열렸다. 아마 지문 조회를 하는 것 같았다. 즉, 지문이 등록된 사람만 돌아다닐 수 있다는 것이었다. 그리고 다시 그 농장지에 도달했다. 지금은 일하는 사람들이 안 보였다. 저녁 메뉴는 뭐가 나올지 궁금했다. 점심을 맛있게 먹어서인지 기대가 됐다. 요한이에게 이야기했다.

"여기 밥이 잘 나와."

요한이는 살짝 웃으며 고개를 끄덕였다. 좋은 냄새가 났다. 정말 맛있는 냄새가 났다.

근데 아까와는 다른 길로 가는 듯했다. 저녁 먹는 곳은 따로 있는 것 같았다. 가다가 맞은편에서 태호도 다가왔다. 태호도 같이 먹으려나 보다. 소영이, 백인 형, 태호, 요한이, 나 이렇게 다섯 명이 되었다. 우린 아까 갔던 산책로로 가고 있었다.

"소영아, 저녁 먹는 데는 달라?"

"응…." 소영이가 조용히 대답했다.

우린 산책로의 그 둥근 광장에 다가서고 있었다. 소영이와 태호, 잘생긴 백인 남자가 우리 둘을 중심으로 앞서갔다. 우리를 감싸듯이 둘러서서 갔다. 그래서 그런지 앞이 잘 안 보였다. 말소리가 들렸다. 여러 명의 말소리다. 여러 명의 사람들이 우리 쪽으로 다가오는 것 같았다. 그렇지만 앞의 세 사람 때문에 잘 안 보였다. 웅성이는 소리가 더 가까워졌다. 야외에서 저녁을 먹는 것 같았다. 그리고 소영이와 태호, 남자가 멈춰 섰다. 우리는 걷다가 앞에서 갑자기 멈추자 하마터면 부딪힐 뻔했다.

"이리로 데려와."

누군가 소리쳤다. 요한이와 난 주춤했다. 그리고 뭔가 잘못됐다는 걸 깨달았다. 소영이와 태호, 남자는 우리 곁에서 떠나가서 무리에 섞였다. 큰 무리였다. 아까 아침에 봤던 그 둥근 장소에 다들 모여 있었고 가운데의 꽃들이 있는 부분이 아래로 내려가고 깔끔하게 맞닿는 틈이 안 보이게 바닥이 올라와 평면을 만들었다. 가운데의 공간에 큰 자리가 생긴 것이다.

"어디 그 친구들 좀 보지." 그 아저씨다. 그 덩치 아저씨가 저기 있다. 난 불안해졌다.

소영이는 고개를 숙이고 말이 없었다. 아저씨가 우릴 인상을 쓰며 쳐다봤다.

"그래, 또 봐서 반갑구나. 너희들, 특히나 너 계집애같이 생긴 놈."

나를 가리키는 것 같았다. 가슴이 뛰고 혼란스러웠다.

"무슨 일이시죠?"

요한이가 큰 소리로 물었다. 난 요한이 뒤편으로 슬쩍 몸을 옮겼다.

순간 센 바람 소리와 함께 누군가 바닥에 착지했다. 눈이 휘둥그레졌다. 하늘을 나는 능력이란 말인가? 바닥에 착지한 사람은 흑인이었다.

머리가 파마해서 터진 것처럼 동그랗고 운동복을 입고 있었다. 약간 몸을 굽힌 상태에서 요한이와 날 쳐다보고 있었다. 그리고 우리나라 사람으로 보이는 여자아이 중심으로 주변이 바람에 출렁였다. 나무도 움직이고 꽃도 바람에 휘감겨 움직였다. 그 여자아이는 얼굴이 하얗고 무척 예쁜 여자아이였다. 요한이와 나는 주변을 이리저리 보며 당황하고 있었다. 소영이는 우릴 쳐다보지 않았다. 다른 쪽을 보고 있었다. 그 흑인 아이가 우리에게 다가왔다. 그러고는 갑자기 요한이를 두 손으로 밀쳤다. 요한이는 너무 쉽게 바닥에 쓰러졌다. 난 너무 마음이 심란해 왜? 어째서? 같은 얼굴로 사람들을 둘러보았다. 그 흑인이 영어로 뭐라 떠들었다. 긴장감이 몸을 감쌌다. 그흑인이 나에게 성큼 다가왔다. 마치 보폭이 상당히 넓어진 것 같은 걸음걸이였다. 바닥에서 살짝 떠서 움직이는 것 같았다. 흑인은 얼굴이 내 얼굴과 부딪힐 정도로 가까이 들이대었다. 난 눈을 동그랗게 뜨고 흑인과 마주 대했다. 손을 가슴까지 올려 다가오지 말라는 표시를 했다. 하지만 그 흑인은 개의치 않았다. 요한이처럼 날 바닥으로 넘어지게 밀어붙였다. 나 역시 바닥에 넘어졌다. 요한이를 바라보았다. 매우 혼란스러운 표정을 짓고 있었다. 나는 차라리 바닥에 넘어져 있는 게 안전하다고 생각했다. 흑인은 마치 우리 둘을 정복했다는 듯한 표정으로 우릴 아래로 내려다봤다. 난 굴욕감이나 패배감을 느끼지 않았다. 그저 당황스러울 뿐이었다. 요한이와 나는 아무런 말도 할 수 없었다. 당혹스러움에 빠져 그저 바닥에 넘어져 있었다. 주변을 둘러보았다. 학생들로 추정되는 많은 사람들이 우릴 감싸고 있었다. 흑인 아이가 영어로 뭐라 했다. 우린 알아들을 수가 없었다. 할리우드 영화에 나오는 배우들처럼 또박또박 발음하지 않았다. 덩치 아저씨가 우리에게 다가왔다.

"어때, 맞으니까 화가 나니?"

믿을 수 없을 만큼 경악스러웠다. 모든 것이 거짓이었다. 박사가 이야기한 안심하라는 말도 소영이의 친절도 다 거짓이란 말인가? 그렇지만 어째서? 어째서이지? 가슴이 두근거렸지만 혼란스러워서 멍하기도 했다.

"화가 나지 않는가 보군." 아저씨가 내 멱살을 잡고 일으켜 세웠다. 힘이 장사였다. 난 대롱대롱 매달려 있어야 했다. 그리고 나를 바닥에 던졌다. 엉덩이뼈가 아팠다. 넘어지자 바람이 피어올랐다. 작은 흙 파편들이 튀어올랐다. 요한이가 내 쪽으로 몸을 돌려 아저씨의 팔을 휘감았다.

"그만하세요! 왜 그러시는 거예요?"

그러자 아저씨가 요한이의 팔을 돌려 잡아 회전시켜 업어쳤다. 요한이는 힘없는 인형처럼 바닥에 널브러졌다. 요한이가 넘어진 걸 본 나는 뭔가 단호한 결심을 한 듯 일어나 요한이를 잡아서 일으켜주었다. 그리고 아저씨를 향해 그만두라는 손길을 내밀었다.

"원하는 게 뭐예요?"

그러자 아저씨는 약간의 기묘한 미소를 짓고 말했다.

"그냥 너희들이 뭔가 문제가 있는 아이들인지 보려고 하는 거야."

난 말했다.

"혹시 우리에게 초능력이 있을 거라고 생각하시나요?"

아저씨가 심각한 눈빛으로 우릴 바라봤다.

"우린 초능력이 없어요."

"확실하니?"

그렇게 말하고는 나를 걷어찼다. 난 바닥에 나뒹굴고 배를 움켜잡았다. 잠시 숨이 안 쉬어졌다. 서러워서 눈물이 날 것 같았다. 부모님이 몹시 보고 싶었다. 숨을 헐떡이다 아저씨를 쳐다봤다. 진지한 표정을 짓고 있었다. 비웃음이나 비아냥이 아닌 악당의 표정 같았다. 비 오는 소리가 들렸다. 비가 유리 천장을 때리는 소리가 났다.

그러고 보니 이 건물 천장은 다 덮여 있었다. 난 바닥에서 일어나지 않았다. 일어나면 더 맞을 것 같았다. 요한이가 맞는 소리가 들렸다. 난 주먹을 불끈 쥐었다. 초능력이라도 생겨서 이곳을 벗어나고 싶었다. 있는 힘을 다해 주먹을 쥐었다. 이마에 식은땀이 흘렀다. 눈이 팔딱이는 물고기처럼 발광했다. 이를 꽉 물었다. 입에서 씩 소리가 났다. 침이 흘러내렸다. 절망과 분노가 공존하는 것 같고 가슴이 마구 뛰었다. 아무 일도 일어나지 않았다.

"그만하지. 가서 저녁 먹어라."

그 한마디만 하고 그 덩치 아저씨는 멀리 사라져 갔다. 요한이는 누워 있었고 난 바닥에 앉아 있었다. '그만하지' 한마디로 이렇게 끝나다니 정말 당혹스럽고 가슴이 아팠다. 요한이는 씩씩거렸다. 요한이 얼굴이 붉어졌다. 요한이는 바닥에 앉았다. 소영이가 우리에게 다가왔다.

"괜찮아?"

난 멍하니 앉아 대꾸하지 않았다. 요한이는 바닥만 바라보았다. 소영이는 말없이 우리 옆에 앉았다. 다른 사람들은 식당으로 가는 것 같았다. 도저히 밥 먹을 기분이 아니었다. 왜 밥 먹기 전에 이런 일을 벌인 건지 이해가 안 됐다. 집에 가고 싶다. 단 하루 있었지만 한 달은 넘게 시간이 흐른 거 같았다. 집에 가서 푸근한 이불에 눕고 싶다.

"올라가 있을래? 밥 가져다줄게."

우린 말없이 앉아 있었다. 눈물은 나지 않았지만 기분이 푹 가라앉아 있었다.

멍하니 꽃을 바라보았다. 눈에 이슬 같은 방울이 맺혔다. 요한이를 슬쩍 바라보았다. 요한이도 날 쳐다봤다.

"…우린 여기서 빠져나가야 해…"

난 대답했다.

"그래, 빠져나가자."

우리 의지로는 여길 나간다는 게 불가능했다. 얌전히 지내며 이들이 우릴 보내줄 때까지 기다려야 한다. 우린 석호를 걱정할 팔자가 아니었다. 지금 당장 우리가 여기 평생 붙들려 있을지 어떨지 알 수가 없었다. 그때 산에 올라가는 게 아니었는데. 운석에 다가갔을 때가 생각난다. 그 신비한 재질, 아름다운 빛, 완벽하고 견고한 느낌이 날 빨아들였다. 오색 빛깔 찬란한 형용할 수 없는 미지의 색. 날 빨아들여 내 몸 구석구석 아프게 만들었다. 골반이 뒤틀리고 어깨가 구겨지고 고통과 함께 찾아온 변화, 아름다운 나비처럼 다시 태어나게 만들었다. 아까 점심 먹을 때처럼 누군가 내 머릿속에 들어오려고 하는 것 같다. 라디오 주파수 돌릴 때 나오는 잡음이 점점 커졌다. 작아졌다 커졌다를 반복했다. 내가 겪는 이러한 기현상은 분명 여기 있는 사람들이 분명 초능력자라는 것을 확신하게 했다. 아까는 왜 때린 걸까? 머릿속 신호가 커졌다. 그리고 누군가 내 머릿속에 들어와 속삭였다.

"곧 찾아갈게."

답변을 할까?

"우린 빛의 아이들이야. 하늘에서 떨어진 빛을 이어받았지."

하늘에서 떨어진 빛이라면 운석을 말하는 것 같았다. 요한이와 나도 운석에 손을 댔으면 아마도 빛의 아이라는 능력자가 됐을 거라 짐작한다. 그렇지만 우린 분명 평범한 인간이다. 초능력의 조짐을 발견할 수 없었다. 이들이 우릴 붙잡고 있으려는 것은 목격자이기 때문이다. 어쩌면 우리 기억을 지워주고 보내줄 능력이 있을지도 모르겠다. 난 몇 대 얻어맞고 나니 오히려 기분이 가라앉으면서 차분해졌다. 잔뜩 울고 난 뒤의 기분 같았다.

어쩌면 석호가 원인인지도 모르겠다. 석호는 분명 그 운석을 만졌을 것이다. 그렇기 때문에 그 아저씨 일당이 우리 동네에 온 것이고 아마도 그 사이에 우리가 산에 올라가 운석에 다가간 것 같다. 그걸 아저씨들이 알아낸 것이고. 이렇게 정리해보았다. 하늘을 바라봤다. 조금 내리던 비는 그쳤고 선선한 바람과 천장의 흐릿한 창에 가려진 구름이 보인다. 공기가 정말 맑은 것 같았다. 공기가 너무 깨끗하다. 황사가 영향을 주지 않는 걸까?

"요한아… 여기 혹시 다른 나라가 아닐까? 공기도 너무 깨끗하고… 원래 황사가 껴야 하는데… 그리고 외국인들도 많고, 내 생각에 여긴 외국 같아. 어느 나라인지는 모르겠지만."

요한이는 고개를 내 쪽으로 살짝 돌리고 주변을 천천히 둘러봤다.

"그럴지도 모르지. 중요한 건 몸을 최대한 안전하게 해야 해. 여길 빠져나가야 하니까. 박사와 또 마주치면 진짜 모든 걸 이야기하자."

"그렇지만 이미 다 이야기한걸. 운석을 관찰하고 다가가고 산에서 내려오고 모든 걸 다 이야기한걸."

난 순간 혹시 우리가 이야기하지 않은 부분이 있나 기억을 더듬어보았다.

"뱀…"

"응?"

요한이가 뱀이라고 말했다.

"아름답게 생긴 뱀이 있었지?"

그 뱀이 떠오르자 갑자기 온몸에 소름이 돋았다. 팔에는 닭살이 생겨났다.

"그 뱀? 그건 단지 뱀일 뿐인 것 같은데. 그 운석 때문에 아름답게 변한 뱀?"

"응, 그렇지만 한번 이야기해보자. 뱀을 봤다고."

"지금 당장 이야기하면 좋을 텐데." 내가 답했다.

따스한 바람이 불어왔다.

"그 뱀…." 요한이가 말을 꺼냈다.

"그 뱀이 혹시 초능력 같은 걸 얻은 걸까?"

나는 진지하게 생각해보았다. 초능력을 가진 뱀이라, 뱀의 지능이 얼마나 될까?

"그럴지도 모르지. 그래서 혹시 위협이 되는 걸까?"

내가 답했다. 멀리서 소영이와 태호가 걸어오는 듯했다. 양손에 봉지를 들고 있었다.

"괜찮아? 밥 가져왔어. 요한이 거, 민우 거."

우린 그제서야 자리에서 일어났다. 요한이가 물었다.

"아깐 왜 그런 거야?"

소영이가 주변을 둘러봤다. 누가 감시라도 하는가 생각하는 모양이다.

"그건… 혹시 너희들이 뭔가 이상한 반응을 보일까 봐서야."

난 답답해서 직설적으로 이야기했다.

"우리가 초능력을 부릴 수도 있어서 압박을 가한 거 맞지?"

소영이가 날 무표정하게 바라봤다.

"글쎄, 나도 몰라."

소영이는 진실을 말하길 어려워하는 것 같았다. 더 캐물어봤자 서로 스트레스만 받을 것 같았다. 요한이와 난 음식을 받아들어 방으로 올라가려고 했다. 요한이가 소영이에게 물었다.

"엘리베이터는 어떻게 사용하는 거야?"

소영이는 안경을 만지며 말했다.

"그거, 너희들은 못 써. 등록이 안 돼 있거든. 아마 등록을 하진 않을 거야."

"그렇구나…"

요한이가 힘없이 답하곤 걷기 시작했다.

나도 소영이와 요한이를 따라갔다. 우린 방에 돌아왔다. 어느새 침대가 하나 더 생겼다. 또 바닥에서 솟아나왔을 거라고 생각한다. 요한이와 내 방이 만들어진 것 같다. 우린 침대 가운데에 앉아서 밥을 먹었다. 통닭 하나씩과 감자와 콜라였다.

"칫솔, 수건, 샴푸, 비누는 밖의 화장실에 있어. 거기서 쓰면 돼."

소영이가 알려주었다. 우린 맛있게 먹었다. 심리적으로 초능력이 있나, 혹시 초능력이 발현되나 알아보려고 맞은 거지, 어떤 비인간적인 이유로 맞은 건 아니라고 생각했기에 불안한 마음은 좀 지울 수 있었다. 닭이 아주 맛있었다. 치킨집 차리면 잘될 것 같았다. 양념 소스도 있으면 더 좋았을 것 같다. 양념치킨이 아니어도 튀김 고유의 고소하고 담백한 맛이 좋았다. 약간 달콤한 땅콩 맛도 났다. 치킨 무는 없었지만 감자가 있었다. 감자튀김처럼 가늘게 잘라 튀긴 게 아니라 구운 감자 같았다. 매우 부드럽고 맛있었다. 열심히 먹고 건강을 유지해서 여기서 빠져나가야겠다는 생각이 들었다. 불안해서 잠은 잘 들지 모르겠다.

"요한아, 밥 먹고 같이 목욕하자."

요한이도 괜찮은가 싶다. 좋다고 응답했다. 기분도 많이 나아질 것이다.

"너 원래 그렇게 생겼어?"

갑자기 분위기가 급 어색해졌다. 태호가 나에게 말을 건 것이다.

"그렇게라니?"

"아… 얼굴이 아주 예쁘게 생겨서. 남자인데."

그 말에 소영이가 또 웃음을 흘렸다.

"왜? 맘에 들어?" 소영이가 장난스럽게 말했다.

"아니야. 신기해서 물어본 거야."

나도 역시 조금 당황스러웠다.

"음, 원래 이렇게 생기진 않았어. 그 뭔가를 접하고 나서 이렇게 변했어."

라고 말하곤 태호에게 고개를 끄덕여줬다.

"피부가 우유 같네."

태호가 또 한마디 했다. 슬슬 소영이가 불편해하는 것 같았다.

난 그냥 고개를 끄덕여줬다.

"여긴 텔레비전 시청 같은 거 할 수 있어?"

요한이가 물었다.

"시청은 할 수 있는데, 미안하지만 너희들은 못 해. 가만, 내가 미안할 필요는 없지. 하여간 못 해."

그러곤 소영이는 콜라를 마셨다. 텔레비전도 못 보다니. 난 통닭을 나이프와 포크로 먹다가 그냥 손으로 뜯어먹었다. 이게 더 편했다. 단 무도 있으면 좋겠다. 요한이는 조금 게걸스럽게 먹었다. 상당히 배가 고픈 듯하다. 순식간에 다 먹었다. 배가 부르니 마음이 좀 편안해졌다.

"소영아, 넌 무슨 능력이 있어?" 난 긴장이 풀려 편하게 말을 던져봤다.

"음, 말해줄 수 없어."

"알았어." 난 미소 지으며 고개를 끄덕였다.

소영이와 태호는 돌아갔다. 요한이와 나는 오늘 밤을 목욕의 밤으로 보내기로 했다. 화장실에 가니 넓은 목욕탕이 있었다. 우린 물을 잔뜩 받았다. 너무 뜨겁지 않게 온도 조절을 했다. 요한이와 나는 너무 뜨겁게 탕에 들어가는 걸 안 좋아했다. 우린 탕에 몸을 푹 담갔다. 요한이의 배 위쪽 갈비뼈 쪽에 가벼운 멍이 들었다. 요한이는 날 유심히 바라보았다.

"너 가슴까지 담그고 있으니까 진짜 여자 같다. 혹시 거시기는 무사하니?"

우린 웃었다.

"다행히 달려 있어."

요한이가 웃으며 답했다.

"달려 있어봤자 쓸모없는 거, 없어지지."

우린 또 한 번 웃었다. 따뜻하고 푸근한 탕에 몸을 담그고 있으니 마음이 편안해졌다.

"난 집에 돌아가면 사일런트 힐을 한 번 더 해볼 거야."

"넌 그 오래된 게임을 아직도 하니?"

"응. 하면 할수록 새로워."

"그래픽도 거의 깍두기 그래픽인데."

"그런 느낌이 오히려 마음에 들어. 더 공포감을 조성하는 것 같아."

요한이는 사일런트 힐을 잘 이해하지 못하는 것 같다. 우리 눈에 안 보이지만 또 다른 세계가 있다. 그 다른 차원의 세상이 공포일 수도 있고, 어쩌면 행복일 수도 있다. 난 목욕탕 옆에 있는 거울을 보며 내 얼굴을 바라봤다. 뜨거운 온도 때문에 얼굴이 붉어졌다. 난 만족했다. 이런 느낌을 요한이에게 들키기 싫었다. 다행히 요한이는 모르는 듯하다. 우린 서로 등을 밀어주었다. 마무리로 비누칠을 하고 시원하게 샤워해서 마무리했다. 그리고 바로 침대에 누웠다. 아까 얻어맞은 일 때문에 마음은 불편했지만 목욕 때문인지 잠이 솔솔 오는 듯했다. 난 잠에서 깨었다. 새벽인 듯했다. 요한이는 잠에 빠져 있었다. 난 목이 말랐다. 물을 한 잔 마시고 밖으로 나섰다. 아치형 유리 너머로 몽롱하고 예쁜 가로수 등이 보였다. 아직까지도 안 자고 대화를 나누는 듯한 사람들이 보였다. 화장실에 갔다. 거울을 봤다. 더욱더 변한 것 같은 느낌이 들었다. 볼살이 아기 젖살처럼 보였다. 그렇지만 난 놀라지 않았다. 그리고 다시 잠에 들었다. 알람 소리가 들렸다. 난 힘겹게 일어났다. 요한이는 벌써 씻고 침대에 앉았다. 부지런한 녀석. 난 침대에 조금 걸터앉았다가 세수만 하려고 화장실에 갔다. 이 층에는 우리 둘밖에 없는 것 같았다. 양치는 아침 먹고 할 참이라 세수하고 머리를 감았다. 작고 예쁜 이마가 눈에 들어왔다. 나 자신을 탐구하는 건 그만두기로 했다. 눈을 돌리고 머리를 말리고 요한이에게 갔다.

"밖에 나가기가 좀 그런데… 또 그 아저씨가 와서 폭력을 휘두르면 어쩌지?"

"내 생각에는 어제 우리가 아무런 능력이 없다는 걸 확인하고 다시는 안 그럴 것 같아."

내가 답했다. 일어나 보니 또 어제 같은 일이 생기면 어쩌나 불안하긴 했다. 문을 열고 소영이가 들어왔다. 소영이를 따라 식당에 갔다. 아무 일도 없었다. 아침은 스프에 토스트가 나왔다. 맛있었다. 여기서 나오는 음식들이 다 맛있다. 감자는 꼭 들어가 있었다. 감자를 유달리 좋아한다든가, 감자를 많이 기른다든가 그런 것 같았다. 부드러운 감자 맛을 보고 식당 주변을 둘러보았다. 간혹 나에게 텔레파시를 보내는 사람이 누구일까 생각하며 둘러보았다. 식당 한편에 어제 오후에 나에게 관심이 있었던 백인 남자아이가 보였다. 운동부 점퍼 같은 것을 입었고 머리를 깔끔하게 위로 올려세웠다. 심술쟁이 같은 느낌이 드는 얼굴이었다. 그 아이가 나를 바라봤다. 보고는 바로 고개를 숙였다. 그러면서 난 또 새로운 센서 같은 게 발동되는 것이 느껴졌다. 그 백인 아이의 시선이 감지되었다. 오늘은 바로 텔레파시가 왔다. 또 머릿속에서 주파수 넘기는 소리와 함께 목소리가 들려왔다.

"운동부 애는 토비 맥그르브야."

토비 맥그르브? 이름이 특이하다고 생각했다. 난 머릿속에 강한 암시로 알려줘서 고맙다는 말을 했다. 텔레파시를 쓰는 사람이 들었는지 잘 모르겠다. 또 식당을 둘러봤다. 어제 그 날아다니는 흑인 아이도 보였다. 다른 친구들이랑 말하며 음식을 먹는 모습이 보였다. 덩치 아저씨 일당들은 안 보였다. 난 마지막 감자를 맛보았다.

요한이도 소영이도 태호도 다 먹은 듯하다.

"민우야, 요한아, 어디 갈래?"

우리가 가고 싶다고 갈 수 있는 곳이 있나? 요한이가 말했다.

"혹시 인터넷 쓸 수 있어?"

"그건 안 돼." 소영이가 단호하게 말했다.

"밖에 나갔다 오는 건 당연히 안 되지?"

"당연히 안 되지." 역시 소영이가 단호하게 안 된다고 했다.

여기가 어디인지도 궁금하고, 무엇보다 부모님들이 잘 있나 밖에 나가서 확인해보고 싶었다. 우리 마을을 떠올려보았다. 그림 같은 마을길, 푸르른 산, 논밭, 냇가. 왜 하필 우리 동네에 운석이 떨어진 걸까.

"그럼 게임 해도 돼?" 내가 별다른 생각 없이 물었다.

"응, 게임방이 있어. 거기 데려다줄까?"

요한이와 나는 서로 번갈아 봤다. 우린 강하게 고개를 끄덕였고 우린 식판을 가져다 넣고 소영이를 따라갔다. 농장을 지나 엘리베이터를 타지 않고 바로 쭉 걸어가자 아주 예쁜 광장이 나왔다. 가운데 큰 나무가 있고 각종 운동기구들이 가득 있었다. 둥그런 공간에 여러 상점 같은 곳이 있었고 그중 한 곳을 소영이가 가리켰다.

"저기가 게임방이야."

우린 그곳에 갔다. 기대 이상이었다! 플레이스테이션부터 게임 큐브, 엑스박스, 없는 게 없었다. 대신 PC 데스크탑은 없었다. 그렇지만 플스판으로도 있기 때문에 플스를 켜보았다. 디지털 다운로드로 콜 오브 듀티가 있었다.

"나 먼저 매우 어려움 한다."

내가 말하자 요한이가 답했다.

"고고."

그러자 소영이가 말했다.

"플스 여기 많은데 왜 하나 가지고 둘이 해?"

"그냥 재밌어서, 서로 돌아가며 하는 게."

요한이가 답해주었다. 요한이의 훈수가 이어졌다. 요한이 훈수는 배려가 있어 스트레스가 쌓이지 않았다. 곰곰이 보던 소영이가 말했다.

"너희들 하루 종일 이거 하겠다, 아주."

나와 요한이는 대꾸 없이 그냥 게임만 했다. 이 순간만큼은 집 생각이 없었다. 의아할 수도 있겠지만 우린 겨우 고등학생들이다. 난 매우 어려움 난이도에서 무서운 데미지를 맞고 죽었다. 다음은 요한이 차례이다. 소영이는 왠지 우리와 함께 있어야 하는 것 같았다. 우리가 하는 걸 구경했다. 태호는 안 보였다. 둘러보니 플스로 위닝을 하고 있었다. 거의 스토리 중반부에 도달한 것 같았다. 난 또 누군가 날 쳐다보는 센서가 감지되었다. 게임을 하느라 그냥 무시하기로 했다. 문득 모니터를 봤다. 모니터에 비친 뒤쪽을 보니 아마도 그 심술쟁이같이 생긴 백인 남자애 같았다. 뭐 하는 아이일까? 저 아이도 초능력자일까? 저 아이가 날 좋아하고 있다는 걸 느꼈다. 아니, 감지했다. 혹시 이게 나의 초능력인가? 생각을 곰곰이 해보면 타인의 시선이나 감정을 느끼는 것이 능력 아닌가? 그렇지만 확신할 수 없다. 저 아이가 날 좋아하는 것을 느끼는 것이 내가 가진 추측이 만들어 낸 착각인지 알 수가 없었다. 그럼 저 백인 아이는 남자를 좋아하는 사람일까? 그런 것까지 알 수 있으면 참 좋을 것 같다. 난 남자를 좋아하지 않는다. 내 외형이 여성처럼 변했다고 해서 남자를 갑자기 좋아하게 될 리는 없다. 난 확실히 여성을 더 좋아한다. 소영이도 괜찮다. 귀엽게 생긴 얼굴에 안경까지 써서 꼭 만화에 나오는 전형적인 안경 미녀 같았다. 요한이가 중후반부까지 진행하다 죽었다. 이제 내 차례다. 난 게임에 몰입했다. 이 현실을 벗어날 수 있는 유일한 수단 같았다. 문득 그냥 요한이 집에서 게임하던 게 더 편안하고 즐겁게 느껴졌다. 영원할 것 같던 금요일 저녁에 마음껏 게임하고 다음 날은 늦게까지 자는 거다. 그런 현실에 만족하며 지내던 지난날이 그리웠다. 순간 마음속에 기묘한 꽃이 하나 피어났다. 아름다운 내 모습이 담긴 현실. 이 모습으로 집에 돌아가 살아가는 내 모습이 그려진다. 모니터에 비친 나의 얼굴이 눈에 들어온다. 작고 예쁜 얼굴에 위로 말아올려진 부드러운 머릿결.

"죽었잖아, 나와."

요한이가 재촉했다. 내가 너무 생각에 깊이 빠진 것 같았다.

"너희들 참 특이하다. 따로 게임을 하지, 왜 둘이서 게임 하나 가지고 하니?"라고 말하며 소영이가 웃었다. 등 뒤에 가려움 같은 게 느껴졌다. 손으로 긁어서 해소되는 가려움이 아니라 전혀 다른 느낌이었다. 그 느낌이 등을 따라 위아래로 움직이는 것 같았다. 뒤에서 말소리가 들렸다. 영어로 대화하는 것 같았다.

"민우야, 토비가 너 좀 보고 싶대."

토비라고? 난 토비가 누군지 급작스럽게 생각했다. 그리고 뒤를 돌아 토비를 봤다. 그 심술쟁이처럼 생긴 백인 소년이었다. 이 친구는 나를 정말 좋아하는 것 같았다. 신기하게 자신만만한 표정으로 날 바라보았다. 자신만만한 표정을 지으니 더 심술쟁이처럼 보였다.

오늘도 손등에서 꼬챙이가 나오는 만화 캐릭터가 그려진 셔츠를 입었다. 청바지는 의도적으로 뜯겨진 스타일의 블랙 진을 입었다. 나에게 손을 뻗었다. 난 악수의 행위라고 생각하며 악수를 했다. 그가 내 손등을 쓰다듬었다. 난 다소 당황했지만 기분 나쁘진 않았다. 그가 웃었다. 이 친구는 설마 남자를 좋아하는 사람일까? 토비가 손을 들어 내 볼을 쓰다듬었다. 난 조금 놀라서 그의 손을 잡았다. 그가 미안하다는 표정으로 손을 내렸다. 토비가 영어로 나에게 뭐라고 했다.

"민우야, 농구 좋아해? 토비가 농구 좋아하냐고 물어봐."

소영이가 말해주었다. 난 운동을 못했다.

"응, 난 운동을 잘 못해." 소영이가 토비에게 알려주었다. 그러자 토비가 영어로 뭐라 말하며 내 어깨를 잡았다. 이 친구는 스킨십이 많은 것 같았다.

"토비가 농구 가르쳐준대."

난 솔직히 부담스러웠다. 그렇지만 상대방이 실망하는 걸 싫어했다. 역시나 요한이의 목소리가 들리는 듯하다. 넌 언제나 거절을 잘 못해. 상대방이 좀 실망할 수도 있지만 거절하고 싶으면 거절해. 난 요한이 말을 들을 수밖에 없다. 지금 유일하게 의지할 사람이 요한이밖에 없다.

"미안하지만 지금은 게임을 하고 싶다고 전해줄래?"

소영이가 고개를 끄덕이고 토비에게 말을 전했다. 난 최대한 자연스러운 미소를 지어주었다. 내가 미소를 짓자 토비가 못 견디겠다는 웃음을 띠었다. 무슨 의미인지 알 수가 없었다. 다행히 토비가 그렇게 웃으며 뒤로 돌아가 농구공 던지는 아케이드 게임을 했다. 아 저

게임을 같이 하자는 말이었나?

"토비가 널 좋아하나 봐." 소영이가 묘한 표정을 지으며 말했다.

"혹시 토비가 동성연애자니?"

소영이가 의외로 아무렇지도 않다는 표정으로 말했다.

"난 잘 모르겠어. 서양 아이들이 개인적인 건 잘 이야기 안 하거든. 사실 아시아 사람에게 특별히 말을 걸거나 그렇진 않아."

"그래?"

난 고개를 끄덕이고 다시 요한이 플레이를 봤다. 요한이가 물었다.

"저 아이가 네 얼굴을 왜 만지작댄 거야?" 요한이가 걱정하는 표정이었다.

"응, 날 좋아하나 봐. 확실하진 않아." 요한이가 눈을 휘둥그렇게 떴다.

"널 좋아한다고? 저 남자애 게이야?"

나도 괜스레 놀란 표정을 지었다.

"사실 잘 몰라. 근데 그런 게 느껴져."

"느껴진다고?"

난 더 이상 이야기하고 싶지 않았다. 느껴진다는 내 느낌을 어떻게 전할 수 있을지 감이 안 왔다.

"너 죽은 거 같은데? 내 차례야!"

요한이가 방심하다 죽었다. 요한이는 아깝다는 표정을 지으며 나에게 넘겼다. 게임은 다양한 시대를 배경으로 한다. 베트남전도 해볼 수 있다. 갑자기 머릿속에서 또 근질거림과 함께 속삭임이 들렸다. 이젠 아예 대놓고 말을 거는 것 같았다.

"널 만나고 싶어." 머릿속의 소리가 날 만나고 싶다고 말을 한다.

내 인기가 이렇게나 높다니, 장난 같은 말이 떠올랐다. 난 머릿속으로 강하게 생각을 나타냈다. 넌 사람 머릿속에 들어오는 초능력이 있구나? 이렇게 생각을 나타냈다. 그렇지만 답이 없었다. 그리고 게임에 집중했다. 총을 겨냥해 적을 죽이는 게 정말 재밌었다. 때로는 엄폐물 뒤에 숨어서 적들을 살짝살짝 쏘면서 하는 것도 재밌었다.

"널 지켜보고 있었어." 난 갑자기 등을 날카로운 것으로 살살 건드리는 듯한 기분이 들었다. 날 지켜보고 있었다니, 난 뒤를 돌아봤다. 혹시 토비가 나에게 머릿속으로 말을 거는 건가? 그런 생각에 토비를 봤다. 토비는 열심히 농구공을 농구대에 넣고 있었다. 난 주변을 둘러보았다. 몇몇 아이들이 게임을 하고 있었다. 수업 시간이 된 듯 가는 아이도 있었다. 특별히 날 관찰하거나 하는 사람은 없어 보였다. 요한이가 날 유심히 쳐다봤다.

"민우야, 괜찮아?" 요한이에게 말해야 할 때이다. 소영이가 들어도 괜찮았다.

"누가 내 머릿속에다 말을 걸어." 내가 말했다. 소영이의 눈이 날카로워졌다.

"언제부터 말을 걸었어?"

소영이가 급하다는 듯이 물었다. 난 내가 뭘 잘못했나? 하는 생각에 얼었지만 빨리 말해줘야 한다는 생각이 들었다.

"어제부터인 것 같아."

소영이가 두 손을 들어 손가락을 펴 머리에 갖다 대었다. 그리고 눈을 감았다. 감은 눈두덩이 안쪽에서 안구가 빠르게 움직였다. 소영이의 긴 머리가 바람에 날려 위로 올라가는 것 같았다. 소영이 주변의 온도가 따뜻하게 올라갔다. 소영이의 긴 머릿결이 출렁였다.

그제서야 난 소영이가 무척 예쁜 아이라는 걸 느꼈다. 소영이가 머리에서 손가락을 떼고 내 어깨를 잡아 나에게 얼굴을 들이밀고 말했다.

"우리 중에 사람 머릿속에 들어가 말을 거는 능력을 가진 사람은 없어. 고도의 능력이야."

난 경직했다. 그럼 내 머릿속에 들어온 사람은 누구지? 여기 사람이 아니라면?

"그럼 난 어떻게 해야 해?" 내가 말했다.

"머릿속에서 뭐라고 말하는지 잘 들어보고 나한테 말해줘. 사람들을 불렀어."

소영이는 자기 능력을 활용해 사람들을 부른 것 같았다. 학교 안에서 사이렌 같은 게 울렸다. 사람들이 뛰어오는 소리도 들렸고 주의가 산만해졌다. 난 요한이 옆에 서서 또 머릿속에서 말소리가 들리는지 집중했다.

"무슨 일이야?" 요한이가 물었다.

"좀 복잡해. 누군가 내 머릿속에 들어와 말을 거는데 소영이 말로는 그런 능력을 가진 사람이 이 학교에는 없대."

"그래? 그럼 누구야? 어디 있는 사람인데?"

"아마… 밖에 있는 사람인가? 그러니까 이 학교에 소속되지 않은 다른 초능력자인가?"

"그래서 머릿속에서 뭐래?"

"날 지켜보고 있었대."

"널? 널 왜?"

"모르지, 나도."

그리고 머릿속에서 한 덩이 무거운 것을 던지듯 말이 들렸다.

"널 보러 갈게."

난 순간 얼어붙었다.

"소영아, 그 사람이 날 보러 온대."

소영이 얼굴에 걱정이 가득했다.

"보러 온다고? 이리로?"

소영이 친구들이 와 있었다. 모두 날렵한 운동복 같은 걸 입었다. 소영이가 지금 상황을 설명해주고 있었다. 멀리서 신부님이 걸어왔다.

"민우 군." 신부님이 말을 걸었다.

"민우 군, 아무래도 자네를 여기 데려올 때 외부의 다른 능력자가 자네의 머릿속에 들어와 여기 내부로 들어온 것 같네. 대단한 수법이야."

난 어느 정도 이해했다. 어렵게 느껴지지 않았다. 운석을 발견했을 때 그 능력자가 날 관찰하고 있었던 게 아닌가 생각이 든다. 그리고 내 정신이나 육체 속에 들어와 이곳까지 온 것 같았다. 트로이의 목마처럼. 어쩌면 그래서 운석을 사방에 뿌린 걸지도 모르겠다. 내가 생각하기에는 고난도의 수법인 것 같았다. 소영이가 다른 아이들과 이야기를 마치고 내 쪽으로 왔다.

"민우야, 날 따라와. 안전한 곳에 가야 해."

요한이와 난 소영이를 따라 병실로 갔다. 가는 도중 10명 정도가 무리를 지어 다섯 무리 정도의 사람들이 산책로에 모여 있는 것을 보았다. 천장의 해치가 닫히면서 건물이 어두워졌다. 그리고 불이 갑자기 들어와 밝아졌다. 이 시설이 하나의 거대한 방공호로 변하는 것 같았다. 소영이는 우릴 병실까지 데려왔다.

"여기 꼼짝 말고 있어! 난 나가볼게."

우린 고개를 끄덕였다. 난 생각했다. 이곳으로 오는 사람들이 선한 편인지, 아니면 여기 이 시설에 있는 사람들이 선한 편인지 알 수가 없었다. 요한이와 나는 앉아 있을 수 없었다. 병실을 서성이며 서로 말이 없었다. 이 상황에 무슨 말을 한단 말인가?

"그 머릿속에 들어온 사람이 뭐 하는 사람이야?"

"나도 몰라. 분명 초능력자임은 분명해. 근데 악당인지 선한 편인지 모르겠어."

"악당이면 어쩌지? 우리가 어쩌다 이런 일에 휘말린 거지?"

"그때 산에 올라가지 말았어야 했어."

우린 그러다 둘 다 침대에 앉았다. 밖에서 무슨 소리가 들리는 듯하다. 천장이 쿵쾅거렸다. 요한이와 나는 긴장했다. 쿵쾅거리던 소리가 사라지고 전기가 튀는 소리가 들렸다.

나는 방문 쪽을 보고 있었다. 누가 들어오면 어쩌지? 밖은 소리 없이 고요했다. 그러다 기이한 바람 소리가 들렸다. 꼭 헤어드라이어를 가장 크게 틀어놓은 것 같은 소리가 3초 간격으로 들렸다. 그리고 웅성이는 소리가 들리고 누군가 소리치는 소리가 들린다. 밖에서 강한 폭발음이 들렸다. 요한이와 나는 어깨를 들썩였다. 깜짝 놀란 둘은 서로를 바라보며 자리에서 일어났다. 이 병실에는 밖을 볼 수 있는 창문이 없었다. 여러 가지 물건들이 쏟아지는 소리도 들렸다. 그러다 자동차 시동 소리가 들렸다. 혹시 누군가 이곳을 빠져나가는 소리일까? 우리도 빠져나가야 할까? 혼란이 습격해왔다. 자동차 엔진 소리가 들리고 급브레이크를 밟는 소리가 들렸다. 그러다 잠잠해졌다. 그리고 누군지 소리를 질렀다. 우렁찬 소리였다. 영어로 소리를 지르는 것 같았다. 누군지 짐작도 할 수 없다. 그러자 갑자기 병실의 불이 꺼졌다. 요한이와 나는 병실을 둘러봤다. 잠시 후에 비상등 같은 게 켜졌다.

그리고 천둥번개가 쳤다. 하늘에서 내리친 건지, 혹시나 어떤 초능력자가 사용한 건지, 알 수 있는 방법이 없었다. 그리고 천장을 두드리는 빗소리가 났다. 초능력이 아니라 진짜 비가 오는 것 같았다. 병실 안은 더워지기 시작했다. 그리고 비가 많이 왔다. 장마철 비 같았다. 순식간에 쏟아졌다. 빗소리가 밖에서 나는 소리를 모두 차단했다. 이제는 아무것도 모른 채 이 병실에 있는 셈이다. 천둥소리가 우리 마음을 헤집어놓았다. 마음이 불안해지니 밖에 나가야 하는 게 아닌가 하는 생각이 들기 시작했다. 제발 소영이가 무사했으면 한다. 소영이에게는 어떤 초능력이 있을까? 제발 그 초능력으로 무사하길 바랐다. 다시 한번 번개가 내리쳤다. 비가 하염없이 쏟아졌다. 이 시설의 천장을 가리는 판이 끼익끼익거리는 소리가 들렸다. 꼭 돼지가 우는 소리 같았다. 사방이 빗소리다. 요한이가 말을 꺼냈다.

"나가봐야 할까?"

난 자신이 없었다. 또 겁쟁이가 된 기분이다.

"나가서 어쩌려고?"

난 사실 나가기가 싫었다. 하지만 요한이는 용기 있었다. 항상 나를 이끌어주곤 했다. 난 요한이를 믿고 싶었다. 언제나 요한이 편일 것이다.

"나가봐야 한다고 생각해?" 난 좀 더 요한이 생각을 듣고 싶었다.

"잠시만 기다려보자." 요한이가 조심스럽게 행동하고 싶어 하는 것 같았다. 난 요한이를 지지해주고 싶었다.

"그래, 잠시만 기다려보자."

그리고 우린 숨죽인 채 침대에 앉아 있었다. 그리고 내 머릿속에 또 기이한 잡음이 들렸다. 누군가 또 말을 걸려고 하는 것 같다. 제발 선한 편의 사람이 말을 거는 거였으면 좋겠다. 하지만 소영이가 머릿속에 말을 거는 능력을 가진 사람은 여기 없다고 했다. 머릿속에 말을 거는 것이 가장 상위에 해당하는 능력이라 추정했다. 그럼 나에게 말을 거는 사람이 이곳에 쳐들어오는 집단인지, 개인인지, 모르는 사람의 리더인가? 우린 하염없이 기다렸다. 비는 그칠 줄 몰랐다. 장마가 오는 것 같았다. 많은 양의 물이 철철 넘치는 소리와 하수구에서 멈추지 않고 쏟아지는 물소리가 들렸다. 머릿속의 잡음이 약해지다 조금 강해지다를 반복했다. 빨리 요한이에게 알려줘야 한다는 생각이 들었다.

"머릿속에서 또 소리가 들려." 요한이는 나를 쳐다봤다.

"어떤 소리가 들려?"

"아직 말을 걸지는 않았어. 그냥 머릿속에 잡음이 들려."

요한이는 나를 보며 집중하는 것 같았다. 난 머릿속의 소리를 감지하려고 최대한 집중했다. '어디 있니?' 들렸다. '어디 있니?'라는 소리가 들렸다. 밖에서 외마디 비명이 들렸다. 우린 순간 덜컥 겁이 났다. 요한이가 신음을 내뱉었다. 방금 비명 소리가 들렸다. 이제 이 모든 상황은 귀신 나오는 영화보다 무서운 공포로 바뀌고 있었다. 무언가 내동댕이쳐지는 소리도 들렸다. 머릿속에 잡음이 들리고 나서 밖의 소리도 따라 들리는 것 같았다. '어디 있어? 우리가 구해줄

게.' 또 들렸다. 우릴 구해준다니 난 믿음이 흔들린다.

혹시 이들이 선한 편일까? 난 마음이 혼란스러웠다. 도대체 누굴 믿어야 할지 알 수 없는 상황으로 치달았다. 빨리 요한이에게 말을 해야겠다. 여기서 의지하고 믿을 사람은 요한이밖에 없었다.

"요한아, 방금 머릿속에서 '어디 있냐? 우리가 구해준다'는 소리가 들렸어."

요한이가 진지하고 깊이 있는 표정을 지었다.

"좀 더 기다려보자. 머릿속에서 말 거는 사람이 선한 사람들인지, 악한 사람들인지 알 수가 없어. 좀 더 기다리자."

요한이는 신중을 기하는 것 같았다. 나 역시 신중하고 싶었다. 난 좀 더 요한이 쪽으로 몸을 가까이했다. 겁이 났다. 여기서 끔찍한 비명이라도 들린다면 난 패닉에 빠질 것 같았다. 그렇지만 비명소리는 안 들렸다. 쿵! 갑자기 뭔가 유리를 타격하는 소리가 들렸다. 그리고 크고 작은 파편들이 바닥을 치는 소리가 났다. 요한이와 나는 그쪽으로 얼굴을 돌렸다. 추정하기로는 그 아치형 통유리를 치는 소리 같았다. 위험이 가까이 다가왔음을 느낀다. 심장이 미칠 듯이 뛰었다. 몸이 떨렸다. 요한이도 그걸 감지했는지 나를 쳐다보는 듯했다. 요한이는 놀랍도록 얌전했다. 어쩌면 요한이도 떨고 있을지 모른다. 요한이는 나보다 운동신경도 좋았고 머리도 좋은 편이다. 그렇지만 밖에 있는 이들은 초능력자들이다. 어떤 흉측한 능력을 사용해 우릴 위협할지 알 수 없는 일이다. 밖의 통유리를 누가 커다란 칼이나 손톱으로 긁는 소리가 들렸다. 소름 돋는다. 마음이 더욱 혼란스러웠다. 날카로운 소리가 귀를 찢었다. 그리고 굉장한 소리가 났다. 요한이와 나는 서로 몸을 붙였고 둘 다 침대에서 한 번 팔짝 뛰었다. 엄청난 소리다. 꽉 막힌 가스통이 터지는 듯한 소리 같았다. 누군가 통유리를 완전 박살낸 것 같았다. 수많은 유리 파편들이 튀는 소리가 났고 전기가 터지는 듯한 소리도 들렸다. 난 요한이 팔을 잡았다. 요한이도 내 어깨를 잡았다. 건물이 옆으로 기우는 듯한 진동이 느껴졌다. 건물이 거대한 비명을 지르는 것 같았다. 아무래도 밖으로 나가야 하는 상황이 발생할 거란 생각에 불안감이 증폭되었다. 우린 서로 몸을 붙들고 있었다. 이런 재난을 한번도 겪어본 적이 없어서 사람이 재난에 왜 죽는지 알 것 같다는 생각이 들었다. 몸이 움직이지 않았다. 도무지 일어서려고 해도 몸이 따라주질 않았다. 주먹을 꽉 쥐고 눈을 감았다. 제발 이 상황이 빨리 끝나길 바라고 있었다. 건물에 불이라도 나면 어쩌지 하는 생각도 들었다. 불타 죽는다고 생각하니 정말 끔찍했다. 난 조바심에 요한이에게 말을 했다.

"나가야 하는 거 아니야?"

요한이도 몸을 떨었다.

"좋아, 나가자. 건물이 무너질 것 같아."

대체 초능력자들은 얼마나 힘이 강한 걸까? 건물 하나를 초토화시킬 수 있다니. 우린 침대에서 일어났다. 내 다리는 후들후들 떨려서 일어나는 자세가 정말 이상했다. 요한이가 나를 붙잡아주었다. 우린 엉거주춤 걸어서 문 쪽으로 갔다. 자동으로 열리지 않았다.

가슴이 철렁했다. 만약 건물이 옆으로 기울어져서 문이 안 열린다면 우린 꼼짝없이 여기 갇히게 되는 셈이다. 요한이가 나를 잠시 놓고 문 여기저기를 살펴봤다. 요한이는 최대한 침착하려고 하는 것 같았다. 그리고 요한이가 문 끝에 손바닥을 대고 열어보려고 했다.

가슴이 쿵쾅쿵쾅 뛰었다. 난 무의식중에 거울을 봤다. 순간 깜짝 놀랐다. 내 얼굴이 핏기 하나 없이 하얗게 질려 있었다. 입술에도 거의 핏기가 없었다. 배가 이상했다. 배가 텅 비어 가슴이 쿵쾅이고 금방이라도 바닥에 주저앉을 것만 같았다. 요한이 손이 바빠지기 시작했다. 요한이도 평정심을 잃어가는 것 같았다. 나는 문 옆의 다른 쪽 벽을 살펴보기 시작했다. 벽을 손으로 쓸어보았다. 아무데나 눌러보기도 하고 두들겨보기도 했다. 가장 무서운 상황으로 치닫고 있는 것 아닌가, 더욱더 걱정이 되었다. 난 이미 평정심을 잃어가고 있었다. 손이 떨리기 시작했다. 소변이 갑자기 터져나올 것 같은 느낌이 들었다. 온몸에 전율이 돋았다. 부디 요한이만은 평정심을 유지하길 바랐다.

벽에는 아무것도 없는 것 같았다. 지문을 대는 단말기도 없어 보였다. 요한이는 벽을 만져보는 것을 멈춘 후 여기저기 둘러보았다. 난 요한이가 만져본 벽을 다시 한번 살펴보았다. 그리고 또 작동할 만한 다른 것이 없나 둘러보기도 했다. 요한이가 침대 옆에서 뭔가 발견한 듯하다. 요한이는 바닥을 발로 쳐보았다. 그러자 바닥에서 의자 하나가 올라왔다. 우린 말없이 그걸 바라보았다. 나도 여기저기 바닥을 발로 두들겨보았다. 침대 옆에서 탁자 같은 게 나왔다. 요한이가 어떤 바닥을 발로 두들기자 불이 켜졌다가 꺼졌다. 요한이는 침대 옆 벽도 손으로 살펴보았다. 쉬익 하는 소리와 함께 문이 열렸다! 요한이와 나는 서로 얼굴을 바라보며 눈을 동그랗게 떴다.

"나가자, 민우야!"

나는 고개를 끄덕이고 요한이 뒤를 따라 밖으로 나가보았다. 밖은 아수라장이었다. 잔디 바닥에 유리 파편들이 여기저기 흩어져 있었다. 커다란 유리 덩어리도 군데군데 있었다.

우리가 지급받은 신발은 밑창이 얇아서 유리를 밟을까 조심스럽게 걸었다. 난 요한이 뒤에 바짝 붙어 있었다. 건물이 약간 옆으로 기울어진 것 같다. 도대체 외부에서 온 초능력자들의 힘은 얼마나 강한 걸까 하는 생각이 들었다. 어쩌면 서로 싸우다 서로의 힘 때문에 건물이 이렇게 된 걸지도 모른다는 생각이 들었다. 우린 엘리베이터 쪽으로 갔다. 어차피 우린 엘리베이터를 작동시킬 수가 없다는 것을 알지만 지금 가볼 곳은 엘리베이터밖에 없었다. 우린 필사적으로 엘리베이터를 작동시키기 위해서 벽과 바닥을 다 건드려보았다. 그렇게 5분을 보낸 것 같았다. 우린 결국 포기했다. 엘리베이터를 작동시킬 방법을 찾지 못했다.

"이제 어쩌지?"

내가 물었다. 요한이는 왠지 답을 알 거란 생각이 들었지만 기대하지 않았다.

"잠깐 생각 좀 하자. 다리가 너무 후들거리는데 좀 앉아 있고 싶어."

"그래, 앉아 있자."

그렇게 우린 유리 파편이 없는 장소를 골라 잠시 앉아서 쉬었다. 쉬는 도중 요한이가 방에 있는 물병과 컵을 가져왔다. 우린 물을 마시며 마음을 가라앉혔다. 그렇게 한참 앉아 있다가 아래쪽에서 웅성이는 소리가 들렸다. 요한이와 나는 귀를 기울였다. 아래쪽에서 걷는 소리와 뭔가 쿵쿵거리는 소리가 들렸다. 빗소리에 가려 잘 들리진 않았지만 진동 같은 게 느껴졌다. 그리고 겁을 잔뜩 먹게 만들었다. 엘리베이터가 올라오는 진동이 느껴졌다. 전에는 건물에 진동 같은 게 없었지만 건물이 이렇게 박살나고 나서부터 진동이 들리기 시작했다. 우린 조용히 방으로 들어갔다. 아까만큼이나 긴장되고 가슴이 쿵쾅거렸지만 이제 겁에 질리는 게 지쳤는지 한층 마음이 가라앉은 느낌이었다. 엘리베이터가 올라오고 문이 열리는 소리가 들렸다. 우린 방에서 침대 밑에 숨을까 고민했지만 어차피 들킬 거, 그냥 방 중간에 앉아 있었다. 발자국 소리가 빗소리에 가려서 드문 드문 들렸고 작은 진동 같은 게 느껴졌다. 아래쪽에서는 커다란 진동이 몇 번 울렸다.

걸음걸이가 우리 방까지 다가오는 느낌이 들었다. 식은땀이 흘렀다. 가장 무서운 형상의 존재가 다가오는 것 같다는 상상을 했다. 갑자기 주변이 무더워졌다. 땀방울이 이마에 맺히기 시작했다. 곧 방문이 열렸다. 우린 깜짝 놀라지 않을 수 없었다. 뭔가 상당히 기이한 광경을 보는 것 같았다. 어떤 남자가 들어왔는데 이상한 헬멧을 쓰고 있었다. 꼭 어린 시절에 본 국산 SF 영화의 분장 같았다. 자세히 보니 상당히 정교하고 세련된 형상이라고 느꼈다. 헬멧은 검붉은 색이고 고글 같은 게 눈에 있었고 특별히 문양이라든가 장식 같은 게 없었다. 헬멧 양쪽 끝이 약간 뾰족하게 돌출돼 있었다. 복장은 매우 날렵한 검붉은 색 최신 운동복 같은 것이었다. 그 헬멧이 우릴 바라봤다. 가슴이 두근대거나 그러진 않았다. 참으로 신기한 느낌이 났다. 마치 이 세상 사람이 아닌 것 같은 느낌이 그 헬멧을 쓴 사람에게서 느껴졌다.

그는 고개를 살짝 꺾으며 우릴 바라봤다. 그리고 손을 헬멧에 가져가 헬멧을 잡고 벗었다. 우린 안도했다. 전에 우리 머리에 손을 얹었던 그 서양 남자이다. 뱀파이어 영화의 남자 배우를 닮은 남자. 요한이와 나의 큰 숨소리가 방 안에 울렸다. 그렇지만 우린 영어를 할 수 없어 아무 말도 하지 못했다. 남자가 괜찮다고 말하는 것 같았다. 상당히 피곤해 보였다. 우리에게 따라오라는 말을 했다. 우린 따라오라는 말 정도는 알아들을 수 있었다. 우린 밖으로 나가 엘리베이터를 탔다. 서로 말이 없었지만 우린 이 서양 남자에게 모든 것을 의지했다. 우린 아래층으로 내려왔다. 건물 내부는 멀쩡해 보였다. 바닥에 잡다한 것들이 널려 있었다. 난 쓰러진 사람 시체가 보일까 조마조마했다. 우린 천천히 남자를 따라갔다. 남자는 다시 헬멧을 썼다. 우린 그가 헬멧을 쓰자 괜스레 긴장감이 들었다.

우린 건물 밖으로 나왔다. 비가 쏟아지고 있었다. 우리가 영어를 할 줄 알든 말든 어차피 말소리가 안 들릴 것 같았다. 난 자지러졌다. 온몸에 소름이 돋았다. 바닥에 많은 사람들이 쓰러져 있었다. 난 소영이 얼굴을 떠올렸다. 가슴이 아팠다. 물론 소영이 생사 여부는 알 수 없었다. 나이가 어린 사람도 있었고 20대 중반의 사람들도 있는 듯했다. 갑자기 하늘에서 빛이 번쩍였는데 난 번개라고 생각했다. 그렇지만 번개가 이렇게 빛을 오래, 또 크게 발산한 적은 없는 것 같다는 생각이 들었다. 헬멧을 쓴 남자가 몸을 숙였다가 두 손을 번쩍 들었다. 그러자 빛이 사라지고 하늘에 검은색 형상이 떠 있는 게 보였다. 검은색 정장 차림의 남자가 하늘에 떠 있었다.

이 비현실적인 광경에 난 입을 다물 수가 없었다. 그 남자는 팔을 허리춤에 붙이고 곧은 자세로 하늘에 떠 있었다. 그리고 갑자기 비가 그치는 듯했다. 하늘에 떠 있는 남자가 손을 앞으로 뻗어 마치 나치 군인들이 인사하는 듯한 자세를 취했다. 그러자 다시 비가 내리며 또 한 번 빛이 번쩍였다. 헬멧 쓴 남자가 두 손을 들어 마치 거대한 무게의 물건을 들어올리는 듯한 자세로 빛을 막아냈다. 하늘에서 한 남자가 또 날아왔다. 이번엔 날고 있다! 난 어딘가 본 구석이 있는 남자였다. 그 흑인 아이였다. 머리에 폭탄이 터진 듯한 머리를 한 흑인이었다. 그 흑인이 상당히 절제된 자세로 발로 그 정장 남자를 걷어찼지만 남자는 미동도 없었다. 남자는 빠르게 손을 흑인에게 뻗어 흑인을 지상으로 내리쳤다. 흑인 아이는 마치 신의 손바닥에 맞은 듯한 충격으로 바닥에 내리쳐졌다. 상당한 타격을 받으며 바닥에 쓰러진 흑인은 일어나지 못했다. 헬멧을 쓴 남자는 계속 손을 하늘에 뻗어 무거운 물체를 담아내는 듯한 자세로 있었다. 그는 힘에 겨운지 팔이 떨렸다. 요한이와 나는 어찌할 바를 몰랐고 둘 다 얼어 있었다. 하늘에 떠 있는 남자 양옆으로 둥둥 떠다니는 여자 한 명과 남자 한 명이 날아왔다. 총 세 명이 되었다.

헬멧 쓴 남자가 말했다. 런! 런! 필시 이건 도망치라는 말 같았다. 요한이는 내 팔을 잡았다. 몸이 움직이지 않았다. 초능력의 영향을 받은 건지, 내가 지나치게 겁을 먹어서 그러는지 알 수 없었다. 요한이가 날 잡아끌어 움직이게 했다. 그제서야 몸이 움직였다. 우린 식당 쪽으로 뛰었다. 악몽에서 귀신이 쫓아오는 것처럼 다리가 말을 듣지 않았다. 우린 식당까지 무사히 뛰어 들어갔다. 마치 바퀴벌레가 불빛에 반응하여 어기저기 흩어지듯 여러 명의 사람 형상이 이리저리 흩어졌다. 4명으로 추정된다. 우린 적인지 아군인지 알 수 없는 그 흩어진 형상을 바라보며 뛰는 속도를 늦췄다. 우린 몸을 움츠린 채 서 있었다. 그러자 흩어진 형상들이 우리 눈앞에 서서히 다가왔다. 나이가 어린 아이들이었다. 모두 교복을 입고 있었고 우릴 빤히 쳐다봤다. 모두 절망적인 표정을 하고 있었다. 우린 영어를 할 수가 없었기에 한동안 그렇게 그 아이들과 마주친 채 서 있었다. 아이들이 영어로 도와달라는 말을 하는 것 같았다. '헬프 미'라고 말하는 것을 요한이와 나는 알아들었다. 아이들을 구해야 했다. 요한이가 아이들에게 따라오라는 손짓을 했고 나도 요한이처럼 따라오라는 손짓을 흉내냈다.

"민우야, 어디로 갈지 모르겠지만 일단 식당으로 가보자."

"그래!" 우린 아이들 양옆에 서서 식당으로 천천히 뛰어갔다. 가는 도중 바닥에 쓰러져 있는 사람들이 하나둘씩 보였다. 피는 안 보였다. 다행이다. 난 피를 본다면 기절해버릴지도 모른다. 아이들 때문에 난 갑자기 용기가 났다. 아이들을 보호해야 한다는 생각이 들었다. 우린 천천히 식당가로 접근했다. 제발 초능력을 가진 누군가 우리 편에 있어주었으면 한다. 식당으로 들어왔다. 아무도 없었다. 쥐 죽은 듯이 조용했다. 우린 의자에 아이들을 앉혔다. 요한이가 '쉿'이라는 영어를 썼다. 정말이지 고등학교 영어 수업은 정말 쓸모가 없었다. 난 아이들 곁에 앉아 있었다. 요한이는 식당 주변을 둘러봤다. 이러다 적대 세력의 초능력자가 온다면 어쩌지 하는 생각이 들었다. 밖에 헬멧 쓴 남자는 무사할지 걱정이 되었다. 식당에 오니 허기가 졌다. 아이들에게 뭘 가져다줘야 하는 게 아닌가 하는 생각이 들었다. 혹시 물이라도 없나 둘러보았다. 하지만 식당에도 엘리베이터처럼 그 어떤 것도 없었다. 음식이 담긴 통이라든가 수도꼭지 같은 거라든가 그러한 것들이 전혀 없었다. 요한이는 식당 문을 조용히 닫았다. 뒤로 나가는 문 쪽으로 갔다. 난 아이들을 살펴보았다. '아이 니드 워터'라고 말하는 것 같았다.

한 소녀가 그렇게 말했다. 물을 달라고 하는 것 같아 난 일어나

물을 찾아다녔다. 어딘가 물이 있을 거다. 난 식당을 뒤지기 시작했다. 한참을 뒤지다가 펌프같이 생긴 걸 발견했다. 펌프의 손잡이를 밀어넣었다. 그러자 벽면 한쪽에서 여러 갈래로 물이 나왔다. 난 다행이라는 생각을 하며 큰 물컵에 물을 담아 아이에게 가져다주었고 요한이에게도 주었다. 요한이는 고맙다며 물을 벌컥이며 마셨고 나도 마셨다. 어쩌면 장기적으로 보고 음식도 찾아야 하는 거 아닌지 모르겠다. 그러면서 난 혹시 음식이 있나 조심히 천천히 살펴보았다. 아이들이 불안한지 내 뒤를 따라다녔다. 밖에서는 전투가 벌어지는 것 같은데 우린 아무것도 할 수 없었다. 숨어 있는 게 전부였다. 우리가 도와주려고 해도 방해만 될 뿐이다. 도저히 음식을 찾을 수가 없었다. 밖에서 요란한 굉음이 들렸다. 꼭 레이저가 발사되는 소리 같다. 요한이가 문 쪽으로 다가갔다.

"밖의 상황이 어떤지 조금 살펴보고 싶은데 멀리서 지켜보려고."

난 절대 반대다. 요한이가 혹시나 다치는 것을 원치 않았다. 난 반대할 생각이다.

"요한아, 위험하니까 나가지 마."

요한이는 잠시 가만히 서 있었다. 그러고는 우리가 있는 곳으로 돌아왔다. 우린 그렇게 식당에 앉아 있었다. 아이들이 서로 조곤조곤 대화를 나누었다. 갑자기 영어를 잘하게 되는 초능력이 있었으면 좋겠다는 생각이 들었다. 그렇게 시간이 한참 흘렀다. 밖은 잠잠한 듯하다. 요한이와 나는 말없이 모든 상황이 끝나길 간절히 바라고 있었다. 요한이가 조바심이 났는지 자리에서 일어났다.

"밖에 좀 살펴보고 올게." 나는 가지 말라고 말리고 싶었지만 요한이는 이미 마음을 강하게 먹은 듯하다. 요한이가 식당 문을 열었다.

나도 따라가고 싶었지만 아이들과 같이 있는 게 좋을 것 같아 아이들과 같이 있기로 했다. 난 아이들과 떨어지지 않고도 요한이가 연문을 정면으로 볼 수 있도록 자리를 옮겼다. 아이들도 날 뒤따라왔다. 밖에는 어둠뿐이고 간간이 비상 조명등이 번쩍하며 빛을 내는 것 말고는 특이사항이 없었다. 바닥에 누워 있는 사람들이 보였다. 죽었는지 기절한 건지 알 수 없었지만 미동도 없는 걸 보니 숨을 안 쉬는 것 같았다. 죽은 것 같다는 생각에 공포감이 밀려왔지만 꼭 아이들은 지키겠다는 다짐을 했다. 요한이는 천천히 정원 쪽으로 조심스럽게 걸어갔다. 요한이를 누군가 낚아채 갈 것 같았다. 요한이가 더 이상 보이지 않았다. 나와 아이들은 침묵 속에 함께 앉아 있었다. 난 틈나는 대로 아이들을 쓰다듬어주거나 등을 두들겨주었다. 아이들이 싫어하지는 않았다. 아이들끼리 영어로 조곤조곤댔다. 알아들을 수 있으면 좋으련만. 그렇게 시간이 한참 흘렀다. 누군가 걸어오는 소리가 들렸다. 식당 문이 열렸고 요한이가 들어왔다.

"민우야, 밖은 안전한 것 같아."

난 요한이 뒤를 따라오는 사람들을 바라봤다. 흑인 남자애와 백인 여자애가 있었다.

흑인 남자애는 헬멧을 손에 들고 있었다. 백인 여자애는 어깨가 넓고 상당히 다부진 체격을 갖고 있었고 한쪽 팔에 피를 흘리고 있었다. 피가 어깨 쪽에서 흘러나와 손끝까지 흘러내려온 것 같았다. 요한이는 괜찮아 보였다.

"민우야, 여기서 나가야 할 것 같아." 그 말에 나는 스프링처럼 튀어올라 아이들에게 '렛츠고'라고 말했다. 다행히 아이들이 알아들었고 아이들은 주춤했지만 곧 나를 따라왔다. 우린 천천히 밖으로 나갔다. 우린 정원 쪽으로 나왔다. 또 한 명의 남자애가 서 있었고 난 순간 움츠러들어 아이들을 내 등 뒤로 바짝 옮겼다. 그 남자애가 뒤를 돌아봤다. 토비다. 그 심술쟁이처럼 생긴 남자애. 토비가 오라며 손짓을 했다. 흑인 남자애는 언제 가져왔는지 붕대와 소독약 같은 걸 꺼내 백인 여자애의 팔을 치료했다. 비가 하염없이 쏟아졌다. 갑자기 번개가 쳐 아이들이 비명을 질렀다. 난 아이들을 감싸며 하늘을 쳐다봤다. 다행히 날아다니는 초능력자는 안 보였다.

우린 비를 맞은 채 정원 끝 쪽으로 이동했다. 온몸이 다 흠뻑 젖었다. 우린 커다란 문에 도착했다. 크고 둥그런 문이었다. 문양이 상당히 복잡했다. 문 위쪽 양 끝에는 보초 서는 곳같이 생긴 구조물이 있었다. 백인 여자아이가 손을 문 옆 단말기같이 생긴 곳에 갖다 댔다. 그러자 문은 쉬익 소리를 내며 열리기 시작했다. 큰 문이지만 놀랍게도 빨리 열렸다. 문의 둥그런 구조들이 하나씩 문 모서리 면으로 들어가며 기묘한 모양으로 문이 열렸다. 난 신기해서 멍하니 바라봤다. 흑인 아이가 빨리 가자 같은 말을 했다. 빨리 오라고 하는 것 같았다. 난 아이들 뒤에 서서 아이들과 함께 따라갔고 요한이도 뒤따라왔다. 백인 여자애가 앞장섰다. 난 왠지 다시 건물로 돌아가 소영이를 찾고 싶다는 생각이 들었다.

"요한이, 혹시 쓰러져 있는 사람들 중에 소영이 못 봤어?"

요한이는 잠시 건물 쪽을 돌아보았다.

"아니, 못 봤어. 무사할까?"

"저기… 요한아, 소영이 좀 찾아보다 갈 수 없을까?"

요한이가 생각에 잠긴 듯하다. 그리고 나서 흑인 남자애에게 다가갔다. 요한이가 손짓 발짓 다 써가며 어설픈 영어로 소영이라는 사람을 아는지 좀 찾아보고 싶다고 말하려고 애쓰는 것 같았다. 하지만 흑인 아이는 알아듣지 못하는 것 같았다. 나도 아이들을 잠시 두고 흑인 아이에게 다가가 '두 유 노 소영?'이라는 말을 해보았다. 흑인 아이는 잠시 생각에 잠긴 듯하다가 안경 모양을 얼굴에 갖다 댔다. 나는 맞다고 해주었다. 안경 쓴 여자애 소영이. 흑인 아이는 여하튼 나는 누구누구라고 말해주었는데 자기 이름을 알려주는 것 같았다. 지미 카터라고 하는 것 같았다. 그래서 요한이와 난 지미라고 불렀다. 지미는 소영이가 누군지 알며 자기는 소영이를 못 봤다고 말하는 것 같았다. 요한이와 나는 서로를 쳐다봤다.

"소영이를 찾고 싶어." 내가 말했다. 요한이는 알았다는 뜻으로 고개를 끄덕이고, 우린 소영이를 찾아보겠다는 말을 하려고 애썼다. 옆에서 토비가 매우 좋은 한국어 발음으로 소영이라고 말했고 자기와 함께 찾으러 가자는 말을 하는 것 같은데 확실하지 않다. 그러면서도 나는 아이들과 같이 있고 싶었다. 옆에서 듣고 있던 백인 여자가 아이들을 감싸안으며 '위 아 히얼'이라는 말을 하는 듯하다.

아마도 아이들과 이곳에 있을 생각인 것 같았다. 정문인지는 모르겠지만 문 옆에 비를 피할 수 있는 카페테리아 같은 공간이 있었다. 그 안으로 아이들과 백인 여자애가 들어갔고 토비와 지미, 요한이와 나는 소영이를 찾으러 다시 건물에 들어갔다. 토비와 지미가 서로 대화를 나누었다. 우린 알아들을 수가 없었다.

"요한아, 소영이 이름을 불러도 될까? 그러니까 소리를 내도 될까?"

"조용히 찾는 게 좋지 않을까? 그 초능력자 일당들이 아직 여기 있는지 알 수가 없잖아."

"그래…" 난 그때부터 눈을 부릅뜨고 바닥에 쓰러져 있는 사람들을 살펴보았다. 실감이 안 났다. 바닥에 누워 있는 사람들이 다 죽은 사람들인가? 죽은 것 같지 않았고 다 편안하게 눈을 감고 있는 것 같았다. 난 죽은 사람을 단 한번도 본 적이 없다. 이 모든 사건들이 실감이 나질 않았다. 우린 천천히 정원 쪽을 지나서 농장이 있는 건물로 들어갔다. 많은 사람들이 바닥에 누워 있었다. 너무 많은 사람들이 있어서 소영이를 찾기가 어려웠다. 난 일단 교복을 입은 여성이 없는지 찾아보았다. 그리고 더 안쪽으로 들어갈수록 바닥에 누워 있는 사람들의 수가 적어졌다. 다들 안쪽에서 밖으로 나오려다 무언가에 당한 것 같았다. 순간 나는 구역질이 올라와버렸다. 요한이가 내 등을 두들겨주었다. 토비가 내 등을 어루만졌다. 머리가 심하게 훼손된 사람을 본 것이다. 믿을 수 없을 만큼 적나라하게 머리가 훼손돼 있었다. 저렇게 된 소영이를 발견하게 된다면 난 어쩌나 하는 생각이 들었다. 토비가 나보고 '스테이 히얼' 여기 있으라는 말을 하는 듯했다. 그리고 토비가 나를 앉히려고 했고 난 그냥 내버려두었다. 토비가 볼을 내 볼에 댔다. 난 기분이 나쁘거나 이상하지 않았다. 토비가 원하는 대로 내버려두었다.

"민우야, 여기 있어. 이 안쪽부터 심하게 훼손된 사체가 많은 것 같아."

난 말없이 고개를 끄덕이고 그 자리에서 무릎을 굽히고 앉았다. 요한이와 토비, 지미는 안쪽으로 더 들어갔다. 난 앉아서 마음을 추슬렀다. 비위가 상해 한 번 더 헛구역질을 했다. 번개가 한 번 더 쳤다. 소름 돋는, 하늘을 찢어놓는 굉음이었다. 그러니 겁이 덜컥 나기 시작했다. 난 차라리 눈을 감고 있는 게 좋다고 생각해 눈을 감고 있었다. 상당한 공포감이 몰려왔고 누군가 바닥에서 일어설 것 같은 상상을 했다. 요한이의 말이 들리는 듯하다. 넌 너무 상상력이 지나쳐, 그런 말이 떠올랐다. 그렇게 한참 앉아 있었다. 공포감이 몰려와 자리에서 일어나 사람들이 걸어간 방향으로 천천히 걸어가기 시작했다. 의외로 사람이 죽었을 때 난다는 역한 냄새는 나지 않았다. 멀리서 요한이와 토비, 지미로 보이는 세 사람이 보이기 시작했다. 오락실로 가는 입구 같았는데 무시무시한 괴물이 찢어놓듯이 문이 일그러지고 찢어져 있었다. 저 정도 힘이라면 사람 몸이 심하게 훼손될 것 같다는 생각에 또 덜컥 겁이 났다. 요한이가 나를 힐끔 돌아보았다. 난 손을 살짝 흔들었다.

오락실 쪽에는 쓰러진 사람은 없었다. 오락실 밖에는 작은 정원이 있었다. 동그랗게 돼 있었고 예쁜 꽃들이 중앙에 심어져 있었다. 제발 빨리 소영이를 발견하고 여길 무사히 나가고 싶었다. 우린 작은 정원으로 나왔고 토비와 지미가 잠시 앉아 있자고 말하는 것 같았다. 우린 그래서 잠시 앉아서 쉬었다. 지미는 헬멧을 언제라도 머리에 쓸 듯이 가슴팍에 안고 있었다. 저 헬멧이 방어라든가 공격에 유리한 대로 작동하는 기능이 있는 게 아닌가 추측했다. 우린 앉아 있다가 요한이와 내가 한번도 가보지 못한 커다란 실내 운동장 같은 곳으로 들어갔다. 바닥에는 몇몇 사람들이 쓰러져 있었다. 우린 천천히 살펴봤다. 나도 용기를 내어 요한이 옆에 바짝 붙어서 누워 있는 사람들을 살펴봤다. 나이가 어려 보이는 아이들도 있었다. 무자비한 싸움이었던 것 같았다.

지미가 무릎을 약간 굽혔다가 하늘로 붕 떠올랐다. 마치 전투기 분사가 불안정하듯 몸이 양옆으로 흔들렸다. 그렇지만 빠르게 천장까지 날아올랐다. 그리고 아래를 둘러봤다. 옆면엔 커다란 유리창이 있었는데 언뜻 보니 수영장이 보였다. 거기서 어떤 움직임을 발견했다. 바로 요한이에게 이야기했다.

"요한아, 저쪽 수영장에 사람이 있는 것 같아." 요한이는 고개를 휙 돌렸고 지미와 토비에게 손으로 수영장을 가리켰다. 지미는 그대로 둥둥 떠서 수영장 쪽으로 들어갔고 토비와 요한이, 나는 천천히 수영장 쪽으로 걸어 들어갔다. 사람 세 명이 있었다.

"소영아!" 내가 불렀다. 소영이가 거기 있었다. 소영이는 우릴 쳐다봤고 손을 흔들었다. 수영장도 상당히 넓었다. 우린 뛰어서 소영이에게 갔다. 난 기겁했다. 한 남자아이가 쓰러져 있었는데 가슴이 피에 흠뻑 젖어 있었다. 소영이가 손바닥으로 그곳에 에너지를 보내듯이 그 가슴에서 약간 뗀 채로 손을 대고 있었다. 맞은편에는 태호가 있었다. 태호는 무릎을 바닥에 대고 쓰러져 있는 남자아이의 머리를 손바닥으로 감싸안고 있었다. 소영이는 무사해 보였지만 자세히 보니 허벅지에 상처가 크게 나 있었다. 뭔가 불에 그을린 듯한 상처였다. 소영이의 치마가 올라가 있었다. 앉아 있는 자세 때문에 그런 것 같았다. 소영이를 살피다가 누워 있는 남자를 살폈다. 자세히 보니 피가 가슴 쪽에서 뿜어져나오는 걸 소영이가 막고 있는 것으로 추정이 된다.

"요한아, 민우야. 무사했구나."

"응, 소영아. 괜찮아?"

"난 괜찮아. 약간 다쳤는데 다행히 큰 부상은 아니야. 내가 이 남자아이의 부상을 막지 않으면 이 아이가 금방 죽을 거야."

요한이와 나는 서로를 쳐다봤다.

"우리가 어떻게 해줄 일은 없어?" 요한이가 물었다.

소영이의 팔이 덜덜 떨렸다. 경련이 일어나기 전인 것 같다는 생각이 들었다. 한참 동안 손을 남자아이 가슴에 대고 있었던 것 같다. 가만 보니 소영이의 긴 머리카락 몇 군데가 하얗게 변해 있었다. 우린 누워 있는 남자를 둘러싸고 어떻게 구할 방법이 없는지 살펴보고 있었다. 지미가 남은 붕대를 꺼내서 소영이에게 보여주며 뭐라 말을 했지만 소영이가 영어로 그건 안 된다고 말하는 듯했다. 밖에서 뭔가 물건이 떨어지는 소리가 들렸다. 우린 전부 다 그쪽을 바라봤다. 한 여자아이가 큰 보폭으로 들어오고 있었다. 얼굴이 붉은 아이인데 점점 더 빨개지는 것 같았다. 토비가 벌떡 일어나 주먹을 맞대고 고함을 쳤다. 고함 소리에 요한이와 나는 깜짝 놀라 몸을 들썩였다. 수영장의 물이 가운데를 중심으로 옆으로 파도쳤다. 토비가 몸을 부들부들 떨며 두 주먹을 모아 뭔가를 발산하는 것 같았다.

"요한아, 민우야, 내 뒤로 와!"

소영이가 다급하게 외쳤다. 우린 소영이 뒤쪽으로 뛰어갔다. 지미가 하늘로 날아올라 몸통을 둥글게 말아 그 소녀에게 몸을 날렸다. 소녀가 약간 주춤할 뿐 미동도 없었다. 지미가 튕겨져나와 수영장에 몸을 스치고 다시 하늘로 날아올랐다. 토비가 두 주먹을 떼고 어깨까지 올렸다. 그러다 다시 가운데로 주먹을 모았다. 소녀의 머리카락이 출렁였다. 소녀가 입을 오므려 바람을 부는 행동을 하자 소영이와 우리 주변의 온도가 상승했다. 난 두 주먹을 불끈 쥐었다. 점점 온도가 올라갔다. 이마에 땀이 맺혔다. 소영이의 몸이 덜덜 떨렸다.

"더 이상 못 버티겠어. 요한아, 내가 이 아이 가슴에서 손을 떼면 너희 둘이 이 아이 가슴에 손을 바짝 대서 꼭 눌러!"

"알았어."

우린 소영이가 손을 떼면 남자아이 가슴에 손바닥을 꾹 누를 자세를 취했다.

"지금!" 소영이가 손을 뗐다. 요한이와 나는 남자아이 가슴을 감싸안듯이 꽉 눌러 감쌌다.

소영이가 손가락을 이마에 댔다. 그러자 수영장 물이 출렁이며 상당한 속도로 순식간에 소녀 쪽으로 휘감아쳤다. 소녀는 당황한 듯두 손을 앞쪽으로 내밀어 물을 막는 듯했으나 막지는 못하고 물벼락을 맞았다. 그리고 지미가 마치 먹이를 노리는 새처럼 아래로 하강해 소녀의 몸을 향해 두 주먹을 내리쳤다. 소녀가 바닥에 널브러졌다. 토비가 두 주먹을 허공에 휘둘러대자 소녀가 그 타격을 받는 듯 몸을 들썩였다. 소영이가 신음을 내며 바닥에 앉아 축 처졌다. 요한이와 내 손가락 사이에서 피가 움푹 올라왔다. 우린 남자아이의 피를 막기 위해 손바닥에 힘을 최대한 많이 주었다. 그렇지만 역부족이었다. 인간의 피가 이렇게나 많이, 이렇게나 강하게 몸 밖으로 쏟아지는지 몰랐다. 남자아이의 심장이 크게 뛰는 게 느껴졌다. 아이의 얼굴이 순식간에 창백하게 변해가고 있었다.

"소영아, 피가 솟구쳐."

소영이는 말이 없었다. 소영이 두 팔에 경련이 일어났다. 토비가 주먹을 허공에 마구 휘둘렀다. 지미가 다시 몸을 하늘로 띄워 중력을 이용해 다시 한번 소녀를 내리쳤다. 소녀는 바닥에 널브러졌다. 그대로 죽은 건지, 기절한 건지 알 수가 없었다. 소영이는 자신의 팔을 주물렀다. 소영이가 아픈 거라면 내가 주물러주고 싶었지만 남자아이의 가슴에서 손을 뗄 수가 없었다. 옆에 있는 태호가 뭔가 결심이라도 한 듯 손을 펴서 요한이와 내 손등 위에 손을 올렸다. 피가 멈추고 있다! 하지만 태호의 눈 옆에 힘줄이 무섭게 돌출되기 시작했다. 태호는 몸을 떨었다. 토비는 바닥에 널브러진 소녀 곁에 천천히 다가가기 시작했다. 지미는 공중에서 내려와 다가섰다. 소영이는 고개를 푹 숙이고 휴식을 취하고 있는 듯했다. 태호가 더 이상 견딜 수 없을 만큼 몸을 떠는 것 같았다. 불안감이 느껴진다. 태호가 호흡을 가다듬었다. 피가 들썩들썩 터져나오는 듯싶다. 태호의 눈이 휘둥그레졌다. 요한이와 내가 입으로 어어 하는 순간에 남자아이 가슴에서 피가 솟구치기 시작했다.

"소영아!" 내가 소영이를 불렀다. 소영이는 몸을 돌려 어떻게든 손바닥을 얹어보았지만 아무런 일도 벌어지지 않았고 남자아이 가슴에서 피가 터져나왔다. 태호의 얼굴이 새하얗게 질려버렸다. 남자아이는 그렇게 심장이 점점 늦게 뛰더니 몸이 축 늘어졌다. 요한이와 나는 손을 떨었다. 피가 분수처럼 나와 요한이와 나, 태호의 몸을 적셨다. 우린 피범벅이 되었고 난 머리가 띵해지고 결국 구토가 나왔다. 소영이의 눈에서 눈물 방울이 주룩 흘러내렸다. 우린 그렇게 멍하니 충격에 빠져 죽은 남자아이 곁에 앉아 있었다. 지미와 토비가 와서 영어로 뭔가 말했는데 무슨 뜻인지 알 수가 없었다. 토비가 내 옆에 와서 내 어깨를 감싸안았다. 난 잠시 머리를 요한이 어깨에 기대었다. 소영이가 힘없이 일어났다. 두 팔이 축 늘어져 있었다.

"여기서 나가자." 그리고 토비와 지미에게도 나가자는 말을 한 것 같았다. 태호가 눈물을 흘리는 것 같았다. 어깨를 들썩였다. 요한이가 옆의 수영장 수건을 들고 와 죽은 남자아이 얼굴에 덮어주었다.

우린 힘겹게 일어나 밖으로 향했다. 아까 우릴 공격했던 소녀는 죽었는지 살았는지 알 수 없었다. 얼굴을 힐끔 보니 생각보다 나이가 있어 보였고 키가 작고 그리고 편안하게 잠이 든 듯한 표정이었다. 우린 그렇게 천천히 걸으며 정원 쪽으로 돌아왔다. 백인 여자아이가 네 명의 아이들과 서 있었다. 비가 이제 적게 내리는 듯했다. 저 멀리 먹구름 안에서 번개가 번쩍였다. 우린 다 같이 정문을 나와 양옆에 옥수수가 광대하게 심어진 밭을 따라 길을 걸었다. 최대한 아이들 주변을 감싸면서 걷기 시작했다. 요한이와 나는 앞의 소영이를 뒤따랐다. 소영이와 외국 아이들이 말을 주고받았다. 태호는 말없이 조용했다. 간혹 소영이가 조용히 말을 걸면 조용히 답변을 했다. 거의 다 영어로 대화했다. 요한이와 나는 알아들을 수가 없었다. 지미가 주머니에서 지갑 같은 것을 꺼냈고 달러로 보이는 돈을 살펴보았다. 토비도 지갑을 꺼내 돈을 살펴보았다. 그들은 장시간에 걸쳐 대화를 나누었고 요한이와 나는 힘없이 걸었다. 한참을 걷다 소영이가 우리 쪽에 와서 말을 했다.

"요한아, 민우야, 상황 설명을 해줄게. 우린 초능력자들이 맞아. 아까 우리와 반대되는 사상을 가진 적대 세력이 쳐들어왔었어."

요한이와 나는 귀를 쫑긋 세우고 들었다.

"우리가 진 것 같아. 우릴 이끌어주는 박사님이 끌려갔고 많은 아이들이 저항하다 죽었어. 몇몇 아이들은 건물에서 도망갔어. 어쩌면 우리가 찾을 수 있을지도 몰라. 현재 우리가 가려고 하는 곳은 부산이야."

"그럼 여기가 어디야?" 요한이가 물었다.

"여긴 춘천시야."

춘천시라고? 우린 춘천시가 어디 있는지 몰랐다. 춘천시든 어디든 저런 건물은 금방 눈에 들어올 텐데 왜 아직 언론이나 사람들 입에 오르내리지 않았을까?

"요한이랑 민우는 우리랑 헤어져서 집으로 가도 될 것 같지만 혹시나 우리와 적대 세력에 있는 능력자들이 너희들을 찾아갈지도 몰라."

우린 집에 갈 수도 있다는 생각에 화들짝 놀랐다. 그렇지만 적대 세력의 초능력자들이 우릴 찾을 수도 있다는 말에 한참 고민에 빠져들었다. 요한이가 말을 꺼냈다.

"부산에 가려면 기차 한번 타면 되겠네?"

이렇게 말하자 소영이는 진지한 표정을 지으며 말했다.

"아니, 우린 걸어가야 할 것 같아. 요즘 CCTV가 많이 설치돼 있기도 하고 적대 세력의 사람들이 모든 교통수단에 잠복해 있을 수도 있어. 생각보다 무서운 사람들이야. 지금도 우릴 지켜보고 있을지도 모르고 밖으로 도망간 아이들과 만나게 되면 공격해올 수도 있어."

요한이와 나는 대답 대신 깊은 고민에 빠져들었다. 요한이와 대화가 필요했다.

"요한아, 우린 어쩌지? 집으로 돌아갈까?"

요한이는 잠시 생각하다 답을 했다.

"우리가 집으로 돌아가면 초능력자들이 집까지 따라와서 우릴 해치면 어쩌지? 가족들도 위험해질 것 같아."

나 역시 머리가 복잡해졌다. 우리가 집에 돌아간다면 초능력자들이 우릴 몰래 쫓아와 가족들까지 해칠 수가 있다. 아까 건물 상태를 보니 잔인한 사람들 같았다. 그럼 우린 소영이 일행을 따라가야 하는 걸까?

"그럼 지금 바로 부산까지 걸어가는 거야?"

소영이가 날 보며 답해주었다.

"지금 당장 목적지는 가평이야. 거기 우리 거처가 있어. 위험하긴 하지만 거기 우리 일행들이 있을지 모르니까 거기 가보려고 해."

가평이라, 전에 가평으로 수학여행을 간 적이 있다.

"너희들은 어떻게 하고 싶어?" 소영이가 물었다.

"생각할 시간을 줘." 요한이가 말했다.

요한이는 나를 쳐다봤다. 우리 몰골이 말이 아니었다. 하얀 병원 옷은 피로 얼룩져 있었다. 태호도 피범벅이었다. 비가 서서히 그치고 있었다. 우린 잠시 앉아서 주변을 살피고 쉬기로 했다.

"우리와 적대 관계에 있는 사람들은 정말 잔인한 사람들이야." 소영이가 눈을 날카롭게 뜨며 말했다.

"지금 우리 주변에 있을 수도 있어. 적들의 수법이 항상 우릴 앞서 가. 지금부터는 너희들도 우리와 한배를 탄 것일 수도 있어."

소영이 말에 우린 심란해졌다. 결국 집에 돌아가는 선택지는 위험한 걸까.

"민우와 상의 좀 해볼게." 요한이가 그렇게 말한 후 우리 둘이 따로 옥수수밭에 앉았다.

"어떻게 해야 할까?"

요한이가 물었다. 난 집에 가고 싶었다. 그렇지만 가족들에게 위험이 닥칠 수 있다는 생각에 차마 집에 가고 싶다는 말을 할 수 없었다.

"가족들이 위험할지 모르니 당분간은 소영이 옆에 있는 게 어떨까?"

"나도 그렇게 생각해. 적대 세력이 우리 가족을 해칠 수도 있으니… 게다가 아까 건물 상황을 보니 상당히 잔인한 사람들 같아."

아까 건물에 누워 있는 사람들이 떠올라 난 몸서리쳐졌다.

"응…." 차마 집에 가고 싶다는 말을 하지 못했다. 내가 집에 가고 싶다는 말을 하면 요한이는 어떻게든 내 생각에 따라주려고 할 것 같았다.

"좋아. 아직 집에 가는 건 안전하지 않아. 좀 더 소영이와 같이 있어보자."

"그래." 난 굳게 결심한 표정으로 답했다. 요한이도 입술을 꾹 다물며 고개를 끄덕였다. 우린 잠시 앉아 있다가 소영이에게 갔다. 소영이 그룹도 뭔가 이야기 중이었다. 소영이가 백인 소녀의 볼을 쓰다듬었다. 요한이가 나서서 이야기했다.

"민우와 나는 너희들과 한동안 같이 있고 싶은데 괜찮겠어?"

소영이가 영어로 토비와 지미, 그리고 백인 여성과 대화를 나누었다. 우린 기다렸다.

"우리와 함께 있으려면 내 말에 잘 따라야 해."

소영이가 편안한 미소를 지으며 말했다. 우린 알겠다고 답했다.

2

"여기는 알지? 토비. 흑인 아이는 지미. 또 여자애는 수지야."

그리고 소영이가 우리 이름을 수지, 지미, 토비에게 알려주었다. 수지는 고개를 다른 데로 돌리고 있었다. 수지는 뭔가 안 좋은 일이 있었나 싶다. 그리고 아이들이 걱정이었다. 어린 아이들은 어떻게 데리고 다니고 어떻게 보살펴야 하는 걸까. 오만 가지 걱정을 나 혼자 하는 것 같다. 소영이도 생각을 하고 있으리라 생각한다. 태호는 축 처져 있었다. 아까 죽은 남자와 아는 사이가 아닐까 추정해보았다. 우린 앉아 있다가 일어났다. 백인 여성 수지가 일어나자고 하는 것 같았다. 우린 계속 옥수수밭 중간 길을 걸어갔다. 비가 그치고 더위가 닥쳤다. 몸에서 피비린내가 나는 것 같았다. 땀이 끈적끈적하게 몸을 덮었다. 요한이는 병원복 목덜미 부분을 잡고 부채질을 했다. 난 사람들을 뒤에서 관찰했다. 아이들은 야무지게 걷고 있었다. 곧 지칠 텐데. 토비가 주먹을 허공에 살짝 휘둘렀다. 그러자 옥수수 하나가 떨어졌다. 수지가 한심하다는 표정으로 쳐다봤다. 토비는 옥수수를 먹었지만 맛이 없었는지 버렸다. 아이 하나가 영어로 소영이에게 말했다. 그러자 소영이가 안 된다는 말을 하는 것 같았다. 어떤 대화였을까. 나는 왠지 영어를 배우고 싶다는 생각

을 했다. 초등학교, 중학교 때까지는 성적이 좋았지만 게임을 하고
나서부터는 성적이 떨어졌다. 요한이는 그래도 좋은 성적을 잘 유지
했다.

시간이 가고 있었다. 집에서 멀어진 시간, 사라진 시간, 앞날에 대
한 두려움이 대학 진학보다 더 거세고 두렵게 닥쳐왔다. 집에 돌아
가면 게임기를 사고 싶다. 플레이스테이션과 엑스박스, 닌텐도도 좋
았다. 알게 모르게 닌텐도 게임 중에 바이오해저드 리버스 같은 성
인용 게임도 있다. 게임 생각을 하니 근심이 사라지는 것 같았다. 요
한이는 지금 무슨 생각을 할까. 부모님이 애타게 찾고 있을 거라는
생각을 하니 맘이 편치 않았다. 생각이 왔다갔다했다. 토비가 나를
힐끔 쳐다봤다. 난 눈을 동그랗게 뜨며 토비를 봤다. 그리고 살짝 웃
었다. 토비가 뭔가 아쉬운 표정으로 고개를 돌렸다. 무슨 의미인지
알 수 없었다. 나보다 요한이가 눈치가 빠르다. 요한이라면 무슨 의
미인지 알 수 있을지도 모르겠다. 난 배가 고파졌다. 아이들도 배가
고플 거라고 생각했다. 생옥수수라도 먹을 생각일까. 소영이가 앞장
서서 걷기 시작했다.

옥수수밭 끝이 보였다. 거기 시골스러운 가게가 하나 나왔다. 소
영이는 지갑을 꺼냈다.

영어로 토비, 지미, 수지, 태호에게 뭐라 이야기하고 "민우야, 요한
아. 눈에 안 보이게 숨어 있어"라고 말했다. 요한이와 나는 옥수수
밭으로 들어갔고 외국인들과 아이들은 반대쪽 옥수수밭으로 들어
갔다. 난 옥수수 사이로 보이는 가게와 소영이를 바라봤다. 가게 안
으로 들어갔다. 이후로는 볼 수가 없었다. 난 혹시나 주변에 누가 있
나 둘러보았다. 큰 산이 양쪽에 있고 가운데에는 논밭이 있었다. 멀

리 집 몇 채가 보였다. 우리 동네 비슷하다는 생각이 들었다. 한참 후에 소영이가 비닐봉지를 잔뜩 들고 나왔다. 그리고 옥수수밭 앞의 길로 걸어갔다. 우리 쪽을 쳐다보며 오라는 시늉을 했다. 누가 손가락 마찰음이 나는 소리를 냈다. 토비가 자기 쪽으로 오라고 손짓했다. 우린 토비 쪽으로 건너가 옥수수밭을 가로질러 소영이에게 갔다. 소영이는 봉지를 잔뜩 든 채 따라오라고 말했다. 아마도 이쪽 지리에 대해 잘 아는 것 같았다. 우린 개울가로 갔다. 소영이가 사발면과 물을 꺼냈다.

"우린 이렇게 계속 이동하며 먹고 지내야 해."

우린 개울물을 사발면에 넣었다. 어떻게 끓여 먹으려는 거지?

난 가만히 사발면을 손에 들고 있다가 개울물을 넣었다. 수지가 손바닥을 펴서 우리 모두를 감싸안을 듯이 팔을 뻗었다. 내 손에 들린 사발면이 따뜻해졌다. 수지가 주먹을 꽉 쥐자 갑자기 물이 뜨거워졌다. 하마터면 사발면을 떨어뜨릴 뻔했다. 난 바로 스프와 건더기를 넣었다. 김치는 없었다. 난 주는 대로 먹어야겠다고 생각했다. 아이들은 잘 먹을까? 아이들을 보니 사발면을 먹어봤는지 스프를 뜯어넣고 손으로 사발면을 감싸들었다. 두 명의 아이는 내가 스프를 넣어주었다. 우린 그렇게 개울가에 있었다. 토비와 지미가 사방을 둘러봤다. 수지는 눈을 감고 앉아 있었다. 소영이는 안경을 닦았다. 요한이는 개울가를 바라봤다. 난 주변을 둘러보았다. 개울가에 빨간 개구리가 둥둥 떠 있었다. 독개구리다. 왠지 기분이 이상했다.

"먹자." 소영이가 말했다. 우린 먹기 시작했다. 아이들이 천천히 잘 먹었다. 다행이었다. 물도 마셨다.

"우리 옷을 구하러 가야 할 것 같아. 특히나 요한이랑 민우, 태호

옷이 피범벅이야."

우리는 알았다고 답했다. 이런 시골에서 옷을 어디서 구할 생각일까. 우린 식사를 마치고 빵을 더 먹었다. 그리고 물을 마시고 다시 자리에서 일어났다. 소영이가 앞장서고 그 뒤에 수지, 그리고 아이들, 우리 뒤쪽에는 토미, 지미, 태호가 나란히 걸었다. 차가 지나가면 우린 고개를 숙이고 걸었다. 어색해 보이지 않길 바랐다. 누군가 눈치 채거나 적대적인 이들이 우릴 발견하지 않길 바랐다. 요한이와 나는 싸울 수 없었다. 싸울 때 방해만 될 뿐이다. 우린 알아서 자리를 피해 숨어 있어야 한다. 태호가 기운이 없어 보였다. 나도 행여나 요한이를 잃게 된다면 전의를 상실할 거라 생각한다. 시골길을 걷다 보니 점점 힘이 들었다. 아이들이 괜찮은지 걱정됐다. 한 소녀는 소영이 등에 업혀 있었다. 수지는 남자아이를 안아 들었다. 나머지 두 아이는 제법 멀쩡히 걷고 있었다. 한참 걷다 보니 작은 마을이 나왔는데 주민들은 거의 안 보였다. 간간이 밭일을 하는 사람들이 보일 뿐 마을은 텅 비어 있는 것 같았다.

"여기서 조금만 더 가면 아웃렛이 나와." 소영이가 말했다. 요한이와 나는 아웃렛이 뭔지 몰랐다. 왠지 백화점 비슷한 게 아닌가 하는 생각이 들었다. 요한이와 내가 사는 동네에는 아웃렛이라는 게 없다. 시내에 나가면 이름 모를 옷집과 농협마트가 있을 뿐이다. 가평엔 그래도 서울 사람들이 많이 오니까 백화점 같은 것도 있는 게 아닌가 생각된다. 가평까지는 아무리 걸어도 멀어 보였다. 그래도 아직 외진 곳이라 사람이 없어서 안전하다는 생각이 들었다. 그러다 한 남자아이가 튀어나왔다. 피칠갑이 된 요한이와 태호, 나를 보고 화들짝 놀랐다. 요한이가 말을 꺼냈다.

"소 잡고 오는 길이야"라고 말하며 웃어 보였다. 아이는 대꾸가 없었지만 별일 없다는 듯이 그냥 지나쳤다. 우린 시골길을 지나가고 있었다. 푸른 벌판과 군데군데 피어오른 예쁜 꽃들, 덥지만 불어오는 선선한 바람, 시퍼런 나무들, 모든 게 평화로워 보였다. 우린 그렇게 편안하고 부드러운 시골길을 걸어갔다. 중간에 아이들이 소변이 급하면 소영이가 풀숲으로 같이 들어가주었다. 우리도 풀숲에서 소변을 봤다. 난 왠지 태호를 위로해주어야 하는 게 아닌가 하는 생각이 들었다. 그게 내가 참견할 일은 아닌 것 같지만 태호가 너무 힘들어 보였다. 난 소영이가 뭔가 좋은 말들을 태호에게 해줄 거라 생각했다.

어디선가 아름다운 피아노 소리가 났다. 길 너머를 보니 큰 갈색 벽돌집이 있었다. 마당에는 강아지가 한 마리 있었고 예쁜 꽃들이 가득했다. 누군가 피아노를 연주하는가 보다.

피아노 소리를 들으며 잠시 마음을 가라앉혔다. 요한이가 배가 아프다고 했다. 우린 요한이가 볼일을 보도록 기다려주었다. 그리고 우린 외진 시골치고는 제법 큰 매장을 찾았다. 건물들이 둥그렇게 조성되어 있었고 옷 매장이 있었고 한쪽에는 캠핑 용품을 팔았고 편의점도 있었다. 소영이가 요한이와 나, 태호는 풀숲에 들어가 있으라고 했다. 우리의 옷 사이즈를 물어보고 소영이와 수지, 토비가 옷을 고르러 갔다. 지미는 우리와 함께 있었다. 지미는 우리에게 간혹 영어로 뭐라 했지만 우린 알아들을 수가 없었다. 소영이가 돌아왔다.

"움직이기 편한 옷으로 가져왔어." 우린 가릴 처지가 아니었다. 주는 대로 우린 숲 깊은 곳에 들어가 갈아입었다. 난 내 몸을 아래로 내려다보았다. 거시기는 다행히 달려 있었다. 도망가면 어쩌나 싶다. 엉덩이 쪽이 통통하고 아래로는 쭉 날씬했다. 운동복 바지를 입으니 여자 다리 모양이 되었다. 허벅지 쪽이 단단하고 굵었다. 상체는 직접 볼 수가 없어서 잘 모르겠다. 여자 가슴이라도 생기면 어쩌나 걱정이 되었다. 옷을 다 입고 개울가에서 세수를 했다. 혹시 몸에 피가 안 묻었는지 살펴보았다. 요한이 종아리 쪽에 피가 묻어 내가 직접 닦아주었다. 요한이와 함께 태호도 살펴봐주었다. 태호에게 피가 제일 많이 묻었다. 우린 차라리 개울가에서 몸을 씻으라고 말해주었다. 태호는 멍한 얼굴로 담담하게 몸을 씻었다. 우린 지켜봐주었다. 우린 옷을 다 갈아입고 소영이 일행과 합류했다. 태호와 요한이, 나는 검정 운동복 바지에 각자 다른 색의 티셔츠를 입었다. 요한이는 파란색, 난 하얀색, 태호는 검은색. 그리고 계속 걸었다. 마음이 좀 편해졌는지 소영이 일행들이 몇 마디 말을 주고받았다. 난 요한이와 이런저런 이야기를 했다.

"만약에 초능력자들이 우리들에게 공격을 가하면 어쩌지? 어떻게 대처해야 할까?"

요한이가 말했다.

"아까 건물에서 당한 사람들을 보면 우린 그냥 순식간에 당할 것 같은데."

"초능력자들의 기본 능력이 발전됐다면 그에 대응해서 군사 무기 같은 것도 발전하지 않았을까?"

요한이가 그럴싸한 가설을 이야기했다. 요한이가 계속 말했다.

"초능력자들이 있다는 걸 분명 정부가 알 텐데, UN이라든가. 그럼 초능력자들이 반란을 하거나 힘을 사용해 국가에 위협을 가했을 때를 대비해 군사 무기도 그만큼 발전하지 않았을까? 아마도 우리 같은 평범한 사람들은 모르게."

"그럴싸한데."

소영이도 들었는지 한마디 거들었다.

"근데 초능력자들이 물질을 전부 분해하는 능력을 키웠기 때문에 지상에 존재하는 군사 무기를 다 분해시키거나 부숴버리기 때문에 우리에게 크게 위협적이진 않아."

"총알도 피할 수 있어?" 내가 물었다.

"총알은 피하진 못하고 막을 수는 있어. 근데 지금 우리 가운데 총알을 막을 수 있는 능력을 가진 사람은 없어."

막을 수는 있는가 보다. 수지는 온도를 변화시키고 지미는 하늘을 날고 토비는 주먹을 휘두르면 멀리서도 타격을 줄 수 있고 또 소영이는….

"소영아 넌 능력이 뭐야?"

소영이가 안경을 만지며 이야기했다.

"난 사물을 움직일 수 있어. 빠른 속도로 날릴 수도 있고 액체도 통제할 수 있고."

수지도 물어보려다 말았다. 수지가 뒤돌아보며 우리를 노려봤기 때문이다. 수지에게는 뭔가 불편한 기운이 흐른다. 4명의 아이들도 각자 능력이 있을 것 같았다.

"아, 민우야, 너희들은 근데 우리 학교에 어떻게 들어온 거야? 이제 이야기해도 되지 않아?"

요한이와 난 서로를 번갈아가며 봤다. 요한이가 이야기를 시작했다.

"아는 친구가 산에 운석 같은 게 떨어졌을 거라며 같이 가지 않겠냐고 했어. 그러다 결국 우리도 산에 뭐 떨어졌나 올라가봤어. 근데 정말로 운석이 있는 거야. 그걸 발견하고 나서 누군지는 모르지만 덩치 큰 아저씨 세 명을 만났고 그러다가 어떤 여자가 초능력을 쓴 것 같아. 그래서 깨어나 보니 학교였던 거지."

그리고 내가 한마디 거들었다.

"우린 단지 목격자이기 때문에 잡혀 온 거야."

소영이가 말했다.

"운석? 어떤 운석인데?" 내가 답해주었다.

"상당히 신비로운 운석이었어. 마치 이 세상 물질로 만들어지지 않은 것 같았어. 재질이 정말 견고하고 단단해 보였고 자세히 보면 볼수록 투명해지는 것 같았어. 그리고 정말 황홀하게 아름다운 빛도 발산했던 것 같아."

소영이는 눈을 찌푸리며 말했다.

"나도 보고 싶다, 그 운석. 난 그 운석이 뭔지 몰라."

요한이가 말했다.

"우리 생각에는 그 운석을 만지거나 하면 초능력자가 되는 것 같다고 생각하는데…"

소영이는 걸음걸이를 늦추며 말했다.

"그런 식으로 초능력자가 된 사람은 못 봤어. 우린 다 어린 시절부터 이상한 능력을 가지고 태어났고, 태어나면 정부에서 우리가 있었던 학교로 보내거든."

"그럼 그 학교에서 뭔가 초능력 훈련을 받는 거야?" 내가 물었다.

"아니, 훈련이 아니라 통제하는 법을 배워. 민간인과 국가에 그 어떤 위협이 되지 않도록. 아까 우릴 공격한 일당들은 학교를 도망간 사람들이야."

요한이가 갑자기 상당한 궁금증을 물었다.

"근데 어떻게 여태까지 텔레비전이나 신문에 한번도 안 보인 거야?"

소영이가 답해주었다. "그것은 우리 중에 미디어라든가 사람의 기억을 조정하는 능력을 가진 아이들이 몇몇 있거든. 아마도 요한이랑 민우도 우리랑 같이 학교에 있다가 별다른 일 없으면 기억을 지우고 집으로 보냈을 거야."

소영이 말에 요한이와 나는 기운이 쫙 빠지는 것 같았다. 어쩌면 집에 무사히 갈 수도 있었을 텐데 하는 생각이 머릿속을 사로잡았다. 토비와 지미는 서로 대화를 나누고 있었고 수지는 아이들의 손을 잡아주며 어깨를 감싸주기도 하고 볼을 만져주었다. 경운기 한 대가 지나갔다. 경운기에 탄 아저씨는 우리들을 물끄러미 바라보았지만 별다른 일 없다는 듯이 지나쳤다. 오후가 지나가고 날씨는 선선해졌다. 잠은 어디서 잘지 궁금했다. 산속에서 잘지? 우린 한참을 걷다가 마을 공원 같은 곳을 발견했다. 사람은 안 보였다. 우린 마을 공원에서 앉아서 쉬기로 했다. 토비가 갑자기 내 어깨에 손을 얹고 괜찮냐고 묻는 듯했다. 난 괜찮다고 했다. 그리고 웃어주었다. 그러자 토비도 미소를 지었다. 우린 마을 공원에 앉아 있었다. 우린 조용히 대화를 나누었다. 수지와 소영이가 대화를 나누었고 토비가 내 옆에 앉아 영어로 몇 마디 걸었고 나는 알아듣는 대로 어설픈 영어로 답을 했다. 토비가 알아들었는지는 잘 모르겠다. 요한이는 태호와 지미와 함께 알아듣는 대로 말을 나누는 것 같았다. 난 또 갑자기 영어를 잘하고 싶다는 생각이 들었다. 영어를 갑자기 잘하게 되는 초능력은 없을까 하는 생각을 했다. 그런 게 있을 리가 없다는 생각을 했다.

소영이와 수지가 일어났다.

"우리 저녁 사 올게. 여기 마을 끝 쪽에 편의점이 있어. 특별히 먹고 싶은 거 있어?"

이 상황에 뭔가를 먹고 싶다는 말은 어울리지 않는 것 같아 입을 다물었다. 그냥 주는 대로 먹는 게 좋을 듯싶다. 토비와 지미가 뭐라 말을 했는데 햄버거란 단어를 알아들을 수 있었다. 아마도 햄버거를 사달라고 하는 것 같았다. 소영이와 수지가 음식을 사러 갔다. 우린 아이들을 둘러싸고 앉았다. 토비가 팔굽혀펴기를 했다. 태호는 바닥에 풀을 쥐어뜯고 있었다. 아이들은 속닥속닥 말을 하고 때론 까르륵거리며 웃기도 했다. 부모님들이 보고 싶지 않을까? 이러다 마을 사람들이 마실이라도 나오면 어쩌나 하는 생각도 들었다. 시골 동네는 다 서로를 알고 지내기 때문에 외지인이 오면 주목을 받게 된다. 한 아이가 소변이 마렵다고 하는 듯했다. 지미가 같이 따라가주었다. 지금 악당들이 들이닥치면 토비밖에 없는 셈이다. 오만 가지 걱정을 하는 건 아닌가 싶다. 난 내가 상당한 겁쟁이라는 사실을 또 한번 느끼고 있었다. 한참 후에 소영이와 수지가 왔다. 난 안도했다. 우린 개울가에서 라면 물을 떴고 또 한번 수지가 온도를 올려주었다. 햄버거나 샌드위치도 따뜻해졌다. 라면이 뜨겁게 익어 국물이 얼큰했다. 난 저녁은 맛있게 먹었다. 샌드위치도 사 와서 샌드위치도 맛있게 먹었다. 우린 다 먹고 정리를 했다. 소영이가 산에 올라가자고 했다. 아마도 잠은 산에서 잘 생각인가 보다. 대략 마을을 천천히 살피다가 산에 올라가는 길을 발견해 조용히 올라갔다. 그리고 소영이와 수지가 잠시 걸음을 멈추고 평평한 자리를 발견해 소영이가 준비한 돗자리를 깔았다. 수지가 돗자리 주변에 손을 뻗어 뭔가를 불어넣는 듯했는데 자리가 따뜻했다. 그리고 각자 볼일을 봤다.

난 대변이 급해 소영이에게 휴지를 받고 멀리 떨어져 볼일을 봤다. 그리고 돌아온 후 다 같이 모여 앉았다. 아이들을 빨리 재우고 싶었지만 이런 환경에서 아이들이 편하게 잘 리는 없을 거라 생각한다.

"내일 하루 종일 걸으면 가평에 다다를 수 있을 것 같아. 그리고 우리가 이용하던 거처가 있어. 거기 가보자."

지미가 뭐라고 말을 했다. 그리고 수지가 한마디 하고 그렇게 말을 주고받는가 싶더니 대화가 멈췄다. 왠지 우리 주변에 모기가 오지 않는 것 같았다. 그러다 우린 자리에 누워서 잠을 청해보았다. 잠자리가 영 불편해 옆으로 누웠다. 그러니 좀 편했다. 그리고 눈을 감았다. 새벽에 한 번 깼다. 수지가 다시 온도를 높였다. 그러자 따뜻하고 편안했다.

다음 날 우린 일찍 일어났다. 아이들이 아직 자고 있어 우린 앉아서 잠을 깨고 있었다.

생수통의 물을 마시고 토비와 지미가 주변을 살펴보는 듯했다. 수지는 하늘을 살펴봤다.

"지숙이가 있으면 좋을 텐데." 소영이가 낯선 이름을 꺼냈다. 요한이가 물었다.

"지숙이가 누구야?" 소영이가 답했다.

"지숙이라고 앞날을 예지하는 아이야. 아마 당했거나 건물 밖으로 도망갔을 것 같아. 우린 유사시에 건물 밖으로 다 나가기로 돼 있거든."

"근데 왜 남아서 싸운 거야?" 내가 물었다.

"외부에서 온 능력자들이 워낙 강했거든. 다 빠져나가지 못했어."

우린 아이들이 깨자 자리를 정돈했다. 산을 조금 내려오자 약수터 같은 곳이 있어 세수를 하거나 머리를 물에 감았다. 우리 꼴이 말이 아니었다. 최대한 우리들은 평범해 보이려고 머리를 말리고 옷을 정돈했다. 요한이 머리가 엉망이어서 물로 머리를 가라앉혔다. 지미의 폭탄머리는 어떻게 하든 눈에 띄었다. 우린 생수를 아끼고 약수터 물을 마셨다. 그리고 소영이가 편의점에 다 같이 가서 필요한 물건을 좀 사고 아침을 먹자고 했다. 편의점이 생각보다 크다고 한다. 우린 천천히 편의점까지 걷기 시작했다. 마을 사람들이나 아이들과 마주쳤지만 별다른 특이사항은 없었다. 아이들이 우릴 빤히 쳐다봤다. 우린 별다른 조치를 취할 수는 없었다. 그저 지나쳐 갈 뿐이었다.

우리 또래 남자아이와 여자아이가 걸어왔다. 서로 신경이 쓰이는 듯했으나 그냥 지나쳤다.

우린 편의점에 도착했다. 나름 큰 편의점이었다. 밖에 테라스도 있고 안쪽에 서서 먹을 수 있는 공간이 있었다. 우린 들어가서 편의점을 둘러봤다. 안경 쓰고 나이가 있어 보이는 남성 직원이 있었다. 요한이와 난 칫솔과 치약을 골랐다. 또 뭐가 필요한지 알 수가 없었다. 혹시나 가방이 없나 살펴보았다. 소영이와 수지가 비닐봉지를 들고 다니는 게 좀 불편하지 않을까 하는 생각을 했다. 하지만 가방은 없었다. 우린 여기저기 서성이다 고른 물건들을 모았다.

수건도 골랐다. 아이들이 아이스크림을 골라 바구니에 담았다. 그리고 사발면과 샌드위치 등을 잔뜩 사서 계산했다. 아이들이 밖의 테라스에서 먹고 싶다고 해서 수지와 토비와 아이들은 밖에서 먹고 우린 안쪽에 서서 먹었다. 아침을 맛있게 먹었다. 그리고 테라스 쪽으로 나가 주변에 뭔가 없나 살펴보기도 하고 눈에 안 띄게 테라스 안쪽에 모여 앉아 물을 마시거나 쉬었다. 그렇게 잠시 쉬었다가 출발했다.

숲에서 새가 노래를 불렀다. 이른 아침부터 날이 더웠다. 새벽에는 그렇게 춥더니. 우린 길을 따라 걷기 시작했고 소영이와 수지가 아이들을 데리고 중간에서 걸었고 토비와 지미가 앞장섰고 우린 맨 끝, 그리고 가장 뒤쪽에서 태호가 걸었다. 우리가 서로 다른 일행으로 보이길 바랐지만 워낙 사람 없는 시골이라 그렇게 보일지는 모르겠다. 오후쯤 되자 차가 옆으로 지나가기 시작했다. 가평에 가까워지고 있다는 생각이 들었다. 걸음걸이가 더 빨라졌다. 아이들이 오래 걸을 수 없기 때문에 틈틈이 쉬었다. 한참을 걷다 보니 맨션 같은 게 보였다. 사람들도 점점 눈에 띄기 시작했다. 다행히 우린 가평에 놀러 온 친구들이나 가족같이 보였다. 소영이도 의식하는지 모르겠으나 토비, 지미, 수지, 또 아이들이 외국인들이라 눈에 띄지 않나 싶다. 그렇지만 요한이와 내가 서울 용산에 갔을 때 한국에 외국인들이 많이 보였기 때문에 그리 이상하게 보이진 않을 거라는 생각도 있었다. 대학생 무리들로 보이는 사람들이 우릴 지나쳐 갔다. 또 나를 쳐다보는 가려운 느낌이 들었다. 누군가 나를 뚫어지게 쳐다보는 느낌이 들었다. 그렇지만 난 그 대학생 무리들을 쳐다보지 않았다. 마치 평범하게 갈 길을 가는 사람처럼 지나쳤다. 그리고 인공 수영장이 보이는 맨션이 나타났다. 수영장을 보니 가슴에서 피를 쏟으며 죽어간 남자 생각이 나서 마음이 불편했다. 태호는 괜찮아졌을까 하는 생각이 들었다. 뒤에 있는 태호를 힐끔 봤다. 기운 없이 바닥을 보며 걷고 있었다. 난 거의 다 온 건가 하는 생각에 발걸음이 가볍고 빨라졌다. 왠지 편안하게 쉴 수 있는 장소가 나올 것만 같았다. 그리고 한참을 걸었다. 아이들이 쉬자고 해서 맨션과 편의점 같은 곳이 있는 곳에 가서 과자와 아이스크림을 사서 쉬었다. 맨션에 있는 사람들과 자주 마주쳤다. 어딘가에서 단체로 온 것 같았다. 소영이는 맨션의 화장실을 이용해도 되냐고 가게 아저씨에게 물어보고 아이들과 함께 화장실에 다녀왔다. 아이 하나가 울음을 터뜨려 조금 당황스러웠지만 수지와 소영이가 달래주었다. 지미와 토비가 맥주를 마셨다. 토비가 나에게도 권했지만 웃으며 거절했다. 우린 미성년자라 마실 수 없었다. 마시고 싶은 생각도 없었다. 요한이와 난 맥주를 서울에서 마셔본 적이 있었는데 시원하긴 했지만 쓴맛이 나서 별로라고 생각했다.

그렇게 앉아 있자니 소영이가 거의 다 온 것 같으니 빨리 가자고 했다.

우린 길을 나섰다. 사람들이 점점 많이 보이기 시작했다. 예쁜 길을 걷다가 앞에서 유럽풍의 커다란 건물들과 작고 예쁜 상점과 가게로 이어진 길을 발견했다. 옆에는 개울가가 있었으며 큰 파라솔이 잘 정돈된 자리도 보였다. 우린 순간 멈칫했다. 몇몇 외국인들이 보였다. 우린 반사적으로 눈에 띄지 않으려고 그냥 옆으로 가려고 한 것 같다. 그렇지만 이어지는 길이 없었다. 앞을 보니 외국인들과 한국인인지 알 수 없는 아시아인들이 섞인 무리들을 보았다. 나의 심장을 쿵쾅거리게 만드는 것도 보였다. 오토바이 헬멧인지 뭔지 모를 것을 들고 있는 사람도 보였다. 그렇지만 오토바이는 보이지 않았다. 다른 쪽으로 가는 길이 없어 자연스럽게 파라솔이 많은 개울가로 걸었다. 가까이 가보니 개울가가 정말 컸다. 호수 같았다. 군데군데 사람들이 앉아 있었다. 소영이가 뒤를 돌아보며 "여기 앉자"라고 말했다. 소영이 얼굴에 긴장감이 보였다. 우린 물가 쪽에 앉았다. 아이들은 약간 신이 나 보였다. 물가를 서성이며 돌을 가지고 놀기 시작했다. 토비와 지미는 앉지 않고 서서 물가를 지켜보고 대화를 나누었다. 요한이와 나는 앉아 있는 게 돕는 거라고 생각했다. 요한이와 난 앉아 있었다. 수지와 소영이는 아이들 주변에 있었다. 태호는 조금 멀리 떨어져 그 외국인 무리와 조금 가까운 데 서 있었다. 긴장감이 감도는 듯했다. 나만 긴장한 건지, 소영이와 다른 아이들은 괜찮은지 잘 파악이 안 됐다. 요한이를 힐끔 쳐다봤다. 요한이는 물가를 보고 있었다. 저쪽 외국인 무리 쪽은 쳐다보지 않았다. 괜히 눈에 띄는 행동은 하고 싶지 않았다. 소영이와 수지가 입은 교복이 눈에 띄지 않나 싶다. 하얀색 셔츠와 목 쪽에 빨간 리본 스커트가 누가 봐도 교복같이 보여서 불안감을 느끼게 했다. 물가가 출렁였다. 우린 그대로 각자 뭔가를 하는 듯 앉아 있었다. 외국인 무리들은 계속 그 자리에 서서 대화를 나누거나 담배를 피우거나 했다. 나이는 20대 초반으로 보인다.

  난 그들을 쳐다보는 걸 그만뒀다. 괜한 의심을 받고 싶지 않았다. 소영이가 간간이 우리 쪽을 바라보는 시선이 느껴졌다. 멀리서 그 외국인 무리들 중 몇 명이 날 쳐다보는 게 느껴졌다. 난 그걸 느낄 수 있었다. 혹시 이게 내가 가진 능력이 아닐까? 소영이에게 그들 중에 누군가 날 쳐다보고 있다는 말을 해주고 싶지만 소영이에게 다가가는 움직임만 보여도 뭔가 안 좋은 일이 생길 것 같아 그냥 가만히 있었다. 날 쳐다보는 시선이 등 뒤에서 뭔가 가늘고 긴 것이 등을 타고 올라가는 것처럼 느껴졌다. 어떤 '기' 같은 느낌이 가늘고 긴 실같이 느껴졌다. 그 실이 연결된 채로 쭉 가다 보면 날 쳐다보는 사람이 누구인지 알 수 있을 것 같다는 생각이 들었다. 난 그 느낌에 집중했다. 그 작은 실을 따라가보았다. 어떤 사람이 느껴졌다. 그리고 사라졌다. 사라져버렸다. 난 뭔가 아쉬움을 느꼈다. 난 토비와 지미를 잠시 바라봤다. 뒤의 다른 걸 보는 척했다. 토미는 앉아서 손을 맞잡고 나를 봤다. 윙크를 했다. 난 지미를 봤다. 물가에 돌을 던지고 있었다. 옆에 요한이는 강가 멀리를 바라보며 생각에 잠긴 듯하다. 나는 물에 손을 넣어 손을 씻었다. 물가에 비친 내 얼굴을 바라봤다. 동그란 달걀 같았다. 아이들이 물에 첨벙첨벙 들어가 놀았다. 아이들 옷도 한 벌씩 사야겠다는 생각이 들었다. 소영이와 일행들이 여행 경비를 얼마나 가지고 있을까? 소영이와 수지가 아이들을 살피며 같이 물놀이를 해주고 있었다.

그 외국인 일행들을 또 쳐다볼 수가 없었다. 계속 쳐다보면 우리가 수상해 보일 수도 있겠다는 생각이 들었다. 갑자기 우리 뒤쪽으로 사람들이 몰려드는 것 같았다. 난 몸을 움찔했다. 요한이도 깜짝 놀랐는지 그쪽을 바라봤다. 난 쳐다보지 않았다. 싸움이 벌어질까? 난 무슨 행동을 취해야 할지 알 수 없었다. 소영이와 사전에 이야기를 해둘걸 하는 생각이 들었다. 무리들이 우리 쪽으로 다가왔고 내 등 뒤가 날카롭게 예민해졌다. 난 나도 모르게 돌아봤다. 그냥 여학생들이었다. 단체로 놀러 온 것 같았다. 여자아이들이 나를 쳐다봤다.

"우와, 예쁘다."

나를 보고 감탄하듯이 말했고 난 눈을 크게 뜨고 고개를 돌렸다. 소영이도 여학생 무리들을 쳐다봤고 무리들은 옆의 물가에 자리 잡고 발을 물에 담갔다. 그리고 시끄럽게 수다를 떨었다. 소영이와 수지가 아이들을 물가에서 데리고 나왔다. 외국인 무리 중 한 명이 다가오는 게 느껴졌다. 난 등 뒤로 실의 진동을 느끼며 다가오는 인물의 거리를 가늠할 수 있었다. 우리 쪽으로 걸어오는 것 같았다. 우리 뒤쪽에서 우리를 보호하듯이 서 있는 지미와 토비에게 다가가는 것 같았다. 여차하면 물속에 뛰어드는 게 안전할 수도 있겠다. 옆의 여학생들이 무사히 도망치길 바랐다. 뒤에서 말소리가 들렸다. 토비와 다가온 남자가 대화를 나누는 것 같았다. 나는 물가 너머 암벽이 있는 작은 산을 바라봤다. 그러면서도 등 뒤의 센서가 위험을 알려주길 바랐다. 위험상황이 오면 아이들을 감싸고 있을 셈이다. 그걸로 내 역할은 충분하지 않을까 싶다. 다가온 남자가 우리 쪽에서 멀어지는 걸 느꼈다. 그와 연결된 실이 진동을 하며 그와 나의 거리를 느낄 수 있었다. 점점 멀어져서 사라졌다.

"우리 이만 일어나자." 소영이가 말했다. 우린 소영이 말에 천천히 일어났다. 재빨리 일어나면 왠지 수상해 보일 것 같았다. 우린 천천히 일어서서 눈치를 살폈다. 소영이가 어디로 이동하자고 하는 건지 알 수가 없었기 때문이다. 소영이와 수지가 아이들을 인도해서 그 멋진 유럽풍 건물 쪽으로 다가갔다. 외국인 일행들은 흩어진 것 같았다. 난 편안한 마음으로 걸어갔다. 정말 멋진 곳이다. 가평에 이런 곳이 있을 줄은 몰랐다. 유럽풍 건물 뒤쪽으로 상점과 여러 가게

들이 줄을 지었다. 자세히 보니 머리 위쪽에 전구가 달린 줄들이 여러 개 있었다. 물가의 기둥과 연결되어 앞쪽까지 널려 있었다. 전구에 불빛이 들어와 예뻤다. 우린 여유롭게 그 거리를 걸었다. 그리고 우린 한 카페에 들어갔다. 소영이가 들어가는 대로 따라 들어갔다. 정말 고풍스러운 카페였다. 벽에 분위기 좋은 유화 액자들이 걸려 있었다. 남녀 무리들이 군데군데 앉아 있었다. 카페 안쪽이 넓었다. 안쪽 끝에 밖으로 나가는 큰 아치형 문이 있었고 잔디밭에 탁자와 의자가 놓여 있었다. 소영이가 마시고 싶은 걸 말하라고 해서 난 그냥 사과주스를 시켰다. 커피를 그렇게 잘 마셔본 적이 없다.

요한이는 배가 고픈지 우유를 시켰고 나머지는 아이스커피나 그냥 커피를 시켰다. 아이들은 주스나 우유를 시켰다. 우린 바깥 잔디가 있는 곳의 큰 탁자에 둘러앉았다.

"요한이랑 민우는 커피 안 마시나 봐?"

"응, 별로 마셔본 적이 없어서."

소영이와 토비, 지미, 수지가 대화를 나눴다. 아까 외국인 무리에 대한 대화라고 짐작했다. 요한이와 난 그냥 입을 다물고 있었다. 난 사과주스를 홀짝였다. 달고 맛있었다. 대화가 끝나고 소영이가 우리에게 알려주었다.

"오늘은 이 근처에 혹시 방이 있나 알아보고 모텔에서 잘 거야." 그리고 커피를 홀짝였다.

"아까 그 무리들의 정체는 확실하지 않아. 어쩌면 우리가 안전 거처에 가는 걸 지켜보려고 하는 걸 수도 있어. 그래서 오늘은 안전 거처에 가지 않을 거야."

요한이와 난 고개를 끄덕였다. 내 생각에는 우리를 지켜보다가 안전 거처에 가면 우리 편이 더 있을 테니 한번에 우릴 공격할 모양인 것 같았다. 아직은 추측일 뿐이다. 소영이는 적들이 아주 지능적이라고 했다. 토비가 갑자기 내 볼을 쓰다듬듯이 손등으로 문질렀다. 난 좀 당황스러웠다. 요한이가 그걸 보고 나에게 속삭이듯 말했다.

"싫다고 표현하지 않으면 큰일 나겠다, 너."

요한이 음성이 또 들리는 것 같았다. 넌 싫다는 표현을 잘 못해. 다 받아주려고 하고. 때론 싫다고 선을 그어야 해. 토비에게 그런 행동을 하는 걸 싫다고 말하기가 어려웠다. 만난 지 얼마 안 됐지만 토비가 실망하는 모습을 보기가 힘들었다. 난 고민에 빠졌다. 토비가 갑자기 내 머리를 쓰다듬었다. 난 손으로 부드럽게 토비 손을 떼었다. 그러자 토비가 내 손을 잡았다. 난 당황스러웠다. 손을 잡자는 뜻이 아니었는데. 소영이가 토비에게 뭐라고 했다. 그러자 토비가 웃으며 내 손을 풀어주었다. 난 어찌할 바를 몰랐다. 이상하다. 내 외형이 여자로 변하고 나서 마음도 여자 같아진 것 같다는 생각이 들었다. 난 머릿속이 혼란스럽다.

"민우야 괜찮아?" 소영이가 물어봐주었다.

난 소영이를 멍하니 바라보았다.

"내가 다음부터 그러지 말라고 토비에게 이야기할게."

"그래, 고마워"라고 나는 답했다. 결국 내 스스로 이야기하지 못하고 소영이를 통해 내 마음을 전하는 셈이다. 난 좀 더 용기 있어야 한다는 생각을 했다. 아니면 이 어려움을 헤쳐나가기 어려울 거라 생각한다. 방심하는 순간 내가 바닥에 널브러진 시체가 된다고 생각하니 갑자기 겁이 났다. 집에 가고 싶다는 생각이 들었다. 우린 점심을 먹으러 갔다. 분식집에 갔다. 김밥과 라볶이, 돈가스 같은 것을 시켰다. 우린 간단히 먹고 일어섰다. 난 좀 짜게 먹어 물을 많이 마셨다. 한국 사람들은 스트레스 받으면 매운 음식을 먹는다는 말을 어디서 들은 것 같다. 그래서 그런지 라볶이를 많이 먹었다. 우린 각자 볼일을 봤다. 화장실에 가거나 앉아서 쉬었다. 아이들은 왠지 피곤해 보였다. 어제 저녁에 잠자리가 안 좋아서 그런 것 같았다. 아이들이 길가에 있는 공원 의자에 앉아 꾸벅꾸벅 졸았다. 수지가 아이들을 돌봤다. 난 요한이와 같이 화장실에 갔다 왔다. 토비와 지미는 길가에 서서 맥주를 마셨다. 너무 눈에 띄는 행동이 아닌가 하는 생각이 들었다. 갑자기 근심이 들끓었다. 요한이와 난 토비 쪽으로 다가갔다. 토비가 날 못 본 척하는 것 같았다. 난 그게 또 신경이 쓰였다. 소영이가 말을 전한 게 아닌가 하는 생각이 들었다. 난 그렇게 혼자 근심을 하며 끙끙거렸다. 토비를 힐끔 보았다. 또렷한 이목구비에 심술쟁이 같은 이미지, 두툼한 입술이 툭 나왔고 눈이 깊고 아름다웠다. 머리카락은 양털처럼 부드러워 보였고 진한 금발이었다. 외국인이라 그런지 신비롭게 보이기도 했다. 토비를 그만 쳐다보았다. 내가 바라본 것을 들키면 토비가 또 오해할지도 모른다. 우린 수지와 아이들 옆에 앉았다. 토비와 지미가 맥주를 비우고 우리 쪽으로 왔다. 난 무의식적으로 토비를 보며 미소를 지었다. 이러면 내 불편한 마음이 편해질 것 같았다. 그러자 토비가 웃으며 나에게 손을 내밀었다. 난 나도 모르게 손을 뻗었다. 실수이다. 토비가 살짝 내 손에 사탕을 얹어주었다. 그러고는 수지 옆으로 갔다. 이건 내 얼굴을 쓰다듬은 것에 대한 사과의 뜻일까?

"민우야, 토비랑 좀 떨어져 있어야 할 것 같아."

난 요한이를 쳐다봤다.

"그래."

"대답만 하지 말고. 자꾸 네가 받아주니까 더 그러는 거야. 너 진짜 큰일 난다."

요한이의 잔소리가 좀 짜증나긴 했지만 나에게 저런 말을 해주는 건 부모님과 요한이뿐이다.

"그래, 알았어." 나는 답하고 소영이를 기다렸다. 소영이가 오고 아이들이 잠에서 깰 때까지 기다리기로 했다. 아이들이 깨고 좀 더 거리 안쪽으로 들어가 머물 곳을 찾았다. 예쁜 정원이 있는 펜션이었다. 피난 중에 머무는 집치곤 근사했다. 우린 열쇠를 받고 방으로 올라갔다. 여자 방, 남자 방을 따로 구하진 못했고 방이 4개 있는 큰 공간이었다. 아무래도 다 함께 모여 있는 게 좋다고 생각된다. 일단 아이들을 재웠다. 편안한 잠자리를 갖지 못해 아이들이 스트레스를 받은 듯하다. 그리고 우린 돌아가며 샤워를 했다. 요한이와 난 같이 들어가 온몸을 씻었다. 개운하게 씻고 나왔다. 그리고 소파에 편하게 앉았다. 불현듯 드는 생각에 난 재빨리 텔레비전을 틀었다. 혹시 요한이와 나의 실종 소식이 있나 보았다. 텔레비전을 열심히 봤다.

"민우야, 뉴스 틀어봐."

"응."

우린 뉴스를 열심히 봤다.

소영이와 수지는 함께 욕실에 들어가 씻는 듯하다. 지미와 토비는 과자를 먹었다. 씻고 나니 잠이 솔솔 왔다. 그렇지만 뉴스에서 눈을 떼지 못했다. 한참 후에 요한이와 난 뉴스에서 아무런 사건도, 아무런 화제도 없다는 것을 알게 되었다. 지금 당장 부모님에게 전화하고 싶었지만 참았다. 그리고 우린 남자들이 쓰기로 했던 방에 들어가 누워 있었다. 갑자기 소영이가 들어왔다.

"지금 자. 우리 이따가 밤에 이동하기로 했어."

요한이와 난 알았다고 했다. 문제없다. 우린 바로 곯아떨어질 테니까. 우린 바로 잠에 빠졌다.

밖에서 쿵쿵거리는 소리가 들렸다. 난 눈을 떴다. 소영이와 아이들의 말소리가 들렸다. 난 조금 앉아 있다가 거실에 나갔다. 소영이, 수지와 아이들이 김밥과 샌드위치를 먹고 있었다. 아이들의 옷도 갈아입혔다. 다 준비가 된 듯하다.

"민우야, 너 머리 뻗쳤어." 소영이가 웃었다. 난 멋쩍게 웃으며 머리를 감으러 갔다. 이후에 요한이, 토비, 지미, 태호가 일어났다. 그리고 우린 준비했다. 오늘 저녁이다. 지금 시간은 11시 30분이었다. 소영이는 새벽 1시에 출발하자고 했다. 우린 조용히 텔레비전을 틀고 뉴스를 봤다. 내가 겪은 큰 사건들이 어떤 뉴스에도 나오지 않았다. 소영이는 아이들에게 주의할 점과 조용히 해야 된다는 것, 일이 생기면 어느 방향으로 뛰어갈 건지, 능력을 어떻게 활용할지에 대한 이야기를 했다. 아이들에게도 초능력이 있었다. 그리고 나와 요한이에게 다가와 말을 했다.

"적들이 나타나면 순식간이야. 내가 설명해줄게." 잠이 확 깨는 것 같았다.

"여러 가지 유형의 능력을 가진 사람들이 있어. 너무 겁먹지 말고 잘 들어. 영화에 나오는 것처럼 눈에서 고출력 에너지를 쏘는 사람이 있어. 내가 주변의 사물을 이용해 막을 수 있어. 그 녀석이 나타나면 엎드려. 그리고 정말 무서운 놈이 있는데 몸을 분해하는 능력을 가진 놈이 있어. 일단 걸리면 방법이 없어. 우리가 여유 있을 때 그 녀석에게 공격을 가해야만 너희들이 무사할 수 있어. 우선순위는 아이들이야. 요한이와 민우는 유서부터 쓰는 게 좋아. 그리고 민우가 알 것 같은데 머릿속에 들어와 말을 하는 자가 있어. 정신 공격을 가하기 때문에 월터의 헬멧이 필요해. 그건 지미가 갖고 있어. 필요할 때마다 우리가 돌려서 쓸 거야. 우린 너희들을 봐줄 여력이 안돼. 너희들이 알아서 도망가야 해. 그리고 공중에 떠다니며 빛을 조절하는 사람이 있어. 무조건 피해야 해. 우리도 당해내질 못해. 너희들 알아서 도망가야 해. 무조건 너희들은 달려서 멀어지는 게 좋아. 그것도 장담할 수 없지만. 그리고 힘이 장사 같은 애가 있어. 이 녀석은 그나마 나아. 속도가 느리거든. 그리고 죽음의 천사라는 별명을 가진 아이가 있어. 머릿속에 고통을 심어놓는 사람인데 한번 당하면 평생 정신병원 신세를 져야 해. 그리고 그밖에도 많아. 대략 내가 이야기한 이 녀석들이 우리 기지에 쳐들어와서 초토화를 만들었어. 절망적이긴 하지만 요한이와 민우는 도망쳐 달려서 벗어나. 우리도 우리 스스로를 지키기가 버거워. 그럼 지금 유서를 써."

요한이와 나는 잠이 덜 깨기도 했고 머리가 멍해졌다. 요한이가 일어서서 종이 두 장을 가져왔다. 그냥 일행이 모인 자리에서 유서를 썼다. 난 부모님을 얼마나 사랑하는지, 얼마나 존경하는지, 또 얼마나 보고 싶은지에 대해서 썼다. 그리고 내가 죽으면 장기는 기증하는 걸로 적었다. 꼭 해보고 싶었다. 소영이가 내 유서를 보며 말했다.

"시체는 발견 안 될 거야. 정부에서 어차피 화장할 거거든." 그 말을 듣고 지우려다 그냥 남겨두기로 했다. 죽을 때 고통 없이 죽길 바란다. 요한이도 유서를 다 썼다. 날 보더니 말했다.

"볼래?"

"응."

우린 유서를 바꿔 봤다. 그리고 다시 서로의 것을 건네받았다.

"우린 가끔 주말에 교회에 가니까 천국 갈 거야." 내가 이렇게 말하자 요한이가 나를 부여잡고 웃었다.

천국에서 요한이와 마음껏 게임을 할 거다. 반드시 콜 오브 듀티 매우 어려움을 클리어하겠다. 난 그런 생각을 하며 샌드위치와 김밥을 먹었다. 많이 먹었다. 힘을 내기 위해. 아이들이 뛰어가거나 아이들도 초능력 쓰며 싸울 때 내가 꼭 방패가 돼줄 생각이다. 다 정리된 것 같다. 토비도 팔굽혀펴기로 몸을 풀고 지미는 정자세로 앉아 눈을 감고 마음을 가라앉히고 있었다.

"자, 부디 안전 거처에 우리 편이 있길 바라자고."

우린 다 소영이를 바라봤다. 소영이가 위압감 있는 투로 말했다.

"가자!"

우린 펜션을 나왔다. 그리고 걷기 시작했다. 지미와 토비가 가장 앞에 서고 중간에는 소영이, 수지, 아이들, 뒤로는 나와 요한이, 태호가 서 있었다. 그렇게 무거운 발걸음을 옮겼다. 새벽 공기가 쌀쌀했다. 다행히 몸이 떨릴 정도는 아니었다. 여기저기서 새벽까지 술 마시는 소리가 들렸다. 아이들이 새벽의 시끄러움이 신기하다는 듯이 두리번거렸다. 그리고 계속 걸었다. 한참 걷다가 소영이가 말했다.

"30분 남았어." 벌써 그것밖에 안 남았다니, 아직 마음의 준비를 못 했다.

토비와 지미가 뒤를 돌아보며 신호를 줬다. 옆길로 가자고 하는 것 같았다. 우린 옆의 풀숲으로 들어갔다. 풀숲을 헤치며 천천히 움직였다. 아이들 중 하나가 울음을 터뜨리려고 하는 것 같았다. 소영이가 달래주었다. 잠시 우린 정지했다. 아이가 침착해지자 우린 다시 일어났다. 앞의 무성한 나무 사이에 집이 보였다. 꼭 작은 학교같이 생겼다. 오래된 학교 같았다. 건물은 제법 컸다. 불은 모두 꺼져 있으며 쥐 죽은 듯이 조용했다. 여기도 앞마당에 정원이 있었다. 예쁜 꽃들이 많았고 꼭 전에 있던 건물의 꽃들과 같은 종인 것 같았다. 소영이는 우리를 정지시킨 후 혼자 정원으로 들어갔다. 주변을 조심히 살피며 들어가는 소영이가 보였다. 우린 정원에 접어들기 전 풀숲에 숨어 있었다. 소영이가 건물 문을 열었다. 그리고 소영이 혼자 들어갔다. 그때였다. 순간 내 등에 간지러움이 느껴지고 난 소름이 돋았다. 내가 감지하는 대상은 가까이 있었다. 요한이에게 재빨리 말했다.

"요한아, 여기 누군가가 있어."

"조용! 어떻게 알아?"

"사실 어떤 감지 능력 같은 게 생긴 것 같은데 아직 말을 못 했어. 주변에 누군가 있어."

요한이는 지미와 토비, 수지에게 손짓 발짓 다 써가며 설명을 하려 했다. 알아들었는지 모르겠다. 지미가 헬멧을 썼다. 우리가 전에 병실에 갇혀 있었을 때 우릴 밖으로 꺼내준 남자가 쓰던 헬멧이다. 그리고 지미는 하늘로 붕 뜨더니 높은 곳에 올라가 주변을 관찰했다. 자신의 몸을 키가 큰 나무에 숨기며 살펴봤다. 토비가 두 주먹을 꼭 쥐었다. 주먹을 어디다 날릴까 고뇌하는 듯했다. 수지는 앉아서 아이들을 감싸안았다. 주변이 어두워 잘 보이지 않았다. 어디선가 부스럭거리는 소리가 잠시 들렸다. 우린 숨을 참았다. 쥐 죽은 듯이 조용했다. 아이들의 눈이 휘둥그레졌다. 난 슬며시 아이들 곁에 갔다. 요한이는 무릎 한쪽을 땅바닥에 대고 앉았다. 그리고 건물 문이 열렸다. 소영이가 나왔다.

"들어와."

그때다. 하늘에 있는 지미가 갑자기 거대한 힘에 맞았는지 튕겨나가 건물 지붕에 내리쳐졌다. 난 아이들을 감싸안았고 요한이는 나를 보호하기 위해 내 등 뒤에 섰다. 토비가 우리 뒤쪽 몇몇 곳에 주먹을 휘둘렀다. 오른쪽으로 휘두르자 오른쪽의 나무가 폭파되었고 나뭇가지 파편들이 날아왔다. 왼쪽으로 휘두르자 왼쪽 바위와 나무들이 터졌다. 돌은 금이 가서 깨지고 나뭇가지들은 하늘로 떴다가 아래로 다시 떨어졌다. 수지가 우리 주변의 온도를 급상승시켰다. 나무가 타들어갈 정도였다. 소영이는 팔을 쫙 뻗어 손바닥을 우리 쪽으로 향하며 아이 네 명을 들어올려 자기 쪽으로 데려오고 있었다. 요한이와 난 이제 할 수 있는 역할이 없었다. 일단 우린 바닥에 바짝 누워 있었다. 아이들을 뒤로 내세우고 소영이가 집 안으로 들어가라고 소리쳤다. 아이들은 집에 뛰어 들어갔다.

"그 집에 숨는다고 우리가 못 찾을 이유는 없잖아?"

누군가 말했다. 목소리가 상당히 우렁찬 사람이었다. 난 누워서 주변을 살펴봤다. 난 온 힘을 다해 기를 발산해보았다. 지미가 지붕에서 간신히 일어나는 게 보였다. 지미 앞쪽 마당에 누군가 있는 게 느껴졌다. 지체하면 죽는다.

"지미!"

내가 지미를 부르고 손으로 감지되는 쪽을 가리켰다. 지미는 순식간에 그쪽으로 날아가 두 다리로 공격을 가했다. 나무 파편들이 휘날리고 누군가 '악' 하는 비명소리와 함께 굴러떨어졌다. 지미가 정확히 타격했다. 수지가 쓰러진 적을 향해 두 주먹을 불끈 쥐고 허리춤에 대고 노려봤다. 그러자 바닥에 누워 있는 사람의 옷에 불이 붙었다. 요한이와 나는 좀 더 떨어져 있으려고 기어서 더 옆으로 옮겨갔다. 순간 하늘에서 빛이 번쩍였다. 밤하늘이 순식간에 아침으로 바뀌는 것 같았다. 그리고 몸에 무거운 쇳덩이가 얹힌 듯 우린 움직일 수 없었다. 잘못하면 이대로 압사당하고 만다. 난 최대한 내 센서를 이용해 공중에 떠 있는 남자를 발견했다. 전에 봤던 그 하늘에 둥둥 떠 있던 사람이다. 난 그에게 공격을 가할 수는 없었다. 옆을 보니 토비가 주먹을 매우 강하게 연속으로 휘둘렀다. 공기 가르는 소리가 났다. 그리고 공중에 있는 남자가 눈에 안 보이는 권투 글러브에 맞은 듯 몸을 들썩였다. 그리고 다시 한번 강한 빛을 쏘았다. 남자 바로 아래에서 소영이가 달려가 손바닥을 위로 향한 채 온 힘을 다해 주먹을 쥐었다. 공중의 남자는 몸을 구부렸다. 그리고 고통에 찬 신음을 냈다. 우리에게도 들릴 정도였다.

"아악!"

소영이가 비명을 질렀다. 소영이 몸이 뒤틀리기 시작했다. 난 재빨리 센서를 옮겨 사방에 분산시켰다. 우리 바로 뒤쪽에 누군가 허공을 쥐어짜는 듯한 행동을 하는 사람이 있었다. 난 벌떡 일어나 "토비, 저쪽" 하면서 손으로 가리켰다. 그리고 소리쳤다.

"대어!"

그러자 토비가 내가 가리킨 곳을 보고 주먹을 매우 빠르게 허공에 날렸다. 내가 가리킨 곳의 나뭇가지들이 다 작살났다. 무수히 많은 파편이 튀어올라 내 얼굴까지 날아왔다. 파편 뒤의 누군가 앞으로 쓰러졌다. 난 소영이를 봤다. 온몸을 잡고 고통스러워하는 듯했으나 빠져나온 듯하다. 소영이는 힘겹게 일어나 다시 하늘에 떠 있는 남자를 향해 주먹을 쥐고 쥐어짰다. 공중에 떠 있는 남자는 목을 잡고 꺽꺽거렸다. 하늘에 있던 지미가 빠른 속도로 우리 앞으로 날아갔다. 그 뒤로 시뻘건 레이저 같은 게 바닥을 찢으며 지미를 쫓아갔다. 가장 강력한 힘처럼 느껴졌다. 지미의 날아가는 속도보다 레이저의 속도가 더 빨랐다. 레이저가 지미의 등을 할퀴었고 지미는 그대로 바닥에 떨어졌다. 지미 등에서 연기가 피어오르고 있었다. 레이저가 왔던 방향에 대고 수지가 손바닥을 펴 열기를 발산했다. 나까지 느낄 정도로 뜨거운 열기였다. 그러다가 소름 돋을 정도로 차가운 기로 바뀌었다. 그렇지만 레이저가 빛보다 빠른 속도로 수지의 배를 쳤고 수지는 그대로 바닥에 굴렀다. 요한이가 수지 몸에 엎드렸다. 요한이가 자기 목숨을 희생하려 하는 듯했다. 난 토비를 바라봤다. 그리고 최대한 눈을 감고 집중했다. 레이저를 쏜 사람은 건물 울타리 밖에 서 있었고 울타리가 녹아내리고 있었다. 그리고 토비에게 방향을 알려주었다. "대어!" 그러자 토비는 보이진 않지만 내가 가리킨 방향으로 주먹을 태권도 앞찌르기를 반복적으로 하듯 마구 주먹질을 했다. 둔탁한 타격 소리가 나고 레이저가 여기저기 발산되다 잠잠해졌다. 잠시 조용해졌다. 하늘에 둥둥 떠 있는 남자만 목을 잡고 괴로워하고 있었다. 수지는 요한이를 제치고 일어나 하늘에 둥둥 떠 있는 남자를 향해 손바닥을 폈다. 그러자 남자 몸에 불이 붙었다. 매우 강렬한 불이었다. 둥둥 떠 있던 남자는 전투기 같은 속도로 멀리 날아가버렸다.

수지는 잠시 호흡을 가다듬다가 레이저를 쏜 쪽을 향해 손바닥을 펼쳤다. 내가 있는 곳까지 느껴질 정도로 냉기가 강했다. 순식간에 적을 얼어 죽게 만들 생각인 것 같았다. 내 쪽에서 보이진 않지만 끔찍한 비명 소리가 들렸다. 또다시 수지가 쓰러져 바닥에 뒹굴었다. 난 있는 힘을 다해 기를 발산해 원인을 찾으려 했다. 소영이가 사물을 움직이는 힘을 가해 건물 벽돌을 몇 개 떼어내서 사방으로 날렸다. 건물 벽돌 거의 절반이 날아갔다. 수지의 고통이 멈추지 않았다.

"찾았다."

난 대상을 감지한 방향을 두 손으로 가리키며 외쳤다.

"대어!" 그러자 소영이가 정원의 분수대를 번쩍 들어 그리로 날리고, 지쳐 보이긴 했지만 토비가 있는 힘을 다해 주먹질을 했다. 외마디 비명이 들리고 누군가 굴러서 우리 근처까지 왔다. 수지가 바로 벌떡 일어나 손바닥으로 열을 발산해 불태워버렸다. 타는 냄새가 코를 찔렀다. 그리고 정적이 감돌았다. 우린 아무도 움직이지 않았고 말도 안 했다. 조용히 상황을 지켜보고 있었다. 쥐 죽은 듯이 조용해졌다. 수지는 몸을 떨었다. 고통을 못 이기겠다는 듯이 몸을 떨었다. 토비는 모든 힘을 다 쓴 건지 허리를 굽히고 숨을 몰아쉬었다. 지미가 걱정이다. 레이저에 맞고 일어날 줄을 몰랐다. 요한이가 지미 쪽으로 주변을 살피며 천천히 걸어갔다. 소영이가 작은 소리로 말했다.

"움직이지 마."

소영이가 사물을 움직이는 힘을 가해 아까 날아간 벽돌을 다시 자기 쪽으로 가져와 사방에 고정시켜두었다. 토비가 날 불렀다.

"민우."

날 부르곤 두 손가락으로 눈을 가리켰다. 난 '오케이'라고 말 하고 눈을 감고 사방을 감지했다. 나에게 연결된 실이 없나 느껴보고 있었다. 안전가옥 건물에서 누군가 나오는 소리가 들렸다. 누군가 나왔다. 긴 생머리를 가진 여학생이었다. 한국 사람 같았고 생김새가 꼭 여우 같았다. 긴 생머리가 얼굴 양옆을 가려 잘 보이지는 않았다.

무서운 눈빛을 하고 있으며 독기를 품은 듯한 인상이었다. 소영이랑 똑같은 교복을 입었고 매우 날씬한 몸매에 키가 컸다. 그녀가 여기저기 살펴보았다. 소영이랑 대화를 주고받았는데 무슨 말인지는 안 들렸다. 그리고 난 아무것도 감지할 수 없었다. 아무래도 소영이에게 말해야 할 것 같았다.

"소영아, 주변에 아무도 없는 것 같아."

그러자 소영이가 주변을 천천히 둘러보고 말했다.

"지미를 부축해줘."

요한이와 내가 달려가 지미를 부축해주었다. 생각보다 무거웠다. 그리고 우린 건물로 들어갔다. 내부는 아주 넓었고 꼭 교회 같은 느낌을 주었다. 몸이 불편한 수지가 빛이 밖으로 새어나가는 걸 막으려고 커튼을 고정시켰다. 우린 지미를 엎드려 눕혔다. 그리고 티셔츠를 벗겨 등을 봤다. 새빨갛게 줄이 생겼다. 아까 그 긴 생머리 소녀가 구급함을 가져와 소독을 했다. 그리고 약을 발랐다. 소영이가 손을 펴서 지미 등을 훑어보았다. 우린 지미를 중심으로 둘러앉았다. 지미는 기절한 듯하다. 설마 죽어 누워있는 건 아니라고 생각하고 싶었다.

"민우야, 너 그거 아까 어떻게 본 거야?"

"아… 늦게 알게 된 건데 나에게 무슨 감각이 있는 것 같아."

"무슨 감각?"

"그냥 주변의 시선이 느껴진다든가 그런 것 같아. 나도 자세히는 몰라."

소영이가 피곤한 얼굴을 하며 말했다.

"레이더처럼?"

나는 잠시 생각하다 답했다.

"응, 레이더처럼."

"민우야, 아무래도 너 우리처럼 뭔가 능력이 있는 것 같아."

그 말에 난 왠지 가슴이 두근두근했다. 내가 초능력을 갖다니, 이런 생각에 조금 들뜨기도 했다. 토비가 나를 보며 뭐라고 했다. 토비 얼굴이 상기돼 있었다. 난 소영이를 쳐다봤다.

"응, 토비가 너보고 섹시하대." 소영이가 심각한 표정을 지었다.

난 그저 웃으며 토비를 바라봤다. 제발 오해하지 말길 바랐다. 얼굴을 찡그릴 수는 없었다.

우린 지미가 정신을 차리길 바랐다. 소영이가 지미 등을 한번 손으로 훑어보고 말했다.

"외상은 없는 것 같아. 장기는 다 괜찮아. 열 때문에 등에 화상을 입은 것 같아. 병원에 데려가야 해."

그러면서 소영이는 안전 가옥을 둘러보았다. 그리고 말했다.

"안전 가옥에 의료보험 카드랑 비상자금이 있어. 그리고 우리는 교복을 갈아입어야겠어."

그렇게 말하곤 잠시 지미와 있다가 소영이와 수지, 또 긴 머리 여자애가 어딘가로 갔다. 난 지미를 살펴보았다. 요한이는 말이 없었고 토비는 나에게 어깨를 기댔다. 그다지 싫지만은 않았다. 우린 그렇게 서로 기대고 있었다. 내가 이러고 있는 것을 요한이가 아는지 모르겠다. 요한이는 아무 말도 안 하고 있었다. 토비의 어깨가 따뜻했다. 토비의 손가락이 내 손가락을 스쳤다. 토비의 손은 거칠었다. 그리고 손이 크다.

소영이 일행이 나왔다. "이쪽은 이숙희야, 내 친구이기도 해." 숙희는 인사를 했다. 우리도 고개를 숙여 인사했다.

"여긴 요한이와 민우야."

소영이가 우릴 소개해주었다. 숙희가 말했다.

"민우, 너는 여자니?"

난 무덤덤하게 말했다.

"난 남자야."

"그렇구나."

숙희는 어떤 능력을 가지고 있을까? 난 요한이를 봤다. 요한이도 나를 바라봤다.

"괜찮아?" 요한이가 나에게 물었다.

"응, 너는?"

"난 괜찮아."

그리고 우린 희미하게 미소 지었다. 요한이는 토비를 봤다. 토비가 내 어깨에 기대는 것을 본 것 같았다. 난 왠지 부끄럽기도 하고 맘이 불편하기도 했다. 소영이가 앉아 있다 말했다.

"이 자리를 빨리 벗어나야 해. 아이들이 깨어날 동안만 기다리자.

1시간만 애들 재우고 바로 움직이자. 지미는 토비와 요한이가 부축하고, 민우야, 누군가 우리에게 안 오나 감지해줘."

갑자기 나에게 역할이 생겼다. 기분이 좋기도 하면서 불안해졌다. 그렇지만 잘 해내야만 했다. 아까의 전투를 볼 때 자칫 잘못하면 죽는다. 난 갑자기 긴장돼서 몸을 떨었다.

"그럼 병원에 들렀다가 다른 곳으로 갈 거야?" 요한이가 물었다.

"응, 그러는 게 좋겠어." 소영이가 답하곤 소파에 살짝 누웠다. 숙희는 머리를 숙이고 앉아 있었다. 머리카락 때문에 새하얀 코만 보였다. 우린 그렇게 잠시 휴식을 취했다. 1시간이 지나고 소영이와 수지가 아이들을 깨웠다. 아이 둘이 울었다. 아이들에게 상당한 스트레스가 될 것이다. 아이들이 걱정되었다. 아까 같은 공격에 아이들이 당해낼 리 없다. 우린 재빨리 자리에서 일어났다. 나가기 전 안전가옥에 있는 자금과 몇 가지 물품을 가방에 담아 소영이, 수지, 또 내가 메었다. 요한이와 토비는 지미를 부축해보았다. 상당히 무거운 것 같았다. 갈 길이 좀 힘들어 보였다. 그렇게 우린 새벽길을 나섰다. 새벽이 지난 시간이었지만 술을 마시며 노는 사람들이 많았다. 시끌벅적하고 사람들이 대부분 술에 취해 우린 별다른 주목을 안 받고 지나갈 수 있었다. 병원까지는 얼마나 걸릴지 알 수 없지만 난 최대한 정신을 가다듬고 집중했다. 누군가 날 쳐다보거나 우리 쪽으로 다가오는 사람들을 느낄 수 있었다. 문제는 그중에 초능력자들을 구분해내야 한다는 것이다. 우린 별다른 어려움 없이 병원에 도착했다. 요한이 등이 땀으로 축축하게 젖어 있었다. 지미를 응급실에 보내고 숙희, 토미, 요한이, 나, 태호는 대기실에 앉아 있었다. 소영이는 자신이 지미의 임시 보호자라고 설명한 뒤 서류를 보여주었다. 아마도 위조한 게 아닌가 싶다. 우린 대기실에서 떨어져 앉았다. 다른 일행처럼 보이기 위해서다. 잠시 후 누군가 옆에 앉았다. 토비였다. 소영이가 아마도 날 건드리지 말라는 말을 안 했나 보다. 요한이는 내 뒤쪽에 앉아 있었다. 토비가 내 손을 잡으려 했다. 난 안 잡히려고 했지만 토비의 표정이 너무 분명하고 또렷해 보였다. 그리고 심술꾸러기처럼 보였다. 그런 토비의 표정이 일그러지거나 실망감을 가진다거나 하는 걸 보기 어려웠다. 난 그냥 손을 내주었다. 내 작고 가늘고 새하얀 손을 토비가 잡고 손등을 부드럽게 문질렀다. 나도 토비의 따뜻한 손을 느꼈다. 이 이상 뭔가를 느낀다면 난 여기서 빠져나가야 한다. 토비가 더욱더 스킨십을 하고 싶어 하는 것 같았다. 토비가 손을 내 입술에 가져와 입술을 만졌다. 내 얼굴에 웃음기가 사라지고 난 묘한 표정을 지었다. 이상하게 가슴속에 미꾸라지가 팔딱였다. 아래쪽이 따가웠다. 누가 살짝 꼬집은 것 같았다. 난 말했다.

"토비." 내 입술이 웅얼댔다.

"토비, 스톱…."

그러자 토비가 뽀뽀를 하려고 하는 것 같았다. 아니, 키스일지도 모른다. 위험한 상황이다. 난 토비 뺨을 손바닥으로 감싸 잡았다. 그리고 토비 얼굴을 밀쳐내려고 했다. 그럴수록 토비는 붉어진 얼굴로 내 입술에 입술을 대려고 했다. 소영이가 나왔다. 토비는 고개를 돌리고 내 손을 놓아주었다. 난 가슴이 너무 뛰어서 괴로웠다. 아래쪽이 또 따끔했다. 소영이가 우리 쪽에 걸어와 앉았다.

"민우야, 뭐 감지된 거 없어?" 난 답했다.

"응, 없어. 여기 의사나 간호사 빼고는 없는 것 같아."

"응, 근데 민우야, 너 얼굴이 왜 그렇게 빨개?"

"아 그래? 잘 모르겠어. 더워서 그런가 봐."

소영이가 알았다는 표정으로 날 바라봤다.

"민우, 참 예쁘게 생겼다. 인형 같아. 여자친구 없어?"

"응, 없어."

"인기 많을 것 같은데."

어쩌면 이 변화된 얼굴로 인기가 많아질 수도 있겠다는 생각이 들었다. 난 주변을 감지했다. 특이한 움직임이라든가 우릴 관찰하는 정지된 대상이나 다가오는 느낌은 없었다. 지미가 무사하길 바란다.

"소영아, 안경에 금이 좀 가 있어."

"응, 새로 맞출 거야. 예비 안경도 없어서 그냥 이거 끼고 있어야 해."

소영이가 대부분의 일들을 해내고 있다. 점점 우리의 리더로 자리 잡아가고 있다는 것을 느꼈다. 소영이는 아이들 쪽으로 갔다. 아이들이 졸고 있었다. 다시 토비와 나, 단둘이 있었다. 뒤에는 요한이가 앉아 있었다. 빨리 요한이랑 나란히 앉아야겠다는 생각이 들었다. 그렇지만 토비가 날 놔주지 않았다. 토비는 손등으로 내 볼을 쓰다듬고 이마를 어루만졌다. 토비의 손은 거칠고 부드러웠다. 그리고 내 머리카락을 가지고 놀았다. 그냥 그 정도만 하고 넘어가는가 보다. 그 후 내 손을 꼭 잡았다. 그리고 손을 어루만졌다. 난 눈이 풀리고 입이 벌어졌다. 이 감정이 무엇을 의미하는지 알 수 없었다. 심술쟁이처럼 생긴 토비는 진지한 표정을 지으면 정말 아름답게 생긴 사람이었다. 내 마음속에서 한번도 돌출되지 않았던, 작동하지 않았던 어떤 새로운 감각이 피어오르는 것 같았다. 난 그냥 그대로 토비가 날 마음대로 하도록 내버려두었다. 토비가 내 귀를 만졌다. 토비는 여기저기 만져보는 걸 좋아하는 것 같았다. 스킨십이 많았다. 그리고 내 허벅지에 손을 올렸다. 난 그때 정신이 번쩍 들었다. 토비의 손을 치우고 눈을 크게 뜨고 입을 벌리고 말했다.

"그만, 토비. 스톱."

토비는 묘한 표정을 지으며 손을 치우고 얼굴을 내 얼굴에 가까이 대고 입을 맞추려고 했지만 내가 고개를 돌렸다. 난 자리에서 일어나 뒤로 돌아가 요한이 옆에 털썩 앉았다.

"집중 잘하고 있어?"

난 대답했다.

"응."

"그래, 수고해."

"응."

그리고 요한이 어깨에 내 얼굴을 기댔다. 조금은 마음이 가라앉는 것 같았다. 그리고 집중했다. 주변에 토비가 느껴진다. 토비와 연결된 실이 느껴지고 진동이 온다. 그리고 그 센서를 분산시켰다. 지미가 병원에 하루 입원해 있어야 한다고 해서 우린 대기실에서 밤을 새우기로 했다. 소영이 계획은 이랬다. 아이들은 재우고 우린 대기실에서 밤을 새웠다가 아침에 나가 모텔을 찾아서 잠을 자고 또 밤에 이동하기로 했다. 소영이는 어쩌면 버스가 안전할 수도 있으니 버스를 타고 서울까지 가보는 게 어떻겠냐는 생각을 말했다. 우린 동의했다. 소영이는 이미 신뢰할 수 있는 리더가 되었다고 생각한다. 그렇게 지미가 치료를 다 받을 때까지 기다렸다. 소영이와 토비가 밖에 나가서 음식을 사 왔다. 병원에서 음식을 먹어도 되는지 모르겠지만 우린 조용히 샌드위치와 김밥을 먹었다. 난 초코우유를 마셨다.

토비가 나에게 다가왔다. 그렇지만 소영이가 왔다갔다해서 그걸 보고 되돌아가는가 싶다. 토비가 또 날 원하는 것 같았다. 난 그런 게 느껴지기 시작했다. 토비가 느껴졌다. 토비의 감정선이 실처럼 나에게 연결돼 있는 것 같았다. 난 태호가 느껴졌다. 약하지만 태호도 나와 연결돼 있는 것 같았다. 태호는 여전히 기운이 없는 것 같았다. 분명 태호도 나와 실이 연결돼 있었다. 그렇지만 태호는 날 보지 않았다. 토비의 감정선이 나에게 진동을 보내는 것 같았다. 그게 내 몸을 이상하게 만들었다. 부끄러워서 생각하고 싶지 않았다. 소영이가 자리에 풀썩 앉았다. 요한이는 내 뒤에 있었다. 태호는 내 자리 맨 끝에 있었고 수지와 숙희는 멀리 앉아 있었다. 우린 서로 일행이 아닌 것처럼 보이길 바랐다. 토비가 나에게 다가왔다. 토비 뺨이 붉었다. 토비가 내 옆에 앉았다. 그리고 아무렇지 않다는 듯이 또 내 손을 잡았다. 내 손을 만졌다. 만지작댔다.

그리고 내 머리를 자기 얼굴에 갖다 대고 내 머리카락 냄새를 맡았다. 토비가 날 거칠게 대하는 것 같았다. 난 토비의 인형이 된 기분이다. 가슴이 작게 콩닥거렸다. 토비가 내 손을 들어 자기 입에 갖다 댔다. 그리고 입술을 댔다. 그리고 내 손의 냄새를 맡았다. 토비 손이 거칠고 부드러웠다. 내 손에 뽀뽀를 했다. 여러 번 했다. 내 부드러운 손등을 놔주질 않았다. 소영이가 일어났다. 토비는 행위를 멈췄다. 난 화들짝 놀라 소영이를 봤다.

소영이는 진료실로 갔다. 그리고 지미가 치료를 마쳤다고 알려주었다. 우린 지미를 보러 갔다. 수지만 아이들과 같이 있었다. 지미는 엎드려 있었고 깨어 있었다. 지미는 희미한 미소를 지으며 우리에게 이야기했고 요한이와 난 알아들을 수 없었다. 소영이가 지미 등을 손바닥으로 살짝 더듬으면서 살펴보았다. 지미가 움찔했다. 소영이는 지미가 괜찮은 상태라고 말해주었다. 그리고 등에 여러 개의 큰 반창고를 대고 일어났다. 지미가 허리를 약간 굽혔다. 통증이 있는 것 같았다. 지미는 괜찮다고 말하며 걸어나갔다. 소영이가 등에 바르는 연고와 몇 가지 약을 챙겨서 나갈 채비를 했다.

우린 요한이와 토비가 지미 양옆에 붙어 가는 걸 도와주었다. 난 기를 발산해서 누가 다가오는지 집중했다. 우린 그렇게 어두운 시골길을 걸었다. 우린 한참 돌아가서 물가를 따라 걸었는데 소영이가 북한강이라고 알려주었다. 우린 북한강을 따라 걸었다. 이리로 쭉 걷다가 버스를 한 번 탈 거라고 했다. 소영이가 버스에 우리 모두가 탈 수 있는 자리가 나올 때까지 버스를 기다릴 거라고 했다. 우린 버스정류장 하나를 발견했다. 우린 버스 노선을 다 함께 보았다. 남양주까지 가는 버스를 찾았다. 우린 버스정류장에서 기다렸다. 아이들이 칭얼댔다. 아이들을 정류장 의자에 앉혔다. 그리고 소영이가 가방에서 물을 꺼내 아이들에게 먹였다.

우린 풀숲에 들어가 소변을 보고 지미 쪽에 가서 괜찮은지 살펴보았다. 숙희가 아이들 하나하나 살피며 쓰다듬거나 안아주었다. 소영이는 팔짱을 끼고 버스가 오는 방향을 하염없이 바라보았다. 수지는 숙희와 대화를 나누었다. 우린 지미와 함께 있었다. 태호와 지미, 토비가 대화를 나누었고 요한이와 난 옆에서 무슨 대화를 하는지 추정해보는 수밖에 없었다. 토비는 나를 힐끔 쳐다봤다. 난 그 시선을 느낄 수 있었다. 태호도 나를 쳐다보곤 했다. 태호에게도 그 감정의 실이 연결되는 것 같았다. 그렇게 기다리다 버스가 왔다. 첫 버스에는 사람이 거의 없었다. 우리 모두 앉아서 갈 수 있을 것 같았다.

우린 버스에 탔고 소영이가 현금으로 계산을 했다. 우린 버스 뒤쪽에 앉았다. 서로 모르는 사이인 척했다. 몸이 아픈 지미는 눈을 감고 자려고 하는 것 같았다. 잠들면 고통이 좀 덜할 수도 있다고 생각하는 것 같았다. 요한이와 나는 꾸벅꾸벅 졸았다. 아이들은 잠들어버렸다. 아이들은 잠이 많았다. 소영이는 아이들을 감싸안아주었다. 토비는 졸지 않고 간간이 뒤로 돌아 사람들을 살펴봤다. 숙희와 수지는 창밖을 바라봤다. 버스가 덜컹거렸지만 오히려 그게 자장가 같았다. 우린 한참 졸다가 깨어났다. 갑자기 버스에 사람이 가득 차 있었다. 한참을 온 것 같다. 난 뒤로 돌아 소영이를 봤다. 소영이가 나와 눈이 마주치자 눈을 크게 뜨고 '왜?'라고 하는 것 같아 난 고개를 흔들어 아무것도 아니라고 했다. 그렇게 앉아서 잠을 깼다. 그리고 두 정거장 더 지나서 소영이가 일어나 내리자고 했다. 그래서 우린 우르르 내렸다.

다들 선잠을 잔 건지 멍해 있었다. 우린 또다시 걷기 시작했다. "소영아, 부산에는 뭐가 있어?" 소영이가 하품을 마치고 답했다.

"안전 가옥이 하나 더 있어. 가장 안전하고 견고한 곳이야."

그런 건물이라면 눈에 띄지 않을까 하는 생각이 들었다. 지미가 화장실에 가고 싶다고 했다. 그래서 우린 다 같이 각자 볼일을 봤다. 다행히 백화점이 있어서 그곳에 다 같이 들어갔다. 난 요한이와 같이 백화점을 둘러봤다. 난 센서를 이용해 백화점을 훑어보았지만 많은 사람들이 있어서 누가 누군지 구분을 할 수 없었다. 잠시 후 일행들과 떨어지는 게 아닌가 싶어 지미와 토비, 태호 곁으로 갔다. 소영이와 수지, 숙희는 아이들을 데리고 화장실에 갔다. 태호가 혹시 필요한 물건 있으면 구입하자고 했다. 요한이와 난 없었다.

"혹시 무기 같은 걸 챙길 수 있나?" 내가 요한이에게 말했다.

"백화점에서 무기를 팔 리가 없잖아." 요한이가 심드렁하게 답변했다.

난 어떤 코너에서 야구방망이 같은 걸 보았다. 총이 있어도 모자랄 판에 여긴 무기라고 할 만한 게 없었다. 지미는 몸이 아팠지만 운동복 바지를 꼼꼼히 보고 있었다. 토비는 나를 바라봤다. 난 표정 없는 얼굴로 토비를 바라봤다. 요한이가 날 쳐다보는 것 같아 고개를 돌렸다. 태호가 거울을 통해 나를 바라보고 있었다. 태호는 날 쳐다보는 걸 들켰다는 듯이 고개를 돌렸다. 난 두 남자의 시선에서 약간의 혼란을 느꼈다. 앞으로 토비를 어떻게 대해야 할지 모르겠다. 토비가 날 만지려고 하면 난 그냥 가만히 있을 뿐이다. 토비의 손길이 싫지 않았다. 토비는 날 두근거리게 만들었다. 요한이가 알게 되면 날 혐오하게 될 것 같아 두렵다. 우린 소영이와 합류하여 백화점을 나왔다. 거리를 둘러보니 번화가 같았다. 우리 동네 번화가보다 더 컸다. 소영이는 버스를 타봤는데 안전한 것 같다고 이야기했다. 만약 버스에서 전투가 벌어진다면 큰 사고가 날 수도 있기 때문에 위험하긴 하다고 한다. 거리를 살펴보니 호평동이라고 쓰여 있었다. 한번도 와본 적이 없는 곳이다. 이때까지 요한이랑 가본 곳은 서울 용산뿐이다.

국제 전자센터에 한번 가고 싶었는데 우리가 게임을 너무 많이 한다고 허락을 못 받았다. 놀랍게도 이곳에 게임숍이 있었다. 플레이스테이션과 엑스박스, 닌텐도가 진열돼 있었다. 요한이랑 같이 게임에 대한 이야기를 했다. 우린 거주지 쪽의 골목을 걸어갔다. 소영이가 버스를 한 번 더 타고 구리시까지 가자고 했다. 소영이가 우리에게 구리시를 아냐고 물었지만 우린 모른다고 했다. 아이들이 이제는 지쳤는지 계속 앉아 있겠다고 떼를 썼다. 우린 편의점 테라스에 앉아 있었다. 이런저런 사람들이 지나쳤다. 우릴 힐끔힐끔 쳐다보는 사람들도 있었다. 아마도 외국인이 섞여 있어서 그런 듯싶다.

"소영아, 아무래도 외국인들이 같이 있으니까 우리가 눈에 띄는 것 같아."

요한이가 말했다.

"응, 아무래도 그런 면이 있겠지." 소영이도 동의하는 듯하다.

우린 다시 일어나서 매장에 갔다. 효과가 있을까 싶지만 혹시 몰라 토비, 지미, 수지에게 모자를 쓰면 어떻겠냐고 했고 흔쾌히 모자를 쓰겠다고 했다.

"민우야, 너도 모자를 써." 소영이가 나에게 모자를 권했다.

"나는 왜?" 내가 물었다.

"너도 얼굴이 튀어." 아마도 내 여자 같은 얼굴 때문에 그런 것 같았다. 나도 모자를 썼다.

우린 다시 길가로 나왔고 버스 타는 곳까지 걸어가기 시작했다. 학교를 마치고 가는 학생들도 보였고 내 또래의 아이들도 보였다. 다들 즐겁고 밝아 보였다. 난 왠지 집이 생각났다. 지금 시간이면 학교에 있을 시간인데 기분이 묘했다. 버스에 타기 전에 햄버거집에서 점심을 먹었다. 요한이와 난 햄버거를 좋아했기 때문에 맛있게 먹었다. 그리고 버스에 탔다. 버스에 타기 전에 각자 볼일을 봤다. 아직까지 아무런 위험을 감지하지 못했다. 우린 사람이 거의 없는 버스가 오길 기다렸다. 하지만 사람들이 버스를 많이 탈 시간이고 대부분의 버스가 사람을 가득 태우고 있었다. 아이들 앉을 자리만 있어 보이면 타자고 했다. 먼 거리긴 했지만 우린 서서 가기로 했다. 그러나 매번 버스에 사람이 가득 있었다. 한참을 기다리다 드디어 텅 빈 버스가 왔다. 우린 다 올라탔다. 아이들이 잘 올라탈 수 있게 수지와 숙희가 아이들을 살펴봤다. 우린 그렇게 다 같이 뒤쪽 자리에 앉았다. 요한이와 난 아까처럼 졸기 시작했다. 난 요한이 어깨에 기대어 잤다. 요한이도 내 머리에 기댔다. 그렇게 편안한 여행을 떠났다. 어깨에 가느다란 기가 느껴졌다. 그 느낌이 오른쪽과 왼쪽에 있었고 또 하나의 실로 연결된 것 같은 기가 버스 뒤쪽에 있었다. 난 잠에서 깨어났고 잠결에 느껴진 기묘한 기 때문에 약간 예민해졌다. 난 하나의 가능성을 열어놓았다. 이 기라는 것이 혹시 초능력자들을 분간할 수 있는 게 아닌가 하는 생각이 들었다. 난 잠을 깨고 정신을 차렸다. 뒤를 돌아보니 소영이는 자고 있었고 수지와 숙희가 눈을 뜨고 있었다. 난 자리에서 일어나서 소영이에게 갔다. 숙희에게 이야기하는 게 좋을까? 내가 자리에서 일어나자 요한이가 날 바라보았다. 토비와 지미는 자고 있었다. 지미는 인상을 찌푸리며 잤다. 아이들도 다 잠들어 있었다. 난 소영이의 어깨를 두들겨 깨웠다.

"소영아, 지금 버스 양옆에, 그리고 뒤쪽에서 이상한 게 느껴져."

소영이는 다소 멍해 있었지만 빠르게 정신을 차렸다. 그리고 뒤를 돌아봤다. 나도 뒤를 봤다. 검은색 차량 두 대가 나란히 달리고 있었고 오른쪽에도 검은색 차량이 있었다. 왼쪽은 길가여서 뭔가 보이는 게 없었다. 소영이는 창문 위쪽 하늘을 바라봤다. 나는 자리 때문에 볼 수가 없었다. 소영이의 얼굴이 당혹감으로 가득했다.

"그 남자가 하늘에 있어."

난 사람들을 깨웠다. 큰일이다. 버스에는 민간인들도 있었다. 우리 쪽을 힐끔 쳐다봤다. 요한이는 긴장했는지 일어서서 손잡이를 잡고 있었고 토비와 지미는 잠결에 일어났다. 숙희와 수지는 자리에서 일어나 승객들 중간에 있었고 소영이는 아이들을 뒷좌석으로 옮기고 옆에 앉았다. 태호는 몹시 분노한 얼굴을 하고 있었다. 태호는 무슨 능력을 가지고 있는지 모른다. 소영이가 손을 살짝 띄웠고 눈을 감았다. 버스 승객들이 수근거렸다.

나와 요한이는 아이들 근처에 서 있었다. 소영이의 손이 약간 떨렸다. 버스에 미세한 진동이 생기고 있었다. 수지가 버스 가운데에서 팔을 양쪽으로 폈다. 중간 자리의 아저씨가 쳐다보고 있었다. 버스를 중심으로 주변이 따뜻해졌다. 그리고 매우 뜨거워졌는지 옆에 있던 검은색 차량 두 대가 버스로부터 멀어졌다. 타이어가 출렁이는 것이 보였다. 타이어가 녹는 것 같아 보였다. 수지가 눈을 감고 어깨를 편안하게 했다. 팔은 약간 밑으로 내려갔다. 하늘에서 상당한 빛이 번쩍였다. 소영이가 손바닥을 폈다가 주먹을 쥐고 위로 서서히 올렸다. 버스 천장이 일그러지는 소리가 났다. 나는 위를 올려다보았다. 버스 천장이 약간 찌그러져가는 게 보였다. 난 운전하는 아저씨를 멀리 바라봤다. 아저씨가 갸우뚱하며 운전대를 잡고 옆에서 멀어져가는 차를 바라보는 것 같았다. 하늘에서 번쩍이는 빛 때문에 승객들이 웅성댔다. 지미는 다시 자리에 앉아 창문 밖을 바라보고 토비는 덜컹거리는 버스에 서서 두 주먹을 불끈 쥐었다. 균형이 흔들리지 않았다. 밖의 검은색 차량 두 대는 맨 끝 차선에서 계속 버스를 따라왔고 뒤의 차량은 멀어지고 있었다. 버스 승객들의 몸이 덜덜 떨렸다. 나의 몸도 떨렸다. 아주 무거운 것이 위에서 나를 누르는 것 같았다. 난 자리에 앉았다. 요한이도 옆에 앉았다. 승객들이 몸이 이상하다고 서로 이야기하기 시작했다.

소영이가 한쪽 팔을 들어서 천장에 대고 손바닥을 폈다. 소영이 얼굴이 땀으로 가득했다. 나를 짓누르던 무거움이 사라졌다. 난 정신을 집중했다. 하늘에 떠 있는 사람은 상당한 기를 아래쪽으로 방출하는 듯했으며 옆의 차량 쪽 사람은 네 사람으로 느껴지고 운전에 집중하는 듯했다. 이 사실을 난 소영이게 알려주고 싶었다. 소영이에게 다가가 귀에 대고 말해주었다. 소영이는 고개를 끄덕였고 나는 자리로 돌아와 계속 기를 발산했다. 하늘에 있는 사람의 형상이 아득히 보이는 것 같았다. 나의 능력이 더 선명해지는 것 같았다.

난 약간 자신감이 상승했다. 요한이에게 알려주고 싶지만 지금은 정신을 집중하는 게 우선이다. 하늘에 있는 사람이 앞으로 갔다.

"소영아, 하늘을 나는 남자가 버스 앞쪽으로 갔어!" 그러자 소영이가 몸을 움직였다. 버스 안의 사람들이 다 나를 쳐다봤다. 소영이는 버스 맨 앞으로 갔다. 운전하는 아저씨가 말을 했다.

"손님, 무슨 일이세요?"

아저씨가 다소 긴장한 목소리로 물었다.

"아무것도 아니에요." 소영이가 말했지만 버스 안 승객들은 웅성댔다. 나는 혹시나 몰라 소영이 뒤에 있었다. 앞으로 오다 수지를 지나쳤다. 수지는 눈을 감았고 미간을 찌푸리고 있었다. 이제는 버스 주변에 아지랑이가 보일 정도로 뜨거워진 것 같다. 버스 승객이 소영이에게 말을 걸었다.

"무슨 일이에요?"

소영이 얼굴은 땀으로 뒤덮여 있었다.

"아니에요. 괜찮을 거예요"라고 말했다.

그렇지만 전혀 괜찮지 않은 상황이다. 버스가 갑자기 앞으로 살짝 들어올려졌다. 승객들이 당황하는 소리가 여기저기서 들렸다. 소영이는 손을 펴고 바닥으로 팔을 뻗었다. 버스가 다시 제자리로 왔다. 쇠가 비명을 토하는 듯한 소음이 들리고 버스 앞쪽 위가 조금 찌그러졌다. 운전하는 아저씨가 정면 창 위를 올려다보았다. 뭔가를 본 것 같았다. 갑자기 놀란 표정을 짓더니 말했다.

"승객 여러분, 차를 세워야 할 것 같습니다."

그러자 승객들도 안도하는 듯했다. 그렇지만 다들 무슨 일인지 몰라 당황하며 창밖을 보거나 주변을 둘러보았다. 수지가 팔을 내렸다. 수지 얼굴도 땀으로 가득했다. 주변의 아지랑이가 사라졌다. 옆에 두 대의 검은 차량에서 누가 손을 뻗었다. 그러자 갑자기 토비가 주먹을 질러댔다. 순간 "어어?" 하는 소리와 함께 검은 차량 한 대가 앞에서 위로 솟구쳐 바닥에 다시 내리쳐지고 백미러가 터져서 회전을 하며 날아갔고 차가 버스 시야에서 뒤쪽으로 순식간에 사라졌다. 토비가 다시 주먹을 내리고 힘을 모으고 있었다. 요한이가 고개를 숙이며 나를 쳐다봤다. 순간 태호의 눈에서 빛이 났다. 정말 비현실적인 광경이었다. 태호의 눈이 거울에 반사된 빛처럼 번쩍였고 눈에 보이지는 않았지만 영화에서처럼 레이저 같은 것이 나왔다. 한 대 남은 검은색 차량이 태호의 빛을 받고 불이 붙었다.

그렇지만 뭔가 힘이 약하다는 생각이 들었다. 검은 차량은 불이 붙었지만 계속 달렸다. 그 차량에서도 빛이 발산됐다. 그러자 버스가 옆으로 번쩍 들렸다. 승객과 우리는 몸이 하늘로 튀어올랐고 버스기사 아저씨가 브레이크를 밟았다. 우린 앞으로 다 넘어졌다. 난 의자 손잡이에 이마를 부딪쳤다. 이 일이 벌어진 건 2초 정도밖에 되지 않았다. 버스는 무사히 섰고 승객들은 작은 부상을 입었다. 아이들은 숙회가 부여잡고 있었다. 아이 두 명이 바닥에 있었지만 수지 다리에 몸을 떨구어 안전하게 넘어진 것 같다. 아이들이 울지는 않았다. 다들 눈이 휘둥그레져서 놀라 있었다. 수지는 넘어질 때 엉덩이부터 땅에 닿아서 이상 없는 것 같았고 난 이마를 부여잡았다. 소영이는 멀쩡히 서 있었다. 태호는 넘어져서 팔을 잡고 있었고 토비는 나를 보고 눈을 크게 떴다.

나에게 곧바로 다가와 내 얼굴과 이마를 어루만졌다. 그가 나에게 키스를 하려고 한다고 상상이 돼 내 가슴이 콩닥대고 다리 사이가 움찔했다. 난 토비의 얼굴을 막았다. 난 무의식적으로 소영이와 요한이를 봤고 요한이는 날 보다가 다른 곳을 쳐다봤다. 소영이는 별다른 표정을 안 지었다.

"얘들아, 빨리 내리자!"

소영이가 소리쳤다. 버스 승객들은 정신없는 듯했다. 우린 빠르게 버스에서 내렸다. 이 사건이 아마 뉴스로 나지 않을까 생각한다. 우린 내리고 나서야 몸이 아파지기 시작했다. 내 이마도 아팠다. 토비가 내 허리를 감싸안았다. 난 벗어나야 한다고 생각했다. 내가 토비의 피부와 손길이 닿는 행위를 하고 싶어도 주변 사람들을 신경 써야 한다고 느꼈다. 그래서 난 토비를 묘한 표정으로 바라보며 허리춤에서 토비의 팔을 뺐다. 토비가 내 입술 아래를 잡았다. 내 혀와 토비의 손가락이 닿았다. 토비는 정말 과감했다. 아무런 부끄러움도 거리낌도 없었다. 난 토비의 뺨을 손으로 감싸고 토비의 손을 치웠다. 지미가 우리에게 영어로 뭐라 말했다. 난 무슨 말인지 못 알아들었다. 토비가 지미의 등을 툭 쳤다. 지미가 자지러졌다. 소영이가 지미의 등에 손을 올리자 지미의 얼굴이 편안해졌다. 난 요한이 옆에 서서 걸었다. 요한이는 말이 없었다. 그러다 한마디를 꺼냈다.

"우린 집에 못 돌아갈지도 몰라."

난 고민에 빠졌다.

"부산까지 따라갔다가 결판을 내야 할 것 같아."

요한이가 물었다.

"무슨 결판?"

"집으로 가야 할지, 이들을 따라가야 할지."

"난 집에 가고 싶어." 요한이가 집에 가고 싶다는 말을 하자 난 토비와의 일과 내가 가진 초능력을 다 버려야 한다고 생각했다. 초능력은 가져가는 게 좋지 않을까? 요한이가 집에 가야 한다면 나도 가야 한다. 요한이를 혼자 가게 내버려두진 않을 거다.

"나도 당연히 가고 싶어. 같이 가자."

"그럼 부산까지 따라가고 나서 보자."

"그래."

그렇게 우린 다시 괜찮아졌다. 소영이가 아이들 뒤에 서서 아이들을 이끌었다. 아이들은 충격을 받은 것 같았다. 아이들이 울기 시작하면 우린 크게 주목받을 거다. 아까 이미 크게 주목받았지만. 경찰 사이렌 소리가 났다. 우린 한적한 놀이터로 갔다. 다행히 사람이 없었다. 소영이가 우리 모두를 바라보고 다시 앞쪽을 봤다. 그리고 우리 모두를 모아두고 이야기했다.

"이제 이동 수단을 타는 건 위험할 것 같아. 아무래도 걸어가야 할 것 같아."

숙희가 영어로 다시 이야기해주었다.

"가장 위험한 건 우리가 아이들과 함께 있다는 거야. 우린 어떻게든 아이들을 보호해야 해. 앞으로 나도 그러겠지만 아이들을 좀 더 신경 쓰자."

지미가 뭐라 말을 했다. 그러자 소영이가 답했다.

"경비는 충분해. 문제는 적들이 지속적으로 우릴 따라오고 있다는 거야."

소영이는 나를 바라봤다.

"민우야, 네가 더욱더 집중해서 초능력자만 가릴 수 있는지 계속 노력해줬으면 좋겠어."

난 다소 부담되었다. 내 능력은 천천히 조금씩 정체를 드러내는 것 같았다.

"응, 근데 내 능력이 아직 분명하게 작동을 안 해. 시간이 좀 필요한 걸지도 몰라."

"아냐, 훈련하면 돼. 우리 모두가 다 처음에는 미약했어. 조금의 시간이 필요할 뿐이야."

난 못한다는 말을 하기가 싫었다. 또 요한이의 음성이 들리는 듯하다. 민우야, 넌 모든 걸 다 좋다고 받아들여서 혼자 부담을 너무 많이 받는 것 같아.

"응, 노력해볼게." 내가 할 수 있는 최선의 답변이었다.

수지가 나에게 뭐라고 말을 했다.

"민우야, 수지가 정신을 집중할 때 상상력을 많이 발휘해보래."

상상력이라. 난 상상력이 뛰어나다고 생각한다. 가끔 공상을 많이 하기 때문에. 근데 초능력자들과 함께 지내는 동안 공상을 하지 못했다. 매 순간 긴장되고 현실을 직시해야 하기 때문이다.

"응. 고마워, 수지."

소영이가 수지에게 내가 고마워한다는 말을 전해주었다. 땡큐 정도는 알아들었다. 우린 걷기 시작했다. 이제부터는 사람들이 많았다. 소영이가 앞장서고 토비가 그다음, 그리고 수지, 그리고 아이들, 뒤에 숙희, 그리고 태호, 그리고 나와 요한이가 따라갔다. 우린 서로 떨어져서 걸었다. 수지와 아이들만 붙어 있었다. 난 최대한 집중을 해서 그리고 상상력을 동원해서 주변을 감지했다. 난 내 주변에 커다란 돔이 있고 그걸로 레이더처럼 주변을 감지한다고 상상했다. 그러니 정말 조금씩 더 많은 사람들을 느끼는 것 같았다. 착각인지도 모른다는 게 좀 아찔했다. 정말로 우리 일행들을 위해 난 노력해야 한다. 그리고 더욱더 집중했다. 눈을 잠시 감아보았다. 더 많은 걸 느끼는 것 같았다.

무언가 빠르게 내 쪽으로 왔다. 난 깜짝 놀라서 그걸 바라봤다. 강아지였다. 난 안도했다. 눈을 감는 게 더 좋았다. 그렇지만 앞을 보고 걸을 수 없으니 좀 난감했다. 어쩔 수 없이 난 눈을 뜨고 걸으며 집중했다. 그리고 상상력을 극대화하기 위해 노력했다. 태호가 느껴졌다. 태호가 가슴이 아픈 것 같았다. 그런 게 느껴졌다. 난 태호를 몹시 달래주고 싶었다. 그렇지만 할 수 없었다. 난 어떤 감정을 느끼고 있었다. 내가 태호에게 다가서면 토비와 연결돼 있는 실이 불안정해질 것 같다는 추정을 했다. 추정인지 예지인지 헷갈렸다. 초능력이라는 건 정말 예민해서 다루기가 쉽지 않았다. 확신이 바로 사건이 나야 나타나기 때문에 안간힘을 다해 집중을 하지 않으면 평상시에는 미미하게 다가올 뿐이다. 아까처럼 강아지가 나에게 뛰어와야 한다. 난 그렇게 집중하며 걸었다. 앞으로 보니 남양주시 법원이 보였다. 여기가 어디인지 도무지 감을 잡을 수가 없었다. 서울에 가면 어디가 어딘지 알 수 있을지 모르겠다.

그렇지만 아는 데라곤 한번 가본 홍대와 종로, 용산이 다이다. 요한이와 종로에서 영화를 보고 싶었지만 시간이 없어 영화를 보지 못했다. 토비와 같이 영화를 볼 수 있을까? 내가 토비를 좋아하는 걸까? 난 왜 남자를 좋아하게 됐지? 그건 토비의 손길 때문이다. 그것이 날 찌릿하게 만들어주었다. 그건 육체적인 게 아닐까? 토비가 나의 육체적인 감각을 깨우는 것 같았다. 난 알 수가 없다. 서양 영화에 보면 그냥 육체적으로 즐기다가 쉽게 끝나던데…. 나는 그저 토비의 인형일 뿐일까? 어쩌면 난 상관없는 걸지도 모르겠다.

내가 쾌락을 좇는 사람인 줄 미처 몰랐다. 토비가 날 만지면 그 짜릿함이 날 두근거리게 했다. 이런 생각을 하는 내가 부끄러웠다. 토비와 단둘이 있을 수 있다면 난 바로 토비의 인형이 돼버릴 것 같았다. 토비와 단둘이 있기가 어려웠다. 요한이에게 절대 들키면 안 된다. 요한이는 날 혐오할 것이다. 어쩌면 날 미워할지도 모른다. 증오할지도. 소영이가 잠시 멈췄다. 아이들을 데리고 편의점에 갔다. 아이들에게 아이스크림을 사줬다. 아이들이 한계에 다다른 게 아닌가 생각됐다. 아이들이 걱정되었다. 부모가 몹시 보고 싶은 것이다. 요한이가 가서 소영이에게 말을 걸었다.

"아이들은 괜찮은 거야?"

소영이는 답했다.

"요한이와 민우는 잘 모르겠지만 아이들은 잘 훈련받았어. 잘 버틸 거야. 너희 둘은 걱정 안 해도 돼."

요한이와 난 조금은 걱정이 줄었다. 문득 요한이 얼굴을 바라봤다. 요한이도 힘들어 보였다. 뒤에서 토비가 날 안았다. 자기 몸을 바짝 붙였다. 난 토비에게서 빠져나왔다. 요한이가 이런 모습을 보길 바라지 않았다. 가슴이 너무 뛰어서 괴롭다. 순간 난 토비가 날 어떻게 해주길 바랐다. 그렇지만 토비와 난 단둘이 있을 수 없었다. 아이들이 아이스크림을 먹으며 떠들었다. 우리도 아이스크림을 먹었다. 달고 맛있었다. 우린 편의점 앞 파라솔 의자에 앉아 지미의 등에 약을 발라주었다. 다행히 가벼운 화상이라고 한다.

"제대로 맞았으면 등이 날아갔을 거야." 숙희가 말했다.

"우리 학교에 쳐들어와서 힘을 거의 다 썼어. 지금 적들의 힘이 약해졌을 거야. 이때를 틈타 우린 빨리 부산에 가야 해."

우리가 적들의 공격을 그럭저럭 방어했던 것은 적들의 힘이 약해졌기 때문이다. 진짜 힘을 발휘하면 그 힘이 어느 정도인지 상상이 안 간다. 난 우리 모두가 무사히 부산에 가길 바랐다. 우린 다시 걷기 시작했다. 한가로운 거리를 우린 말없이 걸었다. 갈수록 건물이 많아지고 사람들도 많아졌다. 차도 많이 다니기 시작해서 이제 주변 소음이 많이 들리기 시작했다. 나의 기가 점점 많아지는 사람들을 감당 못 하는 것 같았다. 난 훈련이 필요하다. 난 다시 상상력을 동원했다. 커다란 레이더가 나를 중심으로 주변을 감지한다는 상상을 해보았다. 훨씬 감이 좋아졌다. 다른 상상을 곁들여보았다. 나의 레이더에 눈이 달려 골목을 누비고 날아가며 사람들을 관찰한다는 상상을 해보았다.

그렇지만 이 상상은 잘되지 않았다. 내 눈에 안 보이는 장소를 볼 수 있는 능력은 없었다. 앞에 방송통신대학이 보였다. 그리고 좀 더 걷자 큰 다리가 나왔다. 우린 다리를 건넜다. 눈앞에 정말 많은 사람들이 보였다. 번화가인 것 같았다. 앞에 롯데백화점이 있다. 우린 열심히 걸었다. 많은 사람들을 보니 좀 안심이 되었다. 이렇게 사람 많은 곳에서 공격당하진 않을 것 같았다. 적들도 그렇게 눈에 띄고 싶어 하지 않는 것 같았다. 언제 한번 소영이에게 물어봐야 할 것 같다. 많은 사람들의 시선이 느껴졌다. 나를 쳐다보기도 하고 외국 사람인 수지, 토비, 지미를 쳐다봤다. 숙희도 여성치곤 몸집이 커서 숙희도 쳐다보았다. 아이들은 그렇게 눈에 안 띄는 것 같았다. 다리 가 아프지는 않았다. 전에 요한이랑 홍대에서 중랑구까지 걸어본 적 이 있었다. 다리가 아팠지만 걸을 만했다. 멀리 걸어가는 건 자신 있었다. 우린 번화가를 한참 걷다 아이들 때문에 잠시 편의점 앞에 앉아서 쉬었다. 소영이가 아이들의 이마를 한 번씩 짚었다. 그리고 수지가 아이들을 쓰다듬었다. 토비와 지미는 앞에 서서 주변을 살펴 봤고 난 집중하며 주변을 느껴봤다. 마구 지나가는 차 때문에 내 기 가 많이 왔다갔다하고 혼란스럽긴 했다.

"민우야, 정신 집중하는 건 잘돼?" 소영이가 물었다.

"집중하는 건 잘되는데 일반 사람과 초능력자를 구분하지는 못 해. 아직 더 집중해야 할 것 같아."

"그래, 너무 힘쓰지 마. 일이 다 잘되면 우리가 너의 능력을 상승 시킬 수 있을 거야."

난 요한이를 한번 쳐다봤다. 그리고 답했다.

"부산까지 갔다가 안전한지 충분히 확인한 후에 우린 집에 갈 거 야… 갈 수 있다면."

소영이가 안쓰러운 얼굴로 바라봤다.

"그래, 꼭 집에 가길 바라. 너무 걱정하지 말자."

난 고개를 끄덕였다. 난 요한이랑 게임 이야기를 했다. 혹시나 용산에도 들른다면 우리가 중간에 죽을 수도 있으니 gtx3080을 사자고 했다. 돈은 소영이에게 달라고 하기로 했다. 우리가 언제든 죽을 수 있으니 마지막 소원이라고 말하자고 했다. 요한이와 난 이 이야기를 나누고 웃었다. 내가 웃자 토비가 쳐다봤다. 난 희미한 미소를 남긴 채 그를 바라봤다.

"어딜 봐?" 요한이가 물었다.

"웅, 지나가는 차." 요한이가 묘한 표정을 지었다.

"콜 오브 듀티 매우 어려움을 어떻게 할까?"

"꼭 집에 가서 깨자. 그리고 우리가 다시 돌아온 기념으로 인터넷 회선을 바꿔달라고 하자. 그래서 멀티를 하는 거야."

"근데 우리 동네 500메가 회선이 들어올지 모르겠다."

"그러네…. 그냥 차라리 PC방을 가는 게 좋겠다."

"그럼 토요일마다 PC방에 가는 게 어떨까?"

"부모님이 허락할까?"

"우리가 성적을 올리면 가능할 것 같아. 어쩌면 토요일 밤은 PC방에서 밤을 새고 오는 것도 허락받을지 몰라. 민우 너만 성적을 좀 올리면 될 것 같다."

요한이가 웃으며 말했다.

"좋아, 한번 성적을 올려보자. 네가 많이 가르쳐줘야 해."

"그래, 그럼 둘이 공부를 열심히 해보자. 인터넷은 버리더라도 gtx3080을 사주실지도 몰라."

"좋아, 좋아."

우린 집에 가서 뭘 할지 정해놓고 있었나. 무엇보다 부모님이 우릴 찾고 있다는 생각에 마음이 불편하긴 했다. 부산에만 가면 해결방안이 있을 거라 믿었다. 그밖에 믿음을 둘 데가 없었다. 소영이가 이만 일어나자고 했다. 우린 다시 길을 떠났다. 우린 망우동이라는 곳을 향해 갔다. 소영이가 잠시 기다려달라고 한 뒤 핸드폰 가게에 들어갔다. 한참 후 소영이가 아이패드 같은 걸 들고 나왔다. 그걸로 다 같이 지도를 봤다. 그리고 우린 서울특별시-평택-대구-부산 이런 순서로 가기로 이야기를 나눴다. 한번도 가보지 못한 곳인 것 같았다. 그리고 소영이는 패드로 뭔가를 찾았다.

"무전기가 있으면 좋겠어. 혹시 몰라서."

무전기를 구하자고 했다. 요한이가 말했다.

"소영아, 혹시 사용 가능한 무기 같은 게 있을까?"

소영이는 진지하게 들어주었다.

"초능력자들에게 총알이나 칼이 통할 수도 있어. 그렇지만 초능력자들을 잠들게 만들 때만 가능해. 그리고 적대적인 자들은 우리보다 험하게 훈련받아서 총기나 여러 가지 무기들을 자유자재로 다룰 수 있어. 아마 총을 사용하면 어떻게 방어하거나 피해야 하는지 알고 있을 거야. 그러니 우선적으로 생각하기에는 총이 소용이 없다고 볼 수 있어. 만에 하나의 수로 총을 구해서 갖출 수는 있겠지만 사용하긴 어렵다는 생각이야."

소영이는 아주 자세하게 설명해주었다. 결국 총은 소용없을 것 같았다. 요한이도 돕고 싶어 하는 것 같았다.

"우리도 예전에는 사용 가능한 무기들이 있었어. 그렇지만 적들이 계속해서 우리가 사용하는 무기에 익숙해지고 방어할 수 있게 발달했기 때문에 결국에 우리가 사용할 수 있는 최고의 공격과 방어는 초능력이야."

"무전기는 용산에서 구하자." 용산이라고 말하자 요한이와 난 귀가 솔깃했다. 우리에게 안 좋은 상황이 닥치기 전에 마지막으로 용산 구경은 할 수 있겠구나. 소영이가 설명을 마치고 우린 다시 걷기 시작했다. 난 요한이 옆에 붙어서 걸었다. 난 정신을 집중해보았다. 혹시나 빠르게 우리에게 다가오거나 하늘에서 느껴지는 기가 있으면 바로 소영이에게 말할 셈이다. 우린 구리시 고개를 넘고 있었다. 여기만 넘으면 서울이라고 한다. 만약에 망우동에서 포천 가는 길로 간다면 금방 우리 집이다. 아까 지도에서 봤다. 집이 가까워진다니 마음이 흔들릴 것만 같았다. 요한이는 어떨까 궁금했다.

요한이는 조심스럽게 주변을 살피며 걸었다. 우린 고개를 넘었고 이제 큰 건물과 아파트가 보이는 서울의 끝자락에 왔다. 우린 이제는 고개를 내려갔다. 갑자기 무더워졌다. 수지의 능력인지 더워지다 갑자기 시원해졌다. 망우리는 평범한 동네 같았다. 커다란 교회도 보였다. 우린 동네 안쪽으로 걸었다. 청광아파트라는 곳이 나왔다. 웬 남자가 4층 창문을 열고 아무렇지 않게 담배를 피우고 있었다. 난 여기저기 살펴보며 걸었다. 눈을 감으면 주변을 감지하는 센서가 더 좋아졌지만 눈을 감고 걸을 수 없기에 눈을 뜨고 적당히 주변을 둘러봤다. 너무 과하게 둘러보면 눈에 띨 것 같았다. 우린 한참을 걸었다. 망우동을 지나 중랑에 도달했다. 우린 점심을 먹기 위해 중국집에 들어갔다. 난 짜장면이 너무 먹고 싶었다. 요한이와 집에서 짜장 라면을 자주 끓여 먹었지만 아무래도 짜장면 집에서 먹는 게 더 맛있었다. 다행히 안쪽에는 큰 자리가 있었고 사람도 별로 없었다. 우린 자리에 앉았고 소영이가 지미, 수지, 토비와 영어로 대화를 나누었고 나와 요한이에게 물어봤다.

"민우랑 요한이는 뭐 먹을래?" 요한이는 나와 동시에 짜장면이라 했다. 요한이랑 나는 조금 웃었다. 그때 종아리에 따뜻한 것이 느껴졌다. 앞을 보니 토비가 묘한 눈빛으로 바라봤다. 토비의 따뜻한 피부가 느껴졌다. 난 종아리를 걷었다. 토비가 내 종아리를 문질렀다. 그러다 내가 다리를 뗐다. 호흡이 거칠어졌기 때문이다. 난 작게 한숨을 쉬고 젓가락을 들어 단무지를 먹었다. 우린 식사를 맛있게 했다. 일부러 소영이가 맛있는 것만 주로 먹게 하는 것 같았다. 탕수육도 나와서 탕수육도 먹었다. 우린 식사를 한 후 잠시 쉬자며 커피를 마셨다. 나도 커피를 마셔보았다. 쓰고 머리가 좀 붕 뜨는 것 같았다. 나쁘진 않았다.

"요한아, 커피 어때?"

"글쎄, 피로가 없어진다는데 어째 피로한 맛인데?"

난 웃었다.

"커피가 써." 요한이가 한 모금 마시고 말했다.

"음, 맛이 괜찮은 것 같아. 근데 어째 진짜 더 피곤한 느낌이 난다. 맛은 좋아."

나도 한 모금 마셨다. 정말 피로가 없어지나…. 오히려 뭔가 무거운 느낌이다. 각성효과가 아닌가 생각된다. 우린 커피를 마시며 여유롭게 쉬었다. 아이들이 최대한 편해야 한다. 아이들은 주스를 마셨다. 우린 잠시 쉰 후 다시 걷기 시작했다. 중랑교를 건넜다. 난 중랑교 아래쪽에 예쁜 풀과 꽃이 있는 길로 가고 싶었다. 그리고 무언가 빠르게 오는 게 느껴져서 고개를 돌렸다. 달려가는 자전거였다. 빨리 초능력자와 일반인의 차이점을 알아내야 한다.

순간 좋은 생각이 났다. 왜 이제서야 생각이 난 거지? 나와 함께 있는 소영이, 수지, 토비, 지미, 숙희의 기를 느끼고 일반인들과의 차이점을 알아내는 것이다. 난 최대한 우리 일행들의 기를 느껴보았다. 그들과 나와의 실이 연결된 게 느껴진다. 대체적으로 이 느낌은 등 뒤에서 느껴진다. 그 실을 당겨보기도 하고 진동을 줄 수도 있다. 수지의 실이 진동했다. 혹시 지금 수지가 초능력을 쓰나? 수지에게 바로 물어볼 수가 없었다. 오늘 저녁에 자는 시간이나 혹시 또 쉬는 시간이 있다면 소영이에게 물어봐야겠다. 지금은 우리 일행의 초능력자와 지나다니는 사람들의 느낌이 뭐가 다른지 알아보면 좋겠다. 커피를 마셨더니 피곤함이 없어진 것 같았다. 하지만 몸이 좀 피로했다. 이상한 느낌이다. 커피는 나랑 안 맞나 보다. 난 커피를 마시다 도저히 못 마실 것 같아서 요한이에게 주었다. 요한이는 안 마시고 그냥 들고 있었다. 한 다리 건너고 중랑을 넘어갔다. 이제 더 열심히 걸으면 청량리가 나올 거라고 한다. 한번도 청량리엔 가 본 적이 없다. 가끔 학교에서 청량리 가면 깡패들에게 돈을 뜯긴다는 농담을 하곤 했다. 그 농담을 지금 요한이에게 하고 싶었지만 그런 분위기는 아닌 것 같다.

이제 사람 많은 것이 익숙해졌다. 주변 사람들의 기를 느끼는 것도 점점 편해지고 익숙해지기 시작했다. 빠르게 걸어오는 사람, 느리게 걷는 사람, 가다가 정지하는 사람, 달리는 아이들, 이렇게 움직이는 사람들의 행위를 느낄 수 있었고 움직이는 대상의 행동을 바라보면 내 예상이 맞았다. 난 좀 더 자신감이 생기기 시작했다. 앞에 가는 아이들과 소영이가 대화하는 게 보인다. 토비와 지미는 앞으로 가면서 뒤쪽의 우리가 이상 없는지 가끔 뒤를 돌아봤다. 근처에 대학이라도 있는지 대학생 같아 보이는 사람들이 많았다. 미술도구를 등에 메고 가는 사람도 보였다. 나도 미술을 배우고 싶었다. 나아가서 만화가가 되거나 게임 개발하는 사람이 되는 게 꿈이었다. 부모님은 내가 더 열심히 공부해서 서울의 대학교를 다니길 바란다고 했다. 집에 돌아가면 공부를 열심히 해서 성적을 올리고 요한이랑 게임하는 생각만 가득했다. 우린 복잡한 도로를 건너 어떤 고풍스러운 교회를 지나쳤다. 회기역이라고 쓰여 있는 장소를 지나쳤다. 사람이 많아지자 나의 센서가 흐트러졌다. 그와 동시에 내 눈동자도 심하게 좌우로 왔다갔다했다. 초점이 흐려졌다가 또렷해졌다. 이게 무슨 현상인지 잘 파악이 안 됐다. 아마도 전에 만났던 신부님이 아실 수도 있지 않을까 하는 생각이 든다. 신부님은 무사할지 모르겠다. 그저 딱 두 번 본 사람일 뿐이다. 분명 좋은 사람 같았는데 난 다시 상상력을 발휘해 마치 거대한 레이더망이 넓은 주변을 감지하는 상상을 해봤다. 정말로 넓은 반경의 사람들이 감지되는 것 같았다. 그렇지만 머리가 아팠다. 너무 과부하를 받으면 두통이 오는 것 같았다.

"민우야, 뭔가 느껴져?" 요한이가 물었다. 한참을 걷다 보니 심심한 것 같았다.

"응, 사람들이 느껴져. 근데 너무 많이 느끼려고 하면 머리가 아파."

"어떻게 느껴지는데?"

"마치 사람들과 내가 실로 연결된 것 같아."

"그래?"

"응, 요한이도 느껴져."

요한이가 신기하다는 표정으로 바라봤다.

"그럼 혹시 공격도 가능해?"

"아니, 공격하는 기능은 없는 것 같아. 난 그저 눈에 안 보이는 사람을 느낄 뿐이야."

"혹시 느껴지는 사람 머리에 집중해봐. 그 사람 머리에 두통이 오게 하거나 고통을 줄 수 있지 않을까? 그런 영화를 본 것 같은데."

난 요한이의 생각이 왠지 그럴싸하다는 생각이 들었다. 실험해도 될지 모르겠다. 만약 내가 어떤 사람의 머리를 바라보고 내가 가진 센서를 집중시키면 어떻게 되는지 궁금했다. 혹시나 안 좋은 데미지가 가해져 사고가 나면 어쩌나 같은 생각도 동시에 들었다. 지나가는 강아지가 보였다. 난 혹시나 하는 생각으로 강아지 머리를 뚫어져라 바라보며 센서를 강아지 머리 쪽에 발산해보았다. 강아지는 멀뚱멀뚱 앞을 보며 가고 있었다. 아무런 반응이 없었다. 아마도 내가 가진 능력은 공격할 수 없는 능력인 것 같았다. 그냥 감지만 가능한 것 같다. 그렇게 생각하며 난 토비를 느꼈다. 토비와 내가 실로 연결돼 있었다. 토비의 따뜻하고 거친 손길을 상상해보았다. 그것이 내몸을 만지는 상상을 했다. 호흡이 가빠졌다. 난 내 볼을 만졌다. 부드러웠다. 토비가 나의 부드러운 볼을 만져주길 원했다. 그리고… 난 더 이상 생각하지 않았다. 혹시나 머릿속을 들여다보는 능력을 가진 사람이 내 머릿속을 들여다볼 것 같아 겁이 났다. 내가 얼마나 더럽고 음란한지 누군가 알게 되길 바라지 않았다.

어차피 사람은 다 그런 동물 아닌가? 아니라면 나만 더럽혀진 존재일까? 내가 초능력을 발휘할수록 토비와 함께 있는 음란한 생각을 할수록 왠지 집과 멀어지는 것 같았다. 아직 어리고 젊어서 그런 걸까? 토비의 과감한 행동에 난 쉽게 흥분했다. 내 초능력이 감지되고 나서부터인 것 같다는 생각이 든다. 아래쪽에 기묘한 느낌이 울려퍼진다. 이런 생각을 하면 지옥에 간다고 들었다. 난 더러운 죄를 짓고 있다고 생각해보기도 했다. 혹시 하나님도 초능력자가 아니었을까? 신빙성 있는 가설이라고 생각한다. 하나님의 기적이 왠지 초능력일지도 모른다고 생각했다. 나중에 소영이에게 조심스럽게 물어봐야겠다. 머리가 또 한 번 아팠다. 두통이 생겼다가 사라졌다. 주변에 사람이 많아서 그런 것 같다. 난 레이더를 약간 좁히는 상상을 했다. 그러자 머리가 한결 나아졌다. 어쩌면 훈련을 통해 광범위하게 레이더를 확장시킬 수 있을지도 모른다. 이것도 역시 소영이에게 물어볼 생각이다. 우린 또 한참을 걸어 신설동이라는 곳을 지나가고 있었다. 청량리는 지나친 것 같다. 우린 신설동 안쪽의 골목으로 들어가 놀이터 하나를 발견하고 거기서 쉬었다. 아이들을 위해 우린 자주 쉬어야 했다. 아이들은 지쳐 보였지만 신기하게도 내색을 안 하는 것 같았다. 가끔 울기도 하지만 소영이나 수지가 다가가 머리를 만져주거나 안아주면 금방 울음을 멈췄다.

동네 아이들이 뛰어놀았다. 가끔 토비나 지미에게 동네 아이들이 말을 걸었다. 그럼 토비와 지미는 그냥 웃었다. 한국어 좀 배워두지. 그럼 서로 이야기를 나눌 수 있을 텐데.

그렇지만 상대방도 마찬가지일 것 같다. '영어 좀 배워두지'라고 말이다. 난 놀이터 화장실에서 세수를 했다. 소영이가 말했다.

"아직 걸을 수 있을 것 같지만 아이들이 많이 지쳤어. 그래서 조금만 더 걷고 근처 호텔에서 잠을 자자."

우린 알았다고 했다. 무엇보다 아이들을 계속 걷게 할 수는 없다. 우린 숭인2동까지 걸어가 근처에 큰 호텔을 찾아다녔다. 우리 모두가 한 공간에서 잘 수 있는 호텔을 찾느라고 30분 정도 돌아다녔다. 아이들이 무척 힘들어했다. 겨우 입실해 돌아가면서 샤워를 했다. 그리고 앉아서 다 같이 텔레비전을 봤다.

소영이가 먹을 걸 사 왔다. 샌드위치와 햄버거, 사발면도 가져왔다. 뉴스에 아까 벌어졌던 버스 사고가 나오지 않을까 하는 생각을 했지만 뉴스에 나오지 않았다.

"초능력자들은 사람들 눈에 띄는 걸 싫어해서 사람이 많은 공간에서는 우리에게 다가오지 않을 거야. 앞으로는 사람이 많은 곳만 찾아서 돌아다닐 거니까 위험이 덜할 거야."

소영이가 알려주었다.

"민우야, 내 옆으로 와봐."

난 군말 없이 소영이 옆으로 갔다. 소영이가 내 머리에 양 손바닥을 댔다. 소영이 손이 부드러웠다.

"민우야, 네 능력을 발휘해봐."

난 소영이 말에 따라 정신을 집중했다.

"최대한 강하게 발산해봐."

난 최대한 집중하며 내 센서를 발산해보았다. 난 머릿속으로 커다란 레이더망 같은 것을 상상했고 그것이 사방으로 퍼져나가 주변을 감지한다는 상상을 해보았다.

"민우가 확실히 뭔가 능력이 있구나. 더 세게 해봐."

난 더 강하게 집중했다. 최대치 같았다. 눈을 감아서 소영이 얼굴이 안 보였다.

"잘 훈련받으면 능력이 더 강해질 것 같아. 아쉽다. 지금 훈련해줄 선생님들이 없어서."

난 잠시 집중력을 풀고 물었다.

"선생님들 다 어떻게 되신 거야?"

소영이가 뜸을 들이다 답했다.

"앞서 싸우시다가 전멸했어. 우린 그냥 운이 좋은 거야. 그때 적들이 힘을 다 소비했거든. 선생님들을 제압하느라고. 우리가 몇 번의 싸움에서 벗어날 수 있었던 건 선생님들이 적들의 힘을 최대한 방출하게 만들어서야."

그리고 소영이가 손을 뗐다.

"민우야, 더 크게 집중하고 상상해봐. 그럼 더 강해질 수 있어. 초능력이라는 것이 인간의 육체적인 힘과는 상관없이 거대해지거든."

"응, 좀 더 집중해볼게."

"그렇지만 너무 힘을 강하게 발산하면 대부분의 사람들이 악해져. 욕망이 더 커지는 부작용이 있어. 우린 힘을 적당히 키워 좋은 일에 쓰려고 해. 그게 우리의 목적이야. 하지만 적대적인 초능력자들은 자신들의 욕망을 최대치로 추구하는 게 목적이야. 그게 우리랑 다른 부분이야. 그래서 우린 초능력을 갖고 태어난 사람들을 최대한 빨리 찾아내려고 노력해. 대부분 아이들일 때 학교에 들어와. 근데 민우랑 요한이처럼 갑자기 들어온 사람은 없어."

"그렇구나. 그럼 우리가 발견한 운석은 뭐야?"

"운석에 대해서는 잘 모르겠어. 어쩌면…."

"응 어쩌면?" 난 소영이가 답해주길 기다렸다.

"어쩌면 적대 세력들 중 어떤 사람에게 초능력을 심어주는 강력한 힘이 있다고 들었어. 확실하진 않아. 그 사람이 연관돼 있을 것 같다는 생각이 들어."

"엄청난 힘이네?" 요한이가 말했다.

"응…."

"그럼 적들이 그렇게 강하다면 애초에 좋은 초능력자들을 가만두었던 거야? 공격하기 전에?"

"으응, 우리가 많이 피해다녔어. 학교도 매번 바뀌고. 언젠가, 아직은 아니지만, 언젠가 적들이 세상에 모습을 드러낼 거야. 아직 적대 세력들을 우리가 어느 정도 제어하기 때문에 괜찮지만 커다란 전쟁이 벌어질 거라고 생각해."

난 소영이 말에 몸서리를 쳤다. 평범하게 살던 지난날을 떠올리며 이렇게 사건에 휘말려 알게 된 거지만 여하튼 큰일이 벌어질 거란 생각에 마음이 불안해지고 붕 떠버렸다. 소영이가 말을 이었다.

"우리가 가르치고 훈련시킨 우리 쪽 초능력자들 중에 적들 세력으로 간 사람도 많아. 그만큼 강력한 힘을 원하게 되는 것 같아. 인간은 욕심이 많으니까 민우도 만약에 지금 갖고 있는 능력이 더 커지면 그 능력에 사로잡힐지도 몰라. 주변을 감지하는 힘이 더 강해지면 눈 감고도 주변에 있는 모든 사물, 생물들을 마음대로 해치거나 조종할 수 있을지도 몰라. 우리가 가진 초능력은 앞서도 이야기했지만 인간의 크기, 육체적인 힘에 상관없이 무한대로 강해지는 특성이 있거든."

나는 조용히 고개를 끄덕였다. 아직 내가 상상할 수 있는 일은 아니었다. 내 힘이 거대하게 커질 수도 있다니, 전혀 실감나지 않았다.

"그럼 운석은 그 적대 세력의 초능력자가 일부러 만들어 여기저기 뿌려서 초능력자들을 많이 만들어내기 위해서 그런 걸까?"

요한이가 말했다.

"글쎄, 어쩌면 부산에 가면 알아낼 수 있을지도 몰라. 부산에 우리 비밀 학교가 있거든. 그쪽 사람들이 알고 있을지도 몰라. 지금은 서로 연락해서는 안 돼. 적대 세력에게 들킬 수도 있거든."

"부산에 비밀 학교가 있다면 어디 있는 거야?" 소영이가 답해주었다.

"말하지 않는 게 좋아. 전처럼 민우 머릿속에 들어와 민우의 무의식을 건드려 적들이 알아낼 수도 있거든."

소영이 말을 들어보니 우리가 생각보다 위태로운 상황인 것 같았다. 어쩌면 지금도 우릴 지켜보고 있을지 모르겠다. 생각보다 심각한 것 같기도 했다. 그냥 우릴 지켜보며 따라오고 있을지도 모른다. 부산의 비밀 학교에 도착하면 그때 적들이 등장할지도 모를 일이다. 그리고 우린 뉴스를 봤다. 소영이는 외국 애들과 대화를 나누었다. 뉴스를 아무리 봐도 버스에서 있었던 사건은 안 나왔다. 그리고 우린 졸리기 시작했다. 우린 아이들, 요한이, 나를 제외하고 불침번을 서기로 했다. 그렇게 우린 잠들었다. 난 새벽에 깨어났다. 토비가 날 깨웠다. 난 갑작스럽게 가슴이 콩닥콩닥 뛰었다. 토비가 불침번을 설 차례인가 보다. 난 토비를 따라갔다.

난 토비의 손을 잡고 있었다. 너무 흥분해서 가슴이 터질 것 같았다. 우린 화장실로 들어갔다. 토비와 내가 눈이 마주치는 순간 토비는 미친 듯이 내 몸을 만졌다. 난 가슴이 터질 것 같았다. 토비가 날 어떻게 해주길 바랐다. 토비가 날 마구 주물렀다. 내 얼굴을 자기 얼굴에 대고 문질렀다. 그는 영어로 부드럽다고 말하는 것 같았다. 너무 부드럽다고 말하는 것 같았다. 나의 터질 것 같은 성욕이 발광하기 시작했다. 그때 난 나의 감지 능력이 확장되는 걸 느꼈다. 토비가 날 달래주었다. 날 가라앉혀주었다. 토비가 나의 입을 먹었다. 토비의 부드럽고 뜨거운 혀가 들어왔다. 난 그걸 미친 듯이 맛보았다. 가슴이 다시 요동친다. 토비가 나의 얼굴을 마구잡이로 애무했다. 내 얼굴이 젖을 지경이었다. 그리고 내 손을 잡고 마구 가지고 놀았다. 난 토비의 장난감이 되었다. 토비가 날 발가벗겼다. 난 거울 속의 나를 보았다. 난 완벽하게 여성의 몸을 갖추고 있었다. 그리고 토비가 날 마구 주물렀다. 난 그렇게 토비의 욕정을 해소하는 인형이 되었다. 토비가 나의 입술을 가지고 놀았다. 모든 게 해소되고 나서 토비가 날 놔주었다. 난 조용히 들어가 잠을 잤다. 난 편하게 잠들었다. 나의 터질 듯한 욕망이 배출되었다.

다음 날 우린 조금 늦게 일어났다. 다들 푹 자길 바라서였는지도 모르겠다. 우린 돌아가며 씻고 나갈 채비를 했다. 우린 밖에 나가 걷기 시작했다. 아무래도 종로를 거쳐 용산으로 갈 것 같았다. 무전기를 꼭 용산에서 살 필요는 없지만 최대한 사람 많은 곳으로 돌아가는 듯한 느낌이다. 우린 반나절을 걸어 종로까지 왔다. 전에 요한이랑 같이 왔을 때보다 더 활기가 넘쳤다. 사람들은 많았고 예전에 봤던 극장은 없어지고 멀티플렉스로 변했다. 무슨 영화가 개봉하는지 보았다. 요한이도 영화에 관심이 있어 같이 영화관을 쳐다보았다.

우린 빨리 일행들을 따라잡았다. 하지만 종로에 오고 나서부터 머리가 아팠다. 사람이 너무 많아서 그런 것 같았다. 난 집중력을 약간 낮출 수밖에 없었다. 우린 극장가를 지나쳐 국회의사당을 지나

청파동 쪽으로 가서 용산구로 향했다. 평일인데도 사람이 많았다. 우린 앞에서 몇몇 외국인을 보았다. 긴장감이 또 상승했다. 일 때문에 여기 있는 건지, 관광 온 건지, 우릴 찾으러 온 건지 알 수 없었다. 난 머리가 아팠지만 정신을 있는 힘껏 집중했다. 여러 가닥의 실이 내 몸에 연결된 것 같고 이 많은 연결고리 안에서 초능력자를 구분할 수는 없었다. 난 집중력을 최대치로 올려보았다. 두통이 왔다. 머리가 무겁고 아프다. 여전히 아무런 차이점을 찾을 수 없었다. 토비, 지미, 수지, 소영이, 숙희도 다 똑같은 실이 연결되어 구분할 수가 없었다. 앞 쪽의 외국인들은 별다른 사항은 없었다. 우린 이른 아침을 먹었다. 간단히 식사 후 우린 커피를 마셨다. 아이들도 쉬게 했다. 난 토비를 잠시 바라봤다. 토비도 나를 쳐다보았다. 그는 미소 짓고 있었다. 난 토비의 따뜻한 감정을 느꼈다. 사랑이라고 말하기에는 너무나 그 무게가 컸다. 난 간절히 원하는 표정을 지으며 토비를 바라보았고 토비는 표정이 묘했다. 우린 커피를 마신 후 다시 길을 걸었다. 소영이가 갑자기 뒤를 돌아봤다. 나를 보는 건 아니었다. 어딘가를 쳐다보다 나를 봤다.

난 정신을 집중했다. 우리 쪽으로 다가오거나 하늘에서 뭔가 느껴지거나 하는 건 없었다. 난 고개를 저었다. 소영이는 다시 앞을 봤다. 난 혹시 몰라 뒤를 돌아보고 주변을 살펴보았다. 요한이가 물었다.

"왜 그래?"

"글쎄, 소영이가 갑자기 쳐다봐서. 주변에 뭐가 있나?"

난 눈에 띌까 봐 두리번거리는 걸 멈췄다. 소영이가 주변을 두리번거리는 것 같았다. 난 정신을 집중했다. 다가오는 것은 아무것도 없었다. 우린 하루 종일 걸어 용산에 도착했다. 우린 많이 지쳤고 아이들을 위해 빨리 쉴 만한 공간을 찾았다. 큰 백화점 안에 들어가 커피숍을 찾아 들어갔다. 아이들에게 주스를 시켜주었다. 난 커피 때문에 머리가 아파 주스를 마셨다. 우린 축 처져 있었다.

"무전기를 구해서 혹시 서로가 헤어지거나 급박한 경우에 사용할 거야."

우린 고개를 끄덕였다. 쭉 쉬다가 다시 길을 걸었다. 우린 전자상가 쪽으로 가서 무전기를 취급하는 매장을 찾아다녔다. 여기도 몇몇 외국인들이 보였다. 우린 긴장을 늦추지 않았다. 우린 여러 명이 몰려다니는 게 눈에 띨까 봐 두 그룹으로 나누었다. 소영이, 토비, 아이들, 수지, 태호 그리고 지미와 숙희, 요한이와 나, 이렇게 다녔다. 앞쪽 그룹의 소영이가 무전기를 취급하는 매장을 찾았다. 우리 그룹은 밖에 있었다. 지미와 숙희는 주변을 관찰하고 요한이와 나는 가게 쪽을 서성대었다. 난 정신을 집중했다. 특별히 느껴지는 건 없었다. 시간이 많이 지난 후에 소영이가 여러 개의 박스를 가득 가지고 나왔다. 우린 다 같이 커피숍에 들어갔다. 소영이가 무전기에 대해서 설명을 해주었다.

"봐, 무전기를 옷 속에 넣고 이 이어폰을 연결해서 귀에 꽂아. 그러면 무전기를 조작해서 서로 대화를 나눌 수가 있어."

우린 집중해서 들었다. 그리고 무전기를 한 대씩 받았다. 커피숍에 사람이 적어서 눈에 띄지는 않았다. 난 무전기를 바지 주머니에 넣고 이어폰을 한쪽 귀에 꽂았다. 그리고 요한이랑 테스트해보았다.

"주파수 맞추자." 소영이가 알려준 주파수대로 맞추었다. 그리고 우린 서로 대화를 나눠보았다. 상태가 좋았다. 이제 실시간으로 우리가 간격을 벌리고 걷더라도 대화가 가능했다. 난 마음속으로 영어를 통역해주는 기계가 있었으면 좋겠다는 생각을 한다. 토비가 날 얼마나 생각하고 좋아하는지 알고 싶었다. 나의 육체만 탐하는 건지, 나에게 마음이 있는 건지 궁금했다. 난 토비를 또 쳐다봤다. 토비를 자주 보는 것 같았다. 토비가 내가 자주 쳐다보는 걸 느끼면 귀찮아할까? 난 겁이 났다. 말도 안 통하는 토비가 나에게 특별한 존재가 돼버린 것 같다. 난 누군가를 이토록 마음속에 담아본 적이 없다.

난 별안간 특별한 마음이 발현한 것 같다고 느꼈다. 그건 여자로서 남자를 마음속에 품는 마음이다. 난 그렇게 느꼈다. 난 토비를 바라보는 걸 그만두었다. 우린 카페에서 나왔다. 이제 아래쪽으로 내려가야 할 것 같다. 우린 이제 무전기로 많은 대화를 나눌 수가 있다.

"민우야, 뭐 느껴지는 거 있으면 사소한 것도 괜찮으니까 다 말해줘."

"응, 알았어."

난 정신을 집중했다.

"특별히 느껴지는 건 없어. 그냥 지나다니는 사람만 느껴져. 초능력자들을 구분했으면 좋겠는데 그게 안 돼."

"알았어."

그렇게 우린 송파구를 향해 걸었다. 오늘 안에 도착하긴 어려울 것 같다. 용산에 오느라고 이제 날이 저물었다. 또 우린 호텔을 찾았다. 우린 큰 호텔을 찾았고 저녁을 보내고 다음 날 일어나 길을 떠났다. 우린 무전기로 대화하며 길을 걸었다. 수지가 우릴 불렀다.

"민우, 요한." 우리 이름을 한 번씩 말했다. 우린 대답했다.

"민우야, 요한아. 그냥 한번 불러봤대." 소영이가 답해주었다. 우린 그냥 웃었다. 서로 말이 통했으면 좋겠다.

"혹시 갑자기 영어를 잘하게 만드는 초능력자는 없어?"

"있어. 우리 로버트 박사님. 기억을 자유롭게 없앤다거나 영어를 갑자기 잘하게 만드셔. 그렇지만 함부로 영어를 잘하게 만들진 않으셔."

로버트 박사라면 전에 요한이랑 나와 대화를 나눈 박사님을 이야기하는 것 같았다.

"박사님은 각자 스스로의 능력으로 배우길 바라시거든. 너무 초능력에 의존하지 않는 게 좋다고 생각하시는 것 같아."

"그렇구나."

난 박사님을 떠올렸다. 잠깐 만나봤지만 좋은 분 같았다.

"박사님이 계셨다면 좋았을 텐데…" 소영이가 말했다. 난 갑자기 우리 쪽으로 빠르게 날아오는 뭔가를 느꼈다. 혹시 비행기 같은 걸까? 난 하늘을 처다봤다. 뭔가 빠르게 지나갔다.

"소영아, 방금 하늘에서 뭔가 빠르게 지나갔어." 앞쪽을 보니 소영이가 하늘을 처다보고 있었다.

"응, 계속 그걸 느끼려고 해봐." 난 그것에 집중했다. 그보다 난 우리가 도달하고 있는 좁은 골목을 바라봤다. 사람이 없었다. 적들이 우리에게 접근하기 좋은 장소이다.

"소영아, 그리고 주변에 사람이 안 느껴져. 적들이 접근할 것 같은 느낌이 들어."

소영이가 주변을 둘러보았다.

"사람 많은 곳으로 나가자. 다시 골목에서 나가자." 우린 서둘러 왔던 길을 다시 돌아갔다. 가슴이 두근거렸다. 토비가 주먹을 쥐었다. 태호가 언제든 눈에서 빛을 방출할 것처럼 약간의 빛이 눈에서 나왔다. 수지가 주변의 온도를 조절하고 있었다. 지미는 아직 등에 통증이 있어 몸을 굽혔다. 지미가 다시 하늘을 날 수 있을지 알 수 없었다. 숙희는 어떤 능력이 있는지 알 수 없으나 밑에서 바람이 부는 것처럼 머리카락이 위로 둥둥 떴다.

아이들은 침착하게 따라왔다. 이런 상황에 대해서 훈련을 많이 받은 듯하다. 우린 급하게 골목길을 나왔다. 난 다소 충격을 받았다. 길거리엔 아무도 없었다. 난 당황해서 주변을 둘러봤다. 사람이 아무도 없었다. 건너편 식당을 봤다. 사람이 없었다.

"민우야, 정신 차려. 집중해봐." 소영이가 말했다.

난 눈을 감았다. 가느다란 실이 쭉 뻗어나갔다. 어딘가로 이어지고 있었다. 시간이 좀 더 필요했다. 하늘이다!

"소영아, 하늘에 있어!" 소영이가 하늘을 봤다.

소영이가 아이들을 옆에 있는 커피숍에 들여보냈다. 숙희가 따라 들어갔고 수지가 카페 앞에 서고 소영이가 옆에 섰다. 소영이가 손바닥을 하늘로 들어올렸다. 하늘에서는 아무런 일이 벌어지지 않았다. 무언가 빠른 속도로 지나갔다. 형체도 알아볼 수 없을 정도로 빨랐다. 우린 혼란스러웠다. 하늘을 보다 다시 주변을 둘러보았다. 내가 느끼는 기가 사방에서 느껴졌다.

"소영아, 모든 방향에서 기가 느껴져."

소영이는 답하지 않았다. 소영이가 당황스러워하는 것 같다. 초반 학교에 쳐들어왔던 정도의 초능력자들인가? 난 겁이 났다. 죽을 수도 있다는 사실에 겁이 났다. 난 받아들이기 어려웠다. 요한이를 바라봤다. 요한이를 지켜주고 싶었다. 요한이는 카페로 들어갔다.

"소영아, 난 아이들을 지켜보고 있을게."

소영이가 고개를 끄덕였다. 절망적이다. 소영이가 당황하고 있었다. 주변의 사람들을 모두 사라지게 하는 능력이라니 상상할 수 없는 수준이었다. 누군가 멀리서 걸어오고 있었다. 선글라스를 끼고 있는 듯하다. 젊은 사람으로 보였다. 하얀색 체크 셔츠와 붙는 청바지를 입었고 슬리퍼를 신고 있었다.

"소영아, 저쪽에서 사람이 걸어와."

"응, 보고 있어."

토비가 주먹을 잔뜩 쥐었다. 지미가 몸을 최대한 낮추었다. 수지가 주변에 뜨거운 공기를 만들고 있었다. 공기를 넓게 퍼뜨리는 것 같았다. 아지랑이가 일어서고 불타오르고 있었다. 수지의 최대 힘을 가하는 것 같았다. 숙희가 아이들 옆에 몸을 숙이고 앉았다. 소영이는 눈을 감았다. 하늘로 향한 팔은 내리고 허리춤에 두고 주먹을 살짝 쥐었다. 태호는 내 옆에 있었다. 태호가 두 손가락을 이마에 대고 있었다. 다가오던 남자는 멈춰 섰다. 수지의 열을 느껴서 선 것 같았다. 그리고 오른쪽에서 여자 두 명이 다가오고 있었다. 둘 다 긴 머리의 서양인으로 보였고 매우 아름다운 드레스를 입은 것 같았다. 꼭 고전 영국 귀족 같은 드레스를 입고 있었다. 더욱더 비현실적으로 보였다. 그리고 드디어 하늘에 있는 자가 등장했다. 전에 봤던 그 남자이다. 정장을 입고 있었고 차려 자세로 하늘에 둥둥 떠 있었다. 오른쪽의 여자들도 멈춰 섰다. 하늘에 떠 있는 남자가 두 팔을 하늘로 올렸다. 그리고 왼쪽에서는 자동차가 왔고 네 명의 검은 운동복을 입은 사람들이 내렸다. 두 명은 아시아인이고 두 명은 흑인이다. 차에서 내린 그들은 역시 우리 쪽으로 걸어오다 멈추었다. 수지가 기를 쓰고 있다. 난 정신을 집중했다. 육안으로 다 보이는 상태이기 때문에 나의 역할이 필요 없을지도 모른다. 그래도 정신을 집중했다.

여자 둘, 남자 여섯. 수가 많았다. 난 그들과 연결된 실에 집중했다. 거리에 바람이 불었다. 이런저런 종이들이 바람에 휘날렸다. 소영이는 다소 긴장한 얼굴로 주변을 두리번거렸다. 지미는 하늘에 붕 떠올랐다. 떠오른 상태로 주먹을 쥐고 팔을 약간 벌렸다. 토비는 복싱 자세를 취했다. 요한이는 카페 안에 있어 안 보였다. 우린 빠져나갈 수 없는 길에 갇혔다. 여기서 결단이 날 거라고 생각했다. 죽음이 닥치면 어떤 느낌일까? 급작스럽게 땀이 흘러내렸다. 소변도 몹시 마려웠고 몸을 떨었다. 언제 공격이 시작될까? 그때 하늘에서 뜨거운 빛이 떨어졌다. 난 몸을 낮추었다. 소영이가 손을 들어 빛을 막았다. 빛이 구겨져서 우리 위에서 라디오 전파음 같은 소리를 냈다.

토비가 하늘에 있는 남자에게 주먹을 마구 날렸다. 수지가 우리를 중심으로 자신의 열기를 사방으로 발산했다. 적들이 골목에 숨거나 차 뒤로 숨었다. 지미가 날아올라 여자 둘 쪽으로 날아갔다. 여자 두 명의 드레스가 펄럭였다. 주변에 불꽃이 생겼다. 여자 둘이 서로 손을 잡자 불꽃이 지미 쪽으로 날아갔다. 지미는 불꽃을 보고 옆으로 회피했다. 아슬아슬했다. 선글라스 낀 남자가 주변의 물체들을 움직여 피한 지미에게 날렸다. 지미는 쓰레기통에 얻어맞고 바닥에 떨어졌다. 소영이도 주변 건물의 벽돌과 잡다한 물건들을 선글라스 남자에게 날렸다. 선글라스 남자는 골목의 담벼락을 뜯어 막았다. 하늘에서 또 빛이 떨어졌다. 어깨를 상당히 무거운 것이 짓누르는 것 같았다.

소영이가 다시 하늘을 향해 손을 펼쳤고 빛을 막아냈다. 네 명의 운동복 입은 남자들이 우리 쪽으로 빠른 속도로 뛰어왔다. 수지가 그쪽으로 뜨거운 열을 보냈다. 네 명의 남자들은 현란한 무술 동작으로 공중으로 점프해 피하고 소영이 쪽으로 갔다. 소영이는 하늘에 올리고 있던 한쪽 손으로 남자 네 명을 향해 손바닥을 펼쳤다. 남자 네 명이 보이지 않는 벽에 부딪쳤다. 그 순간에 수지가 열을 발산했고 남자 네 명의 옷에 불이 붙었다. 선글라스 남자가 또 그 틈에 수지에게 오토바이를 움직여 날렸다. 소영이가 재빨리 막아냈다. 토비가 남자 네 명의 무리에 가서 육탄전을 벌였다. 토비가 주먹을 몸통에 날리자 공중에 붕 떠서 날아갔다. 한 명이 날아차기로 토비의 머리를 때렸다. 토비는 아랑곳하지 않고 그자의 얼굴에 주먹을 날렸다. 역시 공중에 붕 떠 날아갔다. 나머지 남자 두 명이 토비에게 달려들었다. 토비는 무술을 사용해 발차기로 제압하고 주먹으로 두 명을 날려 벽에 부딪치게 만들었다. 지미는 여자 둘의 불꽃을 피하며 간간이 공격을 했다. 두 명의 여자는 자세히 보니 쌍둥이 같았다.

선글라스 낀 남자가 나에게 온다. 난 가슴이 철렁였고 그 남자가 나에게 자동차를 들어 날리려고 하고 있다. 태호의 눈에서 빛이 나고 거대한 광선을 자동차에 날렸다. 자동차에 타격을 가했지만 백미러와 문짝, 파편들이 날아가고 나머지는 멀쩡했다. 자동차는 여전히 우리를 겨냥하고 있었다. 그렇지만 우리 쪽으로 날아오지 않았다. 소영이가 자동차를 붙들고 있는 듯하다. 소영이의 힘과 선글라스 남자의 힘이 섞여 자동차는 공중에서 부서졌다. 이제 내 역할은 필요 없다. 난 커피숍으로 들어갔다. 요한이는 아이들 옆에서 아이들을 감싸고 있었다. 난 숙희 옆에 앉았다. 유리창을 통해 밖을 볼 수 있었다. 소영이가 가운데로 자리를 옮기고 수지가 옆에 섰다. 지미는 두 명을 다가오지 못하게 했다.

4명의 무술가들은 토비 하나 상대로 마구 공격을 가했다. 토비가 걱정되었다. 토비는 맞기도 하고 공격도 하며 정신없이 방어와 공격을 했다. 수지는 선글라스 남자에게 열을 가했다. 선글라스 남자는 두 팔을 가슴에 엑스자로 대고 주변의 흙바람을 일으켜 열기를 막았다. 소영이는 하늘의 남자에게 벽돌을 날렸다. 하늘의 남자는 이리저리 피하며 다시 빛을 쏠 준비를 하는 것 같았다. 태호가 눈에서 빛을 분출했다. 커다란 광선을 선글라스 남자에게 날렸다. 남자는 주변의 먼지와 작은 돌들을 모아 방패를 만들어 빛을 막았다.

먼지 파편이 사방으로 튀었다. 순간 거리에 먼지가 자욱했다. 빛이 번쩍이고 물건들이 사방으로 날아다니고 벽돌이 커피숍 유리창을 깼다. 아이들이 놀라서 소리를 질렀다. 난 아이들을 앞쪽에서 감쌌다. 요한이도 옆에서 감싸안았다. 숙희가 좀 더 뒤쪽으로 가자고 했다. 우린 이제 앞에서 싸우는 광경을 볼 수 없었다. 난 뒤에서 간지러운 느낌을 받았다.

"숙희야, 뒤쪽에 누가 있나 봐!"

숙희는 순간 뒤쪽으로 빠르게 움직였다. 눈에 잘 보이지도 않았다. 숙희는 번쩍하는 빛과 함께 사라졌다. 뒤쪽에서 요란한 소리가 났다. 숙희에 힘찬 함성이 들렸고 몸이 부딪히고 넘어지는 소리가 들렸다. 난 숙희를 돕고 싶었다. 그렇지만 몸이 움직이지 않았다. 요한이가 뒤쪽으로 걸어갔다. 천천히 접근했다.

"요한아, 위험해!"

요한이는 내 말을 듣지 않았다. 난 아이들을 감싸안고 있었다. 나도 무서웠다. 아이들을 안으니 한결 나았다. 내 몸이 덜덜 떨렸다. 밖에서 뭔가 터지는 소리가 들리고 내 등에까지 열기가 느껴졌다. 빛이 번쩍거렸다. 요한이가 당하면 어쩌나 하는 생각이 날 불안하게 했다. 뒤쪽에서 물건이 부서지는 소리가 들렸다.

"요한아?"

난 겁을 잔뜩 집어먹고 요한이를 불렀다. 난 정신을 집중했다. 순간 내가 능력이 있다는 걸 잊어버리고 있었던 것 같다. 뒤쪽에서 요한이의 기가 느껴졌다. 숙희의 기도 느껴졌다. 또 다른 사람이 있었다. 난 왠지 밖에서 본 자들과 다른 느낌을 느꼈다. 내가 여태까지 느껴본 기와 달랐다. 상당히 농도가 짙은 기였다. 말로 설명하기 어려운 신비한 느낌이 나는 사람이었다. 뭔가가 날아와 바닥에 떨어졌다. 난 심장마비에 걸리는 줄 알았다. 그게 시체일까 봐 잔뜩 겁을 집어먹었다. 숙희였다. 숙희 얼굴에 멍이 들었다. 다행히 큰 상처가 생기거나 피가 나거나 하지는 않았다. 요한이는 어떻게 된 거지? 왜 나에게 한마디 말도 없이 간 건가. 난 답답하면서도 화가 났다. 난 정신을 집중했다. 아까 느꼈던 이상한 기와 요한이 기가 떨어져 있는 것 같았다. 요한이의 기가 느껴지는 것을 보니 살아있는 것 같았다. 그가 다가왔다. 온통 검은 형체였다. 얼굴도 검었다. 검었던 얼굴에 검은 안개가 걷히면서 중년의 남성이 보였다.

서양인이고 독일 사람 같은 느낌이 들었다. 내가 가진 기가 그렇게 느껴지는 건지 잘 모르겠다. 그가 내 앞에 우두커니 서있었다. 키가 장신이었다. 안 보이는 힘으로 나를 압박하는 것 같았다. 그가 나에게 말을 걸었다.

"내 이름은 마리 카우스다." 그가 자기 이름을 이야기했다. "아이들은 우리가 데려간다." 한국어가 아니라 머리에 전달하는 느낌이다. 전에 나에게 말을 건 사람이 이 사람 아닐까? "다치기 싫으면 물러서라, 아이야. 우린 아이들만 데려가면 된다. 우리가 더 강하고 지혜롭게 성장시킬 것이다."

난 아무 말도 할 수 없었다. 난 저항할 수 없었다. 유리 파편이 튀는 소리가 들리고 소영이가 뛰어들어왔다. 소영이 눈가와 뺨에 피가 흘렀다. 소영이가 눈을 감고 손에 힘을 풀었다. 난 동시에 소영이의 마음을 들을 수가 있었다. 저 검은 남자의 힘의 영역에 들어온 것 같았다.

"아이들은 살려주세요." 소영이가 말했다.

"우린 아이들을 해치지 않는다. 너도 나와 함께 가면 인류 최고의 단계에 도달할 수 있고 무한한 행복을 맛볼 수가 있을 것이다. 우리와 함께 가자." 만약 거절하면 우린 죽임을 당할 것이다.

"아직 젊고 어리니 죽을 필요 없다."

소영이가 답했다. "우릴 도구로 사용할 걸 뻔히 알기 때문에 우린 따라갈 수 없어요. 제발 물러서주세요. 우린 그냥 우리 갈 길을 갈게요. 아이들을 데려가지 말아주세요."

소영이가 호소했다. 소영이 두 눈에서 눈물이 흘러내렸다. 나도 감정적으로 변했다.

"넌 아직 힘이 약하구나···. 그 운석을 만졌군." 나에게 말하는 것 같았다.

"네, 그 운석을 만졌습니다. 우릴 그냥 보내주시면 안 될까요?" 난 부탁했다. 신기하게도 나쁜 사람 같지 않았다. 그의 마음이 느껴진다. 따뜻하다. 마치 아버지처럼 따뜻한 사람이다. 난 마음이 이상하게 편해졌다. 혹시 이 사람은 신이 아닐까? 전지전능한 능력을 가진 신 같았다. 그의 눈은 깊고 파랬다. 너무 파래서 인간 같지가 않다는 생각이 들었다. 그는 신 같았다. 남자는 말을 멈추고 아이들을 들어올렸다. 아이들의 몸이 하나둘씩 공중에 뜨기 시작했다. 그리고 그 남자가 망토를 들어 자신의 몸 안으로 아이들을 하나씩 넣었다. 소영이는 힘을 쓸 수가 없었다. 손이 풀리고 다리가 후들거렸다. 난 소영이에게 다가갔다. 소영이의 팔을 내 어깨에 둘러 서 있게 해주었다.

"민우야, 어떤 행동도 하면 안 돼. 죽을 거야."

소영이의 목소리가 쉬었다. 아이들을 모두 데려갔다. 남자는 우릴 쳐다보면서 말했다.

"너희들은 운이 좋구나. 아직 큰 힘을 얻지 못한 너희들을 해치진 않을 거다. 하지만 고민해보렴. 우리 쪽으로 오면 내가 기존에는 상상할 수 없었던 거대한 행복과 지혜, 힘을 만끽하게 해주마. 잘 생각해보렴."

소영이는 결국 쓰러졌다. 난 소영이가 바닥에 부딪혀 다치지 않도록 잘 잡아주었다. 소영이 몸이 가벼웠다. 소영이가 눈을 감고 잠드는 것 같았다. 난 그 남자를 바라봤다.

"넌 더 강해질 수 있어. 우린 악당들이 아니야." 그리고 남자는 사라졌다. 난 소영이를 눕히고 뒤쪽으로 걸어갔다. 제발 요한이가 무사했으면. 난 식은땀을 흘리며 서서히 뒤쪽으로 갔다. 커피 내리는 곳이 나왔다. 난 바닥을 살펴보았다. 혹시 요한이가 다쳐서 누워있지 않을까 하는 생각이 들었다. 희망사항일지도 모른다. 땀이 너무 흘러 옷이 다 젖은 느낌이 들었다. 온몸이 축축했다. 난 숨을 헐떡였다. 요한이가 보이지 않았다. 난 정신 차리고 기를 발산했다. 느껴진다. 요한이가 있다. 카페 안쪽에 요한이가 앉아 있었다.

"요한아!"

요한이가 내 쪽을 봤다. 멍한 얼굴을 하고 있었다.

"민우야? 무슨 일이 있었어?"

요한이는 아무것도 기억하지 못한다는 표정을 짓고 있었다.

"아이들을 데리고 갔어, 그 남자가."

"그 남자? 어떤 남자가? 다른 애들은 무사해?"

"모르겠어. 요한아, 안 다쳤어?"

"다치진 않았어. 근데 못 일어서겠어. 몸에 힘이 안 들어가."

내가 요한이를 일으켜보았다. 요한이가 몸에 힘을 주었다. 난 30분가량 요한이 몸을 살피고 다리도 주물러보고 일으켜 세워보려고 했다. 요한이 몸이 서서히 풀리는지 힘을 되찾았다. 요한이가 일어섰다. 그렇지만 다리를 심하게 떨었다. 난 요한이를 카페에 앉히고 소영이에게 갔다. 소영이는 숙희가 돌보고 있었다. 난 밖으로 나갔다. 토비가 보고 싶었다. 아이들이 안 보였다. 난 겁이 났다. 난 이리저리 뛰어다니며 아이들을 찾아보았다.

"토비!"

난 토비를 불렀다. 아무런 응답이 없었다. 귀에 잡음이 들렸다. 또 누군가 나의 마음속에 들어온 걸까? 아니다. 무전기다.

"민우야, 우린 무사해."

태호였다.

"어디에 있어?"

"맞은편 골목에 있어."

난 골목으로 뛰어갔다. 누군가 뛰쳐나와 난 몸을 움츠렸다. 그가 날 끌어안고 입에 혀를 넣어 키스했다. 난 그에게 몸을 맡겼다. 그는 토비였다. 토비가 영어로 나에게 말을 하였다. 난 눈을 동그랗게 뜨고 바라보기만 했다. 토비가 나의 얼굴을 감쌌다. 내 볼을 문질렀다. 부드럽다고 말하는 것 같았다. "It's so smooth."

난 고개를 끄덕였다. 내 뺨을 부비는 토비의 손을 감싸안았다. 태호와 수지, 지미가 우릴 쳐다봤다. 나도 그들을 바라봤다. 수지가 눈을 동그랗게 떴다. 지미는 묘한 표정을 짓고 있었다. 태호는 눈이 빨갛게 충혈되어 있었다. 날 쳐다보는 게 좀 무서웠다. 눈에서 광선을 발산해서 인상을 쓰는 것 같았다. 다들 무사해 보였다. 크고 작은 멍들이 생긴 것 같았다. 그리고 사람들이 하나둘씩 거리를 걷기 시작했다. 마치 이곳이 아닌 다른 곳에 갔다가 문득 다시 기억이 났다는 듯이 이곳으로 걸어오기 시작했다. 거리가 아수라장이 되어 사람들이 당황해했다. 우린 다행히 건물 밖에 나와 있는 상태라 아무런 관련이 없는 것처럼 보였다. 우린 서둘러 자리를 빠져나갔다. 소영이는 약국에 들러 필요한 약을 샀다. 그리고 우린 호텔에 들어갔다. 서로 몸을 씻고 상처를 치료했다. 토비 팔에는 타박상 약을 바르고 붕대를 감았다. 태호는 눈이 너무 충혈돼서 안약을 넣었다. 수지는 크게 다치지 않아 샤워를 하고 소파에 앉았다. 지미는 전에 상처가 났던 등에 약을 더 발랐다. 소영이는 얼굴에 상처가 있어 소독을 하고 반창고를 붙였다. 숙희는 온몸에 타박상이라 약을 발랐다. 요한이는 기억이 사라져 멍하니 앉아 있었다. 그리고 싸 온 먹을 거리를 먹었다. 우린 말없이 쉬었다. 소영이가 말을 꺼냈다.

"아이들을 구해야 해." 소영이는 나를 바라봤다.

"민우야, 내 옆에 앉아봐."

난 소영이 옆에 앉았다. 소영이가 내 머리에 손을 얹어 눈을 감았다. 나도 눈을 감았다.

"최대로 집중해봐." 난 강하게 정신을 집중했다. 소영이의 기가 나에게도 전해지는 것 같았다. 소영이의 기는 따뜻했다. 소영이가 나의 능력을 증폭시켰다. 난 머리가 맑아졌다. 더욱더 광범위하게 먼 곳까지 나의 레이더가 도달했다. 나는 그 남자를 찾았다.

"어디로 가는 거지?" 내가 물었다.

"저 건물은 국제 예술대학교야. 적들이 그곳에 있나 봐."

"강남이구나." 숙희가 답해주었다.

소영이는 아이들을 모으고 이야길 했다.

"우린 아이들을 되찾아야 해. 그 아이들을 개조시킬 거야."

수지와 지미, 토비가 영어로 소영이와 대화를 나누었다. 태호도 영어를 사용했다. 토비와 지미는 맥주를 마셨다.

"요한아, 민우야. 우린 지금 떠나기로 했어. 조금만 더 쉬고 가자. 아이들을 찾으러 가자."

난 납득이 안 됐다. 우린 아무리 봐도 이길 수 없다. 어떻게 그들을 이긴단 말인가? 소영이는 이길 수 없는 싸움에 우릴 끌고 들어갈 셈인가?

"우린 싸우지 않을 거야. 아이들만 빼내 오면 돼." 소영이가 말했다.

"그 힘을 사용할 셈이야?" 숙희가 물었다.

"응."

그 힘이란 무엇일까? 우린 일어나 밖에 나갔다. 수지가 앞장서고 지미, 숙희, 토비, 수지, 태호 그리고 우린 가장 마지막에 서서 걸었다. 우린 무전기로 대화했다. 애들이 아직 상처 때문에 걸음걸이가 부자연스러웠다. 우린 빠른 속도로 걸었다.

"민우야, 최대한 집중해줘." 소영이가 말했다. 나는 알았다고 답하고 최대한 집중하며 거리를 걸었다. 자동차 헤드라이트가 퍼지고 거리는 퇴근길을 걷는 사람들로 가득했다.

"지하철 타고 가는 게 어때?" 숙희가 말했다.

"그럼 이동 수단을 부숴서 시민들이 많이 다칠 수도 있어."

우린 빠른 걸음으로 앞으로 나아갔고 많은 인파들을 지나갔다. 난 많은 사람들을 느낄 수 있었다. 그중에서 난 초능력자들을 구분해내고자 한다. 쉬운 일이 아니었다. 일반 사람과 우리 쪽 초능력자들의 차이가 뭔지 가려내려고 했다. 거대한 빌딩이 보였고 수많은 인파가 보였다. 이 많은 사람들을 한꺼번에 스캔할 수 있을까? 난 그리 해보았다. 난 머릿속에서 거대한 크기의 망을 그려보았다. 그리고 그것이 내 중심에 있고 망은 퍼져나간다. 소영이는 말했다. 육체의 힘에 상관없이 초능력은 거대해진다고. 난 거대한 망을 펼쳐 그 안에 있는 수많은 사람들을 느끼기 시작했다. 무수히 많은 신이 연결된다. 걷는 사람, 뛰는 사람, 서서 말하는 사람, 무수히 많은 동작과 행동이 느껴진다. 난 더 세밀하게 느끼기를 원했다. 그리고 초능력자와 일반인의 차이를 알길 원했다. 난 고도의 집중을 가했다. 소영이와 숙희, 지미, 토비, 태호의 기를 느꼈다. 머릿속이 윙윙거렸다. 그 윙윙거림은 기분이 좋았다. 머리가 어지럽고 맑아지는 것 같았다. 난 다시 우리 초능력자들에게 정신의 힘을 가했다. 순간 난 머릿속에 떠오른 정신의 힘이라는 표현이 실제로 눈에 보일 듯한 힘의 덩어리가 생겨나는 느낌이 들었고 더욱더 강한 상상력과 집중을 가했다. 난 희망을 얻었다.

'정신의 힘.' 이 문자에 강한 힘을 쏟아부었다. 그걸 증폭시켜보았다. 느껴진다. 초능력자들 등에서 파란색 빛이 올라오고 있었다.

"소영아, 나 이제 구분할 수 있을 것 같아. 초능력자들과 일반인을."

"그래? 좋았어. 계속 주변을 살펴봐줘." 소영이가 답했다.

"굉장한 능력인데." 숙희가 말해주었다.

"민우야, 나 너 처음 볼 때 너 되게 예쁜 소녀인 줄 알았어." 숙희가 말했다.

"그래? 난 남자야"라고 말하며 난 조금 웃었다.

그렇게 우린 피곤하지만 열심히 걸었다. 우리 초능력자들은 파란색의 빛이 올라와 있었고 일반 사람들은 아무것도 보이지 않았다. 다만 나와 실로 연결돼 있을 뿐이다. 난 혼란스러워하고 있을 아이들을 생각했다. 같이 오래 있진 않았지만 참 얌전하고 강한 아이들 같았다. 소영이는 그 남자가 아이들을 도구로 사용한다고 했다. 그렇지만 내가 느낀 그 남자는 너무나 따뜻한 사람이었다. 마치 아버지 같았다. 우린 강남구청역을 향해 걸었다. 오늘 하루 종일 걸어도 도착 못 할 것 같았다. 화려한 네온사인들이 즐비한 거리로 접어들었다. 술에 취한 사람들이 많았다. 사방이 시끌벅적했다. 그들이 내뿜는 기는 뒤틀렸고 넘어졌다. 아까의 사건 때문인지 급작스럽게 피곤이 몰려왔다. 그래도 열심히 걸었다. 요한이도 피곤해 보였다. 소영이와 나머지 아이들은 괜찮아 보였다. 다들 훈련받아서 그런 것 같다. 난 무거운 발걸음을 옮기며 술 취한 사람들과 이제 술집에 들어가는 사람들 틈에 섞여 사람들을 관찰하고 기를 느끼며 갔다. 우린 한강대교를 건넜다. 자동차들이 요란하게 지나갔다. 난 걸으면서 졸았다. 군대 가면 걸으면서 잠든다고 하는데 내가 지금 여기서 그걸 경험해 볼 거라고 생각 못 했다.

"너… 토비를 좋아하는구나."

요한이의 말에 난 가슴이 두근거렸다.

"아까 둘이 키스하는 거 봤어. 초능력을 얻고 나서 그런 거야?"

난 잠시 생각에 빠졌다.

"초능력이 날 그렇게 만든 걸 수도 있어. 미안해, 난 토비를 좋아하는 것 같아."

"뭐가 미안해. 너의 인생은 네가 사는 건데."

"응…."

요한이가 날 편하게 대해주었다. 내가 토비를 좋아한다는 걸 모두가 알게 된 걸까? 조금은 부담되었다. 우린 청담에 도착했다. 난 너무 피곤해서 더 이상 걷기가 힘들었다. 소영이는 가던 길을 멈추고 자고 가자고 했다. 우린 자고 가기로 했다. 모두가 긴장이 풀려서 급 피로가 온 듯하다. 우린 호텔을 찾아 들어가 씻고 간단히 먹고 잠을 잤다. 다들 불안과 피곤함으로 뒤척이며 잠이 들었다. 토비가 내 곁에 온 듯하다. 날 만졌다.

난 토비에게 자유롭게 몸을 허락하며 잠이 들었다. 다음 날 우린 일찍 일어났다. 제대로 잠을 이룰 수가 없었다. 소영이는 아이들을 빼앗겼다는 사실을 받아들이기 어려운 것 같았다. 우린 빨리 씻고 나가 편의점에서 간단하게 아침을 먹었다. 그리고 우린 다시 걷기 시작했다. 어제보다는 발걸음이 가벼웠다. 소영이는 아이들을 어떻게 구할 셈일까? 반나절을 걸어 강남구청역에 도착했다. 그리고 잠실새내역을 향해 걸었다.

"민우야, 잠깐 내 옆에 와봐."

난 소영이 말에 따라 옆에 갔다. 소영이가 또 내 머리에 손을 얹었다. 난 눈을 감았다.

"가까운 곳에 있어. 빨리 가야 해."

그리고 이번에는 빠르게 길을 걸었다.

"민우야, 여기서부터 집중해줘. 초능력자가 없나 살펴봐줘."

난 알았다고 했다. 확실하다. 이제 구분이 된다. 정신의 힘을 가해 우리 일행의 초능력자와 일반인의 차이를 볼 수 있었다. 나는 머릿속에서 거대한 레이더망을 떠올려 그것을 사방에 펼쳤다. 전보다 많은 사람들을 느낄 수 있었다. 빠르게 지나가는 오토바이 탄 사람, 운전하는 사람, 식당에서 밥 먹는 사람, 길을 걷는 사람, 뛰어가는 사람, 고개를 똑바로 해 앞을 보면 우리 일행들의 파란색을 느끼고 볼 수 있었다. 난 자신감이 생겨났다. 그렇지만 전투에는 도움이 될지 잘 모르겠다. 그 검은 남자는 모든 것을 바라보는 능력이 있을 것 같은데 왠지 그런 느낌이 들었다. 우리가 지금 다가가고 있다는 걸 알고 있을까? 또 한 번 전투가 벌어진다면 우리에게 승산이 없을 텐데. 근심이 점점 커져갔다. 그렇지만 소영에게 내가 무엇이라고 이야기할 자격은 없다고 생각한다. 그리고 그 남자가 요한이와 날 본 이상 우린 집에 가는 것이 위험하다. 여기서 도망치기도 싫었다. 나도 아이들을 구하고 싶다는 생각을 했다. 비록 나와 인연은 없지만 분명 소영이는 선한 편에 선 사람이다. 나도 선한 편에 서서 돕고 싶다. 하지만 그러다 죽음이 닥쳐올 때 난 무슨 생각을 하게 될까. 하지만 마음 한구석에서는 그 검은 남자의 자비롭고 따뜻한 기를 기억하며 마음이 심란했다. 어쩌면 이념이 다를지도 모른다고 생각했다. 선과 악의 구분이 명확한 것일까? 우린 열심히 걸었다. 앞에 한 번도 보지 못한 커다란 빌딩이 있었다. 생전 처음 보는 빌딩이다. 너무 커서 고개를 하늘로 세워야 했다.

"롯데타워네." 요한이가 알려주었다. 난 거대한 빌딩을 감탄하며 쳐다보았다. 옆에 큰 백화점이 있었다. 소영이와 외국 애들이 대화를 나눴다.

"여기서 멈추자. 잠시 들어가서 쉬자."

우린 백화점에 들어갔다. 많은 사람들에게 우리가 눈에 띄었다. 많은 사람들이 날 쳐다봤다. 난 많은 시선과 기를 느낄 수 있었다. 초능력자는 우리밖에 없는 것 같다. 소영이는 아차 싶었는지 발길을 돌려 밖으로 나갔다. 우린 밖에 있는 커피숍에 들어갔다. 한결 편했다. 소영이가 또 나를 불렀다. 그리고 또 내 머리에 손을 얹었다. 난 정신을 집중했다. 소영이의 기가 나에게 오고 나의 감지 능력이 증폭하는 것 같았다. 소영이의 초능력은 뭘까?

"이 근처에 있어."

그 말에 우린 긴장 상태에 들어갔다. 난 가슴이 펄떡이기 시작했다. 소영이가 우릴 안내했고 난 나의 힘을 증폭시켰다. 우린 그 커다란 빌딩 옆 건물로 들어갔다. 그리고 아래로 내려갔다. 난 여기가 어디인지 알 것 같았다. 여긴 롯데월드 가는 길이다. 석호가 그토록 가고 싶었다던 바로 그 롯데월드이다. 난 긴장감과 마음 한편의 기대감으로 롯데월드에 들어가고 있었다. 소영이가 현장에서 현금으로 결제했다. 그리고 우린 들어갔다. 난 주변을 둘러보았다. 생각보다 그렇게 크지는 않았다. 요한이와 나, 석호, 우리의 상상 속에 롯데월드는 엄청나게 큰 놀이공원이었다. 그렇지만 생각보다 그리 크지 않았다. 옆에 회전목마가 보였다. 정말 예뻤다. 전등이 아름답고 현란했다. 소영이는 우릴 돌아보고 무전기로 말했다.

"내가 너희들의 힘을 증폭시킬 거야. 짧지만 한순간에 강한 힘을 발휘할 거야. 한 번 더 싸워보자. 아이들을 구해야 해."

내 머리에 손을 얹은 건 내 힘을 증폭시키기 위함이었다.

"소영아, 난 싸움에 어떻게 도움을 줘야 하지?" 내가 물었다.

"민우야, 넌 공격도 가능해. 적들이 보이면 상상력과 정신의 힘을 동원해서 적을 공격해봐. 뭐든지 상상해봐. 너의 도움도 필요해. 그래야 우리가 이길 수 있어."

그리고 외국인들과 대화를 나누었다. 우린 장소를 옮겼다. 토비가 나에게 걸어왔다. 그리고 나를 안았다. 옆에서 요한이가 다른 데를 쳐다봤다. 나를 꼭 안고 내 이마에 입을 맞추었다. 그리고 내 눈에도 뽀뽀했다. 그리고 코에도 뽀뽀했다. 토비의 입바람이 따뜻했다. 촉촉하게 젖을 것 같다. 그리고 내 입술을 탐했다. 토비가 혀를 넣었다. 나도 혀를 허락했다. 내 욕망이 터졌다. 더 어떻게 해주길 바랐다. 난 방법을 몰랐다. 그렇지만 주변 사람들 때문에 그만두어야 했다. 토비가 날 사랑한다고 말했다. 토비가 은빛 목걸이를 주었다. 내 목에 채워주었다. 짧은 목걸이고 딱 목에 맞았다. 하트 모양 장식이 달려 있었다. 난 기묘한 표정으로 토비를 바라봤다. 토비의 눈이 깊었다. 토비는 잘생겼다. 더 이상 토비가 심술쟁이처럼 안 보였다.

아주 멋진 신사였다. 토비가 내 허리를 감싸고 만졌다.

"그만 가자."

소영이가 조용히 말했다. 토비가 날 놔주었다. 난 흥분된 상태로 멍해 있었다. 그리고 우린 이동했다. 근데 적들이 왜 롯데월드에 있는 걸까? 난 주변의 놀이기구를 구경했다. 긴장이 풀리는 것 같았다. 소영이는 우릴 매직아일랜드라는 실외로 이끌었다. 우린 많은 사람들을 지나쳤다. 나의 기가 반응하고 있었다. 앞에 초능력자들이 있다. 난 가슴이 쿵쾅거렸다. 집중을 가하면 나도 공격할 수 있다. 사람들이 하나둘 우리 앞을 지나쳐 갔다. 점점 앞으로 다가오고 있었다. 어린 학생들이 눈앞에서 지나쳐가고 난 그를 보았다.

"민우야? 요한아?"

요한이와 나는 깜짝 놀랐다.

"석호?"

석호이다. 석호는 멋진 정장을 입고 있었고 한 손에 아이스크림을 들고 있었다. 석호의 눈이 휘둥그레졌다. 우린 앞으로 가서 석호의 어깨를 잡았다.

"석호야, 괜찮아?" 요한이가 물었다.

"응, 괜찮아. 와! 너 민우 맞아? 왜 이렇게 예뻐졌어? 너 얼굴이 주먹만 해졌어."

지나가는 사람들이 우릴 쳐다보는 것 같았다.

"응, 그럴 사정이 있었어." 내가 답했다.

"석호야, 어떤 사람들이 널 찾지 않았어?" 석호는 뭔가 생각하는 듯하다.

"말하자면 길어. 내가 운석 찾아보러 갔던 거 기억해?"

"응, 기억해."

"내가 그 운석을 만졌어. 그래서…" 석호의 목소리가 갑자기 조용해졌다. "그래서… 너희들이 믿을지 모르겠지만 나 초능력이 생겼어."

요한이와 나는 서로 번갈아 보았다. 뒤의 소영이를 쳐다보았다. 소영이의 눈이 불타올랐다. 괜히 내가 겁을 집어먹었다.

"석호야…"

석호의 눈이 진지해졌다.

"석호야, 나도 초능력을 가졌어." 내가 말했다.

우린 한동안 서로를 번갈아 쳐다보았다. 그리고 뒤에서 선글라스 낀 남자가 다가왔다.

"또 보는구나, 예쁜 아가씨."

요한이와 나는 뒤로 물러섰다. 그 선글라스 낀 사람이다. 하와이 셔츠를 입었고 꼭 해변에 놀러 온 사람 같았다. 한국어를 유창하게 잘했다.

"너희들도 우리말을 하고 싶지 않니? 우리 대장이 손쉽게 그 능력을 주실 거야. 저쪽 애들과 있어봤자 그저 작은 일에 만족하며 살겠지. 우리 쪽으로 넘어오라고."

"요한아, 민우야, 이리로 와!" 소영이가 소리쳤다.

요한이와 난 석호를 바라봤다.

"요한아, 무슨 일이야?" 석호가 물었다.

우린 선글라스 남자와 석호, 소영이 일행들 가운데 서 있었다. 토비가 나를 불렀다. 토비가 자신에게로 오라고 소리쳤다. 앞에서 그 쌍둥이 여자가 걸어왔다. 둘 다 예쁜 교복을 입고 있었다. 정말 똑

같아서 쌍둥이 관계를 초월한 그 이상의 존재로 느껴졌다. 그리고 옆에 네 명의 무술가들이 서 있었다. 우린 순간 긴장했다. 그 무술가 네 명의 아래쪽에 아이들이 있었다. 난 순간 온 정신을 집중했다. 초능력자들이 또렷하게 구분되었다.

"민우야, 나랑 같이 가자." 석호가 말했다.

"그쪽 아이들은 초능력을 제어하려고만 해. 그렇지만 우린 스스로 가진 힘을 강화해서 세상을 구할 거야."

석호의 파란색 파장이 거대해졌다. 석호는 매우 강한 힘을 갖고 있었다. 소영이가 무술가에게 조심스럽게 다가가려 했다. 난 정신을 집중해 아이들을 데리고 있는 무술가들에게 집중했다.

"민우야 힘을 풀어. 내 쪽으로 와. 우리가 보호해줄게."

석호가 말했다. 요한이는 매우 혼란스러워 보였다. 쌍둥이 자매가 석호 양옆으로 섰다. 자매의 손에서 스파크가 튀었다.

"민우야, 나야, 석호. 나라고. 나와 함께하는 사람들은 모두 좋은 사람들이야." 석호가 미소 지었다. "이렇게 행복했던 적이 없어."

"민우야, 요한아, 이리로 와!" 숙희가 소리쳤다.

난 요한이와 소영이 쪽으로 갔다. 소영이는 무술가들과 대치하고 있었다. 석호는 흥분하듯이 말했다.

"우리 기치로 가자. 가보면 깜짝 놀랄걸?"

요한이와 나는 아무런 반응도 안 했다. 토비가 날 뒤에서 안았다. 선글라스남이 말했다.

"굳이 그 친구들과 같이 있어야 할 이유라도 있나? 곰곰이 생각해 봐. 힘도 우리가 더 강하다고. 그리고 우린 매일같이 이렇게 즐겁게 놀거든. 오늘은 석호가 그렇게 가고 싶다고 하는 놀이공원에 왔거든. 다음 주에는 미국 디즈니랜드에 갈 거야. 어때, 생각 있어?"

난 아무런 고민도 안 느껴졌다. 그건 요한이도 마찬가지다. 디즈니랜드니 하는 건 도저히 마음에 와닿지 않았다. 난 아이들을 구하고 싶었다. 아이들은 전혀 즐거워하고 있지 않았다. 뭔가 모순점이 느껴지지만 찾아낼 수는 없었다. 우린 그렇게 서로 대치하고 있었다. 뒤쪽에 큰 성이 있었다. 꼭 동화 속 세계 같았다. 인형 탈 아르바이트생도 보였다. 이런 상황에 어떤 아르바이트생이 와서 길이 좁으니 조금 벽 쪽에 서달라고 부탁을 했다. 그렇게 우린 일자로 서로 대치하며 길게 서 있었다. 우리 뒤쪽에서 선글라스를 낀 양복 입은 남자가 다가왔다. 토비가 주먹을 쥐었다.

"그만 싸우자. 피곤하니까. 너희들 참 잘 도망다니더라. 굳이 싸울 필요가 뭐 있어, 말로 해결하면 되는 거잖아."

항상 하늘을 날아다니며 빛을 쏘는 남자였다.

"이봐, 자네가 리더 같은데 이름이 뭐야?"

소영이를 가리키며 물어봤다. 소영이는 뜸을 들이다 말했다.

"이소영."

"소영? 예쁜 이름이구나. 원하는 게 뭐니?"

"아이들을 돌려줘."

"아이들은 우리가 데리고 있는 게 더 안전하지 않겠어? 너희들과 있으면 어차피 우리랑 또 충돌해서 다치거나 더한 상황을 겪을 수 있는데 그냥 우리랑 있는 게 더 안전하지 않겠냐 이거지."

소영이는 흔들리지 않았다.

"너희들은 힘을 추구하잖아. 그렇지만 너희들도 알잖아? 힘이 곧 스스로를 지배한다는 거. 우리 아이들이 그렇게 되길 바라지 않아.

아이들을 돌려줘. 그럼 우린 사라질게. 너희들 앞에 나타나거나 너희들에게 피해를 주거나 하지 않을게."

"그건 안 돼. 지난번에 너희 학교에 쳐들어갔다가 너희들을 가르치는 사람들이 우리 쪽 사람을 많이 제거했어. 우린 사람 수가 필요하다고."

학교에 쳐들어왔을 때 우리 쪽 사람뿐만 아니라 적들도 많이 당한 것이다. 난 좀 안심이 됐다. 적들이 너무 막강한 힘을 가지면 이 세상이 정말 어떻게 될지 알 수가 없어 불안해했다. 소영이는 말하면 할수록 더욱 또렷해짐을 느꼈다.

"우리 아이들이 원해서 너희 쪽에 있는 게 아니잖아. 지금 아이들은 너희들과 있는 걸 두려워해. 두려움 속에서 지내길 바라지 않아. 너희들이 아이들을 그렇게 행복하게 해주고 싶다면 우리에게 돌려줘. 아이들이 너희들을 원해서 간 게 아니야. 붙잡혀간 거지."

선글라스 끼고 하늘을 날던 남자는 잠시 침묵했다.

"아이들은 너희들에게 세뇌당했을 뿐이야."

소영이는 반박했다.

"우린 세뇌시키지 않았어. 우린 아이들을 키우고 공부시키고 어려운 일이 닥치면 스스로 보호할 수 있게끔 돌봐줬을 뿐이야. 그렇지만 너희들은 그저 이이들을 머릿수 채우려고 데려간 것뿐이잖아. 이제 그만 아이들을 돌려줘."

비행 선글라스는 아무 말도 못 했다. 인상을 쓰지도 않았다. 난 석호가 지나치게 힘을 쓰고 있다는 걸 아까부터 감지했다. 석호의 파란 기가 상당히 크게 분산되고 있었다.

"그냥 아이들이 선택하게 하면 되잖아."

숙희가 말했다. 수지도 뭔가 말을 했다.

비행 선글라스는 깊은 고민에 빠진 듯하다. 그는 아이들에게 다가가 말을 했다. 영어로 말해서 알아들을 수가 없었다. 그러고는 갑자기 나를 바라봤다.

"이봐 아가씨, 내 눈을 봐봐."

선글라스 남자가 선글라스를 벗었다. 아무런 일도 벌어지지 않았다. 그는 선글라스를 다시 썼다. 그리고 난 갑자기 영어를 알아듣기 시작했다.

"어때, 대단하지? 우리 쪽으로 오면 더 많은 것을 가능하게 해주지. 잘 생각해보라고. 그리고 너희 힘을 빠른 시간 내에 더욱더 크게 증폭시킬 수가 있어. 어쩌면 너 혼자서 이 한국을 지배할 수 있을지 몰라." 난 대답했다. "아이들에게 같이 있고 싶은 사람을 선택하라고 해."

놀랍게도 난 영어로 말을 했다. 그러자 석호가 웃으며 말했다.

"민우야, 나도 영어로 말할 수 있어. 어때, 대단하지? 그리고 우리가 사는 곳에 커다란 게임룸이 있어. 없는 게 없다고. 플레이스테이션, 엑스박스, 닌텐도, 다 있다고. 어서 너희들과 밤새도록 놀고 싶다."

석호는 그냥 우리가 알던 석호 그대로이다. 그래도 정장이 잘 어울렸다.

"어서 아이들이 선택하도록 해!" 소영이가 말했다. 비행 선글라스는 고개를 끄덕이고 아이들에게 이야기했다.

"너희들 가고 싶은 쪽으로 가렴."

아이들은 가만히 있었다. 난 아이들을 유심히 봤다. 표정에 변화가 없었다. 뭔가 이상했다. 석호가 아이들을 쳐다보고 있었다.

"석호야, 너 지금 아이들에게 무슨 짓을 하니?"

석호는 나를 바라봤다.

"근데 너 민우 맞아? 왜 이렇게 변한 거야? 너 혹시 여자가 돼버린 거야? 고문당했어?"

석호는 엉뚱한 말을 잘한다.

"아니야. 난 여자가 된 게 아니야. 아이들에게 뭐 했어?"

"아니." 석호는 머리를 갸우뚱했다.

맞다. 뭘 한 거다. 석호는 거짓말에 서투르다. 난 평온한 마음으로 석호의 머리에 집중했다. 난 단어를 강조했다. 정신의 힘. 이 강조 하나만으로 난 실제로 뭔가 힘을 느끼는 것 같았다. 이 힘을 석호에 머리에 살짝 얹는 상상을 하고 거기다가 집중을 가했다. 소영이가 나에게 힘을 더해주고 있었다. 난 느낄 수 있었다. 소영이의 파란 기가 나에게 왔다. 그러자 석호가 인상을 썼다. 옆의 쌍둥이 자매가 물었다.

"석호, 괜찮아?"

"머리가 아파." 석호는 인상을 찌푸렸다.

석호가 머리 아파하자 아이들이 주변을 둘러보았고 소영이 품으로 갔다. 지미가 말했다.

"아까 싸우지 말자고 했지? 넌 분명히 그렇게 말했어."

비행 선글라스 남자에게 말했다. 그는 아무 말도 못 했다. 소영이와 수지, 숙희가 아이들을 어루만졌다. 석호, 쌍둥이 자매, 무술가 네 명, 하와이 셔츠의 선글라스남과 비행 선글라스남은 가까이 모였다. 서로 무언가 대화를 나누고 있었다. 석호가 인상을 썼다. 소영이 품에 안긴 아이들이 갑자기 소영이 품을 벗어나 석호 일당에게 가려고 했다.

"더러운 짓 그만둬!"

소영이가 말했다. 주변에 지나가는 사람들이 우리 쪽을 쳐다보며 갔다. 숙회가 아이들을 못 가게 붙들었다. 하늘을 나는 선글라스 남자가 말했다.

"정말 대단한 능력이지? 너희들도 우리가 조종할 수 있어. 가만 있는 게 좋아."

난 불쾌감을 느꼈다. 난 적들이 생각보다 비열하다고 느꼈다. 결코 저들 편에 서고 싶지 않았다. 소영이는 흔들리지 않았다.

"그게 너희들의 본모습이야. 우리가 너희들과 다른 이유야. 아이들을 놔줘!"

선글라스남은 말했다.

"그렇게 느낀다면 부정할 수 없군. 먼저 따라간 친구들 곁에 보내줄게. 어때? 나쁘지 않지?"

순간 소영이의 안경이 깨졌다. 난 깜짝 놀라 어깨를 들썩였다. 소영이 몸에서 거대한 파란색의 파장이 분출되었다. 소영이의 거대한 기가 우리 모두에게 들어왔다. 지미, 수지, 숙회, 토비, 태호, 그리고 나에게 왔다. 주변에 지나가는 사람들이 다 우리를 쳐다보았다. 나에게 강한 힘이 느껴졌다. 무언가 가슴속에서 뿜어져나와 머리 쪽으로 전달되었다. 난 공격도 가능했다. 선글라스남이 하늘로 둥둥 떠올랐다. 하늘 위로 상승했다. 지나가는 사람들이 모두 소리를 질렀다. 잠시 동안 이 놀이공원에 재미있는 이벤트라고 생각한 모양이다. 쌍둥이 자매의 손에 작은 번개가 치는 것 같았다. 곧 자매 몸 앞으로 불덩이가 점점 커지고 있었다. 하와이 셔츠를 입은 남자가 손을 들어 집중했다. 그러자 옆에 작은 상점이 들썩거렸다. 상점 직원은 탁자를 잡고 겁을 집어먹었다. 소영이와 비슷한 능력이 있는 걸로 추정되었다. 네 명 무술가들이 범상치 않은 동작을 보였다. 우리 쪽도 준비했다. 토비가 권투 자세를 취했다. 토비에게서 굉장한 기가 뿜어져나왔다. 숙희가 눈에 안 보일 정도로 빠른 속도로 적들 근처로 이동했다. 너무 빨라서 잔상도 안 보였다. 수지가 주변에 있는 사람들에게 피해가 안 가도록 상당한 양의 열기를 뿜어댔다. 아지랑이가 강렬하게 피어났다. 지미도 하늘로 날아올랐다. 주변 사람들이 또다시 탄성을 자아냈다. 태호의 눈에서 무시무시한 빛이 뿜어져나왔다. 나는 정신을 집중해 일단 하늘에 있는 남자의 머리를 바라보며 집중을 했다. 머릿속에 정신의 힘이란 문장을 생각했다. 다른 아이들보다는 적지만 나에게도 파란빛이 뿜어져나왔다. 소영이가 팔을 양옆으로 띄워 주먹을 쥐었다. 어마어마한 양의 파란빛이 뿜어져나왔다. 그렇지만 소영이 코에서 피가 흘렀다. 석호는 손을 양옆으로 뻗어 힘을 가했다. 그러자 지나가는 사람들이 우리를 그냥 아무렇지 않다는 식으로 지나쳤다. 이게 석호의 능력인 것 같다. 우리 사이에 비장한 긴장감이 감돌았다.

난 소영이가 걱정되었다. 소영이는 강하게 각성한 것이 아닌가 추징되었다. 소영이는 코피를 흘렸다. 소영이의 이마에 힘줄이 돋아났다. 하와이 셔츠를 입은 남자가 작은 상점을 들어올려 공중으로 띄웠다. 정말 비현실적인 장면이었다. 상점이 적들과 우리 가운데 둥둥 떠서 언제든 우리들에게 던져질 기세였다. 난 하와이 셔츠남의 머리를 바라보며 안간힘을 썼다. 그러자 그가 인상을 찌푸리며 한쪽 손을 머리에 갖다 대었다. 그 영향으로 상점이 약간 아래로 내려갔다. 소영이가 한 손을 펼쳐 상점 안 직원을 꺼내 바닥에 안전하게 내려놓았다. 석호가 그 직원을 바라보며 손을 펼치자 그 직원은 멍하니 눈만 깜박였다.

"너희들은 주변 사람들도 신경 쓰는군. 어차피 우리가 지배하며 데리고 살아야 하는 존재들이야. 그저 우리 아래 놓인 동물들일 뿐이지."

하늘의 남자가 말했다.

"우린 악마가 아니야. 우리가 세상의 정체를 드러내고 많은 사람들을 도우며 살 수 있어. 모두와 더불어 살아갈 수 있어!"

소영이가 외쳤다. 더 많은 사람들이 우릴 의식하기 시작하자 석호가 두 손을 모으고 눈을 감자 다시 주변 사람들의 시선이 사라졌다. 난 극도의 정신을 쏟아부어 하와이 셔츠 남자의 머리를 겨냥했다. 그가 괴로워하며 상점을 점점 아래로 낮추었다. 할 수 있다! 나도 이 전투에 도움이 될 수 있다. 요한이는 우리 쪽에서 빠져 아이들에게 가서 보호했다.

"이토록 강한 힘을 갖고서 무엇이든 가질 수 있고 이룰 수 있는 행복을 포기하다니 어리석군."

하늘의 남자가 말하며 거대한 빛을 우리 위에서 아래로 짓눌렀다. 난 거대한 무게가 어깨를 짓누르는 느낌을 받았다. 난 하늘의 남자에게 정신을 집중했다. 남자는 인상을 쓰며 손을 떨었다. 무게가 좀 덜해졌다. 어깨가 편해졌다. 난 자신감이 솟아났다. 좀 더 당당하게 어깨를 펴고 나도 손을 들어 손바닥을 표적들 전체에게 집중하며 힘을 가했다. 적들이 흔들리기 시작했다.

"그래, 그거야. 너도 힘을 낼 수 있잖아. 너희 힘을 느끼지? 잘하고 있어."

머릿속에 음성이 들어왔다. 따뜻한 음성이다. 그 검은 남자일까? 마리 카우스. 지금 어디 있는 거지? 우린 그렇게 서로 극도의 힘을 뿜어대며 대치했다. 쌍둥이 자매가 불덩어리를 앞으로 서서히 이동시켰다. 정말 뜨거운 불덩이다. 내가 있는 곳까지 열기가 느껴졌다. 수지가 그 열기 못지않게 뜨거운 열기를 적들에게 서서히 가하기 시작했다. 우리 사이에 작은 진동이 일어나기 시작했다. 요한이가 아이들을 우리와 거리가 먼 곳으로 데려갔다.

"민우야, 날 믿어. 우리 쪽으로 와. 우린 나쁜 사람들이 아니야. 나와 함께 있는 사람들 다 좋은 사람들이야. 네가 원한다면 스포츠카, 멋진 집, 수많은 게임기, 많은 돈, 그리고 군대도 안 가도 돼. 평생 행복하게 살 수 있어! 이쪽으로 넘어와!" 석호가 소리쳤다.

"석호야, 이 사람들은 악당이야. 우린 언젠가 집으로 돌아가야 해. 부모님들이 걱정하실 거야!" 내가 소리쳤다.

그러자 석호가 집 생각이 났는지 표정이 조금 안 좋았다.

"우리 부모님들을 만났어?" 석호가 물었다.

"아니, 적들이 따라올까 봐 못 만났어! 석호야, 우린 언젠가 집으로 가야 해! 평생 이렇게 살 수 없어." 내가 말했다.

석호는 점점 힘을 낮추었다. 주변 사람들이 우릴 의식하기 시작했다.

"석호, 정신 차려. 널 속이고 있는 거야. 힘을 풀지 말아!" 하늘의 남자가 소리쳤다. 석호는 흔들리기 시작했다.

"석호야, 집에서 부모님들이 걱정하실 거야. 우리와 함께 아이들을 구하고 집에 돌아가자." 요한이가 말했다.

"난 어떻게 해야 할지 모르겠어." 석호가 말했다. 석호는 이제 손을 내려놓았다.

"미안하지만 너희들은 절대 집에 돌아갈 수 없어. 우리가 평생 찾아다닐 거거든." 하늘의 남자가 말했다. 난 분노가 치밀어 올랐다. 하늘의 남자 머리에 상당한 에너지를 가했다. 남자는 괴로워했다.

"민우야, 잘하고 있어!"

소영이가 말했다. 난 영화에 나오는 슈퍼히어로처럼 자세를 잡았다. 두 손을 펼쳐 눈을 감았다. 가슴이 두근거렸다. 적들의 전체에다 대고 한 번 더 힘을 가했다. 난 크게 힘을 주지 않았다. 그저 부드럽게 그들을 압박했다. 그들은 무너지고 있었다. 하와이 셔츠 남자가 작은 상점을 들어서 우리 쪽으로 던지려 한다. 난 그의 기를 보고 예지를 할 수 있었다. 난 그 셔츠남에게 기를 쏟아부었다. 그는 상점을 놓쳤고 상점이 바닥에 툭 떨어졌다. 작은 먼지바람이 생겼다.

"강한 힘이군. 우린 악당이 아니야. 너의 힘을 더욱더 강하게 키울 수 있어. 상상해봐. 저 건물 보이지?"

그는 롯데타워를 가리켰다.

"저기가 너희 집이 될 수도 있어. 이 세상을 지배한다고 생각해봐. 모든 게 너희 것이 될 수 있어. 여자도 가질 수 있고."

내 마음은 흔들리지 않았다. 이들은 악당이 분명했다. 그렇지만 많은 것을 가질 수 있다는 것과 우리 가족의 안전을 생각하면 내 마음이 흔들리는 것은 어쩔 수 없었다. 난 어쩌면 이들을 해치워야 할지도 몰랐다. 부디 그 단계까지 안 갔으면 좋겠다.

"민우야, 그만하자. 그만둬야 할 것 같아. 많은 사람들이 다칠 거야." 석호가 겁이 나는 것 같았다.

"석호야, 우리 쪽으로 넘어와. 그들과 함께 있을 필요는 없어!" 내가 말했다.

"그렇지만 뭔가 오해하고 있어. 이들은 좋은 친구들이야." 석호가 말했다.

"그래, 그렇지만 아이들을 지키기 위해서 우리 쪽으로 왔으면 좋겠어." 요한이가 말했다.

"요한아, 우린 아이들을 돌보고 능력을 더 크게 키워서 함께 살아가기 위해서 데려가려는 거야." 석호가 말했다.

"아니야, 아이들은 우리와 함께 있고 싶어 해. 원래 우리와 함께 있던 아이들이야. 아이들을 포기해."

소영이가 말했다. 석호는 매우 당황한 얼굴을 하고 있었다. 석호의 마음이 흔들리고 있었다. 난 그걸 느낄 수 있었다.

"석호야, 우리 같이 콜 오브 듀티 하자." 내가 미소 지으며 말했다.

석호는 우리 쪽으로 걸어오고 있었다.

"잠시 친구들과 이야기 좀 할게." 석호가 적들에게 말했다.

동시에 우린 힘을 모두 풀었다. 이제 상황이 잠잠해졌다. 석호가 나와 요한이 쪽으로 걸어왔다.

"잘 왔어. 어떻게 지낸 거야?" 요한이가 물었다.

"전에 운석 만지고 초능력이 생기고 나서 마리 카우스라는 외국인이 날 구해줬어. 그때 어떤 덩치들이 날 붙잡아가려고 했거든."

아마도 그 덩치 아저씨를 이야기하는 것 같았다.

"마리 카우스라는 남자는 어떤 사람이야?" 내가 물었다.

"검은 망토를 두른 사람인데 우리를 보호해주는 좋은 분이셔. 너희들도 만나보면 좋은 사람이라는 걸 알 거야. 우린 큰 집에 같이 살고 있어. 대한민국에 그런 큰 집이 있는지 몰랐어."

"근데 너희 사람들이 우리가 있었던 학교를 공격했어. 많은 사람들이 죽었어."

요한이가 말했다.

석호는 믿을 수 없다는 표정이었다.

"너희들도 초능력을 갖고 있어?" 석호가 물었다.

"민우만 능력이 있고 난 없어." 요한이가 말했다.

"결국 롯데월드에 왔구나, 석호야." 내가 말했다.

그러자 석호가 웃었다.

"솔직히 난 어떻게 해야 할지 모르겠어. 그리고 저쪽 사람들은 나쁜 사람이 아니야. 다들 좋은 친구들이야."

석호가 말했다.

"그래, 믿을게. 그럼 너는 이제부터 어떻게 할 거야?" 요한이가 말했다.

"글쎄… 난 저들과 같이 있을 거야. 마리 카우스가 곧 세상에 자신들의 정체를 드러낼 거라고 했어. 그리고 그때부터 우린 자유롭게 세상을 누빌 거라고 했어. 나도 그러고 싶어. 여러 나라에 가고 싶고 여러 경험과 다양한 초능력자들을 만나고 싶어."

요한이와 나는 뭐라 말해야 할지 알 수가 없었다.

"우린 아이들을 구해내고 안전한 장소로 이동할 거야. 우린 아이들을 다시 찾으러 온 거지 싸우려고 온 건 아니야."

요한이가 말했다.

"그럼 석호는 저 사람들과 있을 거야?" 내가 물었다. 석호는 날 묘한 표정으로 지켜봤다.

"웅. 근데 너 민우 맞아? 진짜 여자같이 변했는데? 초능력으로 그렇게 한 거야?"

"웅. 맞아. 나야, 민우. 나도 그 운석을 만지고 능력을 얻었고 얼굴이 이렇게 변했어."

"얼굴 말고도 몸매도 여자 같은데. 너 엉덩이가 좀 커졌어."

난 웃었다.

"웃으니까 예쁘다. 꼭 비비안 수 같아."

"비비안 수가 누구야?" 내가 물었다.

"웅, 아니다. 그런 사람이 있어." 석호는 얼굴을 붉혔다.

"좋아, 그럼 아이는 우리가 데려가고 석호 너는 네 뜻대로 해. 우린 아이들과 갈 거야."

석호는 고개를 끄덕였다.

"좀 더 대화를 나누고 싶어." 석호가 말했다. 석호는 뭔가 할 말이 많아 보였다.

우린 석호와 좀 더 대화를 나누었다.

"너희들이 있었던 곳은 어디야?"

"우린 어떤 학교에 있었어. 초능력자들이 모여 있는 학교 같아. 거기서 한 3일 있다가 석호네 사람들이 공격을 했어. 그래서 우린 안전한 장소로 가는 길이었어. 너희 쪽 사람들이 우릴 간혹 공격하곤 했어." 요한이가 말해주었다.

"그렇구나. 난 그 덩치 큰 남자들에게 쫓기다가 마리 카우스를 만났어. 날 구해주었고 우린 어디인지는 이야기하면 안 될 것 같지만 정말 미래적인 집에 갔어. 거기서 사람들이 날 환영해주었고 나의 초능력을 더 강하게 만들어주었어. 내가 어떤 능력을 갖고 있는지, 어떻게 사용하면 되는지 가르쳐줬어. 그리고 오늘 내가 가고 싶다던 롯데월드에도 온 거야."

석호는 행복해 보였다.

"내가 사는 곳에 너희들도 왔으면 좋겠다. 집 앞에 폭포수도 있어. 정말 멋진 곳이야."

석호는 신이 나 보였다.

"그래, 우리도 한번 가봤으면 좋겠다." 요한이가 말했다. 그리고 우린 잠시 말이 없었다.

"그래, 그럼 이만 가볼게." 석호가 가려고 했다. 우린 서로 뭔가 아쉬웠다. 난 석호와 같이 롯데월드에서 놀았으면 좋겠다고 생각했다.

석호가 뒤돌아갔다. 우린 소영이 진영으로 갔다. 아이들은 우리와 함께 있었다.

"이렇게 헤어지기 서운하군." 하늘의 남자가 땅으로 내려와 말했다. 우린 다시 긴장했다.

석호가 하늘에서 내려온 남자에게 뭐라 말을 했다. 그들은 서로 대화를 나누기 시작했다.

우린 가만히 서 있었다. 소영이가 하늘을 바라봤다. 하늘에서 먹구름이 몰려오고 있었다. 롯데월드에 있는 많은 사람들도 하늘을 바라봤다.

"우린 이만 가겠어."

소영이가 말했다. 우린 롯데월드 실내로 들어갔다. 적들이 안 따라오나 뒤를 돌아보았다.

그들은 우릴 쫓아오지 않았다. 우린 석호를 다시 한번 바라보았다.

석호가 웃고 있었다. 석호가 잘 지내길 바랐다. 우린 다시 만나길 바랐다. 석호는 행복해 보였다. 우린 내부로 들어와 더 이상 석호를 볼수가 없었다. 다시 현실로 돌아온 기분이다. 토비가 나에게 다가와 내어깨와 목을 만졌다. 난 토비가 날 만지게 내버려두었다. 토비의 손이거칠고 부드러웠다. 토비가 날 잠시 멈춰세우고 머리에 동물 귀가 있는 머리띠를 씌워주었다. 그가 나보고 귀엽다고 말하는 것 같았다. 그리고 우린 뽀뽀를 했다. 토비가 내 입술을 자기 입에 넣고 애무했다. 난 기분이 묘했다. 흥분해버릴 것 같았다. 우린 스킨십을 나눴다. 토비 때문에 난 집으로 돌아갈 수 없을지도 모른다는 생각을 했다. 난토비에게 팔짱을 꼈다. 우린 아름다운 사탕 가게를 지나쳤다. 그때 나는 굉장히 비현실적인 장면을 보았다. 놀이공원의 회전목마가 하늘로들어올려졌다. 아래쪽에서 여러 기계장치가 스파크를 내며 뜯겨지고기계들이 비명을 질렀다. 토비가 나를 뒤쪽으로 보냈다. 토비가 앞으로 달려가 주변 사람들에게 경고했다.

소영이가 손을 들어 회전목마를 안전하게 잡으려고 애를 썼다. 수지와 요한이가 아이들을 감쌌다. 소영이가 회전목마를 잡으려고 안간힘을 썼다. 소영이 얼굴이 순식간에 땀으로 흠뻑 젖었다. 숙희가엄청난 속도로 앞으로 튀어나가 회전목마 밑에 있는 사람들을 들어인진한 쪽으로 옮겼다. 그렇지만 역부족이다. 사람이 너무 많았다. 소영이 몸에서 엄청난 기가 뿜어져나왔다. 그 힘으로 회전목마가 떨어지거나 어딘가로 날아가거나 하는 힘을 제어했다. 그렇지만 역부족이다. 소영이 힘을 훨씬 능가하는 힘이 회전목마를 움직여서 우리쪽으로 집어던지려 했다. 이쪽으로 강한 힘이 작용하고 있었다. 토비가 주먹으로 치는 동작을 취했다. 약간 가볍게 쳤다. 그러자 회전목마가 조금씩 부서졌다. 지미가 하늘로 날아올라 사람들 쪽으로 날아가 사람들을 회전목마 밖으로 옮겼다. 태호는 어떻게 해야 할지 몰라 갈팡질팡했다. 난 정신을 집중해 회전목마에 힘을 가했다. 안 된다. 난 물리적인 힘을 발휘할 수 없었다. 대신에 어디서 회전목마를 조정하는지 알아보았다.

난 사방에 내 센서를 발산했다. 놀이공원 천장에서 무시무시한 파란 파장이 내려왔다. 그는 하늘에 떠 있었다. 아까 하늘을 날아가는 선글라스 낀 남자가 아니었다. 다른 사람이었다. 그는 회전목마를 우리 쪽으로 던지려 하고 있다. 소영이가 애를 쓰며 회전목마를 잡았다. 소영이의 힘도 대단했지만 하늘에 있는 사람의 힘이 어마어마했다. 난 균형이 깨지는 느낌이 들었다. 너무나 강한 힘이다. 나는 되든 안 되든 나의 힘을 다해 회전목마를 쳐다봤다. 나는 팔을 들어 손바닥을 펼치고 회전목마에 집중했다. 뭐라도 되길 바랐다. 아무래도 안 될 것 같았다. 너무 불안하다. 우리가 가진 힘이 붕괴될 것 같았다. 소영이의 팔이 떨렸다. 크게 진동하는 것 같았다.

"애들아, 여기서 벗어나! 못 막을 것 같아!"

소영이가 소리쳤다. 놀이공원의 안전요원들이 뛰어왔다. 우리 쪽으로 왔다.

"우리가 아니에요, 하늘에 있어요!" 내가 안전요원들에게 말을 했다. 안전요원들이 회전목마 쪽으로 뛰어가 사람들을 멀리 대피시켰다. 여기저기서 비명이 들려왔다. 여러 사람들이 핸드폰을 들어 우리를 촬영했다. 많은 사람들의 시선이 하늘을 나는 지미를 향해 있었다.

"민우야, 그만 나와!" 요한이가 나를 향해 소리쳤다. 난 소영이를 혼자 두고 싶지 않았다. 하지만 저 회전목마가 나를 덮치면 전해져 올 무시무시한 고통을 상상하면 겁이 났다. 토비가 주먹으로 마구 회전목마를 부쉈다. 역부족이었다. 그냥 다 부술 수 있는 힘을 토비가 갖고 있다고 생각하지만 회전목마 주변을 거대한 힘이 감싸고 있었다. 소영이는 힘을 다한 것 같다. 다리가 떨렸다. 소영이 주변이 거대한 진동에 흔들렸다.

"이제 모두 물러나!"

소영이가 소리쳤다. 난 겁을 집어먹었다. 나 역시 식은땀이 온몸을 젖게 만들었다. 물러나야 할 것 같다. 난 여기까지인 것 같다. 아무리 힘을 가해도 난 회전목마를 물리적으로 막을 수 없었다.

난 마지막으로 하늘에 있는 남자에게 정신을 집중했다. 난 순간 비명을 질렀다. 머리가 터질 것 같았다. 토비가 뛰어와 나를 안고 뒤로 뛰었다. 토비의 힘은 엄청났다. 소영이를 바라봤다.

소영이가 날아오는 회전목마에 맞아 몸이 인형처럼 날아갔다. 난 심장이 크게 요동치고 전의를 상실했다. 난 주저앉았다. 숙희가 빠른 속도로 달려와 소영이를 잡았다. 소영이는 안전하게 땅으로 착지했지만 몸을 심하게 떨었다. 호흡을 거칠게 몰아쉬었다. 아까 봤던 쌍둥이 자매와 하와이 셔츠를 입은 남자가 아이들을 데려갔다. 요한이는 안 보였다. 난 요한이를 찾아 두리번거렸다. 요한이가 바닥에 누워 있다. 정장 입고 선글라스 낀 하늘을 나는 남자가 요한이 쪽으로 다가갔다. 나도 요한이 쪽으로 다가갔다. 그때 석호가 뛰어왔다. 석호가 선글라스 낀 남자를 말리는 것 같았다. 석호와 내가 눈이 마주쳤다. 석호는 경악하고 있었다. 나에게 다가오지 말라는 손짓을 보냈다. 하지만 난 요한이에게 다가갔다. 난 선글라스 낀 남자의 머리를 폭파시킬 정도의 에너지를 보냈다. 선글라스 남자는 머리를 쥐어잡으며 물러섰다. 난 요한이를 부축했다. 토비가 소리쳤다. 난 그쪽으로 요한이를 부축해서 갔다.

하늘의 남자가 다가오고 있다. 우린 도망쳐야 한다. 소영이가 몸을 들썩였다. 소영이 입에서 피가 터져나왔다. 난 눈물이 났다. 숙희가 소영이를 안고 뛰어서 밖으로 나가려고 한다. 우리도 쫓아가야 한다. 지미가 날아올라 하늘의 남자에게 공격을 가했다. 지미는 추락했다. 토비가 지미에게 뛰어갔다. 지미는 괜찮았다. 스스로 일어섰다. 우린 밖으로 재빨리 나가려 했다. 우린 지나가는 사람들에게 병원이 어디 있냐고 물었다. 우린 이름이 강남으로 시작하는 병원을 알아냈다. 그리로 소영이를 안고 뛰었다. 소영이가 숨을 쉬기 힘들어했다. 난 마음이 다급해졌다. 혹시 내가 소영에게 힘을 전하면 괜찮아질까 소영이 몸에 힘을 가했다. 아무런 일도 일어나지 않았다. 소영이 몸에서 피가 났고 손이 봉제인형처럼 움직였다. 뼈가 부러진 것 같았다. 난 뒤에서 누군가 쫓아오지 않나 뒤를 돌아봤다. 수많은 인파들이 혼란과 함께 놀이공원을 뛰쳐나왔다. 우린 빨리 병원으로 달렸다. 몇몇 사람들이 우릴 핸드폰으로 찍었다. 우린 재빨리 소영이를 데리고 병원에 갔다. 정신없는 상황들이 스쳐 지나갔다. 소영이는 응급실로 갔다. 우리가 따라가려 했지만 간호사들이 제지했다. 토비와 지미, 수지가 나가 병원 앞을 지켰다. 나는 숙희와 요한이, 태호와 안에 있었다. 우린 앉아 있을 수가 없었다. 소영이가 어떻게 되는 걸 상상할 수 없었다. 그렇게 끔찍한 시간들이 지나갔다. 우린 새벽까지 잠을 못 잤다. 요한이와 숙희가 의사들에게 여러 번 알아보러 왔다갔다했다. 기다리란 말만 듣고 와야 했다. 소영이가 어떤 상태인지 알 수 없었다. 그리고 새벽 4시쯤 의사와 간호사가 왔다. 난 마음의 준비를 했다.

"소영 씨의 보호자이십니까?" 우린 서로를 쳐다봤다. 숙희가 나섰다.

"소영이는 고아예요. 우리가 형제들이에요."

"다행히도 위기는 넘겼어요. 지금 안정을 취하고 있습니다."

우린 기쁜 웃음을 지었다. 자세히는 소영이 갈비뼈와 팔 뼈가 부러졌다고 한다. 장기에는 이상이 없다고 했다. 소영이가 부딪치기 전 자신의 몸에 방어막을 친 것 같다고 숙희가 말했다. 다들 안심하며 병원을 지켰다. 토미와 숙희, 지미가 함께 나가서 먹을 것을 사 왔다. 우린 급하게 허기를 달랬다.

이후 아침이 되어서야 소영이를 볼 수 있었다. 몸과 팔에 붕대를 감고 있었고 잠들어 있었다. 소영이가 숨을 들이쉬었다가 내뱉었다. 우린 안도할 수 있었다. 숙희가 옆에 앉아 소영이 손을 잡았다. 나도 잡아주고 싶었다. 그렇지만 소영이가 잠들어 있는 모습만 바라봐도 마음이 편했다. 우린 소영이 주변에서 한참을 바라보다 숙희와 수지만 남기고 밖으로 나갔다. 우린 병원에서 아침을 맞았다. 난 한숨도 못 자 피곤한 상태로 병원 밖으로 나가보았다. 출근하는 사람들이 있었고 하늘에 헬기가 날아다녔다. 난 헬기가 우리 때문에 날아다니는 건지 살펴보았다. 놀이공원 방면으로 날아가고 있었다. 난 아침 바람을 맞았다. 토비가 함께 나왔다. 토비가 날 뒤에서 안았다. 토비가 내 다리를 만졌다. 너무 자극적이었다. 지나가는 사람이 볼까 걱정됐다. 토비는 날 안고 속삭였다. 난 무슨 말인지 알아들을 수가 없었다. 피곤이 몰려왔다. 우린 교대로 병원을 지키며 자자고 했다. 근처에 호텔을 잡았다. 요한이와 나, 지미, 수지 먼저 자기로 했다. 난 토비와 같이 자고 싶었지만 그럴 수 없었다. 난 눕자마자 곯아떨어졌다.

우린 일어나 뉴스를 봤다. 놀이공원의 회전목마가 공중에 둥둥 떠 있는 장면이 뉴스에 나왔다. 우리의 모습은 웬일인지 모자이크 처리되어 있었다. 소영이가 뉴스에 나왔다. 역시 모자이크 처리되었다. 우린 뉴스를 보고 샤워를 했다. 난 깨끗이 씻었다. 토비가 또 날 만질 것 같다. 거울의 내 얼굴을 바라보았다. 너무나 부드럽다. 나의 눈, 도톰한 입술, 오똑한 코, 무엇보다 나의 어깨선이 너무나 아름다웠다. 난 남자였을 때보다 커진 엉덩이를 바라보았다. 그리 크지도 그리 작지도 않았다. 골반이 살짝 커져 있었다. 꼭 봉숭아 같았다. 난 깨끗이 씻고 나왔다. 지미와 수지가 이제 교대하러 가자고 했다. 교대할 때 토비가 나의 냄새를 맡았다. 그리고 뽀뽀를 나누었다. 우린 병원에 들어가 소영이를 보러 갔다. 소영이는 깨어 있었다. 지미와 수지는 소영이와 같이 있고 요한이와 나는 안경점에 갔다. 소영이의 안경이 망가졌기 때문이다. 난 정신을 집중하며 길을 걸었다. 초능력자는 우리밖에 없어 보였다. 난 주위를 둘러봤다. 아무래도 놀이공원에서 좀 멀리 떨어져 있는 곳으로 옮겨야 하는 거 아닌가 하는 생각이 든다. 그 초능력자들이 우릴 찾지 않는 걸까? 난 다시 한번 정신을 집중해보았다. 전보다 내가 감지할 수 있는 거리가 늘어난 것 같았다. 난 점점 능력이 또렷해져가는 것 같았다. 우린 안경점에서 안경을 고치고 다시 병원으로 돌아갔다.

"아이들을 다시 찾아와야 해." 소영이가 말했다.

"지금은 몸이 나을 때까지 쉬어야 해." 요한이가 말했다. 나도 그 말에 동의했다.

우린 소영이를 지켜보았다. 수지와 지미는 병원 앞을 보고 있었다. 난 정신을 집중해 혹시 초능력자가 접근하지 않는지 지켜보았다. 우린 그렇게 몇 주를 병원을 왔다갔다하며 지냈다. 소영이는 점점 회복했고 스스로 몸을 치유하는 것 같기도 했다. 소영이는 빨리 치료되었다. 어느 날 우린 다 같이 소영이 곁에 있었다.

"아이들을 찾으러 가기에는 너무 위험해." 숙희가 말했다. 수지도 영어로 소영에게 뭐라 말을 했다.

"어서 부산에 가야 해. 생존한 사람들과 부산에 있는 사람들과 힘을 합쳐야 해."

소영이가 말했다.

"그래, 어차피 부산에 갈 텐데 너만 좋아지면 돼. 그러니 그냥 쉬어." 숙희가 말했다.

수지가 소영이 손을 잡고 뭐라 말을 했다. 우린 가만히 소영이를 지켜봤다.

"민우야, 내 옆에 와봐."

소영이가 날 찾았다. 난 소영이 옆으로 갔다. 소영이가 부러지지 않은 한 손을 내 머리 위에 얹었다. 그리고 난 정신을 집중했다. 소영이의 힘이 느껴졌다.

"아이들이 안 보여." 소영이가 말했다. 난 좀 더 정신을 집중했다.

"고마워, 민우야." 소영이가 포기한 듯하다.

우린 점심을 먹고 우리 옷을 사러 갔다. 가방도 사서 옷을 2벌씩 사기로 했다. 우리 옷이 다 해졌다. 토비가 날 불렀다. 난 토비에게로 갔다. 토비가 예쁜 소녀 원피스를 내밀었다. 난 얼굴이 붉어졌다.

토비가 나에게 입어보라고 하는 것 같았다. 난 좀 당황스러웠다. 요한이와 애들이 지켜보고 있어서 당황스러웠다. 난 거절했다. 그렇지만 토비가 자꾸 입어보라고 했다. 난 다른 사람들이 옷을 고르는 동안 재빨리 원피스를 입고 토비에게 보여주었다. 토비가 날 끌어안았다. 그리고 내 귀를 깨물었다. 깨물고 내 귀를 빨았다. 내 볼을 두 손으로 감싸고 나에게 키스했다. 난 거울을 보았다. 꼭 말괄량이 삐삐 같았다. 난 토비에게서 벗어나 빨리 옷을 갈아입었다. 다른 애들이 봤는지 모르겠다. 우린 옷을 다 고르고 나왔다. 숙희와 수지가 소영이 옷도 넉넉하게 구입했다. 우린 그렇게 병원으로 돌아갔다. 소영이는 곧 퇴원해도 될 정도로 치유되었다. 의사선생님이 이상하다고 생각하셨는지 우리에게 이것저것 묻곤 했다. 보험처리가 안 돼서 병원비가 많이 나왔다. 의사들은 우릴 수상하게 생각하는 듯했지만 우리를 불편하게 하지 않았다. 다음 날 소영이는 아주 빨리 퇴원했다. 우린 다 옷을 다른 옷으로 갈아입었다. 그리고 우린 호텔에 모여 의견을 나눴다.

"소영이 몸이 안 좋으니까 그냥 기차 타고 부산에 가는 게 좋지 않을까 싶어." 숙희가 말했다. 그리고 숙희가 영어로도 말해 다른 아이들에게 들려주었다. 아이들은 서로 대화를 나눴다.

"적들의 공격이 점점 세게 나오니까 기차는 위험할 것 같대." 숙희가 우리들에게 알려주었다. 난 무슨 말을 하면 좋을까 고민했다. 신중하게 말하고 싶었다.

"그럼 혹시 주변 사람들에게 피해가 가지 않게 자가용을 타고 가면 어떨까? 위험이 덜하지 않을까?"

요한이가 의견을 제시했다. 아이들이 서로 요한이 생각에 대해 대화를 나누는 듯했다.

"운전할 수 있는 사람이 토비와 지미야. 근데 면허증이 없어. 행여라도 경찰과 마주치면 곤란해질 거야."

요한이는 고개를 끄덕였다.

"기차를 타볼까?"

소영이가 말했다. 또 기차로 가는 중에 적들이 들이닥치면 엄청난 사고가 날 수도 있다. 난 그렇게 생각했다.

"큰 사고가 나면 사람들이 많이 다칠 것 같아."

내가 말했다. 소영이는 날 보며 미소 지었다. 소영이 몸이 많이 좋아진 것 같아 안심이 됐다. 우린 이런저런 이야기를 나누다가 다 같이 점심을 먹으러 갔다. 우린 긴장을 늦추지 않았다. 난 정신을 집중해 초능력자가 다가오지 않는지 살펴보았다. 우린 고깃집에 가서 고기를 구워 먹었다. 그리고 다시 호텔에 돌아왔다.

"근데 전에 놀이공원에서 있었던 일 때문에 우리가 뉴스에 나왔는데 우리 얼굴이 다 모자이크 처리되었더라고."

요한이가 말했다.

"응, 다행이지? 더 자세한 걸 알아보려면 부산에 가야 해." 소영이가 알려주었다.

우린 부산에 걸어갈지, 기차를 타고 갈지 토론했다. 사람들의 의견이 기차를 타는 쪽으로 기울었다. 모여 있는 아이들은 조금은 한계에 다다랐는지 모르겠다. 다들 안정을 취하고 싶어 하는 것 같았다. 나 역시 빠르게 부산에 가는 게 좋지 않을까 하는 생각이 들었다. 소영이는 아이들을 빨리 구하고 싶어 하는 것 같았다. 그렇지만 기차에서 사고라도 난다면 정말 대형 사고가 날 거라고 생각한다.

아이들의 의견은 기차를 타고 가는 걸로 모였다. 그래서 우린 기차를 타고 가기로 했다. 우린 가까운 PC방에 가서 인터넷으로 기차표를 구했다. 저녁을 먹고 들어가 호텔에 가서 잠을 잤다. 다음 날 우린 버스를 타고 서울역으로 갔다. 소영이가 나에게 매사 주변을 감지해달라고 부탁을 했다. 난 단 한순간도 쉬지 않고 주변을 감지했다. 기차역에 도착한 우리는 소영이, 숙희, 토비, 태호, 요한이만 남고 나와 지미, 수지가 기차역을 한 바퀴 돌기로 했다. 난 기차역을 한 바퀴 돌면서 주변에 초능력자가 있는지 감지했다. 한참을 돌아 이 근처에는 초능력자가 없는 것을 확인했다.

무전기로 소영이에게 연락을 한 후 우린 소영이 그룹으로 돌아갔다. 기차가 왔다. 우린 미리 예약한 자리로 가서 자리를 잡았다. 요한이와 내가 중간 부분에 앉았다. 우린 몹시 긴장했다. 행여나 기차가 탈선이라도 하면 대형사고가 나는 것이다. 우린 주변을 살피고 불안한 마음으로 기차가 출발하길 기다렸다. 우린 이런저런 두서없는 말들을 주고받았다. 그래도 한 번에 부산까지 간다는 생각에 난 흥분되기도 했다. 거기서 만약 요한이와 내가 집에 안전하게 갈 수 있는 보상을 받을 수도 있다고 생각했다. 그럼 토비는 어쩌지. 난 벌써부터 토비를 사랑하고 있었다. 그의 따뜻한 손길과 깊은 눈, 날 감싸안아주는 마음. 그에게 난 모든 걸 빼앗겨버렸다. 난 그의 인형이 되는 게 좋았다. 토비는 정말 과감하다. 거침없이 날 두근거리게 만든다. 난 토비와 같이 앉아 있고 싶었다. 그가 날 마음대로 만질 수 있게끔 해주고 싶었다. 요한이는 나를 바라봤다.

"너 왜 얼굴이 빨개?"

난 잠깐 놀랐다. 요한이에게 어색한 미소를 보여주었다.

"그냥 좀 더운가 봐."

"덥다고? 에어컨이 빵빵한데. 기차가 되게 좋다."

"응, 어쩌면 우리 집에 돌아갈 수 있을지 모르겠다. 그치?"

"응. 부산에 가서 우리가 안전을 보장받을 수 있는 방법이라든가 아니면 차라리 적들에게 우릴 그냥 놔달라고 호소한다든가 그래야 할 것 같다."

"그래. 여하튼 부산에서 다 해결되었으면 좋겠다."

"그래." 요한이가 끄덕였다.

"민우야."

"응."

"나에게는 뭐든지 편하게 이야기해도 되는 거 알지?"

"그럼." 난 내심 긴장했다.

"토비가 좋아?"

난 고민하지 않았다.

"응, 좋아해."

"오늘이나 내일 만약에 우리가 집에 가면 헤어질 텐데 괜찮겠어?"

"어쩌면 다시 만날 수도 있잖아. 밖에서 따로."

요한이가 말했다.

"이런 말은 조심스럽게 아끼려고 했는데…. 너 동성연애자가 된 거야?"

난 말문이 막혔다. 그래… 내가 언제부터 남자를 사랑하게 된 걸까? 어쩌면 초능력 때문인지 모르겠다.

"응… 초능력 때문인 것 같아." 이렇게 답했지만 내 마음을 내가 알 수 없었다. 정말 초능력 때문인지, 나에게 애초부터 동성을 좋아하는 성향이 있었던 건지 알 수가 없었다. 확실한 건 초능력이 생기고 나서부터 토비를 만나고 자연스럽게 그를 좋아하게 된 것이다. 초능력 때문일지도 모른다.

"초능력 때문이라고? 하긴 그런 것 같다. 너 괜찮아? 뭐 어디가 아프다거나 불편한 거는 없어?"

역시나 요한이는 언제나 내 편이다.

"응, 없어. 우리 집에 가게 될까?"

"음, 너무 기대하진 말자. 근데 집에 못 가게 되는 경우를 나는 생각해본 적이 없어."

"나도."

난 그렇게 말했다. 거짓말이다. 난 토비와 함께 있고 싶다. 나의 욕망이 더 강했다.

기차가 출발한다. 난 정신을 집중하기 시작했다. 도착할 때까지 정신을 유지할 생각이다. 가능할지 모르겠다. 요한이는 기차 창문으로 지나가는 건물들을 바라봤다. 다른 아이들도 긴장하는 듯하다. 우린 그렇게 출발했다. 난 기차에 탄 사람들을 둘러봤다. 잠든 사람도 있고 아이들을 보살피는 부모들도 보이고 나이가 많은 할아버지도 보였다. 뒤쪽에는 군인 두 명이 앉아 있었다. 또 부산에 놀러 가는 듯한 옷차림을 한 젊은 사람들도 보였다. 들떠 보였다. 기차가 진동을 했다. 그렇지만 주변에 초능력자가 있지는 않았다. 소영이가 무전기로 속삭였다.

"어쩌면 민우 너 때문에 적들의 전술이 바뀌었는지 몰라."

"나 때문에?"

"응. 이제 우린 적들이 다가오면 감지할 수 있잖아. 민우 덕분에 우린 안전할지 몰라."

"아, 그래?"

"그래. 그렇지만 너무 부담 갖지 마."

"응, 알았어."

수지가 영어로 뭐라 말을 했다. 그러자 숙희가 웃었다.

"민우야, 수지가 토비랑 결혼할 거냐고 물어봤어." 소영이도 가볍게 웃었다.

난 답변하지 않았다. 우린 기차를 타고 한 시간가량을 갔다. 아무 일도 벌어지지 않았다. 아마도 한 시간 30분 후에 도착할 것 같았다. 난 잠이 들거나 그러지 않았다. 계속해서 긴장감을 유지했다. 생각보다 힘들었다. 난 허기가 졌다. 다른 사람들이 뭔가 먹자고 말할 때까지 기다렸다. 요한이가 또 나에게 말을 하는 것 같다. 민우 넌 자신 있게 말을 못 해. 남이 말해줄 때까지 기다리기나 하고. 그냥 필요할 때 말 좀 해! 난 요한이를 슬쩍 쳐다봤다. 요한이도 잠을 자지 않고 열심히 지나가는 건물, 산, 나무 들을 살펴봤다. 나도 잠시 창밖을 봤다.

"김밥 먹을 사람?" 숙희가 말했다. 우린 김밥과 음료수를 먹었다. 그리고 몇몇 애들은 잠이 들었다. 나도 잠이 올 것 같다. 더욱더 정신을 집중했다. 그렇지만 난 잠이 들었다. 진동이 느껴졌다. 난 급작스럽게 깼다. 눈을 동그랗게 뜨고 주변을 두리번거렸다. 요한이가 나에게 말을 했다.

"민우야, 도착했어."

우린 무사히 도착했다. 우린 기차가 정차할 때까지 기다렸다. 기차가 정차하고 우린 기차에서 내렸다. 내려서 주변을 두리번거렸다. 우린 기차역을 빠져나와 거리로 나왔다. 가슴이 탁 트이는 것 같았다.

"그럼 우리 거처로 출발하자."

소영이는 거기가 어디인지 정확하게 말하지 않았다. 그저 요한이와 나는 소영이 일행을 따라갈 뿐이었다. 우린 버스를 기다렸다. 멀리까지 가는 버스 같았다. 우린 큰 버스를 탔다. 다 같이 앉아서 갈수 있게끔 버스를 기다리기도 했다. 버스를 타고 한참을 갔다. 우린 다시 내려서 저녁을 먹었다. 그리고 다시 버스를 탔다. 한참을 달려 해운대역에 도착했다. 난 오랜만에 바다를 보았다. 어렸을 때도 본 기억이 있다. 정말 신비롭고 아름다웠다. 하늘의 별이 보이기 시작했다. 하늘이 맑은 것 같았다. 바다는 고요했다. 그리고 달빛을 받아 아름답게 보였다. 아마도 이 근처에 초능력자들의 학교나 거처가 있는가 보다. 난 그렇게 생각했다. 소영이는 우릴 데리고 어딘가로 향했다. 한참을 가다 낡은 건물들이 모여 있는 곳에 도달했다. 우린 낡은 건물 쪽 골목으로 들어갔다. 난 왜 이런 곳에 온 걸까 하는 생각으로 가득했다. 우린 골목을 걸었다. 어두워서 뭔가 나올 것 같은 느낌도 들었다. 난 또 겁을 집어먹었다. 우린 어떤 작은 집에 도착했다. 이 초라한 곳이 거처라니, 난 좀 실망했다. 갑자기 석호가 한 말이 떠올랐다. 폭포 옆에 있는 최신식 집이라니.

우린 집에 들어갔다. 거실에 들어갔는데 소영이가 나무 기둥에 손바닥을 댔다. 그러자 바닥이 열리며 계단이 보였다. 소영이는 발 조심하라고 하며 따라오라고 했다. 우린 계단을 내려갔다. 놀랍도록 깊이가 깊다. 우린 계단을 한참 내려갔다. 조금씩 밝은 빛이 보였다. 나는 놀랄 수밖에 없었다. 상당히 미래적인 공간이 나왔다. 그리고 해운대 방향으로 길게 터널이 뚫려 있었다. 터널 바닥에 홈이 여러 개 파여져 있었다. 아주 정교한 홈이었다. 마치 위로 기차 같은 게 달리지 않을까 하는 생각이 들었다. 소영이가 말했다.

"누군가 기지로 들어간 것 같아."

방금 기지라고 말한 걸 보면 바다 쪽으로 기지 같은 게 있는 것 같았다. 내가 머릿속에 떠올린 건 바다 위에 있는 석유 퍼내는 구조물 같은 것이었다. 소영이가 정교하고 깔끔하게 생긴 단말기를 조작했다. 꼭 애플 기기 같은 디자인이었다. 그러자 예쁜 소리가 들리며 카운트가 생겼다. 카운트는 5분이었다.

"5분만 기다리자."

소영이가 말했다. 우리들은 옆의 의자에 앉았다. 난 가슴이 두근거렸다. 마음이 붕 뜬 것 같다. 토비가 내 옆에 앉아 날 바라봤다. 나도 토비를 바라봤다. 우린 서로를 사랑스럽게 쳐다봤다. 토비가 나에게 너무 예쁘다고 말하는 것 같았다. 우린 손을 잡았다. 토비의 손이 까칠까칠했다. 5분 뒤에 기차가 왔다. 정말 세련되고 아름답게 생긴 기차였다. 우린 그 기차를 탔다. 좌석에 앉아 출발했다. 기차가 정말 빨랐다. 내가 상상하는 것 이상으로 바다까지 깊이 달렸다. 너무나 비현실적이었다. 난 카타르시스를 느꼈다. 우리가 사는 세상에 이런 공간과 이런 것들이 존재하는지 상상도 못 했다. 터널이 유리벽으로 바뀌었다. 우린 바닷속을 바라볼 수 있었다. 너무 황홀했다. 생각보다 바다는 어두웠다. 난 두려움을 느끼기도 했다. 바다는 상상했던 것보다 더 깊고 더 어둡고 신비로웠다. 난 바닷속을 바라보느라 넋이 나갔다. 우린 그렇게 10분가량을 달려 바닷속 아주 깊은 곳에 있는 절벽에 도착했다. 절벽 안으로 기차가 들어가 멈추었다. 정말 으리으리한 건축물을 바라봤다. 그러면서 한편으로는 꼭 놀이동산 같은 느낌도 들었다. 유럽풍 건축물들이 있었고 예전에 초능력자들이 있던 학교처럼 중간중간에 고급스러운 옷 가게 같은 것이 보였고 가운데에는 정말 큰 광장이 있었다. 그리고 사람들이 많았다. 이 정도 인원이면 우리가 적들을 압도할 거란 생각이 든다. 전에 봤던 것 같은 독특한 헬멧을 쓴 사람이 여러 무리의 사람들과 다가왔다.

"소영이구나. 무사히 왔구나. 왜 우리에게 연락하지 않았어?"

"적들에게 들킬까 봐 연락을 못 했어요. 여긴 아무 이상 없나요?" 헬멧을 쓴 사람은 한국 사람인 것 같았다.

"여긴 아무 이상 없어. 학교에서 돌아온 사람은 9명이야."

"9명밖에 안 온 거예요?" 소영이는 충격을 받은 듯하다.

"오다가 아무 일 없었니?"

"몇 번 공격을 받았어요. 그리고 아이들을 빼앗겼어요. 죄송해요."

"미안해할 필요는 없다. 네 잘못이 아니야. 공격을 잘 피해 왔구나."

그 남자가 소영이 어깨에 손을 올렸다.

"다쳤구나."

"네, 지금은 괜찮아요. 새로운 일행이 생겼어요."

소영이는 나와 요한이를 바라봤다. 그 헬멧 쓴 남자가 우릴 바라봤다. 눈이 안 보였지만 우릴 바라보는 것 같았다.

"환영한다."

요한이와 나는 정중하게 인사했다. 헬멧 쓴 남자가 우리에게로 다가왔다. 요한이와 내 어깨에 손을 올렸다. 꼭 전기가 튀는 듯 짜릿한 느낌을 받았다. 요한이와 나는 움찔했다. 헬멧을 쓴 남자가 우리 어깨에 손을 올렸고 말을 했다.

"이민우, 이요한, 둘이 친척이구나. 민우는 초능력을 얻었고 요한이는 그냥 평범한 아이구나. 민우는 강한 힘을 가졌구나."

"네, 그렇습니다." 난 정중하게 대답했다.

"소영이를 도와 이곳까지 오다니 수고 많았다. 자, 걸으면서 이야기를 들려주마. 따라오렴."

우리 모두 그 헬멧 쓴 사람을 따라갔다. 그는 천천히 걸었다.

"이곳은 초능력자들의 안식처란다. 이곳이 만들어진 지는 오래됐어. 러시아에서 달에 우주선을 쏘아올리기 전부터 있었지. 사실상 우리 인간의 과학은 오래전부터 상당히 발전돼 있었단다. 그렇지만 우리 인간이 그 과학을 받아들이지 못한다고 판단해서 우린 약간의 지식만 세상에 공유하기로 했지. 그리고 초능력자들은 오래전부터 있었어. 인간이 가진 본연의 힘을 백 퍼센트 발휘하는 존재들이지. 그렇지만 우린 숨어야 했어. 평범한 인간들이 우리들을 두려워했거든. 때론 질투하기도 했어. 때론 우리들에게 공격을 가하기도 했어.

그래서 우리 힘을 숨기고 인간들을 지켜보며 공존해왔단다. 우린 전 세계 사람들과 연합을 맺고 있어. 서로 능력을 발전시켜 언젠가 인간 세상에 모습을 드러내 평화를 추구하고자 했지. 그렇지만…"

헬멧을 쓴 남자는 잠시 말을 멈췄다. 그리고 다시 말했다.

"그렇지만 오래전에 힘을 숭배하는 초능력자 집단이 우리 곁을 떠나갔지. 우리 힘은 무한대로 커져갈 수 있단다. 그렇지만 너무 큰 힘을 가지게 되면 공통적으로 욕망이 그만큼 커지게 되지. 그래서 우린 적당한 선에서 힘을 제어했어. 하지만 우릴 떠난 집단들은 더 강한 힘을 추구했지. 너무나 강한 힘을 가져서 우리가 그들에게 접근하기 어려울 정도야. 지금은 서로 적대시하며 지내게 되었어. 이제 지구는 나이를 많이 먹게 되었고 우리도 이제 새로운 변화를 추구하려고 해. 우린 이제 세상에 모습을 드러낼 거야. 하지만 우릴 적대시하는 집단들이 그에 맞춰 그들의 욕망을 드러낼 거야. 그들은 세상을 지배하려고 한단다. 화합을 추구하는 것이 아니라 공포로써 인간을 지배하려고 한다. 우린 그걸 막아야 해. 수적으로 우리가 더 많지만 적대 세력들은 우리보다 더 강한 힘을 가졌단다. 머지않아 우린 전쟁을 하게 될지도 몰라. 인간 세상의 지배층들은 우리와 손을 잡을지, 적대 세력과 손을 잡을지 상당한 고민을 하고 있는 중이란다. 곧 머지않아 세상이 변할 거야."

그가 말을 멈추었다.

"여기까지만 이야기하고 식사라도 같이 하자꾸나."

우린 대꾸하고 같이 식당으로 갔다. 여기도 역시 과일과 채소, 동물들을 기르고 재배했다. 자급자족하는 것 같았다. 난 몸이 떨렸다. 이곳의 환경이 날 떨리게 만들었다. 거대한 공간, 미래적인 구조물들, 많은 사람들, 다들 자유롭게 옷을 입고 있었다. 간혹 학교에서 본 것 같은 운동복을 입은 사람들도 보였다. 우린 식당에 도착했다. 둥그런 넓은 방이고 테이블도 둥글게 배치되어 있었다. 요한이와 나는 서성이다가 아무 자리에 앉았다. 처음 보는 사람들도 함께 앉았다.

"로버트 박사님이 납치당하셨어요." 소영이가 말했다.

"알고 있다. 박사는 아직 무사해. 적들이 아마 협상용으로 박사를 이용할 거라고 추정한다."

박사가 무사하다고 하니 다행이라고 생각했다. 그가 헬멧을 벗었다. 그는 꼭 하나님 같은 이미지의 사람이었다. 혹시 하나님이 아닐까? 하는 생각이 들었다. 여하튼 그는 백인이다. 한국어를 상당히 잘했다. "소개가 늦었구나. 난 알렉스라고 한다." 요한이와 나를 보며 말했다. 우린 고개를 끄덕였다.

"우린 이제 어떻게 해야 해요?" 숙희가 물었다.

"일단 당분간 좀 쉬렴."

"우린 좀 더 강한 힘을 가져야 할 필요가 있어요." 소영이가 말했다.

"그래, 우리가 좀 더 강한 힘을 가져야 적들을 능가할 수 있겠지. 하지만 그게 반드시 문제를 해결할 수 있는 방법은 아니야. 싸우지 않고 해결할 수 있는 방법을 찾아야 해."

소영이는 고개를 숙였다. 어떻게 그 방법을 찾을 수 있을까. 금발의 예쁜 백인 아이가 나에게 말을 걸었다.

"넌 무슨 능력을 가지고 있니?"

난 갑자기 물어봐 좀 당황했다. 난 소영이를 쳐다봤다. 소영이는 살짝 미소 지었다.

"아, 저는 그 초능력자를 찾아내고 사람들을 감지하는 능력을 가진 것 같아요."

"같아요라니, 확실하지 않나 봐? 정확하게 자기 능력을 알아야지. 너는 훈련이 필요해."

상당히 직설적으로 말을 했다. 난 수긍할 수밖에 없었다.

"난 엘리자베스야."

그 금발 아이가 자기 이름을 알려줬다. 이름조차도 엘리자베스라니, 난 그런 생각을 했다.

"민우는 훈련하면 더 강해질 거야."

소영이가 날 치켜세워줬다. 엘리자베스는 뭔가 못마땅하다는 표정을 지었다.

역시나 뭔가 직설적인 아이 같았다. 그렇지만 아름다웠다.

"근데 넌 여자 같지 않아. 혹시 남자니?" 엘리자베스가 또 물었다.

"응, 난… 남자야." 난 말을 편하게 놨다.

"남자라고?" 엘리자베스가 놀란 표정을 지었다. 엘리자베스의 표정이 기묘했다. 난 눈을 아래로 깔았다. 엘리자베스는 어째 악당 같았다.

"그래? 남자라니… 근데 여자 같은데?"

"응, 어쩌다 보니 이렇게 됐어."

"어쩌다 보니라니, 넌 말을 참 성의 없게 하는구나?"

엘리자베스랑 대화하는 건 곤욕이었다. 단 한 단어도 그냥 넘어가지 않는 것 같다.

"그만해, 엘리자베스."

소영이가 말을 했다. 그러자 엘리자베스가 조용해졌다. 그렇게 우린 식사를 했다. 난 너무 마음이 들떠 밥이 잘 넘어가지 않았다. 천장도 보고 벽도 보고 식사 테이블도 보고 모든 게 놀라웠다. 이곳은 미래인 것 같았다. 요한이도 나처럼 주변을 두리번거렸다.

"저, 저희들은 집에 돌아갈 수 있나요?"

요한이가 말했다. 갑자기 정적이 흘렀다. 나도 어떤 답이 나올까 궁금했다.

"지금 상황이 어떻게 돌아가는지 좀 더 살펴봐야 한단다."

알렉스가 답변해주었다. 난 마음 한쪽으로 조금은 안심하기도 했다. 난 여기를 좀 더 둘러보고 싶었다. 그리고 토비랑 헤어지기 싫었다. 토비가 날 끌어당겼다. 난 벗어날 수 없을 것 같았다.

"민우는 좋아하는 사람이 있나 보구나."

알렉스가 말했다. 다들 날 쳐다봤다. 난 무슨 말을 할지 알 수 없었다. 난 식은땀이 났다. 난 멍한 표정을 짓다가 그냥 밥을 먹었다. 우린 식사를 마치고 각자 숙소를 배정받았다. 방이 정말 컸다. 난 마음이 들떠 있었다. 난 요한이를 보러 갔다. 다들 정원에 나가 있겠다고 했다. 난 벽에 나무가 그려진 이미지를 따라갔다. 앞에 토비가 있었다. 난 왠지 부끄러웠다. 토비가 날 수줍은 소녀로 만들었다. 닌 토비를 바라봤다. 토비의 얼굴에 심술쟁이 같은 미소기 번졌다. 다시 토비가 심술쟁이처럼 보였다. 토비는 한국말로 나에게 말했다.

"이리 와, 내 사랑."

내 얼굴에 웃음이 번졌다. 그가 날 수줍게 웃게 만들었다. 난 토비가 날 안아주길 바랐다. 그는 날 안았다. 난 토비 가슴에 얼굴을 묻었다. 토비가 날 안고 내 방으로 들어갔다. 요한이와 내가 지낼 방이다. 토비는 날 안고 샤워실로 갔다. 그는 내 옷을 마구 벗겼다. 난 알몸이 되었다. 토비가 준 목걸이가 유일하게 걸쳐져 있었다. 토비가 옷을 꺼냈다. 그때 내가 입어본 원피스이다. 그걸 나에게 입혔다. 그리고 날 마구 주물렀다. 난 그의 인형이 되었다. 토비가 내 엉덩이를 마구 주물렀다. 그리고 내 다리 사이를 만졌다. 가슴이 터질 것 같았다. 그는 날 마구잡이로 다루었다. 숨소리가 거칠어졌다. 토비가 내 입술을 먹었다. 혀를 집어넣어 마구 먹었다. 그리고 내 목을 애무했고 날 침대로 데려가 내 다리를 번쩍 들어올렸다. 그리고 날 애무했다. 난 미친 듯이 신음했다. 그는 지체하지 않았다. 내 엉덩이를 애무했고 날 잡아먹기 시작했다. 그리고 내 어깨를 잡았고 내 얼굴을 잡아 마구 문질렀다. 그리고 그가 내 몸에 자기를 섞었다. 토비의 몸이 내 몸에 들어왔다.

내 거대한 욕망이 순식간에 배출되었다. 난 여자처럼 신음했다. 거대한 쾌감이 온몸에 퍼졌다. 난 눈물을 흘렸다. 토비는 내 품에 쓰러졌다. 난 토비를 안았다. 난 토비를 사랑했다. 토비를 위해 언제든지 여자가 되어줄 수 있다. 토비가 날 사랑한다고 말했다. 내 가슴에 커다란 두근거림이 가라앉고 있었다. 우린 그렇게 누워 있었다. 그리고 갑자기 겁이 났다. 요한이가 들어오면 어쩌나 하는 생각이 들었다. 난 토비를 쓰다듬고 말했다.

"이 방에서 나가야 해."

토비는 심술쟁이 같은 표정을 하고 있었다. 난 원피스를 벗고 샤워를 했다. 토비가 날 마구 잡아들고 주물러서 몸이 좀 아팠다. 난 몸을 깨끗이 씻었다. 그리고 토비도 물수건으로 닦아주었다. 토비 이마에 뽀뽀를 해주었다. 우린 방을 나갔다. 내가 실수로 원피스를 입고 나온 건 아닌지 가슴이 철렁했지만 난 제대로 옷을 입고 나왔다. 몇몇 사람들을 지나쳤다. 다 날 쳐다봤다. 내 얼굴을 쳐다보고 뒤로 가서 엉덩이를 쳐다봤다. 난 그런 시선을 다 감지했다. 원래 남자들은 다 이렇게 쳐다보는구나 하고 생각했다.

난 진짜 여자가 되어 가는 거 아닌지 모르겠다. 우린 정원에 나왔다. 요한이와 아이들이 둘러앉아 있었다. 나도 그 틈에 껴서 요한이 옆에 앉았고 토비가 내 옆에 앉았다. 토비가 점점 나와 가까이 있었다. 꼭 다른 사람에게 보여주듯이 날 대했다. 토비가 내 어깨에 손을 올렸다. 난 좀 부끄러웠다. 모두가 다 날 쳐다보는 것 같았다. 아차, 여기 엘리자베스가 있었다. 그리고 아시아인으로 보이는 남자 두 명이 있었다. 엘리자베스가 하필 나를 빤히 쳐다봤다. 토비가 내 어깨에서 손을 빼줬으면 했다.

"민우는 게이니?" 드디어 엘리자베스가 말을 했다. 난 얼굴이 붉어졌다.

"너 여자처럼 얼굴이 빨개졌구나." 엘리자베스가 또 말했다. 난 엘리자베스가 좀 불편했다.

"민우 머리 보니까 방금 샤워하고 나왔네. 너랑 토비랑 뭐 했니?" 제발, 엘리자베스!

"운동하다 왔어." 내가 말했다. 내 말이 통할 리가 없었다. 다들 그냥 그러려니 넘어가는 것 같았다.

"소영이가 이끄는 친구들인가 보구나. 그래 무사히 와서 다행이야. 그리고 그렇게 많은 아이들이 죽었다는 게 믿어지지 않아. 정말 유감이야."

엘리자베스가 말했다. 옆에 있는 남자애도 말했다.

"소영아, 무사해서 다행이다. 내가 도와주질 못해서 미안하다."

"괜찮아, 유진."

이름이 유진인가 보다. 아시아 사람 같은데 이름이 서양인 같다고 생각했다. 유진은 잘 빠진 운동복을 입었고 빨간색 완장을 찼다.

"민우라고 했지. 새로운 초능력자. 우리와 함께 훈련한다면 소영이 말을 잘 들어야 해. 유일하게 생존한 반장이거든."

반장이라, 소영이가 이 아이들의 반장이구나! 엘리자베스가 뾰로통한 표정을 지었다. 왠지 모르게 귀엽게 생겼다.

"민우야, 내가 너의 능력을 키워볼게. 그렇지만 절대 능력에 빠져들면 안 돼. 위험해."

"응, 알았어. 소영아."

난 소영이가 좋았다. 소영이가 날 훈련시켜줘서 다행이라고 생각했다. 우린 그렇게 한가롭게 시간을 보냈다. 우린 잘 시간이 되어 인사를 나누고 들어갔다. 토비와 나는 키스를 했다. 그리고 난 요한이랑 같이 방에 들어갔다.

"요한아, 괜찮아?"

"응, 왜?"

"그냥 고민이 있는 것 같아서."

"고민은 뭐… 집에 가는지 못 가는지 알 수 없으니 뭐…"

"흠, 분명 갈 수 있는 방법이 마련될 거야."

"그건 알 수가 없잖아…. 민우 넌 집에 가고 싶어?"

"난…"

난 말을 이어나갈 수가 없었다. 난 머리가 복잡했다.

"민우야, 내가 항상 말하잖아. 하고 싶은 말을 하라고. 내가 편하게 들어줄 테니 나에게 시원하게 말해."

"응…"

난 솔직하게 이야기했다.

"토비를 좋아해."

"그런 것 같아…. 혹시 사랑하니?"

난 겁이 났다.

"응, 사랑해."

"그럼 어쩌려고. 여기서 살려고?"

"잘 모르겠어. 지금 당장은 여기 있고 싶어."

"그래, 좋아. 여기 있는 건 네 자유야. 그렇지만 부모님은 보고 와야 해. 널 누구보다도 찾고 있을 테니까."

난 부모님들이 날 찾는다는 말에 가슴이 아팠다.

"집에 갈 수 있다면 갔다가 이곳으로 다시 돌아올 수 있겠지?" 내가 말했다.

"그래, 그건 가능할지도 몰라. 민우야, 넌 초능력자로 살아가고 싶어?"

"응, 초능력자로 살아가고 싶어. 넌 어떻게 생각해?"

"내 생각은 중요하지 않아. 네가 원하는 대로 살았으면 좋겠어."

요한이는 널 생각해주었다. 오히려 요한이가 나를 위로해준 기분이 든다. 난 요한이를 친구로서 사랑한다. 우린 시원하게 샤워하고 잠을 잤다. 잠이 잘 오지 않았다. 여기가 낯설기도 하고 가슴이 들떠 있기도 하기 때문이다. 난 뒤척였다. 요한이도 잠을 못 자고 있는지도 모르겠다. 우린 그렇게 밤을 설쳤다. 아침에 우린 일찍 일어났다. 난 좀 더 자고 싶었지만 알람이 울렸고 밖에 사람들이 왔다갔다

하는 소리가 들렸다. 요한이와 난 얼른 씻었다. 그리고 어제 받은 운동복으로 갈아입었다. 상당히 세련된 복장이었다. 다 하얀색으로 돼 있었다. 그리고 전화 같은 게 울렸다. 소영이다. 일찍 일어났나 보다. 같이 아침 먹으러 가자고 했다. 난 토비를 만났다. 토비가 멋진 하얀 와이셔츠에 블랙진을 입었다. 슬리퍼를 신고 있었다. 토비가 머리에 뭘 바른 것 같았다. 난 토비의 머리를 정리해주었다. 우린 다 함께 모여 아침을 먹었다.

"민우야, 오늘부터 훈련이다."

나는 고개를 끄덕였다. 우린 아침을 먹고 커다란 운동장에 갔다. 천장을 보니 거대한 유리로 되어 있었다. 수많은 물고기들이 보였다. 난 멍하니 천장을 바라보았다.

"민우야, 이리 와!"

소영이가 날 불렀다. 난 소영이를 따라갔다. 우린 운동을 했다. 달리기나 팔굽혀펴기 같은 운동을 했고 운동기구도 사용했다. 난 운동을 안 한 지 오래돼서 기진맥진해질 때까지 운동을 했다. 내 힘이 다 빠질 때쯤 소영이가 초능력을 사용해보라고 했다. 난 정신을 집중했다. 주변의 파란 초능력자들을 감지했다.

"날 공격해봐!" 소영이가 외쳤다. 소영이를 공격하라고? 난 주춤했다.

"괜찮아, 날 공격해." 소영이가 재촉했다. 난 소영이 머리에 집중해 힘을 가했다. 나의 파란 에너지가 소영이 머리에 가해졌다. 소영이는 아무 반응이 없었다.

난 더 강하게 가했다. 소영이는 꿈쩍도 안 했다. 내가 생각하는 것보다 소영이는 강했다.

"음, 공격이 되긴 하는데 좀 더 강했으면 좋겠어. 자, 나랑 명상하자."

소영이와 나는 명상을 했다.

"민우야, 너 상상력이 뛰어나?"

"조금."

"그럼 상상력을 발휘해서 네 머리에 거대한 대포가 달려 있다고 상상해봐."

난 머릿속에 커다란 대포가 있다는 상상을 했다.

"저기 공 보여?"

난 눈을 뜨고 어떤 탁자 위에 공이 올라가 있는 걸 발견했다.

"응, 보여."

"그럼 저 공에 네가 상상한 대포를 쏴봐."

난 최대한 집중하고 상상한 대포를 공에다 쏘는 상상을 했다. 아주 강하게. 그러자 공이 튕겨나갔다. 난 약간 미소를 지었다.

"민우야, 그거 가지고는 안 돼. 기다려봐."

소영이가 일어서서 손바닥을 펴고 무거운 역기를 하나 들어올려 내 앞에 두었다.

"그걸 움직여봐."

"이, 잠깐. 나는 소영이처럼 사물을 움직이지는 못하는 것 같은데?"

"방금 공도 날렸잖아. 너도 할 수 있어. 사실 너는 나와 비슷한 형식의 초능력일 수도 있어."

"너랑 비슷하다고?" 난 역기를 향해 기를 모았다.

"민우야, 상상력을 더해." 난 잠시 마음을 가라앉히고 상상력을 사용했다. 나에게 커다란 손이 있다고 생각했다.

그리고 그 손이 저 역기를 쳐내는 것이다. 난 집중을 했다. 상상력이 손을 휘둘렀다. 역기가 조금 움직이는 듯했지만 반응이 없었다. 난 다시 손이 아닌 대포를 상상했다. 난 아주 강력한 화염을 뿜으며 미사일이 날아가 저 역기를 치는 상상을 했다. 역기가 흔들렸다.

"너무 약해. 민우야, 좀 더 집중해봐."

난 30분가량을 역기 치는 데 집중했다. 그렇지만 특별히 움직이거나 하진 않았다. 마치 물로 바위를 치는 기분이 들었다. 소영이가 이번에는 수박을 가져왔다. 난 수박에 집중을 했다. 그러자 수박이 갈라지며 터졌다. 난 감탄했다.

"민우는 정신 에너지를 써서 전파 공격을 하는 것 같아. 너의 초능력은 그런 류야. 일종의 전자파를 쏘는 것 같아. 그런데 그 전자파가 밀도가 높은 물질에 잘 통하지 않아."

난 소영이의 말을 듣고 나의 능력이 어떤 종류인지 조금은 이해했다. 난 머릿속에서 전파를 발산하는 상상을 했다. 역기에 전자파를 가했다. 아무 반응이 없다. 난 머릿속에 상상하는 전자파의 모양을 변형시켜보았다. 한 5분 뒤에 내가 화살표 모양으로 변형한 전자파를 쏜다고 상상했을 때 역기가 진동을 했다.

"민우야, 모든 물질은 작은 분자로 이루어져 있어. 그 분자를 움직인다고 생각해봐." 소영이가 말했다. 난 역기를 확대하는 상상을 했고 작은 분자 덩어리들을 생각했다. 내가 그 분자 덩어리를 흔들었다. 역기가 움직이기 시작했다. 역기에서 작은 모래바람이 일어났다. 난 뭔지 이해를 못 했다.

"그만, 민우야, 그만해."

난 그만두었다.

"조금 위험한 방법인 것 같아."

"위험하다고? 어떤 작용이 일어난 건데?" 내가 물었다.

"어쩌면 민우가 사람을 분해시킬 수도 있어. 그럼 끔찍하지? 그 능력은 나중에 연습하자. 자, 이만 수업 들으러 가자."

"수업?"

"응, 너도 학생이니까 공부해야지?"

난 소영이를 따라 교실로 갔다. 교실은 모든 디자인과 형태가 동그란 모양이었다. 꼭 최신 애플 제품을 보는 것 같았다. 혹시 이 건물 전체를 애플 디자이너가 디자인한 게 아닌가 하는 생각이 든다. 난 소영이 옆에 앉았다. 소영이는 다른 아이들과 이야기를 나누었다. 그리고 날 소개해주었다. 난 인사를 했다. 잠시 후 요한이도 왔다. 요한이는 운동을 하다 온 것 같다. 난 요한이와 무슨 수업을 할까 하는 이야기를 나누었다. 요한이가 혹시 여기도 게임방이 있을지도 모른다고 말을 했다. 난 내심 기대했다. 잠시 후 선생이 들어왔다. 인도 사람 같은 느낌이 났다. 선생님이 말을 할 때는 영어를 사용하지만 우리 머릿속에는 한국어로 들렸다. 정말 놀라운 능력이다. 역사에 대해 이야기를 시작했고 난 생전 처음 듣는 미국의 역사를 들었다. 인디언에 대한 이야기를 많이 했다. 그렇게 한 시간 정도 수업을 들었다. 그리고 우린 15분의 휴식을 했다. 요한이와 소영이와 함께 교실을 나가 작고 예쁜 정원에 앉아서 쉬었다.

"요한이는 아침에 뭐 했어?" 내가 물었다.

"응, 달리기를 시키더라고. 아마 일이 터지면 빨리 도망가라고 시키는 것 같아."

그 말에 난 웃었다.

"소영아, 여기도 혹시 게임룸 같은 거 있어?" 요한이가 물었다.

"있어. 근데 너무 자주 가지 마. 너희들 매일 게임만 할 것 같아. 저기 위에 표지판 보면 오락기처럼 생긴 이미지 있지? 저리로 따라가면 돼. 너무 많이 하지 마. 알았지?"

우린 알았다고 답을 했다. 그렇지만 난 밤새도록 하고 싶었다. 혹시 사일런트 힐 같은 고전 게임도 있을까? 난 갑자기 머릿속에 게임 생각이 가득했다. 난 토비를 보았다. 토비가 아주 예쁜 백인 소녀들과 이야기를 하며 지나갔다. 난 기분이 지나치게 가라앉았다. 좀 기분이 안 좋았다. 혹시 내가 질투를 느끼는 건가?

"민우야, 토비는 인기가 많아. 너 괜찮겠어?" 엘리자베스가 말했다. 어느새 엘리자베스가 와 있었다. 방금 토비를 따라온 것 같다.

"응, 괜찮아."

"정말 괜찮아?"

엘리자베스가 또 물었다. 엘리자베스는 좀 얄밉다. 난 고개를 끄덕였다.

"반장, 다음에 무슨 수업 들을 거야?" 엘리자베스가 소영이에게 물었다.

"음, 글쎄. 민우야, 요한, 너희들 무슨 수업 듣고 싶어?"

수업도 선택이 가능한가? 요한이와 나는 머뭇거렸다.

"무슨 수업이 있는데? 혹시 게임에 대한 수업 없어?" 소영이가 소리 내어 웃었다.

"그런 게 어딨어. 뭐 프로게이머 같은?"

"뭐 예를 들어서 게임의 역사나 그런 거 없나 해서." 요한이가 말했다.

"게임 수업은 없어. 우리 무술 수업 들을까?"

"무술 수업? 와, 싸움을 잘하게 되는 거야?" 내가 말했다.

"사실 초능력자들이 싸움을 하면 몸싸움에 특화된 능력을 가진 사람 빼곤 잘 안 해. 몸싸움 능력을 가진 초능력자와 싸워봤자 못 이겨."

"글쓰기 수업 듣자." 엘리자베스가 말했다.

우린 글쓰기 수업을 들으러 갔다. 선생님이 들어오셔서 쓰고 싶은 글 아무거나 30분 동안 쓰라고 했다. 난 내가 좋아하는 게임들에 관해 글을 썼다. 요한이 글을 슬쩍 보았다. 무슨 글인지 볼 수가 없었다. 요한이가 왜 보냐고 눈치를 주었다. 30분 후 선생님이 우리가 쓴 글을 빨리 읽었다. 저분은 글을 빨리 읽는 능력을 가진 걸까? 그리고 선생님이 각자 쓴 글에 대해 짧게 소감을 남겨주었다. 나에게는 함께 게임하지 않겠냐고 물어봤다. 선생님과 같이 게임을 한다니 난 너무 부담스러워서 거절했다. 선생님이 왜 거절하냐고 물어봤다. 난 어버버거렸다. 난 솔직히 말해 좀 부담스럽다고 하자 선생님이 웃었다.

"민우는 어디 출신이니?" 선생님이 물었다.

"저는 경기도 포천 출신입니다."

"그렇구나." 그리고 다음 학생으로 넘어갔다. 그렇게 수업이 끝나고 우린 점심을 먹으러 갔다.

"점심 먹고는 자유시간이야."

"벌써? 수업이 이렇게 짧아?"

"자유시간에도 아이들이 알아서 공부해. 민우는 나랑 훈련하자.

요한이는 뭐 할 거야?"

요한이가 고민하는 듯하다.

"요한이 게임룸 갈 거지?" 소영이가 말했다.

"응." 요한이가 웃으며 말했다.

그리고 우린 점심을 먹었다. 샌드위치가 나왔다. 샌드위치와 샐러드 종류가 많았는데 난 내가 좋아하는 옥수수를 집었다. 우린 점심을 맛있게 먹고 나는 소영이와 훈련을 했다. 분자를 분해하는 능력은 위험하니 전파 공격을 어떻게 가할지에 대해서 소영이와 이야기를 나누었다. 그리고 다시 가벼운 공들을 내 정신력으로 튕겨냈다.

"혹시 튕겨내기 말고 잡을 수는 없어? 전파가 공을 감싸안는다고 생각해봐. 그리고 공을 들어봐."

난 소영이가 말한 대로 공을 잡고 들어올리는 상상을 했다. 아무런 반응이 일어나지 않았다.

"계속 연습해봐. 전파로 공격하는 건 잘 통하는 것 같아."

난 계속 공을 들어보려고 노력했다. 누군가 나에게 공을 던져 머리를 맞았다. 난 돌아보았다. 토비이다. 소영이가 방해하지 말라고 토비에게 이야기했다. 토비는 심술궂은 미소를 지으며 다른 곳에 가서 주먹으로 나무를 격파하는 훈련을 했다. 난 토비가 짓궂다고 생각했다. 그렇게 하루 종일 훈련했지만 공 하나 움직이지 못했다. 소영이는 좀 쉬자고 했다. 우린 앉아서 쉬었다. 그때 토비가 또 왔다. 내 머리를 잡고 자기 품에 안았다. 답답해서 토비를 떼어냈다. 그리고 토비가 소영이가 바로 옆에 있는데 나에게 키스했다. 토비에게서 땀 냄새가 났다. 난 키스를 받아주었다. 토비의 혀가 촉촉했다. 난 소영이가 옆에 있어서 좀 부끄러웠다. 토비는 날 가만 놔두지 않았다. 날 끌어안고 자기 품에 품었다. 그리고 내 머리카락 냄새를 맡았다. 난 얼굴을 좀 찌푸렸다. 토비가 소영이에게 뭐라고 말을 했다. 영어 단어 중에 샤워가 들어간 것 같았다.

"민우야, 토비가 같이 샤워하재." 난 얼굴이 빨개졌다. 그런 이야기를 뭣하러 소영이에게 말을 해? 난 토비를 떼어놓았다.

"소영아, 토비에게 샤워는 이따가 한다고 전해줘."

소영이가 전해주었다. 토비는 알았다고 하며 내 이마에 뽀뽀를 하고 훈련을 하러 갔다. 소영이가 뭔가 생각하다가 나에게 말을 했다.

"민우야, 토비에게 아이들 좀 그만 괴롭히라고 말 좀 해줘. 네가 말하면 토비가 말을 들을 것 같아."

"토비가 아이들을 괴롭혀?"

"민우는 토비에 대해 아직 잘 모르는구나. 토비는 좀 뭐라 할까… 나쁜 아이는 아닌데 좀 사람을 짓궂게 대해. 불편해하는 아이들이 많아. 그러니까 민우가 이야기 좀 해줘."

난 그냥 알았다고 했다. 내가 알고 있는 토비랑 다른 사람들이 알고 있는 토비랑 좀 다른 것 같다. 난 훈련을 마치고 소영이랑 헤어져 샤워실로 갔다. 난 요한이를 찾고 있었다. 샤워실 안에 남자아이들이 좀 있었다. 어떤 아이가 당황한 얼굴로 나와 눈이 마주쳤다. 아이는 곤란한 표정을 짓고 있었다. 난 그 아이가 날 뻔히 쳐다봐서 나도 모르게 바라봤다. 그 아이 앞에 누가 서 있었다. 키가 크다. 뒤통수를 보니 토비였다. 토비가 앞에서 당황해하고 있는 아이에게 뭐라 말을 했다. 그러자 그 아이가 고개를 숙였다. 그리고 아이가 우스꽝스러운 춤을 췄다. 아이의 얼굴에는 당황스러움이 가득했다. 난 뭔가 잘못되었다고 생각했다. 난 토비를 지나쳐 아이의 어깨를 잡고 그만두게 했다. 난 토비를 쳐다봤다. 토비는 웃고 있었다.

"아이들을 불편하게 하지 마, 토비." 토비는 못 알아듣겠다는 식으로 말을 했다. 난 토비의 얼굴을 만졌다. 토비는 내 손을 잡고 손을 애무했다. 그는 나를 흥분시키려 했다.

난 내키지 않았지만 그가 하는 대로 내버려두었다. 그가 내 몸을 마구 주물렀다. 그는 또 나를 인형처럼 가지고 놀았다. 그리고 우린 샤워를 하고 나왔다. 난 바로 영어 사전을 찾으러 갔다. 요한이와 마주쳤다. 요한이가 내 아래를 내려다봤다.

"민우야 너 목이 왜 빨개?" 난 거울을 봤다. 토비가 애무를 너무 심하게 해서 생긴 자국이다.

"아, 훈련하다 생겼어. 요한아 넌 뭐 했어?"

"그냥 게임 했어. 민우야, 너 목이 군데군데 빨개. 훈련받다 소영이에게 맞았어?"라고 말하며 요한이가 웃음을 터뜨렸다. 나도 웃었다.

"요한아, 영어사전이 어디 있을까?"

"영어사전? 영어공부하려고 하는구나."

"응, 그냥 좀 몇 단어 정도 알아두려고."

"그래, 같이 찾으러 가자. 소영이한테 물어보면 될 것 같아."

난 요한이와 소영이를 찾으러 갔다. 가다가 엘리자베스를 만났다. 우린 엘리자베스에게 영어사전 같은 걸 찾으려면 어디로 가야 하는지 물었다.

"영어를 알아듣고 싶으면 내가 그렇게 해줄 수 있어." 엘리자베스가 웃으며 말했다.

"아니, 그냥 그런 것보다는 글을 좀 쓰고 싶어서." 내가 말했다.

"영어로?" 엘리자베스가 되물었다. 난 그렇다고 했다. 그러자 엘리자베스가 도서실을 알려주었다. 우린 그곳에 가 영어사전과 초급 영어 교재를 빌렸다. 난 요한이와 방에 도착했다. 요한이가 30분 뒤에 저녁을 먹기 위해 사람들과 모일 거라고 했다. 난 영어 사전과 교재를 보며 글을 적었다.

"무슨 글 적어?" 요한이가 물었다. 요한이에게는 솔직히 말해도 될 것 같다.

"응, 토비에게 하고 싶은 말 적어."

"그래? 러브레터 같은 거야?"

"그런 건 아니야."

요한이는 별 관심 없다는 듯이 침대에 누웠다. 난 글을 적고 접어서 셔츠 주머니에 넣었다. 그리고 우린 식사를 하러 갔다. 요한이와 같이 앉았고 옆에 토비가 앉았다. 토비가 내 허벅지를 만졌다. 토비의 손이 내 허벅지 속살을 비비자 난 흥분되는 것 같았다. 그래서 난 토비 손을 잡아 토비 허벅지 위에 올려놨다. 그리고 밥을 먹었다. 스테이크와 감자가 나왔다. 난 맛있게 먹었다. 저녁을 먹고 우린 예쁜 정원에 갔다. 거기 앉아서 쉬었다. 토비가 날 안았다. 우린 대화를 나누다 각자 방으로 돌아갔다. 가는 길에 난 토비에게 쪽지를 주었다. 토비가 날 사랑스럽게 바라봤다. 토비는 쪽지를 읽지 않고 주머니에 넣었다. 그리고 나를 잡아 자기 방으로 데려갔다. 토비는 지미와 지내는 것 같았다. 지미가 우리를 위해 자리를 피해줬다. 토비는 또 사랑을 나누고 싶어 하는 것 같았다. 토비는 예쁜 원피스와 어디서 구해왔는지 빨간 머리띠를 가져와 나에게 입혔다. 그리고 날 사랑하기 시작했다. 난 너무 자주 이런 관계를 갖는 것 같아 좀 힘들었다. 토비가 날 아프게 했다. 너무 세게 애무해서 몸에 빨간 자국들이 생겼다. 그리고 날 거칠게 다루었다. 아프긴 했지만 난 흥분해서 모든 걸 받아들였다. 난 토비의 인형이 되는 게 좋았다. 토비는 날 장난감처럼 가지고 놀았다. 우린 이후에 같이 샤워를 했다. 서로의 몸을 씻겨주었다. 그러고 나서 토비가 내 쪽지를 읽었다. 토비는 진지하게 읽는 듯했다. 그리고 나를 바라보며 웃었다. 날 사랑스럽게 쳐다보며 영어로 뭐라 말을 했지만 사랑한다는 말 빼고 나머지 말을 알아들을 수 없었다. 그리고 우린 키스했다. 토비의 혀가 달콤했다. 우리가 키스하는 도중 지미가 들어왔다. 우리는 키스를 끝내고 난 방으로 돌아갔다. 요한이가 나를 보았다. "너 왜 여자 옷 입고 있어?"

아차, 난 재빨리 토비의 방에 다시 가 내 옷을 갖고 돌아와 갈아입었다. 요한이가 날 묘한 묘정으로 바라봤다.

"민우야, 도대체 뭘 하는 건지 모르겠지만 너 다리 군데군데 가빨개. 적당히 해라. 너 미성년자인 건 알지?"

난 얼굴을 붉혔다.

"그래." 짧게 대답하고 침대에 누웠다. 그리고 잠을 잤다.

다음 날 아침 일찍 일어나 또 소영이와 훈련을 했다.

"민우야, 수박 깨트리기를 하는데 터지게 만들지 말고 살짝만 수박을 쪼개봐."

난 소영이가 말하는 대로 수박을 살짝 쪼개보려 했다. 마음대로 되지 않았다.

"민우야, 공격보다는 방어한다는 개념으로 공격을 하지 말고 힘을 제어해보려고 해봐. 힘을 쥐었다 폈다 하는 상상을 해봐."

난 소영이 말대로 큰 손을 머릿속에 떠올리고 수박을 가볍게 쥐는 상상을 했다. 수박이 조금 움직였다. 난 그 힘을 유지하고 살짝만 힘을 가해보았다. 여기서부터는 머리가 아팠다. 머리가 지끈거렸다. 힘을 방출하는 건 쉬웠지만 제어하는 건 어려웠다. 난 안간힘을 쓰기 시작했다. 머리가 너무 아팠다.

"소영아, 머리가 너무 아픈데 좀 있다 하자."

"그래, 무리하지 마. 좀 더 나아지는 단계인 것 같아."

소영이와 나는 앉아서 쉬었다.

"원래 힘을 쓰는 건 쉬운데, 그러니까 공격이나 파괴를 하는 건 쉬워. 근데 그 힘을 조절해서 대상을 무력화시키거나 물러가게 하거나 하는 건 어려워. 약간 고통스러울 거야."

소영이가 설명해주었다.

"그렇구나." 난 답했다.

멀리 토비가 보였다. 지미와 몸 장난을 치고 있었다. 다른 여자아이들과도 장난을 쳤다. 다른 여자아이들과 있는 게 보기 불편했다. 난 질투가 나는 것 같았다. 그렇다고 내가 토비에게 다른 여자들과 함께 있지 말라고 하기는 싫었다. 또 요한이가 잔소리하는 게 들려오는 듯했다. 원하는 게 있으면 용기 있게 말하라는 음성이 들리는 것 같았다. 난 토비에게 다른 여자와 같이 있지 말라고 말하고 싶었다. 어떻게 전달해야 할지 몰랐다. 난 고민에 빠졌다. 그렇게 시간이 흘러 점심을 먹고 난 요한이랑 게임을 하러 갔다. 토비도 같이 갔다. 토비는 또 농구공 넣는 게임을 했다. 토비가 같이 하자고 했다. 난 싫다고 했지만 토비는 같이할 때까지 날 괴롭혔다. 난 결국 같이하게 되었다. 농구공을 들어서 골대에 넣는 게임이었다. 토비와 같이 30분쯤 하고 요한이랑 게임 하겠다는 말을 어렵게 전달했다. 그러자 토비가 내 어깨를 잡아끌어 자신의 품에 나를 앉힌 뒤 내 엉덩이를 움켜쥐었다. 난 불편했다. 내가 얼굴을 가볍게 찡그리니 토비가 날 귀엽다고 하며 내 볼과 입술에 뽀뽀를 했다. 난 토비에게서 빠져나와 요한이에게로 갔다. 드디어 요한이와 게임을 할 수 있게 되었다.

우린 콜 오브 듀티 매우 어려움을 드디어 깨고 다른 게임을 했다. 엑스박스 게임을 했는데 좀 하드코어한 게임이었다. 총이 전기톱으로 활용되어서 적들을 마구 죽이는 게임이었다. 스토리도 있어 우린 스토리를 재미있게 감상하기도 했다. 정말 재밌는 게임이었다. 그러던 도중 토비가 또 나를 잡았다. 나보고 어디 가자고 했다. 난 요한이도 같이 가자고 했는데 토비가 나만 따라오라고 해서 요한이와는 헤어졌다. 토비는 내 어깨에 손을 올렸다. 우린 건물 지하로 갔다. 거긴 뭔가 화려한 조명이 있었고 맥주가 있었다. 몇몇 아이들은 흡연을 했다. 담배연기가 자욱했다. 이런 곳이 있으리란 생각은 못 했다. 토비는 나를 어딘가로 데려가 사람이 모여 있는 곳에 같이 앉았다. 토비는 사람들에게 나를 소개해주었다. 난 인사를 나누었다. 그리고 토비가 맥주를 주었다. 난 마시고 싶지 않았지만 안 마시면 안 될 것 같은 분위기라 마셨다. 난 취해본 적이 없기 때문에 그냥 아무 생각 없이 마셨다. 난 영어를 할 수가 없어서 그들의 말을 알아듣지 못했다. 난 말없이 앉아 있을 수밖에 없었다.

토비는 내 어깨에 손을 올리고 간혹 볼에 뽀뽀를 했다. 난 맞은편 아이들이 말을 할 때 유심히 듣는 척을 했다. 난 갑자기 그런 생각이 들었다. 난 단지 토비의 소유물일까? 날 여기 왜 데리고 온 걸까? 내가 영어를 못 한다는 걸 알면서도. 난 그냥 토비의 인형같이 옆에 안겨 있을 뿐이다. 한 남자아이가 나에게 말을 걸었다. 난 답변할 수가 없었다. 분위기가 너무 어색해졌다. 난 잠시 자리에서 일어났다. 토비가 날 일어나지 못하게 잡았다. 난 토비에게 미소 지으며 손을 뿌리쳤다. 난 잠시 난간 쪽으로 나가 바람을 맞았다. 어떤 백인 소녀가 나에게 담배를 권했지만 난 거절했다. 그녀가 나에게 뭐라고 말을 했다. 난 영어를 모른다고 답변해주었다. 그녀가 웃었다. 난 토비에게 돌아간다고 말을 전해야 할 것 같았다. 갑자기 돌아간다고 하면 불편해지지 않을까 하는 생각이 든다. 토비가 나에게 왔다. 뒤에서 날 안았다. 그리고 자신의 몸을 바짝 붙여 문질렀다. 토비는 뭐 발정이라도 난 걸까? 난 뒤로 힘겹게 돌아 토비와 마주 봤다. 난 손짓으로 대화가 안 되니 불편하다는 말을 했다. 토비가 알아들었는지 잘 모르겠다. 토비가 내 입에 맥주를 넣었다. 난 주는 대로 마셨다. 난 조금 취한 느낌을 받았다. 이런 게 취한다는 건가. 토비가 뭔가를 피웠다. 난 토비가 담배를 피우는지 몰랐다. 난 좀 걱정됐다. 내가 손으로 담배를 가리키며 피우지 말라고 했다. 토비는 고개를 저었다. 그리고 한 모금 피웠다. 연기를 내 얼굴에 뿜었다. 난 좀 어지러웠다. 멍한 표정을 지었다.

토비가 내 입술을 또 먹었다. 혀를 마구 집어넣었다. 토비 입에서 술 냄새가 났다. 담배 냄새는 안 났다. 토비가 자기 혀와 담배를 내 입에 넣었다. 난 억지로 담배를 흡입했다. 그리고 난 기침을 크게 했다. 어지러웠다. 난 이곳을 나가고 싶었다. 난 기침을 하며 토비에게서 벗어나 밖으로 나가려고 했다. 그렇지만 토비가 날 잡았다. 난 웃는 얼굴을 더 이상 보여줄 수 없었다. 원치 않았지만 난 인상을 찌푸렸다. 토비는 작은 미소를 지으며 내 입술을 어루만졌다. 토비는 내가 불편한지 신경 쓰지 않는 것 같았다. 나를 안고 나를 만졌다. 그가 나의 깊은 곳을 마구 만졌다. 난 누군가 나를 쳐다보는 기를 느꼈다. 난 토비를 뿌리쳤다. 토비는 날 놔주질 않았다. 토비는 힘이 어마어마하게 강했다. 토비의 초능력이라 짐작했다. 토비가 나의 팔을 잡고 나를 돌렸다. 그리고 내 몸을 문질렀다. 난 순간 뭔가 잘못됐다는 생각에 토비 머리에 전파를 가했다. 토비가 외마디 비명을 지르며 뒤로 물러났고 난 거기서 빠져나왔다. 아이들이 다 나를 쳐다봤다. 난 어쩔 줄 몰라 방으로 들어갔다. 요한이가 없었다. 게임룸에 있는 것 같아 난 게임룸으로 빨리 걸어갔다. 요한이가 있었다. 요한이가 게임을 하다 뒤를 돌아봤다. 날 빤히 쳐다봤.

"민우야, 너 어디 갔다 왔어? 얼굴이 왜 그래?" 난 거울을 봤다. 얼굴이 빨개져 있었고 입술이 조금 부어 있었다.

"너 술 마셨어? 술 냄새 나." 요한이가 걱정하는 얼굴로 말했다. 난 잠시 멍한 표정을 지었다.

"응, 토비랑 같이 있다가 빠져나왔어."

"그래? 근데 괜찮아?"

난 괜찮은 표정을 억지로 보였다.

"같이 게임 할까?"

"아니, 난 그냥 구경할게"라고 말했다. 요한이는 날 좀 더 살펴보다가 게임을 했다. 난 요한이 뒤에서 멍하니 서서 마음을 가라앉히고 있었다. 난 마음이 불안했다. 토비가 나에게 찾아오면 난 뭐라고 할지 모르겠다. 토비를 다시 보기가 불편했다. 아까 있었던 일을 요한이에게 말해야 할까 고민이 됐다. 혹시 소영이가 없나 주변을 살펴보았지만 소영이는 없었다. 그렇게 저녁 먹을 때까지 요한이와 있었다. 요한이랑 같이 게임을 하며 마음을 차분하게 만들었다. 저녁 먹을 때 토비와 마주칠 텐데 난 어쩔 줄 몰랐다. 곧 저녁 먹을 시간이 다가왔다. 토비가 나를 봤다. 토비가 서 있었다. 토비는 어색한 표정을 짓고 있었다. 난 토비에게서 눈을 떼지 않았다. 난 좀 슬픈 표정을 지었다. 토비가 나에게 다가왔다. 날 무척이나 소중하게 어루만 졌다. 난 미소 지었다. 토비가 날 안아주었다. 토비는 나에게 미안하다고 말했다. 난 괜찮다고 했다. 우린 그렇게 안고 있었다. 소영이와 다른 아이들이 왔다. 소영이가 밥 먹으러 가자고 해서 우린 저녁을 먹으러 갔다. 저녁은 닭 요리가 나왔다. 난 맛있게 먹었다.

우린 또 정원에 갔다. 하루 일과가 정해져 있는 것 같았다. 토비가 내 손을 어루만졌다. 그리고 부드럽다고 말했다. 짓궂은 스킨십은 안 했다. 난 토비 가슴에 얼굴을 묻었다. 아이들과 이야기를 나누다 요한이랑 잠을 자러 갔다. 토비가 나를 잡아당겼다. 난 뭐라고 말을 해야 할지 당황하다가 난 너무 많다고 영어로 말해보았다. 토비가 고개를 갸우뚱했다. 우린 너무 자주 한다는 말을 해보았다. 토비는 고개를 끄덕였고 내 볼을 감싸고 키스를 했다. 그리고 각자 방으로 갔다. 요한이가 나에게 말을 했다.

"웬 술을 마셨어?"

"응, 토비가 갑자기 맥주를 줘서 조금 마셨어."

"아까 많이 마신 거 같은데?"

"응, 사실 아까 무슨 일이 있었어."

"무슨 일? 말해봐. 이리 앉아." 난 요한이 옆에 앉았다.

"아까 토비랑 좀 불편한 일이 있었어."

"어떤 일이 있었는데."

"후… 근데 네가 꼭 알아야 해?"

"어차피 너랑 나 둘뿐이야. 집에 돌아가도 토비는 못 따라와. 난 네가 무슨 안 좋은 일이 있었는지 알고 싶어. 우린 친척이잖아. 우린 가족이야."

"지금은 괜찮아. 어, 아까 토비가 날 너무 심하게 대했어."

"그래서 기분이 안 좋은 거야?"

"아니 토비가 억지로 마시게 했어."

"넌 너무 자주 그래. 싫으면 싫다고 솔직하게 말을 해." 요한이의 잔소리가 실시간으로 들려와 난 가슴이 뛰었다.

"알았어."

"그래 이제 자자." 그리고 우린 잠을 잤다.

잠결에 난 성욕을 느꼈다. 그렇지만 참았다. 토비가 날 성적으로 활발하게 만든 것 같았다. 다음 날도 같은 일과가 지났다. 소영이가 계속 수박을 적당히 쪼개는 훈련을 시켰다. 토비는 나에게 사랑을 나누자고 보채지 않았다. 그렇게 하루하루가 흘러갔다. 난 수박을 조금 잘게 쪼갤 수가 있었다. 소영이는 더 나아가 수박에 압박을 적당히 가해 그 에너지를 응축해보라고 했다. 이해하긴 어려웠지만 나의 능력을 상당히 정교하게 사용하라고 의도하는 것 같았다. 크게 분출할 수 있었지만 정교하게 그림을 그리듯이 힘을 사용하기는 어려웠다. 난 1주일이 지나던 날 성욕이 크게 분출하는 걸 느꼈다. 토비가 날 살짝만 만져도 난 흥분 상태에 빠져들었다. 난 안달난 상태였고 항상 달아올랐다. 그렇지만 토비는 나와 사랑을 나누지 않았다. 그래서 오늘은 토비를 따라갔다. 토비를 만졌다. 토비가 그렇게 날 가지고 노는 것 같았다. 토비가 날 데리고 와 나를 마구 능욕했다. 날 가지고 놀았다. 나에게 여자 옷을 입히고 화장품을 발랐다. 거울의 내 모습은 너무나도 아름다운 소녀 같았다. 그렇지만 눈은 음란했다. 입술에 성욕이 가득했다. 그런 나를 토비는 아주 성적으로 문란한 짓을 하게 만들었다. 토비가 날 더럽혔다. 토비가 날 거칠게 다뤘다. 날 마구 망가트렸다. 날 더러운 행위를 하게 만들었다. 난 어렸을 때 부모님과 교회에 갔던 일을 회상했다. 난 하나님 얼굴을 떠올렸다. 난 지옥에 떨어질 것 같았다. 난 저녁 늦게 방에 들어왔다.

"뭐 하다 이제 와?" 요한이가 물었다.

"응, 토비랑 있다가 왔어."

"그래? 둘이 뭐 그렇게 좋다고 붙어 있어."

난 웃었다. 난 옷을 벗었다. 허벅지와 목덜미, 가슴에 토비가 애무한 자국들이 난무했다.

난 요한이랑 자기 전에 대화를 나눴다.

"난 휴대용 게임기를 갖고 싶어." 내가 말했다.

"그냥 콘솔 게임기가 좋지 않아? 요즘에는 무선 리모트가 돼서 어디서든 할 수 있어. 핸드폰만 있으면 될걸?"

"그냥 나는 휴대용 기기를 좋아해서 게임도 재밌지만 그냥 게임기기를 갖는 게 좋아."

"그럼 닌텐도 거를 사면 되겠네."

"그래, 집에 가면 꼭 사자." 그렇지만 집은 점점 멀어지고 있었다. 우린 이곳 생활에 익숙해지고 있었다. 매일 같은 하루 일과에 만족했고 우린 자주 게임룸에 갔다. 우린 잠시 수능시험이라는 커다란 부담감에서도 벗어나고 있었다. 우린 잠이 들었다. 다음 날 토비는 날 또 마음대로 가지고 놀았다. 난 저항하지 않았다. 사람들 보는 데서도 마구 키스를 해서 입이 남아나지 않았다. 음식을 먹고 있는데도 키스를 했다. 난 토비를 멀리 떨어지게 만들었다. 토비는 자기 힘을 과시해 항상 나를 붙잡아놓았다. 토비가 또 아래층의 맥주 마시는 곳에 데려갔다. 거기서 토비 친구들 보는 앞에서 몸을 만지고 키스를 해 곤욕스러웠다. 토비 친구들 중에 몇 명이 내 몸에 알게 모르게 손을 대는 것 같았다. 내 엉덩이를 만지거나 목덜미를 만졌다.

난 하지 말라고 제지를 했다. 요한이 말이 떠올라 난 진지한 표정으로 내 몸에 손을 대지 말라고 했다. 토비는 그런 나를 데리고 밖으로 나왔다. 토비와 난 산책로를 걸었다. 토비는 내 손을 꽉 잡았다. 손이 아팠다. 토비가 날 사랑하는 걸까? 나를 좋아한다거나 사랑한다는 말을 안 한 지 오래되었다. 그저 나를 붙잡아매고 자신의 성욕을 마구 분출했다. 나 역시 성적으로 문란해져 있었다. 가끔 몸이 아플 때도 있다. 내가 아파도 토비는 아랑곳하지 않고 나를 거칠게 다루었다. 나에게 변태적인 행위를 시키기도 했다. 난 토비가 성욕이 상당히 강하다는 걸 알게 되었다. 그리고 가끔 아이들을 괴롭혔다. 난 전에 쪽지에 아이들을 괴롭히지 말라고 적어서 보내준 걸 기억한다. 그 당시 나는 소녀처럼 순수했다. 그렇지만 이후로 토비는 안 그러다가 다시 아이들을 괴롭히기 시작했다. 그럼 아이들은 나를 쳐다봤다. 그럼 내가 토비를 저지했다. 그렇지만 요즘에는 아이들이 토비에게 고통받는 걸 무기력하게 바라보았다. 토비는 여자아이도 괴롭혔다. 집요하게 불편하게 했다. 그러다 여자아이가 화를 낼 것 같으면 난 토비를 말렸고 그러지 말라고 말을 했다. 그럼 토비는 심술쟁이 같은 표정을 지었다. 어느 날인가는 내가 몸이 아파 가려고 하자 토비가 내 머리카락을 움켜쥐고 날 엎어서 강제로 자기 욕구를 해소했다. 난 점점 토비에게 무기력해져가고 있었다.

하지만 소영이와의 훈련은 시간이 지날수록 좋은 결과가 나왔다. 난 수박을 정교하게 쪼개기도 하고 힘을 제어해서 수박을 부서지기 전 단계에 머물게 만들었다. 난 내 능력이 상승할수록 성욕이 상승하는 걸 느꼈다. 어쩌면 토비 때문에 그런 것만은 아닌 것 같았다. 훈련을 마치고 토비가 날 데리고 갔다. 난 인형처럼 토비에게 끌려갔다. 그리고 거기 토비 친구들이 있었다. 토비가 나를 무릎 꿇게 하고 더러운 행위를 하려고 했다. 그렇지만 토비 친구들이 있어서 난 거부했다. 토비는 그런 나를 강제로 쥐어잡아 자기 욕구를 해소하려고 했다. 난 순간 토비의 머리에 약간의 힘을 가했다. 그러자 토비가 짧은 비명을 지르고 물러섰다. 토비가 두 주먹을 불끈 쥐었다. 토비가 날 때리면 그때는 우린 마지막이다. 토비는 주먹을 바닥에 때렸다. 바닥이 부서졌다. 토비는 날 끌고 갔다. 난 다시 토비에게 공격을 가할 수 없었다. 내가 주는 정신적인 공격보다 토비의 삐뚤어진 자아가 날 무기력하게 만들었다. 난 토비가 이런 사람인 줄 몰랐다. 그는 내가 처음 본 이미지 그대로 심술쟁이 같은 사람이었다. 이곳에서의 평판도 그다지 좋지 않은 사람이었다. 그의 친구들도 그냥 질이 안 좋은 애들일 뿐이었다. 토비가 날 자기 방으로 끌고 들어갔다. 내 두 팔을 잡아 머리 위에 모으고 날 쳐다봤다. 난 공허한 눈동자로 토비를 쳐다봤다. 그러다 토비는 날 놔주었다. 토비는 침대에 누웠다. 난 토비를 바라보다 밖에 나갔다. 토비의 친구들이 좋지 않은 표정으로 날 바라봤다. 웃고 있었다. 난 그들을 쳐다보지 않았다.

　요한이가 있는 게임룸에 갔다. 요한이 뒤에 서서 요한이가 게임하는 걸 바라봤다. 요한이가 뒤돌아 나를 봤다.

　"너 요즘 괜찮아?"

　"응." 난 조용히 답했다.

　"토비랑 싸웠어?"

　"뭐, 같이 지내다 보면 싸우기도 하지 뭐."

　"그래… 같이 게임 할래?"

　"좋아."

　"좋았어, 그럼 옆에 앉아." 우린 엑스박스로 나온 에이급 타이틀을 코옵으로 했다. 난 게임에 집중했다. 우린 저녁을 먹고 정원에 앉아 있었다. 토비가 안 보였다. 눈에 안 보이면 걱정이 됐다. 토비가 혹시나 누굴 때리거나 힘 조절을 못해서 어디서 사고가 나면 어쩌나 걱정돼서 토비를 찾으러 돌아다녔다. 토비는 훈련장에 있었다. 토비는 운동을 했다. 별일 없는 것 같았다. 그렇지만 바닥에 누가 누워 있었다. 토비 친구인 것 같다.

　토비가 마구 때린 것처럼 널브러져 있었다. 난 그 친구가 괜찮은지 뛰어가서 살펴봤다. 얼굴이 너무 부어올라 있었다. 난 겁이 났다. 그 친구의 어깨를 잡아 병원으로 데려가야 할 것 같았다. 토비가 뒤로 돌아 나를 봤다. 난 토비를 쳐다봤다. 그리고 토비에게서 눈을 돌려 병원으로 갔다. 난 이 친구의 이름을 모른다. 좋지 않은 웃음을 띠며 날 이상하게 쳐다보는 아이였다. 선생님에게 부상을 당했다고 말을 하고 친구를 침대 위에 올렸다. 그 친구가 나를 쳐다보았다. 난 무표정하게 바라보다 몸을 돌리고 토비에게 갔다. 토비는 주먹으로 마네킹 형태의 훈련 도구를 때렸다. 토비는 힘이 어마어마하게 강했다. 그냥 주먹을 날려도 그 힘이 파장이 되어 앞으로 쭉 나갔다. 난 토비를 지켜보다 그냥 방에 돌아갔다. 그날은 그냥 잠을 잤다. 다음 날 아침에 일어나 소영이랑 훈련을 했다. 어제와 별다를 바 없는 훈련의 반복이었고 소영이는 내 능력을 더 정교하게 쓸 수 있도록 계속 날 단련시켰다. 훈련이 끝나고 소영이가 체력 훈련도 꾸준히 하라고 해서 난 달리기를 했다. 운동장을 2번 돌았을 뿐인데 숨이 너무 찼다. 운동장 중간에 태호가 앉아 있었다.

　태호의 시선이 느껴졌다. 난 짧은 반바지 운동복을 입고 있었는데 태호가 내 엉덩이랑 다리를 바라봤다. 엉덩이와 다리 쪽에 태호의 시선이 간지럽게 느껴졌다. 태호도 혹시 남자를 좋아하는 아이일까? 하는 생각이 들었다. 태호가 원한다면 태호와도 몸을 섞을 수 있다는 생각을 했다. 이런 생각을 하는 나에게 충격을 받았다. 내가 왜 이런지 모르겠다. 토비가 나에게 어떤 트리거를 당기게 한 것 같다. 난 너무 음란해져 있었다. 때론 2명과 관계를 맺는 상상도 하곤 했다. 난 달리기를 멈추고 잠시 쉬었다. 태호가 내 뒤를 쳐다보았다. 난 태호에게 내가 날 쳐다보면 내가 다 감지할 수 있다는 걸 말해주고 싶었다. 난 태호에게 다가갔다. 내가 딱히 먼저 다가가는 편은 아니지만 왠지 모르게 난 태호에게 다기갔다. 태호가 날 쳐다봤다. 그러다 고개를 돌렸다. 난 태호의 파란 기가 나를 훑어보는 걸 보았다. 난 태호에게 가서 말을 걸었다.

　"태호야, 여기서 뭐 해?"

　"으응, 앉아서 쉬고 있었어."

　"아, 근데 태호야. 궁금해서 그러는데 네 초능력은 정확히 어떤 거야? 그냥 궁금해서 그래."

"아, 내 초능력은 힘을 눈 안으로 모아서 방출하는 능력이야."태호가 흥미 있다는 듯이 자기 능력을 설명했다.

"아, 그렇구나. 나는 누가 날 쳐다보면 그 시선이 느껴지는 능력이 있어." 난 미소 지으며 말했다. 태호가 당황하는 얼굴을 보였다. 얼굴이 조금 빨개진 것 같았다. 내가 왜 이런 이야기를 하는지 알겠다는 모습이었다. 태호가 긴장하고 있었다.

"그래? 그렇구나…. 음, 난 수업 들으러 갈게." 그리고 태호가 일어나서 교실 쪽으로 걸어갔다. 난 태호를 불편하게 할 의도는 아니었지만 태호가 당황하는 모습을 보고 이상하게 성욕을 느꼈다. 정확히 뭐 때문에 성욕을 느낀 건지 알 수 없었다. 태호는 잘생겼고 몸매도 좋았다. 옷을 입는 센스도 좋아 멋진 운동복 바지와 깔끔한 티셔츠를 입은 모습이 좋아 보였다. 난 운동장을 한 바퀴 더 뛸 생각으로 달렸다. 그리고 샤워를 했다. 거기 토비 친구들 몇 명이 있었다. 내 발가벗은 몸을 쳐다보았다. 혹시 토비 친구들이 다 동성애자가 아닌지 하는 생각이 들었다. 이 시설에 동성애자 그룹이 있는 건 아닌지 하는 생각이 들었다. 난 그냥 몸을 씻었다. 한 친구가 내 뒤로 다가왔다. 그리고 자기 몸을 내 몸에 대었다. 난 뒤로 물러서라는 동작을 했다. 그러자 내 몸을 만지기 시작했다. 난 짜릿한 흥분을 느꼈지만 여러 명과 관계를 맺고 싶지 않았다. 난 내 몸을 만지는 아이의 손을 떼었다. 그러자 내 손을 잡았다. 뭔가 오해한 것 같았다. 난 그 자리에서 벗어나 옷을 입는 곳으로 갔다. 그 친구들은 따라왔다. 민망하게도 내 몸을 만지던 아이가 흥분한 것 같았다. 난 그냥 옷을 입고 나와버렸다. 여기 있는 애들이 선한 편에 서 있는 아이들인지 갑자기 의문이 들었다. 좀 이상한 친구들도 많았다. 그중에 한 사람이 내가 좋아했던 토비라는 게 좀 믿어지질 않았다. 토비가 보였다. 다른 친구들하고 어딘가로 가고 있었다. 지금은 토비를 피하고 싶었다. 그렇지만 토비가 날 쳐다보고 내가 있는 쪽으로 왔다. 난 토비를 피해 걸음을 옮겼다. 그렇지만 토비가 내 팔을 잡아끌었다. 난 토비에게 하지 말라고 했다. 그렇지만 토비는 날 놔주지 않았다. 토비가 또 나랑 하고 싶은 것 같았다. 난 운동 때문에 몸이 지쳐 할 수 없다고 설명해보았다. 그러자 토비가 다른 걸 해주길 바라는지 손으로 성행위 하는 동작을 취했다. 여기 사람도 많은데 난 너무 부끄러웠다. 난 토비에게서 빠져나왔다. 토비 손을 뿌리쳤다. 그래도 토비는 날 뒤에서 안았다.

"그만둬, 토비. 민우가 불편해하잖아."

태호였다. 태호가 끼어들었다. 난 태호가 그냥 지나치길 바랐다. 토비의 능력이 더 강하기 때문이다. 토비가 영어로 태호에게 뭐라 했다. 그러자 태호가 조금 당황해하는 것 같았다. 태호는 긴장하고 있었다. 토비가 뭔가 심한 말을 한 거라 추정했다.

"태호야, 난 괜찮으니까 그냥 가도 돼. 토비는 원래 좀 장난이 심해. 좀 짓궂어."

내가 말해주었다. 난 태호가 그냥 가길 바랐다. 그렇지만 태호는 물러나지 않았다.

난 태호가 묘한 자존심을 내세우는 것 같았다. 토비가 태호 어깨에 손을 얹고 태호에게 뭐라 말을 했다. 태호가 좀 흥분해 하는 것 같았다. 난 태호의 팔을 잡아 토비에게서 떼어놓았다. 난 태호의 눈을 바라보며 말했다.

"태호야, 난 괜찮아. 토비는 원래 장난이 심해. 그냥 가줬으면 좋겠어." 그러자 태호가 날 묘한 표정으로 바라봤다. 난 가슴이 조금 뛰었다. 난 태호가 날 좋아해왔다는 걸 느꼈다. 태호는 처음 나를 보는 순간부터 호감을 갖고 있었고 날 좋아해왔다는 걸 알게 되었다. 태호가 처음부터 날 바라보는 시선은 나에 대한 애정이었다. 난 멍하니 태호를 바라보다 태호의 어깨를 부드럽게 잡아 몸을 돌려보냈다. 태호는 우리에게서 멀어져갔다. 태호 등 뒤에 대고 토비가 욕을 했다. 서양 영화에서 많이 들었던 욕설이었다. 태호가 다시 뒤를 돌아보며 발길을 멈춰 섰다. 토비를 노려봤다. 긴장감이 감돌았다. 토비는 주먹을 태호 얼굴에 갖다 대는 장난을 쳤다. 그러면 태호는 더 흥분했다. 내가 토비를 잡아끌었다. 토비는 날 밀쳤다. 아이들이 몰려와 구경을 했다. 난 태호를 잡아끌어 멀리 데려갔다.

토비가 또 뭐라고 하자 태호가 멈춰 섰다. 난 다시 태호를 끌어당겨 태호가 토비로부터 멀어질 때까지 팔짱을 끼고 걸었다. 토비는 따라오지 않았고 친구들과 웃음을 터뜨렸다. 태호는 부들부들 떨었다. 난 태호가 화가 난 것 같아 태호를 꽉 잡고 다른 곳으로 갔다. 우린 결국 게임룸에 왔다. 태호를 클래식 오락기 앞에 앉혔다. 나도 옆에 앉았다. 난 태호의 손을 잡아주었다. 혹시 태호가 좋아할까 싶었다. 내 손은 아주 부드러웠다. 토비가 내 손이 부드럽다며 내 손을 잡고 이상한 짓을 많이 했다. 태호도 내 손이 부드럽다고 느끼는 것 같았다. 태호는 기분이 나아지는 것 같았다. 내가 태호를 만지니 태호는 좋아한다는 걸 느끼고 있었다. 옆에 요한이가 왔다.

"둘이 뭐해?" 요한이가 물었다.

"응, 우리 게임 같이할 거야. 그치 태호야?" 내가 답했다.

"응, 그래." 태호는 기분이 나아져 있었다.

태호와 나는 동그란 구슬을 같은 색깔 구슬에 맞추는 게임을 했다. 그렇게 우린 오랫동안 같이 게임을 했다. 난 태호의 기를 바라보았다. 파란 기가 전부 나에게로 오고 있었다. 날 무척 좋아했었던 것 같다. 난 알게 모르게 태호가 날 바라본다는 걸 알고 있었다. 태호는 오랫동안 날 멀리서 바라보기만 했다.

"저녁 먹으러 가자." 소영이가 와서 말했다. 소영이, 요한이, 태호, 나 이렇게 저녁을 먹으러 갔다. 가다가 엘리자베스와 수지, 숙희를 만났다. 우린 저녁을 먹었다. 오늘은 닭다리와 옥수수 스프, 감자튀김이 나왔다. 난 맛있게 먹었다. 난 토비가 어디 있나 주변을 둘러보았다. 안 보였다. 그리고 우린 정원에서 산책을 했다. 난 태호와 같이 걸었다. 옆에는 요한이도 있었다.

"민우야, 토비가 못살게 굴어?" 태호가 물었다.

"응, 아니. 토비는 원래 좀 짓궂어. 별거 아니야." 태호는 착한 아이 같다.

"태호는 좋아하는 사람 없어? 여기 예쁜 아이 많더라." 내가 말했다.

"음… 좋아하는 사람 있어."

"그래, 누구야?"

"그건 말하기 싫어."

태호는 부끄러워하는 것 같았다. 난 태호가 날 좋아하는 걸 알고 있었다. 태호의 기가 다 내 쪽으로 흘러들었다. 난 태호에게 상처를 주고 싶지 않았다.

"왜 나는 안 물어보냐?"

요한이가 말했다. 난 웃었다. 내가 웃으니 태호가 날 쳐다봤다.

"요한이는 아이유 좋아하잖아."

"그래, 뭐, 잘못된 거 있냐?" 우린 같이 웃었다.

"자기 전에 게임 할 수 없어?" 요한이가 소영이에게 물었다.

"할 수는 있는데 일찍 자. 아침에 피곤해져서 안 돼."

"되긴 된다는 거네." 요한이가 신이 났다.

"안 돼, 일찍 자." 소영이가 돌아보며 말했다.

"조금만 하다 잘게." 내가 말했다.

"에그, 정말 조금만 하겠다?" 소영이가 고개를 앞으로 돌려 신경을 꺼버린 듯하다.

"태호야, 같이 가자." 내가 태호에게 말했다.

"그래." 태호는 밝아졌다.

우린 게임룸으로 갔다. 요한이와 태호, 나 이렇게 한 팀을 만들었다. 우린 콜 오브 듀티 멀티로 들어갔다. 저녁 늦게 유저들이 있을지 잘 모르겠다. 유저들이 의외로 많았다.

우린 멀티를 시작했다. 요한이와 난 매점에 가서 과자와 음료수를 미리 사다놓았다. 우린 그렇게 한참 게임을 했다. 우린 게임을 하다 잠깐 밖에 바람 쐬러 가자고 했다. 우린 새벽 공기를 마시며 밖에 나왔다. 안 자고 있는 아이들이 의외로 많았다. 우린 바람을 쐬며 게임 이야기를 했다.

"태호는 무슨 게임 좋아해?"

"나… 음, FPS 좋아해. 우리가 지금 하는 것도 재밌던데."

"그치, 재밌지?" 난 환하게 웃었다. 그러자 태호가 내 얼굴을 보며 웃었다.

요한이는 아까 가져온 과자를 먹었다. 우린 시원한 탄산음료를 마시며 정원에 앉았다.

"내일 몇 시에 일어나게?" 요한이가 물었다.

"난 안 자고 게임 계속하고 싶어." 내가 말했다.

"난 내일 훈련받아야 해. 눈에서 에너지가 잘 안 나가거든."

난 손바닥을 태호의 이마에 댔다. 태호의 기는 그다지 크지가 않았다. 태호는 훈련을 많이 받아야 된다고 생각했다.

"태호는 기가 약하구나."

태호가 날 바라보며 말했다. "그런 것도 알 수 있어?"

"응, 난 그게 눈에 보여."

"어떻게 보여?"

"파란색으로."

태호가 내 손을 잡았다. 난 스킨십을 토비랑 너무 많이 해서 누가 내 몸을 만지는 게 무감각해졌다.

태호가 내 손을 잡아 자기 이마에 대었다.

"지금 느껴봐." 난 느껴보았다. 기가 조금 세게 나왔다.

"좀 강해졌네. 이 정도 힘이면 무난한데 왜 힘을 안 써?"

"이 이상 넘어가면 눈이 아프거든."

"그렇구나."

"응, 그래서 계속 눈에 통증을 덜고 능력을 백 퍼센트 사용할 수 있는 훈련을 해."

태호는 계속 내 손을 잡았다. 자기 이마에 대고 있었다. 난 그대로 내버려두었다.

"태호 어디 아파?" 요한이가 물었다.

"아, 아니."

"근데 왜 이마에 손을 대고 있어? 열 나?" 태호는 내 손을 놔주었
다. 난 그때 태호의 머리카락을 정리해주었다. 태호는 얌전히 가만
히 있었다. 난 태호의 머리카락을 정리해주면서 태호의 부드러운 이
마도 쓰다듬었다. 난 머리카락 정리를 마무리했다. 태호는 얌전히
서 있었다. 그리고 태호랑 눈을 마주쳤다. 난 묘한 표정을 지었다.
태호는 날 바라봤다.

"민우 머리도 좀 엉망인데."

"웅, 머리가 곱슬이 됐어."

태호가 내 머리를 만졌다. 난 태호가 내 머리를 만지게 내버려두
었다. 태호는 내 머리를 만져주고 있었다. 태호가 내 머리를 잘 정돈
해주었다. 내 머리가 상당히 부드럽다는 걸 알게 될 것 같았다. 난
태호에게 미소 지었다. 태호는 쑥스러워했다. 우린 다시 들어가서 게
임을 했다. 그리고 각자 방으로 돌아가 잠을 잤다. 다음 날 일어나
씻고 요한이랑 아침을 먹으러 갔다. 가다가 태호를 만났다. 우릴 기
다린 것 같았다. 같이 갔다. 소영이와 아이들이 모여 있었다. 토비도
있었다. 토비는 날 쳐다봤다. 심술이 가득한 얼굴이었다. 우린 아침
을 먹고 각자 훈련을 하러 갔다. 소영이와 난 평소처럼 수박을 정교
하게 쪼갠다거나 수박의 씨앗만 뺀다거나 하는 훈련을 했다. 난 정
신을 최대한 집중해 씨앗을 빼고 있었다. 등 뒤에 시선이 느껴졌다.
난 그가 누구인지 알아챘다. 태호다. 태호가 훈련하다 말고 날 쳐다
보고 있었다.

"민우야, 정신 집중해야지?" 소영이가 다그쳤다.

난 다시 정신을 집중했다. 씨앗이 작아 에너지를 듬뿍 가해도 그

작은 알갱이가 잡히지 않았다. 난 머리가 지끈 아팠다. 머리에 고통이 들어왔다. 난 고통에 굴하지 않고 씨앗을 빼려고 했다. 그렇지만 가능하지 않았다. 오늘의 훈련은 성과가 좋지 않았다. 난 또 운동장을 달렸다. 소영이는 수업을 하러 갔다. 태호는 또 내 다리를 쳐다봤다. 태호의 시선이 다리에 닿아서 다리가 간지러웠다. 다리를 지나 엉덩이로 시선이 갔다. 엉덩이가 태호의 시선 때문에 간지러웠다. 난 짧은 반바지를 치켜올리고 엉덩이에 먹은 옷을 빼냈다. 엉덩이가 약간 커져서 옷이 끼곤 한다. 그리고 태호를 쳐다봤다. 태호는 잘못한 일을 들킨 듯 다른 곳을 바라봤다.

난 살짝 웃었다. 태호가 내 몸을 쳐다보는 게 기분 나쁘지 않았다. 누군가 나에게 뛰어왔다. 난 기를 따라 돌아보니 토비였다. 토비가 웃으며 인사를 했고 난 묘한 표정으로 토비를 봤다. 나도 인사를 했다. 토비가 나에게 물을 건넸다. 목마르진 않았지만 받아 마셨다. 난 토할 뻔했다. 술이 들어 있었다. 술이 너무 독해서 난 취기가 올라왔다. 술이 너무 쓰다. 난 인상을 찌푸렸다. 토비에게 이런 짓을 하지 말라고 설명했다. 토비가 알아들었는지 모르겠다. 토비는 물통에 담긴 술을 마셨다. 벌컥벌컥 마셨다. 내가 너무 많이 마시지 말라고 술통을 빼앗았다. 토비는 표정이 좋지 않았다. 다시 내 술통을 빼앗있고 내 팔을 아프게 잡았다. 난 아프다고 했다. 토비는 내 팔을 놓았다가 날 꿇어앉혔다. 토비가 날 꼭 안았다. 답답했다. 그리고 내 엉덩이를 쥐어잡고 주물렀다. 난 가만히 있었다. 토비가 내 엉덩이를 마음껏 주무르고 만족하면 갈 것 같았다. 태호의 시선이 느껴진다. 난 좀 불편했다. 토비에게 그만하라고 손으로 밀쳤다. 토비는 날 놔주지 않았다. 내 입을 먹기 시작했다. 토비 입에서 술 냄새가 났다. 혀를 집어넣어 내 입 안쪽을 마구 빨았다. 나도 홍분돼서 혀로 토비를 받아줬다. 난 그만 토비의 얼굴을 돌리고 토비에게서 빠져나왔다. 난 운동장을 가로질러 걸어갔다. 난 태호를 살짝 쳐다보았다. 태호도 나를 봤다. 난 태호에게 손짓했다. 같이 어딘가로 가지 않겠냐고 태호가 머뭇대다가 일어나서 나를 따라왔다. 난 태호를 데리고 맥주 마실 수 있는 지하로 데려갔다. 난 맥주 두 병을 챙겨 태호와 같이 자리에 앉았다.

"마셔봐."

"웅, 나 맥주는 잘 못 마시는데."

"그러면 조금만 마셔." 내가 말했다.

"태호야."

"웅."

태호가 조금 긴장한 표정으로 쳐다봤다. 난 태호를 편안하게 해주고 싶었다. 태호와 맥주병을 들고 건배를 했다. 태호가 조금 웃었다. 우린 맥주를 한 모금 들이켰다.

"민우는 언젠가 집에 갈 거지?"

"웅, 언젠가 갈 수 있겠지. 태호는 집이 어디야?"

"나 도봉구."

"도봉구? 거기가 어디야? 서울이야?"

"웅, 서울이야."

"한번 가보고 싶다. 요한이랑 나는 서울은 종로랑 홍대, 용산밖에 못 가봤어."

"그래, 언제 한번 놀러 와."

"그래, 언젠 한번 갈게." 난 맥주를 시원하게 마셨다.

"나도 맥주를 잘 안 마시지만 시원한 것 같아. 태호야, 한번 꿀꺽 꿀꺽 마셔봐."

태호는 약간 상기된 표정으로 맥주를 들이켰다. 태호가 약간 취기가 오른 것 같았다.

"나 예전에 네가 여자 옷을 입은 걸 본 적이 있어." 태호가 말했다.

"언제?"

"전에 밖에 있을 때 토비가 여자 옷을 가져와서 네가 입는 걸 본 적이 있어."

"그래? 걸렸네." 난 웃었다.

"너 정말 여자 같더라." 난 토비에게 묘한 표정을 지어 보였다.

"내가 얼마나 여자 같아?"

"어… 얼굴이 완전 여자야. 아름답게 생긴 거 같아. 부드럽고 목도 예뻐. 몸매도 여자 같고. 입술이 빨간데 혹시 립스틱 발랐어?"

"아니, 안 발랐어. 내가 태호 눈에는 여자처럼 보이는구나."

태호가 맥주를 거의 다 마셨다.

"응, 여자처럼 보일 때가 많아."

난 웃으며 태호 허벅지를 만졌다. 태호는 운동을 열심히 해서 허벅지가 단단했다. 난 태호에게 잠시 있으라고 한 뒤 맥주를 더 가져왔다. 태호에게 맥주 한 병을 더 주었다. 태호가 기분이 좋아 보인다.

"우리 진실게임 할까?"

태호가 눈을 동그랗게 떴다.

"진실게임? 어떻게 하는 거야?"

"나 먼저 해볼게. 난 태호가 내 몸을 쳐다보는 걸 알고 있어."난 기묘한 미소를 지었다.

맥주 때문인지 얼굴이 빨개졌다.

"아, 미안해. 그냥 쳐다봤어." 난 태호의 귓불을 만졌다.

"괜찮아. 보고 싶으면 쳐다볼 수 있지." 난 태호의 귀를 계속 만졌다.

태호가 순진한 표정으로 날 바라봤다. 태호가 내 손을 잡았다.

"부드럽지?"

내가 태호를 바라보며 말했다. 난 태호를 바라봤다. 태호가 내 손을 만지작거렸다. 난 태호가 만지는 손을 태호 입에 가져가 태호 입술을 만졌다. 태호가 흥분하는 것 같았다. 난 태호 눈을 똑바로 바라보며 맥주를 들이켰다. 그리고 태호에게 다가가 태호 입술에 뽀뽀를 했다. 태호는 얼굴이 새빨개졌다. 태호는 내 손을 꼭 잡았다. 그리고 태호가 손을 뻗어 아주 정성스럽게 내 머리카락을 만졌다. 쓸어내리기도 하고 나의 귀를 만지기도 했다. 태오가 내 볼을 만지기도 했다. 사랑스럽게 내 볼을 쓰다듬었다. "냄새 맡아봐." 내가 태호 옆에 앉아 몸을 바짝 붙였다. 태호가 갸우뚱하며 얼굴을 가까이 대서 내 몸의 냄새를 맡았다.

"무슨 냄새 나?"

"응, 비누 냄새."

난 태호 얼굴에 내 얼굴을 아주 가까이 대었다. 그리고 태호 냄새를 맡았다.

"땀 냄새 난다. 샤워해야겠다. 우리 샤워하러 갈래?"

태호 눈이 휘둥그레졌다.

"샤··· 샤워?"

"응. 샤워실에 사람이 꽉 차 있을 테니까 내 방에서 해. 가자."

태호는 맥주를 들이켜고 날 따라왔다. 난 태호의 손을 잡아 이끌었다. 요한이는 지금 게임룸에 있을 것이다. 난 태호를 내방에 들여 놓았다.

"옷 벗자."

태호는 긴장 상태이다. 우린 발가벗었다. 그리고 내가 태호를 데려가 씻겨주었다. 태호의 몸을 만졌다. 태호가 흥분했다. 그리고 나와서 난 서랍에서 빨간 원피스를 꺼내 입었다. 그리고 빨간 리본이 달린 머리띠를 달았다. 그리고 우린 키스했다. 태호가 흥분하는 것 같았다. 난 태호를 만져주고 달래주었다. 태호가 내 허벅지를 만졌고 엉덩이도 만졌다. 난 태호를 침대에 눕혔다. 난 토비에게 배운 대로 태호를 만지고 기분 좋게 해주었다. 그리고 태호가 나를 여자처럼 사랑하고 대하도록 가르쳐주었다. 우린 사랑을 나눴다. 그리고 우린 침대에 같이 누워 있었다. 토비는 날 사랑하고 그냥 가버리는데 태호는 날 안아주었다. 날 사랑스럽게 쓰다듬어주었다. 내 입술을 만지고 내 손을 잡고 내 손등을 문질렀다. 내 손이 마음에 든 것 같았다. 우린 그렇게 누워 있다가 요한이가 올지도 모르니 나가자고 했다. 우린 방에서 나와서 신쵀로에 갔다.

"민우야, 아이스크림 먹을래?" 태호가 나에게 물었다.

"응, 먹고 싶어." 태호가 나에게 아이스크림을 주었다.

"그럼 있잖아, 민우야."

"응, 왜?"

"우리 사귀는 거야?"

난 조금 당황했다. 그냥 즐기려고 한 거라고 솔직하게 말을 할까? 그럼 태호가 마음 아파하지 않을까? 같은 생각이 들었다.

"내가 좋아?" 내가 물었다.

"응, 서로 좋아하니까 아까 우리가 그런 어… 사랑을 나눈 거지?"

"응." 난 그렇다고 대답해주었다. 토비는 어찌지 하는 생각 때문에 좀 고민에 빠졌다. 내가 괜한 짓을 한 걸까? 하는 생각이 들었다. 난 태호와 아이스크림을 먹고 같이 요한이를 보러 갔다.

"둘이 어디 있었어?"

"응, 운동하다 왔어. 요한이는 운동 안 해?"

"지금? 게임 할 시간이잖아. 너도 얼른 붙어."

난 웃으며 요한이랑 태호랑 또 같이 멀티 게임을 했다. 난 소영이의 기가 느껴졌다. 이제는 기가 느껴지면 그게 누군지 알게 되는 것 같다.

"너희들 맨날 게임만 하는구나. 안 되겠어. 다들 훈련 끝나고 수업 2개씩은 들어. 수업 듣고 나서 게임 해."

소영이가 우릴 다그쳤다. 우린 알았다고 했다. 소영이도 우리가 게임 하는 걸 지켜보다 옆에서 아케이드 게임을 하다 갔다.

"오늘도 밤새도록 게임 하자." 요한이가 말했다.

"좋아. 그러자."

태호가 신이 나서 말했다. 나도 좋다고 했다. 태호는 전보다 얼굴이 밝아져 있었다. 난 태호를 쓰다듬어주었다. 태호가 내 등에 손을 댔다. 그리고 쓰다듬었다.

요한이가 이상한 눈으로 쳐다보았다. 그래서 난 그냥 요한이 머리도 쓰다듬었다. 요한이가 징그럽다고 했다. 우린 오늘도 밤새도록 게임을 할 생각에 다들 들떠 있었다. 잠시 후 토비가 왔다. 토비가 친구 두 명과 같이 서서 날 쳐다봤다. 토비가 영어로 자기에게 와보라고 말을 했다. 태호가 말했다.

"민우야, 토비가 뭐라고 해?"

"응, 아무것도 아니야. 토비에게 갔다 올게."

그렇게 말한 후 난 토비에게 갔다. 토비의 얼굴에 심술이 가득했다. 토비는 내가 샤워실에서 친구와 무슨 일이 있었냐고 말을 하는 것 같았다. 난 이제 영어를 어느 정도 알아들었다. 난 샤워실에서 아무 일도 없었다고 짧은 영어 실력으로 이야기했다. 토비는 화가 나 있었다. 옆의 친구가 샤워실에서 우리가 즐겼지 않느냐고 말을 했다. 난 좀 당황스러웠다. 난 아무 일도 없었다고 방어했다. 토비가 내 머리카락을 쥐어잡아 내 냄새를 맡았다. 난 아파서 토비의 손을 쳤다. 태호가 달려나와 나를 뒤에 두고 토비를 노려봤다. 토비는 웃었다. 또 토비의 힘이 더 세기 때문에 난 태호를 잡아 내 뒤로 감쌌다. 그러자 토비가 더 크게 웃었다. 태호가 몸을 부들부들 떨었다. 난 태호가 걱정되었다.

"태호야 괜찮아. 요한이랑 있어. 난 토비랑 이야기하고 올게."

난 태호를 떼어내고 토비에게 나가서 이야기하자고 했다. 토비는 심술궂은 미소를 지으며 날 잡아끌어 밖으로 나갔다. 토비가 사람이 없는 곳에 날 데려갔다. 그리고 나에게 또 억지로 키스를 했다. 난 다 받아주었다. 토비가 몹시 흥분을 했다. 토비는 왜 자기 친구들 앞에서 나에게 이런 짓을 하는지 모르겠다. 토비가 내 엉덩이와 다리를 마구 만졌다. 난 좀 흥분됐다. 토비는 항상 성욕이 넘쳐나는 것 같았다. 난 토비를 받아주기가 벅찼다. 토비는 날 뒤로 안아서 자기 몸을 문질렀다. 토비는 항상 발정 난 사람 같았다. 난 토비가 마음대로 하게 내버려두었다. 엉덩이가 땀에 젖기 시작했다. 난 토비가 빨리 욕구를 배출하길 바랐다. 토비는 내 가슴을 손으로 문질렀다. 내 가슴에 여성의 가슴이라도 달려있는 것마냥 손으로 마구 만졌다. 그리고 내 어깨를 잡아 날 바닥에 무릎 꿇게 만들고 바지를 벗었다. 옆에 친구들도 있는데 좀 너무한 거 아닌가 하는 생각이 들었다. 그리고 내 입술을 어루만졌다. 그리고 내 얼굴을 자기 몸에 문질렀다. 그리고 나를 일으켜 내 바지를 벗기려고 했다. 난 거절했다. 토비가 나에게 욕을 했다. 난 내 바지를 잡고 토비를 밀쳤다. 토비는 힘으로 날 제압하고 내 바지를 벗기려고 했다. 난 옆의 토비 친구들에게 가라고 했다. 토비가 내 말을 알아듣는 것 같았다. 토비가 친구들에게 꺼지라고 욕을 했다. 친구들이 잠시 지켜보다가 자리를 피했다. 토비는 내 바지를 벗기고 엉덩이를 애무했다. 그는 나에게 더러운 짓을 했다. 자기에게도 그 짓을 하게 만들었다. 난 토비가 만족할 때까지 해주었다. 내 입은 더러웠다. 그리고 토비가 내 어깨를 쥐어잡아 자기 욕정을 풀기 시작했다. 난 신음소리가 나왔다. 토비가 여자처럼 소리 내라고 요구했다. 난 그렇게 해주었다. 나 역시 상당한 흥분과 쾌감을 느꼈다. 난 토비에게서 벗어날 수 없을 것 같았다. 그의 장난감이 돼버릴 것 같았다.

토비는 자기 욕정을 해소하고 나를 놔주었다. 나도 커다란 쾌감에 몸을 떨었다. 난 몸이 아팠다. 난 진이 빠져 잠시 앉아 있었다. 토비는 가버렸다. 난 바지를 입고 샤워실에 갔다. 그리고 몸을 씻었다. 샤워실에서 나와 요한이 있는 곳으로 갔다. 태호는 없었다.

"요한아, 태호 어디 갔어?"

"너 찾으러 갔어. 또 토비랑 싸웠어?"

"아냐, 안 싸웠어."

난 태호를 찾으러 갔다. 정원과 식당, 운동장에 가보았다. 태호가 운동장에서 날 찾는 것 같았다. 난 태호에게 달려갔다.

"어, 민우야? 어디 갔다 왔어? 토비가 널 괴롭혔어?" 난 태호에게 예쁘게 웃어 보였다.

"아니, 아무 일도 없었어. 여기서 뭐 해? 나 찾았어?"

"응, 찾았어."

태호가 내 손을 수줍게 잡았다. 난 태호 손을 잡아주었다. 태호는 귀여웠다.

"가자, 요한이랑 같이 있다 저녁 먹으러 가자."

태호와 난 요한이랑 같이 있다가 저녁을 같이 먹으러 갔다. 거기 다 모여 있었다. 수지, 숙희, 소영이, 지미, 토비가 있었다. 지미는 오랜만에 보는 것 같았다. 우린 저녁을 먹었다. 토비는 아까 나에게 욕정을 풀어서 그런지 지쳐 보였다. 내가 태호 옆에 앉은 걸 신경 쓰지는 않았다. 우린 저녁을 먹고 다 같이 정원에 갔다. 난 태호 옆에 앉았다. 토비는 지미와 이야기를 나누었다. 태호와 난 이런저런 대화를 나누었다.

"민우 집은 어디야?"

"나 경기도 포천 시골이야. 그리고 아주 예뻐."

난 또 태호가 내 손을 잡을까 봐 손에 부드러운 로션을 발랐다.

"민우는 생일이 언제야?"

"나 1월 2일. 왜 생일선물 해주려고?" 난 웃었다.

"요한이 생일도 물어봐." 내가 말했다. 태호는 요한이 생일을 물었다.

"난 생일에 플레이스테이션 사줘라." 요한이가 말했다.

"게임기 사려면 보고서를 써야 해. 여기에선 보통 다들 게임룸에서 게임을 하지만." 태호가 설명해주었다.

"돈은 어디서 나와."

"돈은 여기서 공동소유해. 꼭 필요할 때 써."

태호가 이런저런 걸 설명해주었다.

"너희들 또 오늘 게임할 거야?" 소영이가 물었다.

"조금 하다 잘 거야."

요한이가 답했다. 소영이는 일찍 자라고 말을 했다. 우린 그냥 고개를 끄덕였다. 토비는 다른 사람들이 있을 때 날 건드리지 않았다. 꼭 자기 친구들과 함께 있을 때만 날 건드렸다.

난 토비를 슬쩍 봤다. 토비도 나를 쳐다봤다. 그냥 얼굴을 돌려 지미랑 농담 따먹기를 했다. 토비는 내 몸을 가지고 노는 것에만 관심이 있다고 생각한다. 그렇지만 태호는 날 사랑해줄 것이다. 난 태호의 몸에 내 몸을 기댔다. 태호는 수줍어했다. 우린 그렇게 각자 헤어졌다. 요한이와 태호, 나만 같이 게임룸에 갔다. 우린 자리를 잡고 함께 멀티를 했다. 난 혹시 토비가 올까 좀 걱정이 되었지만 아까 욕구를 배출해서 날 찾을 것 같진 않았다.

우린 재밌게 게임을 했다. 틈틈이 나가서 바람을 쐬기도 했다. 매일 같이 이렇게 즐겁게 살면 좋겠다고 생각을 했다. 그리고 우린 게임을 충분히 즐기고 피곤해서 자러 갔다. 난 요한이가 방에 들어갔을 때 태호를 잡아 키스를 해주었다. 태호가 날 꼭 안아주었다. 다음 날 난 소영이와 훈련을 했다. 오늘은 소영이가 다른 쪽 아이들을 데리고 왔다. 처음 보는 아이들이었다.

"민우야, 다른 팀 아이들이야. 인사해."

난 동양식으로 고개를 숙여 인사했고 아이들은 가볍게 인사를 했다. 나보다 나이가 많아 보였다.

"이 친구들이 민우를 살짝 공격할 텐데 한번 무력화시켜봐. 너무 큰 힘을 사용하면 안 돼."

"응, 알았어." 소영이가 데려온 친구들이 나에게 접근을 하기 시작했다.

난 순식간에 머리에 전파를 보내 아이들을 제압했다. 아이들은 좀 놀란 듯싶다.

난 이후로 이곳 사람들에게 알려지기 시작했다. 나에 대한 이상한 소문도 퍼졌다. 내가 남자랑 잔다는 이야기가 퍼졌다. 그렇지만 그건 사실이다. 이곳 사람들이 동성애자를 어떻게 생각하는지 잘 몰랐다. 다른 쪽 팀 아이들도 소영이가 불러 나와 같이 훈련을 시키기 시작했다. 주된 목적은 나처럼 정신 공격을 가하면 어떻게 방어하는가에 대한 훈련이었다. 난 그렇게 이름을 알리기 시작했다. 가끔 태호와 맥주를 마시러 갈 때 다른 아이들이 날 알아보았다. 태호와 나는 맥주를 마시며 대화를 나누었고 난 가끔 날 찾으러 오는 토비에게 끌려가 토비의 욕구를 해소해주었다. 태호는 그런 나를 모르는 것 같았다. 태호는 좀 순진했다. 그렇지만 난 대호를 가지고 놀거나 하진 않았다. 그럴까 봐 겁이 난다. 난 토비와 조금 닮아가는 것 같은 느낌이 들었다. 그렇지만 난 태호를 항상 상냥하게 대하고 태호가 좋아하는 내 손을 항상 깨끗이 씻었고 항상 로션을 발랐다. 간혹 토비가 내 손을 더럽게 사용하긴 했다. 이제 더 이상 내 혀도 토비에게 마음대로 내주기 싫었다. 어느 날 내가 토비의 키스를 거절하자 토비가 상당히 화를 냈다. 그는 나를 더 아프게 다루었다. 아픈 만큼 더 큰 쾌감을 느꼈다. 난 내 몸이 아프도록 내버려두었다. 그럼 토비는 나에게 큰 쾌감을 주었다. 난 가끔은 토비가 절실히 필요했다. 토비가 하는 행위가 더없이 나에게 큰 쾌감을 안겨주기 때문이다. 태호에게는 차마 토비와 했던 더러운 행위들을 할 수 없었다. 태호는 날 장난감이 아닌 정말 여자처럼 다루었다. 태호는 항상 내가 원하면 날 손대었다. 그렇지만 나의 욕정을 해소시키는 사람은 토비였다. 난 토비를 버릴 수가 없었다. 토비도 날 놔줄 것 같지 않았다. 난 태호와 손을 잡고 길을 걷고 있었다.

"민우야, 눈 감아봐." 태호가 또 순진한 장난을 쳤다. 난 눈을 감았다.

"이제 떠봐." 난 눈을 떴다. 태호가 아주 예쁜 빨간 꽃을 나에게 주었다. 난 진심으로 기뻤다. 난 꽃을 들고 냄새를 맡았다. 좋은 향기가 났다. 난 태호에게 키스를 해주었다. 태호가 내 손을 잡고 내 손등에 뽀뽀를 했다. 태호의 입술이 간지러웠다. 그리고 나를 앉혔다. 요한이도 내가 토비와 태호를 동시에 만나고 있다는 걸 알고 있었다. 그렇지만 요한이는 나에게 뭐라고 하진 않았다. 요한이도 이곳 생활이 익숙해져 집을 잊어버린 것 같았다.

"민우야, 요즘 뭐 달라진 거 없어?" 훈련 시간에 소영이가 물었다.

"달라진 거? 뭐?"

"음, 이제 민우가 힘이 강해진 것 같은데 뭔가 마음에 변화 같은 게 없나 해서."

사실 난 성욕이 강해져 있었다. 토비가 날 그렇게 만든 건지, 초능력이 그렇게 만든 건지 헷갈렸다. 나와 토비의 관계를 소영이에게 이야기하기도 힘들었다. 난 차라리 태호가 애시당초 먼저 나에게 관심을 보여줬다면 좋았을걸 하는 생각이 들었다. 태호는 너무 쑥스러워하곤 했다. 오늘은 소영이가 사람들을 다 같이 모아두었다.

"이제부터 우린 한 팀이야. 숙희, 수지, 토비, 지미, 엘리자베스, 태호, 민우, 요한이, 나. 우린 한 팀이 되기로 했어."

소영이가 말하자 다들 웅성댔다. 난 괜찮다고 생각했다. 그리고 다들 분위기가 좋았고 괜찮다고 생각을 하는 것 같았다. 우린 서로를 바라보며 웃었고 토비도 나를 보며 심술궂은 미소를 지었다. 난 태호를 보며 웃었다. 요한이는 좀 고민하는 듯했다.

"아직도 밖에서 적대 세력들이 우릴 찾고 있을까?"

우린 게임룸에 앉아서 과자와 음료수를 먹었다. 옆에 태호도 있었다.

"글쎄, 요즘에는 그런 이야기를 거의 안 했지. 내가 내일 소영이에게 물어볼게."

내가 답했다.

"민우는 여기가 좋아?" 요한이가 물었다.

"음, 솔직히 여기가 익숙해진 것 같아. 요한이는 어때?"

"하아… 난 초능력도 갖고 있지 않아서 여기서 뭘 해야 할지 모르겠어."

"이것저것 배우고 있는 게 어때? 무술이라든가 영어를 배운다든가."

"배우고는 있어. 무술을 배우는데 효과가 있을지 모르겠어. 공부는 꾸준히 하는데 우리 정말 수능 공부해야 하는 거 아니야?"

"그렇지. 밖에 나간다면 집에 돌아간다면 수능부터 볼 것 같은데 어쩌지?"

난 이렇게 이야기하면서도 사실 공부하기가 싫었다. 나에게 공부는 좀 어려웠다.

"휴. 여기서 수능 공부를 어떻게 하지? 교재라도 구해야 할까?"

"아무래도 내일 말고 이따가 소영이에게 물어봐야 할 것 같다."

"민우는 집에 갈 수 있으면 갈 거지?" 태호가 말했다.

"응, 아무래도 가족이 걱정하고 있을 테니까. 밖에 나가면 태호도 만나고 싶을 거야."

내가 웃으며 말했다. 태호가 수줍어했다. 요한이도 내가 태호를 좋아한다는 걸 언뜻 알고 있는 눈치이다.

"태호가 사는 도봉구에 놀러 갈게."

"응, 그래. 나가서도 보자." 태호가 좋아했다.

말이 나온 김에 우린 소영이에게 가보기로 했다. 요한이와 태호와 같이 갔다.

소영이가 수업을 들어 우린 밖에서 기다렸다. 많은 아이들이 나를 쳐다보는 기를 느꼈다. 기행처럼 벌이는 토비와의 변태적인 행위 때문인지, 아니면 내가 정신능력으로 웬만한 아이들을 다 제압해서 그런 건지는 알 수가 없었다. 난 시선이 좀 부담스러웠다. 수업이 끝나고 소영이가 나왔다. 소영이는 우릴 보고 웃었다.

"왜? 왜 모여 있어?"

"아, 그냥 좀 물어볼 게 있어서." 요한이가 물었다.

소영이와 다 같이 정원에 갔다.

"소영아, 밖에 아직도 적대 세력들이 우릴 찾고 있어?"

"응, 내가 평소에 이야기를 전달해주지 못했구나. 지금 밖에 우리 쪽 사람들이 몇 명 나가 있어. 상황을 살피는 중이야. 현재 파악한 바로는 적대 세력들이 여기저기 흩어져서 우리가 어디 모여 있는지 살펴보고 있다고 판단한대. 그래서 아직 밖에 나가는 건 위험해. 요한이랑 민우가 집에 돌아가는 부분에 대해서는 내가 회의 시간에 물어볼게."

요한이와 난 고개를 끄덕였다. 우린 소영이와 이런저런 이야기를 나누다 헤어졌다. 소영이가 마지막으로 게임을 너무 많이 하지 말라고 잔소리했다. 우린 게임룸에 갔다. 태호와 요한이와 내가 팀을 먹고 멀티를 했다. 우린 한참을 재밌게 했다. 태호가 간혹 내 손을 만졌다. 내 손을 좋아하는 것 같았다. 난 태호가 내 손을 마음대로 만지도록 내버려두었다. 우린 저녁을 먹으러 갔다. 다 함께 모여 저녁을 먹었다. 오늘도 닭 요리가 나왔다. 우린 맛있게 먹었다. 난 나를 날카롭게 쳐다보는 기를 느꼈다. 토비였다. 토비의 시선이 날 간지럽게 했다. 난 토비를 쳐다봤다. 토비가 날 노려보고 있었다. 태호 때문에 그럴까? 난 눈을 끔벅이며 토비를 바라봤다. 토비의 눈을 피해 그냥 밥을 먹었다. 우린 밥을 다 먹고 각자의 방으로 돌아가고 있었다. 토비가 내 앞에 우뚝 섰다. 그리고 내 어깨를 잡아끌었다. 태호가 토비의 손을 잡고 놓으라고 했다. 토비는 태호를 밀쳤다. 태호의 눈에서 빛이 났다. 난 대호의 얼굴을 손으로 감쌌다.

"태호야, 토비랑 잠깐 이야기하고 올게. 별일 없어. 그냥 대화만 하는 거야."

태호는 날 바라봤다. 태호의 눈 속에 나에 대한 사랑이 가득했다. 난 태호를 손으로 쓰다듬어주고 손등으로 태호의 뺨을 문질렀다. 태호의 얼굴이 붉어졌다. 난 토비를 따라갔다. 토비 방에 들어갔다.

지미는 없었다. 토비가 내 옷을 벗겼다. 난 가만히 서서 토비가 내 옷을 벗기는 걸 지켜봤다. 그리고 나에게 여자 옷을 입혔다. 난 얌전히 있었다. 내 마음속 어두운 구석에서 토비가 날 더럽게 해주고 날 마음대로 가지고 놀았으면 좋겠다는 생각을 했다. 난 문란한 사람이다. 음탕한 사람이다. 토비는 나에게 화장을 했다. 빨간 립스틱을 내 입에 발랐다. 난 거울을 봤다. 립스틱을 크게 발라 매우 음탕한 소녀처럼 보였다. 그리고 내 입술을 빨았다. 혀를 넣어 마구 휘저었다. 나도 토비의 혀를 빨았다. 토비가 내 엉덩이와 허벅지를 만졌다. 그는 부드럽다고 말했다. 손가락을 내 입에 넣었다. 난 물고 빨아주었다. 그 손가락으로 날 만졌다. 내 손을 사용해 토비는 더러운 짓을 했다. 그 짓을 나에게도 했다. 그리고 내 치마 속으로 토비가 들어왔다. 난 극도의 흥분과 쾌감을 느꼈다. 내 온 신경이 치마 아래로 내려갔다. 토비는 내 엉덩이에도 애무를 했다. 난 토비가 해준 것과 같이 똑같이 토비에게 해주었다. 토비는 내 머리카락을 쥐어잡아 더러운 행위를 시켰다. 그리고 토비는 내 어깨를 잡아 침대에 눕히고 자신의 욕정을 풀었다. 난 아팠다. 아프지만 끝에 강렬한 쾌감이 왔다. 난 신음했다. 토비가 말했다.

"넌 더러워. 넌 창녀야."

그리고 절정에 다다랐고 내 몸에 누워 숨을 몰아쉬었다. 난 토비를 밀어냈다. 옷을 갈아입고 화장을 닦았다. 그리고 방을 나갔다. 그리고 잠을 잤다. 다음 날 일찍 태호가 와 있었다.

"왜 이렇게 일찍 일어났어?" 난 하품을 하며 말했다.

"응, 그냥 보고 싶어서." 태호는 내가 보고 싶었나 보다. 태호가 내 손을 수줍게 잡았다. 난 태호의 손을 꼭 잡아줬다. 요한이가 옆에서 잠들어 있었다. 난 태호를 이불 속으로 데려와 안아주었다. 난 태호를 안고 눈을 감았다. 태호가 내 뺨에 자기 뺨을 대었다. 우린 그렇게 따뜻하게 서로를 안아주었다. 요한이가 깨기 전에 태호와 같이 일어났다. 태호는 밖에 나가 있었고 난 씻고 태호와 같이 훈련장으로 갔다. 소영이가 미리 와 있었다. 태호는 따로 훈련하러 가고 난 소영이와 훈련을 했다. 소영이가 다른 팀 아이들을 데려왔다. 불을 뿜는 아이와 소영이와 비슷하게 사물을 움직이는 아이, 손에서 파장이 나가는 아이, 이렇게 왔다. 사물을 움직이는 아이가 안전하게 앞에 농구공과 야구공을 가져다놓았다. 저걸로 나를 공격할 셈이다. 소영이가 아이들에게 나의 능력에 대해 설명을 해주었다. 난 준비를 했다. 일단 마음을 비우고 정신력을 가다듬었다. 이후 아이들이 자세를 잡고 어떤 방식으로든 날 공격하기로 했다. 소영이가 신호를 주자 아이들이 공격을 하려고 한 찰나 그 자리에서 자지러졌다. 난 아이들 머릿속에 날카로운 칼날이 파고드는 상상을 했고 아이들은 머리를 부여잡으며 바닥에 누워 고통에 빠졌다. 소영이가 그만하라고 해서 난 그만두었다. 난 아이들에게 다가가 일으켜 세워주었다.

"네 능력은 거의 사기 같아." 아시아인으로 보이는 아이가 말했다.

"그래, 내 능력을 유용하게 사용했으면 좋겠어." 네가 답했다. 그렇지만 아이들이 나를 보는 표정이 좋지 않았다.

"네가 그 아무나랑 잠을 잔다던 그 아이구나?" 나에 대해서 이상한 소문이 퍼진 듯하다.

"누가 그래?" 내가 물었다.

"몰라, 그냥 그렇게 이야기하는 사람들이 있어." 서양 아이가 능숙

한 한국어로 말했다.

"그냥 소문일 뿐이야." 내가 말했다.

아이들은 날 안 좋은 표정으로 쳐다보는 것 같았다. 그리고 아이들은 각자 훈련하러 돌아갔다. 난 소영이와 같이 앉았다.

"민우야, 너 힘이 좀 증가한 것 같은데 별다른 이상 없어?"

"웅, 아무 이상 없어."

"너 좀 이상한 소문이 있더라." 난 가슴이 콩닥 뛰었다.

"몇몇 아이들이 네가 좀 문란한 아이라고 하더라고. 미안. 아무래도 좀 물어보고 싶어서."

난 생각에 빠져 바로 답변하지는 못했다.

"으음, 사실 어떻게 이야기해야 할지 모르겠지만…."

난 말을 흐렸다. 소영이는 나의 진실한 친구로 남길 바랐다. 내가 문란한 사람이라든가 몸을 함부로 굴리는 그런 음란한 사람으로 인식되길 바라지 않았다. 그래서 소영이에게 사실대로 이야기하기 힘들었다.

"음, 그냥 토비와 가깝게 지내는 것뿐이야. 왜 그런 소문이 생겼는지 모르겠어."

내가 대답했다. 난 토비의 질 안 좋은 친구들을 떠올렸다. 아마 그 녀석들이 소문을 퍼뜨린 것 같았다.

"그래? 으음, 토비하고만 가깝게 지내?"

소영이가 물었다. 난 왠지 태호 이야기를 하고 싶지 않았다. 둘과 그런 관계라면 어쩌면 나는 소문처럼 그런 아이라고 말해도 할 말이 없을지 모르겠다.

"난 네가 어떻게 생활하든 참견할 권리는 없어. 그냥 너의 힘이 상승하는 것에 따라 네가 어디 이상이 없나 걱정될 뿐이야."

아무래도 솔직하게 이야기해야 되지 않을까 하는 생각이 든다. 난 고민에 빠졌다.

"이야기하기 싫으면 안 해도 돼. 그렇지만 네 초능력에 따라 뭔가 강한 욕구가 생긴다거나, 음… 욕심이 많이 생긴다거나 그런 게 있으면 꼭 이야기해줘야 해."

"응, 알았어."

"그럼 오늘은 여기까지 하자."

그리고 소영이는 수업을 들으러 갔다. 나도 요한이랑 수업을 들으러 갔다. 요한이와 영어 수업을 받았다. 요한이는 공부를 애시당초부터 잘했고 난 공부를 못했기 때문에 나는 수업을 잘 따라가지 못했고 요한이는 제법 수업을 잘 따라갔다. 난 토비나 수지, 지미, 엘리자베스가 하는 말을 어느 정도 알아듣기 시작했다. 요한이는 간단한 영어를 쓰기 시작했다. 수업이 끝나고 태호를 보러 갔다. 태호가 나를 위해 팔찌를 구해 왔다. 필요한 물품을 신청할 때가 있는데 태호가 개인적으로 예쁜 하트가 달린 빨간 팔찌를 구해 온 것 같았다. 태호는 그 팔찌를 내 팔에 채워주었다.

"정말 예쁘다. 고마워."

"응, 잘 어울려. 예뻐." 태호기 적극적으로 나에게 뽀뽀했다. 나도 태호의 입술을 포개서 문질러주었다. 목에는 토비가 준 목걸이가 있고 손목에는 태호가 준 팔찌가 있다. 태호와 나는 마주 보고 웃었다. 그리고 사람들의 시선이 신경 쓰였다. 그렇지만 잊어버렸다. 태호와 나는 정원에 가고 있었다. 뒤에서 아이들이 수근거리는 것 같았다.

앞에서 토비가 지나쳐 갔다. 나를 힐끔 쳐다보고 그냥 지나쳤다. 토비는 자신이 욕구를 배출할 때만 날 찾을 뿐이었다. 토비의 친구들도 나를 쳐다봤다. 내 다리를 보고 엉덩이를 쳐다봤다. 난 좀 꽉 끼는 반바지를 입고 있었다. 토비 친구들뿐만 아니라 다른 아이들도 내 다리와 엉덩이를 쳐다봤다. 난 너무 여자 같은 몸매를 가졌다. 엘리자베스가 앞에서 걸어오고 있었다.

"민우야, 너 바지가 너무 짧은 것 같지 않니?"

엘리자베스는 금발에 예쁜 아이지만 어쩔 때는 말을 너무 직설적으로 하는 것 같았다.

"내 바지가 왜?"

"난 네가 바지를 입고 다녔으면 좋겠어."

난 갸우뚱했다. 엘리자베스는 왜 그런 것까지 참견하는지 모르겠다.

"바지라면 입을 수 있어. 근데 내가 좀 안 좋게 보여?" 엘리자베스가 입술을 오므리며 말을 했다.

"안 좋게 보이진 않지만 넌 너무 여자 같아서 이상해. 그러다 너 치마도 입고 다니겠다?"

"치마?" 난 좀 웃었다.

"치마를 입을 리가 없지"라고 말하며 난 웃었다.

"정말? 너 나중에 두고 보자. 난 네가 언젠가 치마를 입고 다닐 거라고 생각해. 근데 왜 토비랑 같이 안 다녀?"

엘리자베스는 참 별걸 다 물어본다.

"응, 토비랑 가끔 만나."

그냥 이렇게 대답했다. 엘리자베스랑 대화하기가 좀 불편했다. 그렇지만 난 내색을 하지 못했다.

"가끔만 봐? 요즘에는 태호랑 사귀니?"

그러자 갑자기 태호가 나섰다.

"응, 우린 사귀어." 태호는 얼굴이 빨개져 있었다.

"그래, 난 태호랑 사귀어. 토비는 가끔 만나."

"그래? 토비랑 가끔 본다고?"

엘리자베스가 그만 물어봤으면 좋겠다.

"여하튼 내가 참견할 바는 아니지만 민우 너 옷이 너무 야해."

엘리자베스의 옷이야말로 야했다. 엘리자베스는 자신의 나이 또래보다 몸매가 성숙해서 눈에 띄는 아이이기도 했다. 엘리자베스는 짧은 치마에 배꼽이 드러난 셔츠를 입고 있었다. 자기 복장은 생각 안 하는 건가?

"알았어. 그래. 근데 어디 가니?" 난 괜히 물어봤다.

"응, 친구 만나러 가. 너희들은 어디 가니?"

"우린 게임룸에 갈 거야." 태호도 그렇다고 했다.

"그래? 그래, 잘 가." 드디어 엘리자베스가 갔다. 태호와 난 게임룸으로 향했다.

"태호야, 내 반바지가 야해?"

태호가 내 나리를 봤나. 그리고 살짝 내 허벅지를 만졌다. 난 간지러웠다.

"그렇게 야해 보이지 않는데. 난 괜찮아."

태호가 괜찮다면 나도 괜찮았다. 우린 게임룸에 갔다.

요한이가 있었다. 우린 같이 게임을 했다. 게임을 하다 태호가 간혹 내 허벅지를 만졌다. 태호는 내 몸을 만지는 게 익숙해진 것 같왔다. 난 태호가 내 몸을 만지도록 가만히 있었다.

"오늘도 밤새 게임할까?"

요한이가 신이 난 듯 말을 했다. 요한이는 요즘 게임에 푹 빠진 것 같았다. 우린 좋다고 합의를 봤다. 우린 2시간 정도 같이 멀티를 하고 나머지 시간은 각자 하고 싶은 게임의 스토리를 플레이했다. 난 아기자기한 닌텐도 게임을 했다. 태호와 같이 화장실에 가서 키스를 하거나 태호가 내 몸을 만졌다. 새벽이 되면 다 같이 매점으로 가 라면과 과자를 먹었다. 우린 새벽 공기를 맞으며 정원에 앉았다.

"나도 초능력이 있으면 좋겠다는 생각을 해." 요한이가 말했다.

"그래, 나도 네가 초능력이 있었으면 좋겠어. 그래야 적들과 마주 치면 안전할 테니까." 내가 말했다.

"민우가 날 보호해주면 되는 거 아니야?"

"내가? 글쎄 난 뭔가 보호할 만한 능력은 없어."

"태호는 눈에서 레이저 쏘는 거 말고 다른 능력은 없어?"

"웅, 근데 능력은 각자 하나씩만 갖고 있는 것 같아. 여러 가지 능력을 가지고 있는 사람은 못 봤어."

"예전에 놀이공원에서 마주쳤던 사람은 능력이 여러 개처럼 느껴졌어. 그 회전목마를 우리에게 던졌던 사람."

"그 사람? 아마도 적대 세력 무리 중 엘리트인 것 같던데." 태호가 답했다.

"엘리트도 있어?" 내가 물었다.

"웅, 소영이나 알렉스도 엘리트야. 보통 능력자보다 힘이 강해."

"그렇구나." 내가 답했다.

"민우야."

"응."

"혹시 토비랑 헤어지고 태호랑 사귀어?" 요한이가 물었다.

"응···."

"토비랑은 완전히 헤어진 거야?"

난 답변하지 못했다. 태호에게도 언젠가 이야기해야 한다는 생각이 들었다.

"토비랑은 그냥 가끔 대화 정도 나눠." 난 갑자기 성욕이 불타오르는 걸 느꼈다. 토비가 나에게 하던 짓을 떠올리고 얼굴이 붉어졌다.

그렇게 우린 대화를 나누다 자러 갔다. 태호와 사랑을 나누고 싶었다. 그렇지만 그날은 그냥 잤다. 잠결에 성욕이 치솟아 잠을 깨기도 했다. 지금 태호를 깨우러 가기가 좀 그랬다. 토비가 날 찾아왔으면 좋겠다. 토비가 준 목걸이를 만졌다. 난 내 능력이 증가하는 걸 느꼈다. 그러면서 내 성욕도 증가했다. 난 토비와 더러운 행위를 하는 생각을 했다. 날 잠재우려고 노력했다. 다음 날 훈련을 건너뛰고 소영이가 우릴 불러모았다. 수지, 토비, 태호, 숙희, 엘리자베스, 지미, 요한이, 나 이렇게 모였다.

"오늘 부른 건 다름이 아니라 특별한 사항이 있어 불러모았어."

다들 소영이 말을 경청했다.

"우리 중에 유일하게 우리만 전투 경험을 갖고 있고 또 지난번에 우리가 머물던 학교에서 살아 돌아온 생존자이기도 해. 그래서 우리 팀이 밖에 나가서 임무를 수행하기로 했어."

다들 웅성거렸다.

"어떤 임무인데?" 엘리자베스가 물었다.

"응, 조금 위험한 미션이야. 모두의 동의가 있어야만 할 수 있는 임무야. 너무 위험하거든."

위험하다는 말에 우린 긴장했다.

"우리가 밖에 나가서 적들의 기지를 찾을 거야."

우린 순간 조용해졌다.

"너희들이 모두 좋다고 하면 임무를 수행할 거야. 난 알렉스에게 좋다고 했어. 난 아이들을 다시 찾고 싶어."

우리와 같이 지냈던 아이들이 떠올랐다.

"우리가 가지 않겠다고 하면 미션을 안 할 거야?" 숙희가 물었다.

"그래, 맞아. 우리 모두가 동의해야 해. 다음 주까지 너희들이 답변해줬으면 좋겠어."

"난 좋아." 엘리자베스가 말했다.

"요한이는 어떻게 생각해?" 소영이가 요한이게 물었다.

"나는 초능력이 없는데 나도 참여하게 되는 거야?"

"요한이는 예외적으로 참여 안 해도 돼. 그렇지만 가야 할 이유가 있다면 갈 수는 있어."

요한이는 고민하는 듯했다.

"고민해볼게."

"만약에 우리가 가야 한다면 두 달 동안 합동훈련을 받고 나갈 거야. 시간이 많이 없어. 우리가 적들의 기지를 먼저 파악해야 해."

다들 웅성거렸다.

"밖의 상황은 어때?"

"밖에 나가서 정찰하는 우리 쪽 사람들이 별다른 특이사항은 없대. 그렇다고 마냥 우리가 여기서 적들이 쳐들어오길 기다릴 순 없어."

우린 다음 주까지 답변하기로 하고 다 같이 정원에 갔다. 정원에 앉아 서로 대화를 나누었다.

"민우도 나갈 거야? 민우는 어떻게 할 거야?"

태호가 물었다. 아마도 태호는 내가 나간다고 하면 날 따라올 것 같았다. 나도 태호를 따라가 태호를 보호해주고 싶었다.

"생각 좀 해보고. 태호는 어떻게 할 거야?" 태호가 내 손을 잡았다. 나도 태호 손을 쓰다듬어주었다.

"난 민우 따라갈 거야." 난 태호와 사랑을 나누고 싶었다. 성욕이 솟구쳤다.

"그래." 난 그렇게 짧게 답변했다. 태호의 팔찌가 조명을 받아 반짝였다.

"목걸이 예쁘다."

태호가 내 목걸이를 보고 말했다. 토비가 준 목걸이였다. 난 토비가 준 목걸이를 만졌다. 그리고 태호를 보고 웃어 보였다. 태호의 얼굴이 빨개졌다. 오늘 저녁에 태호와 사랑을 나누고 싶었다. 난 태호 귀에 대고 속삭였다.

"오늘 자기 전에 보고 싶어."

그러자 태호가 고개를 끄덕였다. 태호는 내 손을 잡고 손등을 쓰다듬었다. 난 태호 손을 사랑스럽게 보듬어주었다. 우린 끝나고 태호와 샤워실의 안 보이는 구석에서 사랑을 나누었다. 서로의 몸을 만지고 애무했다. 태호는 날 정말 여자처럼 대해주었다. 우린 키스를 했고 내가 혀를 매우 음란하게 움직였다. 태호도 내 혀를 음란하게 먹었다. 난 태호에게 변태적인 행위를 통해 기분 좋게 만들어주었다. 태호는 다소 놀란 표정이었다.

그렇지만 태호는 만족했다. 나는 토비와 더러운 짓을 했던 것처럼 태호에게 해주었다. 태호는 몹시 흥분했다. 난 더욱더 태호에게 음란한 행위를 했다. 태호는 매우 놀랐다. 난 그런 태호에게 나를 마음껏 허락해주었고 태호는 욕정에 휩싸여 나를 거칠게 사랑했다. 우린 끝나고 같이 샤워를 했다. 내가 태호의 몸을 닦아주었다. 그리고 우린 각자 잠을 자러 갔다. 다음 날 소영이와 훈련을 했다.

"민우는 생각해봤어? 밖에 나가는 것에 대해서?"

"응. 생각 중이야."

"그래, 천천히 생각해봐. 부담 갖지 말고."

"응."

오늘은 여러 가지 공들을 바닥에 두고 내가 자유자재로 정신능력을 사용해 날리거나 움직이는 훈련을 했다. 이런 능력을 사용할 수 있는 걸 보면 내 능력이 소영이 능력과 흡사해진다는 생각이 들었다. 난 두 개의 능력을 사용할 수 있을지 모르겠다. 난 공을 매우 정교하게 움직였다. 소영이와 함께한 수박 쪼개기 훈련 때문에 난 자유롭게 공을 움직일 수 있게 되었다. 오늘 훈련은 만족스러웠다. 훈련을 마치고 소영이와 헤어졌다. 요한이와 수업을 들으러 가고 있었다. 앞에 토비가 막아섰다. 난 토비를 보자 강렬한 성욕에 휩싸였다. 토비가 날 험하게 다루어줬으면 좋겠다는 생각을 했다. 토비가 내 손을 잡고 어딘가로 끌고 갔다. 난 얌전히 따라갔다. 가다가 태호랑 마주칠까 봐 마음 졸였다. 다행히 태호는 안 보였다. 가다가 엘리자베스와 마주쳤다.

그녀가 날 이상한 눈으로 쳐다보았다. 난 무시한 채 지나쳤다. 토비가 날 한 번도 가본 적 없는 작은 농구장에 데려갔다. 거긴 아무도 없었다. 난 정신을 집중하고 다른 기를 느꼈다. 몇몇 토비 친구들이 숨어 있는 것 같았다. 토비가 내 얼굴을 어루만졌다. 난 부족한 영어로 말을 했다.

"언제까지 날 가지고 놀 거야?"

토비가 날 바라보며 심술궂은 얼굴로 말을 했다.

"네가 지칠 때까지. 넌 날 사랑해, 그치?"

난 토비가 하는 말을 알아들었다.

"너는 날 사랑하니?"

토비가 내 엉덩이를 움켜잡았다.

"넌 아직 쓸 만해."

"내 몸을 원하는구나?" 내가 물었다.

"조용히 해." 토비가 내 입을 다물게 했다. 내 입술을 입에 넣어 빨고 입술을 포개어 문질렀다.

"정말 부드러워." 토비가 말했다.

토비는 내 가슴살을 만지고 쓰다듬었다. 그가 계속 부드럽다는 말을 했다. 난 서서히 흥분하기 시작했다. 토비가 나의 것을 만졌다. 만지고 가지고 놀았다. 난 흥분해서 신음했다. 토비가 나를 무릎을 꿇게 하고 더러운 행위를 시켰다. 난 가만히 그가 원하는 대로 해주었다. 그리고 니에게도 헤주었다. 토비가 여러 가지 기행에 가까운 행위를 나에게 시켰다. 난 흥분 때문에 가슴이 터질 것만 같았다. 빨리 토비가 자신의 욕구를 나를 통해 배출해주길 바라고 있었다. 난 간절했고 쾌락에 빠져 있었다. 흥분과 쾌감으로 정신없는 와중에 토비의 친구 두 명이 다가왔다. 그리고 내가 음란한 행위를 하는 것을 지켜보았다. 토비의 친구들도 동성애자들이 아닌가 추정됐다.

그들이 다가와 날 잡았다. 난 쾌감에 몸을 떨었다. 토비의 친구 중 하나가 나에게 키스했다. 난 저항할 수 없었다. 둘이서 날 마구 만졌다. 내 몸에 대한 호기심이 가득한 것 같다. 내 몸 구석구석 만지고 주물렀다. 난 몹시도 흥분한 상태이다. 토비가 내 몸에 들어왔다. 난 그의 격렬한 움직임에 몸 둘 바를 몰랐다.

　나머지 친구가 내 얼굴에 자기 몸을 문질렀다. 그는 부드럽다고 감탄했다. 난 태호 생각이 났다. 마음이 몹시 죄스러웠다. 그렇지만 이 강렬한 쾌락을 벗어나기 힘들었다. 토비는 자신의 욕구를 매우 빨리 배출했다. 무척이나 흥분한 것 같았다. 그리고 다음에 다른 친구가 내 몸에 욕구를 쏟아내려고 했다. 난 그만두게 만들었다. 토비는 날 사랑하지 않았다. 나의 욕구도 어마어마한 쾌감과 함께 해소되었다. 난 그 친구를 밀어내고 서둘러 옷을 입었다. 그 친구가 몹시 화가 나 있었다. 난 그 친구를 공격하고 싶지 않았다. 날 허락하긴 했지만 내키지 않았다. 난 흥분을 가라앉혔다. 그 친구는 아직 흥분한 상태이다. 내가 이 친구의 욕구를 배출해줄까 고민에 빠져 있었다. 난 너무 음탕한 사람으로 변하는 것이 두려웠다. 난 그 친구에게 미안하다고 말을 했다. 그 친구는 나에게 심한 욕설을 했다.

　나보고 창녀라고 욕했다. 난 멍한 표정으로 그 자리를 빠져나갔다. 토비는 날 막지 않았다. 난 나가서 혹시나 태호와 마주칠까 두려웠다. 태호에게 언젠가 말을 해야 한다. 언제까지 이렇게 더러운 나로서 생활할 수 있을지 모르겠다. 난 가다가 태호 얼굴을 보았다. 난 부끄러워서 고개를 다른 곳으로 돌리고 갔다.

"민우야."

　태호가 웃으며 나를 바라봤다. 나 역시 웃으며 태호를 바라봤다.

우린 손을 잡고 정원에 갔다.

"민우야, 밖에 나가는 거 찬성이야?"

태호가 빨리 결론을 내리고 싶어 하는 것 같다. 난 태호의 의사를 물어보지 않기로 했다. 어떻게 하든 태호는 나를 따를 것이다. 난 죄책감이 들었다.

"응, 난 나갈 거야." 태호는 아무 고민 없이 답했다.

"나도 같이 갈게." 난 기분이 안 좋았다. 강렬한 쾌감 뒤에 찾아오는 우울감이 있었다. 또다시 시간이 지나 성욕이 차오르면 우울감이 해소되어 강렬한 욕구로 변했다. 난 이 쾌감을 끊기 힘들 거라 예상했다. 태호는 내 손을 잡고 만졌다. 방금 더러운 짓을 한 손이라 난 가슴이 두근거렸다. 태호가 내 손에 입을 맞추었다. 난 떨렸다. 성적인 욕구가 아니라 가슴 한편에 태호를 몹시 아끼고 사랑한다는 애정이 솟아올랐다. 그렇지만 과거에 토비에게 느꼈던 것과 같은 감정이라 난 혼란스러웠다. 토비는 날 그저 육체적인 욕구 해소용으로밖에 안 보는 걸까. 난 갑자기 토비가 미웠다. 토비는 날 따스하게 대했었다. 그 모든 것이 그냥 아무것도 아니었다니. 사람은 간사하고 차갑고 그저 욕구만 가득한 별 것 아닌 동물이라 생각했다.

"뭘 그렇게 생각해?" 태호가 물었다.

"아니, 아무것도."

그렇게 우린 정원에 앉아 서로의 몸을 기대었다. 요한이가 우릴 찾아냈다.

"오늘 수업도 안 듣고 뭐 하는 거야?"

태호와 난 요한이를 보고 당황한 표정을 지었다.

"응, 미안. 오늘 좀 일이 있었어." 내가 답했다. 요한이는 나와 태호를 번갈아가며 보았다.

"알겠어. 그럼 게임 하러 가자."

우린 같이 신이 나서 게임을 하러 갔다. 그렇게 하루가 지났고 그날은 태호와 사랑을 나누지 않았다. 태호가 원한다면 난 다른 것을 해줄 수도 있지만 태호가 나에게 미안해했다. 태호는 나보고 피곤할 테니 자라고 해줬다. 난 그런 태호의 마음이 고마웠다.

다음 날 우린 다 같이 아침을 먹었다. 그러던 와중에 숙희와 수지가 밖으로 임무수행을 위해 나간다고 결정했다. 나도 소영이에게 태호와 나도 합류하겠다고 이야기했다. 수지, 숙희, 소영, 태호, 나 이렇게 정해졌다. 토비는 날 노려봤다. 난 토비의 화를 받아주기에는 너무 벅찼다. 토비가 말했다.

"나도 합류하지."

토비도 합류를 했다. 토비는 나를 바라보고 있었다. 토비의 깊은 눈엔 뭔가에 대한 애증이 가득했다. 난 그런 토비를 묘한 감정으로 바라봤다. 그리고 지미가 합류했다. 아마 지미 혼자서 합류 안 한다고 하면 좀 그런 것 같았다. 지미는 좋아 보였다. 언제나 머리가 폭탄 터진 것처럼 되어 있었다. 엘리자베스도 뒤늦게 합류했다. 이제 요한이만 남았다. 요한이가 말했다.

"나도 뭔가 할 수 있다면 가겠는데, 글쎄…. 내가 나가야 할 이유가 있을까?"

"부담 갖지 마, 요한아. 요한이는 안 가도 돼."

요한이는 좀 기운이 없어 보였다. 혼자 남아 있기도 뭐한 것 같았다. 우린 식사를 마치고 소영이와 다 같이 모여 훈련을 어떻게 할지 구성해보았다. 태호와 지미, 토비, 숙희는 공격을 담당했다. 수지와 소영이, 나는 방어를 담당했다. 엘리자베스는 나와 비슷하게 정신 공격을 하는데 주변 사람들을 멀리 보내는 특이한 능력을 가졌다. 일반 사람들을 우리로부터 멀리 보내버릴 것이다. 그래야 그들을 보호할 수 있다. 이렇게 포지션을 잡고 우린 자세를 잡고 서서 가상의 적이 공격할 경우 누가 먼저 공격할 건지, 방어는 어떻게 할 건지 서로 합을 맞춰보았다. 아무래도 다른 팀 아이들에게 교전 연습을 부탁해야 할 것 같다. 오늘은 각자 몸을 풀고 포지션을 잡고 각자의 능력을 한 번씩 사용해보았다. 태호는 강한 에너지를 눈에서 분출했다. 두 손가락을 머리에 대고 발산했다.

제법 강한 힘이었다. 지미가 하늘을 날아 아래쪽에 있는 연습용 표적을 박살내버렸다. 토비는 주먹을 날려 표적을 마구 부숴버렸다. 수지는 주변에 뜨거운 온도를 감싸고 주변을 그을리게 만들었다. 그 온도를 밖으로 안쪽으로 자유롭게 조절할 수 있었다. 난 정신을 집중해 훈련용으로 가져다놓은 수박을 다 터뜨렸고 고정해둔 공을 다 날려버렸다. 엘리자베스는 잠시 우리 모두 멍하게 만들었다. 우리의 정신을 꺼버린 듯한 기분이 든다. 좀 무서운 능력이다. 소영이는 주변의 운동기구들을 정교하게 날려 표적을 다 부숴버렸고 주변의 물건들을 들어 방어막처럼 형성하기도 했다. 그렇게 훈련을 반복적으로 했다. 우린 훈련을 마치고 같이 쉬러 갔다. 우린 다 같이 모여 앉아서 밖에 나갈 생각에 흥분 반, 걱정 반이었다.

"소영아, 우리 나가면 뭐 입고 나가?" 엘리자베스가 물었다.

"응, 각자 입고 싶은 옷을 입고 나갈 거야. 너무 튀는 옷은 안 돼. 그리고 걸어다닐 때 팀을 나누어서 걸어다닐 거야. 한 데 뭉치면 눈에 띄거든."

"근데 어디를 조사할 거야?" 숙희가 물었다.

"아직 딱히 어디를 조사해 보자고 말은 안 나왔어. 아마 도심지가 아니라 시골 외진 곳을 둘러볼 거야. 민우의 역할이 중요해. 민우는 초능력자를 감지할 수 있거든."

난 좀 부담도 있지만 마음을 단단히 먹고 각오를 다졌다. 공격은 약하더라도 아이들을 보호하자는 생각을 했다.

"응. 잘해볼게." 난 답했다.

"민우 나갈 때 여장하고 나가. 치마 입고 화장하고, 그럼 적들이 널 못 알아볼 거야."

엘리자베스가 또 엉뚱한 발언을 했다. 난 그냥 웃었다. 태호가 자연스럽게 내 손을 잡았다. 그때 마침 옆에서 토비가 내 허벅지에 손을 얹었다. 난 그렇게 양옆에 태호, 토비를 두고 앉아 있었다. 토비는 웬일인지 얌전하다. 토비가 전에 나에게 준 목걸이를 풀어서 손수건으로 닦았다. 그리고 다시 내 목에 걸었다. 무슨 속셈인지 모르겠다. 그리고 토비가 내 손을 잡았다. 역시나 부드러운 손등을 쓰다듬었다. 태호는 토비가 내 목걸이를 만지는 것을 못 본 듯하다. 태호도 내 손등을 쓰다듬었다. 난 두 남자가 날 만지게끔 가만히 있었다. 엘리자베스 시선이 따갑다. 엘리자베스가 엉뚱한 발언을 하지 않았으면 좋겠다. 그렇게 함께 있다가 다들 헤어져서 수업을 받으러 갔다. 난 요한이랑 영어 수업을 받으러 갔다. 수업이 끝나고 교실을 나오는데 수많은 예쁜 빨간 꽃이 내 눈앞에 가득했다.

"와, 태호야. 이럴 것까진 없어."

빨간 꽃이 내려가고 거기서 나온 얼굴은 토비였다. 토비는 맥주를 마셨는지 얼굴이 약간 붉어져 있었다. 왜 토비가 나에게 꽃을 주는

지 모르겠다. 오늘 최고 수준의 변태적인 기행을 벌이려고 하는지 난 토비를 멍하니 보다 말을 했다.

"무슨 일이야?"

"그냥 너 주고 싶어서. 너 빨간 꽃과 잘 어울려. 네 입술이 붉은 것처럼."

내 입으로 뭘 해주길 바라는 걸까.

"받기 싫으면 받지 마. 도로 가져갈게. 그냥 네 생각이 나서 가져왔어."

토비의 깊은 눈은 그 속을 알 수가 없었다. 난 거절하기 싫었다. 거절하면 토비가 어떤 반응을 보일지 알 수가 없기 때문이다. 난 꽃을 받았다. 토비가 나에게 키스하려 했다. 난 태호가 근처에 있을까봐 손으로 토비의 턱을 부드럽게 잡았다.

"지금은 안 돼."

내가 말했다. 토비는 알 수 없는 표정을 지으며 갔다. 소영이가 내 힘은 쓰지 말고 초능력자가 어디서 오는지 위치 확인만 하라고 했다. 난 꽃을 들고 이 꽃을 어떻게 할지 고민하며 방으로 갔다. 방에 들어가니 태호와 요한이가 있었다.

"너 그거 어디서 났어?" 요한이 눈이 휘둥그레져서 물었다. 태호가 날 쳐다봤다.

"어, 그냥, 어디서 구했어. 방에 두려고."

난 꽃을 내 침대 머리 쪽에 두었다. 그리고 태호를 보며 웃었다. 태호도 나를 보며 미소 지었다.

"꽃과 같이 있으니 예쁘다. 꼭 유화 그림 같아." 태호가 말했다.

"민우는 원래 예쁘지 않았어. 시골 깡촌 촌놈일 뿐이야." 요한이가 말했다. 그 말에 내가 웃었다. 우린 다 같이 게임을 하러 갔다. 오늘도 밤새도록 할 생각이다. 우린 밤새도록 게임을 하고 매점에서 과자를 먹고 잠을 자러 갔다. 난 태호와 샤워하러 갔다. 우린 사랑을 나누었고 태호는 날 정말 여자처럼 대해주었다. 태호는 부드러웠다. 날 거칠게 다루지 않았다.

우린 샤워하고 각자 자러 갔다. 다음 날 우린 아침을 먹고 훈련을 했다. 다른 팀 아이들이 도와주었다. 다른 팀 아이들 7명이 우릴 상대했다. 난 아이들에게 위치를 알려주었다. 토비가 반사신경이 매우 빨랐다. 내가 알려주는 즉시 가서 적을 타격했다. 토비가 아이들을 진짜로 몇 번 때려 소영이가 경고를 주었다.

"토비, 그렇게 하면 우리랑 밖에 못 나갈 줄 알아."

토비는 심술궂은 표정으로 알았다고 했다. 아이들이 토비를 싫어하는 눈치지만 토비만큼 강한 아이는 별로 없다. 때론 엘리자베스가 아이들의 의식을 정지시켜 아이들을 멍하게 만들었다. 그럼 우린 가볍게 아이들을 공격할 수 있었다. 수지의 뜨거운 열기는 아이들을 접근하지 못하게 했다. 소영이가 특별히 수지에게 열기로 돔 형태를 만들어보라고 주문을 했다. 수지는 자기 힘을 최대치로 끌어내서 돔을 만들어 보였지만 유지하기 힘들었다. 숙희는 매우 빠른 속도로 날아가듯이 달려가 아이들의 등을 치고 다녔다. 숙희의 속도는 매우 빨랐다. 태호는 따로 표적을 두고 눈에서 빛을 뿜어 표적을 맞히는 연습을 했다. 지미는 하늘로 날아올라 빠르게 지상으로 공격을 가하고 다시 하늘로 올라가는 걸 반복해서 연습을 했다. 소영이는 우리 중심에 서서 무거운 운동기구나 훈련용 장비들을 들어 여기저기 이동시키고 방어막을 형성하는 훈련을 했다. 점심시간이 좀 지날 때까지 훈련을 했다. 다들 우린 배가 고파 점심을 먹으러 갔다. 점심은 서양식이 나왔다. 햄버거와 감자튀김, 옥수수가 나왔다. 우린 맛있게 먹었다. 점심을 먹고 정원에 다 같이 앉아 있었다. 난 태호 옆에 앉아 태호 손을 잡아주었다. 태호가 내 손등을 쓰다듬어주었다. 토비가 내 옆으로 왔다. 난 태호 손을 잡은 걸 등 뒤로 가져가 토비 눈에 안 보이게 했다. 내가 손을 등 뒤로 가져가자 태호가 내 다리를 만졌다. 토비가 나머지 손을 잡았다. 그리고 내 머리카락을 만졌다.

우린 휴식 후에 다시 훈련을 시작했다. 우린 토비나 숙희, 지미, 태호가 없을 경우 엘리자베스, 소영, 나, 수지가 어떻게 대처할지에 대해 훈련을 했다. 나머지 아이들은 전투 훈련을 했다. 일단 소영이가 공격과 방어가 둘 다 가능하기 때문에, 게다가 소영이는 능력이 정말 강했다. 별다른 무리 없이 공격도 수월하게 됐다. 다른 팀 아이들이 또 도와주러 왔는데 내가 그 아이들 모두의 머리에 정신 힘을 가해 무력화시켰다. 우리 팀 아이들은 감탄했다. 난 내 능력이 정말 강하다는 걸 점점 알아갔고 자신감도 강해졌다. 어쩌면 소영이와 비슷한 정도의 힘일 수도 있다고 생각했다. 난 힘이 커지면서 또 성욕이 솟구치는 걸 느꼈다. 오늘은 토비가 필요했다. 그러나 난 마음을 굳게 먹었다. 토비는 날 사랑하지 않는다. 내기 필요한 건 토비가 날 다루는 문란함이지만 난 태호를 통해서도 강렬한 쾌감을 얻을 수 있을 거란 생각을 했다. 난 이제 토비가 필요하지 않았다. 그렇지만 태호가 어떤 반응을 보일지 알 수 없었다. 토비와 지미가 몸싸움하는 게 보였다. 토비가 태호를 건드리지 않았으면 좋겠다. 우린 저녁까지 훈련을 하고 늦은 저녁을 먹으러 갔다. 우리를 위해 식당에서 늦게까지 배식을 했다. 우린 닭 요리를 먹었다. 그리고 우린 남녀 따로 다 같이 샤워를 했다. 내가 태호 등에 비누를 칠해줬다. 태호도 내 등에 비누칠을 해줬다. 우린 토비와 떨어진 곳에서 씻었다.

난 혹시나 흥분할까 봐 조심히 태호를 씻겨줬다. 우린 그렇게 샤워를 마치고 요한이, 태호와 게임룸에 갔다. 게임룸은 하루 종일 운영되는 듯하다. 우린 다 같이 멀티를 했다. 난 혹시 게임을 조작할 수 있나 내 능력을 활용해보았다. 그렇지만 아무런 일도 일어나지 않았다. 좀 엉뚱한 생각이었던 것 같다. 우린 그렇게 게임을 즐기다 잠을 잤다. 새벽에 난 깨었다. 누군가 내 귀에 바람을 불었다.

"태호?"

"태호? 그놈이 뭔데. 네 장난감이야?" 토비였다. 아주 비열한 표정을 짓고 있었다.

"토비, 잘 시간이야. 여기서 나가줘." 난 잠결에 말을 했다. 토비는 날 만졌다.

"음, 토비, 그만둬. 너무 늦은 시간이야. 내일 해."

"난 지금 널 먹어야겠어."

"요한이가 듣겠어. 그만 나가줘."

그렇지만 토비는 날 억지로 일으켜세워 데려갔다. 우린 토비 방에 갔다. 난 잠결에 그냥 토비를 따라왔다. 지미가 없나 주위를 살펴보았다. 토비는 다른 사람이 지켜볼 때 하는 걸 좋아하는 듯했다. 난 눈으로 보는 걸 관두고 초능력을 썼다. 아무도 없었다. 토비는 나에게 여자 옷을 입혔다. 난 잠결에 그냥 입히는 대로 가만히 있었다. 날 발가벗겼다. 그리고 내 얼굴에 화장을 했다. 토비가 왜 새벽에 이러는지 알 수 없었다.

토비는 날 천천히 애무했다. 내 치마를 올려 기괴한 행위를 하기 시작했다. 난 잠이 깨고 흥분과 기지개 펴는 쾌감에 몸을 떨었다. 그리고 내 입술을 먹었다. 내 머리카락을 잡고 아래로 끌고 가 음란한 짓을 하기 시작했고 난 다 받아주었다. 그리고 내 두 팔을 잡고 토비는 욕망을 마구 배출했다. 난 좀 아팠다. 그렇지만 쾌감이 고통을 이겼다. 토비와 난 기진맥진해질 때까지 즐겼다.

"태호와 재미 좋았어?"

난 힘없이 누워 말했다.

"태호는 다정해. 넌 그냥 날 잡아먹고 싶은 거잖아."

"사랑이라도 하는 거야?"

"너한테 말하고 싶지 않아."

"넌 더러운 창녀야."

"그래, 네가 그렇게 생각한다면 별수 없지. 난 창녀야."

"태호가 우리가 이렇게 더럽게 즐긴다는 걸 알면 어떻게 생각을 할까, 자신이 좋아하는 녀석이 지저분한 창녀라는 걸 알면?"

"태호에게 말하면 난 널 아프게 할 거야."

그리고 토비는 말이 없었다.

"이젠 난 자러 갈게. 날 새벽에 찾지 않았으면 좋겠어."

토비는 그냥 누워서 잠을 청했고 난 나와서 방에 들어가 잠을 잤다. 다음 날 우린 또 같은 훈련을 했고 저녁에는 밖에 나갈 때 어떤 복장을 입고 나갈지 보고 있었다.

그날은 알렉스가 직접 왔다.

"이건 우리가 개발한 활동복인데 아주 얇은 재질로 되어 있지만 밀도가 높은 소재를 사용해서 충격에 강하단다."

알렉스가 우리에게 새롭게 개발한 아주 얇은 운동복 같은 걸 보여주었다. 디자인이 매우 샤프하고 멋있었다. 날렵하기까지 했다. 난 재질을 만져보았다. 부드럽게 휘어지고 단단하게 느껴지기도 했다.

"너희들이 입고 싶은 일상복을 입기 전에 입고 그 위에 일상복을 입으면 될 거다. 유사시에 옷이 찢어질 경우도 대비할 수 있지."

우린 이 운동복을 착용하기로 했다. 우린 옷 갈아입는 곳에 들어가 입고 나왔다. 정말 잘 빠지고 멋진 옷이었다. 내 여자 같은 몸매가 매우 잘 드러났다. 태호가 내 몸을 쳐다보았다. 난 태호의 간지러운 시선이 느껴져 태호를 웃으며 봤다. 우린 운동복 위에 겉옷을 골라 입어보았다. 난 약간 다리에 붙는 청바지를 입었다. 아랫단이 좀 짧았다. 서울 애들이 이런 걸 입은 걸 본 적이 있다. 난 윗옷으로 깔끔한 흰 와이셔츠를 입어봤다. 그리고 태호가 준 팔찌와 토비가 준 목걸이를 번갈아가며 봤다. 난 태호가 준 팔찌를 어루만졌다. 그러면서 토비가 준 목걸이도 만졌다. 언젠가 하나를 버려야 할 날이 올 거라 생각한다. 태호는 검정 청바지와 체크 셔츠를 입었다. 내가 단추를 채워줬다. 토비가 나의 어깨를 툭 치고 지나갔다. 난 토비를 묘한 표정으로 바라봤다. 토비는 이상한 웃음을 띠었다. 난 토비가 좀 두려워졌다. 태호가 내 옷깃을 잘 정돈해줬다. 그리고 내 머리카락을 만졌다. 우린 옷을 입어보고 잘 맞나 확인한 후에 알렉스를 따라갔다. 거기에서 특수 제작된 가방과 정교하게 만들어진 무전기를 보여줬다. 우린 무전기를 착용해보았다. 크기가 작아서 몸 어디에 넣어도 자연스럽게 장착되었다.

이어폰도 귀에 딱 맞았고 뛰거나 흔들어도 잘 떨어지지 않았다. 우린 서로 대화를 해보았다. 목소리가 아주 잘 들렸다. 작게 속삭여도 보았다. 작게 속삭이면 소리를 증폭시켜 또렷하게 잘 들리게 했다. 그리고 알렉스가 우리에게 핸드폰을 하나씩 주었다. 일반 모바일 폰처럼 생겼고 지피에스가 달려 우리 위치를 나타내고 다른 아이들의 위치도 알려주었다. 견고하게 만들어졌고 이런저런 충격에도 잘 견디게 설계되었다고 알렉스가 알려주었다. 난 핸드폰의 이런저런 기능을 살펴보았다. 우린 그러다가 알렉스와 함께 저녁을 먹으러 갔다. 저녁을 먹으며 이런저런 이야기를 나누었다. 태호가 고기를 내 접시에 주었다. 난 웃으며 먹었다.

"민우는 친구를 많이 사귀었나 보구나." 알렉스가 말했다. 난 가슴이 약간 두근거렸다. 알렉스는 내가 얼마나 음란하게 즐기는지 알고 있을까?

"네, 다 좋은 친구들 같아요." 내가 대답했다. 그리고 알렉스는 다른 아이들과 대화를 나누었다. 그렇게 저녁을 먹고 우린 정원에 가서 앉아 있었다. 태호와 난 손을 잡고 있었다. 태호가 내 손을 문지르고 쓰다듬었다. 난 태호에게 기대었다. 토비가 옆에 앉아서 내 엉덩이를 손에 댔다. 난 토비의 손을 치웠다. 토비는 비열한 얼굴을 했다. 우린 그리다가 잠을 자러 갔다. 요한이와 나, 태호는 게임을 하러 갔다. 우린 같이 멀티를 하다 각자 하고 싶은 게임을 했다. 난 엑스박스 게임을 했다. 땅에서 나오는 괴물과 싸우는 게임이었다. 상당히 하드코어한 게임이었다. 난 스토리에 빠져서 게임을 했다. 태호가 가끔 내 뒤에서 구경했다. 난 태호에게 같이 코옵을 하자고 했다. 태호는 신이 나서 나와 함께 스토리를 즐겼다. 내가 적들에게 맞아서 누워 있으면 태호가 귀신같이 뛰어와서 날 구해줬다. 태호는 날 구해주는 걸 무척 좋아했다. 요한이가 과자와 음료수를 먹으러 가자고 해서 우린 과자를 싸 들고 정원에 갔다. 아직도 안 자는 아이들이 많았다. 우린 과자를 먹고 잠을 자러 갔다. 난 태호를 그냥 보내기 싫었다. 요한이는 들어가서 자고 난 태호와 샤워실에 갔다. 난 태호에게 아주 더러운 행위를 할 생각이다. 난 태호의 예민한 곳을 손으로 만지고 애무했다. 태호는 깜짝 놀라는 것 같았다.

"민우야, 거긴 더러워."

"괜찮아, 가만히 있어."

난 혀로 마구 빨았다. 태호는 숨이 거칠어졌다. 못 견뎌하는 것 같았다. 이 행위는 토비가 가르쳐준 것이다. 태호가 못 견뎌했다. 난 다른 더러운 짓을 했다. 그러자 태호가 신음을 했다. 난 좀 천천히 태호를 기쁘게 해줬다. 태호가 너무 괴롭지 않게 해주었다. 태호는 흥분해서 내 머리를 잡고 입에 혀를 넣어 마구 휘저었다. 난 그런 태호의 혀를 부드럽게 빨아주었다. 태호가 내 엉덩이를 쥐었다. 나도 태호의 몸을 만져주었다. 그리고 또 더러운 행위를 해줬다. 태호는 못 견뎌했다. 바로 내 허리를 잡아 마구 나를 즐겼다. 난 태호가 날 사랑하는 대로 받아주었다. 태호는 날 통해 격렬한 쾌감과 욕구를 해소했다. 그런 태호를 난 안아주었다. 태호는 내 볼에 뽀뽀를 했다. 우린 서로 안아주다가 같이 샤워를 했다. 내가 태호의 몸을 씻겨주었다. 그리고 우린 헤어져 잠을 잤다. 다음 날도 우린 훈련을 했고 간혹 토비와 관계를 맺고 태호와도 관계를 맺었다. 난 토비를 어찌할 바를 몰랐다. 난 태호와도 기행에 가까운 행위를 하기 시작했고 태호도 상당히 즐기게 되었다. 난 태호를 내 음란한 행위에 동참하도록 만들었다. 난 태호를 내 것으로 만들었다. 난 토비를 멀리 떨어지게 만들 궁리를 하고 있었다. 이제 토비가 내 몸을 만지는 게 싫었다. 난 토비를 멀리했다. 훈련이 끝난 후 토비가 나에게 다가왔다. 토비 특유의 흥분한 표정을 지었다. 난 토비의 흥분을 달래줘도 괜찮다고 생각했지만 이제 토비를 멀리할 때가 되었다고 생각했다. 난 토비를 받아주지 않았다. 토비가 화를 냈다. 내 팔을 거칠게 잡았다. 난 태호가 안 보이는 곳에 토비를 데려갔다.

"지랄맞게 뿅 가는 표정으로 더러운 짓을 즐기더니 이제 태호랑만 그 짓을 하게?"

토비가 날 쏘아붙였다.

"넌 너무 나에 대해서 말을 함부로 해. 그러지 않았으면 좋겠어."

"네가 뭔데 나에게 그런 말을 해. 처음에 내가 만져주면 좋아서 발가벗고 나에게 붙던 놈이 이제 와서 그런 소릴 해?"

"날 더럽힌 건 너잖아. 네가 먼저 나를 건드렸잖아. 네가 날 사랑하는 줄 알았어."

"사랑? 내가 널 빨아주잖아."

토비는 매우 비열한 웃음을 띠고 있었다. 난 가슴이 쿵쾅였다.

"그런 표현 하지 마. 넌 날 아끼지도 않고 사랑하지 않잖아."

"그 대신 널 뿅 가게 해주잖아. 지금 당장 나와 즐겨야지, 그렇지?"

난 뭐라 말을 하려 했지만 토비가 날 잡아당겨 내 몸을 마구 주물렀다. 난 어찌할 바를 몰랐다. 토비에게 정신 공격을 가하고 싶지 않았다. 토비를 나에게 익숙하도록 만든 건 결국 나 아닐까 하는 생각이 들었다. 난 토비가 날 물고 빨고 날 즐기도록 놔두었다.

"어때, 너도 즐겁지. 뿅 가지. 이 더러운 창녀야."

토비가 나에게 욕을 했다. 난 눈물을 글썽였고 어깨가 들썩였다. 토비는 그런 나를 아랑곳하지 않고 내 옷을 벗기고 날 강제로 만지고 입으로 빨았다. 내 입술을 훔쳐 자기 입에 넣고 빨았다. 난 그럴수록 마음이 아팠다. 난 토비를 밀쳐낼 수가 없었다. 난 강렬한 흥분과 쾌감을 느꼈다.

"이 더러운 창녀가 나에게서 도망치려고 해? 그러지 못하게 만들어주겠어."

토비가 내 옷을 다 벗겨 날 눕혔다. 그리고 단계를 거치지 않고 날 아프게 하며 자기 욕구를 충족하려 했다. 그러다 내 머리를 잡고 자기 몸을 빨게 했다. 난 헛구역질이 났다. 토비가 날 너무 거칠게 다루었다. 난 기침을 하고 헐떡였다. 더 이상 토비를 말릴 수 없었다. 토비는 상당히 흥분한 상태였다.

"이렇게 해주니 좋지? 응? 이 더러운 년아."

토비는 날 마구 가지고 놀았다. 날 거칠게 다뤘다. 난 몸이 아팠다.

"아파, 토비." 난 아프다고 토비에게 말했다.

"이 더러운 년이, 아프면 아픈 대로 가만히 있어. 곧 천국으로 보내줄 테니까."

토비가 내 몸을 때렸다. 난 깜짝 놀랐다. 날 때릴 줄은 몰랐다. 토비는 상당히 흥분했다. 토비가 쾌감 때문에 내 몸을 함부로 사용해도 좋다고 생각했지만 날 때리길 바라진 않았다. 그렇지만 토비의 비열한 말과 행동에 난 저항할 수 없었다. 이제 토비는 날 물건으로 여기는 것 같았다. 날 마구 자기 몸에 밀어넣었다. 난 극심한 통증을 느꼈다. 그렇지만 간지럽게 피어나는 강렬한 쾌감을 동시에 느꼈다. 토비가 내 몸을 마구잡이로 가지고 놀았다. 난 거칠게 호흡했다. 토비는 내 머리를 잡고 내 허리를 젖혔다. 난 극도의 아픔과 쾌감을 느꼈다. 내 입에서 침이 흘러나왔다.

"더러운 년." 토비는 날 욕했다. 아주 강하게 내 몸을 다루었다. 난 몹시 강렬한 쾌감을 느꼈다. 쾌감이 터져나와 온몸을 전율하게 만들었다. 그리고 가라앉았다. 토비는 진이 빠져 내 등에 누웠다. 난 몸이 축 처졌다. 아련한 쾌감이 쓸고 지나갔고 토비가 내 목을 잡았다. 내 어깨를 만졌다.

"넌 날 벗어날 수 없어."

그리고 토비는 가버렸다. 난 옷을 주워 입었다. 난 멍하니 앉아 있다가 정신을 차리고 샤워실에 갔다. 난 몸을 씻었다. 난 마음이 텅 비워진 것 같았다. 난 옷을 입고 밖으로 나갔다. 태호를 찾아다녔다. 태호는 안 보였다. 난 정원에 혼자 앉아 있었다. 멀리서 누군가 날 찾아왔다. 토비의 친구였다. 밴이라는 녀석인데 전에 토비와 그짓을 할 때 나에게 와서 행위에 동참하려던 녀석이다.

"안녕? 네가 원하면 아무에게나 대준다며?"

밴은 질이 안 좋은 아이로 소문나 있었다. 그는 맥주병을 들고 있었다.

"난 그런 사람이 아니야. 저리 가." 내가 말했다. 그가 바지 지퍼를 열고 자기 물건을 꺼내 보였다.

"자, 내 걸 빨아봐. 넌 잘 빨잖아. 토비가 그러던데, 네가 아주 능숙하다고 하더라고."

난 몸을 떨었다. 급작스러운 그의 거침없는 말이 날 멍하게 만들었다. 말문이 막히게 만들었다. 난 자리에서 일어나 건물 쪽으로 들어갔다. 뒤는 돌아보지 않았다. 난 게임룸에 갔다. 요한이가 있었다. 난 왠지 안도했다. 요한이 옆에 앉았다.

"어디 있었어? 태호가 찾았는데." 요한이가 말했다.

"태호는 어디 있어?"

"몰라, 너 찾으러 갔어."

난 다시 일어나서 태호를 찾으러 갔다. 난 아이들이 몰려 있는 곳의 인파를 지나쳐 태호를 찾았다. 왠지 아이들이 다 나를 쳐다보는 것 같았다. 난 몹시 부끄러웠다. 난 초능력을 발산해서 실제로 아이들이 날 쳐다보는지 확인했다. 사실이 아니다. 아이들은 나를 안 쳐다본다. 난 안도하며 태호를 찾았다. 태호가 안 보였다. 난 갑자기 겁이 났다. 태호가 나에게서 멀어지면 어쩌지. 태호가 혹시 토비와 했던 것을 알고 있을까? 난 근심걱정이 가득했다. 태호가 날 떠나면 어쩌지. 태호가 보였다. 태호의 뒷모습이다. 난 뛰어갔다. 태호가 뒤를 돌아보았다. 태호는 웃고 있었다. 난 태호를 안았다. 태호도 나를 안아주었다. 우린 손을 잡고 요한이가 있는 게임룸에 갔다. 우린 같이 게임을 했다. 난 게임하면서 고민을 했다. 토비를 어떻게 해야 할지 고민이다. 난 토비를 잠시 머릿속에서 떠나보내고 게임에 집중했다. 그리고 몸이 아팠다. 토비가 내 몸에 무리가 갈 정도로 마구잡이로 사용했기 때문이다. 난 아픈 걸 내색하지 않았다. 태호가 알길 바라지 않았다. 우린 같이 저녁을 먹으러 갔다. 거기 토비도 있었다. 토비는 멍해 있었다. 아까 욕구를 해소해서 기운이 없는 것 같았다. 우린 저녁을 먹고 정원에 갔다. 태호가 내 팔찌를 만지작거렸다. 토비는 내 옆에서 내 목걸이를 쓰다듬었다. 태호와 토비는 서로를 못 보는 듯하다. 난 두 남자를 동시에 느끼고 있었다. 두 사람의 기를 느껴보았다. 시퍼런 색이 다 나에게로 전해지고 있었다. 내 목을 스치는 토비의 손길은 거칠고 부드러웠다.

나의 팔찌를 만지는 태호의 손은 부드럽고 따뜻했다. 둘이 날 만지작거리다 우린 내일 훈련을 위해 자러 갔다. 우린 그렇게 훈련을 하며 지냈고 밖에 나가 임무를 수행하는 날이 다가왔다. 우린 마지막 날에 알렉스와 저녁을 먹었다.

"위급한 순간에는 능력을 모두 방출하는 것을 허락하마. 반드시 목숨이 위험할 때 사용하도록 하렴."

그 말을 마지막으로 우린 마지막 잠자리를 가졌다. 난 태호와 따로 나가 키스를 나누었다. 태호가 피곤해할까 봐 관계를 맺지는 않았다. 그리고 들어가는 길에 토비와 마주쳤다. 난 그냥 지나쳤다. 토비가 내 손을 잡고 강제로 입에 혀를 넣었다. 내 혀를 마구 빨았고 난 토비의 부드러운 혀를 받아들일 수밖에 없었다.

그리고 난 잠을 잤다. 다음 날 우린 아침 일찍 일어났다. 그리고 정해진 장소에 모여 옷을 입고 준비를 했다. 속에 자체 개발한 운동복을 입고 겉에 저번에 골랐던 옷을 입었다. 그리고 무전기를 장착하고 특수 제작된 가방과 핸드폰을 받았다. 다들 몸에 장착을 하고 가다듬었다. 마지막으로 넉넉하게 돈을 받았다. 생활비로 사용할 것이고 유사시에는 정해진 장소에 가면 돈이 있다. 핸드폰에 지역을 표시해두었다. 그리고 우린 기차를 타러 플랫폼에 갔다. 알렉스가 마중 나와주었고 몇몇 친구들이 마중 나왔다. 엘리자베스와 수지, 숙희, 소영이의 친구들이다. 지미의 친구들도 나왔다. 토비의 질 나쁜 친구들은 안 보였다. 난 요한이가 마중 나왔다. 난 요한이와 악수를 했다.

"몸조심해라." 요한이가 말했다.

"응, 요한이도 잘 지내고 있어. 게임 열심히 해."

우린 미소 지었다.

"혹시 기회가 생기면 닌텐도 휴대용 게임기 구해 올게."

"좋았어. 꼭 구해 오라고."

그리고 우린 서로 어깨를 잡고 나머지 친구들과 함께 기차에 탔다. 기차는 우리가 자리를 잡자 바로 출발했다. 속도는 매우 빨랐고 난 밖에 펼쳐지는 신비로운 바다에 푹 빠졌다. 다양한 종류의 물고기들이 대규모 군무를 하는 것 같고 너무나 아름다웠다. 옆에 태호가 앉아서 다행이다. 토비가 앉았으면 날 괴롭혔을 거다. 난 태호의 손을 잡았다. 태호도 내 손을 잡아주었다. 우린 뽀뽀를 했다. 태호가 내 볼에 사랑스럽게 뽀뽀해주었다. 난 태호 어깨에 기대었다. 우린 한 15분을 달려 전에 이곳으로 올 때 지났던 장소에 도착했다. 우린 긴 계단을 올라 허름한 집에 다다랐다. 바다를 떠나 지상에 다다른 느낌이었다. 공기가 달랐다.

🌿 4 🌿

우린 집을 벗어나 밖으로 나왔다. 그리고 사람들이 많은 거리로 나섰다. 이른 아침이었다. 정해진 장소는 없었지만 일단 서울처럼 사람 많은 곳을 제외하고 시골 쪽을 살펴보기로 했다. 우린 성산구라는 곳까지 버스를 타고 갔다. 그쪽부터 시작해서 의심 가는 지역을 돌아볼 생각이다. 정처 없는 여정 같지만 마냥 숨어있을 수만은 없었다. 버스에서 내리고 난 초능력을 사용해 주변을 훑어보기 시작했다. 사람들의 기가 느껴졌다. 처음 초능력이 느껴지기 시작했을 때보다 더 많은 사람들을 감지할 수 있었다. 우린 아담하고 작은 아파트 단지를 걸었다. 놀이터에는 아이들이 뛰어놀았다. 우린 단지를 지나 작은 시장에 갔다. 난 계속 정신을 집중해 초능력자가 없나 살펴보았다. 우린 우리 기지 근처에 갈 곳은 다 돌아보았다. 우리 기지 근처에는 초능력자가 없었다. 다행이리고 느꼈다. 우린 경상남도, 전라북도, 전라남도, 충청남도, 경상북도를 여행했다. 잠은 여관이나 호텔에서 자고 식사는 그때그때 사 먹었다. 적들도 우릴 찾아내는 걸 포기한 걸까? 전과는 다르게 우리나라에서 초능력자가 사라진 기분이었다. 토비는 나와 관계를 맺을 틈이 없기 때문에 날 괴롭히지 않았다. 난 태호와 단둘이 있을 때 키스나 스킨십을 했다. 태호와 나는 마치 밖에 놀러 나온 듯이 같이 다녔다. 우린 긴장이 좀 풀리고 있었다. 어딜 가도 초능력자를 느낄 수도 없었다. 우린 호텔에 모여 이야기를 나누었다.

"민우야, 아직 뭔가 느껴지는 거 없어?"

"응, 아무것도 없어. 느껴지는 건 우리 팀뿐이야."

"이젠 어디로 갈 거야?" 지미가 물었다.

"이제 서울 쪽으로 갈 거야. 사람 많은 곳에 가보게."

"위험하지 않을까? 사람이 많아서 적들과 마주치면 감당이 안 될 텐데." 숙희가 말했다.

"우린 안전할 거야. 엘리자베스가 사람들의 의식을 컨트롤하면 되니까."

"그럼 서울 어디에 갈 거야?" 엘리자베스가 물었다.

"강남이나 종로 같은 데 가보자. 그런 데에서 활동하고 있을 수도 있으니까."

그렇게 대화를 마치고 우린 각자 볼일을 봤다. 밖에 나가거나 호텔에서 쉬었다. 난 태호와 밖에 나갔다.

"민우야, 조심해. 항상 주변을 감지하고 다녀!" 소영이가 말해주었다. 난 응답을 한 후 태호와 근처 공원에 갔다. 우린 공원을 산책했다. 편의점에서 아이스크림을 사 와 둘이서 아이스크림을 먹었다. 그리고 우린 뽀뽀를 했다. 혹시나 우릴 보는 사람이 없나 잘 관찰했다. 주변에는 아무도 없었다. 난 토비의 목걸이를 풀고 만지작거렸다.

"민우는 목선이 너무 예뻐."

태호가 말했다. 난 웃었다. 태호의 손을 잡아주었다.

"그 목걸이는 어디서 난 거야?"

"응, 누가 줬어."

"좋아하는 사람이?"

"응… 아니야. 그런 사람은 태호밖에 없어." 난 거짓말쟁이가 되어 가는 것 같았다.

"토비와는 완전히 헤어진 거 맞아?"

난 가슴이 두근거렸고 죄스러웠다.

"음… 토비가 날 아직 생각하고 있는 것 같아. 미안해, 태호야. 토비는 내가 잘 이야기해서 떠나보낼게."

"아직도? 토비가 널 좋아해?"

"음… 글쎄." 난 애매모호하게 말해버렸다. 태호가 근심하는 걸 원치 않았다.

"괜찮아, 토비는 날 잊어버릴 거야"라고 말했다. 태호는 내 말을 잘 들었다. 태호는 근심하지 않는 것 같았다. 태호는 어쩌면 순진한 아이일지도 모르겠다. 난 그런 태호의 마음을 잘 지켜주고 싶었다. 우린 아이스크림을 다 먹고 호텔로 돌아가려 했다. 아무도 안 보는 걸 확인하고 태호와 키스를 했다. 태호 입에서 아이스크림 맛이 났다. 달콤했다. 우린 호텔로 돌아갔다. 태호와 난 한동안 관계를 맺지 못했다. 그럴 시간이 없었고 다른 아이들이 항상 함께 있었기 때문에 관계를 맺을 수 없었다. 난 성욕이 증가하는 걸 느꼈다. 어쩔 때는 그냥 토비와 하고 싶었다. 토비 말대로 난 창녀일지도 모른다. 태호에게 몹시 미안했다. 난 성적으로 매우 문란한 사람이다. 그런 생각을 하며 잠을 청했다. 난 새벽에 깨어났다. 누가 내 몸을 만지고 있었다.

"태호?"

"나야."

토비였다.

"토비, 물러나. 지금 할 생각 없어."

토비는 내 말을 무시하고 내 몸을 마구 만졌다. 난 토비를 밀쳤다. 토비는 약간 화가 난 듯하다.

"따라 나와." 토비가 나에게 속삭였다.

"조용해, 토비. 난 안 나가. 너 혼자 해결해." 내가 말했다.

토비가 내 머리카락을 잡아 억지로 키스를 했다. 난 토비의 혀를 빨지 않았다. 토비가 몹시 흥분한 듯했다. 토비가 내 걸 만졌다. 난 그 손을 떼어냈다. 토비가 화가 나서 내 팔을 꽉 잡았다.

"아프니까 그만 놔줘, 토비."

내가 아프다는 말에 토비는 더 내 팔을 쥐어잡았다. 난 고통 때문에 어쩔 수 없이 토비 머리에 정신능력을 가했다. 토비가 외마디 비명을 지르며 나에게서 떨어졌다. 토비는 씩씩댔다.

"이 더러운 창녀가."

"그만 가, 토비. 난 너랑 이제 안 해."

토비는 멍한 얼굴을 하며 날 빤히 쳐다봤다. 우린 가만히 서로를 쳐다보았다.

"난 널 사랑해."

토비가 말했다. 난 그 말을 믿지 못했다. 토비는 내 몸을 너무 함부로 다루었다. 날 사랑할 리 없었다.

"넌 날 사랑하지 않아." 내가 말했다.

토비는 그렇게 날 바라보다가 자기 침실로 갔다. 난 흥분을 가라앉히고 잠을 청했다.

다음 날 우린 서울로 향하기 시작했다. 우린 지하철을 이용해보기로 했다. 우린 지하철에 들어갔다. 우리 팀에 외국인들이 있어 사람들의 시선을 끌었다. 우린 고개를 숙이고 다녀야 했다. 그리고 눈에 띄는 행동을 자제했다. 우린 조용히 지하철에 탔다. 난 주변을 감지했다. 초능력자는 없었다. 어딜 가도 발견할 수 없었다. 우린 남는 자리에 앉았다. 시간이 아침 이후라 사람이 별로 없었다. 우린 하루 종일 걸려 서울에 도착했다. 우린 강남역에 있었다.

"여기 정말 그들이 있을 거라 생각해?" 수지가 소영이에게 물었다.

"어딜 가든 가능성은 있어. 이왕 밖에 나온 거 자세히 살펴보고 가자."

그리고 우린 강남을 걷기 시작했다. 사람이 정말 많았다. 내 머리에 과부하가 오는 것 같았다. 기지에 있을 때 많은 사람들을 한 번에 감지하는 훈련을 해보질 않았다. 그때 내 머리에 하나의 주파수가 잡혔다. 파란색 빛이 새어나오는 곳이 있었다. 난 소영이에게 무전기로 말을 했다.

"소영아, 찾았어. 저 앞쪽에 옆으로 들어가는 골목에 초능력자가 있어."

우린 긴장을 했다.

"기다려."

우린 멈춰 섰다. 토비와 지미, 태호가 앞에 서고 중간에 소영이, 나, 숙희, 수지, 엘리자베스가 섰다. 이대로 골목 쪽으로 들어갈 생각이다. 우린 천천히 커다란 빌딩 사이의 골목으로 들어갔다. 나는 주변을 빠르게 감지했다. 초능력자가 한 명 있었다. 난 그 아이를 봤다. 어린 소녀였고 짧은 미니스커트와 꽃무늬 셔츠를 입고 있었다. 소녀는 아주 예쁘게 생겼다. 긴 머리를 찰랑이며 서 있었다. 누굴 기다리는 걸까?

"자, 여기 자연스럽게 서 있자."

소영이가 지시를 내렸다. 우린 서로 모여 방금 만난 것 같이 서 있었다. 이런저런 두서없는 이야기도 나누었다.

"민우야, 주변을 좀 더 감지해봐."

"응, 알았어." 난 주변 반경을 더 넓게 감지하기 시작했다. 초능력자는 더 없었다. 저 소녀밖에 없었다.

"소영아, 저 소녀밖에 없는 것 같아."

소녀는 넓은 골목에 가만히 서서 핸드폰을 보고 있었다. 주변에는 모여서 담배 피우는 사람들, 골목으로 들어가는 사람들 등 사람이 많았다. 골목 안쪽에는 사람들이 많이 있는 클럽이 있었다. 클럽 앞에 사람들이 많이 모여 있었다. 소영이와 우리는 소녀를 힐끔힐끔 쳐다보았다.

"나하고 민우만 소녀를 살필 테니까 다른 사람들은 다른 곳을 보고 있어."

소영이가 말했다. 난 소녀를 관찰했다. 소녀는 골목 안쪽으로 걸어 들어갔다.

"조금 있다가 따라가자. 눈에 띄지 않게 토비하고 지미, 민우, 내가 먼저 따라갈게. 나머지는 좀 있다가 우릴 따라와."

우린 그렇게 정하고 자연스럽게 소녀 뒤를 따라갔다. 여러 사람들이 우릴 스쳐 지나갔다. 난 혹시나 모를 다른 초능력자가 나타날 것을 대비해 꾸준히 주변을 감지했다. 소녀는 자연스럽게 골목으로 들어갔다. 우린 조용히 소녀를 따라갔다.

"함정이면 어쩌지?" 숙희가 말했다.

"함정에 빠져보지 뭐. 민우가 다수의 초능력자들을 한 번에 제압할 수 있으니까 우리가 이길 가능성이 높아."

난 조금 긴장했다. 그렇지만 소영이와 많은 훈련을 했기 때문에 자신 있었다. 소녀는 다른 소녀들을 만났다. 친구들로 추정이 된다.

"어디에도 소속되지 않은 초능력자가 아닐까?" 엘리자베스가 말했다.

"그럴 가능성은 적어." 소영이가 말했다.

"조금이라도 가능성이 없는 거야?" 엘리자베스가 말했다.

"가능성이 없을 거야."

소녀는 친구들로 보이는 아이와 또 다른 곳으로 이동했다. 우리는 좀 멀리 떨어져서 따라갔다. 소녀는 카페에 들어갔다. 우린 그냥 지나치고 카페에서 떨어진 곳에서 자연스럽게 멈춰 서서 서로 모여서 만나거나 대화를 나누는 것처럼 서 있었다.

"너희들은 밖에 있어. 저기 편의점에서 커피를 마시면서 모여 있는 것처럼 있어. 나랑 민우, 숙희, 수지만 카페에 들어갈게."

소영이가 말했다. 나는 소영이를 따라 카페에 들어갔다. 안쪽에는 제법 사람들이 많았다. 우린 자리를 잡아 기피를 시기고 앉아 있었다. 소영이만 소녀를 관찰하기로 하고 나와 나머지 사람들은 그냥 이야기를 나누었다. 소녀는 다른 어린 소녀들과 마찬가지로 평범해 보였다. 어떤 초능력을 사용하는 걸까. 난 소녀의 기를 좀 더 구체적으로 느껴보려고 노력했다. 파란 기가 강하게 응축되어 나에게 감지되었다. 파란빛은 때론 여기저기 뻗어나가기도 했다. 뭔가 주변을 감지하는 것 같기도 했다. 혹시나 우릴 감지하나 유심히 살펴보았다. 그러나 우리 쪽으로 오지는 않았다. 소녀의 기가 여기저기 손을 뻗어 사물을 만지고 사람들을 만지는 것 같았다.

"소영아, 소녀의 능력이 여기저기 뻗어나가 사물을 감지하거나 사람들을 건드리는 것 같아. 어떤 초능력인지 감이 안 와."

"응, 알았어. 계속 살펴보고 주변에 다른 초능력자가 오지 않는지 잘 살펴봐."

난 고개를 끄덕이고 집중을 했다. 소녀는 자기 나이 또래 아이들과 떠들고 웃었다. 간간이 핸드폰을 들어 전화를 했다. 그러다 문득 뒤를 돌아 나를 보았다. 난 고개를 재빨리 돌렸다.

"소영아, 아이가 우릴 봐."

우린 약간 긴장하며 서로 이야기를 나누는 것처럼 했다.

"강남 참 사람 많네."

"응, 주변에 극장도 있던데 영화 한 편 보는 게 어떨까?"

"그래, 그게 좋을 것 같다. 근데 예매 안 해도 될까?"

"아무래도 예매를 해야겠지?"

우린 이런저런 이야기를 했다. 난 그 소녀의 시선이 느껴져 간지러웠다. 난 애써 무시했다. 소녀의 기가 더 많이 느껴졌다. 난 처음 느끼는 기분에 소녀가 혹시 나에게 초능력을 사용하는 게 아닌가 하는 생각이 들었다. 소녀가 나를 부드럽게 감싸며 나를 느끼고 있었다. 기존에 느끼지 못한 신비로운 경험이다.

"소영아, 소녀가 나에게 초능력을 쓰는 것 같아."

"그래? 조금 위험한걸. 좀 있다 나가자. 급하게 나가지 말고 자연스럽게 나가자."

우린 그렇게 하기로 하고 좀 있다가 밖으로 나가 우리 일행들이 있는 곳으로 갔다. 거기서 소녀가 카페에서 나오길 기다리기로 했다. 소녀는 한참 있다 나왔다. 친구들과 우리 쪽으로 걸어와서 우린 다른 곳을 보며 대화를 나누었다. 소녀는 나를 한 번 더 쳐다보고 지나갔다.

"소영아, 아이가 나를 또 쳐다봤어."

"그냥 쳐다본 걸 수도 있으니 일단 가만 있어보자."

우린 소녀가 지나쳐 가고 그냥 서로 모여서 대화를 나누는 척했다. 나는 태호와 대화를 나누고 있었다.

소녀가 간 곳을 소영이가 유심히 살펴보았다. 한참 후 우린 나의 기에 의지해 소녀가 간 쪽으로 걸어갔다. 우리가 자주 눈에 띄는 것 같아 먼 거리에서 따라가보기로 했다. 소녀는 멀리 걸어가고 있었다. 난 멀지만 소녀의 파란 기를 느낄 수 있었다.

"우리가 너무 자주 눈에 띄게 따라가는 것 같아." 수지가 말했다.

"우리가 뭐 미행하는 훈련을 해보진 못했으니까." 숙희가 말했다.

"지금부터는 어떻게 할 생각이야?" 엘리자베스가 물었다.

"맞는 말이야. 우린 이런 것에 익숙하지 않아. 마냥 소녀를 따라다니기는 어렵겠어."

"새있는 생각이 있어. 민우가 여장을 해서 따라가보라고 하는 게 어때?" 평소 의견을 잘 안 주는 토비가 말했다. 토비가 날 골탕먹이는 거라 생각을 했다.

"너무 황당하잖아, 그런 방법은." 소영이가 말했다.

그러면서도 소영이는 예쁜 소녀 복장을 파는 옷집을 바라보았다. 그리고 결국 나는 여장을 했다. 아이들이 다들 날 재밌다는 표정으로 바라봤다.

"너 정말 예쁘다. 요정 같아." 수지가 말했다. 날 보며 웃음을 띠고 있었다. 토비는 뭔가 심술궂은 표정으로 날 바라봤다. 태호가 날 보며 미소 지었고 태호 특유의 흥분한 모습을 보였다. 난 태호와 사랑을 나누고 싶었다.

"근데 너무 눈에 띄는 것 같아. 너무 인형 같다. 옷을 바꾸자." 소영이가 날 데리고 가 다른 옷을 골라주었다. 복장이 차분해졌다. 난 옅은 연두색 원피스를 입었고 파마한 듯한 머리에 이마가 시원하게 드러나 있었고 소영이가 빨간 머리띠를 머리에 달아주었다. 아까보다는 눈에 잘 안 띄었다. 그리고 무전기를 차고 핸드백 저럼한 것을 구해서 난 소녀가 간 방향을 따라갔다. 시간이 지체되었지만 내가 소녀의 기를 계속 감지했기 때문에 소녀의 위치를 확인할 수 있었다. 나머지 일행들은 한참 뒤에서 나를 따라왔다.

난 조용히 소녀를 따라갔다. 소녀는 친구들과 어딘가로 가고 있는 듯하다. 난 장담할 수 없지만 소녀가 왠지 적들에게 속한 사람이 아닐 거란 느낌이 들었다. 어쩌면 소녀는 초능력을 갖고 태어나 조용히 살아왔던 아이가 아닌가 하는 생각이 들었다. 그렇지만 이건 어쩌면 함정일지도 모른다. 적들이 어떤 초능력을 사용하는지 우린 다 알지 못하기 때문에 조심해야 한다는 생각이 들었다. 소녀는 강남에 아주 잘 사는 것으로 추정되는 동네로 들어갔다. 난 소녀가 유복한 가정에서 태어난 게 아닌가 추정했다. 갈수록 길이 가팔랐다. 난 체력단련을 해왔기 때문에 그다지 힘들지는 않았다. 부자들은 왜 이 높은 곳에 집을 지었을까. 소녀는 어느 큰 집에 친구들과 들어갔다. 여기서 소녀를 따라가는 것을 그만두고 난 자연스럽게 다른 골목을 돌아 아이들에게로 갔다.

"소녀가 어디 사는지 알아냈어."

"어떻게 하지, 소녀가 나오길 기다려야 하나?" 엘리자베스가 말했다.

"소녀가 어디 사는지 알아냈으면 우선은 됐어. 그데 소녀가 사는 곳이 적들의 거처 같지가 않아."

소영이가 말했다.

"아무래도 우리가 찾는 적대 세력과는 상관이 없는 것 같아." 태호가 말했다.

"그건 지금 당장은 알 수 없어. 좀 더 소녀를 지켜보도록 하자." 우린 소녀 집 근처 호텔에 들어갔다. 방을 잡고 우린 들어가서 쉬었다. 소녀가 멀리 있지만 난 소녀의 기를 느낄 수 있었다. 훈련의 결과였다. 우린 짐을 풀고 잠시 방에서 쉬었다. 토비는 날 묘한 느낌으로 바라봤다. 토비의 시선이 간지러웠다. 때론 내 초능력이 불편할 때도 있다. 날 쳐다보는 사람들의 시선을 다 느끼기 때문에 다소 불편하기도 했다. 토비가 나의 은밀한 곳을 바라봤다. 난 몸에 간지러움을 느낄 수 있었다. 난 토비가 날 그만 쳐다보았으면 했다. 그러면서 마음 한편으로는 태호가 날 바라봐주었으면 했다. 날 정말 여자로서 바라봐주있으면 했다. 난 이린 생각을 하는 나 자신에게 약간의 충격을 받았다. 난 여자가 되고 싶은 것일까? 난 이 부분에 대해 고민을 하기 시작한 것 같았다. 난 먼저 태호를 쳐다봤다. 그렇지만 태호는 날 여전히 잘 바라봐주고 있었다. 난 미소를 지었다. 여자가 되는 것은 어떤 느낌일까? 이렇게나 부드럽고 따스할까? 난 여성의 마음을 알 수가 없지만 오로지 상상에 의지해서 여자가 된 것 같은 마음을 느껴볼 수밖에 없었다.

당장 태호에게 키스를 해주고 싶었다. 태호와 사랑을 나누는 상상도 했다. 갑자기 토비가 내 옆에 자연스럽게 앉았다. 그리고 다른 사람들에게 안 보이게 내 엉덩이를 더듬었다. 난 기분이 나빴다. 그렇지만 한편으로는 강한 성욕을 느꼈다. 그렇지만 난 더 이상 토비와 관계를 맺고 싶지 않았다. 내가 느끼는 것이 육체적인 욕망인지 순수한 사랑인지 알 수가 없었다. 이런 건 아무도 가르쳐주지 않았다. 주변에 상담을 받아볼 만한 사람도 없었다. 우릴 이끌어주는 소영이에게 이런 나의 마음을 들키는 것이 부끄러웠다. 나의 더러운 쾌감의 행위도 영원히 숨기며 살아가고 싶었다. 토비는 여전히 내 엉덩이를 더듬었다. 난 토비의 손을 잡아치웠다. 토비는 아이들 보는 앞에서 나에게 말을 걸었다.

"민우야, 잠깐 나가서 산책 좀 할까. 네가 여장한 상태로 말이야."

이렇게 말하며 웃었다. 나는 몹시 당황스러웠다.

"아니, 난 그냥 좀 쉬고 있을래. 지미와 같이 나갔다 오는 게 좋겠어. 주변 사람들 조심하고."

난 이렇게 답변했다. 그리고 토비는 내키지 않는 얼굴로 지미와 밖에 나갔다. 난 태호와 같이 있고 싶었지만 기회가 안 생겼다. 태호도 나를 원하는 게 느껴졌다. 태호의 기가 나에게 향하고 있었다.

"민우는 태호랑 같이 있고 싶은가 봐." 엘리자베스가 말했다. 난 깜짝 놀랐다.

"응, 아니야"라고 나는 말했다.

"아니, 둘이 빤히 쳐다만 보잖아. 그냥 둘이 나갔다 와. 둘만의 시간을 보내고 오라고." 엘리자베스가 말했다. 난 조금 부끄러웠다. 그렇지만 태호가 일어나 밖에 나가자는 표정을 지었고 난 얼굴을 붉히며 따라 나갔다. 태호와 나는 손을 잡고 걸었다. 난 완벽하게 여장을 하고 있었다. 누가 봐도 난 여자로 보일 것이다. 난 태호와 함께 강남 거리를 걸었다. 우린 다른 연인들처럼 뽀뽀도 했다. 태호가 내 입술에도 하고 볼에다가도 했다. 난 웃었다. 태호가 내 허리를 감싸안았다. 난 너무 행복했다. 우린 카페에 들어가 커피를 마시며 이야기를 나누었다.

"민우는 아가씨 같아."

난 웃었다.

"그래? 그냥 여자로만 살까?"

태호가 웃었다.

"그렇게 살 수 있어?"

"태호가 원한다면 난 여자가 될 수 있어, 언제든지." 난 일종의 사랑고백을 했다고 생각했다. 태호는 어떻게 받아들일까. 태호의 미소는 계속되었고 뭔가 흥분한 듯하다. 태호는 날 사랑한다. 난 태호와 키스를 했다. 눈을 감아도 태호의 기는 다 나를 향했다. 우린 키스를 마치고 커피를 홀짝인다. 이런저런 이야기를 나누었다.

"민우야, 나 지금 너와 사랑을 나누고 싶어." 태호가 나에게 속삭였다.

"좋아, 우리 다른 곳으로 가자."

우린 가슴이 두근거렸다. 태호와 난 다른 호텔로 들어갔다. 우린 들어가자마자 키스를 했다. 격렬한 키스였다. 태호는 내 혀를 마구 빨았다. 물고 빨고를 반복했다. 난 급속도로 흥분했다. 태호가 내 치마를 올려서 나를 관찰했다. 난 몹시 흥분했다. 태호가 치마를 내

려서 날 보고 만졌다. 부드럽게 나를 쓰다듬고 주물렀다. 내 통통한
엉덩이를 마구 만지고 애무했다. 난 신음을 했다. 그리고 내 몸을
핥았다. 난 견딜 수 없을 정도로 몸을 떨었다. 태호는 날 헐떡이게
했다. 이제는 내가 태호를 기쁘게 해주었다. 난 토비에게 배운 더러
운 행위로 태호를 전율케 했다. 난 태호의 은밀한 부분을 건드리고
가지고 놀고 자극했다. 내 입으로 태호를 자극했다. 태호는 못 견뎌
하는 것 같았다. 태호는 내 원피스를 벗겼다. 그리고 내 허리를 잡
고 강렬한 욕구를 분출하기 시작했다. 난 여자처럼 신음했다. 난 숨
을 몰아쉬었다. 너무 흥분해서 빨리 쾌감을 느끼고 싶었다. 난 태호
의 동작에 맞춰 몸을 격렬하게 움직였다. 우린 커다란 쾌감을 서로
느꼈다. 난 그 절정에 정신능력이 발산되어 태호와 나의 기가 섞이
는 효과가 발현되었다. 그때 우리는 더욱더 큰 쾌감을 느꼈다. 난 새
롭게 개방된 능력을 느꼈다. 그 능력은 나와 태호에게 큰 쾌감을 가
져다주었다. 태호는 나를 안고 누웠다. 우린 서로를 안고 누워 있었
다. 그러다가 우린 일어나 거처로 돌아갔다.

　가는 길에 토비와 마주쳤다. 토비는 날 흘겨봤다. 난 토비를 무시
하고 태호 팔짱을 끼고 빠른 걸음으로 토비를 지나쳤다. 토비는 표
정이 좋지 않았다. 태호와 난 호텔에 도착했다. 난 옷을 갈아입고
몸을 씻었다. 그리고 다 함께 모일 때까지 기다려 저녁을 먹으러 갔
다. 그리고 나와 소영이, 숙희만 소녀의 집 앞에 가봤다. 소녀의 기
가 아직도 느껴졌다. 우린 소녀가 집에 있는 걸 확인한 후 다시 호텔
로 돌아왔다. 우린 잠을 잤다. 다음 날 아침에 일어나 소녀가 어디
로 가나 살펴보기로 했다. 우린 소녀의 집과 멀리 떨어진 곳에 서
있었고 소녀가 나올 경우 갈 수 있는 모든 골목과 길에 한 사람씩

서 있었다. 소녀가 집에서 나왔다. 지미가 무전기로 자기 쪽으로 걸어온다고 알려왔다. 우린 천천히 서두르지 않고 지미가 있는 곳으로 갔다. 우린 소녀를 발견하고 멀찍이 떨어져 소녀를 따라갔다. 소녀는 지하철역으로 들어갔다. 우린 따라 들어갔다.

소녀가 타는 지하철을 잘 봐두고 따라 탔다. 소녀는 종로 방향으로 가는 것 같았다. 우린 기차 한 칸을 중간에 두고 나와 소영이만 소녀가 있는 기차 칸 옆 칸에 서서 소녀를 살펴보았다. 우린 종로3가에 도착했고 소녀가 내리자 따라 내렸다. 우리 쪽 인원이 너무 많아 서로 멀리 떨어져 걸었다. 우린 인파에 섞여 소녀를 따라갔다. 소녀는 종로를 걸어갔다. 우린 소녀와 멀찍이 떨어져 걸었다.

"이런 곳에 적들의 기지가 있을 리도 없고 소녀는 아무래도 그냥 일반 사람처럼 살아가는 아이 같아."

엘리자베스가 말했다.

"그래도 좀 더 아이를 살펴보자. 적들의 사람이 아니라면 우리가 아이를 발견했으니 우리가 아이를 보호하거나 데려가야 해." 소영이가 말했다.

"적들의 함정 같은 느낌은 안 들어. 소녀 주변 넓은 반경을 봐도 초능력자는 없어." 내가 말했다.

"오늘도 여자 옷 입고 나오시 그랬어?" 토비가 말했다.

난 좀 당황했다. 토비가 점점 나를 신경 쓰이게 했다.

"쓸데없는 말 하지 마, 토비."

소영이가 핀잔을 줬다. 난 토비가 왠지 불안하게 느껴졌다. 소녀는 큰 서점으로 들어갔다. 우린 소녀를 따라갔다. 소녀는 책을 골라 앉아서 책을 읽었다. 우린 책 보는 곳이 아닌 이런저런 전자 제품

파는 곳에 서서 멀리 있는 소녀를 지켜보았다.

"만약 적들이 소녀를 먼저 발견하면 자기들 편으로 데려가려고 할 거야. 그 전에 우리가 소녀에게 먼저 말을 걸어 우리 쪽으로 데려와 야 해." 소영이가 말했다.

"누가 소녀를 설득하지?"

"내가 할게." 소영이가 말했다.

소영이는 서점에 있는 소녀에게 다가갔다. 나는 만일을 대비해 주 변을 살펴보았다. 어쩌면 빠른 속도로 날아와 등장하는 자가 있을 수도 있다고 생각했다. 소녀도 무전기 같은 것을 가지고 있을지도 몰랐다. 그때 누가 내 엉덩이를 주물렀다. 태호가 이럴 리 없다. 토 비였다. 난 토비에게서 천천히 떨어져 숙희와 수지가 있는 곳에 갔 다. 토비는 표정이 안 좋았다. 난 토비가 언젠가 폭발할까 봐 겁이 났다. 소영이가 소녀에게 다가가는 게 보였다. 다른 아이들도 그럴 지 모르겠지만 난 몹시 긴장되었다. 소영이는 미소를 띠며 소녀와 대화를 나누고 있었다. 서점은 조용했다. 누군가 서점에 뛰어 들어 왔다. 난 고개를 그쪽으로 돌렸다. 검은 옷을 입은 남자였다. 난 그 사람의 기를 느껴보았다. 다행히 그는 초능력자가 아니었다. 그래도 그를 살펴보았다. 그는 두리번거렸다. 그러곤 어떤 서적란에 가서 책을 찾고 있는 듯했다. 난 그 남자를 계속 관찰했다. 소영이 쪽도 보았다. 소녀와 계속 대화 중이었다. 소영이와 소녀가 우리 쪽으로 오고 있었다. 난 그 남자를 쳐다봤다. 그는 우리 쪽을 힐끔 보더니 밖으로 나가고 있었다. 소영이에게 말하기가 애매했다. 소녀는 우리 에게 다가왔고 소영이가 말했다.

"인사해, 이 아이는 김윤아야."

우린 가볍게 인사했다. 그리고 우린 다 같이 밖에 나가 카페로 갔다. 난 주변을 계속 감지했다.

"언니 오빠들도 초능력자예요?" 소녀가 물었다.

우린 고개를 끄덕였다.

"저, 저 오빠 어제 봤어요. 너무 예쁘게 생겨서." 소녀는 나를 가리켰다. 난 웃으며 답했다.

"그렇구나."

"윤아는 초능력자로 태어나 아직까지 다른 초능력자를 만나본 적이 없대."

소영이가 말했다.

"우린 한 가족처럼 모여서 살고 있어. 너도 우리와 함께 능력을 키웠으면 해."

"거기가 어딘데요?" 소녀가 물었다.

"지금은 좀 상황이 안 좋아서 어디인지 말해줄 수 없어. 네가 우릴 믿어야 해."

소영이가 말했다.

"어떻게 언니 오빠들을 믿을 수 있어요?" 소녀가 동그랗게 눈을 뜨고 말했다.

우린 이렇게 우리를 믿게 할지 저 이린 소녀에게 뭐라 말할지 몰랐다.

"우리와 자주 만나자. 그리고 네 능력을 보여줬으면 좋겠어." 소영이가 미소 지으며 말했다.

"제 능력은 주변을 보지 않고 관찰하고, 그리고…."

우린 소녀의 말에 귀를 기울였다.

"그리고 벽을 통과할 수 있어요."

"두 가지 능력을 갖고 있구나." 엘리자베스가 말했다.

"벽을 통과하다니 대단한 능력을 가졌구나." 소영이가 말했다.

"그 능력을 우리에게 보여줄 수 있니? 그럼 우리도 우리의 능력을 보여줄게. 그럼 서로 비밀을 공유한 셈이 되겠다. 그치?" 소영이가 말했다. 소녀는 고민하는 듯했다.

"오빠는 무슨 능력이 있어요?" 소녀가 나에게 물었다. 소녀는 나에게 관심이 있는 것 같았다. 소녀의 기가 나를 향했다.

"나는 초능력자를 감지할 수 있어. 또 물건도 조금 움직일 수 있어." 난 이 정도만 간단하게 말을 했다. 소녀는 나를 빤히 쳐다봤다. 난 소녀에게 웃어 보였다. 소녀가 눈동자를 굴리고 커피를 마셨다. 소녀는 무척 귀여웠다. 난 저런 여동생이 있었으면 좋겠다는 생각을 했다.

"그럼 제 능력을 보여줄게요."

우린 다 같이 일어나 사람이 없는 곳으로 갔다. 주변을 둘러보다 사람 없는 골목으로 갔다. 사람이 없는 걸 확인하고 소녀에게 편하게 능력을 사용해보라고 말을 했다. 그러자 소녀가 눈을 잠시 감았다. 그리고 놀랍게도 벽에 쏙 들어갔다. 그리고 다시 나왔다. 우린 유심히 지켜보았다.

"음, 대단한 능력이구나. 혹시 벽을 계속해서 통과해 갈 수 있어?" 소영이가 말했다.

"아니요, 어느 정도 통과해 가다가 막혀요. 음, 한 10분 정도 만 통과할 수 있는 것 같아요."

"그래? 우리와 함께 가면 그 능력을 향상시킬 수 있어."

"근데 제가 가면 우리 가족들은 어떻게 해요?"

"응, 우리 쪽 사람들이 너희 부모님과 많은 대화를 나눌 거야. 네 가족들도 알고 있니?"

소녀는 머뭇거렸다.

"부모님은 알아요. 그냥 숨기며 지내고 있어요."

"그렇구나. 우리와 함께 가면 더 많은 것을 배울 수 있을 거야." 소영이가 말했다.

"윤아에 대한 이야기를 우리 쪽 사람들에게 전해줘도 되겠지?"

소녀는 눈을 위로 향한 채 생각에 잠긴 듯하다.

"음, 좋아요."

소녀는 조금 신이 난 듯해 보였다. 어쩌면 자기와 같은 사람들을 만나서 그런 걸지 모르겠다.

"저 이제 집에 가보려고 하는데요, 언니 오빠들은 어디 가요?"

"응, 그래. 우리는 뭔가를 찾고 있어. 자세히 이야기해줄 수는 없어." 소영이가 말했다.

"윤아 번호 좀 알 수 있을까?" 소영이가 물었다.

소녀는 소영이 핸드폰을 집어 자기 번호를 찍어주었다. 우린 그렇게 소녀와 함께 소녀를 집에 바래다주었다. 가면서 이런저런 대화를 나누었다.

"오빠는 여자 같아." 소녀가 나에게 웃으며 말했다. 난 좀 당황했다.

"그래, 그런 이야기 많이 들어."

"오빠 몸매도 여자 같아. 엉덩이가 여자 엉덩이 같아." 소녀가 더 노골적으로 말을 해서 난 웃음이 나왔다. 당황스럽기도 하고 소녀가 당돌해서 귀여웠다.

"그래, 몸매도 여자 같아 좀 부끄럽기도 해." 나는 웃었다.

"오빠 혹시 원래 여자였어?" 소녀의 말에 난 연속으로 당황했다.

"아니야, 난 원래 남자야." 난 또 웃어주었다. 그러자 소녀가 환하게 웃었고 날 빤히 쳐다보았다.

"오빠, 그 목걸이 때문에 더 여자 같잖아." 소녀는 토비가 준 목걸이를 바라봤다.

"웅, 그렇구나."

"목걸이가 목에 딱 맞잖아." 소녀가 목걸이를 만졌다. 난 소녀가 만지게 내버려두었다. 소녀가 목걸이의 하트를 만지작거리다 손을 떼고 날 보며 미소를 지었다. 난 소녀를 느낄 수 있었다. 소녀가 내가 무척 맘에 든 것 같다. 난 소녀를 지켜주고 싶었다.

"오빠는 애인 있으시겠네요?" 소녀가 아주 돌직구를 날린다.

"웅, 애인 있어." 난 웃으며 말했다.

"예뻐요?" 소녀가 장난스러운 얼굴을 하며 말했다. 꼭 엘리자베스 여동생 같았다.

"웅, 예뻐." 난 그렇게 답변을 해주었다. 소녀는 묘한 표정을 지었다. 지금 자세히 보니 소녀는 내가 생각한 것보다 많이 어려 보였다. 난 소녀가 자신의 능력을 숨기고 지내온 힘들었던 날들에 대해 가늠해보았다. 소녀는 왠지 무척 외로웠던 것처럼 느껴진다. 혹시 나에게 상대방의 감정을 느끼는 능력이 있는 게 아닌가 생각을 해보게 되었다. 소녀는 다시 내 팔찌를 만져보았다. 소녀는 확실히 어렸다. 어린아이 같았다. 난 왠지 소녀가 안쓰럽게 느껴졌다. 소녀는 내 팔찌를 만지작거렸다. 난 소녀의 부드럽고 작은 손가락을 느낄 수 있었다. 그리고 우린 지하철에 내려서 소녀를 집까지 바래다주었다. 소녀는 우릴 보고 예쁘게 웃으며 인사를 했다. 우린 손을 흔들었고 다시 길을 나섰다. 소영이는 혹시 몰라 2~3일 정도 소녀 근처에 있기로 했다. 우린 또 소녀 근처에 호텔을 잡았다. 소영이는 기지에 연락을 해 초능력자를 발견한 이야기를 하고 아이가 어떤 능력을 가지고 있는지 이야기해주었다. 알렉스가 잠시 아이 근처에 대기하고 지시를 내렸다. 우린 저녁을 먹고 거처로 돌아왔고 나와 토비, 소영이, 숙희가 아이 집 근처에 가서 잠시 주위를 살폈다. 토비가 자꾸 짓궂게 내 몸을 만지작거렸다. 그때마다 난 토비의 손을 치웠다. 우린 소녀의 집 근처를 왔다갔다했다. 밤하늘이 조용하고 바람이 선선했다. 조금 덥기도 했다. 어쩌다 가끔 몇몇 사람이 지나쳐 가는 것 빼고는 별다른 일은 없었다. 우린 새벽까지 있었다. 소영이는 아이가 무척이나 걱정되는 것 같았다. 나 역시 아이가 걱정되었다. 저 아이가 적들에게 넘어가는 일은 없었으면 했다. 그러지 않기 위해 우린 만약을 대비해 싸워야 한다. 우린 새벽 늦은 시간에 거처로 돌아갔다. 돌아가면서 혹시나 토비가 날 건드릴까 봐 난 소영이와 가까이 붙어 걸었다.

토비는 내 뒤에 붙어 걸었다. 난 토비가 불편했다. 그렇지만 마음 한구석에서 토비가 날 거칠고 더럽게 다루던 행위들을 떠올리면 짜릿한 성욕을 느꼈다. 그렇지만 난 토비와 몸을 섞지 않을 것이다. 토비는 뒤에서 내 엉덩이를 툭툭 치고 자기 몸을 갖다 문질렀다. 난 그런 행위가 성욕을 불러일으키긴 하지만 동요하지 않았다. 토비는 욕구불만 상태인 것 같았다. 그의 물건이 성나 있었다. 난 서둘러 호텔로 들어가 엘리베이터를 탔다. 소영이, 숙희가 같이 있는데 뒤쪽에서 토비가 내 엉덩이를 만지고 주물렀다. 난 그냥 가만히 있었다. 그리고 빨리 방으로 들어가 태호 옆에 누웠다. 난 태호를 보는 방향으로 누워서 잠을 자려 했다. 그렇지만 토비가 억지로 우리 방에 들어와 내 옆에 누웠다. 내 손을 빼냈다. 그리고 자기 몸에 문질렀다. 내 손은 너무나 부드러웠다. 그런 것이 토비를 흥분하게 만들었다. 토비의 손은 언제나 거칠고 부드러웠다.

난 토비를 좋아했던 날들의 기억이 떠오른다. 토비가 미웠다. 난 함부로 대하는 토비가 날 가슴 아프게 했다. 그렇지만 나도 그 쾌락에 동참하지 않았는가. 어느 정도 나에게 책임이 있다는 생각이 들기도 한다. 토비가 먼저 나를 건드렸을 때 나는 그것이 나에 대한 관심이고 더 나아가서 사랑이라고 생각했다. 내가 착각한 것이다. 지금 토비가 날 사랑한다고 말해도 난 그 말에 믿음이 없었다. 토비가 날 진정으로 사랑하는 거라면 어쩌지? 그가 날 거칠게 다루고 날 쾌락에 빠뜨리는 것이 그의 사랑법이라면. 그렇지만 토비는 날 너무 함부로 대하는걸. 마치 물건처럼. 토비는 내 손으로 가지고 자신의 은밀한 부위에 마구 문질렀다. 난 손에 주먹을 쥐었다. 그러자 토비가 내 손을 강제로 펴게 만들었다. 토비의 힘은 무척 강하다. 그리고 그의 것을 잡게 만들었다. 그리고 몸을 나에게 밀착시켜 내 귀를 빨았다. 난 이불을 뒤집어썼다. 토비는 이불을 잡아당겼다. 그리고 내 뒤에서 몸을 문질렀다. 내 바지를 벗기려고 했지만 내가 똑바로 누웠다. 그러자 내 몸을 만지기 시작했다. 난 일어서 방을 나왔다. 토비가 오해하지 않았으면 한다. 토비가 따라 나왔다. 난 한숨을 쉬고 밖으로 나갔다. 토비랑 이야기 좀 해야 될 것 같다. 토비와 난 밖에 나왔다. 새벽 공기가 차가웠다. 난 몸을 감쌌다. 토비와 난 편의점 앞에 앉았다.

"토비, 이제 우리 그만하자. 난 더 이상 널 좋아하지 않아."

"넌 날 아직까지 원하고 있어, 난 알아." 토비가 말했다.

"네가 날 흥분시키니까 몸이 반응하는 것뿐이야. 난 널 좋아하지만 사랑하지 않아."

"그래, 넌 몸이 원하는 대로 날 받아들이면 돼. 그리고 넌 아직 날 사랑해."

"왜 그렇게 일방적으로 말을 할 수 있니? 네가 사랑을 안다면 날 그렇게 함부로 다루진 않을 거 아냐."

"넌 뭔가 착각하는 것 같은데 네가 그런 행위에 대해서 동참했고 또 날 거부하지 않았어. 네가 원하는 대로 난 너와 사랑을 나눈 것뿐이야. 태호? 그 자식은 그냥 순진한 놈일 뿐이야. 멍청이라고. 나처럼 널 만족시킬 수는 없어."

난 잠시 생각에 빠졌다.

"태호는 좋은 아이야. 난 더 이상 너와 몸을 섞지 않을 거야. 싫다고. 싫다면 억지로 하지 않길 바라."

"그럼 내가 부드럽게 대할게. 그러면 되겠어?"

"아니, 더 이상 난 너와 몸을 섞고 싶지 않다."

도비가 이글이글거렸다.

"그 태호라는 자식 때문이야?"

"응, 태호를 좋아해. 넌 너무 날 물건처럼 대해. 난 너를 원치 않아."

토비는 성난 얼굴로 일어나 편의점에서 양주를 가져왔다. 그는 술을 벌컥벌컥 마셨다. 그는 순식간에 얼굴이 빨개졌다. 토비는 너무 감정적인 것 같았다.

"널 사랑해, 진심이야." 토비가 말했다.

난 마음이 너무나 약했다. 요한이가 자주 그런 말을 나에게 했다. 토비를 어떻게 해야 할지 모르겠다.

"이제 우리 그만하자. 우리 그만 떨어져 있자."

"얼마나?"

"얼마나가 아니라 이제 그만하고 싶어. 널 받아주고 싶지 않아."

토비가 심각한 표정을 지었다. 난 토비가 안타까워 보였다. 난 속으로 '안 돼'라고 소리쳤다.

마음을 약하게 먹으면 안 된다고 생각했다. 그렇지만 난 토비의 고개 숙인 모습을 보고 마음이 약해져버렸다. 토비의 깊은 눈동자는 슬퍼 보였고 목적이 없이 술병을 바라봤다. 입은 굳게 다물었다. 그의 얼굴이 더 이상 악동처럼 보이지 않았다. 난 토비가 나를 자기 친구들 앞에서 나를 보란 듯이 잡고 욕구를 해소하는 상황들을 떠올려 보았다.

"우리 이제 그만 헤어지자. 날 놔줘. 나 힘들어."

"나랑 떡칠 때는 언제고." 토비의 비열한 얼굴이 드러났다. 난 좀 겁이 났다. 역시 토비는 안 된다. 그는 나를 항상 마음 아프게 할 것이다.

"나 이제 그만 들어갈 거야. 날 이제 놔줘. 난 더 이상 널 사랑하지 않아. 너도 날 사랑하지 않는다는 거 알아."

그리고 난 자리에서 일어났다. 토비는 따라오지 않았다. 난 마음이 아팠다. 그렇지만 이제 토비와 더 이상 몸이 아프고 가슴이 아픈 행동은 하고 싶지 않았다. 난 들어가서 잠을 잤다. 난 태호를 뒤에서 살포시 안았다. 태호는 얌전히 잠을 잤다. 나도 잠들었다. 아침에 일어나 보니 토비의 두 눈이 빨갰다. 잠을 안 잔 듯하다. 난 마음이 흔들렸다. 난 이런 것에 익숙하지 않았다. 난 토비를 보지 않았다. 나에게 태호가 더 중요하다는 생각을 했다. 난 태호를 바라봤다. 태호는 잘생기고 깔끔한 아이다. 몸에서 좋은 향기가 난다. 우린 아침을 먹고 소영이, 지미, 나, 숙희와 소녀를 보러 갔다. 소녀는 웃으며 밖으로 나왔다. 예쁜 옷을 입고 나왔다.

"오늘 놀러 가요!"

아이가 놀러 가자고 했다. 우린 좀 당황했지만 여하튼 아이를 지켜봐줘야 하기 때문에 아이와 햄버거를 먹으러 갔다. 아이는 아침을 안 먹었다고 한다. 우린 같이 햄버거를 먹었다.

"오빠 내 친구들한테 소개해줘도 돼?"

소녀가 나에게 물었다. 난 좀 위험하다고 생각했다.

"우리가 사람 눈에 띄는 게 좀 위험해서, 그건 하지 말자."

소영이가 웃으며 말해주었다. 아이는 웃으며 알았다고 했다. 아이가 날 좋아하는 것 같았다. 아이의 사랑스러운 미소에 나도 덩달아 미소를 짓게 되었다. 우린 햄버거를 먹고 길을 나섰다. 아이는 내 옆에 붙어 있었다. 나는 이 아이가 여동생이었으면 좋겠다는 생각을 했다. 아이와 함께 우린 극장에 갔다. 극장에는 슈퍼히어로 영화기 상영 중이어서 그 영화를 봤다. 난 재미있게 봤다. 우리가 세상에 정체를 드러낸다면 우린 어쩌면 영화 속 영웅으로 보일 가능성이 크다고 생각했다. 소녀는 들뜬 듯하다. 우린 카페에 가서 영화에 대한 이야기를 했다.

"오빠 능력이 뭔지 보여줘."

소녀가 나에게 말을 했다. 난 조금 고민하다가 커피잔을 손을 대지 않고 살짝 움직였다.

"이게 다야?"

소녀가 눈을 동그랗게 뜨고 말했다.

"사람들이 있어서 우리 정체가 탄로날까 봐 능력은 많이 보여줄 수 없어."

난 이렇게 답했다.

"언니는?"

소녀가 소영이게 물었다.

"응, 윤아야. 우리가 능력을 사용하면 사람들이 혼란스러워할 거야. 그래서 나중에 사람 없는 곳에 가면 보여줄게."

소영이가 미소 지으며 말했다.

"윤아야, 혹시 우리가 우리 기지에 가자고 하면 갈 수 있을 것 같아?" 소영이가 물었다. 아이는 고민하는 듯하다.

"부모님에게 어떻게 말해야 할지 모르겠어."

"그건 우리가 알아서 부모님에게 찾아뵙고 이야기할 거야."

"언니도 부모님들이 알아?"

"응, 알아. 윤아 부모님에게도 잘 이야기해서 우리가 사는 곳에 가서 다양한 경험과 많은 것을 배울 수 있을 거야."

소녀의 얼굴에는 기대감이 가득했다.

"빨리 가보고 싶어."

"그래, 조금만 기다려. 언니가 우리 기지에 윤아에 대한 이야기를 전했으니까 곧 응답이 올 거야. 그때까지 우리가 같이 있어줄게."

"알았어."

소녀는 음료수를 야무지게 마셨다. 우린 그렇게 함께 있다 소녀가 같이 산책을 하자고 해서 강남 일대를 돌아다녔다. 난 정신을 항상 집중해 주변에 초능력자가 없나 감지를 했다. 그렇지만 우리 외에 아무도 없었다. 우린 거리를 걷다 소녀를 집에 바래다주었다. 소녀는 좀 아쉬워하는 듯했다. 우린 거처로 돌아와 다 같이 저녁을 먹으러 갔다. 별다른 위험 없이 그렇게 시간이 흘러갔다. 드디어 기지에서 연락이 왔다. 아이를 기지로 안전하게 데려오라는 지침을 받았고 아이 집에 전화를 걸어 알렉스가 직접 부모님과 대화를 하겠다고 했다. 우린 그렇게 알고 소녀 집 근처에서 계속해서 소녀에게 접근하는 모든 위험을 대비해 지키고 있었다. 어느 날 토비가 나를 따로 불러냈다. 그 이전에는 토비가 날 건드리지 않았다. 토비는 날 데리고 근처 공원에 갔다. 난 평소보다 토비가 상당히 차분하고 안정돼 보인다고 느꼈다. 토비는 자리에 앉았고 나에게 앉으라고 했다. 토비는 상당히 친절해 보였다.

"저기, 나 많이 생각해 봤어, 민우야." 토비가 차분하게 말을 꺼냈다.

"어떤 생각." 내가 물었다.

"그동안 미안했어, 널 아프게 해서."

토비가 진지한 표정으로 말했다. 난 토비에 대해서 다시는 생각하지 않았다. 토비가 계속 나와의 관계를 유지하고 싶다고 말할까 봐 겁이 났다.

"미안했고 또 다시는 친구들 앞에서 널 함부로 대하지 않을게. 좀 질이 안 좋은 친구들이기는 하지만 나쁜 친구들이 아니야."

"그 친구들이 나에게 와서 이상한 짓을 하려고 했어."

내가 말했다. 토비의 친구들을 좋게 볼 수가 없었다.

"내가 다시는 널 불편하게 대하지 말라고 이야기할게."

난 토비의 말을 믿을 수 없었다. 왠지 처량해 보이는 토비 얼굴에 또 마음이 약해지려고 하는 것 같다.

"그래, 그래줬으면 좋겠어." 내가 말을 했다.

"난 이제 달라지고 싶어. 너를 위해서. 너에게 다시 다가서고 싶어. 네가 허락한다면."

왜 토비는 나에게 이런 마음의 부담감을 줄까. 너무 고민하게 만들었다. 그렇지만 난 토비와 더 이상 만나면 안 된다고 생각했다. 난 태호를 좋아한다. 태호와 사랑을 나눌 것이다. 태호와 토비를 번갈아 만나기에는 너무 힘이 든다. 난 태호에게 큰 상처를 줄 것이다. 난 토비에게 상처를 줄 수밖에 없다고 생각했다.

"토비야, 난 네가 항상 날 이렇게 친절하게 대해줬으면 좋겠어."

토비의 눈이 빛났다.

"그렇지만 난 태호를 사랑해. 두 사람을 동시에 만날 수 없어. 우리 이제 그만하자."

토비의 얼굴이 굳어졌다.

"토비야, 나를 이제 잊어줘. 넌 다른 사람을 만나면 좋겠어. 어딘가 너의 짝이 있을 거야."

그리고 난 토비를 살펴보았다. 토비는 날 빤히 쳐다보다가 고개를 숙였다.

"마지막으로 너와 사랑을 나누고 싶어."

토비가 간청했다. 마지막이라면 괜찮지 않을까? 난 그런 생각을 접었다. 요한이의 말이 들려오는 듯하다.

"넌 마음이 너무 약해."

토비가 나를 가지고 욕구를 해소할 때 거침없이 나를 다루는 행위가 떠올랐다. 그런 지독한 고통이 동반하는 쾌감을 난 경계하고 싶었다.

"난 거절할게. 우리 더 이상 사랑을 나누지 않을 거야. 이제 날 보내줘."

난 마지막 말이라 생각하고 말을 남겼다. 그때 갑자기 토비가 화를 냈다. 내 머리카락을 잡고 자기 다리 사이에 박고 문질렀다.

"이 쌍년이!"

토비는 상당히 화가 난 듯하고 난 너무 당황스러워 아무 행동을 할 수가 없었다. 토비는 날 끌고 근처 화장실로 데려갔다. 난 머리카락을 잡혀 반항해도 토비가 날 힘으로 억눌렀다. 토비는 날 강제로 겁탈하려고 하는 거라 생각했다. 난 도저히 가만있을 수만은 없었다. 난 어쩔 수 없이 힘을 써야만 한다. 난 토비의 머리에 힘을 가했다. 토비가 머리를 감싸고 나에게서 떨어졌다. 난 화장실을 빠져나와 거처로 향했다. 토비도 화장실을 나와 나를 노려봤다. 난 어찌할 바를 몰랐다. 너무 당황스러워 가슴이 쿵쾅거렸다. 난 거처로 걸어가기 시작했다. 토비는 날 따라오지 않았다. 토비는 얼빠진 표정을 짓고 있었다. 토비는 이제 믿을 만한 사람이 아니었다. 토비는 토비 스스로 자신을 추하게 만들고 있다고 생각한다. 마음 한편에서는 내가 토비를 저렇게 만든 건 아닌지 하는 생각이 들었다. 내 초능력이 나에게 성욕을 강요하는 느낌이 있다는 건 사실이다. 나의 모든 성욕을 토비를 통해 해소했다.

나 역시 토비의 욕구를 푸는 행위에 동참한 것이다. 그렇지만 토비를 멀리하고 싶었다. 난 태호와 함께하고 싶었다. 난 마음을 강하게 먹었다. 그리고 태호에게로 갔다. 태호는 편의점에서 아이들과 아이스크림을 먹고 있었다. 소영이가 아이스크림을 권유했지만 난 사양했다. 태호 옆에 앉아 우린 손을 잡고 있었다. 태호가 먹던 아이스크림을 나에게 주었다. 난 웃으며 아이스크림을 먹었다. 태호에게서 좋은 향기가 났다. 태호와 난 따로 떨어져 연인들이 많은 거리에 갔다. 우린 손을 잡고 걸었고 지나가는 사람들이 나를 쳐다보며 남자인지 여자인지 확인해보려고 하는 것 같았다. 태호와 멋진 카페에 들어가 커피를 마셨다.

"민우야 나 궁금한 게 있어."

"응, 뭔데?"

"나 사실 가끔 네가 토비와 있는 걸 봤어."

"응, 사실이야. 그렇지만 이제 토비와의 관계는 끝났어. 신경 쓰지 마."

"그, 그 전에 토비와 관계가 어땠는데?"

"음, 태호 만나기 전에 토비와 내가 서로 좋아한다고 생각했어. 그렇지만 우린 서로 좋아하는 게 아니었던 것 같아."

"그래? 그럼 둘이 왜 계속 만났어?"

난 토비와 몸을 섞던 일이 떠올랐다. 차마 부끄러워서 말을 할 수 없다.

"응, 그냥 서로 좋아하는 줄 알고 만났던 거야. 이젠 아니야."

난 명확하게 전달했다.

"응, 알았어." 태호는 미소를 지었다. 나도 태호에게 예쁘게 웃어 보였다.

태호는 내 손을 가지고 놀았다. 내 손등이 무척 부드러웠다. 태호는 내 부드러운 손등을 자기 손에 포개서 문질렀다.

"나 민우랑 놀이공원에 가고 싶어."

"그래? 나도 가고 싶어." 난 기대에 찬 눈으로 태호를 바라봤다.

"내가 소영이에게 이야기해볼게. 어쩌면 놀이공원에 초능력자들이 있을지 모르잖아."

태호가 너무 순진하고 착해 보였다. 난 행복하다고 느꼈다.

"태호는 놀이기구 타는 거 좋아하는구나?"

"응, 아니. 사실 무서워서 못 타." 태호는 웃으며 말했다.

"그럼 놀이공원은 왜?"

"응, 놀이기구보다 예쁜 꽃이 있는 정원이 있어. 거기서 민우랑 걷고 싶어."

"와, 그래? 나도 좋아."

난 행복한 미소를 지었다. 태호와 꽃길을 걷는 상상을 했다. 난 태호와 결혼해서 같이 사는 생각도 떠올랐다. 그럼 내가 진짜 여자가 되어야 한다. 이런 생각에 난 잠시 고민에 빠졌다.

"무슨 생각해?" 태호가 물었다.

"응, 아니야. 너랑 놀이공원에 가는 상상을 했어."

우린 손을 꼭 잡았다. 태호를 위해 여자 옷을 입고 싶었다. 그렇지만 그럴 기회는 없었다. 난 치마를 입고 태호와 놀이공원에 가는 상상을 했다. 난 빨간 예쁜 소녀 같은 원피스에 빨간 머리띠를 달고 예쁘게 화장을 해서 태호의 여자친구가 되고 싶었다. 난 태호와 같이 밖으로 나갔다. 난 소영이게 전화를 걸었다.

"소영아, 저 미안한데 내가 가진 자금을 좀 쓰고 싶은데."

"응, 민우야. 어디다가 쓰게?"

"응, 저기, 옷을 사고 싶은데."

"응. 사도 돼. 왜, 옷이 모자라?"

"아니, 모자라지는 않지만…"

"아니, 괜찮아, 사. 너무 비싼 옷은 좀 자제해줬으면 해. 그리고 너 요한이에게 줄 게임기 산다며? 그것도 파는 데가 근처에 있으면 사."

"응, 고마워. 그렇게 할게."

전화를 끊고 태호와 여자 옷을 파는 곳에 갔다. 난 예쁜 옷을 찾아냈다. 빨간 원피스다. 옷 위쪽에 리본 블라우스가 달려 있었다. 난 그 옷을 고르고 갈아입었다. 옷집 직원이 날 좀 이상하게 보긴 했다. 그렇지만 내가 옷을 입고 나왔을 때 감탄하는 표정을 지었다. 난 빨간 리본 달린 머리띠도 머리에 얹어봤다. 그리고 거울을 봤다. 새하얀 얼굴에 크고 동그란 눈, 도톰하고 하트같이 생긴 입술은 무척이나 붉었다. 코는 오뚝하고 부드러웠으며 이마는 시원하게 드러나 예뻐 보였고 돌돌 말린 파마된 머리는 위로 풍성하게 솟아 있었다. 내가 봐도 난 너무 아름다웠다. 난 소녀같이 미소를 지었다. 태호가 함박웃음을 지었다. 난 옷을 구입하고 태호와 밖으로 나섰다. 거리로 나가 우린 손을 잡고 걸었다. 우린 한 쌍의 연인이 되었다. 바람에 치마가 펄럭이면 난 가슴이 두근거렸다. 태호가 내 속옷이 안 보이게 치마를 잡아주었다. 그러면서 허벅지와 엉덩이를 만졌다. 난 웃었다. 우린 사람 많은 곳에서 이런저런 이야기를 나누며 길을 걸었다. 많은 남자들이 날 쳐다봤다. 난 느낄 수 있었다. 그들은 내 몸을 훑어봤고 내 얼굴을 붉게 만들고 나를 스치고 지나갈 때 내 엉덩이를 바라봤다. 난 내 은밀한 부분들이 다 간지러웠다. 난 사람들의 시선을 즐겼다. 난 매우 음탕한 사람이라고 스스로 느꼈다. 난 태호의 손을 잡고 꼬집었다. 태호가 조금 놀랐다. 난 태호를 보고 웃었다. 내가 태호 손을 왜 꼬집었는지 나도 잘 모르겠다. 난 짜릿한 간지러움이 느껴지는 성욕이 솟아났다. 난 태호를 데리고 근처 모텔로 갔다. 태호는 급작스럽게 흥분하는 것 같았다. 난 엘리베이터를 타고 올라갈 때 태호와 키스를 했다. 난 태호의 혀를 노골적으로 빨았다. 이런 것은 토비가 가르쳐준 것이다. 토비가 내 혀를 마구 농락했던 것처럼 난 태호의 혀를 농락했다. 태호는 몹시 흥분했다. 우린 방에 들어가자마자 서로를 탐했다.

태호는 오로지 내 아래쪽에 관심이 가 있었다. 내 치마를 위로 들추고 마구 애무를 했다. 난 너무 자극적이어서 다리를 오므렸다. 그렇지 않고서는 버틸 수가 없었다. 태호가 내 허벅지를 잡고 다리를 벌렸다. 그리고 그 아래쪽을 먹고 빨았다. 눈이 돌아갈 정도로 강한 성욕이 날 강타했다. 가슴이 너무 두근거려 헐떡였다. 도무지 견딜 수 없었다. 태호가 내 다리 사이에 얼굴을 파묻었다. 난 격렬한 고통과 쾌감을 동시에 느꼈다. 난 견디지 못해 태호를 잡고 태호의 몸을 애무했다. 태호는 몸을 떨었다. 난 태호의 구석구석을 혀로 핥았다. 태호는 신음을 했다. 태호도 못 견뎌하는 것 같았다. 태호의 음란한 곳을 입으로 빨았다. 태호는 내 머리를 집었다. 견딜 수 없는 자극에 내 머리를 치우려고 하는 건지 더 자기 몸으로 당기려고 하는지 알 수 없었다. 우린 둘 다 견딜 수 없는 지점에 다다랐다. 태호는 내 어깨를 잡고 내 목과 어깨를 빨았다. 우린 달아올랐다. 태호는 욕구를 나에게 분출하기 시작했다. 태호는 격렬했다. 순진한 태호를 내가 쾌락에 몸부림치는 사람으로 만들어놓은 것 같았다. 난 태호를 더럽히고 있다고 느꼈다. 토비가 나에게 그랬던 것처럼 우린 격렬한 행위 뒤에 찾아오는 강렬한 쾌감을 느꼈다. 내가 태호 머리를 잡아 내 능력을 사용해 그 쾌감을 증폭시켰다. 우린 그 강렬한 쾌락에 몸서리를 쳤다. 그리고 우린 침대에 둘 다 누웠다. 우린 한동안 말이 없었다. 난 태호에게 안겼다. 진짜 여자가 된 것 같은 마음이 내게 자리 잡았다. 우린 샤워를 하고 옷을 입고 밖으로 나왔다. 많은 남자들이 나를 쳐다보고 내 몸을 간지럽게 했다. 난 태호의 손을 꼭 잡았다. 태호도 내 손을 꼭 잡아주었다. 이제 토비는 필요 없다. 이후로 토비는 날 바라볼 때마다 냉소적인 표정을 지었다. 아직도 나에게 감정이 있는 것 같았다. 난 혹시나 토비가 날 오해할까 봐 토비를 볼 때 미소 짓거나 웃지 않았다. 난 무표정한 얼굴로 토비를 바라봤다. 토비는 간혹 내 몸을 밀치거나 내 몸에 손을 댔다. 난 토비가 언제쯤 나에 대한 집착을 포기할지 알 수 없었다. 난 항상 토비를 피해 있어야만 했다. 우린 소녀 집 근처에서 5주간의 시간을 보냈다. 어느 날 드디어 알렉스에게 연락이 왔다. 소녀를 안전하게 기지로 데리고 오라는 미션이 떨어졌다. 우린 작전을 짜기 시작했다.

"우선 우리가 소녀를 데려갈 때 어떻게 그룹을 짜서 걸어갈지 생각해보자." 소영이가 말을 시작했다.

"우선 맨 앞에 토비, 지미, 숙희가 걷고 중간에 소녀 중심으로 나, 수지, 민우, 엘리자베스, 그리고 맨 뒤에 태호가 걷기로 하자. 이렇게 진영을 짜기로 하자."

"적들이 만약에 공격을 해오거나 접근하면 민우가 먼저 정신 데미지를 모든 적들에게 주고 토비, 지미, 숙희가 먼저 공격을 가해. 그

다음에 수지가 방어막을 형성하고. 나도 사물을 이용하거나 해서 공격을 가할 거야. 그다음에 태호가 마지막 공격을 가하고 누군가 공격을 받거나 하면 내가 막거나 공격을 가할게. 민우는 항상 정신 데미지를 발산해서 모든 상황을 우리에게 유리하게 만들어줘. 마지막으로 엘리자베스는 주변에 민간인들이 있다면 우릴 못 보게 정신을 다른 곳으로 돌려놓아."

우린 알았다고 했다. 우린 여러 가지 상황에 대비해 전술을 미리 생각해냈고 대화를 나누었다. 우린 정해진 날 소녀의 집 앞으로 갔다. 소녀의 부모와 소녀가 나와 있었다.

우린 소녀의 부모님에게 인사를 했다. 소녀는 청바지와 티셔츠를 입고 있었고 가방을 메고 있었다. 긴 머리가 찰랑였다. 소영이가 윤아의 부모님과 대화를 나누었다. 우린 뒤에서 소녀를 감쌌다. 난 혹시 주변에 초능력자가 다가오지 않나 살펴보았다. 주변에는 아무런 위험 요소가 없었다. 전에 마주쳤던 적대 세력은 어디에 있을까? 문득 석호가 폭포수가 있는 장소에 거처가 있다는 말이 떠올랐다. 아마도 지방 쪽이 아닐까 생각이 든다. 일단 소녀를 기지에 데려다주고 이야기를 해봐야 할 것 같다.

소영이가 부모님과 대화를 마치고 우린 이동을 했다. 어제 이야기했던 것처럼 진영을 짜서 이동했다. 소녀에게도 알려주었다. 우린 강남에서 지하철을 타고 이동했다. 부산 가는 기차를 갈아타고 갈 생각이다. 우린 소녀가 긴장하거나 걱정하지 않게 최대한 편안한 분위기를 만들어주었다.

"나 오빠 여자 옷 입은 거 본 적 있어."

난 갑자기 깜짝 놀랐다.

"응?"

"오빠 저번에 강남 거리에서 빨간 원피스 입었잖아. 빨간 머리띠하고 리본 달린 거."

난 당황스러워서 말문이 막혔다.

"옆에 있던 사람은 저 오빠잖아." 소녀가 태호를 가리켰다.

그 이야기를 옆에 있던 아이들도 들었다. 아마 토비도 들었을 것 같다. 토비도 어느 정도 한국어를 할 줄 알았다. 소녀는 약간 뿌로통한 표정을 지었다. 난 당황스러워서 뭐라고 답하기 어려웠다.

"민우가 저번에 산다고 하는 옷이 그 원피스였어?" 소영이가 웃으며 말을 했다.

"으응." 난 짧게 대답을 했다. 소녀의 기가 나를 향해 있었다.

"저 오빠랑 어디 가는 길이었어?" 소녀는 날 더욱더 당황하게 만들었다.

윤아는 눈을 동그랗게 뜨고 날 빤히 쳐다보았다.

"응, 산책하는 중이었어." 난 답을 했다. 난 소녀의 질문에서 탈출한 것 같았다.

"근데 왜 오빠는 여장을 하고 산책을 해?"

소녀가 또 날 붙들었다. 소녀는 호기심 때문에 그러는 것 같지 않았다. 소녀는 날 좋아한다. 난 느낄 수 있었다. 그런 느낌이 토비에게서도 전해 오고 태호에게서도 전해 왔다. 그러고 보니 토비는 아직 날 좋아하고 있다. 그렇지만 그게 사랑은 아니었다. 내 육체에 대한 탐욕이었다. 난 그런 세세한 것까지 느끼기 시작했다. 소녀를 통해서 새로운 감각이 깨어나듯이 여러 사람들의 감정이 내 머릿속에 해석돼 나타났다. 새로운 감각에 눈을 뜬 나는 잠시 몸을 떨고 얼어 있었다.

"민우야, 윤아가 묻잖아." 엘리자베스가 나를 재촉했다. 어쩔 때는 엘리자베스가 얄미웠다.

"으응… 그냥 그럴 만한 일이 있어서 여장을 했어. 다른 초능력자들이 날 찾아낼까 봐."

"그럼 일종의 분장이야?"

"응, 그렇지." 이제 대화가 끝나는 듯하다.

"윤아야, 이따가 우리 점심 뭐 먹을까?"

숙희가 말을 돌렸다. 다행이다.

"응, 나 피자 먹고 싶어."

우린 피자를 먹기로 했다. 갈아타기로 한 역에 내려서 잠시 밖에 나가 피자를 먹을 것이다. 소영이가 주변 지역의 피자집을 검색했다. 우린 기차에서 내렸다. 부산 가는 표를 예매했기 때문에 우린 가는 시간 전에 피자를 먹으러 갔다. 우린 피자집에 들어가 다 함께 앉았다. 우린 피자를 넉넉하게 시켰다. 난 새우가 얹어져 있는 피자를 먹었다. 아까부터 자꾸 토비가 날 노려봤다. 토비가 하필 내 옆에 앉아 있었다. 토비는 내 허벅지를 꼬집었다. 제발 토비가 그만두었으면 했다. 토비는 언제까지 나에게 집착하려고 하는지 알 수 없었다. 그렇다고 토비를 피해 다니기 어려웠다. 같은 팀에다가 우리 쪽 초능력자 중에 물리적인 공격력이 가장 우수하기 때문에 멀어지기가 어려웠다. 나도 정신 공격력이 아주 우수하기 때문에 항상 토비와 팀이 되곤 한다. 이런 점이 골치 아팠다. 왜 하필 토비에게 먼저 육체적인 감정을 느꼈는지 후회스러웠다. 태호가 날 쳐다봤던 이유와 감정에 대해서 알 수 있는 능력이 먼저 활성화되었으면 하는 후회가 느껴졌다. 토비, 태호, 소녀의 기가 동시에 느껴져서 곤란했다. 나의 이런 아름다운 모습은 거의 저주에 가까웠다. 지금도 다른 테이블에 앉은 여성과 남성의 기가 느껴지고 나에 대한 관심이 느껴져서 정신이 매우 예민해지는 것 같았다. 난 반드시 소영이에게 말해야 한다고 생각했다. 그렇지만 지금은 긴장해야 할 상황이라 소영이에게 생각을 분산시킬 수 없었다. 난 정신이 어지러웠지만 가다듬었다. 안전할 때에 이런 부분에 대해서 조절하는 훈련을 받아야 한다고 느꼈다. 지금은 새롭게 개방된 예민한 센서를 억눌렀다. 이 방법밖에는 없었다. 난 약간 손을 떨었다. 그것을 태호가 발견했다. 태호는 날 항상 관찰하는 것 같다.

"민우야, 괜찮아?"

"응, 괜찮아."

난 미소 지었다. 태호는 그래도 날 걱정하는 눈으로 바라봤다.

"민우야, 잠깐 내 옆에 와봐." 소영이도 눈치 챈 듯하다. 소영이는 우리 집단 중에서 거의 엘리트급으로 능력이 좋은 아이이다. 단번에 내 증상을 느낀 것 같았다. 난 주저하지 않고 소영이 옆으로 가서 앉았다. 놀랍게도 토비가 날 걱정하는 마음이 전해졌다. 토비도 마음이 약해질 때가 있는 걸 알아 놀랐다. 소영이가 두 손을 펴서 내 머리에 얹었다. 난 눈을 감았다.

"민우가 능력이 상당히 예민해진 것 같아. 최근에 무슨 일이 있었어?"

"응, 다른 것이 감지돼."

"어떤 게?"

"으응, 사람들의 시선과 감정이 다 느껴져서 너무 많은 정보가 느껴지는 것 같아 지금 좀 괴로워."

"그래, 잠시만 있어봐."

소영이 손으로부터 어떤 느낌이 전달되었다. 그것이 내 마음을 편안하게 해줬다. 오래전 기억에서 사라진 로버트 신부가 전해줬던 느낌과 비슷했다. 소영이는 더 높은 경지에 도달한 것 같았다. 난 잠시 마음이 편안해졌다. 그리고 다시 내가 앉던 자리에 앉았다. 태호가 날 걱정했다. 난 태호에게 예쁘게 미소 지었다. 그걸 또 윤아가 쳐다보았다. 윤아의 기분이 안 좋아진 듯했다. 난 윤아를 신경 써줘야 했다. 난 나도 모르게 윤아를 쳐다봤다.

"윤아야, 맛있어? 이 새우 얹은 것도 먹어봐."

윤아가 웃었다. 윤아가 내가 준 새우 피자를 받아먹었다. 그러자 토비가 날 쳐다봤다. 토비는 마음이 좋지 않았다. 태호도 나를 보고 약간 신경 쓰여 하는 것 같았다. 이 모든 게 다 느껴졌다. 난 다시 예민한 상태가 되었다. 난 조용히 피자나 마저 먹었다. 그리고 콜라를 마셨다. 우린 피자를 다 먹고 아직 시간이 남아 커피를 마시러 갔다. 커피를 마시며 또 커피집에 있는 몇몇 사람들의 시선이 느껴졌다. 내가 여자 옷을 입거나 치장을 안 한 상태임에도 불구하고 내 엉덩이와 다리, 내 목과 어깨를 쳐다봤다. 내 얼굴을 빤히 쳐다봐 내 얼굴을 붉게 만들었다. 소영이의 좋온 기기 그다지 소용이 없었다. 일시적일 뿐이다. 커피를 주문하고 다 같이 자리에 앉았다. 태호가 날 바라봤다. 난 눈을 크게 뜨고 태호를 바라봤다.

"민우야, 이제 괜찮아졌어?"

난 최대한 예쁘게 웃어 보였다.

"응, 조금 나아졌어." 그러자 태호가 조금 미소를 지었고 내 손을 잡아주었다. 난 태호의 손을 꽉 잡았다. 옆에서 토비가 날 만지고 싶어 하는 것 같았다. 난 충격을 받았다. 난 잠시 얼어붙었다. 토비의 속마음이 나에게 다 전해졌다. 토비는 날 사랑한다. 토비는 날 진심으로 걱정하고 있다. 난 차라리 토비의 감정에 대해서 몰랐으면 했다. 토비의 마음은 굳게 닫혀 있었다. 그는 사랑하는 마음을 전달할 줄 모르는 남자였다. 난 미처 토비의 마음을 알지 못했다. 그는 폭력으로 얼룩져 있었다. 그의 그런 경험이 애정을 분출할 때 폭력으로 발산되었다. 그렇게 그의 마음이 전해졌다. 난 태호의 마음도 속속들이 알게 될까 봐 너무 부담되었다. 토비의 속마음을 다 전해받은 나는 너무 벅차 있었다. 다른 사람들의 감정을 더 알게 될까 봐 두려웠다. 난 토비를 바라볼 수밖에 없었다. 토비가 날 강하게 끌어당겼다. 안 된다. 난 더 이상 토비를 좋아할 자신이 없었다. 태호 하나로 벅차다. 난 토비를 어찌해야 할지 몰랐다. 내가 토비를 바라보자 토비도 날 바라보았다. 내 눈은 따뜻했다. 토비의 눈은 깊고 외로웠다. 토비의 외로움이 날 괴롭게 만들었다. 난 억지로 다시 고개를 돌렸다. 그리고 태호의 손을 잡았다.

"민우 오빠, 태호 오빠랑 왜 손 잡아?" 윤아는 너무 직설적이었다. 엘리자베스랑 비슷한 아이 같았다.

"응, 몸이 안 좋아서."

그러자 윤아가 내 손을 잡았다. 윤아 손은 작고 조금 차갑고 부드러웠다.

"고마워, 윤아야."

"오빠, 어디가 아파? 병원 가야 하는 거 아니야?"

"으응, 우리 거처로 돌아가면 괜찮을 거야." 난 미소를 지어주었다.

난 토비의 마음이 느껴진다. 그도 나의 손을 잡길 바란다. 토비가 그런 외롭고 고독하며 사랑을 갈구하는 아이였다니 토비가 분출하는 폭력과 충동적인 성적 공격성이 이해됐다. 난 토비를 이해하고 있었다. 난 마음을 강하게 먹어야 한다. 난 태호의 손을 더 강하게 잡았다. 태호도 내 손을 꼭 잡았다.

"민우야, 아무래도 우리 기지에 빨리 가야 할 것 같다."

소영이가 걱정이 되는 것 같았다. 우린 조금 더 기다렸다가 기차역 쪽으로 걸어갔다.

나는 예민해진 상태였지만 정신을 가다듬었다. 사방팔방에서 느껴지는 시선과 감정을 억누르고 주변을 최대한 넓게 살펴보며 걸었다. 지금 적대 세력이 접근한다면 위험할 수 있었다.

"민우야, 주변을 감지할 수 있어? 괜찮아?" 소영이가 무전기로 말을 했다.

"응, 다행히 주변을 감지하는 데는 이상이 없어. 지금 주변에 초능력자들은 없어."

우린 서두르지 않고 기차역으로 천천히 걸어갔다. 우리가 빨리 가면 주변 사람들 눈에 띌 것이다. 우린 일렬로 서서 천천히 걸어갔다. 앞에서 어떤 남자가 우릴 쳐다보는 게 느껴졌다. 그가 속주머니에 손을 가져갔다. 난 순간 긴장했다. 난 그를 쳐다봤다. 그가 속주머니에 손을 넣고 다른 곳으로 눈을 돌리다가 우릴 쳐다봤다. 난 저 남자 손에 무기 같은 게 있을 거라 짐작했다. 난 순간 그에게 정신 공격을 가할 준비를 했다.

소영이에게 알리기에는 촉박했다. 하지만 그 남자 속주머니에서 나온 것은 핸드폰이었고 그저 전화를 걸고 있을 뿐이었다. 또 다른 곳에서 여자 두 명이 등장했다. 손을 주머니에 넣고 있었고 둘이 귀에다 대고 소곤소곤 이야기를 하고 있었다. 그리고 우릴 쳐다봤다. 난 그 두 여성을 집중적으로 봤다. 그 여성들은 우리에게 다가오고 있었다. 뭔가 벌어지려고 하는 것 같았다. 한 여자가 나를 쳐다봤다. 도무지 그녀의 감정을 읽지는 못했다. 난 또 긴장했다. 그녀에게서 초능력은 느껴지지 않았다. 그녀는 날 쳐다보고 걸어오고 있었고 난 눈을 피해보았다. 그래도 그녀가 날 쳐다보는 게 느껴졌다. 난 공격 준비를 했다. 그러나 그 두 여성은 그냥 지나쳐 갔다. 난 극도로 예민해진 상태가 된 것 같다. 우린 기차역에 거의 도착을 했다. 난 이마에서 땀이 났다. 태호의 손을 잡고 싶었다. 그러나 우리가 짜놓은 진영대로 움직이기 때문에 태호를 볼 수 없었다. 대신 앞에 토비가 있었다. 날 끔찍이도 사랑하는 토비. 토비의 폭력성을 없애버릴 수만 있다면 그는 정말 좋은 사람이 될 것이다. 우린 기차 오는 곳에 서 있었다. 윤아가 조바심이 난 듯 왔다갔다했다. 윤아가 또 내 손을 잡았다.

"오빠, 괜찮아?"

윤아가 너무 귀여워서 여동생을 삼고 싶다는 생각을 했다.

"응, 괜찮아. 윤아야." 난 윤아에게 웃어 보였다. 윤아는 내 손을 가지고 놀았다.

"와, 오빠 손 되게 부드럽다. 여자 손보다 더 부드러워."

윤아가 감탄을 했다. 윤아가 내 손등을 만졌다. 윤아 손가락 끝이 쫀득하게 손등에 붙었다. 내 손을 간지럽게 하기도 했다. 그걸 옆에서 태호가 바라봤다. 난 결코 태호가 질투할 거라고 생각하지 않는다.

그렇지만 태호 마음 어디 한구석이 불편하다는 걸 느꼈다. 난 윤아의 손을 한번 잡아주고 뗐다.

"이제 괜찮아, 윤아야." 윤아는 동그란 눈을 하고 나를 쳐다보다 태호를 봤다.

"태호 오빠랑 민우 오빠랑 친해?"

"응, 친해." 내가 웃으며 대답했다.

"응, 얼마나 친해?" 윤아는 좀 아이 같았다.

"응, 많이 친해."

"태호 오빠랑 같이 있을 때 여자 옷을 입는 거야?" 난 또 당황스러웠다.

"응, 특별한 임무가 있으면 변장하는 거야." 난 거짓말을 했다.

윤아가 그냥 넘어가려나. 윤아는 소영이가 있는 곳으로 갔다. 난 안도했다. 그리고 태호 손을 잡아주었다. 태호도 내 손을 만지작거렸다. 드디어 기차가 와서 우린 기차에 탔다. 가는 동안 아무 일도 안 일어났으면 좋겠다. 우린 자리에 앉아 윤아를 가운데 두고 진을 짜는 식으로 앉았다. 기차가 출발하고 난 주변을 감지하면서 지나가는 풍경을 바라봤다. 중간에 잠이 왔지만 참았다. 우린 무사히 부산까지 도착을 했다. 우린 기차에서 내려 각자 볼일을 보고 다시 진영을 짜서 걸었다. 우린 버스정류장에 도착을 했다.

"오면서 별일 없어서 다행이다." 엘리자베스가 말했다

우린 버스정류장에 서 있었다. 주변이 상당히 조용했다. 소녀는 기지에 들어갈 생각에 긴장과 기대가 공존하는 것 같았다.

"민우야, 별다른 징후는 없어?" 소영이가 물었다.

"응, 없어." 아무것도 느껴지지 않았다. 누군가 상당히 분노하는 듯한 감정이 느껴진다.

그 분노가 이글이글 서서히 타오르는 듯했다. 난 이게 어디서 전해오는 느낌인지 알 수 없었다. 혹시 토비인가? 토비가 드디어 화가 폭발한 걸까 하는 생각으로 토비를 슬쩍 봤다. 토비는 아무런 표정을 짓지 않았다. 토비와 눈이 마주쳤다. 토비는 왠지 쓸쓸한 미소를 지었다. 난 충동적으로 토비를 안고 싶다는 생각을 했다. 그렇지만 그래선 안 된다. 주변에 누군가 상당히 화가 나는 일이 있는 것 같다. 그 분노가 멀어지고 있었다. 자동차를 탄 사람이었을까? 그리고 난 신경을 껐다. 아까 느꼈던 분노가 사그라들었다. 그렇지만 웬일인지 그 분노의 불씨가 작아져 아주 먼 곳에 조그만 불씨를 일으킨 것 같다. 그 불길이 이글이글 타오른다. 난 서서히 뭔가 이상하다고 느끼기 시작했다. 난 주변을 둘러보았다. 주변을 감지했다. 몇몇 사람들의 기가 느껴졌다. 버스정류장에 어떤 아주머니가 왔다. 아주머니는 핸드폰을 보고 있었다. 난 그 아줌마를 관찰했다. 아주머니는 옆을 바라봤다. 그러다 다시 핸드폰을 보고 뭔가를 깜박한 듯 자꾸 뒤나 옆을 보는 것 같았다. 손을 머리에 가져다 대기도 했다. 뭔가 기억이 안 나는 듯한 행동을 했다.

그리고 앞을 바라봤다. 그리고 아줌마의 눈이 흐려졌다. 검은 눈동자가 커졌다 작아졌다를 반복했다.

"소영아."

아줌마가 정신을 어디 다른 곳으로 보낸 듯한 상태가 된 것 같다. 아주머니는 그리고 움직이지 않고 가만히 굳어져버린 듯하다.

"소영아, 뭔가 이상해."

"뭐가? 어디서 그런 게 느껴져?"

"주변이 정지된 것 같아."

"엘리자베스, 네가 혹시 능력을 사용했어?" 소영이가 물었다.

"어, 아니? 나 아무것도 안 했는데?"

"얘들아, 대비해!"

소영이가 외쳤다. 윤아는 당황해했다. 난 윤아가 겁먹은 것을 감지했다. 소영이는 윤아 옆에 섰고 윤아 옆에 수지가 섰다. 엘리자베스가 손을 양쪽으로 뻗어 주변 사람들의 의식을 정지시켰다. 토비와 지미가 윤아를 감싸고 주변을 둘러봤다. 태호의 눈에서 빛이 나왔다. 언제든지 공격할 기세였다. 멀리서 파란색 기가 뿜어져 올라온다. 초능력자들이다.

"소영아, 적들이 온다."

"모두 준비해." 소영이가 외쳤다.

난 두 손을 거머쥐었다. 쥐었다 다시 펴 팔을 올려 손바닥을 폈다. 온다, 그들이.

하늘에서 검은 양복을 입은 사람이 날아왔다. 지난번보다는 그의 힘이 강하다. 몇 배로 강한 것 같았다. 난 긴장을 했다. 그가 차려 자세로 공중에 둥둥 떠 있었다. 난 그의 머리에 훈련받은 대로 정신 공격을 가했다. 그는 머리를 손으로 감쌌다. 내 공격에 놀랐는지 급하게 우리에게 공격을 가했다. 하늘의 빛이 번쩍이고 무거운 공기가 내려왔다. 그렇지만 소영이가 손을 들어 그 무게를 잡아 던져버린 듯하다. 어깨가 가벼워졌다.

지미가 날아올라 그 남자를 공격했다. 난 남자가 대응을 못 하게끔 정신 공격을 가했다. 남자는 물러서서 더 큰 힘을 사용해 거대한 빛을 만들었다. 난 정신 공격을 더 강하게 가했다. 남자는 못 견디겠다는 듯이 점점 멀리 날아갔다. 난 내 힘이 얼마나 강한지 느끼고 있었다. 남자는 멀리서 빛을 번쩍여 공격을 했다. 소영이가 그 빛을 막아냈다. 멀리서 두 여자가 걸어오고 있었다. 그 쌍둥이 여자들 같았다. 그녀들의 힘도 몇 배는 더 강하게 느껴졌다. 그 여자들이 거대한 화염을 만들었다. 눈앞에 비현실적인 광경이 벌어졌다. 정말 거대한 화염이었다. 수지가 뜨거운 기운을 그녀들에게 가했다. 그녀들은 그 화염을 우리 쪽으로 발산했다. 난 정신 공격을 가하고 소영이는 도로 바닥을 뜯어내 그 화염을 막았다. 소영이가 큰 힘을 사용했다. 방어가 비었다. 숙희가 믿을 수 없을 정도의 속도로 쌍둥이 여자들에게 달려가 공격을 가했다. 지미도 하늘에서 폭격기처럼 지상으로 공격을 가했다. 쌍둥이들은 불꽃을 여러 개로 나누어 방어와 공격을 했다. 내가 가한 정신 공격 때문에 둘 다 인상이 찌푸려졌다. 난 공격을 더 강하게 가했다. 손바닥을 그녀들의 얼굴에 대고 힘을 가했다. 두 자매는 바닥에 주저앉았다. 숙희가 빠른 속도로 그녀들을 타격했다. 하늘의 남자는 멀리서 둥둥 떠 있었다.

"민우야, 잘하고 있어."

난 또 다가오는 초능력자를 감지했다.

그 사람이다. 전에 놀이공원에서 소영이를 다치게 했던 그 남자가 날아왔다. 검은 망토를 두르고 날아오고 있었다

"소영아, 그 남자야."

마리 카우스. 소영이도 그를 눈치 챈 것 같았다.

"자, 우리 힘을 다 합쳐보자." 소영이가 외쳤다. 윤아는 두 귀를 막고 앉아서 방어 자세를 취했다. 그 망토 남자의 거대한 힘을 보았다. 상상을 초월했다. 그 압도감은 날 사로잡아 식은땀을 흘리게 만

들었다. 그 남자가 주변에 주차된 자동차들을 하나씩 들어올렸다. 난 그 남자의 머리를 겨냥해 온 정신을 다해 힘을 가했다. 그러나 남자는 헬멧을 쓰고 있었다. 내 정신 공격이 가해지지 않았다.

"소영아, 내 힘이 안 통해. 저 남자 헬멧 때문인 것 같아."

"알았어, 민우야. 내가 상대할 거야. 넌 다른 적들을 맡아."

자동차 5대가 공중에 붕 떠 있었다. 난 다른 초능력자들의 머리를 공격해 우리에게 다가오지 못하게 했다. 소영이 주변에서 진동이 일어났다. 땅이 갈라지기 시작했다. 소영이가 하늘을 향해 두 팔을 뻗었다. 소영이는 자동차를 거대한 손으로 잡듯이 잡아 눌렀다. 자동차 창문에 금이 가고 헤드라이트가 깨졌다. 파편들이 아래로 떨어지고 있었다. 헤드라이트 조각들이 빛을 받아 번쩍였다. 망토 남자는 자동차 하나를 우리 쪽으로 날렸는데 워낙 빨라서 가슴이 쿵쾅댔다. 숙희가 빛의 속도로 윤아를 잡아 멀리 떨어뜨려놓았다. 소영이는 한 손에 주먹을 쥐고 날아오는 자동차를 공중분해시켜버렸다. 자동차가 부품별로 분리되고 쏟아져내렸다. 망토 남자가 나머지 차량을 우리에게 날렸다. 정말 어마어마한 힘이다. 소영이는 그 자동차를 다 잡았다. 소영이 힘이 다 막아내지 못할 것 같았다. 소영이 얼굴에 땀이 흘러내렸다. 난 훈련했을 때의 내 능력을 떠올렸다. 난 망토 남자의 헬멧을 수박이라고 생각했다. 난 망토 남자의 헬멧을 찢어버리는 상상을 가했다. 정교하게 반으로 쪼개서 벗겨버릴 셈이다.

난 온 정신을 다했다. 또다시 소영이가 다치거나 하는 일은 없게 하고 싶었다. 난 마음을 비우고 상상력을 발휘했다. 매우 날카로운 칼로 남자의 헬멧을 두부 자르듯 자를 것이다. 나의 예민한 감각이 하나의 날카로운 물리적인 도구가 되어 남자의 헬멧에 불똥이 튀게 만들었다. 남자도 눈치챈 듯하다. 난 눈을 감았다. 눈을 감아도 그 남자가 느껴지고 또렷했다. 내 머릿속에 남자의 헬멧은 잘게 부서지는 두부 같았다. 난 초미세한 빛나는 칼날로 그 남자의 헬멧을 자르고 있었다. 나의 온 신경이 다 그 칼에 에너지를 가해 칼에 빛이 난다. 그리고 난 눈을 번쩍 떴다. 남자의 헬멧은 반으로 갈라져 지상으로 떨어졌다. 그때 소영이가 차를 받아쳐서 남자에게 도로 날렸고 난 남자의 머리에 충격을 가해 남자를 무방비 상태로 만들었다. 남자는 4대의 자동차를 연달아 맞아 떨어졌다.

"좋았어!" 난 소리쳤다.

"민우야, 주변을 감지해봐." 소영이가 외쳤다.

난 주변을 감지했다. 순식간에 주변을 훑었다. 아주 많은 초능력들이 다가오고 있었다. 난 그들 모두에게 정신 공격을 가했다. 그들은 주춤했다.

"자, 다들 여기서 벗어나자. 너무 많은 적들이 몰려와!"

소영이가 소리치고 우린 다른 곳으로 뛰어서 이동했다. 윤아도 숙희 손을 잡고 달렸다. 우린 골목으로 들어왔다. 골목에서 이리저리 뛰었다. 적들이 우릴 찾기가 어려울 정도로 우린 이리저리 방향을 꼬면서 달렸다. 맨 앞에 토비가 있었다. 하늘에서 뭔가 날아왔다. 벽돌 같은 것이다. 소영이가 손으로 쳐내는 행동을 하자 벽돌이 모래처럼 터졌다. 난 뒤에 다가오는 초능력자들을 감지했다. 그들은 우릴 찾고 있었다. 땅에 떨어진 망토 남자는 움직이지 않았다. 우린 큰 거리로 나왔다. 사람들이 조금씩 우릴 쳐다봤다. 여러 명이 뛰어다녀서 그런 것 같았다.

"이제 조금 천천히 걷자."

소영이가 말했다. 적들도 멈춰 있었다. 여긴 사람이 너무 많았다. 적들도 사람이 많은 곳은 꺼리는 것 같았다. 그들도 아직 정체를 드러내고 싶지 않은 것 같았다. 난 그렇게 추측했다. 우린 사람들 눈에 안 띄게 천천히 진영을 갖추어 걸었다.

"부산에서 멀어져야 해. 적들이 우리가 어디로 가는지 알아내서는 안 돼."

이제는 소영이가 작게 무전기로 이야기했다. 이제부터가 더 위험했다. 적들이 우리 기지를 알아낸다면 큰일이다. 적들의 수도 압도적으로 많아진 것 같았다. 난 그때 생각을 했다. 여러 군데에 운석으로 가장한 물건을 퍼뜨려 사람들을 초능력자들로 만들어 그들의 군단을 형성하려고 하는 것 같다는 판단이 들었다. 적대 세력들은 더 많은 능력자들을 보유할 생각인 것 같았다. 우린 조금 빠른 걸음으로 부산에서 멀어질 생각으로 외곽으로 걸었다.

초능력자들이 우릴 찾고 있었다. 난 그들이 느껴졌다. 뒤를 돌아보니 먼 곳에서 파란 기가 퍼져 나오고 있었다. 그들에게 없는 능력이 나에게는 있다. 나의 능력이 그들을 능가하는 것 같았다. 그들은 힘을 추구하지만 우리만큼 제대로 된 훈련을 받는 것 같지 않다는 판단이 들었다. 우린 체계적인 훈련을 통해 힘을 유용하게 사용하고 적들은 그저 힘을 숭배하여 남용하는 것 같았다. 난 적들이 작전은 짜고 공격하는지 하는 생각이 들었다. 그때 데려간 아이들이 생각났다. 아이들이 잘 지낼지 걱정이다. 우린 잠시 숨을 돌렸다. 우린 이제 천천히 걸었다. 윤아가 많이 놀란 것 같았다. 숙희가 윤아의 어깨를 감싸주었다. 난 태호를 보았다. 태호는 극도로 긴장한 상태로 보였다. 토비는 흥분해서 씩씩거렸다. 지미는 아까 공격 때문에 손이 빨갰다. 수지와 숙희, 엘리자베스는 긴장해 보였다. 무엇보다 소영이가 얼굴에 땀이 흘러내려 세수한 것 같았다. 그리고 보니 나는 머리가 조금 아팠다. 아까 극도의 신경을 쓰느라고 무리가 온 것 같았다. 윤아는 괜찮아 보였다. 그래도 윤아가 많이 긴장했을 거라 생각했다. 우린 사람이 많은 거리로 나와 무조건 부산을 벗어나고 있었다. 걸어서는 부족했다. 뭘 타고 가려고 해도 적들이 차량을 습격하거나 기차를 습격할까 봐 이동 수단을 이용하기에는 너무 위험했다. 만약 기차가 전복되거나 뒤집어지기라도 하면 소영이의 힘으로도 감당을 할 수 없을지도 모른다.

우린 무조건 기지의 위치를 들키지 않기 위해 서울 방향으로 걸었다. 아마도 적들이 부산 근처에 있었던 게 아닐까 추측된다. 계속 부산에 있었던 것이다. 내가 감지하지 못하는 곳에 있었다고 추정한다. 적들이 아마도 서울부터 쭉 훑고 내려오지 않았나 생각이 든다. 우린 한참을 걸었다. 윤아가 많이 지친 것 같았다. 적들의 파란 파동도 느껴지지 않았다.

"소영아, 더 이상 적들이 감지되지 않아."

"그래, 우리 잠깐 쉬자."

우린 사람 많은 곳을 찾았다. 그리고 우린 공원에 앉았다. 토비와 수지, 지미가 마실 걸 사러 갔다. 우린 소영이 중심으로 모여 있었다. 난 주변을 지속적으로 살펴보았다. 일반 사람들밖에 없는 것 같았다. 그래도 주변을 경계했다. 우린 음료를 마시며 목을 축였다. 소영이가 혹시 다친 사람이 없나 살펴보았다. 숙희가 다리를 좀 삐었다.

"긴장해서 그래. 긴장한 상태로 너무 빠르게 뛰었나 봐."

숙희는 마치 할리우드 영화에 나오는 속도가 빠른 히어로 같았다. 숙희가 달릴 때면 잔상밖에 안 보였다. 그리고 뛰어난 무술 실력을 가졌다. 토비는 아까 공격을 한번도 못 해 씩씩거리는 것 같다. 토비의 감정이 그렇게 느껴졌다. 태호는 나에게 다가왔다. 마치 나를 잠깐 잊어버린 것에 대한 미안함을 느끼는 것 같았다. 난 태호의 손을 잡아주었다. 태호가 긴장을 푸는 것 같았다. 태호의 손을 만져서 태호를 기분 좋게 해주었다. 난 순간 태호의 머리에 손을 얹어서 태호에게 기를 보내보았다. 난 어떤 반응이 일어날까 궁금했다. 태호가 웃고 있었다.

"네가 느껴져." 태호가 말했다.

"네가 머릿속에 들어온 것 같아." 태호가 미소 지었다.

"부드러워." 태호가 함박웃음을 지었다.

난 계속 태호 머리에 손을 얹었다. 난 분노가 느껴졌다. 누구인가 고개를 급히 돌려 보니 토비였다. 날 무섭게 노려보다 나와 눈이 마주치니 고개를 돌려버렸다. 토비의 머리에 손을 얹어주고 싶었다. 그렇지만 토비가 오해할 것이다. 난 토비가 오해하지 않을 만큼 토비를 만지고 싶었다. 난 토비에게 어떤 연민을 느끼고 있었다. 토비의 마음을 열어 ㄱ 원한과 분노를 ㄲ집어낼 수 있다면 난 토비를 좋은 친구로 받아들일 수 있을 것이다. 틈이 난다면 난 꼭 토비에게 우리가 좋은 친구가 될 수 있을 거라고 말해주고 싶었다. 반드시 그러할 것이다. 그럼 우린 서로를 친구로서 좋아할 수 있을 것이다. 난 긍정적인 희망이 생겼다. 난 태호의 얼굴에서 손을 뗐다.

"좀 더 해줘, 기분이 좋아."

태호가 좀 더 바랐다. 난 예쁘게 웃으며 태호의 얼굴에 두 손을 얹어 기를 전해주었다. 태호가 멍하니 있다 웃었다.

"계속해줘."

"둘이 뭐해?" 엘리자베스가 물었다.

"응, 내가 태호에게 기를 전해주고 있어. 너도 해줄까?"

"나에게 해주면 태호가 질투하지 않을까?" 엘리자베스가 말했다.

"왜 질투를 해?" 윤아가 물었다. 윤아가 또 날 당황시켰다. 엘리자베스가 얄미울 때가 있다.

"응, 아무것도 아니야." 내가 윤아에게 말해주었다.

"나도 해줘."

윤아가 말했다. 윤아는 좀 긴장돼 보였다. 아무래도 내가 긴장을 풀어줘야 할 것 같았다.

난 윤아에게 다가가 윤아 머리에 손을 얹었다. 윤아 머리카락이 부드러웠다. 내가 기를 전해주었다.

"와, 기분이 좋아졌어." 윤아도 웃었다.

"민우야, 그거 자주 하면 네가 힘이 빠져." 소영이가 말해주었다. 소영이는 내가 어떤 행위를 하는지 아는 것 같았다. 난 윤아에게서 손을 뗐다. 윤아가 환한 미소를 지었다

"오빠, 어떻게 하는 거야? 나도 가르쳐줘."

"나중에 무사히 돌아가면 어쩌면 배울 수도 있을지 몰라."

난 그리고 자리에 앉았다. 태호가 내 옆에 앉아 내 손을 잡았다. 난 태호에게 머리를 기댔다. 엘리자베스가 빤히 쳐다보는 게 느껴졌다. 엘리자베스가 우리에 대해서 신경을 껐으면 좋겠다. 우린 좀 더 쉰 후에 자리에서 일어났다. 우린 조금 천천히 서울 쪽으로 걸어갔

다. 소영이가 무전기로 말을 시작했다.

"아마도 우린 서울로 다시 올라가야 할지 몰라."

"이렇게 먼 데까지 왔는데." 엘리자베스가 말했다.

"그래, 그렇지만 우리 기지가 발각될지 몰라. 우린 반드시 부산에서 멀어져야 해." 소영이가 말했다.

"적들이 계속 부산에 있었다는 생각이 들어. 아마도 서울부터 쭉 훑어 내려와 부산까지 온 게 아닌가 하는 생각이 들어." 내가 말했다.

"그럴지도. 우리가 적들을 유인하자, 서울로."

"우리가? 적들의 수가 더 많은데? 만약 하루 종일 싸운다면 우리가 지쳐서 질 거야." 숙희가 말했다.

"우리가 작전을 잘 짜면 돼. 민우의 정신 공격이 적들을 무력화시키고 틈을 노려서 집중 공격을 하면 우리가 이길 수 있어." 소영이가 말했다.

"민우야, 정신 공격을 어디까지 쓸 수 있어?" 수지가 물었다.

"응, 하루에 4시간 정도 훈련했으니까 1시간 더해서 5시간 정도 사용할 수 있지 않을까 생각해."

"5시간이면 충분할 거야." 소영이가 말했다.

"우리가 적들을 유인해서 서울로 데려가지." 소영이기 말했다.

다들 고민하는 듯하다. 적들을 방어하는 건 항상 잘 해왔지만 공격을 가해서 무력화시키는 건 어렵다고 생각했다. 우린 조금 천천히 걷기로 했다. 적들이 우리 꼬리를 물길 바랐다.

우린 소영이가 제시한 작전을 실행할 생각을 하고 긴장을 했다. 게다가 윤아가 있어 위험해질 수도 있을 것 같다. 난 적들이 뒤에 따라오나 감지했다. 먼 거리에서 파란빛이 은은하게 빛났다. 적들이다.

"소영아, 적들이 우리 뒤에 있는데 아주 먼 곳에 있어. 우릴 따라오는 것 같아."

"좋아. 이 속도로 걷자." 소영이가 말했다.

우린 걸음 속도를 유지하며 걸었다.

"민우야, 얼마나 떨어져 있어?"

"버스 반 정거장 정도인 것 같아. 아까보다는 좀 가까워졌어." 내가 답했다.

"알았어. 계속 감지하다 너무 가까워지면 말해줘."

"응, 알았어."

우린 그렇게 한참을 걸었다. 모두 다 다리가 아파졌다. 윤아가 걱정이다. 긴장 때문인지 다리가 아파도 서로 속력을 유지하며 걸었다. 난 아직 군대에 가진 않았지만 행군하면 이 정도로 다리가 아프고 지치는 건가 싶다. 우린 배도 고팠다. 목이 마르면 아까 마시다 남은 음료수를 돌아가며 마셨다. 우린 거의 4시간가량을 걸었다. 난 더 이상 다리가 견디지 못할 것 같았다. 적들은 우리로부터 멀어지고 있었다.

"소영아, 적들이 점차 멀어지는 것 같아."

"응, 그래. 우리 좀 쉬자." 소영이의 쉬자는 말에 다들 안도했다.

우린 늦은 저녁을 먹으러 간편하게 패스트푸드점에 들어갔다. 우린 허기가 져 허겁지겁 먹었다. 그리고 음료수를 잔뜩 마셨다. 우린 각자 화장실을 갔다 왔다. 윤아가 기운이 없어 보였다. 숙희가 안쓰러운지 윤아의 다리를 주물러주었다. 소영이는 전에 아이들을 빼앗긴 경험처럼 윤아를 적들에게 빼앗길까 봐 걱정을 했다. 내게 소영이의 근심이 전해졌다. 그 마음이 내 마음 같아 나도 동시에 근심이 느껴졌다. 나의 능력은 이런 면에서 상당히 힘들었다. 소영이의 마음은 꼭 어머니의 마음 같았다. 소영이의 가슴속에서 뿜어져나오는 느낌은 모성애 같았다. 그것이 무척 따뜻하다. 난 소영이에 대한 존경심이 솟아났다. 우린 좀 더 앉아 있다가 걷기 시작했다. 잠은 어떻게 잘 건지 아무도 물어보지 않았다. 아마도 적들이 우릴 쫓아오는 걸 멈추면 잘 생각인 것 같았다. 아무래도 교대로 경비를 서야 할 것 같았다.

"민우야, 적들이 어느 정도 거리에 있어?"

"응, 아까와 비슷해. 초반보다는 천천히 오는 것 같아. 파란빛이 조금 보여."

"알았어, 계속 감지해줘."

"응."

우린 조금 외진 시골 같은 곳을 걸었다. 내가 살던 집의 냄새가 났다. 수박 냄새. 내가 전에 요한이에게 풀냄새가 난다고 하자 요한이는 그게 썩은 풀냄새라고 했다. 그렇지만 난 썩은 풀냄새가 좋았다. 마치 시원한 수박 냄새 같았다. 태호가 내 쪽으로 걸어왔다. 진영을 빠져나왔다. 난 조금 긴장했다. 태호가 진영을 빠져나오길 바라지 않았다.

"민우야, 아까 그거 해줄 수 있어? 머리에 손을 대고 기분 좋게 해주는 거."

태호는 생각보다 마음이 여린 것 같다. 난 태호에 대해서 생각해본다. 태호는 조금 성장하지 못한 아이 같은 때가 있었다. 소영이는 특별히 뭐라 하지 않았다. 난 태호에게 예쁘게 웃어주었다. 그리고 손을 얹어 태호를 기분 좋게 해주었다. 태호는 기분이 좋아졌다.

"중독되면 안 돼. 내가 힘이 다 빠질 거야." 난 애교 있게 말을 했다. 여자 흉내를 내면 난 왠지 모르게 가슴이 두근거렸다. 태호는 고맙다고 말하며 자기 자리로 돌아갔다.

"젠장, 자리를 이탈하지 마!"

토비였다. 토비는 스트레스가 과다해 보였다. 나 때문에 그런 것도 있고 그래서인지 태호에게 민감했다. 토비는 욕구불만 상태였다. 불쌍한 토비. 토비의 화를 내가 빼내줄 수만 있다면 난 토비의 좋은 친구가 될 것이고 토비도 더 나아진 사람이 될 것이다.

"토비, 마음을 가라앉혀. 네가 그러면 우리가 어떻게 받아줘야 하니? 좀 어른답게 굴어."

소영이가 말했다. 토비는 조용해졌다. 토비는 소영이를 무시하지 못했다. 힘으로도 성숙함으로도 소영이를 넘어설 수 없었다. 그렇기 때문에 우리 팀이 정상적으로 돌아가는 것이다. 난 토비가 걱정됐다. 토비의 머리에 손을 얹어주고 싶지만 토비가 돌발적으로 변할까 봐 두려웠다. 적들의 파란빛이 멀어져갔다. 우린 한계를 느끼고 있었다. 적들의 파란빛이 더 이상 느껴지지 않았다.

"소영아, 적들이 멈춘 것 같아."

소영이는 기다렸다는 듯이 말했다.

"자, 빨리 잠에 들자. 먼저 수지가 불침번을 서고 민우는 빨리 자. 3시간만 자고 일어나서 적들을 살펴줘. 그다음에 태호, 숙희, 그다음에 나, 엘리자베스 이렇게 돌아가며 자고 불침번을 설 거야. 빨리 자자."

소영이는 산에 올라가 돌과 흙을 평평하게 만들고 수지가 온도를 아주 따뜻하게 해주었다. 늦은 저녁 공기가 차가웠다. 난 소영이 말대로 바로 누워서 잠을 잤다.

"근데 나는?" 토비가 말했다.

"토비는 좀 잠을 많이 자 둬. 고민하지 말고 자."

소영이가 부드럽게 말했다. 윤아는 눕자마자 잠이 들었다. 나도 눕자마자 잠에 빠졌다. 누군가 날 깨웠다. 수지였다. 난 일어나서 수지에게 빨리 자라고 했다. 수지는 잠에 빠져들었다. 신기하게도 3시간만 잤는데 개운했다. 다리에는 알이 배긴 것 같았다. 난 주변을 빨리 감지했다. 적들의 파란빛이 희미하게 느껴졌다. 다행이다. 적들은 우리 쪽으로 다가오지 않았다. 적들도 결국 인간인지라 잠을 자거나 휴식을 취하는 것 같았다. 행군을 강행한 것 같지 않았다. 적들이 무섭게 쫓아온다면 지금 우리 상태로는 상대하기 어려울 것이다. 난 새벽의 차가운 공기를 온몸으로 받으며 적들의 빛을 바라보았다. 난 아이들이 자고 있는 쪽으로 가서 앉았다. 수지의 능력으로 인해 아주 따뜻했다. 동시에 난 안정감을 느꼈다. 따스함이 좋았다. 난 자고 있는 태호를 봤다. 태호는 곤히 자고 있었다. 난 다시 빛을 바라봤다.

한참 시간이 지난 뒤에는 지루해졌다. 적들의 움직임은 없었고 혼자 아무것도 안 하고 있기에는 너무 긴 시간이었다. 드디어 시간이 지나고 난 태호와 숙희를 깨웠다. 태호는 힘들게 일어났다. 난 태호의 머리에 손을 얹어 태호를 가볍게 만들어주었다. 태호는 기분 좋게 일어났다. 그리고 난 누웠다. 잠이 오지 않았다. 단 3시간 만에 잠이 달아나버렸다. 난 잠을 자지 않고 태호와 같이 앉았다. 우린 이런저런 이야기를 나눴다. 난 태호의 손을 잡아주었다. 태호도 마치 내 손이 무슨 부적인 것마냥 꼭 잡고 있었다. 숙희는 주변을 두리번거렸다.

"민우야, 적들이 어디 있어?" 숙희가 물었다.

"응, 저쪽 너머에 있어." 내가 손으로 가르쳐주었다.

"어떻게 적들이 보여?" 숙희가 물었다.

"응, 파란색으로 보여."

"파란색?"

"응. 우리 초능력자들에게는 다 파란빛이 있어. 난 그게 눈에 보여."

"그렇구나."

난 그렇게 있다가 다시 피곤함이 몰려와 잠을 잤다. 그리고 다음 날 아침이 되었다. 다들 피곤한 상태로 일어났다. 난 몸이 다시 피곤해졌다. 우린 부스스한 꼴로 산을 내려왔다. 적들은 아직 움직임이 없었다. 우린 시골길을 지나 좀 번화가인 듯한 곳까지 걸어갔다. 다들 피곤해서 별다른 이야기는 안 했다. 번화가에서 사람들이 우릴 쳐다봤다. 우리 꼴이 말이 아니었으니 그럴 만도 하다. 우린 화장실에 교대로 들어가 세수를 했다. 머리를 감기는 어려웠다. 윤아가 몹시 피곤해 보였다. 아마 잠을 제대로 자질 못했을 거다. 난 적들의 상태를 살피고 있었고 소영이는 아침 먹을 수 있는 곳을 찾았다. 우린 편의점에 가서 라면과 김밥을 먹었다. 다 먹고 일어나 적들을 살폈다. 적들의 파란빛이 멈춰 있었다.

"민우야, 별다른 징후 없어?"

"응, 적들은 계속 멈춰 있어."

"그럼 우리도 멈추자." 소영이가 말했다. 우린 각자 볼일을 보고 다 같이 모여 있었다.

우린 근처 작은 카페에 들어가 앉아서 쉬었다. 다들 씻고 싶어 했다. 난 태호의 손을 잡고 있었다.

"민우야, 또 그거 해줘." 태호가 말했다.

난 태호의 머리에 손을 얹어주었다.

"태호야, 민우한테 그거 가끔만 해달라고 해. 자주 하면 민우 힘이 많이 떨어져."

소영이가 말했다.

"알았어." 난 웃었다. 태호 머리를 쓰다듬어주었다.

토비가 날 무섭게 노려봤다. 토비의 스트레스를 풀어줘야 할 것 같은데 어떻게 해야 할지를 모르겠다.

"여기가 어디쯤이야?" 윤아가 물었다.

"물금읍이라는 곳이야."

우린 지도를 봤다. 어제 하루 종일 걸어서 부산을 벗어나긴 했다.

"오늘도 계속 걸어야 해?" 윤아가 물었다.

"일단 두고 보자. 윤아야, 중간에 최대한 쉬었다 갈 거니까 걱정 마." 소영이가 말했다.

그렇지만 소영이는 걱정하고 있었다.

"그래도 적이 어디 있는지 알아내서 다행이야. 우리 미션은 성공했다고 봐도 돼. 다만 적들이 부산까지 내려와 있을지 몰랐던 거지." 소영이가 말했다.

소영이는 알렉스에게 연락을 했고 상황 설명을 했다. 알렉스도 소영이 작전에 동의한 것 같았다. 기지가 발견된다면 집중 공격을 당할 것이다.

"온다!"

내가 큰소리를 치자 커피집 직원이 우릴 쳐다봤다. 하늘에 비행기 날아가는 소리가 들렸다.

"뭐야, 민우야?" 소영이가 물었다.

"하늘을 나는 그 남자 같아. 방금 지나갔어." 내가 답했다.

"주변을 정찰하나 보네."

우린 커피집에 앉아서 가끔 나가서 하늘을 조심히 살펴보았다. 적들이 움직이기 시작했다. 네 덩어리로 나누어서 걷는 것 같았다.

"우리 좀 떨어져서 걷자." 소영이가 말했다.

우린 앞에 태호, 숙희, 지미, 중간에 윤아, 소영이, 수지, 나, 뒤에 엘리자베스, 토비가 서고 세 그룹으로 나누어서 떨어져 걸었다. 이러니 뭉쳐 다니는 것처럼 보이지 않았다. 날씨가 더웠다. 우린 편의점에서 구입한 물을 각자 갖고 걸었다. 우린 조금 천천히 걸었다. 시골길이 나왔고 아름다운 풍경이 펼쳐졌다. 옆에 옥수수 밭과 논밭이 나왔다. 시골 냄새가 났다. 빨간 토마토 밭도 보였다. 이곳에는 사람이 별로 없어 적들이 들이닥치면 어쩌나 하는 생각이 들었다. 적들은 뒤에서 희미한 빛을 발산하며 오고 있었다. 옆에 개울가가 나왔다. 적들이 멈춰 서서 우린 개울가에 둘러앉아 쉬었다. 어떤 아저씨가 우리 쪽으로 왔다. 이 시골에 사시는 분 같았다.

"어디서 들왔나?" 아저씨가 물었다.

"서울에서 왔어요. 그냥 지나가는 길이에요." 소영이가 말했다.

"외국인들은 한국 사는 사람들인가?" 아저씨가 물었다.

"네. 한국에 살아요."

그러고는 아저씨가 우릴 보다가 가셨다. 우린 다시 일어나서 걸었다.

"버스나 기차를 타는 건 위험할까?" 숙희가 물었다.

"응. 위험해서 안 돼. 기차나 버스가 공격당하면 내가 손을 쓸 수가 없어. 너무 많은 일들이 동시에 일어나서 우리가 많이 다칠 거야."

소영이가 답해주었다. 이제 슬슬 땀이 나기 시작했다. 난 샤워를 하고 싶었다. 몸이 끈적였다. 태호가 뒤돌아서 나를 봤다. 난 얼떨결에 웃었다. 태호도 웃었다. 우린 저녁이 될 때까지 걸었다.

이대로 계속 걸을 수는 없었다. 뭔가 다른 방법이 필요했다. 문제는 적들이 멈추지 않고 계속 우릴 쫓아오고 있다는 것이다.

"적들은 왜 자동차를 이용하지 않을까?" 태호가 물었다.

"그럼 우리가 이런 시골길을 걸을 때 따라오지 못할 테니까." 엘리자베스가 답했다.

"민우야, 적들은 어때?"

"응, 천천히 다가오고 있어. 내 생각에는 적들도 걸어오는 것 같아."

"차라리 자전거를 타면 어떨까?"

지미가 말했다.

"자전거라… 다리 아프긴 마찬가지일 거야. 오르막길도 더 힘들고." 숙희가 말했다.

"다들 지쳤구나. 우리 좋은 방법을 생각해보자." 소영이가 말했다.

나도 다리가 아팠다. 그렇지만 아프다고 이야기할 분위기가 아니었다. 다른 아이들도 아프긴 마찬가지이다. 기지에서 그렇게 체력훈련을 했는데 막상 하루 종일 걸어보니 초능력자이기 이전에 그저 인간이라 다리가 너무 아팠다. 체력이 강한 것에 특화된 토비나 지미는 그나마 괜찮아 보였다. 그렇지만 토비가 정신적인 스트레스 때문에 괴로워하는 것 같았다. 게다가 토비는 성욕이 강하다. 토비가 날 거칠게 다루고 날 가지고 욕구를 해소했을 때가 떠오른다. 난 그러면서 성욕을 느꼈다. 그동안 성욕이 잠자고 있었던 것 같다. 난 태호가 필요했지만 지금 상황이 상황인지라 참아야만 했다. 땀에 젖어 끈적이는 허벅지가 자꾸 내 은밀한 곳을 건드려 자극을 받았다. 날이 어두웠고 우린 어떤 도로 옆에서 걷고 있었다. 윤아가 많이 힘들어할 것 같다.

"민우야, 적들이 멈추면 이야기해줘."

"응, 알았어." 적들은 오늘 멈추지 않는 것 같았다.

우린 어제에 이어 체력의 한계를 느꼈다. 아마도 우리가 무사히 기지로 돌아간다면 행군 같은 훈련을 하게 될지도 모르겠다. 난 걸음걸이가 점점 느려졌다. 다른 친구들도 그러는지 잘 모르겠다. 여기서 내가 지쳐버리면 다른 친구들에게 피해가 될 것이다. 난 이를 악물고 걸었다. 소영이가 윤아의 머리에 손을 얹고 있었다. 윤아는 별로 힘이 들어 보이지 않았다. 소영이는 내가 최근에 사용하는 기를 전해주는 능력이 있는 거 같았다. 난 내 힘도 실험해보고 싶었다.

"소영아, 적들은 아직 천천히 다가오고 있고 그런데 나 시험 하나만 해봐도 돼?"

"응, 민우야. 어떤 실험?"

"나도 다른 사람에게 기를 전해주면 다른 사람들이 기운이 나는지 알아보고 싶어."

"아, 그럴 것 같아. 지금 해봐. 너무 기를 많이 쓰면 네가 힘들어진다. 주의하고."

"응, 알았어."

난 태호에게 가서 태호의 머리에 손을 얹고 기를 주었다.

"태호야, 발걸음이 가벼워?"

태호는 자기 다리를 바라보고 있었다.

"어? 민우야, 다리가 가벼워졌어!" 태호가 감탄했다.

"민우야, 너는 어때? 기를 쓰니까 너 힘이 빠지지 않아?" 소영이가 물었다.

"응, 나는 괜찮은 것 같아. 아까 그대로인 것 같아. 소영아 혹시 내가 나에게 기를 줄 수 있어?"

"한번 해봐." 소영이가 말했다.

나는 나에게 기를 주는 상상을 해봤다. 그렇지만 잘되지 않았다.

"안 되는 것 같아."

"그렇구나."

"또 다른 사람에게 기를 줘볼게."

나는 윤아에게 기를 주고 다음에 수지, 다음 숙희에게 기를 줬다. 다들 다리가 가벼워져서 신기해하고 있었다. 이후로 난 기운이 한 단계 하락하는 걸 느꼈다.

"여기까지인 것 같아. 더 이상 힘을 줄 수가 없을 것 같아." 내가 말했다.

"나도 주지!" 엘리자베스가 말했다.

"미안, 엘리자베스. 다리 많이 아파?" 내가 물었다.

"응, 많이 아파."

"적들이 오늘도 우리에게 다가오는 걸 멈춰야 할 텐데." 소영이가 말했다.

그렇지만 적들의 움직임은 멈출 줄 몰랐다. 어쩌면 오늘 날을 잡은 걸지도 모르겠다.

우린 하염없이 걸었다. 아까 내가 기를 준 아이들은 괜찮았지만 나머지는 체력의 한계를 경험하고 있었다.

"안 되겠다. 조금만 앉아 있자." 소영이가 말했다. 우린 그대로 길가에 앉았다.

좀 살 것 같았다. 난 적들의 위치를 확인했다. 곰곰이 생각해 보니 한 35분 정도 거리에 있는 것 같았다. 제법 가깝게 따라오고 있다는 것이다.

"소영아, 적들이 대략 30분 정도 거리에 있는 것 같아." 내가 말했다.

"음, 좀 가까이 있네." 소영이가 답했다.

우린 5분 정도 앉아 있다 일어났다. 다들 물을 마셨다. 우린 한계에 다다르고 있었다.

"이쯤 유인하면 된 거 아닐까? 서울까지 어떻게 이렇게 가려고 하는 거야?" 엘리자베스가 말했다. 엘리자베스가 많이 힘든 것 같았다.

"일단 생각 좀 해보자. 좀 더 힘내, 다들." 소영이가 말했다.

"그냥 한판 붙고 싶어." 토비가 말했다.

"안 돼. 적들의 수가 많아. 우리가 위험할 수도 있어." 소영이가 말했다.

"젠장!"

토비였다. 토비가 지금 이상으로 성질을 부리면 왠지 불안해질 거라 생각한다. 토비는 거칠고 급하게 성욕을 해결하는 것처럼 인내심이 좀 부족한 게 아닌가 생각이 들었다.

다들 말없이 계속 걸었다. 우린 힘들기도 힘들었지만 배가 고팠다. 아이들은 지쳐가기 시작했다. 난 더 이상 걷기가 힘들었다. 상체가 구부러졌다. 다른 아이들도 조금 비틀거리며 걷고 있었다. 적들이 멈췄다.

"소영아, 적들이 멈췄어." 내가 말하자 아이들이 다 안도를 했다. 정말 다행이었다.

"일단 앉아 있자." 소영이가 말했다. 소영이 얼굴에 땀이 흘러내렸다. 계속 윤아에게 자기 기를 보내주었던 것 같다. 우린 앉았다. 소영이 얼굴이 주름져 보일 정도로 지쳐 보였다.

"민우야, 적들이 안 움직여?" 소영이가 물었다.

"응, 지금 멈춰 있고 안 움직여."

"응, 계속 관찰해줘."

우린 그렇게 한동안 앉아 있었다. 몇몇 아이들은 꾸벅꾸벅 졸기 시작했다.

"이제 그만 자자." 소영이가 그렇게 말한 후 우린 조는 아이들을 깨우고 도로 옆 언덕에 올라갔다. 나무가 우거져 밖에서는 안 보이는 공간이 있었다. 거기에 자리를 잡고 아이들이 누웠다. 불침번은 어제처럼 서기로 했다. 난 피곤하지만 괜찮았다. 아마 훈련 덕분인 것 같았다. 아직 체력이 남아 있었다. 그렇지만 오늘도 3시간만 잔다면 내일 어떨지 장담할 수 없었다. 옆에서 차가 지나가는 소리가 들렸다. 난 정신이 멍해지고 있었다. 하품을 크게 했다. 앉아 있는 것만 해도 너무나 편안했다. 멀리서 자동차 헤드라이트 빛이 출렁였다. 비현실적으로 아름다운 야경이었다. 저 멀리 산골짜기에는 작은 마을이 있었고 거기서 조그마한 빛이 일렁였다. 적들은 그 산 너머 멀리 있었고 파란색으로 빛이 나고 있었다. 난 그 빛을 바라봤다. 빛이 너무 아련해서 아름다웠다. 다리에 통증이 오는 것 같았다. 쥐가 나면 어쩌나 해서 다리를 주물렀다. 난 내 몸을 만지며 묘한 성욕을 느꼈다. 내 성욕을 어찌할 바를 몰랐다. 난 성욕을 가라앉혔다. 내 능력이 상승할수록 성욕이 더 커져가는 것만 같다. 지루한 시간이 지나고 태호와 숙희를 깨웠다. 난 태호와 키스를 했다. 숙희는 우릴 보지 않았다.

그리고 난 잠을 잤다. 다음 날 우리는 컨디션이 최악이었다. 적들은 움직일 기미를 안 보였다. 우린 도로를 지나 주유소에 들렀다. 거기서 물건과 음식을 사고 주인에게 양해를 구해서 우린 세수를 하고 머리를 물에 적셨다. 샴푸가 없어 머리는 감지 못했다. 우리 모두가 다 지쳐 있었다. 우린 주유소 옆에 붙어 있는 편의점에서 구입한 샌드위치와 우유, 사발면으로 아침을 먹었다. 소영이는 지나가는 차를 바라보고 있었다. 난 태호와 손을 잡고 앉아 있었다. 주변에 거주지가 있는지 지방 택시가 지나갔다. 소영이는 우리에게 다가왔다.

"우리 택시를 타고 갈 수 있는 곳까지 가보자."

소영이가 뭔가 결심을 한 듯하다. 어쩌면 그게 윤아 때문인지도 모르겠다. 우리도 많이 지쳐 있었기 때문에 소영이 말에 동의하고 택시를 기다렸다. 정차할 곳이 주유소밖에 없어 택시를 잡기 힘들었다. 적들은 움직이지 않고 있었다. 아마 그들도 아침을 먹거나 그러는 것 같았다. 우린 겨우 택시 하나를 잡고 소영이가 택시기사와 대화를 나눠 택시 2대를 더 불러왔다. 총 3대로 최대한 서울로 가달라고 부탁했다. 급한 사정이 있다고 하소연을 했다. 그래서 택시 3대를 아이들과 나눠 타고 서울 방향으로 달렸다. 나의 역할이 매우 중요했다. 적들이 빠르게 등장한다면 택시를 빨리 세워야 한다. 모두 다 무전기에 집중했다. 택시는 대구광역시 방향으로 달렸다.

얼마나 걸릴지는 알 수가 없었다. 우린 택시에 앉아 가니 편안함을 느끼고 있었다. 난 정신을 집중해 적의 위치를 계속 파악했다. 적들은 한참 멀어지고 있었다. 난 안도를 했다. 어쨌든 적들은 우리가 간 방향으로 쫓아올 것이다. 서울까지 적들을 유도할 생각이다. 난 창밖의 풍경을 바라보았다. 우린 한참을 가다 대구광역시에 도착을 했고 거기서 내렸다.

"민우야, 적들은 어때?"

"응, 아주 멀리 있는 것 같고 지금은 감지가 안 돼."

우린 적들이 멀리 있다는 걸 확인한 후 목욕탕에 갔다. 난 태호의 등을 밀어주었다. 토비와 지미는 때 미는 것을 싫어했다. 그들은 샤워만 오래 하고 탕 속에 들어가 있었다. 우린 깨끗이 씻고 나와 점심을 먹었다. 윤아가 좋아하는 피자를 먹었다. 우리 모두 잠이 왔다. 우린 카페에 가서 커피를 마시고 적들이 다시 우리 쪽에 올 때까지 기다리기로 했다. 우린 호텔을 하나 잡고 거기서 돌아가면서 잤다. 각자 4시간씩 돌아가면서 잠을 잤다. 난 편안한 침대에 누웠다. 태호가 내 옆에 뛰어서 다이빙하듯이 누웠다. 우린 서로 안고 잠을 잤다. 아주 푸근했다. 태호가 내 볼과 이마를 만졌다. 난 그대로 잠이 들어버렸다. 태호가 내 입술에 뽀뽀를 하는 게 느껴졌다. 태호가 날 깨웠다. 난 일어나서 바로 적들의 위치를 감지했다. 느껴지질 않는다.

"적들이 안 보여. 우리가 있는 곳까지 오지 못했어."

내가 잠결에 말을 했다.

"민우야, 일어나 씻어. 밥 먹으러 가자." 태호가 말을 했다. 우린 각자 볼일을 보고 저녁을 먹으러 갔다. 저녁을 먹고 다들 잠을 푹 잤기 때문에 저녁에는 다들 잠이 오지 않아 모여 앉아 있었다.

"민우야, 적들의 상태는 어때?" 소영이가 물었다.

"응, 느껴지지 않아. 우리 근처에는 없어." 내가 답했다.

"그럼 혹시 다른 곳으로 가면 어쩌지. 만약 부산으로 다시 돌아간다면." 숙희가 말했다.

"그래, 그럴지도 모르지. 일단 여기서 적들을 기다려보고 이틀 동안 안 오면 우리가 다시 부산 쪽으로 내려가보자. 잊지 마, 이게 우리의 임무야. 적들을 발견하고 위치를 파악하고 또 추가로 부산 근처에도 못 있게 우리가 서울로 끌어올려야 해. 우리 기지가 발견된다면 우린 끝이야." 소영이가 말했다. 다들 고개를 끄덕였다.

"난 어떻게 해야 해, 언니?" 윤아가 물었다.

"윤아는 우리만 잘 따라오면 돼. 나중에 기지에 가서 많은 걸 배울 수 있을 거야." 소영이가 미소 지으며 말했다. 윤아는 아직 괜찮아 보였다. 약간은 긴장해 보이기도 했다. 아이들과 이야기하는 도중 토비의 감정이 나에게 쏟아졌다. 토비의 성욕이 극에 달해 있었다. 난 또 마음이 약해져버렸다. 토비에게 연민을 느껴 토비의 성욕을 해소해주고 싶었다. 그저 내 몸을 토비가 마음대로 하게 두면 끝나는 일이다. 그렇지만 태호에게 미안한 마음이 들어 그렇게 할 수 없다. 난 마음이 너무 약하다. 가슴이 두근거렸다. 토비의 머릿속에 내가 그려지고 날 마구 범하는 토비의 감정이 전해졌다. 난 태호의 손을 다른 아이가 안 보게 몰래 잡았다. 내 성욕이 들끓었다. 너무 가려워서 강하게 해소해주어야 할 만큼 솟구쳤다. 아이들 눈을 피해 태호와 단둘이 있고 싶었다. 난 오로지 성욕을 해소하는 생각에 집중해 있었다. 이 마음을 누구에게도 들키고 싶지 않았다. 내 마음속을 읽는 능력을 가진 사람은 나 하나면 충분했다. 윤아의 마음과 감정이 나에게 쏟아졌다. 윤아는 날 무척이나 좋아하는 걸 느꼈다. 윤아를 어떻게 대해야 할지 모르겠다. 윤아가 날 빤히 쳐다봤다. 나도 윤아를 바라보았다.

내가 예쁘게 웃어주었다. 그러자 윤아 얼굴이 빨개졌다. 아차, 예쁘게 웃어주는 표정은 태호를 위한 것인데. 윤아에게 보여주고 말았다. 윤아는 나에게 뭔가 말하고 싶어 했지만 주변에 아이들이 있어 말을 하지 못했다. 토비와 윤아가 나에게 감정을 품고 다가서려 했다. 난 마음이 몹시 복잡했다. 윤아는 잘 챙겨주고 싶었고 정말 여동생 삼고 싶었다. 참 사랑스러운 아이였다. 그렇지만 토비는 어찌할 바를 알 수가 없었다.

"민우야, 잠깐 산책하고 올래?"

태호가 말했다. 난 미소가 지어졌다. 나도 태호와 길을 걷고 싶었다.

"소영이, 우리 잠깐 니갔디 와도 돼?"

"응, 무전기 잘 켜놓고 적들이 감지되면 바로 돌아오고 알려줘야 해. 너무 멀리 가진 말고."

소영이가 허락했다. 난 태호와 같이 밖으로 나갔다. 뒤에서 간지러운 느낌이 났다. 윤아다. 윤아가 우리 둘이 나가는 걸 이상하다고 생각하고 있었다. 우린 밖에 나왔다. 난 당장 태호와 사랑을 나누고 싶었다. 난 태호의 손등을 꼬집었다.

"아야, 왜 그래?" 태호가 웃었다.

"응, 우리 모텔에 가자."

내가 얼굴을 붉히며 태호 몸에 기대어 말을 했다. 태호가 얼굴이 붉어지며 흥분으로 번졌다. 우린 당장 아무 호텔에 들어갔다. 그리고 난 옷을 벗어 속옷만 입었다. 내 몸은 충분히 여자처럼 아름다웠다. 내 피부는 비누처럼 부드럽고 좋은 냄새가 났다. 태호가 날 여자 다루듯이 사랑했다. 난 남자를 즐겁게 해주듯이 태호를 애무했다. 내가 애무하자 태호가 자지러졌다. 내가 토비에게 배웠던 더러운 방법으로 태호를 대하면 태호는 어쩔 바를 몰랐다. 난 그것을 은근히 즐겼다. 태호가 몸을 떠는 게 좋았다. 우린 그동안 쌓인 게 많아서 격렬하게 사랑을 나누었다. 태호도 전보다 더 노골적으로 나를 원했다. 내가 태호를 그렇게 만들었다.

태호는 노골적으로 내 몸을 다루었다. 내 부드러운 피부를 자기 몸에 문질렀다. 그리고 날 물고 빨았다. 내 온몸에 입을 댔다. 그리고 우린 격렬한 사랑을 나누었다. 우린 사랑을 나누고 침대에 같이 누웠다. 그리고 태호가 날 꼭 안아주었다. 난 성욕을 해소하고 매우 편안한 마음이 되었다. 우린 조금만 누워 있다 나왔다. 그리고 편의점에 가서 아이스크림을 사 먹었다. 우린 손을 잡고 길을 걸었다. 남자 둘이 손을 잡고 있으니 사람들이 조금 쳐다봤다. 우린 더 이상 손을 잡을 수 없었다. 우린 그게 좀 아쉬웠다. 그리고 빨리 호텔에 들어갔다. 아이들은 각자 하고 싶은 일을 하고 있었다. 우리가 돌아오자 엘리자베스가 뭔가 이상한 웃음을 띠며 우리를 쳐다보았다. 난 애써 엘리자베스의 시선을 피했다. 엘리자베스가 태호와 나에 대해서 엉뚱한 말을 하지 않길 바랄 뿐이다. 토비가 날 바라봤다. 토비는 좀 슬퍼하는 것 같았다. 그런 감정을 느꼈다. 토비는 날 아직 잊지 못한다. 난 토비에게 다가가서 많은 대화를 나누고 싶었다. 토비의 마음이 가라앉게 해주고 싶었다. 난 태호와 구석에 가서 대화를 좀 나누고 싶었다.

"왜 그래, 민우야."

"응, 태호야. 할 말이 있어."

"응."

"있지… 아직 토비가 날 잊지 못하는 것 같아."

"그래? 토비가 널 괴롭혀?" 태호가 인상을 썼다. 난 그런 태호 얼굴이 싫었다.

"아니." 난 태호 손을 꼭 잡았다.

"날 괴롭게 하진 않아. 그저 토비가 나에게 감정을 갖는 게 강하게 느껴질 뿐이야."

"그럼 어떻게 하려고?" 난 예쁘게 웃으며 말했다.

"내가 토비와 대화를 좀 나눠볼게. 대화만 나누는 것뿐이니까 오해하지 말라고."

태호는 고민하는 듯했다.

"그래 좋아. 뭔가 일이 생기면 나에게 알려줘."

태호는 날 걱정했다. 태호가 나 때문에 마음이 불편하길 바라지 않았다.

"그럼 나 토비와 이야기하고 올게."

"응." 난 자리에서 일어나 토비에게 다가갔다. 토비가 날 봤다. 토비는 조금 놀란 표정을 지었다. 난 토비에게 편안한 표정을 짓고 다가

섰다.

"토비, 나랑 대화하지 않을래?"

토비가 날 멍하니 쳐다봤다. 토비는 천천히 일어서 날 따라왔다. 우린 호텔의 조용한 라운지에 갔다.

"토비, 네가 날 원하는 걸 난 느낄 수 있어." 내가 말을 꺼냈다.

토비는 얼굴에 홍분이 솟아났다. 토비는 내가 지금 자기랑 하자고 하는 걸로 오해하는 것 같았다. 난 빨리 토비 머리에 손을 얹어 토비를 기분 좋게 해주었다. 토비의 얼굴에 환하게 조금은 어색한 미소가 번졌다. 난 토비의 익숙하지 않은 미소가 너무나 슬펐다. 토비가 기분이 나아졌다. 난 토비에게 예쁜 미소를 보여주었다.

"너랑 사랑을 나누고 싶어." 토비가 말했다. 토비는 사랑이라는 단어를 쓰는 게 어색했다. 토비는 아주 친절해 보였다. 난 웃었다.

"토비 기억나? 우리 헤어졌잖아. 난 태호와 좋아하는 사이가 됐어. 토비와 난 헤어졌잖아."

토비의 얼굴이 어두워졌다.

"그래도 그냥 한번 해줄 수 있잖아." 또 토비의 삐뚤어진 사고가 나오는 것 같았다.

"토비, 그럴 수 없다는 거 알잖아. 난 태호와 사귀고 있어. 만약 그런 일이 벌어지면 태호가 슬퍼할 거야."

"몰래 사랑을 나누면 되지." 토비는 또 삐뚤어진 욕망을 드러냈다.

"난 그러길 원치 않아. 난 태호랑 사귄다고. 난 태호하고만 사랑을 나눠. 토비 넌 다른 사람을 찾아봤으면 좋겠어."

토비는 묘한 표정을 지었다.

"난 다른 사람을 찾을 수 없어. 네가 좋아. 널 좋아해." 토비가 말했다.

난 슬펐다. 눈물이 조금 나올 것 같았다. 토비의 쓸쓸한 마음이 전해졌다. 토비 마음은 너무나 처량했다.

"나도 널 좋아하지만 친구 이상으로 지금은 생각하지 않아. 우린 좋은 친구가 될 거야." 내가 말했다.

"난 널 사랑해." 토비가 말했다. 토비의 비통한 슬픔이 나에게 전해 오는 것 같았다. 모두가 토비가 얼마나 쓸쓸하고 망가진 사람인지 알길 바랐다. 그럼 모두가 토비를 이해할 수 있을 것이다. 난 한쪽 눈에서 눈물이 흘러나왔다. 토비는 마음이 부드러워졌다. 토비가 내 눈물을 닦아주었다. 토비의 거칠고 부드러운 피부가 느껴졌다.

"왜 울어?" 토비가 물었다.

"그냥 토비 마음이 나에게 느껴져서." 난 토비의 뺨을 쓰다듬었다. 토비가 나에게 키스하려고 한다. 난 토비 얼굴을 잡아 내 기를 전해 주었다. 토비의 마음이 맑아졌다. 토비가 어색한 미소를 지었다.

"토비, 우린 헤어졌어. 이젠 우린 친구 사이일 뿐이야."

토비가 고민에 빠진 듯했다. 토비는 고개를 숙였다. 또 토비의 마음이 어두워졌다. 난 토비가 기분의 굴절이 심한 사람임을 직감했다. 토비의 감정은 오르락내리락했다. 그게 심하다. 난 토비에 대해 더욱더 이해하게 되었다. 난 토비의 가슴에 손을 대고 눈을 감았다. 토비 심장이 느껴졌다. 소영이가 가르쳐준 사물을 움직이는 힘으로 토비 몸속을 건드려볼 수도 있었다. 난 내 힘이 생각했던 것보다 다양한 기능을 한다는 걸 느꼈다. 난 토비 마음을 들여다보고 마음의 주름을 펴는 상상을 했다. 난 큰 기를 토비 마음에 쏟아냈다. 토비의 마음이 편안해지는 것을 느꼈다. 난 토비의 우울한 감정을 해소시키려 했다. 난 집중했다. 하지만 사람의 감정을 다스리진 못했다. 난 왠지 이것은 신의 영역이라고 생각했다. 난 집중하는 걸 그만두었다. 토비 얼굴을 손바닥으로 감싸고 말했다.

"토비, 이제 날 원하지 마. 우린 친구일 뿐이야. 알았지? 그리고 기분이 안 좋으면 꼭 나에게 말해. 내가 토비 마음을 편안하게 만들어줄게. 친구로서."

그렇게 말하고 난 자리에서 일어났다. 토비도 나를 따라 일어섰다. 토비가 내 손을 잡았다. 토비가 나에게 미련이 남아 있는지 알아봤다. 미련이 있기보다는 내가 전해주는 기를 더 받고 싶어 하는 것 같았다. 난 웃어 보이며 손을 꼭 잡아줬다.

"토비, 주변 사람들이 널 무서워하는 거 알아?"

"응, 알아." 토비가 답했다.

"난 네가 좋은 사람이 됐으면 좋겠어. 그럼 주변 아이들도 널 좋아할 거야."

토비는 답하지 않았다. 우린 같이 엘리베이터를 탔다. 토비는 내 손을 꼭 잡았다. 난 토비가 많이 좋아진 것을 느꼈다. 우린 방으로 돌아가 앉았다. 토비는 내 옆에 편하게 앉아 있었다. 태호도 내 옆에 앉았다. 태호가 내 손을 잡았다. 그리고 보이지 않게 토비도 내 손을 잡았다. 나 역시 토비를 잊지 못하고 있다는 걸 느꼈다.

우린 적들이 우리에게 다가올 때까지 기다렸지만 적들이 보이지 않아 오히려 우리가 뒤쪽으로 적들에게 다가가기 시작했다. 만약 적들이 다시 부산으로 돌아간다면 큰일이다. 적들이 부산에 무언가 있다는 걸 발견한다면 정말 위험한 상황에 빠져버린다. 우린 진영을 짜고 적들이 전에 쫓아왔던 방향으로 걷기 시작했다. 우린 한참을 걷다가 적들을 발견했다. 멀리 떨어진 곳에서 우리 쪽으로 다가오고 있었다. 그룹은 네 그룹으로 나누어져 있었다. 그중 두 그룹이 우리 쪽 방향으로 다가오고 양옆의 그룹은 넓게 다른 방향으로 향하는 것 같았다. 적들은 정확히 우리가 어디 있는지 모르는 것 같았다.

"소영아, 적들이 우리 위치를 모르는 것 같아. 네 그룹으로 우릴 찾고 있고 가운데 두 그룹이 우리 쪽으로 오고 있고 양옆의 그룹들은 바깥 방향으로 향하고 있어."

"웅, 그럼 가운데 두 그룹은 어느 정도 거리에 있어?"

"음… 버스로 두 정거장 정도."

"음, 멀리 있네."

"얘들아, 잠시 여기서 5분만 가만히 있자."

우린 도로 옆에 잠깐 서 있었다. 아주 먼 곳에서 서서히 적들이 우리 쪽으로 다가오고 있었다.

"이만 가자." 우린 다시 서울 쪽 방향으로 걷기 시작했다.

"또 행군하게?" 엘리자베스가 물었다.

"아니, 걱정 마. 좀 더 걷다가 적들의 거리를 보고 또 택시 타고 갈 거야. 이렇게 반복해서 하자."

아이들이 다행이라는 말을 했다. 나 역시 오래 걷는 것에 지쳐 있었다. 우린 어느 정도 걷다가 번화가에 왔고 난 소영이에게 적들의 거리를 알려주었다. 그리고 우린 택시 3대를 잡아 좀 더 서울 쪽으로 갔다. 우린 대전광역시까지 도달했다. 근처에 버스터미널이 있었다. 우린 내렸다. 택시기사가 다 같이 어디 가냐고 물어 그냥 관광 왔다고 했다. 우린 대전광역시 이곳저곳을 살펴보았다. 적들은 감지되지 않을 정도로 멀리 있었다. 우리 쪽까지 오길 바랐다. 우린 호텔을 하나 잡았다. 우린 호텔로 들어가 쉬었다. 토비가 조심스럽게 나에게 왔다. 난 토비를 위해 웃어줬다. 토비가 내 손을 잡고 머리에 손을 대었다. 난 즉시 토비를 기분 좋게 해주었다.

"고마워." 토비가 짧게 말했다.

"응."

내가 답해주었다. 그리고 난 태호와 손을 잡고 앉았다.

"민우야, 토비는 어때?" 태호가 물었다.

"응, 우린 좋은 친구 사이가 됐어." 내가 답해주었다.

태호는 내 이마에 뽀뽀를 했다. 그걸 윤아가 보았다. 난 방심하고 있었다. 윤아가 우릴 이상한 표정으로 보았다.

"너희 둘, 나가서 하고 와." 엘리자베스가 말했다.

"미안해." 내가 사과를 했다,

"민우야, 우리 나갔다 오자."

태호가 말했다. 난 마음이 들뜨기도 했지만 윤아가 신경 쓰였다. 태호와 난 밖으로 나갔다. 우린 사람들이 많아 손을 잡을 수는 없었다. 대신 태호는 내 몸에 자기 몸을 붙였다. 우린 그렇게 걸었다. 사람들이 날 쳐다봤다. 난 또 수많은 시선이 신경 쓰이기 시작했다. 극도로 예민해지기 시작했지만 난 정신능력을 사용해 날 다스렸다. 기지에 돌아간다면 마음을 다스리는 훈련을 해야 할 것 같았다. 우린 편의점에 가서 아이스크림을 먹었다. 내가 태호의 아이스크림을 혀로 핥았다. 태호가 웃었다. 태호도 내 아이스크림을 입에 넣었다. 그리고 우린 키스를 짧게 했다. 우릴 보는 사람은 없었다. 우린 서로를 바라보며 웃었다. 이 모든 어려운 일이 끝나면 난 태호랑 같이 살고 싶었다. 난 부모님을 떠올렸다. 생각하지 않은 지 오래되었다. 난 운석을 발견했던 날을 떠올린다. 문득 요한이가 잘 지낼지 걱정이다.

"서울에 가면 용산에 꼭 가야 하는데." 내가 말했다.

"왜? 컴퓨터 같은 거 사러?"

"아니, 요한이에게 뭐 가져다주기로 했거든. 닌텐도 휴대용 게임기."

"아, 맞다. 그래, 어쩌면 용산에 들를 수 있을 것 같아."

"응."

우린 서로 만지고 뽀뽀도 하다가 거처로 돌아갔다. 윤아가 유달리 나를 빤히 쳐다봤다.

"오빠, 오빠는 동성연애자야?" 윤아가 직설적으로 물어 놀랐다. 엘리자베스가 날 보고 웃었다. 엘리자베스가 얄미웠다. 난 무슨 말을 할지 고민했다.

"윤아에게 이런 모습 보여줘서 미안해. 민우랑 나는 좋아하는 사이야." 태호가 나 대신 말해주었다. 윤아가 눈을 동그랗게 떴다.

"말도 안 돼. 민우 오빠, 진짜야?"

"응." 난 얼굴을 붉혔다.

윤아의 긴장이 전해진다. 난 너무 괴로웠다. 윤아가 무척이나 실망한 것 같았다. 그동안 바닷속 기지에서 세상을 닫고 지내며 내가 남자인 태호나 토비를 좋아하는 말과 행동들이 보호받았다고 생각한다. 그렇지만 현실 세상 속에서는 나는 소수자일 뿐이다. 윤아가 느낄 실망과 어쩌면 혐오감이 날 괴롭게 하는 것 같았다.

"윤아야, 내 생각에는 세상에 다양한 사람들이 사는 것 같아. 특별한 초능력자처럼."

"민우 오빠가 그런 사람인 줄 몰랐어."

윤아는 토라졌다. 난 윤아의 마음을 좋게 만들 수는 없다. 그런 건 배운 적이 없다. 더 이상 윤아에게 말을 하지 않는 게 좋다고 생각했다. 윤아가 불편해하는 것 같아서 태호와 난 방에 들어갔다. 소영이는 윤아를 데리고 벽을 통과하는 것을 시켜보고 좀 더 오랜 시간 동안 벽을 통과하는 법에 집중했다. 윤아가 만약 도망을 친다면 끊임없이 벽을 통과해 적들이 결국에는 못 따라오게 만들 생각인 것 같았다. 윤아는 벽을 반복적으로 왔다갔다하면서 통과할 때 대략 5분 정도가 가능하고 이후에는 벽에 몸이 부딪쳤다.

"만약 벽에 끼면 어떻게 해?" 숙희가 물었다.

"벽에 끼지는 않아. 힘이 떨어지면 몸이 자동으로 벽에서 튕겨나와." 윤아가 답했다.

"그렇구나."

나도 태호와 방에서 단둘이 있다가 윤아가 훈련하는 것을 지켜보았다.

"윤아야, 상상력을 발휘해봐. 네가 벽을 영원히 통과하는 생각을 한번 떠올려봐."

소영이가 말했다.

"난 상상력이 그렇게 뛰어나지 않아." 윤아가 답했다.

"그냥 한번 머릿속에 떠올려봐." 소영이가 말했다.

윤아는 눈을 감았다. 아마도 상상력을 발휘하려고 하는 것 같았다. 윤아는 집중을 해서 벽을 왔다갔다하며 통과했다. 여러 번 잘 통과하고 있었다. 그러다 어느 순간 벽에서 튕겨나왔다.

"좀 무섭다, 윤아야. 네가 벽에 붙어버리면 어쩌나 하는 생각이 들어."

엘리자베스가 말하며 웃었다. 윤아도 웃었다.

"내가 벽에 끼면 떼어줘야 해. 그냥 가면 안 돼." 우린 다 웃었다.

그렇게 윤아는 훈련을 마치고 쉬었다. 그리고 우린 저녁을 먹으러 갔다. 아이들이 고기를 먹고 싶다고 해서 우린 갈비를 먹으러 갔다. 토비와 지미가 술을 조금 마셨다. 그리고 우린 커피를 마시고 거처에 돌아가 잠을 잤다. 난 조금 더 늦게 자는 걸로 하고 적들의 위치를 감지했다. 아직 적들은 느껴지지 않았다. 태호는 앉아 있는 나에게 얼굴을 기대고 내 손을 잡으며 잠을 잤다. 토비가 내 쪽에 오고 싶어 하는 것 같았다. 난 느낄 수 있었다. 그렇지만 토비는 내 옆에 태호가 있는 걸 보고 그냥 다른 곳에서 잤다. 우린 적들이 우리들에게 다가오길 기다렸다. 전처럼 적들이 어디 있나 찾아가기보다는 우리가 현 위치에서 기다려보기로 했다. 적들이 오는 방향이 일치한다면 우리 쪽으로 올 것이다. 대부분의 시간에 우린 윤아를 훈련시켰다. 우리가 적들이랑 싸울 경우 윤아는 벽을 통과해 적들이 다가오지 못하는 지점까지 뛰어갈 것이다. 윤아의 장점은 벽을 통과해 복잡한 구조물까지 갈 수 있다. 그럼 그 구조물 안에서 적들의 공격이니 추격을 피할 수 있다. 그러고 빨리 다른 쪽으로 달려가 지속적으로 적을 피해 갈 수 있다. 우린 윤아가 최대한 오래 도망갈 수 있고 도망 이후에 우리와 다시 만날 수 있게끔 훈련시켰다.

우린 인터넷으로 무전기를 하나 주문해 호텔에서 받았다. 그리고 그걸 윤아에게 주었다. 우리 주파수로 맞추고 항상 연락이 가능하게끔 연습시켰다. 시간이 조금 흘러 적들의 위치가 감지되었다. 우린 조금 긴장한 채 또 서울 쪽으로 향했다. 우린 또 택시를 탔다. 일반인들의 피해가 적을 거라고 판단해서 우린 계속 택시를 탔다. 적들은 계속 걸어오고 있는 것일까? 우린 결국 서울에 무사히 도착했다. 적들은 감지되지 않았다. 그저 우리가 왔던 방향을 따라 서울로 따라오길 바랄 뿐이다. 우린 서울 어딘가에 있다가 적들에게서 사라져서 다시 부산으로 갈 생각이다. 이 작전이 통하길 바랐다. 소영이는 알렉스에게 연락을 했고 우리의 작전에 대해서 긴 대화를 주고받았다. 우린 서울 강남구 쪽에 있었다. 이쪽이 사람이 많고 적들이 공격을 하지 않을 가능성이 크기 때문이다. 우린 윤아가 부모님을 보러 갈지에 대해서 의논을 했다. 윤아가 만약 지금 부모님들을 보러 간다면 부모님이 크게 걱정하실 것 같고 안 보러 간다면 그건 그것대로 좀 아니지 않는가 하는 생각들이 오갔다. 우린 마지막에 윤아의 생각을 들어보았다. 윤아는 안 보러 가는 게 좋다고 생각했다. 그래서 우린 일단 윤아를 데리고 집 근처에 거처를 잡아 적들을 기다리기로 했다. 적들이 강남까지 올지 궁금했다. 우린 이렇게 하기로 했다. 나와 지미, 토비, 수지가 따로 적들이 마지막으로 감지됐던 방향으로 가보기로 했다. 적들이 계속 우릴 따라오는 것인지, 따라오다 멈추었는지 알아보러 가기로 했다. 우린 택시를 타고 기사님에게 양해를 구해 우리가 왔던 길로 다시 돌아가보았다. 어느 정도 가다 내가 적들의 위치를 발견했다. 우린 거기서 멈추고 다시 강남으로 돌아갔다. 우린 적들이 어디쯤 왔는지를 대략적으로 표시해서 소영이에게 주었다.

"음, 얼마 안 있으면 우리 쪽에 오겠네. 그럼 우린 좀 더 기다려보자."

우린 호텔로 돌아갔다. 다른 아이들과 같이 앉았다.

"오빠, 아무 일 없었어?"

윤아가 물었다. 난 또 윤아가 내 여동생이었으면 하는 생각이 들었다.

"응, 아무 일 없었어." 내가 웃으며 답을 했다. 윤아가 내 옆에 앉았다. 그리고 나에게 사탕을 하나 주었다. 윤아는 너무 귀여웠다. 난 사탕을 받아 입에 넣었다. 달콤했다.

"오빠, 내 머리에 손 얹어줘."

난 윤아 머리에 손을 얹어 윤아의 기분을 맑게 만들었다. 윤아 얼굴에 미소가 번졌다.

"이거 하면 오빠 기운이 약해져?"

"응, 조금." 내가 답해주었다.

윤아는 내 손을 머리에서 치웠다.

"그럼 안 해줘도 돼." 윤아는 미소 지었다.

"오빠 손에서 힘이 나오나 봐."

윤아가 내 손을 잡았다.

"오빠 손이 여자 손 같아."

"응, 좀 여자 손 같지?"

"오빠는 여자가 되고 싶은 거야?" 윤이가 물었고 난 당황했다.

"아니야, 그런 건 아니야."

"근데 왜 여자 옷을 입었어?"

윤아는 내가 여자 옷을 입었던 것에 대해서 상당히 궁금해하는 것 같고 내가 무슨 답을 하든 계속 물어볼 것 같았다.

"응, 전에 이야기했다시피 임무 때문에 입었어."

"그냥 숙희 언니나 수지 언니가 하면 되는 거잖아." 윤아가 캐묻는 것 같았다.

"응, 그냥, 그럴 만한 일이 있었어." 윤아가 날 빤히 쳐다봤다.

"오빠가 여자 옷 입고 싶어서 입은 거 아니야?" 윤아는 지나치게 궁금증이 많거나 호기심이 많은 것 같았다.

"음, 그런 건 아니야. 난 윤아가 그런 거에 대해서 그만 물어봤으면 좋겠어."

그러자 윤아 표정이 안 좋아졌다. 윤아 감정이 느껴졌다. 윤아는 생각보다 어린아이였다.

"윤아야, 뭐가 궁금한데?"

내가 예쁘게 웃으며 말했다. 갑자기 윤아 얼굴이 밝아졌다.

"난 오빠가 남자를 좋아하는 사람이 아니었으면 좋겠어."

윤아가 단호했다. 난 좀 당황스러웠다. 숙희가 옆에서 우리 이야기를 듣고 있었다.

"윤아야, 너 민우 오빠 좋아하니?" 숙희가 직설적으로 물었다.

"음, 그런 건 말하기 싫어."

"민우 오빠는 남자를 좋아하는 사람 같지 않아?" 숙희가 말해 줬다.

"몰라!" 그러고는 윤아가 소영이 방으로 가버렸다.

윤아가 상처받으면 어쩌나 하는 생각이 들었다. 누군가 날 좋아하거나 관심을 갖게 된다면 그건 행복이 아니라 불행일 수도 있다는 생각이 든다. 점점 타인을 위해 날 던지려 애를 쓰지만 결국 나 자신은 다 깎여 사라질 것만 같았다. 윤아가 좋아하는 것은 나의 겉모습뿐일 수도 있다. 난 내면에 매우 음란하고 더러운 것이 있는 사람 같다고 느꼈다. 사람은 누구나 다 그렇지 않을까? 난 능력이 발현될수록 성욕에 지배받고 있었다. 난 마음을 다른 데로 돌려 텔레비전을 봤다. 곧 장마가 올 거라는 뉴스였다. 태호가 내 옆에 앉았다.

"윤아가 뭐래?" 태호가 물었다.

"응, 내가 남자를 좋아하는 사람이 아니었으면 좋겠대."

"그렇구나. 그래서 뭐라고 했어?"

"응, 아무 말도 못 했어."

"윤아가 널 좋아하나 보다?"

"응, 그런 것 같아."

그리고 태호와 손을 잡았다. 태호는 내 손에서 부드러운 윗면을 문질렀다. 그렇게 시간이 흘러 적들의 기가 느껴지는 순간이 다가왔다.

"자, 이제 적들에게서 벗어나 다시 부산으로 돌아가자." 소영이가 말했다.

다들 긴장한 상태에서 호텔을 나와 적들의 위치를 확인했다. 적들이 강남 지하철역 쪽에서 드러났다. 아마도 기차를 이용한 것 같았다. 나는 적들의 위치를 지속적으로 무전기를 통해 알려주었다. 우린 적들 중심에서 넓게 돌아가 다시 부산 쪽으로 향했다. 적들이 눈치 채지 않길 바랄 뿐이다. 우린 세 그룹으로 나누어 걸었다. 우리가 뭉쳐 있으면 눈에 띌 것이다. 우린 강남 번화가 거리에서 골목 쪽으로 들어가 아파트 단지가 있는 곳으로 갔다. 적들은 번화가 쪽에서 올라오고 있었다. 수가 많았다. 이 정도 수면 아마 번화가 쪽에서 사람들 눈에 띌 것이다. 그때 소영이에게 무전이 왔다. 기지에서 오는 무전이다. 소영이가 무전을 받았다. 소영이 말소리가 무전기로 다 들렸다.

"네, 알렉스 님. 네, 네."

알렉스와 대화하는 듯하다. 우린 소영이가 무슨 말을 할지 기다렸다. 그러면서 계속 걸었다. 드디어 소영이가 말을 꺼냈다.

"알렉스가 적들이 이제 슬슬 자신들의 모습을 세상에 드러낼 것 같다고 해서. 알렉스가 약간의 예지능력이 있는 건 다들 알지?"

우린 다소 흥분되고 긴장됐다. 녀석들이 세상에 모습을 드러내 무슨 짓을 하게 될까. 그들은 욕구만 추구하는 악당이 될까? 아니면 인간들을 넘어선 신이 되려고 할까. 난 알게 모르게 흥분되었다. 우리가 세상에 모습을 드러낸다라…. 아마도 전 세계적으로도 혁명적인 일이 될 것임에는 분명하다.

"그럼 우린 부산에 계속 가는 거야?" 수지가 물었다.

"응, 일단 정지해보자. 민우야, 적들이 어디 있어?" 소영이가 물었다.

"응, 저기 멀리 우리가 지냈던 호텔 근처에 있어." 내가 답했다.

"아, 혹시 적들도 우릴 발견할 수 있나? 민우와 비슷한 능력이 있는 능력자가 있을 수 있잖아." 소영이가 말했다.

"그럴 수도 있겠는데." 숙희가 말했다.

"그냥 우연히 우리가 머물던 호텔 근처에 있는 걸 수도 있지. 그냥 올라오는 방향에 호텔이 있으니까."

엘리자베스가 말했다.

"그럼 이렇게 하자. 우리가 있는 지금 이 장소에 적들이 오나 보자고. 자, 다른 곳으로 가보자."

우린 아파트 단지 안쪽으로 걸어 골목 쪽으로 한참 들어가 적들이 우리가 있었던 장소에 있나 보았다. 하지만 적들은 시간이 지나도 우리 쪽으로 안 오고 저 멀리 서울 방향으로 향하고 있었다.

"적들은 우릴 못 보는 것 같아." 내가 말했다.

"어쩌면 우리를 사진으로 찍어서 우리 얼굴을 사람들에게 보여주며 우리가 어디 있는지 알아내는 식으로 따라온 걸 수도 있지."

숙희가 말했다.

"그럼 우리 얼굴이 다 밝혀졌겠네." 내가 말했다.

"그럴 수도 있겠다." 수지가 말했다.

"그럼 나도 사람들에게 알려진 거야?" 윤아가 물었다.

"응, 윤아는 괜찮을 거야." 소영이가 말했다.

"그럼 이제 어쩔 거야? 부산으로 가? 아니면 적들을 따라가기라도 할 거야?" 엘리자베스가 물었다. 소영이는 잠시 생각하는 듯했다. 우린 잠시 정체돼 있었다.

"일단 윤아를 안전한 곳에 데려가야 해. 부산으로 가자."

우린 부산으로 향했다. 난 적들의 위치를 계속 체크했다.

"좋아, 적들이 우릴 지나갔으니 바로 부산 가는 기차를 타자." 소영이가 말했다.

우린 조금 마음이 편해졌다. 부산까지 그나마 금방 갈 수 있을 것이다. 그렇게 우린 기차역까지 택시를 타고 갔다. 그리고 바로 기차를 탈 수 있었다. 조금 늦은 저녁에 도착할 것 같다. 우린 식사를 하고 기차를 기다린 후 탔다. 별다른 특별한 일은 없었다. 우린 기차에 몸을 싣고 부산으로 향했다. 난 혹시나 모를 초능력자가 있나 기차나 지나가는 곳을 감지했다. 내 능력은 훨씬 향상돼서 더 넓은 범위를 감지할 수 있었다. 하지만 아무도 없었다. 적들은 곧장 서울 쪽으로 간 것 같았다. 우린 부산에 늦은 저녁에 도착했다. 몇몇 아이들은 잠을 잔 것 같았다.

"민우야, 지금부터 끊임없이 주변을 감지해주었으면 해. 적들이 우릴 쫓아왔다거나 부산에 아직 적들이 있다면 상당히 위험할 거야." 소영이가 말했다.

"응, 알았어." 난 답을 하고 최대한 넓은 범위를 감지했다.

난 우리 기지로 들어가는 곳까지 지속적으로 주변을 탐지했다. 다행히 감지되는 것은 없었다. 우린 윤아를 데리고 다 같이 낡은 집으로 들어갔다. 그리고 긴 계단을 한참 내려가 기차 레일이 있는 곳에 도달했다. 윤아는 여기저기 둘러보느라고 정신이 없었다. 우린 기차가 올 때까지 기다렸다. 윤아가 나에게 매달렸다. 좀 흥분한 것 같았다.

"오빠, 여기 바닷속이야?"

"응, 윤아야. 우리 바닷속으로 갈 거야. 걱정 마. 안전하니까." 내가 말했다.

"정말? 와, 그럼 나 같은 사람들이 많아?"

"응, 거의 다 초능력자들이야."

윤아는 눈이 휘둥그레졌다. 기차가 왔다.

"응, 바다를 통해서 기지로 갈 거야." 소영이가 말했다.

우린 다 같이 기차를 탔다. 난 오랜만에 바다 구경을 했다. 수많은 종류의 물고기들이 거대한 무용을 펼쳤다. 아름다운 수중 생태계를 감상하고 우린 도착을 했다. 알렉스가 마중 나와 있었다.

"무사히 도착했구나."

우린 알렉스에게 인사를 했다.

"다들 좋아 보이는데?" 알렉스가 말했다.

"민우가 적들을 잘 감지했기 때문에 웬만한 위험은 피할 수 있었어요."

소영이가 날 띄워주었다.

"민우야, 수고했다." 알렉스가 내 어깨를 잡았다.

"네, 감사합니다." 내가 답했다.

"민우뿐만 아니라 다들 수고했어. 무사히 돌아온 게 다행이야."

알렉스는 한 명 한 명 다독였고 치켜세워주었다. 토비에게는 뭔가 말을 했고 토비는 고개를 끄덕였다.

"네가 김윤아로구나."

"네, 안녕하세요." 윤아는 좀 긴장돼 보였다. 우린 그렇게 기지 안으로 들어갔다.

알렉스는 소영이와 대화를 나누었고 우린 윤아가 지낼 방으로 윤아와 함께 갔다. 윤아 방에는 또 다른 아이가 있었다. 그 아이는 흑인이었다. 윤아는 다소 어색해했다. 흑인 아이가 인사를 했다. 윤아도 인사를 했고 둘이 몇 마디 주고받았다. 우린 윤아가 지낼 곳에 있는 게 편해질 때까지 같이 있었다. 난 요한이를 보러 갔다.

"여, 오랜만이야." 내가 요한이를 발견했다. 역시나 게임룸에 있었다.

"무사했구나, 다행이다." 요한이와 나는 끌어안았다. 정말 반가웠다.

"자, 여기 선물." 난 틈나는 대로 구입한 닌텐도 게임기를 주었다.

"오, 가져왔구나. 게임팩은?"

난 보이는 대로 집어온 팩을 잔뜩 꺼냈다. 요한이는 매우 만족하는 듯했다.

"좋아, 이거는 저녁에 자기 전에 즐기고 지금 뭐 해야 돼?" 요한이가 말했다.

"지금 짐 풀고 그래야지." 내가 답했다.

"그럼 짐 풀고 같이 게임이나 하자."

"좋아."

난 짐을 풀러 갔다. 태호가 내 방 앞에 서 있었다. 난 웃으며 태호를 바라봤다.

"민우야, 나 요한이에게 방을 바꿔달라고 할 건데 괜찮아?"

난 멈칫했다.

"그럼 요한이는 누구랑 지내?"

"어… 토마스라고, 나랑 같이 지내는 아이랑 지내게 될 거야."

"아, 그건 안 될 것 같아. 요한이가 불편할 수도 있을 것 같아."

태호는 고개를 끄덕였다.

"이리 와, 태호."

난 태호를 방에 끌고 갔다. 그리고 우린 긴 키스를 나누었다. 태호가 내 혀를 계속 빨았다. 난 한참 후에야 태호 입에서 혀를 꺼냈다. 그리고 짐을 풀고 같이 요한이랑 게임을 하러 갔다. 우린 오랜만에 모여 게임을 했다. 엑스박스 게임기로 멀티를 했다. 매우 하드코어한 게임이다. 우린 저녁 시간이 돼서 혹시나 하고 윤아 방에 가보았다. 윤아가 우리 팀 아이들과 함께 있었다. 윤아는 나를 쳐다봤다.

"윤아야, 내 친척 요한이야. 이요한."

"안녕하세요."

윤아가 인사했다. 요한이도 가볍게 인사를 했다.

"근데 훈련은 언제 해?" 윤아가 물었다.

"응, 서두르지 말고 오늘은 짐 풀고 이것저것 필요한 것을 챙기고 내일은 이 건물 한 바퀴 돌아보자."

소영이가 말했다.

난 윤아가 편안하게 이곳에서 지냈으면 했다. 우린 다 같이 저녁을 먹으러 갔다. 저녁을 먹고 다 같이 오랜만에 정원에 앉아 있었다.

"소영아, 적들이 곧 정체를 세상에 드러낸대?" 엘리자베스가 물었다.

"응, 아직 확실하진 않아. 너무 신경 쓰지 말고 있어봐. 괜히 여기 사람들이 술렁이는 건 원치 않아. 다른 사람들하고는 너무 많은 이야기를 안 했으면 좋겠어."

우린 알았다고 답을 해주었다. 기지 내부가 술렁이고 있다. 적들이 정체를 드러낸다면 역시 우리도 나서야 한다. 우린 서로 내색하진 않았지만 서로 몹시 흥분한 상태라는 걸 느낄 수 있었다. 아이들은 평생 자신들을 숨기며 살아왔던 것에서 해방되는 느낌과 동시에 적들과 어떤 구도로 세상에 등장할지 알 수 없는 상태이기도 했다. 우린 흥분을 가라앉히며 각자 방으로 돌아가고 나와 태호, 요한이는 게임룸에 갔다. 여기는 항상 저녁 늦은 시간까지 아이들이 활동했고 게임룸에도 항상 아이들이 가득했다. 이런 부분에 대해서 터치를 안 하는 것 같았다. 우린 밤새도록 게임을 했다. 우린 게임을 마치고 방에 돌아갔는데 태호와 나는 오랜만에 샤워실로 갔다. 우린 사랑을 나누었다. 태호는 내 부드러운 몸을 만지고 애무했다. 나도 태호를 애무해주었다. 내가 또 태호를 괴롭혔다. 아주 자극적인 행위와 애무로 태호를 못 견디게 만들었다. 우린 사랑을 나누고 각자 방으로 갔다. 요한이가 늦게까지 닌텐도 게임기를 갖고 게임을 했다. 난 요한이가 게임을 하는 걸 지켜봤다. 저 작은 게임기에서 의외로 좋은 그래픽이 나왔다. 난 신기함을 느꼈다. 그리고 우린 잠을 잤다.

다음 날은 일어나기 힘들었다. 난 피곤한 상태에서 일어났다. 아침에 우린 다 같이 모여 훈련을 했다. 웬일인지 오늘은 달리기와 체력 단련부터 했다. 어쩌면 우리가 오랫동안 걸을 수 있다는 상황을 가정해본 것 같았다. 오래 걷기 훈련 같은 건 안 했지만 우린 체력을 열심히 단련했다. 난 체력에 자신이 없어서 잘 따라가질 못했다. 난 숨이 잔뜩 차 있는 대로 어떻게든 운동을 했다. 다른 아이들보다는 체력이 좋지 못했다. 이후 우린 잠시 쉬었다가 초능력을 사용하는 훈련을 했다. 중간에 윤아가 와서 우릴 구경했다. 우린 샤워를 하고 같이 점심을 먹으러 갔다.

"나도 소영이 언니 팀이 될 수 있어?" 윤아가 밥을 먹으며 물었다.

"응, 같은 팀이 될 수도 있는데 윤아가 열심히 해야 해." 소영이가 답해주었다.

"어떻게 하면 되는데?" 윤아가 물었다.

"응, 우리 팀은 아주 높은 능력을 가지고 있는 사람들로 구성돼 있어. 윤아가 벽을 통과하는 걸 확장시켜서 다양한 기능으로 발전시킨다면 충분히 우리 팀에 올 수 있을 거야."

난 지금 알았다. 우리가 다른 아이들보다 능력이 좋은 건 알았지만 공식적으로 높은 능력을 가진 아이들만 모인 팀이란 걸 이제야 알았다. 난 윤아가 우리 팀에 오길 바랐다. 난 윤아를 여동생처럼 대하고 싶고 가까워지고 싶었다. 내 마음을 읽기라도 한 건지 윤아가 나를 바라봤다. 윤아의 감정이 나에게로 전해졌다. 나도 모르게 윤아를 바라봤다. 윤아와 내가 눈이 마주쳤다. 윤아가 미소 지었다. 나도 웃어주었다. 그리고 밥을 먹었다. 우린 식사 후에 잠시 쉬고 다시 훈련을 했다. 소영이는 나를 따로 불러내 체력단련을 시켰다. 난 소영이 말에 따라 달리기나 아령을 들었다. 난 땀에 흠뻑 젖었다. 토비가 내 몸을 쳐다봤다. 난 짧은 운동 반바지를 입었는데 땀으로 축축해졌다. 토비는 아직도 나에게 성욕을 느끼는 것 같았다. 토비가 나 때문에 집중이 안 되는 것 같았다. 난 다시 열심히 체력단련을 했다. 열심히 하려고 하는 마음 가지고는 안 됐다. 체력이 바닥나고 주저앉아버렸다. 그리고 난 후 다시 달리기를 했다.

"오늘은 그만하자." 소영이가 훈련을 끝냈다.

난 기운이 다 빠졌다. 태호가 와서 땀을 닦아주었다. 난 기분이 좋아졌다. 난 태호가 내 몸의 땀을 닦는 걸 내버려두었다. 그러면서 태호는 내 허벅지를 만졌다. 난 웃었다. 좀 간지러웠다. 토비가 또 내 다리랑 엉덩이를 쳐다봤다. 내 몸이 간지러웠다. 난 온통 성적인 욕망에 휘감긴 것 같았다. 그럴수록 내 피부는 더 부드러워지고 더 탄력 있게 변하는 것 같았다. 이러다 여자 가슴이라도 생기면 어쩌나 하는 기분이 들었다. 난 성욕이 솟구쳤지만 마음을 다스렸다. 우린 저녁을 먹으러 갔다. 저녁을 먹는 자리에서 다른 아이들이 열띤 토론을 하는 것 같았다. 다들 적대 세력이 곧 세상에 등장할 거라는 이야기로 가득 차 있었다. 다들 술렁이는 것 같았다. 우린 저녁을 먹고 정원에 갔다. 꽃과 풀이 정말 아름다웠다. 바닷속에서 나무가 자라고 꽃들이 펼쳐진 공간이 정말 신비롭게 보이기도 했다. 소영이는 윤아와 대화를 나누었다. 소영이는 모든 관심을 윤아에게 쏟았다. 태호는 옆에서 내 손을 잡고 부드러운 손등을 쓰다듬었다. 옆에서 토비가 조용히 아무도 안 보게 내 손을 잡았다. 난 그냥 토비가 내 손을 만지도록 내버려두었다. 아무래도 토비를 떼어놓지 못할 것 같았다. 토비의 마음이 가라앉았다. 토비는 편안해졌다. 내 마음도 편안해졌다.

"민우 오빠는 어떤 여자 스타일 좋아해?" 윤아가 똑 부러지게 물었다.

내가 남자와 사귄다는 걸 알면서도 물어본 건가?

"웅, 오즈의 마법사란 영화 알아?" 내가 말했다.

"몰라, 안 봤어. 어떤 영화인데?"

"웅, 재밌는 동화 같은 영화야. 나는 거기 나오는 도로시 같은 여자를 좋아해."

내가 말해주었다. 윤아는 갸우뚱했다.

"도로시가 어떻게 생겼어?" 소영이를 쳐다보며 말했다. 소영이는 웃으면서 말했다.

"웅, 미국 소녀인데 시골에 사는 소녀고 무슨 소녀 드레스를 입었어. 양갈래 머리를 하고." 소영이가 답해주었다.

"그럼 민우 오빠는 어린 소녀를 좋아하는 거야?" 난 좀 당황했다.

"아니, 어린 소녀를 좋아하는 게 아니라 도로시 같은 이미지를 가진 이성을 좋아해."

내가 답했다.

"그게 뭐야, 난 모르겠어."

윤아가 말했다. 윤아는 기지에서 지급해준 단말기를 꺼내 이미지를 검색해보았다.

그리고 나에게 보여주었다.

"이 소녀가 도로시야?"

"응, 맞아."

"옛날 사람 같네." 윤아가 말했다. 그러면서 윤아가 나를 쳐다
봤다.

"오빠 립스틱 발랐어?" 윤아가 물었다.

"아니." 내가 답했다.

"입술이 붉어서 너무 여자 같아."

난 윤아를 바라봤다. 뭐라고 답을 해줘야 할지 모르겠다. 윤아가
뭔가 못마땅해하는 것 같았다. 난 윤아가 내 여동생이고 내가 윤아
를 달래주고 감싸안아주고 싶다는 생각이 들었다.

"응, 여자같이 생겼는데 어쩔 수 없지, 뭐. 생긴 대로 살아야
하니까."

난 이렇게 답해보았다. 윤아는 멍하니 날 바라보았다.

"오빠는 남자잖아. 여자 같은 외모를 바꾸면 되지 않을까?"

윤아가 말했다. 윤아가 날 좋아하는 감정이 뭔가 집착에 가까울
정도로 나를 관여하는 것 같았다.

"오빠, 머리 스타일도 여자 같아. 남자같이 짧게 자르면 되지 않을
까?" 윤아가 말했다.

그렇지만 난 내 머리 스타일이 좋았다. 태호도 내 머리 스타일을
좋아한다. 바꿀 수는 없었다.

"응, 머리 스타일을 바꾸긴 싫어. 윤아는 어떤 머리 스타일 좋아하
는데?" 내가 말했다.

"나? 나는 남자 같은 스타일 좋아해." 윤아가 말했다. 더 이상 윤

아와 이야기하기가 곤란했다. 그때 토비가 내 앞을 지나가면서 내 머리를 양갈래 머리처럼 만들었다. 난 조금 깜짝 놀랐지만 차분하게 말했다.

"왜 그래, 토비?"

토비가 웃었다. 토비의 순수한 웃음이었다. 그 웃음을 안다.

"그냥 양갈래 머리가 예쁘네."

이렇게 말하곤 토비는 다른 곳으로 갔다. 난 토비가 가는 걸 바라보았다. 태호가 좀 불편해한 것 같았다. 동시에 윤아도 조금 불편해하는 것 같았다. 엘리자베스만 재밌다는 듯이 쳐다봤다. 우린 그러고 있다가 다들 각자 방으로 돌아갔다. 요한이와 태호와 난 게임룸에 갔다. 윤아도 따라왔다.

"윤아는 일찍 자는 게 좋지 않을까?" 태호가 말했다.

"나도 게임 할 거야." 윤아가 답했다.

그래서 우린 같이 게임을 했다. 난 윤아가 늦게 자는 게 걱정이 됐다. 그래서 우린 12시까지만 하고 윤아랑 각자 방으로 돌아갔다.

요한이가 휴대용 게임을 했다. 난 영어 공부를 했다. 다음 날 우린 갑자기 전교생이 호출되었다. 요한이와 나는 한 번도 가본 적이 없는 큰 강당에 가게 되었다. 중간에 소영이가 우릴 찾아내 우리 팀과 같이 강당에 앉았다. 강당은 온갖 예술적인 조형물로 가득했다. 강당 앞에 커다란 천사 같은 석상이 양옆에 있었고 천사 석상 테두리는 말로 설명하기 어려울 정도로 복잡한 형태의 조형물로 천사 석상을 돋보이게 만들었다. 강당 벽면에는 어떤 인물들을 기리는 석상으로 가득했다. 실존했던 인물인지, 가상의 인물을 만들어낸 건지는 알 수가 없었다. 온갖 다양한 인물들로 가득했다. 강당 앞쪽에 두꺼운 유리가 바닷속을 보여주고 있기도 했다. 큰 강당에 알렉스가 나왔다. 알렉스의 양옆에는 평소에 못 봤던 인물들이 서 있었다. 다들 독특한 복장을 입고 있었고 꼭 영화에 나오는 슈퍼히어로들 같은 인상을 보여주었다. 아마도 더 상위의 초능력자들 같았다. 뉴스가 나오고 있었고 아나운서가 어딘가에서 취재를 하고 있었다. 난 약간 충격을 받았다. 그 검은 망토의 남자가 텔레비전에 나오고 있었다. 그가 말을 하고 있었다.

"안녕하신가요, 한국. 그리고 전 세계 여러분들. 저는 마리 카우스라고 합니다."

우린 다 같이 영상에 집중했다.

"우릴 소개하자면, 우린 초능력자들입니다."

강당이 술렁이기 시작했다. 적대 세력들이 자신들을 먼저 세상에 드러냈다. 적대 세력들이 자신들을 소개하고 있었다. 하늘은 나는 남자와 쌍둥이 여자, 전에 마주쳤던 소영이와 비슷한 능력을 가진 백인 남자, 심지어 석호도 있었다. 석호는 좀 달라 보였다. 전보다 살이 많이 빠졌고 건강해 보였다. 표정이 매우 근엄해 보였다. 우리가 알던 석호가 아닌 것 같은 느낌이 들었다. 그밖에 많은 초능력자들이 있었다. 그들은 한강 공원으로 추정되는 곳에서 자신들의 능력을 보여주었다. 어마어마한 그들의 능력은 공포 수준으로 느껴질 정도였다. 소영이와 비슷한 능력을 가진 남자는 한스라고 하는 사람이었다. 그는 여러 대의 자동차를 들어올려 공중에서 빙글빙글 돌리고 있었다. 지나가던 시민들이 경악했다. 검은 망토의 남자가 한강의 물에 손을 뻗어 물줄기를 위로 올렸다. 사람들은 경악했다. 소영이와는 차원이 다른 어마어마한 힘을 가지고 있었다. 쌍둥이 여자가 거대한 불꽃을 만들어 한강 주변에 불을 지폈다. 여기서부터 좀 위험해 보였다. 이후에 소방관이 출동해 불을 껐다. 뉴스에서 나오는 시민들은 공포에 사로잡힌 것 같았다. 그리고 전 세계 사람들이 지켜봤다. 다른 나라에도 초능력자가 있었다. 미국에서도 적대 세력의 능력자들이 강력한 능력을 선보였다. 세상은 패닉에 빠지기 시작했다. 우릴 더 공포에 몰아넣는 것은 그들이 자신들을 세상의 구원자로 드러내고 있다는 것이다. 우린 이 심각한 현실을 마주하게 되었고 강당은 순식간에 얼어붙었다. 그들은 자신들이 인류에 도움이 되는 인물이니 자신들을 지지해주길 바랐다. 그럼 우리들의 존재는 어떻게 되는 것일까. 우리도 세상에 모습을 드러내야 하는 걸까. 알렉스는 지금 무슨 생각을 하고 있을까 궁금했다. 난 우리 팀을 보았다. 다들 얼굴에 근심이 가득했다.

강당은 한동안 혼란스러웠다. 그리고 알렉스가 강당에 마이크가 있는 곳으로 생각되는 곳에 서서 말하기 시작했다.

"지금 당장 동요할 필요는 없다. 적대 세력들이 자신들을 세상의 구원자로 드러냈지만 언젠가 그들의 탐욕이 세상에 드러나게 될 것이다. 지금 당장 우리가 나설 필요는 없다. 우리에게 중요한 것은 명분이다. 적대 세력들이 이 세상에 피해를 가하고 탐욕을 드러내는 순간 우리도 지상으로 올라가 적대 세력들과 맞설 것이다. 그러니 우린 아직 동요할 필요 없다. 다들 현재 실행하고 있는 훈련에 집중하길 바란다. 우리의 때는 적대 세력들이 탐욕을 드러낼 때이다. 그 때까지 우리는 우리 존재를 숨기며 자기 단련에 집중할 것이다. 이상이다."

알렉스의 말이 끝나고 강당에서 해산하라는 말이 떨어졌지만 많은 아이들이 남아서 이야기를 나누었다. 소영이가 이만 가자고 해서 우린 다 강당에서 나왔다. 우린 늦은 아침을 먹고 훈련을 했다. 우린 다들 마음이 어수선했다. 난 체력단련을 집중적으로 했다. 그러고 나서 초능력을 사용한 훈련을 했다. 소영이는 내가 다른 사람들의 감정과 시선을 받아들일 때 어느 정도 받아들일 수준만 받을 수 있게 연습했다. 전처럼 주변 사람들의 감정과 시선이 한꺼번에 들어오면 정말 힘들다. 난 마음을 가다듬고 다른 사람들의 감정을 느껴보며 그것을 차단하는 상상을 해보았다. 잘 되진 않았다. 소영이가 옆에서 도와주었다. 내 머리에 손을 얹고 나에게 힘을 주었다. 그리고 나머지 시간에는 공격과 방어에 대한 훈련을 했다. 난 녹초가 되었다. 훈련을 하며 시간이 지났다. 우리 모두가 밖에서 적대 세력들이 세상에 등장해 여러 인터뷰나 텔레비전에 나오는 모습을 볼 수 있었다. 간혹 그들은 사고가 터지면 시민들을 구출해내는 일을 하기도 했다. 우리의 존재가 뭔가 무의미해지는 것 같았다. 그들은 악당이다! 우린 저녁을 먹고 정원에 다 같이 앉았다. 윤아도 와 있었다.

"적대 세력이 저렇게 세상에 나와 활동하는데 우리도 어떤 역할을 해야 하는 거 아니야?" 엘리자베스가 말했다.

"아니야, 그런 건. 우리가 굳이 세상 사람들이 위험에 다치지 않았다면 우리가 나설 필요는 없어. 우린 우리의 힘을 보존하고 언젠가 사람들에게 큰 위기가 닥칠 때 우릴 드러내게 될 거야." 소영이가 답했다.

"그런 좋은 일은 적들이 다 하고 있잖아." 엘리자베스가 말했다.

"우린 좀 더 지켜봐야 해. 적들의 의도가 뭔지 알아야 해. 섣불리 우리가 나서면 위험할 수도 있어."

소영이가 답했다.

우린 소영이 말에 고개를 끄덕였다. 난 태호의 어깨에 머리를 기 댔다. 맞은편에 토비가 날 바라봤다. 토비 얼굴이 많이 차분해 보인 다. 토비가 묘한 미소를 지으며 날 바라봤다. 난 눈을 껌벅이며 토비 를 바라봤다. 윤아가 날 바라봤다. 윤아의 눈빛은 밝게 빛났다. 난 나에게 오는 시선과 감정을 다스려보았다. 잘 되진 않았지만 어느 정도 안정을 갖추었다. 토비가 나의 은밀한 곳을 본다. 그리고 내 목 덜미를 쳐다보고 있다. 토비의 시선이 너무 노골적이었다. 토비는 영 원히 나에게서 벗어나지 못할 것 같았다. 난 토비가 다른 사람을 찾 길 바랐다.

그렇지만 마음 한편으로는 날 은밀하게 바라보는 토비의 시선이 좋다고 느낄 때도 있었다. 이런 마음은 절대 태호에게 들켜서는 안 된다. 난 정말 음란한 사람이다. 태호가 내 손을 잡았다. 난 태호 손 을 꼭 잡았다. 태호가 손을 뒤로 해서 내 엉덩이를 만졌다. 난 그냥 가만 있었다. 태호가 내 머리 냄새를 맡았다. 나도 태호 냄새를 맡 았다. 좋은 냄새가 났다. 그날 저녁 사람들이 잠들었을 때 난 몰래 방을 나와 태호와 만났다. 그리고 난 여자 옷을 입었다. 빨간 드레 스이다. 그리고 화장을 했다. 태호는 내 빨간 입술을 먹었다. 립스틱 이 다 없어질 정도였다. 그리고 내 눈에 뽀뽀를 했고 내 눈을 애무 해서 눈이 끈적였다. 그리고 내 귀를 빨았다. 난 신음을 했다. 그리 고 내 목덜미를 빨았다. 목에 뻘건 자국이 생겼다. 너무 간지러웠다. 그리고 내 몸을 마구 주물렀다. 내 엉덩이와 허벅지를 잡아 주물거 렸다. 나도 태호를 만졌다. 요즘 체력단련을 해서 그런지 정말 단단했다.

난 태호의 몸을 애무했다. 내가 태호를 못 견디게 만들었다. 태호가 신음했다. 나도 헐떡거렸다. 태호가 도무지 참지를 못해 날 거칠게 다루었다. 토비와 비슷해져갔다. 태호는 태호가 날 어찌할 바를 알 수가 없다는 듯이 마구 거칠게 물고 빨고 주물렀다. 내 몸에 자기 몸을 문지르기도 하고 나를 잡아먹을 듯이 애무했다. 태호는 거칠어졌다. 더 큰 욕망에 눈을 뜨는 것 같았다. 내 얼굴을 잡고 아름답다 말하며 자기 몸에 문질렀다. 난 태호가 원하는 대로 하게 내버려두었다. 태호가 내 허리를 잡고 치마를 들추었다. 그리고 마구 욕망을 분출했다. 난 헐떡였다. 전과 다르게 내 몸을 조금 아프게 만들었다. 난 토비가 날 다루었을 때처럼 가슴이 요동쳤다. 태호는 거칠게 날 잡아들고 욕구를 분출했다. 내 쾌감도 태호에 맞추어 동시에 터졌다. 우린 강렬한 쾌락을 맛보았다. 이후 태호는 날 씻겨주었다. 우린 입을 맞추고 잠시 정원에 가서 앉아 있었다. 난 여장을 한 상태이다. 그렇지만 화장이 다 지워졌다. 태호가 내 얼굴을 마구 애무해서 태호가 다 먹은 셈이다. 우린 새벽의 시원한 바람을 맡고 있었다.

"민우야, 토비랑 할 때는 어땠어?" 난 조금 당황스러웠다.

"웅, 토비는 아프게 했어."

"그래? 민우는 아픈 게 좋아?"

난 내 안의 더러운 성욕을 왠지 태호에게 들키고 싶지 않았다. 그렇지만 내 욕구가 더 컸다.

"날 아프게 다뤄도 좋아. 너만 좋다면." 내가 답했다.

태호는 날 안았다. 지나가는 아이들이 날 쳐다봤다. 내 빨간 드레

스가 눈에 띄는 것 같았다. 난 다리를 가슴에 대었다. 조금 춥다고
느꼈다. 태호가 내 머리카락을 갖고 놀았다. 그러다 우린 각자 방으
로 돌아가 잠을 잤다.

　다음 날 우리 팀은 뉴스를 다 같이 봤다. 밖에서 적대 세력을 위
한 건물이 지어지고 있었다. 이제 적대 세력의 초능력자들은 일종
의 공공기관을 설립해 시민들을 돕는 일을 하게 되는 것 같았다. 우
린 기분이 뒤숭숭했다. 그리고 훈련을 시작했다. 난 또 체력을 단련
했다. 처음보다는 좀 나아졌다. 난 달릴 때 다리가 가벼워지고 좀
더 빨리 달리는 느낌을 받았다. 또 토비의 시선이 느껴졌다. 내 덜렁
이는 엉덩이를 바라보았다.

　난 몸이 가려웠다. 토비가 나를 향한 욕구를 품었다. 너무 노골적
이라 가슴이 두근거렸다. 지금은 아이들이 보고 있어서 흥분하지
않기 위해 노력했다. 토비의 감정을 억누르고 싶었다. 하지만 마음
대로 되지 않았다. 토비가 날 그만 봤으면 좋겠지만 나 스스로 욕정
이 날뛰기 때문에 싫지만은 않았다. 태호에게 미안했다. 난 내 엉덩
이가 출렁이는 게 느껴졌다. 토비가 내 엉덩이를 보고 아주 음란한
상상을 했다. 그게 다 느껴졌다. 난 운동을 마치고 각자 능력을 활
용해 훈련을 했다. 다른 팀 아이들이 도와주었다. 내가 대부분 공격
이 시작되기 전에 정신 공격으로 아이들을 제압하기 때문에 난 빠
졌다. 난 따로 정신을 이용해서 소영이처럼 사물을 움직이는 훈련을
했다. 우린 점심을 먹고 다 같이 매점에 가서 아이스크림을 먹었다.
윤아가 와서 소영이에게 훈련을 같이 받고 싶다고 했다. 소영이는
윤아를 테스트해보겠다고 했다. 우린 윤아를 위해 훈련용 발판을
도미노처럼 만들어주었다. 100미터 넘게 만들어주었다. 윤아는 집

중을 하고 그 발판을 통과하기 시작했다. 끝에 가서는 조금 힘이 약해져서 발판에서 튕겨나왔다. 소영이가 윤아에게 말을 했다.

"윤아야, 네가 저런 장애물들을 물 흐르듯이 통과한다고 상상해 봐. 상상력을 키워야 해."

"상상력? 음… 알았어, 언니."

윤아는 인상을 썼다. 그리고 다시 통과해보았다. 아까보다는 조금 더 많이 통과를 했다.

"좋아, 윤아야. 일단 통과하는 걸 더 멀리 통과할 수 있게 반복적으로 훈련해봐."

지미와 토비가 발판을 세워서 더 많이 만들어주었다. 그렇게 우린 하루 종일 훈련을 하고 저녁을 먹었다.

"소영이 언니 팀에 들어가려면 또 뭘 잘해야 해?" 윤아가 물었다.

"응, 오늘처럼 훈련 열심히 하면 돼." 소영이가 답해주었다.

오늘은 닭고기 요리가 나왔다. 닭고기 스프 같았다. 난 처음 먹어봐서 긴가민가했지만 제법 맛있었다. 우린 식사를 마치고 다 같이 커피를 마시러 갔다. 윤아는 주스를 마셨다.

"민우 오빠는 능력이 강하다며? 나랑 같이 있던 아이들이 그랬어. 오빠 능력이 가장 강하다고."

내가 그런가? 하는 생각이 들었다. 난 다른 아이들과 어울러본 적이 없어서 언뜻 다른 팀 아이들이 내 능력에 주눅들곤 했던 것 같다. 내가 아는 다른 사람이라곤 토비의 질 나쁜 친구들뿐이다.

"응 그래? 내 능력이 강한가 보다." 난 가볍게 답변했다.

윤아가 뚱한 표정을 지어서 난 급하게 윤아에게 예쁘게 웃어주었다.

"여자처럼 웃는 것 같아." 윤아가 말했다. 윤아가 나에게 좀 더 다가왔다.

"응, 그렇구나." 난 나도 모르게 또 웃었다.

"왜 여자처럼 웃어? 오빠는 남자잖아."

윤아는 좀 짓궂었다. 엘리자베스랑 성격이 비슷한 것 같았다.

"응, 그냥 웃는 모습이 이런걸." 내가 말했다.

윤아가 날 빤히 쳐다봤다. 윤아의 감정이 전해졌다.

윤아가 나에게 관심이 있는 건 내 겉모습일 뿐이다. 내가 얼마나 성적으로 음란한 사람인지를 알면 상당히 실망할 것이다. 난 그런 생각이 들었다. 윤아가 소영이 옆에 가서 이야기를 나누었다. 난 안도를 하고 태호와 살짝 손을 잡았다. 태호가 내 손등을 쓰다듬었다. 그리고 토비가 옆에서 내 손을 잡았다. 난 그냥 가만히 내버려두었다. 토비가 내 손을 자기 허벅지에 대었다. 난 좀 토비에게 질렸다. 아무리 이야기해도 내 몸을 원하는 것 같았다. 어찌해야 할지 모르겠다. 난 토비에게 다른 사람이 필요하다는 생각을 했다. 누가 있을까…. 토비 친구들은 너무 질이 안 좋았다. 나를 대신할 사람이 분명 있을 것이다. 각자 방으로 돌아가고 요한이와 태호, 나는 게임을 하러 갔다. 윤아도 따라왔다. 난 윤아랑 같이 풍선 색깔을 맞추는 게임을 했다. 윤아는 일찍 자러 갔다. 난 태호와 요한이와 멀티 게임을 했다. 우린 밤새도록 게임을 하고 잠을 잤다. 다음 날 아이들이 웅성웅성거렸다. 적대 세력의 초능력자들이 경찰의 이권에도 개입해 시민들을 통제하기 시작한 것이다. 우린 적대 세력들이 공권력을 갖는 것에 대해서 우려의 목소리를 내기 시작했다. 어쩌면 우리도 정체를 드러낼 때가 다가올 것 같은 느낌이 든다. 적대 세력의 목적이 무엇인지 알 수 없어 불안했다. 우리가 정의라는 이름으로 세상에 드러날 수 있을까도 불확실했다. 주변의 토비나 토비 친구들을 봐도 그렇다. 여기도 다양한 아이들이 있다. 우리도 절대선이라고 하기 어려웠다. 소영이에게 들은 말이지만 우리 쪽에서도 무한한 힘을 추구해서 적들 세력으로 넘어간 아이들도 있다고 한다. 난 훈련을 하러 갈 때 어떤 예쁜 남자를 보았다. 까무잡잡한 피부를 가진 아이였는데 인도인인 듯한 느낌이 났다. 인도 여성처럼 생긴 남자였다. 혹시 저 아이가 성향이 나와 같다면 내가 토비를 소개해주고 싶다는 생각이 들었다. 좀 엉뚱한 생각인 것 같아 그만두었다. 토비가 앞에서 걸어왔다.

"저기, 내 머리에 손 좀 얹어줄래?" 토비가 부탁을 했다.

"응, 여긴 사람 많으니까 다른 데로 가자."

내가 답했다. 토비가 혹시 오해하는 게 아닌가 하는 걱정이 조금 들었다. 다행히 토비는 얌전했다. 내가 사람 없는 곳에서 토비 머리에 손을 얹어 기를 주었다. 토비는 얼굴이 편안해진 듯하다. 그리고 한참을 있었다. 난 내 몸의 기가 빠져나가는 것을 느껴 그만했다. 토비는 밝은 얼굴로 고맙다고 말한 후 나를 빤히 쳐다봤다. 토비가 무슨 짓을 할까 봐 좀 긴장했지만 그러다 태호와 훈련하러 갔다. 내가 대호랑 같이 들어오는 걸 윤이가 빤히 쳐다봤다. 나는 훈련에 합류하여 체력단련을 했다. 몸이 조금은 좋아진 것 같았다. 난 어깨가 넓어지지 않고 골반이 좀 더 넓어진 느낌이 들었다. 너무 여자 같은 몸매라 좀 괴이하기도 했다. 난 내가 조금은 이상한 모습을 하고 있다고 느끼기도 했다.

난 운동에 집중을 했고 그렇게 하루하루가 반복되고 있었다. 방송에서 밝히길 적대 세력의 초능력자는 전부 220명이라고 발표했다. 우리보다 수가 적지만 적대 세력 안에 알렉스 같은 상위급 초능력자들이 많았다. 그래서 우린 함부로 적대 세력과 맞붙지 않았다. 적대 세력들은 일종의 공무원이 되었고 시민들의 안전 보호를 주로 담당했다. 우리의 존재는 점점 모호해져갔다.

소영이는 우리가 존재하는 의미는 그저 우리의 힘을 가꾸고 언제 있을지 모를 재난에 대비해 사람들을 돕는 것이라고 했다. 우린 마치 재난을 기다리는 사람들 같았다.

"너희들 혹시 밖에 나가고 싶니?" 소영이가 아이들에게 물었다.

"밖에 왜?" 엘리자베스가 물었다.

"응, 알렉스가 팀을 선별해서 밖의 적대 세력들을 정찰하러 나가보는 게 어떻겠냐고 이야기가 나왔어. 매일 텔레비전을 보고 정황을 알아보기보다는 적들의 내막을 알아보는 게 좋겠다는 의견이 많이 나왔거든. 그래서 알렉스가 우리가 실전 경험도 있고 해서 우리보고 또 나가보는 게 어떻겠냐는 말이 나와서."

아이들은 저마다 생각에 잠긴 듯하다.

"이번에 나가면 개인당 사고 싶은 물건들을 많이 살 수 있게 해준대."

그 말에 아이들이 조금 술렁이는 것 같았다. 난 고사양 컴퓨터를 조립해서 가져오고 싶었다. 요한이도 좋아할 것이다.

"천천히들 생각하고 내일까지 알려줘." 소영이가 말했다.

"이번에 조금 빨리 나가려고 하는 건 우리가 훈련을 많이 해서이기도 해." 소영이가 말했다. 윤아도 옆에서 듣고 있었다.

"나도 나가도 돼?"

윤아가 물었다. 소영이는 골똘히 생각하는 듯했다.

"윤아는 훈련을 많이 받지 않아서 좀 위험할 것 같아."

윤아는 실망한 듯해 보였다. 그리고 우린 훈련을 하고 저녁을 먹었는데 다른 팀 아이들이 왔다. 다른 팀 아이들이 옆에 앉았다. 3명의 아이들이고 팀이 3명으로 꾸려져 있다고 한다.

"난 제시카라고 해."

제시카는 빨간 머리를 한 아이였고 아름답게 생긴 여자아이였다.

"난 마이클이야."

마이클이란 아이는 덩치가 정말 컸다. 마치 탱크를 연상시켰다. 또 아시아 아이가 하나 있었다.

"난 한우종이라고 해. 반가워."

소영이가 아이들을 보고 우리를 한 번 봤다.

"이번에 밖에 나가는데 같이 갈 아이들이야."

우린 소영이 말을 듣고 아이들을 살펴보았다. 다들 어딘가 긴장한 듯 보였다. 우린 천천히 식사를 하며 이야기를 나눴다.

"소영이 능력은 익히 들어 알고 있어."

마이클이 말했다. 마이클은 짙은 노랑머리에 선하게 생겼다. 눈썹도 노란색이었다.

"소영이가 힘을 개방한다면 최상위급 능력자가 될 거라는 이야기도 들었어." 마이클이 말했다.

"응, 그럴지도 모르지. 하지만 힘을 개방하면 내가 어떤 사람이 될지 두렵기도 해." 소영이가 말했다. 두 사람은 전부터 알던 사이 같았다. 소영이가 힘을 개방한다면 내가 생각해도 상당히 강한 사람이 될 거라고 생각한다.

"그 정신 공격을 쓴다는 사람이 누구야?" 제시카가 물었다.

아마도 나를 이야기하는 것 같았다.

"응, 민우야. 저기 있어." 소영이가 나를 가리켰다.

"응, 안녕." 난 살짝 웃으며 인사했다.

"민우? 네가 공격하면 아무도 못 당한다며?"

"응, 아직까진 내 공격을 방어할 수 있는 사람은 못 봤어." 내가 답했다.

아이들이 다 날 쳐다봤다. 난 좀 부담스러웠다.

"여자인 줄 알았는데 멀리서 봤을 때 목소릴 들어보니 남자니? 이런 거 물어봐도 될지 모르겠네."

제시카가 미묘한 웃음을 띠며 말했다.

"응… 난 남자야." 내가 짧게 답했다.

그리고 서로 인사를 나누고 다 같이 정원에 가서 이야기를 나누었다.

"우리만 나갔다가 혹시 수적으로 밀릴 경우를 대비해 3명이 더 나가는 거야." 소영이가 말해주었다.

"처음 보는 아이들 같지만 우리 기지에서 손꼽히는 실력을 가진 아이들이야." 소영이가 말했다.

"근데 우린 실전 경험은 없어. 너희들처럼." 마이클이 말했다.

"걱정 마. 우리가 도와줄게." 소영이가 말했다.

"근데 같이 훈련해보지 않고 나가는 거야? 다 같이?" 숙희가 물었다.

"응, 시간이 촉박해서 어쩔 수 없어." 소영이가 말했다.

"실전 때 어땠어?" 제시카가 물었다.

"웅, 정신 없어서 기억도 잘 안 나. 보통 적이 공격하고 우리가 방어하고 다음에 우리가 공격하는 식으로 정신없이 싸웠던 것 같아." 소영이가 말했다.

"토비는 힘이 제일 강하다며?" 마이클이 물었다.

토비는 뭔가 기묘한 웃음을 띠고 있었다.

"웅, 적들을 때려주고 싶어 못 견디겠어." 토비가 비열한 얼굴로 말했다.

난 그런 토비가 싫었다. 이제는 내가 참견할 바가 아니다. 그러면서 토비가 내 손을 만졌다. 난 그냥 내버려두었다. 토비가 내 부드러운 손등을 어루만졌다.

한우종이라는 아이는 별로 말이 없었다.

"우종이는 무슨 능력이 있더라?" 엘리자베스가 물었다. 둘이 아는 사이 같았다.

"웅, 난 음파 공격을 해. 내가 목소리를 지르면 아마 너희들 귀가 아플 거야. 그러니 나와 다닐 때는 특수 제작된 귀마개를 써야 해." 우종이가 말했다.

귀마개를 써야 한다니 좀 번거롭다는 느낌이 들었다.

"귀마개를 써야 하는 일이 생기지만 내 능력 한 방이면 적들을 모두 제입할 수 있을 거야." 우종이가 말했디.

"그냥 귀를 막으면 혹시 괜찮아?" 엘리자베스가 말했다.

우종이는 대답을 안 하고 한참을 생각했다.

"음, 귀를 막으면 좀 괜찮아질 거야." 우종이가 답했다.

그렇다면 우종이 능력이 그렇게 강한 것 같진 않았다. 하지만 실전에서 어떻게 사용할지에 따라 다를 거라고 생각했다. 태호가 내 머리카락을 만졌다. 손가락으로 꼬아대고 쓰다듬었다. 난 태호가 머리 만져주는 게 기분이 좋았다. 난 머리를 태호에게 기댔다. 선이 느껴져서 보니 제시카가 날 이상한 눈으로 보았다. 그렇다고 태호에게 머리를 그만 만지라고 하고 싶지 않았다. 난 기분 좋게 앉아 있었다. 제시카를 보며 눈을 껌벅였다. 제시카는 시선을 다른 곳으로 돌렸다. 마이클이 우종이에게 말했다.

"우종아, 여기 아시아 친구들하고 친해지면 되겠다." 마이클이 말했다.

우종이는 우릴 바라보았다. 우종이는 말이 없었다.

"우종아, 게임 좋아해?" 태호가 물었다.

"어… 응. 좋아해."

"나랑 민우랑 요한이랑 게임 하는데 같이 하지 않을래?"

우종이는 눈을 동그랗게 뜨고 우릴 바라봤다.

"음, 좋아."

우종이는 나를 관찰했다. 우종이의 시선이 느껴졌다. 그냥 내가 여자같이 생겨서 신기하게 쳐다보는 건지 뭔지는 알 수 없었다. 우종이의 감정은 들여다보지 않았다. 난 너무 많은 사람들의 감정을 들여다보는 것이 힘들었다. 우종이는 그냥 내가 여자 같아서 쳐다보는 거라 생각했다. 태호가 내 허리를 끌어안았다. 난 태호의 품이 좋았다.

"민우는 혹시 동성애자이니?"

우종이가 물었다. 난 순간 당황스러워 말이 안 나왔다. 우종이는 오늘 처음 보는데 그런 말을 하다니, 우종이가 말을 충동적으로 하는 경향이 있는 아이가 아닌가 하는 생각이 조금 들었다. 그렇지만 내가 동성과 사랑을 하고 있다는 것은 사실이다. 그렇지만 그동안 명확하게 말하기 싫었다.

"으응… 그 비슷해."

난 자신 없이 답했다. 우종이는 나를 빤히 쳐다봤다. 난 우종이 눈빛이 싫었다. 우종이 눈빛은 공허하고 날 죄어오는 것 같았다. 난 우종이가 뭔가 안 좋은 감정으로 나를 보는 것 같은 생각이 들었다. 난 우종이 눈을 피했다.

"그럼 내일 나가는 것에 대해서 다들 생각해봤어?"

우린 서로를 바라봤다.

"난 나갈 거야." 엘리자베스가 말했다.

우린 다 밖에 나가기로 했다. 다들 흥분되면서도 긴장했다. 우린 각자 방으로 돌아갔다. 우종이가 요한이와 나, 태호를 따라 게임룸에 같이 갔다. 우린 다 같이 모여 멀티 게임을 했다. 우종이가 계속 나를 죽였다. 난 조금씩 신경 쓰이기 시작했다. 우종이는 나를 싫어했다. 우종이의 감정이 나에게 쏟아지고 있었다. 난 다른 사람의 감정이 나에게 올 때 마음이 복잡해져서 무척 힘들었다.

"민우야, 얼굴이 안 좋아 보여." 태호가 말했다. 그러자 요한이가 날 쳐다보았다.

"민우야, 오늘 이만할까?" 요한이가 말했다.

"아냐, 난 잠깐 음료수 마시고 올게. 너희들끼리 하고 있어."

이렇게 말하곤 난 스낵바에 갔다. 아직 안 자고 있는 아이들이 많이 보였다. 난 음료를 마셨다. 잠시 마음을 가라앉히고 있었다. 내 뒤에서 시선이 느껴지고 점점 가까워지고 있었다. 난 뭔가 불쾌한 감정을 느꼈다. 난 뒤를 돌아봤다. 우종이었다. 우종이가 내 옆에 앉아 음료를 들고 마셨다. 난 할 말이 없어 그냥 가만히 있었다. 우종이가 날 쳐다봤다. 날 빤히 옆에서 쳐다봐 좀 당황스러웠다. 우종이는 좀 급작스럽게 사람을 쳐다보는 것 같아 몹시 불편했다. 난 태호에게 가고 싶었다.

"네가 뒤로 하는 남자로구나."

난 당황해서 어쩔 줄 몰랐다. 우종이는 너무 급작스럽게 직설적으로 말을 했다. 난 믿음이 흔들렸다. 우리가 적대 세력과 맞서는 선한 조직이라는 것이 아닐지도 모르겠다. 난 우종이를 쳐다봤다.

"그렇게 말하면 좀 불편해. 그렇게 말하지 마."

내가 말했다. 난 우종이를 근심 어린 표정으로 바라봤다. 우종이의 눈빛은 공허하고 차가웠다.

"넌 더러워." 우종이가 말했다.

난 뺨을 한대 맞은 것처럼 얼빠져 있었다. 더 이상 우종이를 쳐다보기가 힘들었다. 난 고개를 돌려 태호에게 가려고 했다. 그러자 우종이가 내 손을 잡았다. 난 당황했다. 그리고 내 손을 펴서 내 손바닥에 침을 뱉었다. 난 너무 혼란스러워 얼빠진 표정으로 우종이를 쳐다봤다. 화가 난다기보다는 너무 당황스러워서 말이 안 나왔다.

목구멍에서 말이 막혔다. 말문이 막혀버렸다. 난 손을 떼어내고 태호에게로 갔다. 태호에게 우종이 이야기를 할 생각은 없다. 누가 싸우는 걸 보고 싶지 않았다.

"민우야, 괜찮아?" 태호가 날 걱정스럽게 바라보았다.

"응, 괜찮아." 그렇지만 난 얼빠진 모습이었다.

"왜 그래, 민우야?"

태호가 날 붙들었다. 난 이상하게 눈물이 날 것 같았다. 내 마음이 정말 여자처럼 여려지는 걸 느꼈다.

"응, 그냥 너무 많은 사람들의 감정이 들어오는 것 같아. 그래서 마음이 좀 부담스러워서 그래."

난 거의 울먹였다. 그리고 우린 각자 잠을 자러 갔다. 다음 날 아침 우린 일찍 일어났다. 난 밤잠을 설쳤다. 우린 일찍 일어나 소영이와 아이들과 같이 복장과 나갈 때 가지고 갈 장비를 보러 갔다.

우린 장비와 복장을 입고 서로 지도를 체크했다. 알렉스가 와서 브리핑을 해주었다. 우린 앉아서 들었다.

"너희들이 가볼 지역은 서울 강남이다. 강남에는 적들의 본거지가 있다. 물론 국가에서 만들어준 공공기관이지만 그들이 본거지에서 무슨 일을 하는지 알아내는 것이고 매번 우리에게 무전으로 상황을 설명해주길 바란다. 어떤 사소한 일이라도 우리에게 보고해야 한다."

우린 고개를 끄덕였다.

"우리가 하는 일이 스파이에 가까운 일인가요?" 우종이가 물었다.

"좋은 표현이다. 우종아, 너희들이 하는 일은 스파이가 하는 일과 가깝다. 어쩌면 적 본거지에 들어갈 수도 있으니 마음 단단히 먹길 바란다."

우린 생각한 것 이상으로 큰 임무를 받은 것 같아 다들 긴장하는 듯했다. 우리가 이런 상황에 대해 따로 훈련을 하지 않아 걱정되기도 했다. 우종이가 갑자기 뒤를 돌아 나를 봤다. 우종이의 표정은 뚱하고 기분 나빴다. 왜 날 쳐다보는지도 모르겠다. 우린 아침을 먹으러 갔다. 아침은 스프와 빵이 나왔다.

"이번에는 잘하면 적들과 진짜 붙을 것 같아." 숙희가 말했다.

"우리가 조심하면 싸울 일은 없을 거야. 전투는 지향하지 말자. 우리가 안전하게 다시 돌아오는 게 중요해."

소영이가 말했다.

"적들은 어쩌면 더러운 변태들일지 모르지." 우종이가 말을 했다. 우종이 말에 다들 식사를 멈추었다. 다시 먹었다. 우종이는 말을 너무 직설적으로 뱉어내는 듯했다.

"더러운 남창들처럼." 우종이가 말했다. 굳이 저런 표현을 써야 할 이유가 있을까 싶다.

우종이 때문에 우리가 선인지 악인지 구분이 안 되는 것 같았다. 우종이는 뭔가 동성애자에게 안 좋은 감정이 있는 듯했다. 어떤 사연이 있는지 모르겠지만 우종이를 좀 피해다녀야 할 필요가 있는 것 같았다. 난 아침을 좀 적게 먹었다. 우종이 때문에 기분이 안 좋았다. 우린 아침을 먹고 간단한 브리핑을 하고 기차에 올라탔다. 난 태호와 같이 앉았다. 난 태호의 손을 잡았다. 태호가 내 이마에 키스를 했다. 난 기분이 좋아졌다. 태호가 내 머리를 만져주었으면 좋겠다. 난 태호에게 기대었다. 태호가 내 머리를 쓰다듬었다. 난 웃었다. 태호가 미소 지었다. 그렇게 우린 바다의 수많은 물고기를 보며 갔다. 낡은 집에 도착해서 우린 밖에 나갔다. 나갈 때는 시간차를 두고 각자 한 명씩 밖에 나가 주변을 빙글 돌았다. 우린 다 나오고 거리를 두고 우린 기차역으로 걸어갔다. 운송수단을 쓰기에는 우리가 사람 수가 많아 눈에 띌 것 같았다.

우린 기차를 타기 전에 점심을 먹으러 갔다. 우린 간단하게 김밥집에 갔는데 좀 넓은 집에 갔다. 눈에 안 띄기 위해서다. 우린 식사를 했다. 토비가 왼쪽에 앉았고 태호가 오른쪽에 앉았다. 토비가 내 허리를 만지작거렸다. 난 이제 포기할 생각이다. 토비는 영원히 날 만지고 놀 생각인 것 같았다. 토비는 좋은 말로 하면 안 듣는 아이 같았다. 그렇다고 해서 토비에게 상처를 주고 싶지 않았다. 토비의 내면은 온통 외로움과 고통으로 얼룩져 있었다. 내가 토비의 마음을 어루만졌으면 하는 생각이 든다. 태호가 내 손을 잡았다. 양옆에서 토비와 태호가 날 만졌다. 난 괜찮았다. 이러다 태호와 토비가 손이 맞닿을 것 같았다. 토비가 내 허벅지에 손을 얹었다. 난 그 손을 치웠다. 우린 식사를 하고 기차역으로 갔다. 난 평소대로 태호의 손을 잡고 같이 걸었다. 우리는 거리를 두고 걷고 있었다. 한우종이 나를 힐끔 쳐다보고 그러다 날 노려봤다. 우종이는 시종일관 날 불편하게 했다. 우종이의 눈빛은 증오와 혐오감으로 가득했다. 우종이가 나를 쳐다보며 옆의 제시카에게 무슨 말을 했다. 나를 빤히 쳐다보며 이야기를 했다. 무슨 이야기를 했을까. 제시카가 나를 힐끔 쳐다보았다. 난 마음이 불안했다. 토비와 태호는 모르는 것 같았다. 우종이는 오직 나만 싫어하는 듯했다. 우린 기차역에 도착해서 미리 예매한 표를 갖고 기차가 오길 기다렸다. 기차 플랫폼에서 있다가 우린 기차에 탔다. 난 재빨리 태호 옆에 앉으려고 했는데 토비가 내 옆에 앉아버렸다. 난 태호를 쳐다봤다. 태호가 토비에게 다가왔다.

"토비, 나랑 자리 바꿔주지 않을래?"

태호가 말했다. 토비는 토비 특유의 비열한 미소를 지었다.

"왜? 민우랑 뭐라도 하게? 둘이 붙어서?" 토비가 조용히 말했다.

태호 얼굴이 흥분한 듯하다. 둘이 싸움이 날 것 같았다.

"좋은 말로 할 때 자리 좀 비켜줘, 토비. 굳이 민우 옆에 앉을 필요는 없잖아."

태호가 말했다.

"너는 왜 민우 옆에 앉는데? 너 역시 민우 옆에 앉을 필요 없잖아?"

토비가 왜 갑자기 그러는지 알 수가 없었다. 내가 몸을 너무 허락해서 오해가 생긴 건 아닌지 하는 생각이 들었다. 나 마음이 너무 불편했다.

"토비, 친한 지미랑 앉으면 되잖아. 굳이 내 옆에 앉을 필요는 없잖아."

내가 조용히 토비에게 말했다. 이러다 둘이 싸울 것 같아 마음이 불안했다. 토비가 날 바라보았다. 난 간절하게 부드러운 표정을 지었다. 토비는 날 보며 묘한 표정을 지었다. 토비의 표정이 슬퍼 보인다고 느껴 내 마음이 약해졌다. 난 어쩔 줄 몰랐다. 그리고 태호 얼굴을 바라봤다. 그는 나에게 간절한 표정을 지었다. 난 눈물이 날 것 같았다. 태호의 나를 사랑하는 감정과 토비의 슬픔이 교차되어 내 가슴이 너무 아팠다. 마음 같아서 둘 다 내 옆에 앉게 해주고 싶었다. 그렇지만 난 한 명만 허락해야 할 것이다.

"토비, 미안하지만 태호가 옆에 앉을 거야. 그러니 비켜줄래?"

난 최대한 친절하고 따스한 얼굴을 만들어보려 했고 토비 얼굴에 손을 얹어 토비의 마음을 최대한 밝게 만들어주었다. 내가 손을 토비 얼굴에 얹자 태호가 매우 불편해했다. 다행히도 토비가 자리에서 일어섰다. 그리고 난 손을 뻗어 태호를 내 옆에 앉혔다. 그리고 태호 얼굴을 두 손으로 감싸고 태호를 기분 좋게 해주었다. 태호는 미소를 지었고 급작스럽게 나에게 키스했다. 태호의 혀가 내 입에 들어왔다. 난 받아주었다. 우린 달콤한 키스를 나누었고 서로 몸을 기대고 손을 잡았다.

5

"민우야, 근처를 감지해줘." 소영이가 무전기로 말을 했다.

"응, 감지하고 있을게. 아직 초능력자는 우리밖에 없어."

난 답변을 했다. 난 기차에서 잠들지 않았다. 다른 아이들도 좀 긴장한 탓에 다들 잠을 자지 않았다. 난 태호와 이런저런 대화를 두서없이 나누었다.

"민우야, 토비가 널 아직 좋아하니?" 난 솔직해지고 싶었고 태호에게 솔직하게 이야기해야 한다고 생각했다.

"응, 내가 몇 번인가 나와 깨끗이 헤어지고 나를 잊어달라고 말을 했는데 토비가 워낙 애매모호하게 말을 흐려서 확실히 내 마음이 전달이 안 된 것 같아. 내가 다시 한번 말을 해볼게."

"토비가 널 불편하게 해?" 태호가 물었다,

"솔직히 토비가 아직 나에게 접근하려고 하긴 해. 근데 내가 접근하지 말라고 강하게 말하진 못했어. 사실 토비와 태호가 싸울까 봐 불안해."

"토비가 너를 안 건드리면 싸울 일은 없어. 민우가 말을 확실하게 전달해줬으면 좋겠어."

"응, 알았어. 이번에는 내가 이야기를 잘 해볼게." 내가 답했다.

그래도 토비 마음이 불편하게 느껴졌다. 나에게 토비 감정이 전달되고 있었다. 난 나에게 전달되는 그런 감정을 잘 다스려보려고 노력했다. 잘되진 않았지만 그래도 조금은 마음이 편해졌다. 우린 서울의 기차역에 도착했다. 다행히 오는 동안 아무 일도 없었다. 순간 나는 파란빛을 발견했고 소영이에게 알렸다. 기차역 앞에 그가 서 있었다. 소영이는 바로 기지에 연락을 해 초능력자 한 명을 발견했다고 보고했다. 그는 캐주얼하게 입고 있었으며 티셔츠에 청바지를 입고 있었다. 팔에는 완장을 차고 있었다. 하얀 동그라미에 가운데 비둘기가 그려진 완장이었다. 지나가는 사람들이 그를 힐끔힐끔 쳐다보았다. 우린 서로 떨어져서 그를 관찰했다.

"저 완장이 그들의 표시인가 봐." 엘리자베스가 말했다.

"응, 저들은 우릴 발견할 수 없기 때문에 그냥 지나쳐 가도 될 것 같아." 내가 말했다.

"조금 기다려 보자." 소영이가 말했다.

그 적대 세력의 초능력자는 짐이 많은 사람들을 도와 짐을 옮겨주기도 했다. 그는 겉으로 보기에 좋은 사람 같았다. 그렇지만 그들의 속내는 알 수가 없었다. 우린 기차역을 떠나 그 초능력자를 지나쳤다. 초능력자는 우릴 의심하거나 하진 않았다. 우린 자연스럽게 기차역을 빠져나와 번화가를 걸었다. 우린 서로 다른 그룹인 것처럼 걸었다. 난 태호와 같이 걸었고 사람들 눈에 띌까 봐 손은 안 잡았다. 우린 좀 더 걸어가다 빌딩 전광판에 적대 세력들의 능력자들이 등장하는 공익 광고를 보았다. 그들은 시민을 도우며 화재나 범죄 사건에까지 개입해 시민들을 돕고 있었다. 우리까지 헷갈릴 정도이다. 그들은 적대할 만한 세력이 맞는가 하는 생각이 들 정도다. 적대 세력의 선동은 정말 시민들에게 잘 먹히고 있다는 생각이 들었다. 난 간혹 프로파간다가 아니라 적들이 사실 정말 정의를 위한 사람들이면 어쩌나 하는 생각이 들기도 했다. 앞에서 경찰차가 다가왔다. 우린 긴장했다. 우리 쪽에 외국인들이 많아서 눈에 떠어서 그런 것이 아닌가 하는 생각이 들었다. 경찰차는 우리 앞에 서더니 그냥 옆으로 지나갔다. 우린 안도했다. 경찰차의 경찰이 우릴 쳐다보는 것 같았다.

우린 강남으로 향했다. 지하철을 타고 가는데 적대 세력의 홍보물이 지하철 여기저기 붙어 있었다. 우린 기분이 묘했다. 우린 지하철에 앉았다. 내 앞쪽에 어떤 아이가 우릴 빤히 쳐다봤다. 난 그 아이에게 눈길을 안 주었다. 괜히 눈에 떠면 위험하다. 아이가 우릴 살펴보는 듯하다. 난 아이가 왠지 신경 쓰였다. 아이는 나와 아이들을 빤히 쳐다보더니 우리 쪽으로 다가왔다. 난 좀 긴장했다.

"형, 초능력자야?"

아이가 뜬금없이 나에게 물었다. 난 멍한 얼굴을 하다 최대한 침착하게 말했다.

"웅, 나는 초능력자가 아니야"라고 답하며 조금 웃어주었다. 난 긴장해서 땀이 날 것 같았다. 아이가 어떻게 알았지? 소영이가 마이크로 말했다.

"민우야, 그 아이 왜 그런 거지? 그 아이 초능력자야?"

나는 아이가 바로 앞에 있어 답변할 수 없었다. 아이는 날 빤히 쳐다보다 옆에 있는 토비를 바라봤다. 토비는 아이를 보고 웃었다. 그리고 아이는 자기 자리로 돌아갔다.

"웅, 소영아. 아이는 초능력자가 아니야. 우리가 외국인들과 같이 있어서 그런가? 그래서 눈에 띄나?" 내가 말했다.

"글쎄, 두고 보자고. 다들 긴장해줬으면 좋겠어. 적대 세력도 외국인들과 같이 있으니 그것 때문에 어린아이가 우리가 초능력자로 보였나 봐." 소영이가 말했다.

우린 알았다고 답했다. 그리고 서로 모르는 사이인 것처럼 지하철을 타고 갔다. 강남에 도착해서 적대 세력들의 본거지가 있는 곳까지 갔다. 윤아 집하고도 가까웠다. 강남에서 높은 지대로 올라가는 곳에 적대 세력의 본거지가 있었다. 우린 사람이 많아 소영이와 나, 지미만 올라가봤다. 건물이 상당히 현대적이고 멋있었다. 주변에는 CCTV와 경비원이 가득했다. 우린 오해를 살까 봐 슬쩍 보고 다시 내려왔다. 우린 위치를 확인했으니 나를 이용해 적대 세력들이 어떤 움직임을 보이는지 살펴보기로 했다. 난 그 부자 동네의 놀이터에 앉았고 소영이는 저 멀리 앉았다. 지미는 내 오른쪽 멀리 앉았다. 난 적대 세력의 기를 관찰했다. 파란색이 하늘로 솟아 내 눈에 보였다.

"적들이 생각보다 많아." 내가 말했다.

"보이는 대로 다 나에게 알려줘." 소영이가 말했다.

"적들 기지에 한 50명 있는 것 같고 밖에는 20명 정도가 돌아다니는 것 같아. 이 기지 말고도 이 부자 동네 아래쪽에도 5~6명이 돌아다니고 있어."

난 느끼는 대로 다 알려주었다. 그리고 육안으로 경찰들이 근처에 많다는 것이 느껴졌다. 우리가 놀이터에 있는 게 조금 눈에 띌 것 같았다. 우린 바로 자리를 옮겨 동네 한 바퀴를 돌기로 했다. 그냥 동네를 지나쳐 가는 사람들로 보이길 바랐다. 이 동네에는 정말 아름다운 집들이 많았다. 나도 부자가 되면 이런 곳에 살고 싶다는 생각을 했다. 적들 기지 쪽에서 멀어지니 초능력자들의 빛이 조금 약해졌다. 난 동네 아래쪽에서 어마어마한 힘을 가진 자가 올라오는 게 느껴졌다.

그 힘이 우릴 압도하고도 남을 것 같았다. 난 순간 죽을 수도 있다는 공포가 느껴졌다.

"소영아, 엄청난 힘을 가진 사람이 올라오고 있어. 자동차를 타고 있는 것 같아. 힘이 어마어마해." 내가 말했다.

"그래? 그 사람을 유심히 관찰해봐." 소영이가 말했다.

"응, 알았어. 근데 관찰하는 것만으로도 걸릴 것 같아. 좀 두려워."
난 내가 느끼는 공포감을 소영이에게 솔직히 말했다.

"그래? 그 정도야? 그럼 우리가 조금 멀리 떨어지자."
소영이가 말했다. 우린 그 어마어마한 사람과 떨어지게끔 동네를 조금 벗어나보았다. 그럼에도 불구하고 그의 힘은 어마어마하게 하늘로 솟구쳤다.

"그 사람 아닐까? 마리 카우스라는 사람." 내가 말했다.

"응, 실제로 보지 않으니 지금은 알 수 없지. 여하튼 적대 세력의 수장이나 능력이 높은 사람인 것 같아."
소영이가 말했다.

그는 적대 세력의 본거지 쪽으로 들어가고 있었다. 그가 우리를 발견한다면 우리가 다 힘을 합쳐도 상대하지 못할 것 같았다.

"주변에 우리가 머물 곳이 있을까?" 소영이가 말했다.

우린 적들을 감지하면서 근처를 둘러봤다. 묵을 곳이 하나 있긴 했다. 모텔이 하나 있었는데 들어가보니 방이 너무 작았다. 우린 다른 곳을 보러 갔다. 큰 호텔이 하나 있긴 했다. 그렇지만 적들의 기지랑 멀리 떨어져 있었다.

"나머지 아이들이 호텔에서 지내고 민우랑 나랑 토비, 지미랑 모텔에 있을까?" 소영이가 의견을 제시했다.

"그러면 좋을 것 같긴 해."

내가 답했다. 우린 다른 아이들에게 돌아갔다. 다들 커피숍에 있었다. 우린 적들의 기지 위치 같은 것을 공유했고 소영이는 우리 기지에 알렸다. 일단 우린 다 같이 묵을 호텔에 가서 한 달치를 계산하고 방을 둘러봤다. 방은 상당히 컸지만 모두가 잘 침대가 없어 바닥에 이불을 깔고 자기로 했다. 호텔에 있는데 우종이가 나를 지나치면서 "남자 새끼랑 자는 놈"이라고 속삭이고 지나갔다. 난 도무지 우종이를 어찌할지 모르겠다. 우종이가 나를 혐오하는 말을 한마디 할 때마다 난 당황해서 말이 입 밖으로 나오질 않았다. 태호에게 말하면 둘이 싸울 것 같아 차마 말을 하지 못하겠다. 소영이라면 내 이야기를 들어줄지 모르겠다. 우린 일단 호텔을 살펴보며 우리 물건들을 정리했다. 남자들이 지낼 곳은 칸막이를 만들어놨다. 여자아이들은 침대를 썼다. 난 옷을 갈아입었다. 밖이 더워서 하얀 티셔츠에 청 반바지로 갈아입는데 그걸 우종이가 뚫어지게 쳐다봤다. 우종이의 시선이 느껴지고 우종이는 내 엉덩이와 다리를 빤히 쳐다봤다. 태호나 토비는 날 보지 않았다. 우종이만 빤히 쳐다봐서 불쾌했다.

우종이의 시선은 불쾌함 그 자체였다. 우종이는 날 혐오했다. 그러면서 내 몸을 왜 그렇게 빤히 쳐다보는지 모르겠다. 난 옷을 갈아입고 태호 옆에 앉았다. 태호랑 나는 같이 물건을 정리하고 무전기를 충전했다. 우린 짐을 다 정리하고 다 같이 모여 저녁을 먹으러 갔다. 아이들이 고기를 먹고 싶다고 해서 돼지갈비를 먹으러 갔다. 우린 서로 일상적인 대화만 했다. 다른 사람들이 들을까 봐 말을 조심스럽게 했다. 나는 돼지갈비를 맛있게 먹었다. 우종이가 나를 똑바로 쳐다보며 돼지고기를 억척스럽게 먹었다. 무엇을 의미하는지 알 수 없었다. 우종이의 빤히 쳐다보는 그 특유의 눈동자가 불편했다. 태호가 내 밥 위에 고기를 얹어줬다. 난 웃었다. 태호에게 예쁜 웃음을 지어 주었다.

우종이가 그걸 보고 또 고기를 우적우적 씹으며 나를 혐오스럽게 바라봤다. 신경에 거슬려 어찌할 바를 알 수가 없었다. 우종이는 토비와 태호가 안 보게 고기 먹다 남은 뼈를 내 밥 위에 던졌다. 난 어떻게 대처할지 몰랐다. 그냥 당황스럽기만 했다. 저런 성향을 가진 아이가 어째서 우리 팀에 들어왔는지 잘 모르겠다. 난 그저 당황하고 있을 뿐 대처를 할 수가 없었다. 말이 막힐 정도로 이상한 행동을 하는 우종이 때문에 입맛이 없었다. 우린 식사를 마치고 밖에 나왔다. 다들 커피를 마시러 갔다. 난 우종이와 멀리 떨어져 앉고 싶었지만 우종이가 먼저 내 옆에 앉았다. 태호는 반대쪽에 앉았다. 우종이가 다리를 떨었다. 그러면서 발로 간혹 내 다리를 쳤다. 난 좀 옆으로 비켜 앉았다. 그게 다른 아이들 눈에 보이지는 않았다. 우종이는 다른 아이들과 일상적인 대화를 나누었다. 숙희와 영화 이야기를 하고 있었다. 그러면서 내 발을 자꾸 찼다. 난 몸을 움츠린 상태로 있었다. 나는 좀 화가 났다. 그렇지만 우종이의 그런 공격에 말려들고 싶지 않았다.

"민우는 정신 공격이 강하다고 하는데 혹시 본인의 정신 상태를 다른 사람에게 전달하는 건 아니겠지?"

우종이가 그렇게 말하며 웃었다. 숙희도 따라 웃은 것 같다.

"음, 내 정신 상태라니?" 난 물었다.

"아니야, 아무것도."

라고 말하며 우종이는 계속 웃었다. 난 당황하기만 했다. 수지가 나를 바라봤다.

"민우야, 그 기분 좋은 기를 나에게 좀 전해줘."

수지가 말했다. 난 수지 얼굴에 손을 얹었다. 그리고 수지를 기분 좋게 해주었다. 수지는 미소 지었다.

"이런 거구나? 정말 좋다. 나 자주 해줘."

수지가 말했다. 그러자 우종이는 갑자기 조용해졌다. 난 웃으며 알았다고 했다. 태호가 나에게 기대었다.

"민우야, 나도 해줘."

난 태호 머리에도 손을 얹어 주었다. 태호는 웃었다. 난 마음이 밝아졌다. 토비는 날 바라보기만 했다. 나도 토비를 살짝 바라봤다. 내가 웃어주었다. 토비는 묘한 웃음을 띠며 고개를 돌렸다. 난 우종이에 대해서 잠시 잊을 수 있었다. 우린 커피를 다 마시고 숙소로 돌아갔다. 난 여기서도 적들이 감지되나 집중을 해보았다. 희미한 빛은 보이지만 감지하기는 어려웠다.

"민우야, 나랑 토비, 숙희랑 같이 적들 기지 근처에 한번 가보자." 소영이가 말했다.

"응, 알았어."

난 답을 하고 나갈 채비를 했다. 무전기를 챙겼다. 그때 태호가 내 이마에 뽀뽀를 했다. 난 웃음을 지었다. 태호 뺨을 살짝 어루만졌다. 그때 우종이가 날 뚫어져라 쳐다보며 불쾌감을 드러냈다. 날 몹시 혐오한다는 감정을 느낄 수 있었다. 난 빨리 밖으로 먼저 나갔다. 나가서 호텔 앞에 앉아서 기다렸다. 내 외모 때문인지 지나가는 사람들이 날 쳐다봤다. 내 다리를 쳐다보기도 했다. 아마도 내가 가슴이 아주 작은 여자로 보이는 것 같았다. 그런 시선이 느껴졌다. 내 가슴을 쳐다보기도 했다. 여자치곤 가슴이 너무 작은 여자로 보이는 것 같아 난 웃음이 났다. 내가 웃자 사람들이 다 나를 쳐다보았다. 소영이하고 토비, 숙희가 나왔다. 우린 긴장을 하고 적들의 본거지로 걸어서 올라가봤다. 난 그들의 기를 감지하였다.

"지금은 아까보다 사람이 별로 없는데." 내가 말했다.

"다들 어디 간 걸까?" 소영이가 말했다.

"어딘가로 이동한 것 같아. 여기서는 감지가 안 돼." 내가 답했다.

"우리가 계속 감지할 수 있다면 적들이 어디서 활동을 하는지 무슨 일을 하는지 알 수 있을 텐데."

소영이가 말했다.

"정말 적들이 시민들을 돕는 일만 할까?" 숙희가 말했다.

"그걸 우리가 알아내야 할 것 같아." 소영이가 말했다.

우린 적들의 기지를 한 바퀴 돌아봤다. 근처에 CCTV가 많아서 조금 거슬렸다.

"혹시 적들이 우리 얼굴을 알고 있으면 어떻게 해?" 숙희가 물었다.

"그럴지도 모르지. 위험하니 조금 멀리 떨어지자."

우린 적들의 기지에서 멀어졌다.

"오늘은 이만하자." 우린 다시 숙소로 돌아갔다.

다음 날 우린 다 같이 적들 기지에서 멀리 떨어진 곳에서 주변을 살펴봤다.

"우리 다 같이 적들 기지에 가볼래?"

우종이가 갑자기 말을 꺼냈다.

"왜? 위험할 거야." 소영이가 말했다.

"그냥 이왕 살펴볼 거, 다 같이 가서 살펴봐야 하는 거 아닌가 하는 생각이 들어서." 우종이가 말했다. 난 위험하다고 판단했다.

"나도 적들 기지를 보고 싶어." 우종이가 말했다. 소영이는 잠시 생각하는 듯했다.

"그럼 우종이가 보고 싶다면 나랑 민우랑 토비, 또 숙희랑 가보자." 소영이가 말했다.

"다른 아이들도 적대 세력의 기지에 대해서 파악하는 게 좋겠지." 소영이가 말했다.

우린 우종이랑 토비랑 숙희, 소영이 이렇게 기지 쪽으로 다가갔다. 나는 잔뜩 긴장하고 있었다. 우종이가 날 힐끔 쳐다봤다. 그 좋지 않은 눈빛은 여전했다. 난 신경 끄고 주변에 초능력자들을 감지했다. 초능력자들이 많았다.

"소영아, 지금 초능력자들이 아주 많아. 좀 위험할 것 같아." 내가 말했다.

"응, 조금만 더 가보고 돌아가자." 소영이가 답했다.

우린 기지 쪽에 좀 더 접근을 했다. 앞에는 아무도 없었다.

"그만 돌아가자." 소영이가 말했다.

우린 다 같이 뒤로 돌았다.

"오랜만이네."

선글라스 낀 남자와 하얀 와이셔츠를 입은 남자가 서 있었다.

"민우야!" 소영이가 외쳤다.

난 주변의 모든 초능력자들의 머리에 정신 공격을 가하려 했다.

"가만히 있어!" 우종이가 외쳤다. 우종이 입에서 강력한 음파가 나왔다.

난 귀를 막았다. 난 외마디 비명을 질렀다.

"우종아, 왜 그래?" 소영이가 외쳤다. 믿을 수 없다. 우종이가 우릴 공격하고 있었다.

"우종아!" 내가 외쳤다.

토비가 우종이에게 공격을 가했다. 우종이는 옆으로 날아갔다.

내가 정신능력을 사용했다. 주변에 적대 세력 초능력자들이 머리를 쥐어잡으며 주저앉았다.

성공이다!

"빨리 여기서 벗어나자!" 소영이가 외쳤다.

토비가 주저앉아 있는 적들을 발로 걷어찼다. 우린 앞으로 달려갔다. 난 그동안 쌓아온 체력단련을 통해 빨리 달릴 수 있었다. 앞에 기차역에서 봤던 남자가 서 있었다. 그는 매우 빠른 스피드로 우리에게 다가왔다. 숙희가 더 빠른 속도로 달려나가 둘이 경합을 벌였다. 숙희는 무술을 사용했고 상대편 남자도 무술을 사용했다. 하늘에 거대한 힘을 가진 자가 다가왔다. 그는 하늘을 날고 있었다. 둥둥 떠다니며 우리 쪽으로 다가왔다.

내가 정신능력을 가했다. 하늘의 남자에게 힘이 전해졌지만 그는 헬멧을 쓰고 있었다. 빨간색의 헬멧이고 상당히 고급스럽게 생겼다. 그에게는 내 정신능력이 안 통했다. 그가 나의 마음속에 들어왔다. 그의 감정은 너무나 거대하고 너무나 따뜻했다.

"아이야, 나와 함께 하자. 너의 힘이 더 강해지면 너는 위대한 존재가 될 거야."

난 그에게 마음을 빼앗길 것 같았다. 난 머리를 쥐어잡으며 그의 마음에서 벗어나려 했다. 그렇지만 불가능한 일이었다. 그의 힘은 너무나 강했다. 그는 신 같았다.

"민우야, 주변의 적들을 어떻게 해봐."

소영이가 말했다. 주변에서 토비가 매우 거친 싸움을 하고 있었다. 소영이는 담벼락의 돌을 뜯어내 적들에게 공격을 했다. 난 강한 정신 공격을 사방에 가했다. 적들이 머리를 쥐어잡고 한 번 더 주저앉았다. 이때를 틈타 숙희가 사방의 적들에게 무시무시한 속력으로 달려나가 공격을 가했다. 발로도 걷어차고 주먹 공격도 가했다. 나는 정신 공격을 유지하려 애썼다.

"그만, 민우야. 그만 빠져나가자." 소영이가 외쳤다. 토비, 숙희도 따라 나왔다.

뒤에서 우종이가 한 번 더 음파 공격을 가했다. 난 음파 공격이 가해진 고통스러운 상황에서 우종이에게만 정신 공격을 가했다. 우종이는 쓰러졌다. 하늘의 남자가 순식간에 우리 앞으로 다가왔다. 하늘의 남자 주변에서 바람이 폭발했다. 그는 우리에게 다가와 손을 뻗었다. 난 그의 헬멧을 벗겨내려고 했다. 그렇지만 이번엔 통하지 않았다. 그의 헬멧은 단단하게 고정돼 있었다. 그 남자는 순식간에 나에게 다가와 내 머리에 손을 얹었다. 난 순간 온몸에 힘이 빠졌고 그대로 바닥에 쓰러졌다.

"소영아!"

난 소영이를 외치며 일어났다. 난 어떤 방에 있었고 창문 밖에서 빛이 들어왔다.

지하인 걸로 추정되고 벽 위에 네모난 창문이 있었다. 내가 누워 있는 침대가 하나 있고 물잔과 물통이 있었다. 난 목이 말라 물을 마셨다. 그리고 주변을 더 살펴보았다. 문이 하나 있는데 무거운 쇠문 같았고 손잡이를 만져보았지만 열리지 않았다. 난 멍하니 주변을 서성였다. 옆에 보니 문이 하나 더 있었다. 난 문을 조심스럽게 열어보았다. 샤워실이 있고 변기가 있는 화장실이었다. 난 침대에 앉았다. 난 정신능력을 사용해보았다. 주변에 느껴지는 것이 아무것도 없었다. 난 여기가 어딘지 기억해내려 했다. 아마도 적들의 기지 아래에 있는 지하실이 아닌가 추정되었다. 난 다시 한번 정신능력을 사용했다. 머리가 좀 아팠다. 주변에 적들의 빛이 살짝 느껴졌다. 누군가 문을 열었다.

"민우야."

석호였다.

"서… 석호야." 석호가 손에 무언가 들고 있었다.

"민우야, 괜찮아?" 석호가 물었다.

"응, 괜찮아. 다른 아이들은?"

"그건 알려줄 수 없어. 배고파? 이거 먹을래?"

석호가 샌드위치와 우유를 가져왔다.

"아니, 먹고 싶지 않아."

내가 조용히 말했다. 석호는 샌드위치를 옆에 내려놓았다.

"다른 아이들은 괜찮아?" 내가 물었다.

"그건 말하면 안 돼. 이해해줘." 석호가 말했다.

"민우야, 네가 뭔가 오해하고 있는 것 같은데 우린 다 좋은 사람들이야."

난 그 말을 믿을 수 없었다.

"난 민우가 우리 쪽으로 와서 같이 지냈으면 좋겠어."

"그러긴 어려워. 우리 쪽 아이들도 좋은 아이들이 많아. 게다가 요한이도 있다고."

"요한이는 어디 있어?"

요한이가 있는 곳을 말해주면 우리 기지의 위치가 발각되어버린다.

"그건 이야기해줄 수 없어. 요한이는 잘 지내고 있어." 내가 말했다.

석호와 난 침대에 같이 앉았다.

"민우 너 이제는 다른 사람 같아. 예전에는 네 얼굴이 조금 남아 있었지만 지금은 그냥 여자 같다."

"으응, 그래. 이렇게 변했어. 난 지금 다른 아이들이 잘 있나 걱정이 돼."

"다른 아이들 이야기는 그만해. 내가 널 못 보러 올 수도 있어. 다른 사람들은 친절하지 않을 수도 있어."

난 석호 말에 조금 겁이 났다.

"여기 다 좋은 사람들이라면서?"

"좋은 사람들은 많아. 사람이라는 게 다 그렇잖아. 제각각이잖아. 여기서는 좀 무서운 사람도 있고 좋은 사람도 있고 그래. 사람 사는 게 다 그런 거겠지." 석호가 말했다.

"응…."

난 우리 쪽 사람들도 그렇다는 걸 이야기하려다 말았다. 게다가 우종이는 우릴 배신했다. 그가 우릴 기지 쪽으로 유인한 것 같았다. 우종이가 배신을 하다니….

"민우야, 배고프면 샌드위치 먹고 난 또 언제 너에게 올 수 있을지 모르겠어"라고 말한 뒤 석호는 갔다. 난 혼자 남아 마음을 추스렸다. 다른 아이들이 걱정되었다. 토비, 숙회, 소영이, 특히나 소영이가 걱정이다. 그리고 또 문을 열고 한둘이 들어왔다.

우종이와 어떤 백인 남자가 서 있었다. 아차, 우종이가 우리 본거지를 말했을 수도 있다.

난 그 생각에 커다란 근심이 생겼다.

"얘가 바로 그 남창 녀석이야."

우종이가 험하게 말을 했다. 난 눈을 끔벅이며 우종이와 그 백인 남자를 쳐다봤다.

"자리는 어때? 편해?" 그 백인 남자가 말을 했다

"아주 예쁘게 생겼네. 어때, 내 거 빨아주지 않을래? 아주 크거든."

이렇게 말하곤 웃었다. 난 너무 당황스러워 멍하니 있었다. 그가 바지를 벗으려고 했다.

난 순간 당황해 뒤로 물러섰다.

"농담이야, 친구." 백인 남자가 말하고 웃었다.

"석호가 먹을 걸 가져와주었나 보네. 석호 친구라며? 그래서 널 우리가 해칠 생각은 없어. 다른 아이들은 모르겠지만."

"다른 아이들은 좋은 사람들이야. 해치지 마." 내가 말했다.

"그건 우리가 결정하는 거야. 그나저나 너희들의 기지는 우리가 이미 알고 있어." 그가 말했다. 난 어찌할 바를 몰랐다. 지금쯤 우리 기지에 쳐들어갔을까?

"너 정말 예쁘게 생겼구나. 몸매도 여자 같고." 그 남자가 말했다. 난 딱히 뭐라 응답할 말이 없었다.

"저 남창 새끼가 우리 기지에서 여러 남자들과 하고 다녔다는 소문이 있어. 아주 더럽기로 소문난 녀석이야."

우종이가 말했다.

"난 그런 적 없어." 내가 말했다.

그러자 우종이가 나를 발로 차려는 행동을 했다. 난 순간 몸을 움츠렸다. 그러자 우종이가 웃었다. 정말 불쾌한 웃음이다.

"내가 네놈이 창녀라는 걸 여기 있는 사람들에게 다 이야기했어. 그러니 여기 사람들이 널 어떻게 대할지 기대되네." 우종이가 말했다.

"넌 더러운 질병이야." 우종이가 또 말했다.

난 기분이 몹시 안 좋았다. 불쾌감도 들었다.

"그래서 날 어쩔 셈이야?" 내가 물었다. 난 몸을 떨었다. 우종이는 그 특유의 기묘한 표정으로 날 노려봤고 금방이라도 날 공격할 것 같았다. 우종이의 두 눈이 이글이글거렸다. 나도 모르게 정신을 집중해 우종이의 머리에 공격을 가했다.

"그만해. 다른 아이들이 다치는 걸 원치 않으면."

백인 남자가 말했다. 우종이는 쓰러져서 머리를 쥐어잡았다.

"이 개새끼가."

우종이가 욕을 하며 나에게 달려들었다.

"일어나, 잠깐 어디 좀 가자." 백인 남자가 말했다.

"그 힘은 안 쓰는 게 좋아."

난 일어나서 백인 남자를 따라갔다. 난 다른 아이들을 보고 싶었다. 난 긴 통로를 지나 빛이 밝은 야외에 나왔다. 정말 큰 집이고 부자들이 사는 집 같았다. 야외에는 운동기구도 있었고 수영장도 있었다. 거기 많은 아이들이 있었다. 아이들은 다 나를 쳐다봤다. 거기에는 토비가 있었다. 토비는 묶여 있었고 아이들에게 맞았는지 얼굴이 멍들어 있고 피를 흘리고 있었다. 난 충격을 받았다.

"저 녀석도 일행이야?" 어떤 백인 여자가 물었다.

"웅, 근데 이 친구는 대장이 건드리지 말라고 했어." 날 데리고 나온 백인 남자가 말했다.

난 토비를 바라봤다. 토비는 날 보고 미소를 지었다. 망가진 얼굴에 미소가 번져 토비 특유의 광기가 번뜩였다.

"날 묶어놓고 때리는 것보다 정정당당하게 한판 붙는 게 어때?"

토비가 말했다. 그러자 아이들이 다 같이 웃었다. 웃음소리가 너무 커서 동네가 다 들썩거릴 지경이었다.

"정정당당하게 하면 재미없지." 한 남자애가 말했다.

그리곤 토비를 때렸다. 난 순간 화가 나 그 아이에게 정신 공격을 가했다. 그 아이는 외마디 비명을 지르며 쓰러졌다. 그러자 아이들이 나를 보며 뒤로 조금 물러섰다.

"그 능력 쓰지 말라고. 소영이가 다칠 수도 있으니." 날 데려온 백인 남자가 말했다.

"소영이를 보고 싶어." 내가 말했다.

"그건 안 돼. 네가 자꾸 그 능력을 쓰잖아."

"좋아 안 쓸게. 소영이를 보게 해줘."

"그래? 그 능력을 정말 안 쓴다고?" 우종이가 말하며 나의 뺨을 때렸다.

난 굴욕감을 느꼈다. 하지만 능력은 사용하지 않았다. 우종이가 날 발로 걷어찼다. 난 배를 움켜쥐며 넘어졌다.

"그 정도면 됐어. 그래, 능력을 쓰지 않는군. 그렇지만 그 여자아이는 나중에 보여줄게."

그리고 날 데려온 남자가 날 일으켜 세워 토비 쪽으로 데려갔다.

"토비, 괜찮아?" 난 걱정되는 눈빛으로 토비를 바라봤다.

"이 아이는 건드리지 마. 차라리 날 때리라고. 계집애 같은 녀석들."

토비가 말했다. 주변 아이들이 한 대 칠 듯이 토비를 노려봤다.

"아마 저 토비란 자식하고 민우는 같이 떡을 쳤을 거야. 이 새끼들 다 남창들이거든." 우종이가 말했다. 그러자 다른 아이들이 실실 웃기 시작했다. 난 토비 얼굴에 손을 얹었다. 그리고 토비의 기를 살려주었다. 토비는 얼굴이 밝아졌고 얻어맞은 고통에서 조금 벗어날 수 있었다.

"더러운 새끼. 우리가 보는 앞에서 남창 짓이라도 하게?" 우종이가 외쳤다.

"그만해, 우종아. 넌 우릴 배신했어. 어떻게 그럴 수 있지?" 내가 말했다.

"배신한 적 없어. 난 그저 너희들과 그 더러운 똥통에서 같이 지냈을 뿐이야. 그리고 내가 원하는 건 더 강력한 힘이지. 너 같은 게 이 새끼는 이해 못 해. 난 너희들을 모두 뛰어넘을 거야." 우종이가 말했다.

우종이에게 뭔가 안 좋은 일이 기지에서 있었을 것이라 생각된다.

"소영이랑 숙희는 건드리지 마. 여자들이잖아." 내가 말했다.

"너도 고추 달린 계집애 새끼잖아."

우종이가 비열한 얼굴을 하며 말했다. 우종이가 비열한 얼굴을 하며 나에게 다가왔다. 또 나를 때릴 참인 것 같았다.

"네가 얼마나 지저분한 남창 새끼인지 확인 좀 해보자."

우종이는 내 옷을 잡고 벗겨내려고 했다.

난 너무 당황스러워 저항을 했다. 하지만 우종이 힘이 나보다 셌다. 내 반바지가 다 벗겨지려고 했다.

"너도 게이 새끼구나. 하는 짓 보니까." 토비가 우종이에게 독설을 날렸다.

"네가 게이 새끼니까 자꾸 민우에게 집착하는 거지." 토비가 또 한마디 했다.

우종이가 날 벗기는 걸 그만두고 토비에게 다가가 토비를 마구 때렸다. 우종이의 폭력은 좀 기이한 느낌이 있다. 토비를 정말 죽여버리겠다는 식으로 마구 때렸다. 상당히 기이한 폭행이 시작됐다. 날 데리고 온 백인이 말렸다.

"가슴만 안 달렸지 정말 여자 같네." 어떤 여자아이가 나를 보고 말했다.

"소영이를 보게 해줘." 내가 말했다.

백인 남자는 날 쳐다봤다.

"보여줄 수 없어. 그리고 네가 능력을 사용한다면 소영이를 저 토비라는 자식이 묶여 있는 곳에 묶어둘 거야. 네가 상상했던 것 이상으로 소영이를 우리가 다루어줄 생각이라고."

난 순간 겁이 덜컥 들었다.

"이 자식도 매달아서 때려주자고." 우종이가 말했다.

"진정해, 한우종. 넌 지나치게 흥분하는구나." 백인 남자가 말했다.

난 조금은 안도했고 아이들이 토비를 그만 풀어주길 바랐다. 백인 남자가 나에게 다가왔다. 난 몸을 움츠렸다.

"그렇지만 난 네가 진짜 네 능력을 사용하나 안 하나 테스트해보고 싶어." 백인 남자가 비열한 미소를 지으며 날 붙들어맸다. 다른 아이들이 토비를 풀어주고 손을 묶었다.

난 끌려가서 토비가 묶인 자리에 묶여졌다. 난 극도로 긴장한 상태이다. 가슴이 두근거렸다. 어떤 덩치 큰 남자가 와서 내 얼굴을 주먹으로 때렸다. 난 거의 정신을 잃을 정도로 타격을 받았다. 경악 그 자체였다. 난 또 한 방을 맞았다. 얼굴에 커다란 덩어리가 생긴 느낌이 들었다. 난 제정신이 아니었다. 그리고 주먹으로 배를 때렸다. 난 외마디 비명을 질렀다. 배를 움켜쥐고 싶어도 두 팔이 묶여 고통을 있는 그대로 받아야만 했다. 그때 우종이가 나에게 와서 바지 지퍼를 내렸다.

"어디 이 자식 거시기 좀 볼까?"

비열한 미소가 우종이 얼굴에 번졌다. 난 고개를 숙였다. 고통에 얼굴을 똑바로 들 수가 없었다. 우종이가 내 바지를 벗기려 했다.

"그만해, 징그러워." 한 여자아이가 말했다. 우종이는 기묘한 웃음을 띠며 내 얼굴을 바로 잡아 자신을 쳐다보게 했다. 그리고 내 눈을 똑바로 쳐다보고 웃었다. 충격적일 정도로 비열한 웃음이었다. 도대체 우종이를 이렇게 만든 원인이 뭘까 하는 생각이 들었다. 난 소영이를 해칠까 봐 내 능력은 사용하지 않았다. 난 소영이가 여기 매달리는 걸 원치 않았다.

"거봐, 우종이 저 자식 민우 거시기를 꺼내 보려고 하는 걸 보니 녀석도 남자를 좋아하는 변태 새끼잖아. 내 말이 그럴싸하지 않아?"

토비가 말했다. 순간 우종이가 엄청난 분노를 내뱉으며 토비를 마구 때렸다. 우종이는 기이할 정도로 분노했고 토비를 죽일 것 같았다.

"우종아, 그만해. 차라리 날 때려."

내가 기어가는 목소리로 말했다. 난 토비가 정말 죽을 것 같아서 걱정됐다.

우종이는 토비를 마치 짐짝처럼 두들겨 패는데 보는 이에게 걱정이 생길 정도였다. 그리고 아까 날 때리던 덩치 큰 아이가 또 날 때릴 참인 것 같았다.

"그만해."

어떤 여자아이가 말했다. 이 여자아이는 빨간 원피스를 입고 있어 눈에 띄었다. 양갈래 머리를 했고 눈이 조금 무섭게 생긴 아이였다. 눈이 상당히 컸다. 그 여자아이가 손을 뻗어 내 팔을 묶은 것을 손대지 않고 풀었다. 소영이와 비슷한 종류의 능력을 가진 것 같았다.

"너 정말 계집애처럼 생겼구나."

여자아이가 말했다. 팔이 풀리니 복부에 엄청난 고통이 퍼졌다. 난 배를 움켜쥐었다.

"난 도로시라고 해. 이름이 민우라고?"

난 고개를 끄덕였다. 몸이 아파 말을 하기 힘들었다. 날 데리고 왔던 백인 남자가 날 일으켜 세워 다시 날 방으로 데려갔다.

"잊지 말라고. 소영이가 험한 꼴을 당하는 걸 보고 싶지 않다면 얌전히 있어."

그러고 가버렸다. 토비는 어떻게 됐는지 알 수가 없었다. 난 침대에 누워 고통을 가라앉히려 노력했다. 턱과 얼굴, 배가 너무 아팠다. 난 요한이가 보고 싶었다. 태호도 보고 싶었고 태호와 나머지 아이들은 어떻게 됐을까. 난 아픈 배를 부여잡고 끙끙거렸다. 난 감지 능력을 활성화시켜 다른 초능력자들을 살펴보려 했지만 이 집에 무언가 설치된 건지 잘 보이지 않았다. 난 마음이 약해지기 시작했다. 난 마음을 강하게 먹어야 한다고 생각했다. 소영이와 숙희가 무사하길 바랐다. 누군가 또 방에 들어왔다. 난 또 우종이가 악에 받쳐 들어온 게 아닌가 몸을 움츠렸다. 어떤 백인 남자가 들어왔다. 어디서 본 것 같았다. 그 기차역에서 봤던 사람 같았다. 아직도 팔에 완장을 차고 있었다.

"이봐, 얼굴에 이걸 발라." 그가 약을 가져왔다.

"우리 대장이 널 괴롭히지 말라고 했거든. 근데 우리가 널 좀 때렸지. 너 능력이 대단하던데."

그가 약을 줬다.

"어서 발라. 아니면 우리가 곤란하니까. 우린 그렇게 악당들은 아니라고. 너희들은 어떤데? 너희들도 마음만 먹으면 우릴 죽이려고 들걸."

"우린 사람을 죽이진 않아." 내가 말했다.

"정말로? 너 어렸을 때부터 보지 않았어?"

"난 어릴 때부터는 초능력자가 아니야. 초능력을 비교적 최근에 가졌어."

굳이 이런 말을 할 필요가 있을진 모르겠지만 마음이 가라앉아 난 감정적으로 변해 있었다.

"비교적 최근이라고? 그렇군. 네 친구는 우리가 맘에 드나 봐. 우종이라고 했던가?"

"그는 우릴 배신했어." 내가 답했다.

"배신이 아니야. 네가 생각하는 것처럼 우린 악당이 아니거든. 너희랑 우리랑 다를 바 없어."

"우린 사람을 매달아놓고 때리진 않아."

"과연 그럴까? 너희들도 다를 바 없어. 우리가 왜 너희들보다 수가 적은 줄 알아?"

난 눈을 동그랗게 뜨고 그를 바라봤다.

"너희들이 우릴 대부분 없애버렸잖아. 알렉스라는 자가 우릴 아주 가지고 놀면서 죽였지."

"알렉스가?"

난 믿을 수 없었다. 알렉스처럼 선한 얼굴을 가진 자가 그럴 리가 없다.

"믿지 않아." 내가 답했다.

"넌 너희 쪽 사람들 같진 않은데?"

난 뭐라 할 말이 없었다. 말하고 싶지 않았다. 내가 너무 많은 정보를 주는 거면 어쩌지? 난 입을 다물었다.

"응, 이제 대화하기 싫은가 보군. 어서 약을 발라. 너 약 바르는 것까지 내가 확인하고 가야 하니까."

난 별다른 생각 없이 약을 짜서 얼굴의 아픈 부분에 발랐다. 조금 고통이 가라앉는 것 같았다. 약은 겉에 상표가 없었다. 자체 개발한 건가? 부었다고 생각한 부분이 가라앉는 것 같았다.

"토비에게도 약을 줬겠지?"

내가 말했다. 토비가 걱정됐다.

"그런 건 몰라. 그 녀석은 우리가 별로 좋아하지 않아. 그 녀석이 얼마나 개새끼인지 넌 모르는가 보군."

토비가 날 마구잡이로 날 강간하듯이 성욕을 푼 게 기억이 났다. 그렇지만 토비는 근본적으로 나쁜 아이는 아니었다. 난 그렇게 믿고 싶은 건지 모르겠다.

"토비는 괜찮아?" 내가 다시 한번 물었다.

"걱정 마. 지금은 방에 처넣었으니까."

그는 나를 살펴보다 내 다리를 쳐다봤다. 난 그 시선이 느껴졌고 그가 내 다리를 빤히 쳐다보고 훑어보았다. 이 사람도 남자를 좋아하는 사람일까? 그런 사람이 많진 않을 텐데….

"너 정말 예쁘구나. 모델 해도 되겠어. 물론 거시기가 달렸지만." 그리고 그는 웃었다.

난 아무 말도 하지 않았다. 약을 그에게 돌려주었다.

"여긴 가만둘 거야?" 그가 내 얼굴에 약을 발라주었다. 난 가만히 있었다.

"얌전하네. 이빨도 없나 봐?" 그가 투덜거렸다.

"누가 널 따먹으려고 하면 얌전히 대주겠어?" 그는 말이 거칠었다. 난 눈을 크게 뜨고 그를 빤히 봤다.

"토끼 같은 새끼." 그가 말을 뱉었다.

그는 날 바라보다 잠시 일어섰다.

"좋아. 얼굴은 괜찮은 것 같아. 거 좆 빠는 것 같은 멍한 얼굴 좀 고치면 좋겠어."

내 표정이 어떻다는 걸까? 난 모르겠다.

"내 이름은 호퍼야. 난 빠르게 움직이는 힘을 가졌다고. 그 할리우드 영화처럼 말이야. 그래서 난 딸을 존나 빨리 쳐."

그러더니 웃었다. 자기 말에 자기가 웃는 스타일인 거 같았다.

"넌 사람 머리를 겁나 아프게 쥐어뜯게 만드는 힘이 있다며? 네 능력이 상당하다고 들었어. 우리 쪽에 합류하면 넌 분명 좋은 대우를 받을 거야. 잘 생각해 보라고."

난 결코 이들과 함께할 생각이 없었다. 이들은 좀 문제가 있는 것 같았다.

"좋아, 난 가보지. 혹시 할 말 있으면 해. 필요한 거라든가."

"혹시 소영이와 숙희를 볼 수 없을까?" 내가 말했다.

"그건 안 돼. 다른 건 없어?"

"응… 없어."

"좋아. 밥도 줄 거고 물도 줄 거야. 걱정 말라고. 난 가보겠어. 잘 지내."

호퍼는 그렇게 가버렸다. 난 멍하니 앉아 있었다. 호퍼는 좀 정신 없는 사람 같았다.

난 도로시라는 여자를 떠올렸다. 도로시는 내가 좋아하는 영화에 나오는 주인공 이름이다. 머나먼 나라 동화 같은 나라로 가는 영화. 난 가끔 동화 속으로 가는 상상을 했던 것 같다. 이런 사람들과 석호가 같이 있다니. 석호는 사람들이 잘 대해주는 걸까?

머리가 뒤죽박죽이다. 우리 쪽 사람들이 이들을 죽였단 말인가? 어째서지? 평화만 추구한다고 했는데. 난 무척 혼란스러웠다. 그날 석호가 와서 저녁을 주었다.

"샌드위치 안 먹었네?" 석호가 물었다.

"응, 입맛이 없어서."

"누가 널 괴롭히진 않았지?"

석호가 말했다. 석호는 아무것도 모르는 것 같았다.

"응." 난 그냥 답변했다. 석호가 곤란해지는 상황이 올까 걱정됐다.

"먹어. 맛있는 스테이크야. 여긴 항상 맛있는 음식을 먹어."

난 석호를 가만히 바라봤다.

"석호는 여기가 좋은가 봐. 여기 사람들이 잘해줘?" 내가 물었다.

"응, 정말 좋은 사람들이야."

석호는 웃었다. 난 괴리감이 들었다. 석호가 혹시 누군가에게 홀린 건 아닌가 하는 생각이 들었다. 난 입맛은 없지만 스테이크를 조금 먹었다. 석호는 옆에서 그냥 앉아 있었다.

"민우야, 네가 있었던 곳이 더 좋아?"

"응, 나쁘지 않아."

"여기도 좋은데. 그리고 왜 너희들 쪽 사람들이 우릴 싫어하는 거지? 봐, 우린 공개적으로 활동하고 좋은 일만 하잖아."

난 뭐라 할 말이 없었다. 내 믿음도 흔들릴 지경이다.

"지금은 머리가 복잡해. 네가 잘 지내고 있다니 일단 다행이야." 석호에게 말했다.

"응, 그래." 석호는 내가 여기 갇혀있는데도 여기가 좋다고 말한 걸 보면 뭐에 홀린 것 같기도 하다. 그리고 석호는 잘 자라는 말을 하고 나갔다. 난 잠이 오지 않았다. 잠이 올 리가 없었다. 신기하게도 몸이 안 아팠다. 그 약이 효과가 큰 것 같았다. 이들도 과학기술이 발전했을 거라 생각했다. 난 눈을 뜨고 누워 있다가 어느 순간 잠이 들었다. 난 새벽에 깨어났다. 누군가 내 몸을 주무르고 있었다. 난 소스라치게 놀라 자리에서 일어났다.

"더러운 창녀 같은 놈이."

누군가 날 무섭게 노려봤다. 우종이다.

"우종아!" 내가 외쳤다.

"닥쳐, 더러운 계집아."

우종이가 혁대를 풀었다. 그리고 자기 물건을 꺼냈다. 난 너무 충격을 받아 말이 입 밖으로 나오질 않았다. 그는 자기 물건을 내 얼굴에 갖다 대었다.

"빨아, 이 새끼야. 아니면 소영이는 뒈질 거야. 우리가 벗겨 벌릴 거야. 어서 빨아."

우종이가 몹시 흥분했다. 난 당황해서 멍하니 우종이를 쳐다봤다. 내 동공이 확장됐다.

그가 자기 물건을 내 얼굴에 문질렀다. 토비하고 비슷한 짓을 해댔다. 어느 순간 우종이의 물건이 내 입으로 들어와 난 정신이 번쩍 들었다.

"아악!"

난 우종이에게 정신 공격을 가했다. 우종이의 무시무시한 분노가 날 노려봤다. 두 눈에는 혐오와 분노가 가득했다. 그리고 욕정이 빛났다.

"너… 한 번만 더 그 능력을 쓰면 소영이는 내가 따먹어버릴 거야."

우종이가 침을 흘리며 분노를 쏟아냈다. 그가 내 머리를 잡아채 내 입에 혀를 넣어 마구 휘저었다. 그의 흥분은 극도로 상승했다. 그리고 내 몸을 마구 주물렀다.

"이 남창 새끼, 어서 빨아."

그는 다시 한번 자기 물건을 내 입술에 문지르고 내 입에 집어넣었다. 난 구역질이 나서 그를 밀쳐냈다. 우종이는 육체적인 힘이 약했다. 그의 벗은 몸은 갈비뼈가 보일 정도였다.

난 구역질을 했다.

"우종아, 그만둬." 내가 외쳤다.

난 잠이 달아났고 경악한 얼굴로 우종이를 바라봤다. 우종이는 다시 한번 나를 붙들었다.

또 내 입에 혀를 집어넣었다. 난 주먹으로 우종이를 때렸다. 너무나도 쉽게 그는 나에게서 떨어졌다. 주먹으로 맞은 것이 상당히 분해 보였다. 난 경멸의 눈빛으로 그를 바라봤다.

"너 이 새끼, 내일 두고 보자." 우종이는 욕정을 해소하지 못해 분해 있었다. 그는 다시 한번 나에게 다가왔다. 그의 물건은 상당히 크다. 기이하게 보일 정도이다. 그는 조용히 내게 오더니 다시 그 짓을 하기 시작했다. 그는 내가 어디 달아나기로 할 것처럼 조심스럽게 날 더듬었다. 내 허벅지를 만지고 주물렀다. 난 충격을 받아 멍하니 있었다. 또다시 정신이 번쩍 들었다. 우종이가 이럴 줄은 상상도 못했다. 난 벌떡 일어서서 철문을 마구 두들겼다. 밖에서 누군가 오는 소리가 들렸다. 문이 열렸다. 우종이는 급하게 옷을 주워 입었다. 호퍼가 왔다.

"무슨 일이야?"

호퍼가 자다 일어난 얼굴로 물었다. 난 충격 받은 얼굴로 호퍼를 바라봤다.

"너 왜 그래? 우종이가 혹시 때리기라도 했어?"

"이 남창 새끼가 날 공격했어. 우리의 약속을 어겼다고. 이 새끼를 빨리 매달아!"

우종이가 분노의 악담을 쏟아냈다.

난 너무 당황스러워 입에서 말이 안 떨어졌다.

"그게 사실이야?" 호퍼가 나에게 물었다.

"너 왜 그렇게 멍 때리고 있어? 말 좀 해봐." 호퍼가 날 다그쳤다.

"우종이는 여기 왜 있는 거야?" 호퍼가 우종이에게 물었다.

"난 이 자식을 감시하려고 왔어. 이 남창 새끼가 전에도 밤에 이상한 짓을 많이 했거든. 그래서 내가 남창이라고 하는 거야. 그게 이 자식을 부르는 방법이지."

난 갑자기 한쪽 눈에서 눈물이 흘렀다. 내가 받아들여서 관계를 하는 것과 남이 강제로 나에게 행위를 하는 것이 이토록 차원이 다를 줄은 상상도 못했다. 난 패닉 상태에 빠져들었다.

"이봐, 민우라고 했나? 너 괜찮아? 너 눈이 휘둥그레졌어. 너 어디 아파?"

난 눈물을 흘리며 어깨를 들썩였다.

"난 피곤해서 자야겠어. 우종이 너도 쓸데없는 짓 하지 말고 어서 나가!"

우종이는 나를 노려보고 나갔다. 눈빛이 이글이글 불타올랐다. 난 멍하니 서 있었다. 호퍼가 나를 한참을 쳐다보다 문을 닫았다. 난 그대로 침대에 주저앉아 아침이 올 때까지 잠을 자지 못했다. 난 쇼크 상태에 빠져 있었다. 무엇보다 우종이의 물건에 난 털과 입에 닿는 촉감이 머릿속에서 도저히 사라지지 않았다. 특히 우종이 혀의 촉감이 떠오르자 온몸에 닭살이 돋았다. 난 몸을 부르르 떨었다. 우종이의 질감이 몸에서 떠나기지 않았다. 난 그렇게 아침을 맞았다. 난 거울을 봤다. 얼굴이 창백했다.

커다란 눈은 충격으로 안구가 튀어나올 것 같았다. 한참 있다가 호퍼가 들어왔다. 자다 일어난 얼굴이었다. 방금 샤워했는지 머리에 물방울이 맺혀 있었다. 호퍼의 눈은 파란색이고 눈이 깊었다. 토비처럼. 호퍼는 나를 빤히 쳐다봤다. 무언가 말하고 싶은데 말을 못

하는 것 같았다. 호퍼가 군침을 삼켰다. 그리고 내 두 눈을 보다 눈을 아래로 내리깔았다.

"너 왜 그래? 왜 그렇게 얼빠져 있는 거야? 씻었어? 어서 씻어."

호퍼는 서 있다가 다시 밖으로 나가려고 했다.

"잠깐만."

내 입에서 말이 떨어지기까지 오랜 시간이 흐른 것 같았다.

"잠깐 나가지 말고 여기 있어줘." 내가 말했다. 난 우종이가 또 들어올까 봐 그랬다.

호퍼는 아무 말도 안 하고 침대에 앉았다. 나는 빨리 씻었다.

"그러지 말고 샤워해." 호퍼가 말했다.

"깨끗이 씻으라고."

난 멍 때리다가 샤워를 했다. 빨리 샤워를 하고 나와 호퍼를 보았다.

"너 옷은 입어야지!" 호퍼가 깜짝 놀란 표정으로 나를 봤다. 난 얼굴이 붉어지고 옷을 재빨리 입었다.

"세상에, 넌 도대체 뭐가 문제야? 몸도 여자 같잖아. 무슨 일을 겪어서 그런 거야?"

호퍼가 묘한 표정을 지으며 말했다.

"응… 지금 그걸 말하고 싶진 않아."

난 이렇게 답을 했다.

"젠장, 어서 나가자고."

난 호퍼를 따라 나갔다. 우종이가 눈에 보이면 어쩌지 하는 생각이 내 머리를 꽉 채웠다.

우린 어제와 다른 장소에 갔다. 우린 어떤 식당에 들어갔다. 식당이 꼭 영국 귀족들이 지내는 곳 같았다. 벽에 고풍스러운 그림들이 걸려 있었다.

"마리 카우스네."

검은 망토의 남자가 자기 이름을 말했다. 난 멍하니 쳐다봤다. 어떤 행동과 말을 해야 할지 몰랐다.

"이리 앉게." 호퍼가 날 자리에 안내했다. 난 자리에 앉았다.

"창백하군. 안 좋은 일은 없었겠지?"

마리 카우스가 호퍼에게 물었다.

"없었습니다."

호퍼가 답변했다. 이 자리에서 내가 우종이에게 강간당했던 이야기를 하면 어떻게 될지 궁금했다. 난 그런 생각을 하며 경악했다. 한번 더 온몸에 닭살이 돋았다. 내가 넋 나간 표정을 짓자 마리 카우스가 손을 뻗어 나에게 어떤 에너지를 주었다. 정말 놀라울 정도로 난 치유되고 살아나는 것 같았다. 이런 능력을 쓰던 사람이 있지 않았나…. 로버트 패트릭. 학교에서 만난 신부님이다. 그분과 능력이 비슷하다. 신부님은 여기 계실까?

"다른 아이들이 혹시 나쁜 짓을 했나?" 호퍼에게 또 물었다.

"그런 일은 없었어요."

다시 한번 호퍼가 말했다. 호퍼는 긴장하는 것처럼 보였다.

마리 카우스는 그렇게 아랫사람들을 잘 아는 사람 같지 않았다. 난 마리 카우스의 지배력을 의심했다.

"소영이와 숙희는 아직 멀었나?"

난 순간 깜짝 놀랐다. 소영이와 숙희를 볼 수 있다. 무사한지 알고 싶었다.

"민우는 능력이 아주 뛰어난데 그 능력을 그 정도밖에 사용하지 않는 게 안타깝군."

난 무슨 답을 할까 고민했다.

"아… 아쉽지는 않아요." 난 그렇게 답하곤 고개를 숙였다.

"그건 거짓말이야. 로버트가 그런 말을 전파하는 모양이군. 네가 진정한 힘을 얻게 되면 모든 게 이해될 거다. 모든 이치에 대해서, 세상의 인종 갈등이나 그 어떤 사상도 너의 강력한 힘 앞에서 무용지물이 될 것이다."

난 그 말에 잠시 곰곰이 생각에 잠겼다. 내가 그런 막강한 힘을 가질 수 있단 말인가?

"민우는 큰 힘을 얻게 되면 아마도 나를 열렬히 따르겠지."

과연 그럴까? 그건 말도 안 되는 이야기 같았다. 난 마리 카우스를 바라보며 말을 듣는 척했지만 소영이와 숙희 생각이 가득했다. 다른 쪽 문이 열리고 소영이와 숙희가 들어왔다. 소영이는 평소 그대로의 담담한 표정을 짓고 있었다.

"자, 다들 자리에 앉지." 마리 카우스가 말했다. 소영이와 숙희는 자리에 앉았다.

소영이는 나를 차분하게 바라보았다.

"민우야, 솔직히 말해! 괜찮아?"

소영이가 강하게 말을 했다. 난 결코 소영이를 걱정시키고 싶지 않았다.

"괜찮아. 소영이랑 숙희는?"

"우린 괜찮아. 너 자신이나 신경 써, 민우야." 숙희가 부드럽게 말했다.

"응, 알았어." 난 답을 했다.

"걱정 마라, 얘들아. 우린 너희들을 해치지 않아."

"그럼 토비는 어디 있죠?" 소영이가 물었다.

"토비는 다른 곳에 있어. 우리 아이들이 토비에게 당한 게 많다더구나."

"복수를 허용하는 당신들의 집단이 어떻게 선이라고 할 수 있죠?"

갑자기 긴장감이 돌았다. 난 그냥 고개를 숙였다. 어쩔 때는 소영이의 기가 강해서 압도당하는 기분이 든다. 만약 소영이의 힘이 무한대로 방출된다면 여기 있는 그 어느 능력자보다 강력한 힘을 가질 것 같다는 생각이 든다. 난 내심 소영이 걱정을 왜 했나 싶다. 소영이를 함부로 건드릴 사람은 여기 아무도 없었다.

"너희들은 우릴 완전히 오해하고 있어. 우린 순수한 힘을 단련해. 세상에 드러나 사람들을 돕고 사는 일을 할 거야. 너희들도 보았겠지, 우린 지금 그런 좋은 일을 하고 있어."

"그럼 우리들도 풀어주시죠. 우리도 악당이 아니거든요."

소영이가 쏘아붙였다.

"아직 기다려. 난 너희들과 가까워지고 싶다."

"가까워지고 싶다면 전에 데려간 아이들을 보여주세요." 소영이가 또박또박 말을 했다.

"그래, 보여줄 수 있어. 아이들은 괜찮아. 우리 편이 됐거든."

순간 소영이가 부들부들 떨었다. 식탁이 진동했고 이 건물 바닥이 진동하는 것 같았다. 이건 지진이다. 소영이의 능력이 방출된다면 지진이 날 것이다. 거의 자연재해에 가까웠다.

"진정하지, 이소영. 아이들이 무사하길 바라지 않나?"

"협박하는 건가요?" 소영이가 말했다.

"아니, 권유하는 거네. 난 싸우고 싶지 않아. 우리가 추구하는 건 싸움이 아니야."

"그럼 우리 학교에서 죽은 그 많은 아이들은 어떻게 설명하실 건가요?"

소영이의 눈에는 태호처럼 밝은 빛이 생기고 있었다.

"그건 싸움이 맞아. 인정하지. 그런 사상자가 나오는 것은 너희들이 우릴 불신해서야."

마리 카우스가 말했다. 그러곤 갑자기 음식이 나왔다. 토스트와 계란, 커피이다.

"마음껏 먹으렴. 너희들과 친구가 되고 싶다는 의미로 자유롭게 밖에 나가게 해주마. 그렇지만 우리 기지로 다시 돌아와야 해. 그러면 아이들을 보여주지."

정말 파격적인 제안이다.

"아니요. 민우야, 숙희야 밖에 나가지 마. 나머지 아이들을 찾으려고 하는 거야."

소영이가 말했다. 나머지 아이들, 지미, 수지, 엘리자베스, 새로 합류한 제시카, 마이클은 못 찾은 모양이다.

"흠, 가까워지기 어렵구나. 소영아. 그럼 식사나 하지."

우린 조금 눈치를 보다 먹기 시작했다. 난 먹어둬야 한다고 생각했다.

"토비가 안전한지 볼 수 있을까요?" 내가 정중하게 말했다.

"설마 우리가 토비를 해치겠니? 호퍼, 이따가 민우를 토비에게 데려가줘."

"네."

다행이다. 난 토비를 볼 수 있다. 난 갑자기 토비가 보고 싶어졌다.

"우릴 언제까지 잡고 있을 건가요?" 소영이가 물었다.

"너희들이 위험한 짓을 안 할 때까지." 마리 카우스가 답변했다.

"우리가 언제 위험한 짓을 했죠?"

"여러 번 하지 않았니. 우리와 몇 번 싸우고 우리 본거지를 염탐하니 내가 불안해서 너희들을 놔줄 수가 없구나."

그렇게 말을 마친 후 우린 각자 방으로 돌아갔다.

"민우야, 너는 토비 보러 가자고." 호퍼가 말했다.

우린 토비가 있는 곳으로 갔다. 내가 지내는 방보다 안 좋은 시설에 왔다. 너무 낡고 오래된 시설에 왔다. 몇몇 아이들이 근처에 있었다. 아이들이 날 쳐다봤다. 그 시선이 느껴진다. 앞에 가는 호퍼가 나를 한번 힐끔 바라봤다. 난 그냥 눈을 끔뻑였다.

"여기야."

호퍼가 토비가 있는 방문을 열었다. 이곳은 환경이 좋지 않았다. 토비는 누런 침대에 앉아 있었고 씻지도 못한 것 같았다. 난 토비를 바라봤다. 난 눈에 눈물이 고였다. 왜 그런지는 모르겠다.

"토비, 괜찮아?" 내가 물었다.

"이게 누 구야? 어쩐 일이야?" 토비가 웃으며 말했다. 토비 얼굴이 많이 상해 있었다.

"토비에게도 약을 갖다줘." 내가 호퍼에게 말했다.

"음… 글쎄. 그럼 여기 아이들이 별로 좋아하지 않을 거야." 호퍼가 말했다.

"어서 약을 갖다줘."

내가 호퍼를 빤히 쳐다봤다. 내 얼굴에는 간절함이 가득했다.

"젠장, 알았어. 기다려. 어디 가지 마!"

호퍼는 약을 가지러 갔다.

난 토비 옆에 살포시 앉아 토비의 얼굴에 손을 얹었다. 그리고 토비의 기분이 나아지게 만들어주었다. 토비는 내 손을 잡았다. 그리고 내 허리를 손으로 둘렀다.

"너는 괜찮아?" 토비가 물었다.

"응, 나는 괜찮아. 걱정할 거 없어. 아이들이 계속 때렸어?"

"별거 없어. 나도 좀 때려줬거든."

"그러지 마. 네가 많이 다치겠어." 내가 말했다.

"난 걱정할 거 없어. 그나저나 우종이 이 배신자 자식, 내가 가만 안 둘 생각이야."

토비가 말했다.

"그런 건 나중에 생각하자." 내가 말했다.

갑자기 토비가 내 얼굴을 잡고 뽀뽀를 했다. 키스가 아닌 뽀뽀이다. 난 놀라서 눈을 크게 떴다.

"이러지 말자, 토비. 이러지 말기로 해. 나한테 그러지 마."

내가 말했다. 웃어주고 싶지만 토비가 오해할까 봐 웃어주지 못해 미안했다. 토비는 내 손을 꼭 잡았다. 누군가 헛기침을 했다. 돌아보니 호퍼였다.

"둘이 뽀뽀도 하고 좋은가 봐?" 호퍼가 말했다.

"약 줘." 내가 약을 받았다. 나는 직접 토비 얼굴에 약을 발라주었다.

토비가 얌전히 있었다. 토비 얼굴이 부드럽지만 까칠했다.

"호퍼, 토비도 씻어야지."

"젠장, 넌 잘 모르나 본데 저 자식 때문에 우리가 당한 것이 많아. 넌 저 녀석 친구인지는 모르겠지만 우리에겐 개새끼라고. 더 이상 기대하지 마. 저 녀석 얼굴은 어차피 또 망가질 거야."

"정말 이해 안 된다. 마리 카우스는 자신들이 시민들을 돕는 선한 쪽이라고 했는데 너희들이 하는 짓은 딱 악당이니." 내가 말했다.

"흠, 우린 악당은 아니야. 진짜라고. 그렇지만 우리도 당한 게 많아. 넌 전혀 모르는 것 같구나."

"그래도 복수 때문에 사람을 이렇게 때리면 안 되지. 그럼 또 계속해서 서로 싸울 거 아니야." 내가 말했다.

"네가 무슨 평화주의자라도 되냐? 아무리 우리가 잘하려고 해도 마찰은 어쩔 수 없어. 피해갈 수 없는 일이라고." 호퍼가 말했다.

"그래, 그 말도 맞지만 어쨌든 이런 폭력은 끝내야 하지 않을까 싶다." 내가 말했다.

"자, 이제 토비를 봤으니 가보자고."

토비는 내 머리를 쓰다듬었다. 난 토비를 바라보다 자리를 벗어났다.

"너 정말 동성애자구나?" 가는 길에 토퍼가 말했다.

"다 사연이 있어." 네가 말했다.

"우종이가 널 남창이라고 부르는 게 사실이야?" 호퍼는 조심 스럽게 물어봤다.

"설마 내가 진짜 남창이겠어? 그럴 리가 없잖아." 내가 말했다.

왠지 호퍼와 가까워진 기분이 들었다. 기분 탓인지는 모르겠다. 호퍼는 그냥 말을 생각 없이 하는 아이 같기도 하고 그냥 그럭저럭 좋은 아이 같기도 했다.

"근데 새벽에 우종이가 왜 들어왔었어?" 호퍼가 물었다. 난 한숨을 크게 쉬었다.

"우종이가 날 강간하려 했어." 내가 말했다. 그러자 호퍼가 웃었다. 호퍼는 내 말을 못 믿는 듯했다.

"맙소사, 넌 여자 같지만 그래도 남자잖아. 남자가 남자를 어떻게 강간해?"

호퍼는 계속 웃었다.

"그렇게 생각하니까 강간당하는 남자들은 말도 못 하고 살겠다." 내가 말했다. 왠지 모르게 호퍼랑 이야기하는 게 편했다. 조심스럽게 이야기 안 해도 되는 느낌이었다.

"남자랑 하면 더 좋은가 보지?" 호퍼가 물었다.

"너는 왜 그런 걸 직설적으로 물어보니?" 내가 말했다.

"그냥 궁금해서."

그리고 우린 말이 없었다. 난 방으로 돌아갔다.

"호퍼, 내 말을 믿을지 모르겠지만 우종이가 내 방에 못 들어오게 봐줄래?"

나는 혹시나 호퍼가 좋은 아이일지도 모른다는 생각에 말을 해봤다.

"음… 난 지금 어디 가봐야 해. 내가 널 지키고 있지만 나도 이런저런 할 일이 있어서. 그렇지만 우종이가 보이면 들어가지는 못하게 해줄게. 마리 카우스가 널 잘 돌보라고 했으니까." 호퍼는 가버렸다.

난 침대에 앉았다. 난 한동안 그렇게 혼자 방 안에서 이런저런 생각을 하고 있었다. 그러다 석호가 왔다.

"민우야, 괜찮아?" 석호는 나를 살펴보았다.

"괜찮아, 석호야. 석호는 별일 없어?" 내가 물었다.

"응, 별일 없어." 석호는 과자랑 음료수를 갖고 왔다.

"먹고 싶을 때 먹어." 그렇게 말하곤 내 옆에 앉았다.

"요한이는 잘 지내?"

"응, 아주 잘 지내. 지금쯤 게임을 하루 종일 하고 있을걸?"

"와, 부럽다." 석호가 말했다.

"왜, 여기는 게임룸 같은 거 없어?"

"어… 여기는 그… 비밀이야." 난 웃었다. 석호가 뭔가 숨기려고 하는 게 재미있었다.

"왜 웃어?" 석호가 무안하다는 듯이 말했다.

"그냥 서로 비밀을 갖고 있다는 게 그냥 잠시 웃겼어."

"그렇구나. 너 혹시 부모님 만난 적 있어?"

"아니, 없어. 우릴 정말 많이 찾고 계실 거야."

"응, 난 이제 집에 돌아가고 싶어. 우리의 정체를 세상에 알렸으니 이제 마리 카우스에게 집에 잠깐 갔다 온다고 해보려고."

"그래, 정말 잘됐다. 나도 집에 가보고 싶은데." 갑자기 가족 생각에 울먹여진다.

그동안 참 별의별 일이 다 있었던 거 같다.

"너도 집에 가고 싶으면 마리 카우스에게 이야기해봐도 될 것 같은데?"

"응, 그래?" 그렇지만 난 물어볼 생각은 없다. 위험하다고 생각된다.

"내가 집에 가면 너의 안부를 전해도 될까?" 석호가 말했다. 갑자기 머리가 복잡해졌다.

"어, 아니. 그러지 않는 게 좋겠어."

일단 부모님들에게 내가 어디 있는지 내가 어떻게 됐는지 말하지 말아야겠다는 생각이 들었다. 분명 위험할 것이라고 생각했다. 난 석호가 준 과자를 좀 먹었다. 그러면 기분이 나아질까 싶었다. 누군가 문을 천천히 열었다. 우종이었다. 난 갑자기 몸이 좀 떨렸고 소름이 돋았다. 난 입 밖으로 말이 안 나왔고 놀란 눈으로 우종이를 쳐다봤다.

"누구더라?" 석호가 물었다.

"넌 누구야?" 우종이가 석호에게 물었다.

"난 석호라고 하는데 넌 누구야? 처음 보는데."

우종이가 나를 쳐다봤다. 난 아무 말도 안 했다. 우종이는 석호와 나를 번갈아 보더니 말했다.

"야, 이민우. 너 나와."

갑자기 나에게 나오라고 외쳤다. 난 좀 당황스러웠다. 입속에 아직 과자가 있었다.

"나와, 이 새끼야!" 우종이는 어딘가 다른 곳에 있다 온 사람 같았다.

"너 누군데 그래? 민우는 우리 친구야." 석호가 말했다. 우종이는 씩씩거렸다. 우종이가 왜 저렇게 분노하는지 알 수 없어 난 너무 당황스러웠다. 어제 일 때문에 그렇게 화가 난 걸까? 난 입 밖으로 말이 안 나왔다. 그저 우종이를 빤히 쳐다볼 수밖에 없었다.

"아이들이 기다리고 있어. 민우 너 빨리 나와."

"호퍼는?" 내가 말이 떨어졌다.

"호퍼는 왜 찾아 이 쌍년아." 우종이가 욕을 뱉었다. 너무 비현실적이었다.

갑자기 우종이 뒤에서 덩치 큰 남자 둘이 비집고 들어왔다.

"네가 남창 새끼라며?" 덩치 크고 머리가 대머리인 백인 남자가 욕을 했다.

"너희들 무슨 일이야? 민우에게 왜 그래?" 석호가 당황하며 말을 했다.

"석호, 넌 빠져. 우린 저 새끼를 좀 혼내주려고."

"혼낸다니? 왜? 민우가 뭘 어쨌는데?" 석호가 말했다. 석호는 긴장해 보였다.

"우린 동성애자 새끼들을 싫어하거든. 이 새끼 진짜 계집에처럼 생겼네. 너 고추 달린 거 맞아?"

난 너무 당황스러워 답을 못 했다. 이들은 혹시 동성애자를 혐오하는 일당들인가 하는 생각이 들었다. 우종이가 나에게 다가와서 난 흠칫 놀랐다. 석호가 막았다.

"왜 그러는데, 민우는 내 친구라고."

"너도 남창 새끼야?"

대머리 백인 남자가 석호를 쏘아보며 말했다. 석호는 몹시 당황해 하는 것 같았다.

"석호는 내버려둬. 왜 그런지 모르겠지만 내가 나갈게." 내가 말했다.

"이리 나와, 새끼야." 우종이가 말했다.

난 그들을 따라 밖에 나왔다. 뒤에 석호도 따라왔다. 밖에는 여러 아이들이 서성이며 있었다. 일종의 운동장 같았다. 이 집은 정말 컸다. 난 약간 몸을 떨었다. 이들이 나에게 왜 그럴까 하는 생각도 들었다.

"네가 어제 우종이 몸에 손을 댔다며?" 대머리 백인이 말했다.

"난 그런 적 없어. 우종이가 먼저…"

갑자기 눈앞이 번쩍이고 별이 보였다. 무거운 망치에 얻어맞은 것처럼 난 바닥으로 고꾸라졌다. 난 멍하니 하늘을 쳐다봤다. 석호가 뭐라 하면서 나를 데리고 나온 흑인 남자와 몸을 맞대었다. 석호가 날 일으켜 세웠다. 머리가 멍했다.

"민우야! 민우야! 괜찮아?"

석호가 물었다. 난 눈을 크게 뜨며 나를 때린 백인 남자를 보았다. 난 이해할 수 없었다. 내가 왜 맞았는지 난 충격과 패닉에 빠져 있었다. 난 좀 서러운 마음도 닥쳐와서 가슴이 미어졌다. 그렇지만 난 아무 말도 할 수 없었다. 도대체 뭐라고 말해야 할지 모르겠다. 난 멍하니 그들을 바라보았다. 그들 눈에 분노와 혐오가 가득했다. 난 뒤늦게 찾아온 짜릿한 통증에 얼굴을 감쌌다. 석호가 날 감싸주었다.

"너도 남창 병 옮고 싶어? 녀석에게서 떨어져."

우종이가 내 얼굴을 주먹으로 때렸다. 그렇게 아프진 않았지만 난 그저 경악한 얼굴로 우종이를 바라봤다. 대머리 백인 남자가 내 두 팔을 잡았다. 난 몸이 비틀어지는 고통을 느꼈다. 그때 석호가 어떤 능력을 사용한 것 같았다. 우종이와 남자 두 명이 어딘가 다른 세상을 쳐다보는 듯한 멍한 얼굴로 순식간에 바뀌었다.

"민우야, 이리 와."

석호가 날 불렀다. 난 석호를 따라갔다. 무언가 비상식적으로 빠른 속도로 우리에게 다가왔다. 호퍼였다.

"이봐, 괜찮아?" 호퍼가 물었다. 그때 석호의 능력이 풀렸다. 우종이가 잔뜩 화가 난 얼굴로 나를 쳐다봤다.

"응…" 난 짧게 답했다. 난 멍하니 서 있었다.

"이봐, 이거 맛이 갔잖아." 호퍼가 나를 붙들고 운동장 의자 쪽으로 데려갔다. 날 의자에 앉혔다.

"이봐, 괜찮아?" 난 멍하니 호퍼를 쳐다봤다.

"으응, 괜찮아." 난 아직도 경악한 표정을 짓고 있었다.

"왜 그렇게 멍 때리는 거야?" 호퍼가 날 몹시 걱정했다. 아마 마리 카우스가 날 지켜보라고 지시해서 그런 듯하다.

"괜찮아, 방으로… 도로 가고 싶어." 난 말했다.

"그래, 이리 와." 호퍼가 날 데려갔다. 석호도 뒤따라왔다.

난 방에 돌아와 앉았다. 좀 눕고 싶었지만 석호와 호퍼가 날 살펴봐서 눕지는 못했다.

"무슨 일이야?"

"몰라, 우종이라는 애 일당들이 민우를 밖에 데려다놓고 때렸어."

"뭐라고? 왜?"

"몰라, 나도 몰라." 석호가 말했다.

"민우 무슨 일 때문에 맞은 거야? 여기 아이들은 토비 자식에게만 악감정이 있을 텐데?"

"응… 그… 내가 동성애자라고 날 혐오하는 것 같았어. 그래서 때렸나 봐." 내가 겨우 말했다. 말을 하고 난 숨이 차서 숨을 헐떡였다.

"너 얼굴이 창백해."

석호가 말했다. 난 멍하니 호퍼를 바라봤다. 아까까지만 해도 이런저런 대화를 나누었던 호퍼를 보니 좀 안심이 되었다. 호퍼는 나를 근심 어린 표정으로 바라봤다.

"민우야, 또 맞을 거 같으면 네 능력을 조금 사용해도 괜찮을 것 같아." 호퍼가 말했다.

"으응." 난 멍하니 답했다. 석호와 호퍼가 한동안 나와 같이 있어주었다. 난 우종이의 분노한 모습이 자꾸 머릿속에 떠올라 시종일관 안절부절못했다. 호퍼가 잠시 밖에 나가 아이들을 만나고 왔다. 그리고 석호는 잘 시간이 돼서 돌아가고 호퍼는 문 앞에서 앉아 있다가 갈 곳이 있다며 혹시 몰라 문을 잠가두었다. 난 잠을 청하려고 했다. 그렇지만 쉽게 잠이 오지 않았다. 새벽에 누군지 문을 두들겼다. 내 착각인지 실제인지 알 수가 없었다. 난 밤잠을 설쳤다. 다음 날 아침 호퍼가 왔다. 난 씻고 있었다.

"밤에 별일 없었어?"

"응, 괜찮아. 고마워, 호퍼."

"고마워하지 마. 난 시켜서 하는 일이야. 네가 어디 이상 있으면 내가 곤란해진다고."

"그래, 알았어." 난 답을 했다.

난 호퍼가 가져다준 아침을 먹었다. 입맛이 없어서 다 먹지는 못했다.

"산책 갈래?" 호퍼가 말했다. 난 겁을 집어먹은 표정을 지었다.

"걱정 마. 이제 널 괴롭히는 사람은 없을 거야."

난 아침을 마저 먹고 호퍼를 따라 밖에 나갔다.

많은 아이들이 운동장에 나와 있었다. 난 긴장했다. 호퍼가 내 옆에 서 있었다. 호퍼가 몇몇 아이들과 인사를 했다. 아이들이 다 날 쳐다보았다. 반바지를 입은 게 왠지 부끄러웠다. 아이들이 다 내 다리를 쳐다봤다. 난 극도로 예민해지는 것 같았다. 난 주변에 우종이가 없나 둘러보았다. 어제 봤던 대머리 백인이 날 노려보고 있었다. 난 잠시 주춤했다. 그러다 그를 피해 걸었다. 난 여기저기 둘러봤다. 이제 보니 이 집은 담장이 높았다. 내가 만약 하늘을 나는 능력이 있다면 금방 뛰어넘어 갈 것 같았다. 난 밖에 나가고 싶다는 생각은 안 들었다. 소영이와 숙희, 토비가 여기 있기 때문에 그들과 함께 나가고 싶었다. 그리고 난 탈출할 능력도 안 됐다. 호퍼가 나를 이끌고 예쁜 정원으로 데려갔다. 예쁜 꽃들이 많았다. 우린 거기에 앉았다.

"어때, 기분이 괜찮아?" 호퍼가 물었다.

"응." 난 짧게 답변했다.

난 꽃을 바라봤다. 다른 쪽에서 어떤 여자애가 왔다. 빨간 원피스를 입고 있었다.

"안녕, 난 도로시야." 아, 저번에 본 도로시라는 여자아이다.

"안녕."

난 인사를 했다.

도로시는 나를 빤히 쳐다보았다.

"나 너한테 여자 옷 입히고 싶어."

난 또 크게 당황했다.

"안 돼. 아이들이 날 때릴 거야." 내가 말했다.

"맙소사, 도로시. 애를 왜 죽이려고 해. 애들이 가만 안 놔둘걸?" 호퍼가 말했다.

"따라와. 소영이 보러 가자."

도로시가 나를 어딘가로 데려가려고 했다. 난 가만히 있다가 그냥 따라갔다. 소영이는 아마도 여자아이들이 있는 곳에 있는 것 같았다. 소영이와 대화를 나누고 싶었다.

도로시가 나를 아주 예쁜 인테리어가 있는 공간으로 안내했다. 거긴 여자아이들이 많았다. 여자아이들 다 나를 쳐다봤다.

"너 남자라면서?" 어떤 흑인 여자아이가 말했다.

"응, 난 남자야." 내가 빨리 답하고 스쳐 지나갔다.

여자아이들이 웃었다. 도로시는 나를 어디론가 데려왔다. 여자애들 화장품과 옷이 많은 곳이었다.

"앉아봐." 도로시가 말했다.

"소영이는 어디 있어?"

"소영이는 좀 있다가 보자."

도로시가 내 얼굴에 화장을 하기 시작했다. 난 거부하지 않았다. 난 거울의 내 아름다운 얼굴을 보며 복잡한 생각이 들었다. 나는 나 자신에게 매료되었다. 이 순간만큼은 모든 고민을 잊을 수 있을 것 같았다. 도로시가 내 입술에 빨간 립스틱을 발랐다. 볼은 분홍색으로 칠하고 눈 화장을 했다.

"와, 섹시하다." 도로시가 감탄했다. 호퍼가 가만히 앉아 나를 쳐다봤다.

"젠장, 완전 계집애네." 호퍼가 말했다.

"이리 와. 이 옷 입어봐." 도로시는 분홍색 원피스를 입어보라고 했다. 난 좀 주춤했다.

"괜찮아, 입어봐. 여긴 여자들밖에 없어." 나도 내가 무슨 생각을 하는지 모르겠다. 그렇지만 입어보고 싶었다. 내가 이끌리고 있었다. 난 몽롱한 얼굴을 한 채 여자 옷을 입고 나왔다. 주변의 여자아이들이 다 나를 보고 감탄을 했다.

"완전 공주님이시네." 흑인 여자애가 말했다. 그러더니 다들 웃었다.

"예쁜데?" 도로시가 말했다.

난 갑자기 흥분했다. 내가 흥분하는 걸 감추고 싶었다. 여자들이 다 날 묘한 표정으로 바라봤다. 갑자기 도로시가 내 입에 키스를 했다.

"맙소사, 도로시! 민우야, 여기서 그만 나가자. 그거 다 벗어버려." 호퍼가 말했다.

여자의 혀는 더 부드럽고 달콤했다. 난 어쩌면 동성애자가 아닐 수도 있다. 동성애자는 토비였다. 토비가 나에게 쾌락을 느끼게 해주었다.

"기다려, 민우."

도로시가 말했다. 도로시가 내 옷을 들고 있었다. 난 몽롱한 상태에서 말을 했다.

"도로시, 옷 좀 줘. 나 이제 가봐야 될 것 같아. 그리고 소영이는?"

도로시는 웃으며 내 옷을 여자 옷더미에 던져버렸다.

"도로시, 왜 그러는 거야?" 내가 따졌다.

"이리 와, 내 말 들어, 민우." 도로시가 날 잡아세웠다.

"눈 감아봐." 도로시가 말했다.

난 술에 취한 느낌이 들었다. 눈을 감았다. 그러자 도로시가 키스했다. 난 받아들였다. 난 태호 생각이 떠올라 멈칫했다. 호퍼가 내 손을 잡고 날 끌고 갔다. 난 정신없이 끌려갔다.

"도로시가 나에게 능력을 사용한 거야?" 내가 말했다.

"도로시는 남자를 계집애처럼 만드는 능력은 없어!"

호퍼가 말했다. 난 몽롱했다. 누군가 나에게 어떤 능력을 사용한 것 같았다. 난 밖으로 나왔다. 갑자기 밝은 곳에 나오니 어지러웠다.

"맙소사, 호퍼 그 자식 왜 저래?"

아이들이 날 쳐다보았다. 내 맨 다리가 드러났다. 바람에 날려 내 팬티도 보여버렸다.

"개자식, 난 네가 창남 새끼인 걸 알고 있었어." 누군가 소리쳤다.

"맙소사, 여장하고 그냥 나와버렸잖아."

호퍼가 급하게 도로시가 있던 데로 뛰어갔다.

"호퍼, 날 혼자 두면 어떻게 해?" 내가 외쳤다.

"왜, 혼자면 거시기가 주체할 수 없을 정도로 꼴리나 보지?" 어떤 아이가 말했다.

아이들이 날 둘러싸고 있었다. 난 패닉 상태에 빠져들었다. 어떤 남자아이가 내 치마를 들췄다.

"와, 거시기는 달렸나 봐?" 난 그 아이의 손을 뿌리쳤다.

난 아이들의 얼굴을 번갈아 보며 어지러움을 느꼈다. 우종이가 걸어오고 있었다. 난 조금 움츠러들었다.

"씨발, 게이 새끼." 우종이가 욕을 했다.

"이 자식을 혼내줘야겠어. 이리 와." 우종이가 날 잡아 끌어당겼다. 난 저항했다.

우종이의 불쾌한 촉감이 머릿속을 기어다녔다. 우종이가 날 끌고 가려고 했다. 난 격렬하게 몸을 떨었다. 우종이가 내 허벅지를 잡아당겼다. 우종이가 내 몸에 손을 대자 난 소름이 돋았다.

"이 씨발년. 내 이럴 줄 알았어. 더러운 창녀 새끼." 우종이가 험하게 몰아쳤다.

우종이가 내 옷을 찢으려고 한다. 난 몸을 감쌌다. 우종이가 뺨을 때렸다. 난 엉망진창이 되어버렸다. 옷이 조금 뜯어졌다. 우종이가 나를 놓고 뒤로 물러섰다. 뒤를 돌아보니 도로시가 서있었다. 도로시 눈이 빨간색으로 빛이 나기 시작했다. 우종이가 몸을 떨었다.

"다음부터 민우를 건드리면 널 죽일지도 몰라." 도로시가 우종이에게 말을 했다.

우종이는 욕설을 퍼부었다. 도로시가 날 일으켜 세웠다. 난 몸을 떨었다.

"괜찮아. 왜 그렇게 몸을 떨어?"

도로시가 날 안아주었다. 주변의 아이들도 물러났다. 이때 양복을 입은 선글라스 낀 남자가 날아왔다.

"맙소사, 무슨 일이야?"

"마커스, 무슨 일이야?"

저 남자를 본 적이 있다. 항상 하늘에 둥둥 떠서 빛을 쏘이며 어깨를 짓눌렀던 그 초능력자다.

"너 왜 여자 옷을 입고 있어? 너희들이 그런 거야?" 마커스가 말했다.

"내가 입혔어." 도로시가 말했다.

"이봐, 자네, 괜찮아? 나 기억나?" 마커스가 말했다.

"기… 기억나." 난 당황한 상태에서 말했다.

"그래, 나라고. 너희들하고 엄청 싸웠지. 잘도 빠져들 나가더구먼."

난 마커스를 그냥 바라봤다.

"목소리를 들으니 남자 맞네. 왜 여자 옷을 입혀놨어?" 마커스가 도로시에게 말했다.

"그럴 일이 있었어." 도로시가 말했다.

우종이를 보니 발기되어 있었다. 참 기괴한 성욕을 가진 것 같았다. 우종이는 발기된 자신의 물건을 가리려 했다.

"이러니 우리가 악당으로 보이겠지. 일단 민우라는 친구는 날 따라와."

난 마커스를 따라갔다. 여기서 빨리 벗어나고 싶었다.

"그리고 날 따라올 거야?" 마커스가 나를 보며 말했다.

"민우야, 이리 와. 옷 갈아입으러 가자." 난 도로시를 따라갔다. 그리고 옷을 갈아입고 화장을 지웠다. 그리고 난 마커스를 따라갔다.

"마리 카우스 님이 널 찾아." 날 찾는다고? 난 갑자기 긴장되었다. 난 또 다른 장소로 갔다. 실내의 작은 운동장으로 보였다. 그곳에 마리 카우스가 서 있었다.

"어서 와, 민우 군. 이리로 오게." 난 조심스럽게 마리 카우스에게 갔다. 마리 카우스는 내게 손을 뻗었다.

"걱정 마라. 아주 편해질 거야."

그의 손에서 강한 힘이 나에게 전해졌고 난 상당한 편안함을 느꼈다. 방금 전에 혼란스러웠던 상황들은 모두 잊어버렸다. 난 무한한 안정을 되찾았다.

"자, 너의 능력을 방출해봐." 마리 카우스가 말했다. 난 일말의 의심 없이 그가 하라는 대로 했다. 난 나의 초능력을 강하게 발산했다. 내 주변에 파란빛이 터져나왔다.

마리 카우스가 나에게 더 많은 안도를 쏟아부었다. 난 내 힘을 최대로 방출했다.

그리고 난 무시무시할 정도로 넓은 영역의 사람들의 기를 모두 볼 수 있게 되었다.

난 나의 어마어마한 힘에 감명받았다.

"어때, 어마어마한 힘이지?" 마리 카우스가 외쳤다.

"넌 그걸 가질 자격이 있어!"

난 극도의 성욕이 상승하는 것도 느꼈다. 정말 부끄러웠다. 그렇지만 정말 어마어마했다. 난 내 힘에 취해 있었다.

"더 많은 힘을 갖고 싶나?"

난 마음속 깊은 곳에서 더 강한 힘을 갈망하게 된다. 그렇지만 주변 사람들을 모두 사로잡는 아름다움이 꽃이 피듯 떠올랐다. 그러자 내 몸이 전부 열리고 숨을 쉬듯 되살아나는 것 같았다. 다시 태어나는 것 같았다.

"오, 자넨 다른 것에 관심 있나 보군." 마리 카우스가 말했다.

힘이 방출되는 것이 하강했다. 난 더욱더 아름다워졌다. 마리 카우스가 나를 깨어나게 했다. 난 문득 팔을 들어보았다. 내 팔뚝을 바라봤다. 붉은빛이 돌았다.

"불사조 같군."

난 마리 카우스와 헤어졌다. 그는 강한 힘이 주는 강렬한 환상에 가까운 힘을 느끼게 해주었다. 거의 황홀경에 가까웠다. 대신에 난 다른 걸 선택한 것 같은데 그게 무엇인지 자세히 알 수 없었다. 난 거울을 바라봤다. 내 두 눈에 다이아몬드가 들어가 있는 것 같았다. 동공이 밝게 빛났다. 호퍼가 마중 나와 있었다.

"별일 없어? 갈까?" 난 호퍼를 따라갔다.

"너 능력이 상당한 것 같은데 왜 탈출 안 해?"

호퍼가 물었다. 호퍼는 내 얼굴을 빤히 쳐다봤다.

"응, 내 친구들이 있잖아."

"누구? 소영이? 소영이는 능력이 거의 최상의 수준인데 도통 힘을 잘 안 쓰네."

"소영이는 자기 힘을 과시하는 아이가 아니야." 내가 말했다.

"우리는 뭐 언제 과시했냐? 우린 지금 시민들을 돕고 있다고."

"그래, 알아." 나는 답했다. 이후로 우린 말이 없었다.

"그… 할 때 뒤로 하는 거 맞지? 너희들." 호퍼가 조심스럽게 물었다.

"뭐가? 뭘 뒤로 해?" 내가 말했다.

"그… 너희들 남자끼리 할 때 말이야. 그럼 안 아파?"

난 조용히 한참 있다 답했다.

"아파. 넌 왜 그런 게 궁금하니?"

"응, 그냥 어떻게 그렇게 하면서 살까 하고 궁금해서."

"그냥 그렇게 됐어. 그런 건 그만 물어봐."

"너희들 병 걸리지 않아?" 물어보지 말라니까 호퍼가 물어본다.

"병 안 걸려. 우리가 뭐 더러운 소굴에서 뒹구는 줄 아는가 보구나." 내가 답했다. 그러다 문득 토비가 날 과거에 어떻게 다루었는지 떠올리니 좀 더럽다는 게 틀린 말은 아니다. 포르노와 비슷할 정도로 토비와 했다. 토비는 성욕을 푸는 데 뭔가 환상이 있는 것 같았다. 어떤 행위를 할 때 그게 딱히 쾌감을 안 주어도 그 이상한 짓을 하곤 했다. 자기 물건을 내 얼굴에 문지른다거나 그게 토비에게 기분 좋은 행위일 수 있어도 난 아무것도 못 느꼈다. 물론 뒤로 할 때는 쾌감이 어마어마했다. 남성의 몸 안의 어떤 예민한 부분을 건드리는 것 같았다. 차마 남이 볼까 봐 찾아보거나 하진 않았다. 그 생각을 하니 난 얼굴이 붉어졌다. 호퍼가 자꾸 날 쳐다봐서 신경 쓰였다. 호퍼의 감정은 들여다보지 않기로 했다. 너무 부담스러웠다. 그렇지만 호퍼가 괜찮은 아이 같아서 다행이다. 난 토비 생각이 났다. 토비를 다시 보고 싶었다. 괜찮은지 확인하고 싶었다.

"혹시 토비 지금 볼 수 있어?"

"왜 둘이 하게? 그게 당기는 거야?" 호퍼는 가끔 뜬금없는 소리를 한다.

"그냥 괜찮은지 보고 싶어서."

"그래, 가자." 호퍼가 토비가 있는 곳으로 같이 가주었다. 역시나 토비가 있는 곳은 환경이 안 좋았다.

"토비, 괜찮아?" 내가 물었다. 토비는 나를 보고 웃었다. 여기 온 지 얼마 안 됐는데 뭔가 달라 보였다. 토비는 살이 좀 빠진 것 같았다. 난 토비 머리를 잡아 기를 전해주었다.

"너 뭔가 달라진 거야? 더 예뻐진 것 같아." 토비가 말했다.

"응, 아까 무슨 일이 있긴 했어." 내가 말했다.

"무슨 일인데?"

"아직 이야기하기가 좀 그래."

"가만, 너 입술에 립스틱 발랐었어?"

토비가 내 얼굴에 남은 화장기를 본 것 같다.

"누가 너에게 무슨 짓을 했어?"

토비 얼굴에 근심이 가득했다. 난 토비를 안정시키고 싶었다.

"아무것도 아니야. 아까 여자애들이 나에게 화장을 시켰어. 별일 아니야. 그리고 아무 일도 없었어."

토비는 기묘한 표정으로 나를 바라봤다.

"화장을 왜?"

"그냥 장난 같은 건가 봐. 그리고 아무 일도 없었어."

아마 내가 우종이에 대한 이야기를 하면 토비가 우종이를 잡아 죽일 것 같았다. 토비는 얼굴을 나에게 가까이 댔다. 난 그냥 가만히 있었다. 토비가 너무 가여웠다. 그가 나에게 키스할 거라고 생각했다. 토비는 입술을 내 입술에 대려고 하다가 멈추었다. 그리고 기묘한 미소를 지었다. 토비는 이 상황에서조차 나를 놀리는 것 같았다. 또 나를 달아오르게 만드는 것 같았다. 토비가 날 흥분시켰다. 토비는 짐승 같았다. 토비가 내 입에 바람을 불었다. 난 이상하게 그게 흥분되었다. 난 동공이 확장되고 입이 벌어졌다. 난 숨이 거칠어졌다. 난 태호 생각이 나서 정신을 차렸다. 그러자 토비가 키스를 했다. 혀가 들어왔고 마구 휘저었다. 토비는 거칠었다. 난 입을 떼었다.

"토비! 하지 마." 그러자 토비가 웃었다.

"왜 그래, 네가 입을 벌렸잖아."

"내가?" 난 나 스스로도 의심되었다.

"하하, 귀여운 녀석. 그만 가봐. 난 괜찮으니까. 네가 여기 있으면 너도 미움받을 거야." 토비가 말했다. 난 토비 머리를 쓰다듬었다. 오늘은 안 맞은 것 같았다. 난 자리에서 일어났다.

"몸 조심해, 토비. 괜한 짓 하지 말고." 난 토비에게 말하곤 호퍼와 나갔다.

"그럼 넌 토비랑 파트너구나." 호퍼가 또 쓸데없는 말을 했다.

"그래, 토비랑 나랑 그런 사이였어." 내가 괜한 말을 뱉었다.

"정말? 너 정말 남자랑 하는 애구나."

"무슨 표현이니, 그게?"

"와…."

호퍼는 내가 남자랑 관계가 있었다는 걸 이미 알고 있지 않았나? 왜 지금 와서 놀라는지 모르겠다.

"오해하지 마. 난 토비랑은 그런 사이가 아니니까."

"아까는 키스하고 그랬잖아."

"그런 건 못 본 체해주는 게 예의 아니야?"

"남자끼리 혀를 물고 빠는데 예의가 어딨어? 그건 구경거리지."

"넌 참 이상하구나, 호퍼."

"너도 이상해. 남자랑 하잖아."

난 나도 모르게 웃었다. 호퍼는 왠지 모르게 편안한 사람이었다.

"그래, 나도 좀 이상한 일들을 많이 겪었지."

"그런 것 같다. 아까는 여자 옷을 입질 않나."

"혹시 난 그게 초능력을 갖고 나서부터 아닌가 싶어."

"초능력? 대부분 태어났을 때부터 갖고 태어난다고."

"난 어쩌다 초능력을 가졌어."

내가 처음 만졌던 운석 이야기는 안 했다.

"초능력을 가지면 뭔가 새로운 기관이 형성되나 봐."

"그래? 뭐 예를 들어 게이가 되거나 그런 거?" 호퍼에게 이야기한 내 잘못이다.

"아니다, 그만 이야기하자."

난 방으로 들어갔다.

"호퍼, 제발 오늘은 아무도 못 들어오게 해줘."

"나도 잠은 자야 한다고. 문을 잠가놓을게."

"잠가도 들어온단 말이야. 우종이 일당들이."

"뭐 어쩔 수 없어. 나도 자야 하고 나도 할 일이 있다고. 그냥 초능력을 써. 마리 카우스도 뭐라 안 할 거야."

난 그냥 고개를 끄덕였다. 사실 초능력으로 누구를 고통스럽게 하고 싶지 않았다. 호퍼는 날 잠시 바라보다가 가버렸다. 난 잠을 자려 애썼다. 요한이랑 게임을 하던 나날들을 그리워했다. 난 잠에 들어볼 생각에 샤워를 했다. 성욕이 솟아났다. 난 내 몸을 잠깐 더듬었다. 그러다 그만두었다. 누가 날 보는 것 같은 부끄러운 생각이 들었다. 난 침대에 누웠다. 언제까지 여기 있어야 할까 고민이 되었다. 한참을 고민하다 잠이 들었다.

아침에 일어나 또 호퍼랑 산책을 갔다.

"둘이 사귀어?" 어떤 백인이 말을 했다.

"엿 먹어, 제임스."

호퍼가 웃으며 말했다. 난 그냥 호퍼 옆에 붙어 걸었다. 여기 붙잡혀 있는 신세지만 난 밖에 나오는 게 그나마 좋았다. 지하의 방에 있으면 너무 답답했다. 난 우종이와 눈이 마주쳤다. 우종이는 이상한 표정을 짓고 있었다. 여러모로 불편한 아이였다. 바짝 마른 몸에 거시기만 거대한 괴이한 사람같이 느껴졌다. 우종이가 나를 향해 침을 뱉었다. 나는 고개를 다른 곳으로 돌리고 지나쳤다. 앞에 도로시가 보였다.

"우리 공주님 지나가네?"

도로시가 말했다. 난 여기 아이들이 영화에 나오는 악당들은 아닐 거라는 느낌이 조금 들었다. 좀 특이한 면은 있어도 우종이 같은 애들 빼면 다들 어쩌면 괜찮은 아이들 같았다.

"너 혹시 나에게 어제 어떤 능력을 사용했어?" 내가 도로시에게 물었다.

"무슨 능력? 초능력?"

"응."

"아니 안 사용했는데. 너를 여자로 만든 것밖에 없어." 도로시가 답했다. 어제 술에 취한 느낌이 들어 물어보았다.

"그렇구나. 근데 왜 나를 여장시킨 거야?"

도로시가 웃었다.

"그냥 네가 여자 같아서 화장해보고 싶었어."

"그냥?"

"응."

그리고 도로시는 내 두 눈을 똑바로 쳐다봤다. 그러면 내가 도로시에게 빨려들어가는 것 같았다. 도로시는 분명 능력을 사용했다. 도로시가 웃었다. 그렇지만 기분 나쁘지 않았다.

"너는 정말 여자가 되고 싶은 것 같아." 도로시가 말했다. 난 조금 당황스러웠다.

"혹시 너는 마음을 읽는 능력을 가졌니?" 도로시는 미소 지었다.

"글쎄, 비밀이야." 그리고 도로시는 예쁜 미소를 보여주었다. 난 아리송했다. 도로시는 속을 알 수 없는 아이 같았다. 다른 면에서 보니까 무척 어려 보였다. 정확한 표현은 생각나지 않지만 개구쟁이 같은 어린애 같았다. 처음 봤을 때보다 도로시는 어려 보였다. 이것도 도로시의 능력일까?

"우리 키스할까?"

도로시가 대뜸 말했다. 어떻게 저런 말을 그냥 할 수 있지? 난 당황했다. 날 가지고 노는 건가?

"어제도 했잖아."

"어… 아니, 안 하는 게 좋겠어." 난 당황했다. 그러자 도로시가 웃었다. 그렇지만 난 도로시 눈을 피하기가 어려웠다. 난 갑자기 여장을 하고 싶어졌다. 여자 옷을 입고 여자 속옷을 입고 싶었다. 그리고 여자처럼 사랑하고 싶었다.

그러다 머리가 아득해졌다. 눈앞이 흐려지는 것 같았다. 도로시가 내 턱을 잡았다. 그리고 나에게 키스했다. 도로시의 혀가 부드러웠다. 난 정신이 아득해지는 걸 느꼈다. 도로시의 말소리가 늘어진 테이프처럼 들렸다.

"이봐, 뭐해? 왜 아침부터 물고 빨고 난리야?"

호퍼의 말에 나는 잠이 확 달아나듯 깨어났다. 난 멍한 표정을 지었다.

"너 참 귀엽다." 도로시가 말했다. 도로시의 능력이 도대체 무엇인지 알 수 없었다.

난 멍하니 도로시를 바라보다 호퍼가 나를 끌어당겨 도로시 와 헤어졌다.

"도로시는 마녀야. 도로시 같은 여자아이들이 과거에 마녀사냥을 당해서 많이 죽었지."

호퍼가 말했다. 나는 호퍼가 하는 말을 진지하게 들었다.

"도로시가 아마 너를 아까처럼 물고 빨다가 이것저것 너를 탈탈 털려고 할 거야. 조심하라고. 위험한 여자니까."

그 말에 난 정신이 번쩍 들었다. 아까 도로시의 능력은 내가 감당할 수 있는 능력이 아니었다.

"소영이는 잘 지내?" 내가 물었다.

"잘 지내. 걱정 마. 여자애들이랑 지내니까. 그리고 난 잘 모르겠지만 소영이는 볼 수 없어, 당분간은."

그리고 호퍼는 아무 말도 안 했다. 우린 아름다운 정원에 도착했다.

"이 집은 정말 크구나."

"이건 너희 정부에서 준 거야. 여기 말고 다른 곳도 있어. 어디인지 말해줄 수 없어."

우린 정원에 앉아 있었다.

"심심하면 뭐 방에 텔레비전이라도 갖다줄까?" 호퍼가 말했다.

"응, 고마워."

호퍼는 좋은 아이일 거라고 확신했다. 요한이가 내 머릿속에 들어온 것 같았다. 넌 너무 사람을 다 잘 믿어. 그게 탈이야. 이렇게 말하는 것 같았다. 그렇지만 여기서 의지할 만한 사람이 없었다. 반드시 의지할 만한 사람이 필요한 건지는 모르겠다. 내 마음이 지나치게 약한 것일 수도 있겠다. 그래도 난 호퍼랑 같이 있을 때 심리적 안정을 얻었다. 우린 정원에 꽃을 같이 봤다.

"자, 나 이제 어디 가봐야 해. 혼자 있을 수 있겠어?" 호퍼가 물었다.

"혼자? 나 혼자? 어… 저기 우종이가 사실…"

"걱정 마. 우종이도 같이 나와 갈 거야. 일종의 훈련이 있거든."

이들도 정기적으로 훈련을 하는 것 같았다.

"응, 그래." 내가 답했다.

"차라리 도로시랑 있어. 도로시는 오늘 쉬거든. 도로시는 나쁜 아이는 아니니까 걱정 마. 대신 도로시가 무슨 짓을 하면 거부해. 그럼 아무 짓도 안 할 거야." 호퍼가 말했다.

"그래, 알았어." 내가 답했다.

호퍼는 어딘가로 가고 난 도로시 근처에 있기로 했다.

아니면 방에 돌아가거나 해야 할 것 같다. 난 도로시 옆에 갔다.

"저기 도로시, 잠깐 같이 있어도 돼?"

도로시가 눈을 동그랗게 뜨고 말했다.

"그럼. 왜? 내가 보고 싶었어?"

"어… 그게 호퍼가 어디 간다고 해서 혼자 있기 좀 그래서."

"그래, 내 옆에 있어." 도로시가 말했다. 도로시 주변에는 여자아이들만 있었다.

"민우야, 또 여장할까?" 도로시가 물었다. 난 도로시 눈을 일부러 피했다. 또 어떤 주술을 걸지 알 수가 없었다.

"아니, 괜찮아." 내가 답했다.

난 그냥 자리에 앉았다. 난 내 주변에 누가 있나 살펴보았다. 우종이는 분명 훈련을 받으러 갔다고 했다. 난 편안한 마음을 가지고 기다렸다.

"민우야, 우리 커피 마시러 갈 건데 같이 갈래?" 도로시가 말했다.

"그래."

난 그냥 도로시를 따라갔다. 여기 혼자 있는 것보단 나았다. 우린 건물 안쪽에 들어갔다. 가보니 정말 작은 카페가 있었다. 난 아이스 아메리카노를 시키고 카페 자리에 앉았다. 여자아이들은 수다를 떨었고 내가 끼어들 수 있는 틈은 없었다. 딱히 할 말도 없었다. 아이들이 상당히 수다스러웠다. 앞에서 어떤 남자아이가 걸어왔다. 독특한 옷을 입었는데 고스풍 복장이었다. 그리고 얼굴에 화장을 했다. 검은 립스틱과 아이라인을 그렸다. 상당히 독특해 보였다.

"네가 민우구나?" 아이가 말했다.

"난 맥스야."

맥스가 나를 바라봤다.

"호퍼가 오래."

"호퍼가? 훈련한다고 들었는데."

"응, 훈련이 끝났어. 그래서 너를 찾아." 난 약간 갸우뚱했다.

"갔다 와."

도로시가 말했다. 난 도로시 말에 그냥 반응했다. 난 자리에서 일어나 그 독특한 옷을 입은 맥스라는 아이를 따라갔다. 우린 운동장을 지나 어떤 창고 같은 곳에 들어갔다.

창고는 어두웠다.

"호퍼는 어디 있어?"

난 갑자기 가슴이 철렁했다. 호퍼는 없었다. 뒤에서 누군가 내 두 팔을 잡았다. 두 팔을 엑스자로 엮어 상당히 아팠다.

"아파! 놔!" 난 외쳤다. 그러나 놔주질 않았다. 고통이 극심했다. 앞에 누가 있었다. 우종이다. 훈련받으러 갔다고 하지 않나?

"씨발년. 무릎 꿇어."

뒤에서 잡은 애가 날 무릎 꿇게 했다. 우종이가 내 머리카락을 잡고 얼굴을 하늘로 향하게 했다. 그리고 자기 물건을 꺼냈다. 털이 수북한 우종이의 물건은 너무 흉했다.

"하지 마, 우종아. 나에게 왜 그러는데?" 내가 당황하며 말했다.

"넌 창녀잖아. 내가 창녀를 다룰 줄 알거든?"

우종이가 자기 물건을 내 입술에 문질렀다. 그리고 내 얼굴에 마구 문질렀다. 난 저항할 수 없었다. 우종이 물건의 살 느낌이 역겨웠다. 나를 뒤에서 붙잡은 아이도 우종이도 결국 동성애자란 말인가?

"맥스 이 새끼. 얼굴 꽉 잡아." 우종이가 맥스에게 말했다. 그러자 맥스가 내 머리를 잡았다. 그리고 우종이가 내 입에 자기 물건을 넣었다.

"빨아. 씨발 새끼. 어서 빨아."

난 구역질이 날 것 같았다. 입에 우종이 물건이 가득 찼다.

"빨아 이 새끼야, 개처럼 빨아!" 우종이가 매우 흥분한 상태인 것 같다.

난 입을 오물거렸다.

"그래, 그렇게."

그리고 우종이가 입에 넣었다 빼기 시작했다.

"예뻐. 아주 예쁘게 생겼어, 이 창녀 새끼." 난 우종이 물건을 뱉었다.

"이 새끼가." 우종이가 주먹으로 내 얼굴을 때렸다.

그리고 우종이가 내 입에 자기 혀를 넣었다. 우종이 입에서 냄새가 났다. 우종이는 양치를 안 하는 것 같았다. 내 입속을 혀로 마구 휘저었다. 그리고 아이들이 내 바지를 벗기기 시작했다. 더 이상 안 될 것 같았다. 난 충격에 멍하니 있었다. 우종이가 어디서 구했는지 빨간 원피스를 들고 있었다. 나에게 여자 옷을 입힐 생각인 것 같았다. 맥스가 내 머리를 감싸자 난 정신이 멍해졌다. 나와 같은 종류의 정신능력을 발현하는 것 같았다. 우종이는 내가 옷을 벗고 스스로 원피스를 입게 만들었다. 난 알몸이 되어 원피스를 입었다. 발가

벗어도 난 부끄러움이 없었다. 맥스의 정신기 때문인지 난 시종일관 명한 상태였다. 난 빨간 원피스를 입었다. 정신이 명해져서 입에서 침이 나왔다. 우종이가 내 머리를 부여잡고 내 침과 입술을 빨았다. 우종이는 변태적인 성향이 있을 거라 추정된다. 그리고 내 귀도 입에 넣고 빨았다. 내 머리카락을 쓰다듬고 내 목을 입으로 빨았다. 내무 세게 빨아서 좀 아팠다. 그렇지만 몽롱한 정신 때문에 그저 명해 있었다. 우종이는 아쉬운 듯 내 입을 다시 빨았다. 마구 물고 빨았다. 내 입술이 부르틀 정도였다. 그리고 내 물건을 마구 만졌다. 내 엉덩이를 주물렀다. 그리고 내 엉덩이에 손가락을 쑤셔넣었다. 난 아팠다. 입으로 작게 소리를 냈다. 난 우종이의 장난감이 돼버렸다. 우종이는 나를 돌려 잡아 내 엉덩이를 위로 향하게 했다.

"와 씨발, 이년 엉덩이 죽이네. 빵빵한데?" 우종이는 차분해지고 있었다.

이 모든 상황을 차분하게 즐기려고 하는 것 같다. 그리고 내 치마를 위로 올렸다. 우종이 물건이 밀고 들어왔다. 난 무척 아팠다.

"와 씨발년, 존나 부드럽다."

그때 내 몸이 뜨거워졌다. 나도 흥분한 것 같았다. 난 나도 모르게 정신능력이 터졌다.

맥스와 우종이가 자지러시며 나자빠졌다. 나도 쓰러졌다. 난 눈을 감았다. 맥스의 정신기가 아직 남아 있는 듯하다. 좀 있다가 호퍼가 나를 깨웠다. 도로시도 와 있었다. 난 정신이 확 들었고 너무나도 부끄러웠다.

"괜찮아, 민우야. 우리가 무슨 일이 벌어졌는지 다 아니까." 도로시가 말했다.

"우종이는 알고 보니 우종이 새끼가 게이 새끼네." 호퍼가 말했다.

"어떻게 알았어?" 내가 물었다.

"도로시가 그런 능력이 있거든. 너도 당해봤잖아. 사람 속을 들여다보고 탈탈 털어먹는다니까." 호퍼가 말했다.

"쓸데없는 말 하지 마, 호퍼. 민우야, 옷부터 갈아입어."

난 샤워실에서 옷을 갈아입었다. 그리고 몸을 씻었다.

"젠장, 왜 진작 이야기 안 했어?" 호퍼가 말했다.

"너희들은 악당들이잖아." 내가 말했다.

"우리가 왜 악당이냐?" 호퍼가 말했다.

"아, 아니야. 아무것도." 난 말을 흐렸다.

나와 호퍼는 운동장에 가서 앉아 있었다. 호퍼가 시원한 아이스 아메리카노를 가져다주었다.

난 안정을 찾고 있었다.

"괜찮아?" 호퍼가 물었다. 난 곰곰이 생각에 잠겼다.

"내가 초능력을 갖고 나서부터 주변 사람들을 끌어들이는 것 같아. 그런 느낌이 들어. 내 능력이 뭔가 발생시키나 봐." 내가 말했다.

"네 계집애처럼 생긴 얼굴 때문이 아니고?" 호퍼가 말했다.

"그럴지도 모르지." 난 지난날에 벌어졌던 일들을 회상하고 있었다. 토비, 태호, 소영이. 모든 게 환상 같았다. 여기까지 오는 동안의 모든 일이 꿈만 같았다. 지금은 선과 악이 모호해졌다. 이들은 악당이 아닌 것 같았다. 서로가 이념이 달라 싸우는 것일 뿐. 그래도 난 소영이와 함께하고 싶었다. 토비도 너무 가여웠다. 누가 토비의 감정을 알아주길 바랐다. 태호도 너무 보고 싶었다. 인간은 자신이 속해 있는 곳에서 정착한다고 믿는다.

"나는 궁금해. 너희들이 어떻게 선행을 하는지."

"우리? 그냥 사건이 터지면 가서 초능력을 사용해서 사람들을 도와줘. 무거운 것도 들어주지 뭐." 호퍼가 말했다.

"너희들은 정말 선한 생각을 갖고 세상을 돕는 거야?"

"응, 그렇다니까. 물론 이상한 새끼들도 있지. 근데 어디 가나 다 똑같지 않아? 절대 선한 게 어딨어. 세상은 다 그런 거지. 너희들도 좀 문제가 있잖아. 우종이 같은 새끼를 생각해봐. 너희들 편이었다고, 한때는."

호퍼 말에 일리가 있다고 느끼기 시작했다. 그럼 난 지금부터 어떻게 해야 하는가?

"난 어쩌지?" 난 호퍼에게 마음을 털어놓았다.

"뭘 어쩌다니?"

"여기서 나갈 수 있어?"

"글쎄, 마리 카우스가 결정하겠지."

"여기 계속 있을 수만은 없어."

"나가고 싶어?" 호퍼가 말했다.

"응, 소영이랑 토비, 숙희, 다 같이."

"그래… 조금만 참아. 여기 계속 가둬놓지는 않을 거야. 걱정 마."

호퍼는 나를 빤히 쳐다봤다.

"너 정말 여자 같구나." 호퍼가 말했다.

난 호퍼에게서 감정을 느꼈다. 호퍼는 나에게 연민을 느꼈다. 호퍼는 날 애처롭게 쳐다보았다. 호퍼가 나에게 손을 뻗으려 했다. 난 그러지 않길 바랐다. 난 가만히 앉아 있었다. 호퍼가 나에게 손을 대서 내 어깨를 만지려고 했다. 그렇지만 난 그러지 않길 바랐다. 내가 호퍼를 바라봤다. 호퍼는 묘한 표정을 짓고 있었다.

"방으로 돌아가자." 내가 말했다. 이에 호퍼는 멍하니 있다가 같이 방으로 돌아갔다.

"오늘은 문 안 잠가도 되겠지?" 호퍼가 말했다.

"응, 그래도 될 것 같아." 그렇게 말한 후 난 샤워를 했다.

난 잠에 들려고 했다. 그때 어떤 사람의 기가 불쑥 나왔다. 난 누군가를 느꼈다.

난 급하게 일어나 옆을 봤다.

"오빠, 오랜만이야." 난 순간 깜짝 놀랐다. 윤아였다.

"윤아? 아니 어떻게…?"

"오빠 구하러 왔어. 조용해, 쉿."

윤아가 손가락을 입에 대고 조용히 하라고 해서 난 입을 다물었다.

"오빠, 문밖에 누가 있어?"

"응, 호퍼라는 사람이 있는데 우리들의 적은 아니야."

"우리들의 적이 아니라니? 오빠를 감금시키고 있잖아."

"응, 그런 일이 있어. 윤아야, 날 구하러 온 거야?"

"응, 소영이 언니는 벌써 만났고 숙희 언니도 만났어. 나 새로운 능력이 생겼어."

"새로운 능력? 어떤 능력인데?"

"내 손을 잡으면 나랑 똑같이 벽을 통과할 수 있어."

윤아는 나에게 손을 뻗었다. 난 주춤했다. 호퍼에게 뭐라도 좋으니 말을 남기고 싶었다. 난 호퍼가 있을 문 쪽을 바라봤다.

"잠깐 기다려, 윤아야."

"알았어."

난 문을 열고 호퍼를 찾았다. 호퍼는 앞에 앉아서 텔레비전을 보고 있었다.

"호퍼?" 내가 불렀다.

호퍼가 뒤를 돌아봤다.

"왜?" 호퍼가 물었다.

"어… 아무 일 없지?" 호퍼가 이상하다는 표정으로 봤다.

"아무 일 없는데 왜? 잠이 안 와?" 호퍼가 물었다.

"아니, 잠깐 나와봤어." 결국 난 호퍼와 작별 인사를 못 했다.

난 윤아의 손을 잡았다. 윤아가 나를 벽으로 안내했다. 내 몸이 벽과 섞여 들어가는 느낌이 들었다. 입속으로도 벽이 느껴졌다. 그리고 벽이 몸을 통과했다. 우린 어떤 작은 터널 같은 곳으로 나왔다.

"이리로 가자." 윤아가 나를 이끌었다.

우린 다시 벽을 통과했다. 쇠로 된 파이프도 몸이 통과를 했다. 파이프가 내 배 쪽으로 스며드는 게 느껴졌다. 기분이 몹시 이상했다. 윤아는 내 손을 꼭 잡고 속도를 높였다. 눈앞에 벽과 사물들이 빠른 속도로 내 몸을 통과해 갔다. 어둠과 빛이 교차해서 반짝반짝하는 것 같았다. 우린 벽을 순식간에 통과해 밖으로 나왔다. 거기 소영이와 숙희가 있었다.

"민우야, 괜찮아?" 소영이가 물었다.

"응, 괜찮아. 별일 없었어?" 내가 물었다.

"특별한 일은 없었어."

"토비는?"

"이제 구하러 갈 거야." 윤아가 말하곤 벽으로 사라졌다.

그리고 우린 토비를 기다렸다.

"근데 여긴 어디야?" 내가 물었다.

"여긴 적들이 볼 수 없는 골목이야. 여기만 CCTV가 없어." 소영이가 말했다.

적들이라는 표현이 왠지 낯설게만 느껴졌다. 그리고 한참 후에 토비가 나왔다. 토비는 괜찮아 보였다. 우린 조용히 천천히 골목을 빠져나갔다.

"근데 한우종이라는 사람은 왜 그냥 내버려둔 거야?" 윤아가 물었다.

"우종이는 우릴 배신했어." 숙희가 말했다.

"왜 배신했어?" 윤아가 물었다.

우린 아무 말도 안 했다. 그냥 조용히 골목을 빠져나갔다. 그리고 한참을 가다 편의점 앞에서 태호와 아이들을 발견했다. 엘리자베스, 수지, 제시카, 마이클, 숙희, 태호, 토비, 소영이, 윤아, 지미, 나 이렇게 다시 모이게 되었다. 태호가 날 보더니 뛰어와서 나를 안아 들었다. 태호는 눈물을 글썽였다. 나도 갑자기 감정이 격해져 눈물이 났다. 난 태호와 키스를 나누었다. 지나가는 사람들이 우릴 쳐다봤다. 그렇지만 내 여자 같은 모습 때문에 그리 특별하게 생각하지는 않을 거라는 생각이 든다. 소영이와 아이들은 재빨리 다른 곳으로 걸어갔다. 우린 이곳을 빨리 벗어나 안전한 곳으로 가야 한다는 생각이 들었다. 우린 그곳을 빨리 빠져나갔다. 가는 동안 태호는 내 손을 꼭 잡았다.

"별일 없었어?" 태호가 물었다. 난 이루 말로 할 수 없는 일들이 있었지만 태호를 걱정하게 하고 싶지 않아 별 말을 안 했다.

"응, 별일 없었어. 그냥 갇혀 지내고 있었고 아무 일도 없었어."

난 그렇게 말했다. 우종이가 날 강간하려고 했던 일이 머릿속을 관통했지만 결코 난 태호에게 말할 생각은 없다. 나와 태호가 있는 걸 토비가 바라봤다. 난 토비의 시선이 느껴졌다. 그렇지만 외면해야만 한다. 우린 전에 있었던 호텔에 들어가 짐들을 챙겼다. 난 주변을 경계했다. 다른 초능력자들은 안 보였다. 아마 아침이 되기까지 우리가 탈출했다는 걸 모르고 있을 거라 생각된다. 그렇지만 적들이 바보는 아니다. 난 알게 모르게 불안한 마음이 들었다. 우린 서둘러 호텔을 빠져나와 길을 나섰다. 우린 주변을 경계했다. 그때 누군가 하늘을 날아 우리에게 왔다. 내 불안한 마음은 맞았다. 그는 마리 카우스였다. 그는 혼자 왔다.

"실망이군, 너희들. 우린 너희들을 해치려고 한 건 아닌데 그저 소통하길 바랐을 뿐이라고." 마리 카우스가 말했다.

"말도 안 돼. 너희들은 우릴 가두었잖아. 우릴 그만 내버려둬." 소영이가 외쳤다.

새벽이라 주변에 사람들은 없었다.

"너희들을 감시하던 아이들은 처벌받을 거야. 괜찮겠지?" 마리 카우스가 말했다.

이들은 다시 악당으로 보이기 시작했다. 난 호퍼 생각이 났다.

"왜 그들을 처벌하려고 하는 거죠? 아무 잘못이 없잖아요. 당신들은 악당이 아니잖아요." 내가 말했다.

"그래, 민우야. 우린 악당들은 아니지. 그렇지만 우리가 생존하기 위해, 공존하기 위해 어느 정도 규칙은 필요한 거야. 호퍼가 너를 놓쳤으니 난 호퍼를 처단할 수밖에 없다."

난 가슴에서 미꾸라지가 펄떡였다.

"처단이라뇨? 호퍼를 어떻게 하려고요?"

"민우야, 호퍼 생각은 하지 마. 우리와 상관없어." 소영이가 말했다.

"민우야, 내가 너에게 너희 힘을 발현시킨 게 떠오르니? 그 무한한 힘을 갖고 싶고 유지하고 싶지 않니?"

마리 카우스가 말했다. 난 마리 카우스가 내 힘을 자각시킨 것을 떠올렸다. 그 무한한 힘에 대해서 난 매료되었다. 분명 그건 너무나 막강하고 무한한 힘이었다. 그것이 날 매료시킨다.

"생각하고 있구나, 민우 군. 그 힘과 함께 초월적인 존재로 살아가는 걸 떠올려보렴. 호퍼도 아무 일 없이 무사할 거야." 마리 카우스가 말했다.

"호퍼를 처벌하지 말아주세요." 내가 사정했다.

"그럼 민우는 우리와 함께하지 않겠나? 우리에게 많은 힘이 될 거야. 호퍼도 무사할 테고."

"민우야, 속지 마. 이들은 네가 생각하는 것처럼 좋은 사람들이 아니야." 소영이가 말했다.

우리 주변으로 무거운 공기가 흐르기 시작했고 우릴 조여오기 시작했다. 마리 카우스의 힘은 강력했다. 태호가 내 손을 꼭 잡았다. 난 태호와 소영이를 두고 마리 카우스와 함께할 생각은 절대로 없었다.

"안타깝군. 난 너희들을 좋은 곳으로 인도하고 싶었는데."

마리 카우스는 헬멧을 쓰고 있었다. 내가 공격을 가할 수 없었다.

그때 소영이가 거대한 힘을 방출하며 주변의 사물들을 들어올렸다. 자전거, 오토바이, 심지어 자동차까지 들어올렸다. 소영이에게도 마리 카우스가 숨겨온 힘이 어느 정도인지, 그 힘을 발현할 수 있는 트리거를 건드렸다고 생각된다. 숙희는 달릴 준비를 하고 태호의 눈은 밝게 빛이 났다. 지미는 하늘로 둥둥 떠올랐다. 수지는 마리 카우스 주변으로 온도를 상승시켰다.

"윤아야, 저쪽 벽을 통해 달아나!" 소영이가 외쳤다.

그리고 우린 동시에 공격을 가했다. 내가 마리 카우스 헬멧을 벗겨내려 했다. 난 매우 예민한 감각을 되살려 마리 카우스의 헬멧을 건드렸다. 그러자 그는 손으로 헬멧을 잡고 나머지 손을 뻗어 상당한 양의 에너지를 방출했다. 소영이가 주변 사물을 들어올려 보호막을 앞에 만들었다. 자동차가 찌그러지고 오토바이의 부품들이 떨어져나가기 시작했다. 주변 담벼락의 돌들이 하나둘씩 분해되어 사방에 날아다녔다. 숙희기 믿을 수 없는 속도로 마리 카우스에게 몸을 날려 강타했다. 하지만 별다른 데미지를 주지 못했다. 지미가 날렵한 전투기처럼 그에게 다가가 공격을 가하고 소영이가 자동차 하나를 더 들어올려 마리 카우스에게 날렸다. 순간 수지가 온도를 높여 소영이가 날린 자동차를 폭파시켰다. 굉음이 터졌고 주변에 사람들이 몰려들었다.

난 마리 카우스에게 강력한 정신 공격을 가했다. 그렇지만 통하지 않았다. 새로 합류한 마이클이 평범한 스피드로 달려가서 마리 카우스에게 주먹을 날렸다. 마리 카우스는 조금 움찔했다. 그렇지만 공중에 손을 뻗어 마이클에게 향했고 마이클은 공중으로 날아가 땅에 떨어졌다. 마이클은 큰 부상을 입은 듯하다. 소영이는 온 힘을 다해 강력한 공격을 그에게 가했고 그는 개의치 않는다는 듯이 소영이도 날려버렸다. 우린 좌절할 수밖에 없었다. 내가 마리 카우스의 헬멧을 벗길 수만 있다면 좋을 텐데 하는 간절한 생각이 들었다. 숙회가 소영이를 일으켜 세우고 빠른 속도로 마리 카우스의 시선을 다른 곳으로 돌렸다. 지미가 그의 공격을 피해 헬멧을 잡았다. 그때 난 문득 지미의 머리에 엄청난 힘을 뿜었다. 난 지미의 몸에 거대한 힘을 전해주는 상상력을 발휘했다. 수지가 마리 카우스 근처의 열을 높여 마리 카우스를 공격했다. 마리 카우스는 두 손을 뻗어 주변 온도를 낮추었다. 나도 사물을 어느 정도 움직일 수 있어 훈련받은 대로 작은 벽돌들을 떼어내 매우 빠른 속도로 그에게 던졌다. 마치 총알처럼 튀어나가는 돌들을 그가 하나씩 막아냈다. 지미는 헬멧을 벗기기 위해 힘을 쏟아부었지만 마리 카우스의 일격에 나가떨어졌다. 소영이는 하수구 뚜껑을 하나 들어 매우 빠른 속도로 돌린 다음에 그에게 날렸다. 그는 그 뚜껑을 종잇조각처럼 찢어내버렸다.

난 소영이 머리에 힘을 전달했다. 소영이에게 내 힘을 주었다. 난 소영이에게 다가가 손을 소영이 머리에 대고 더욱더 강한 힘을 전했다. 그러자 소영이가 이 상황을 이해하고 두 손을 뻗었다. 나와 소영이의 몸이 하늘로 떠오르게 만들었다. 그리고 소영이의 강력한 힘이 그를 향해 뿜어져나왔다. 어마어마한 힘이었다. 마리 카우스는 그 힘을 두 손으로 받았다. 그는 분명 흔들리고 있었다. 소영이의 힘은 생각했던 것 이상으로 거대했다. 나의 힘까지 더해져 그 힘이 육안으로 보였다. 거대한 붉은빛이었다. 동네 주민들이 다 일어나서 이 광경을 지켜보았다.

파란빛에서 붉은빛으로 바뀌었다. 붉은빛이 주변에 날개 같은 형상을 만들었다. 불사조의 이미지였다. 이 어마어마한 힘에 마리 카우스는 흔들렸다. 이때 토비가 달려나가 마리 카우스의 헬멧을 잡았다. 하늘의 지미도 마리 카우스의 헬멧을 잡았다. 마리 카우스는 헬멧에 힘을 쏠 수 없었다. 소영이의 힘을 벗어나면 직격으로 맞을 것이기 때문이다. 그의 헬멧이 벗겨졌!

난 소영이에게 전해주었던 힘을 떼어서 마리 카우스 머리에 엄청난 힘을 가했다. 마리 카우스는 머리를 부여잡고 쓰러졌다. 이 틈을 타 우린 모든 공격을 쏟아부었다. 그때 다른 초능력자들이 나타나기 시작했다.

"여길 벗어나자!"

소영이가 외쳤다. 우린 한쪽 방향으로 뛰어 달리기 시작했다. 우리가 마리 카우스를 제압했다. 뒤에서 다른 초능력자들이 쫓아오기 시작했다. 우린 평소 훈련을 한 것처럼 빠르게 달려나갔다. 숙희는 우리보다 훨씬 앞으로 달려나가 뒤를 살펴보았다. 지미는 하늘로 날아올라 빠른 속도로 앞으로 나아갔다. 우린 적들과의 거리를 넓히기 시작했다. 저 중에 호퍼가 있다면 난 분명 괴로울 것이다. 난 숨이 차고 땀이 나기 시작했다. 훈련받은 대로 호흡을 고르며 뛰었다. 태호가 내 옆에서 뛰어주었다. 토비가 뒤에서 내 어깨를 잡았다. 나를 밀어주는 것 같았다. 토비가 제발 날 잊었으면 한다. 우린 한참을 뛰어 지하철역까지 왔다. 만약 한 정거장 적들을 따돌릴 수 있다면 우린 많이 벗어날 수 있을 것이다. 소영이는 지하철역 앞에 서서 재빨리 훑어봤다. 새벽에서 아침이 오는 시간이었고 우린 잘하면 첫기차를 탈 수 있을 것 같다.

"얘들아, 지하철을 타자!" 소영이는 도박을 하려고 하는 것 같았다. 옆에서 상당히 빠른 속도로 무언가 건물 속을 빠져나왔다. 난 머리에 공격을 가할 준비를 했지만 윤아였다. 윤아의 이마가 젖어 있었다.

"윤아야, 어서 이리 와." 소영이가 윤아 손을 잡았다. 우린 지하철로 내려갔다.

그리고 지하철을 탔다. 적들과의 거리를 더 벌려야만 한다. 가능할지 모르겠다.

확실히 지하철에 초능력자는 우리밖에 안 탄 것 같았다. 우린 지하철에 앉아 있지는 못했다. 이른 새벽에 출근하러 탄 사람들이 몇몇 보였다.

"소영아, 어디로 가게?" 숙희가 물었다.

"일단 적들과 멀리 떨어지는 걸 목표로 하자." 소영이가 말했다.

우린 지하철에서 서성이며 긴장을 하고 있었다. 마리 카우스를 일단 막았지만 우리들의 힘이 많이 고갈된 상태이다. 마리 카우스를 잠시 멈추는 데 온 힘을 다 쓴 것이다. 장기전으로 가면 우린 결코 그를 당해낼 수 없다. 게다가 다른 적대 세력의 아이들까지 합세한다면 우린 단번에 제압당할 것이다. 난 호퍼가 괜찮은지 걱정이 되었다. 우린 지하철을 타고 여섯 정거장까지 쭉 달렸다.

"이왕 가는 거 마지막 정차 역까지 가버리자. 그래야 적들이 우릴 못 쫓아올 테니까." 수지가 말했다. 순간 아주 부드러운 손이 내 손을 잡았다. 윤아였다. 윤아는 계속 달려서 그런지 얼굴이 붉어졌고 이마에 땀이 나 있었다. 긴장 때문인지 호흡이 고르지 못했다. 난 말없이 윤아 머리에 손을 얹어 윤아를 가라앉혀주었다. 윤아는 조금 웃었다. 나를 보는 눈빛에 빛이 났다. 나도 가만히 윤아를 바라봤다. 윤아 볼에 손을 대었다. 부드럽고 따뜻했다. 윤아에게 열도 좀 있는 것 같았다. 그래서 내가 이마를 짚었다.

"뛰어서 그래. 감기 아니야." 윤아가 말했다.

"응, 그래. 괜찮지? 지금?" 내가 물었다.

"응, 지금은 괜찮아."

난 윤아를 편하게 해주었다. 그러면서 다른 손을 태호의 머리에 대었다. 태호도 편하게 해주었다. 태호는 내 어깨에 얼굴을 기대었다. 그리고 내 목덜미를 만졌다.

"민우야, 더 아름다워진 것 같아. 무슨 일 있었어?"

마리 카우스가 나를 각성시켜서 내 외형이 좀 더 변한 것 같다는 추정이 들었다.

"응, 안에서 별일 없었어. 기분 탓일 거야." 내가 말했다.

난 태호를 쓰다듬었다. 태호가 기분 좋아했다. 태호는 나를 빤히 쳐다봤다. 부담스러울 정도였다. 내가 좀 더 예쁘게 변하자 바라보는 것 같았다. 난 예쁘게 웃어주었다. 난 태호의 감정을 읽었다. 그는 나에게 키스하고 싶어 하는 것 같았다. 그렇지만 지금은 그럴 상황이 아니다. 난 태호에게 쪽 하고 뽀뽀를 해주었다. 태호가 수줍게 웃었다.

"이 상황에도 연애질이라니, 너희들."

엘리자베스가 말했다. 우릴 본 것 같았다. 난 엘리자베스를 미안하다는 듯이 바라봤다.

우린 지하철에 결국 앉았다. 긴장감이 서서히 사라졌다. 우린 배가 고파왔다. 긴장이 가시니 허기가 진 것이다. 우린 종착역에서 내렸다. 난 초능력자들을 감지했지만 아무도 발견하지 못했다. 우린 기차역을 나와 거리를 천천히 걸었다. 주변을 경계했다.

"소영아, 기지로 돌아갈 거야?"

"아직 기다려. 무전을 해볼게."

우린 안전한 장소에 도달해 기지에 무전을 했다. 소영이가 그동안 있었던 일을 이야기하는 것 같았다. 우린 편의점 앞에서 서성였다. 다들 음료로 목을 축이고 뭔가 먹으러 가자고 이야기 중이었다. 우린 윤아가 좋아하는 피자를 먹으러 갔다. 우린 배불리 먹고 길을 나섰다. 각자 무전기를 점검하고 착용했다. 난 피로가 몰려왔다. 그렇지만 꾹 참아내려고 했다.

"소영아, 안 피곤해?" 숙희가 물었다.

"우리 기지로 돌아가면 잠 참기 훈련도 해야 할 것 같다." 소영이가 말했다.

"알렉스가 뭐래?" 수지가 물었다.

"아직 주변을 더 살펴봐달래. 적들과 가깝지 않은 지역에서 주변을 정찰할 거야. 우린 적들의 기지를 알아냈어."

소영이가 말했다.

"적들 기지가 발각됐으니 적들이 주거지를 바꿀까?" 엘리자베스가 물었다.

"아닐 것 같아. 원래 공개돼 있던 곳이라 굳이 본거지를 바꿀 것 같지는 않아."

우린 빌딩의 커다란 전광판에서 뉴스를 봤다.

뉴스에는 우리의 모습이 촬영되었다. 우리가 마리 카우스와 싸우는 걸 누군가 촬영한 것 같았다.

"시민을 보호하고 재해를 돕는 초능력자들에게 위기일까요? 미지의 적들이 등장해 이들을 공격했습니다. 다행히 초능력자들의 수장인 마리 카우스가 무사하지만 언제 또 이 적들이 우릴 위협할지 알 수가 없는 상황입니다."

아나운서가 말했다.

우린 악당이 되어버렸다.

<1부 끝>